СЕРИЯ «ШАРМ»

КРИСТИНА СКАЙ

Черная роза

РОМАН

АСТ издательство
ЕРМАК
Москва
2003

УДК 821.111(73)
ББК 84 (7Сое)
С42

Серия основана в 1994 году

Christina Skye
BLACK ROSE
1991

Перевод с английского И.В. Иванченко

В оформлении обложки использована работа, предоставленная агентством Fort Ross Inc.

Печатается с разрешения The Bantam Dell Publishing Group, a division of Random House, Inc. c/o Toymania LLC.

Подписано в печать 24.04.2003. Формат 84×108 1/32.
Усл. печ. л. 20,16. Тираж 7000 экз. Заказ № 4704.

Скай К.

С42 Черная роза: Роман / К. Скай; Пер. с англ. И.В. Иванченко. — М.: ООО «Издательство АСТ», 2003. — 381, [3] с. — (Шарм).

ISBN 5-17-017505-1 (ООО «Издательство АСТ»)
ISBN 5-9577-0305-2 (ЗАО НПП «Ермак»)

Благородного разбойника, грабящего богачей и помогающего беднякам, ненавидели мужчины и обожали женщины. Однако ни враги, ни друзья не могли и подумать, что под маской таинственного «джентльмена с большой дороги» скрывается... прелестная Тэсс Лейтон.

Лишь один человек — виконт Рейвенхерст — знает секрет красавицы, и уж он-то, долгие годы мечтавший о Тэсс, не замедлит этим воспользоваться. Требования виконта просты — Тэсс должна ПОЛЮБИТЬ его, всем сердцем ответить на горячую страсть!..

УДК 821.111(73)
ББК 84 (7Сое)

Героическим Кристоферу и Кристиану в знак благодарности за то, что вдохновляли и подбадривали автора, и, разумеется, за то, что первыми узнали о тайне Тэсс.

Песенка контрабандиста

Проснувшись темной ночью от цокота копыт,
К окну спешить не надо — пусть дом твой крепко спит.
Коль лишнего не спросишь, тебе не станут лгать.
Джентльмены проскакали — ты спи себе опять!

Редьярд Киплинг

Пролог

Кружева для дам, письма для шпиона.
Редьярд Киплинг

Лондон, Англия
Апрель 1810 года

На резном ночном столике красного дерева потрескивали свечи, мерцающий свет которых отражался в хрустальном графине и стаканах. На постели, возле которой стоял столик, метались по белоснежным простыням неясные тени: там двигались два тела, переплетенные в страстном объятии.

«Господи, как она прекрасна!» — думал мужчина, не сводя глаз с роскошных груди и бедер, распростертых перед ним во всем своем чувственном великолепии.

С расчетливой неторопливостью он провел рукой по пышным грудям с напряженными сосками, слегка улыбнувшись при виде того, как женщина под ним содрогнулась и выгнула спину дугой. «Да, Даниэла настолько близка к совершенству, насколько это вообще возможно для женщины», — решил про себя Дейн Сен-Пьер, четвертый виконт Рейвенхерст, скользнув пальцами к ложбинке внизу живота своей любовницы.

Прищурив глаза цвета лазурного неба, он медленно прикоснулся к треугольнику светлых волос меж бедер.

Неожиданно на загорелом лице лорда Рейвенхерста появилось ожесточенное выражение. Он пытался отогнать от себя воспоминания о другой паре рук, сверкающих глазах и чарующем смехе.

«Забудь о ней, и к черту все!» Она была лживой интриганкой, ангелом с сердцем блудницы. Никто не знал этого лучше его. Можно считать, что ему повезло, раз он вовремя выяснил о ней правду!

Пробормотав сквозь зубы грубое проклятие, Рейвенхерст притянул к себе пышную соседку по постели, а потом перекатился на спину. Вглядываясь в ее лицо, он прижал к себе вожделеющее тело и убедился в том, что она истекает соком и жаждет принять его восставший любовный жезл.

Происходящее, как всегда, совершенно не затрагивало его душу.

— О да, Дейн! Пожалуйста! Сейчас — возьми меня скорей! — Зеленые глаза любовницы закрылись, и она нетерпеливо прижалась к его бедрам. Над ее бровями были отчетливо заметны крошечные бисеринки пота.

С непроницаемым лицом Рейвенхерст начал сосредоточенно исполнять ее просьбу. «В конце концов, — мрачно размышлял он, — нельзя разочаровывать даму. В особенности такую красивую и соблазнительную, как Даниэла».

— С огромным удовольствием, дорогая моя!

Он пытался приноровить свои мощные, направленные вверх толчки к необузданным движениям ее извивающегося тела. Находящаяся сверху любовница прерывисто задышала, время от времени судорожно всхлипывая.

На виске Рейвенхерста забилась жилка, огонь желания опалил его. С хриплым стоном он просунул руку между их напряженными телами. Даниэла запрокинула голову, не пытаясь сдержать крик от неистового удовольствия, которое доставляли ей его прикосновения. Когда, минутой позже, она повалилась к нему на грудь, виконт быстро повернулся на бок, чтобы найти облегчение и для себя.

Так он на мгновение забылся, радуясь закипевшему в нем неистовому пламени, вспыхнувшему и тут же погасшему в темноте и первозданной тишине.

И Рейвенхерст, как всегда, ощутил, что забвение было неполным.

Еще до того, как выровнялось его дыхание, он отодвинулся от лежащей почти неподвижно Даниэлы и прислонился спиной к прохладному изголовью кровати, глядя перед собой потемневшими непроницаемыми глазами.

Мерцали свечи. В соседней комнате тихо пробили часы. Дейн наблюдал, как на стене пляшущие тени принимают причудливые очертания.

Грозные облака.
Мчащиеся волны.

Быстрые шхуны с черными парусами.

И вот он уже уносится на волнах памяти. Его руки конвульсивно сжались, когда он услышал над собой грохот рушащихся мачт. Над головой свистели перелетавшие через левый борт десятифунтовые снаряды, от охваченных огнем палуб поднимался дым. С ужасной гримасой на лице Рейвенхерст пытался сохранить равновесие, чувствуя, как его пронизывает боль, когда на палубу упали двести фунтов дымящегося каната и пригвоздили к упавшей мачте его руки.

Он с трудом разжал покоившиеся на хрустящих простынях пальцы, побелевшие от напряжения. В очередной раз он вернулся в своих воспоминаниях к этой неистовой борьбе, когда пытался освободиться от смертоносного каната, прежде чем тот увлечет его за борт.

Снова и снова наносил он по канату удары ножом, скользящим в его собственной крови. Дойдя до половины сложенного кольцами горящего каната, лезвие сломалось. И в тот же миг на нос шхуны налетел свирепый порыв ветра, наполнив поникшие паруса и швырнув его, почти бесчувственного, через палубу на перила левого борта.

Виконт резко выпрямился с дикими проклятиями на устах. На его лбу и широкой, покрытой волосами груди выступила испарина. На него накатили запах, вкус и ощущения морской битвы.

Трафальгар. Копенгаген. Ла-Корунья. Все окончилось, но это не перестанет преследовать его никогда. Пытаешься забыть, но забыть невозможно.

За его спиной хмурилась пресытившаяся страстью женщина с сонными глазами. «Снова тревожные грезы», — с горечью думала Даниэла. Par Dieu*, она не хотела терять своего красивого виконта! Он был неистовым, страстным любовником, и его ночные кошмары только разжигали темное пламя его страсти.

Да, он доставлял ей такое удовольствие, какое ни один мужчина не доставлял женщине. Кому, как не Даниэле, было знать об этом — с ее-то обширным опытом в такого рода делах.

И тем не менее даже в разгар неистового, безрассудного соития он был далеко от нее, его мысли были в другом месте, в то время как сильное тело находило для себя облегчение. Даниэла была слишком опытной женщиной, чтобы не распознать этого.

Она нахмурила красивые брови. Разве не говорил ей Мортон только на прошлой неделе, что она — само со-

* Именем Бога (*фр.*). — *Здесь и далее примеч. пер.*

вершенство? Да, и что умереть в ее объятиях — то же, что заново родиться в раю?

Не только деньги привязывали Даниэлу к этому мужчине, хотя она старалась, чтобы Рейвенхерст ничего не узнал. В противном случае их полюбовному соглашению придет конец, поскольку виконт дал ясно понять, что в их отношениях не должно быть места эмоциональной привязанности.

Даниэла облизала подкрашенные губы. Она поклялась себе, что завладеет им. Если не она, то никакая другая женщина не сможет этого. Она принялась с затаенной улыбкой поглаживать напряженную спину Дейна, а потом массировать твердые мускулы его шеи. В конце концов, он был героем. Возможно, у всех героев бывают свои ночные кошмары. Однако Даниэла не стала задерживаться на этой мысли. Она была слишком практична, чтобы долго предаваться праздным размышлениям.

— Какой же ты неистовый любовник, мой голодный леопард, — прошептала она. — Когда ты заполняешь меня своей плотью, я начинаю задыхаться и как будто прощаюсь с жизнью. Такой необузданный герой, — хрипло прошептала она, — такой твердый, как скала. Боже, но мне, кажется, мало тебя! — «Ему это должно понравиться», — подумала Даниэла. Мужчины всегда любят, когда их восхваляют в таких вещах. И это дает преимущество женщинам вроде нее — ведь жены слишком глупы и даже не подозревают о таких тонкостях.

Мужчина рядом с ней напрягся, лицо его скривилось в гримасе. Ловко перекатившись на бок, он выскользнул из постели, нахмурившись при виде одежды, разбросанной в беспорядке на пути от двери к кровати. Не обращая внимания на свою наготу, он направился к ночному столику и налил себе стакан коньяка.

Потом долго не мигая всматривался в янтарную жидкость.

— Я уже говорил тебе раньше, Даниэла, что я не герой, — резко произнес он. — Нельсон был героем. Коллингвуд, на свой лад, тоже был героем, а я не более чем...

Ему не удалось договорить — раздался резкий стук, и двумя пролетами ниже распахнулась дверь. В тихом ночном воздухе послышались взволнованные голоса. Дверь с шумом захлопнулась. Еще какие-то слова, произнесенные возбужденным голосом.

Что-то было в этом голосе...

Рейвенхерст напрягся и накинул на длинное жилистое тело шелковый халат. С каменным лицом он распахнул дверь настежь.

— Ой, ваше сиятельство, я не хотела... — Темные глаза горничной метнулись к его широкой груди, видневшейся под халатом, она поспешно отвела взгляд, зардевшись от стыда.

— Ну, из-за чего вся эта суматоха? — нетерпеливо поинтересовался Рейвенхерст. Его новый титул давил на него тяжким грузом, и он еще не привык к обращению «ваше сиятельство». — Что, наконец-то вторглись французы? — насмешливо спросил он.

— Нет, ваше сиятельство, — нервно объяснила девушка. — Там, внизу, жентельмен хочет вас видеть. И в дверь-то колотил, и себя толком не назвал, хоша я и допрашивала его. Говорил, што я должна сказать вашему сиятельству... — девушка нахмурилась, пытаясь воспроизвести послание дословно, — пришло время спустить флаг и приготовиться к бою. По крайности так я запомнила.

Сердито нахмурив черные брови, Дейн рывком затянул пояс халата на гибкой талии.

— Неужели мерзавец так и сказал? Это мы еще посмотрим, черт побери!

Рейвенхерст решительно вышел в холл и спустился по лестнице, перескакивая через три ступени. Лицо его напоминало непроницаемую маску, когда он распахнул дверь маленькой гостиной в удаленной части дома, который он снимал для своей любовницы.

У окна со стаканом коньяка в руках сидел высокий мужчина, изысканно одетый в малиновый сюртук и жилет из серебристой парчи. Его пронизывающие бирюзовые глаза сощурились от смеха при виде ворвавшегося в дверь Дейна.

— А-а, Рейвенхерст, наконец-то вы здесь, — произнес с нарочитой медлительностью непрошеный гость, опуская стакан на столик рядом с собой. — Я в отчаянии, что вынужден заставить вас спустить флаг в такое время, — пробормотал он, улыбаясь плутовской улыбкой, в которой, впрочем, не чувствовалось раскаяния.

«Но этот титул, — подумал граф Морланд, — как странно он звучит! «Капитан Сен-Пьер» несравненно лучше подходит к суровому облику моего друга».

— Тони! Какого дьявола... — Рейвенхерст презрительно фыркнул, подмечая беспечную непринужденность друга.

Энтони Лангфорд, лорд Морланд, поджал губы и неодобрительно покачал головой:

— Знаешь, еще не все закончено. Ты вызвал такой невероятный переполох в правительстве, друг мой. Похоже, в морском министерстве начинают уставать от того, что их агентам приходится так напрягаться. Поэтому Старик почтил меня визитом, дабы заручиться моей поддержкой. — Морланд слегка улыбнулся. — Я пытался сопротивляться, но ты же знаешь, каким упрямым он может быть. Вот так я и оказался в роли посредника, передающего полномочия агенту, предполагая — боюсь, что ошибочно, судя по твоему гневному взгляду, — что ты не выкинешь старого друга на улицу. — Он вопросительно приподнял светлую бровь. — Ведь это так?

Дейн с трудом подавил гнев, изучая мужчину, непринужденно развалившегося в его самом удобном кресле и наслаждавшегося его лучшим коньяком. Они повстречались во время кошмарного отступления в Ла-Корунье, куда Рейвенхерст прибыл с транспортной флотилией для встречи отступающей армии. Прошло лишь несколько месяцев с тех пор, как Дейн последний раз видел своего невозмутимого друга. Но ему казалось, что прошла вечность. До этого момента виконт не догадывался, как ему не хватает насмешливого ума Морланда.

Рейвенхерст показал глазами на трость:

— Что это значит?

На секунду лицо Морланда потемнело, а потом его глаза зажглись привычной усмешкой.

— О, чрезвычайно обидно, что это не рана, заработанная на службе королю и отечеству. Глупейший несчастный случай с новоиспеченным охотником и ничего больше. Я был опечален, услышав о твоих потерях, — добавил Морланд, стараясь как можно скорее покончить с обременявшим его поручением.

Спина виконта напряглась. Сердце сжалось от гнетущей боли. Многие говорили, что со временем все пройдет. Тогда почему ему все еще кажется, что это было вчера?

— Знаешь, я потерял родного брата в прошлом году, — тихо произнес Морланд, — это, конечно, не одно и то же, но...

Синие глаза Рейвенхерста посуровели, изучая лицо друга. Впервые он заметил следы страдания, которые Морланд пытался скрыть. Дейн скривился, не позволяя симпатии повлиять на его суждение. Друг или нет, Морланд прибыл из морского министерства, и в этом не может быть ничего хорошего.

Беспечно пожав плечами, он повернулся и направился к шкафчику, стоящему у дальнего окна. Налив себе изрядное количество коньяку, он пошел через комнату раскачивающейся стремительной походкой, позволявшей ему твердо стоять на юте в любую погоду. С невеселой улыбкой он опустился в кресло напротив друга и поднял стакан.

— Поскольку ты уже угостился моим лучшим коньяком, не стану предлагать тебе еще. Вместо этого у меня есть тост: за длительный мир, и пусть он поскорей наступит!

Морланд поднял свой стакан в знак одобрения. Они выпили в молчании, погруженные в собственные мысли. Это были мрачные мысли, отягощенные воспоминаниями о погибших друзьях и увиденных ужасах, которые невозможно забыть. Прошло немало времени, прежде чем Морланд поднял глаза и взглянул Рейвенхерсту в лицо.

— Если можно так выразиться, я сегодня пришел поговорить с тобой о мире, Рейвенхерст. Твои раны, должно быть, уже почти зажили, мой друг. Вино и женщины — это, конечно, прекрасно, но приходит время, когда нужно возвращаться к делам настоящей жизни.

Дейн взглянул в свой черед на гостя, и на его худощавом загорелом лице ничего не отразилось. Итак, это было, видимо, вступление.

— Похоже, ты не собираешься облегчить мне задачу? — сухо осведомился Морланд.

На скулах Дейна заиграли желваки. Он взглянул на графа поверх стакана. Нет, Боже упаси, он не собирался этого делать!

— Очень хорошо, поскольку все идет к тому, что я могу стать четвертым посланцем, вышвырнутым на улицу, перейду к делу. Старик выискал что-то чрезвычайно важное, способное изменить исход этой гнусной войны.

— Ни слова больше, Тони, — прорычал Рейвенхерст, — я не хочу выставлять и тебя тоже!

Морланд просто проигнорировал его.

— Ты знаком с местностью около Рай и Уинчелси, так ведь? Насколько я помню, ты провел там некоторое время, прежде чем присоединиться к флоту Нельсона.

Лицо Рейвенхерста исказилось гримасой боли, и он продолжал не мигая смотреть на друга.

— А что, если и так? Какое дело до этого морскому министерству? — Он одним движением опрокинул в себя остатки коньяка и пошел налить себе еще. — Если только Старик не поклялся очистить побережье Ла-Манша от контрабандистов. — Слова его были немного неразборчивы, а пальцы слегка дрожали, когда он держал хрустальный графин.

«Интересно, — подумал Морланд, сощурившись. — Очень интересно».

— Есть, разумеется, контрабандисты, работающие на всем побережье. Чертов промысел — неотъемлемая часть данной местности. Однако морское министерство на этот раз охотится за рыбкой покрупнее и поважнее контрабандистов. Старик обнаружил, что кто-то в этом районе поставляет Наполеону золото и военные секреты. Похоже, что Лис — наш человек.

Дейн нахмурился, изучая коньяк в своем стакане. Каждый, разумеется, слыхал о Ромнийском Лисе. Женщины шептали его имя как молитву, а в кабаках от Дувра до Брайтона пили за здоровье негодяя. Может быть, даже и здесь, в Лондоне, цинично подумал Дейн. И тем не менее скандально известный контрабандист был столь же призрачным, как и жуткие огни, которые, говорят, пляшут над болотом Ромни в безлунные ночи.

— Продолжай, — с отсутствующим выражением на лице предложил Рейвенхерст. Его лицо оставалось непроницаемым.

— Он пользуется разрушенным поместьем вблизи Уинчелси, на побережье Суссекса. — Морланд как бы невзначай понизил голос. — Возможно, ты знаешь это место?

— Сомневаюсь, я пробыл там недолго. Что должно быть, безусловно, известно морскому министерству, — едко добавил Дейн.

Морланд проигнорировал раздражение в голосе друга.

— Величественные развалины поместья на холмах к юго-западу от Рая, выходящие по всей длине на побережье и на болото с восточной стороны, принадлежат семейству Лейтон на протяжении многих поколений, как я понимаю, вместе с очень красивой старой гостиницей в самом Рае. Если не ошибаюсь, поместье называется Фарли.

Фарли. Феодальное поместье в печальной стадии упадка, граничащее с обвалившимися средневековыми руинами: широкие парапеты и шаткие, покосившиеся ступени. С высоты этих стен можно видеть все — от Фарли до Дандженеса. Заброшенное место, посещаемое лишь печальными призраками и скорбным ветром.

«О да, я знаю это место», — с горечью подумал Дейн. Идеальное место для встречи контрабандистов. Идеальное место для спуска на воду быстроходного катера с грузом золотых гиней для Наполеона.

И каждое переданное слово, каждая пущенная в дело гинея означали гибель еще одного английского солдата.

Однако точеное лицо Рейвенхерста не выдавало этих мыслей.

— Думаю, это название мне незнакомо, — хладнокровно солгал он, покачивая стакан с коньяком. — Ты говоришь, Фарли?

— Так называется это место. Не вызывает никакого сомнения, что военные секреты уходят оттуда. Морское министерство преднамеренно выдало некоторые сведения для проверки, и информация попала в Париж через два дня. — Морланд помолчал, в задумчивости постукивая по трости указательным пальцем. — Морское министерство, разумеется, послало агента для расследования. В сущности, их было несколько. Два месяца спустя труп последнего из них прибило к берегу бухты Фарли — с перерезанным горлом.

Морланд наблюдал, как пальцы Дейна сжимаются на красивом хрустальном стакане. Итак, Старик оказался прав и насчет Фарли тоже. Боже правый, есть ли что-нибудь, чего не знает чертов старый служака?

— Все это, конечно, прискорбно, но не понимаю, какое отношение это имеет ко мне, — проворчал Рейвенхерст.

Морланд не спешил с ответом. Он понимал, что следует быть предельно осторожным.

— Надвигаются важные события, Рейвенхерст. К сожалению, я не имею права сказать тебе, что именно, но поверь, когда ты узнаешь обо всем, может оказаться, что в этом ключ разгадки к успеху Веллингтона на полуострове. — Затем он понизил голос, подчеркивая значимость следующей фразы: — Предатель должен быть найден до того, как начнется новая операция. Найден и ликвидирован любой ценой. Поскольку ты знаком с этой местностью, Старик считает тебя самым подходящим кандидатом для этого задания.

— К дьяволу логику! — огрызнулся Дейн, направляясь широкими шагами к каминной полке и с размаху ставя на нее стакан. — Ей-богу, он не просит многого, да? Я пять лет не был дома, старина, и еще шесть лет до этого провел на военной службе! Я потерял отца, брата и мать. Я вернулся домой, чтобы узнать, что моей, — его голос ожесточился, — невесты нет в живых. — Расправив плечи, он уставился на лужицы расплескавшегося по каминной полке коньяка, напоминающие кровь. Когда Дейн поднял взгляд, его лицо напоминало маску смерти.

Морланд сидел неподвижно, в мучениях друга от видел отражение собственных ночных кошмаров.

— Я потерял вкус к борьбе, — вымолвил наконец Рейвенхерст. — Нет, я больше не играю в солдатские игры. Море — чертовски холодная и злопамятная возлюбленная, Тони. Поэтому оставляю себе живых женщин и доброе вино, чтобы не думать ни о чем серьезном — только об удовольствиях предстоящей ночи!

Морланд переплел пальцы, изучая хмурое лицо друга. Прищурив проницательные голубые глаза, он окинул взглядом покрытые шрамами запястья Дейна и серебрящиеся на висках пряди. Тони, разумеется, знал, что Рейвенхерст не любит обсуждать свою роль в разгроме флагмана Вильнева при Трафальгаре. Он также знал, что капитан категорически отказался от благодарности за храбрость в той битве.

Морланд был очень встревожен тем, что друг не соглашается обсуждать события, последовавшие за сражением при Ла-Корунье, когда он пробирался домой по вражеской территории после того, как его вышвырнуло за борт взрывной волной. О да! По возвращении он представил рапорт в морское министерство, в котором не было ни намека на истинное положение вещей — лишь сведения по топографии и перемещению войск. Между тем Морланда интересовало совсем другое — человеческие страдания и слезы этих долгих месяцев. То, что невозможно забыть.

На каждом из них остались шрамы этой кровавой войны, с горечью подумал Морланд.

И она еще не окончена.

Рейвенхерст резко обернулся.

— Черт возьми, Тони, я не хочу ввязываться в это! Я позволил тебе говорить, потому что ты мой друг, но, ради Бога, никогда больше не заводи этот разговор! — Дейн пробормотал витиеватое ругательство.

Морланд вздохнул.

— Я отлично понимаю тебя, мой друг. Может быть, даже лучше, чем ты себе представляешь. — Граф медленно распрямил длинное тело и поднялся, стараясь скрыть разочарование. Это задание Старика могло излечить Дейна. Он повесничал в Лондоне уже почти полгода после возвращения в город, и этот легкомысленный образ жизни прибавил ему морщин около рта и на лбу.

Но в конце концов, Морланд мог лишь только просить. Окончательное решение оставалось за Рейвенхерстом.

Морланд отвернулся, делая вид, что очень занят своей тростью, упавшей на пол. Когда он наконец выпрямился, его лицо было совершенно бесстрастным.

— Значит, такие вот дела. Я должен был сделать последнюю попытку ради Старика. — «И ради твоего блага», — подумал Тони. — Продолжай в том же духе и наслаждайся, мой друг. Ты заслужил это, Бог тому свидетель. И передавай мой привет своей воинствующей тетушке, когда снова увидишь ее. Я все еще не забыл, как она разгромила меня в «фараон». — Он махнул Дейну рукой, когда тот пошел вслед за ним к двери. — Не надо провожать меня. У тебя другие дела, о которых надо позаботиться как можно скорее, если не ошибаюсь.

Морланд взял перчатки и накинул пальто. Не говоря больше ни слова, он повернулся и неловко вышел на улицу.

Дейн долго стоял, прислушиваясь к эху нетвердых шагов друга. Хромота была незначительной, но угадывалась безошибочно, когда Морланд зашагал по тротуару.

Выругавшись с досады, виконт вернулся в маленькую гостиную и допил коньяк, потом уселся за стол и опустил голову в ладони. Сжав лоб, он хмуро уставился вниз, на остывшую, пустую каминную решетку.

Итак, Лис использовал большие старые развалины в Фарли в качестве базы... Дейн сощурил темно-синие глаза. Трудно поверить в это. Слухи о безрассудной храбрости этого человека и его щедрости к местным жителям достигли легендарных размеров даже здесь, в Лондоне. Да, Лиса будет трудно загнать в нору.

Ему надоело переправлять чай и коньяк, теперь он предпочитает играть в смертельные игры — продавать секреты и золото наполеоновской армии.

Чертов негодяй! Холодная ярость затопила сердце Дейна. Каждое переданное шепотом слово, каждая обмененная гинея означали пролитую английскую кровь. Неужели мерзавец не понимает этого? Или ему на все наплевать?

А что же *она*? Рейвенхерст был в недоумении. Если Фарли был базой Лиса, *она* не могла оставаться в стороне.

— Тэсс... — Произнесенное шепотом слово гулко прозвучало в прохладном воздухе.

Наконец-то он выговорил это имя. Оно помогло ему очиститься, беспристрастно посмотреть на вещи — позволило припомнить холод и отчужденность их последней встречи.

Лицо Рейвенхерста потемнело, глаза сверкали на нем как лазурные льдинки. Неужели она теперь женщина Лиса? Неужели они смеются над ним в постели, радуясь собственной ловкости?

И сколько еще мужчин уже разделили с ней ложе?

Солнышко. В его растревоженных мыслях эхом, как молчаливый вопль, пронеслось ее имя. С отчаянным проклятием Рейвенхерст яростно опустил кулак на столешницу.

Неожиданно у двери послышался шелест шелка, комната наполнилась ароматом роз.

— Вот вы где, милорд, — с упреком промурлыкала роскошная Даниэла, — возвращайтесь в постель, пока не простудились. — Ее зеленые глаза искрились, пухлые губы сложились в понимающую улыбку. — Ну же, сердце мое, я найду самый необычный способ согреть тебя.

Дейн слегка улыбнулся, увидев сквозь прозрачную сорочку ясно проступающие изгибы пышного тела.

— Соблазнительная мысль, дорогая моя, мне уже стало теплее.

— О-о, но я, разумеется, собираюсь разогреть тебя гораздо больше к тому моменту, как мы закончим.

Но когда виконт вновь оказался рядом с Даниэлой на смятых простынях, обхватив ладонями ее полные груди, припав к ее алчному рту, слушая ее несдержанные стоны, он не ощутил в душе ничего, кроме ужасающего, цепенящего холода.

Он был мертв — далекий и отстраненный от своего удовольствия.

Функционировало только его тело. Он как бы со стороны наблюдал за двумя незнакомыми людьми, удовлетворяющими свою безрассудную, болезненную похоть. Вместо лица своей любовницы он видел пару других глаз — серо-зеленых и неистовых. Властных. Обожающих.

Роскошное тело Даниэлы трепетало в его объятиях, а Дейн ощущал только холодную отчужденность. Минуту спустя он откинул назад голову, оторвавшись от нежного рта любовницы, и застонал. На улице послышался грохот проезжающего экипажа. Потрескивая, медленно догорали свечи.

Рейвенхерст с проклятием сжал Даниэлу в объятиях. К ее удивлению и удовольствию, он уже снова двигался в ее теле. Да, этот виконт даст фору хорошему жеребцу!

Если в страстной атаке Дейна и было что-то отчаянное, его любовница была слишком мудрой женщиной, чтобы обращать на это внимание. Ее губы изогнулись в самодовольной улыбке, и она пробежала опытными пальцами вниз по его жесткому торсу, прикоснувшись к пульсирующей мужской плоти.

Да, ее английский виконт был мужчиной из тысячи! Даниэла, как немногие из женщин, знала, насколько уникален его талант любовника. Но и она была редкостной женщиной. Она любым способом завладеет им, поклялась себе Даниэла; это лишь вопрос времени.

Когда несколькими минутами позже тихую комнату огласил его хриплый стон, Рейвенхерст обдумывал совершенно другой вопрос.

С каким удовольствием заставит он красивую шлюху с серо-зелеными глазами расплатиться за то, что она сделала с ним пять лет назад.

Часть первая

Двадцать пять лошадок
Пронеслись во мраке —
Коньячок для пастора,
Табачок служаке.
Редьярд Киплинг

Глава 1

Камбер-Сэндз
Юго-восточное побережье Англии
Май 1810 года

Дул сильный свежий ветер. Через Ла-Манш, разделяющий Англию и Францию, в океан катились волны с белыми гребнями. Неровные облака проносились по небу, освещенному луной, превращая болото в черно-серебристое пространство.

Луна контрабандистов — так называли ее здесь, на болоте Ромни, где южное побережье Англии близко отстояло от побережья Франции. Достаточно света, чтобы без особого труда проскользнуть по песку с не оплаченными таможенной пошлиной чаем и коньяком, и слишком мало, чтобы верховые офицеры королевской гвардии могли попасть в чью-то спину.

Возле берега под защитой песчаной дюны скорчилась худощавая фигурка, невидимая среди шуршащих камышей и болотной травы. Ее туманные очертания надежно терялись в черных пятнах на болоте.

У линии горизонта вздымались на сильном ветру паруса небольшого парусного судна, ослепительно белые на фоне темной воды. Доставив груз коньяка, быстроходная шхуна помчалась в открытое море. Ее трюмы опустели.

Постепенно белые паруса уменьшались в размере. Стройная тень все еще ждала не двигаясь, захваченная красотой и покоем болота. Над головой тихо зашуршал подхваченный ветром песок. Где-то вдалеке закричал кроншнеп.

Красивый мир, но какой-то безжизненный!

Неожиданно из одной из бесчисленных бухточек, прорезающих побережье между Хастингсом и Раем, выскочил катер акцизного управления и пустился в погоню. Но судно контрабандистов было быстрее и имело слаженную команду. Скоро оно исчезло за горизонтом, в то время как таможенный катер только набирал скорость.

Вполне удовлетворенный, человек, ведший наблюдение в дюнах, наконец-то зашевелился. Когда королевское судно повернуло в сторону Рая, стройная тень выпрямилась и сделала грациозный, насмешливый реверанс.

Лунный свет играл на лихо сдвинутой набок треуголке. Под шляпой виднелись длинные подрагивающие усы, расходящиеся в стороны от лисьего носа.

Когда треуголка взлетела вверх, по хрупким плечам рассыпались пышные золотисто-каштановые кудри. Таинственный зверь пропал — с него спала лисья маска, и стали отчетливо видны изогнутые в довольной улыбке пухлые губы цвета ранней земляники.

Когда из-за облаков показалась луна, ее серебряное сияние осветило пикантное лицо с поднятыми вверх серо-зелеными глазами. Незабываемое лицо, особенно сейчас, когда оно сияло торжеством.

И это было, вне всякого сомнения, женское лицо; изящные брови и точеный нос могли сойти за творение мастера Возрождения.

Стройное тело женщины сотрясалось от беззвучного смеха, когда она наклонилась, чтобы перебросить через плечо клеенчатую сумку с чаем. Одетая в узкие черные бриджи, просторную белую рубашку и высокие сапоги, она могла бы сойти за молодого деревенского паренька, пробирающегося домой через болото, если бы не грудь и бедра, которые не скрывал мужской костюм.

Однако никто не видел, как этой ночью Тэсс Лейтон наклонила голову, чтобы подобрать вверх тяжелые кудри, струящиеся в лунном свете подобно красному бургундскому. С вызывающей улыбкой она спрятала волосы под треуголку и набросила на плечи черный плащ.

Тэсс Лейтон не станет больше плакать! Больше не будет бедности, поклялась она себе с выражением решимости на юном лице. Больше не будет оскорблений и жалостливых взглядов.

Ее отец умер; мрачное прошлое осталось позади. Она начнет новую жизнь — хорошую жизнь, и не важно, что скажут люди.

Да, она снова была сильной и здоровой. Находящаяся в ее ведении гостиница XIV века, в течение нескольких поколений принадлежавшая семейству Лейтон, процветала. Скоро у нее появится достаточно денег, чтобы расплатиться с чудовищными долгами, которые оставил ей отец.

А что потом?

Тереза Ариадна Лейтон поежилась, прислушиваясь к высокому, одинокому голосу пустельги. «Ки-ли, ки-ли», — пела птица, летя на юг над чернотой болот.

Да, и что потом?

Ее глаза потемнели, из изумрудных превратившись в дымчато-серые. Порыв ветра подхватил плащ, развевавшийся вокруг ее стройных ног. Поежившись, она подхватила тяжелую шерсть и плотнее закуталась в нее. Тэсс с вызовом пожала плечами, и в бездонной глубине ее глаз появился озорной огонек.

Ну а потом она успокоится и станет настоящей леди. Непременно! Она с удовольствием будет пить чай перед потрескивающим камином, когда пройдут дни, проведенные в обществе свободных торговцев. Но это будет не скоро!

Тэсс скривила полные губы, представив себе ярость таможенного инспектора, обнаружившего, что прямо у него под носом на берег доставлен контрабандный груз. Она почти хотела попасть туда, чтобы услышать проклятия Эймоса Хоукинза.

Да, Тэсс не будет больше плакать. Эта новая жизнь — именно то, что ей нужно.

Взглянув последний раз на море, женщина, осмелившаяся вырядиться в костюм Ромнийского Лиса, устремилась к гребню дюны, шурша ногами по песку. Минуту спустя ее стройный силуэт пропал в серебристо-черном безмолвии болота.

Виконт Рейвенхерст, нахмурившись, осадил лошадь. Несколько долгих минут всматривался он в мрачную свинцовую поверхность болота. Зарядил мелкий дождь, и он повыше поднял воротник, укрыв шею. В отдалении уже виднелись крыши и церковные шпили Рая, острова в темном океане колышущейся болотной травы.

Рейвенхерст замерз и проголодался. Он понял также, что дьявольски вымотался. У него болели мышцы там, где и мышцто быть не должно. Ему до смерти хотелось в горячую ванну и выпить чего-нибудь покрепче — и необязательно в таком порядке.

Дождь усилился; струйки просачивались ему за воротник и, щекоча, стекали между лопатками. Рейвенхерст ссутулил под плащом широкие плечи и нахмурился, спрашивая себя, зачем он согласился принять это проклятое предложение.

Что-то привлекло его внимание в южном направлении, где в слабом свете неполной луны сверкала перепутанная сеть рвов и каналов. Скоро и этот свет исчезнет, подумал он, рассматривая тяжелые штормовые облака, несущиеся со стороны Ла-Манша.

Неожиданно он напрягся. Дейн снова почувствовал слабое покалывание вдоль шеи. Беспокойство — и что-то еще.

Он резко выпрямился в седле, позабыв о болезненно ныв-ших мышцах и затекшей шее, и, пришпоривая Фараона, помчался через пустынную, залитую водой равнину.

— Постойте, капитан! Там, около камышей! Клянусь, я видел, как что-то двигалось!

Это был один из людей Эймоса Хоукинза, поняла Тэсс, прячась за невысокой стеной болотной травы на краю одного из многочисленных каналов, пересекающих болото.

Она услышала в отдалении сердитые проклятия Хоукинза, когда его люди прочесывали местность в поисках намеченной жертвы.

Вдруг один из офицеров таможни крикнул:

— Там! В камышах. Оно опять двигалось!

Тэсс вздрогнула, сдерживая испуганный стон. Они нашли ее! В отчаянии она заморгала, чтобы не расплакаться, стараясь взять себя в руки. У нее болели ребра после падения во время перехода через болото, ноги словно налились свинцом. С бьющимся сердцем девушка согнулась еще ниже, молясь в душе, чтобы густая трава скрыла ее.

Хоукинз начал выкрикивать приказания с дальнего берега реки.

Внимательные глаза Тэсс устремились к находящейся в отдалении возвышенности, где на фоне бледной, восходящей луны отчетливо вырисовывались зазубренные башенки старого монастыря.

«Фарли, — подумала она с дрожью. — Какое безумие ты навлечешь на меня в этот раз?»

Но ей некогда было предаваться сожалениям или страху — Хоукинз наступал ей на пятки. Поэтому, сжав зубы, Тэсс пошла, не обращая внимания на боль в боку и ползущий по ногам холод. Скоро ее силуэт слился с безбрежным морем теней, скользящих под свинцовым небом.

Настроение Рейвенхерста неуклонно ухудшалось, пока он пересекал болото Гиббет. Его плащ промок, в сапогах хлюпала вода. Он прищурился, стараясь разглядеть что-нибудь в темноте за стеной воды; похоже, эта сплошная черная стена перед ним — ряд пакгаузов вдоль пристани. Слава Богу, он почти у цели! Минуту спустя открылась идущая уступами Мермейд-стрит. Копыта Фараона отдавались гулким эхом от булыжной мостовой.

Город словно вымер, только один слабый огонек мерцал на вершине холма. Нахмурившись, Дейн осадил лошадь. Он снова ощутил непонятную, раздражающую боль в спине.

Из тени выскользнули три фигуры.

— Не двигаться, путник, — резко приказал стоящий впереди человек. — Выньте руки из карманов и объясните, что за дело у вас в Рае. — С этими словами мужчина вытащил из-под плаща дуло мушкета; показалась малиновая униформа.

Итак, этой ночью драгуны были в дозоре. Рейвенхерст, ослабив поводья, переложил их в одну руку — на всякий случай.

— У меня дело к члену городского магистрата, но сначала я отправляюсь в гостиницу «Ангел», где собираюсь остановиться на ночь.

— Какого рода дело? — допрашивал драгун, загораживая Дейну дорогу.

Уверенный тон парня заставил Рейвенхерста заскрежетать зубами. Ему никогда не нравились забияки — не важно, французы или англичане.

— У меня дело официального характера, — буркнул он. — Эксплуатация Королевского военного канала, если быть точным. — Черт побери! В его планы не входило обнаруживать свое присутствие в Рае вот так сразу, но эти люди не оставили ему выбора.

Холодные темно-синие глаза Дейна метнулись к униформе мужчины.

— Я виконт Рейвенхерст, новый комиссар. Надеюсь, вас удовлетворит такой ответ, сержант?

Что-то гневное и повелительное в этом жестком голосе заставило драгуна непроизвольно отступить назад. Рейвенхерст не стал дожидаться ответа — пришпорив Фараона, он поскакал вверх по переулку.

Через двадцать минут Тэсс добралась наконец до края затопленной равнины.

Вокруг было тихо. Моросящий дождь почти прекратился, и на фоне луны плясали размытые облака. Не замечая больше следов Хоукинза и его людей, она выгнулась и набрала полные легкие воздуха. Стояли непривычные для мая холода. Ее зубы выбивали дробь, а ступни и пальцы онемели. Она ощущала необыкновенную легкость, почти что невесомость, как будто парила над землей. К тому времени как Тэсс дошла до старого дома на краю болота и оставила там клеенчатую сумку с китайским чаем для вдовы Харгейт, луна вышла из-за туч и повисла низко над горизонтом. В отдалении можно было различить темные шпили Святой Марии, возвышавшиеся над крышами Рая.

Измученная Тэсс обогнула Гиббетскую топь и направилась в сторону Уиш-стрит. Почти ничего не видя, она пробиралась между заборами и погруженными во тьму дворами, избегая главных улиц. Ребра с левой стороны груди, там, где Тэсс ушиблась о камень на болоте, пульсировали от боли, и она держалась на ногах только усилием воли.

Еще пять ярдов. Четыре, говорила она себе, задыхаясь.

Скоро она будет в безопасности. Камин. Сухая одежда.

Еще три ярда.

Сейчас нельзя останавливаться, нельзя останавливаться!

Впереди замаячил темный узкий лаз в переулок Нидлз.

И вдруг, у самого поворота, она заметила темный силуэт. Это был высокий мужчина, широкие плечи которого загораживали бледную луну. Окутанный плащом и клубами дыма, он стоял неподвижно у входа в узкий проулок.

Боже правый! Неужели нельзя было выбрать место поуютнее, чтобы подымить? Что прикажете ей теперь делать?

С нижних подступов к улице послышались сердитые, отрывистые ругательства и беспокойное ржание лошадей.

— Браун, возьми пять человек и прочеши доки! — ревел Эймос Хоукинз с возвышенной части улицы. — Боггз, обойди Мермейд-стрит. Остальные пойдут со мной. Мне нужен этот чертов подонок, и мне наплевать, как вы его поймаете! Пятьсот фунтов за поимку Лиса!

Тэсс едва не разрыдалась, когда горячие офицеры Хоукинза прогрохотали вверх по улице за ее спиной. Боже правый, она в ловушке!

В панике Тэсс споткнулась о какой-то камешек, который с шумом покатился вниз по булыжной мостовой. И немедленно отступила в тень, вжавшись в затененный дверной проем, застыв там с бешено бьющимся сердцем.

Слишком поздно! Человек в проулке обернулся, и хотя его лицо было в тени, Тэсс чувствовала, как его пронзительные глаза ощупывают безмолвную темноту улицы. Некоторое время он не двигался, потом наконец повернулся и прислонился к дальнему углу галереи. Неслышно переводя дух, она оглядела ближайшие дома в поисках лучшего укрытия. Без всякого предупреждения ее схватила за плечи пара стальных рук.

— Кто у нас тут? Быть может, неуловимая жертва Хоукинза?

Дико вскрикнув, Тэсс пыталась вывернуться и неистово билась в этих цепких руках. Но ее молотящие кулачки были не более опасны, чем болотные мухи.

— В таком случае ты немногого стоишь, — буркнул захвативший сс человек, пристально вглядываясь ей в лицо, — и к тому же ты чертовски грязный.

Тэсс вознесла благодарственную молитву за то, что засунула маску с усами в карман объемистого плаща, когда уходила с болота. Треуголка скроет ее волосы. Оставалось надеяться на то, что древесный уголь, которым она разрисовала себе лицо, стерся не полностью.

К проулку приближался топот ног.

На секунду ей удалось вырваться, но потом цепкие пальцы снова схватили ее, прижимая спиной к шершавой кирпичной стене.

— Вас, молодых, натаскивает Лис, так ведь? — грубо произнес мужчина. — Ей-богу, тебе не больше тринадцати-четырнадцати! Сопливый мальчишка.

— Пусти, негодяй! Щас научу тя, как приставать к бедным людям! — Тэсс инстинктивно перешла на грубый сельский диалект, поскольку понимала, что любой ценой должна сохранить свое инкогнито.

Она судорожно переступала ногами, ища опору. С каждым движением объемистый плащ все крепче обматывался вокруг ее тонкого тела, пока она е стала задыхаться в толстой, холодной и влажной шерсти.

Но мужчина придавил ее к стене всей тяжестью своего массивного тела.

— А ты горячий, скажу я тебе, мальчик мой. Десять фунтов плаща и девяносто фунтов драчливости!

Его дыхание было теплым, смешанным с запахом коньяка. Даже понимая, что это бесполезно, Тэсс продолжала сопротивляться. Резко дернувшись, она оказалась прижатой к широкой груди мужчины и твердой линии его бедер. Она почувствовала, что лицо ее вспыхнуло под слоем угля.

— Перестань сопротивляться, дурачок! — прошипел незнакомец.

Что-то в этом голосе, одновременно бархатном и жестком, показалось ей знакомым. Воспоминания нахлынули на Тэсс, пробиваясь теперь сквозь стену горького забытья, воздвигнутую за долгие годы. Стена рухнула, оставив ее незащищенной и возмутив глубокий источник боли.

Жестокой боли, которую она прогнала из сердца пять лет назад. Боли, которую считала до сих пор забытой.

В изумлении Тэсс почувствовала, как жесткие бедра мужчины соприкасаются с ее бедрами. Она подавила рыдание. Это не был голос незнакомца. Это был голос Дейна Сен-Пьера, мужчины, которого она некогда любила со всей необузданной страстью юной, неискушенной души.

Боже правый, этого не может быть!

Но невозможно было не узнать низкий тембр голоса и холодные синие глаза. Темно-синие глаза! Глаза мужчины, укравшего ее сердце, превратившего его в груду осколков, а потом повернувшегося и ушедшего из ее жизни без тени сожаления. Тэсс оцепенела, чуть не плача от опаляющей боли этих воспоминаний.

Холодные и влажные пальцы мужчины заскользили к ее шее.

— Черт тя побери! — прохрипела она. — Пусти щас же, ты, грязный подонок! — Ей удалось вывернуться и нацелиться коленом ему в пах, но Дейн резко повернулся, зажав ее ногу своей.

— Успокойся ты, дурень, — прорычал Рейвенхерст, безжалостно сжимая рукой нежную шею, — если не хочешь, чтобы тебя нашел Хоукинз!

У входа в галерею послышались топот и ржание норовистых лошадей. Пальцы Дейна предупреждающе напряглись, он подтолкнул Тэсс назад упругим телом, вжимаясь вместе с ней в стену галереи. Они стояли, прижавшись грудью к груди, бедром к бедру. У Тэсс кружилась голова, она как бы качалась на волнах памяти, погружаясь в его аромат.

Она вдыхала смешанный запах морской соли и табака, коньяка и мокрой шерсти. И слабый, неуловимый мужской запах — чистый и слегка дымный. Как все это было знакомо — как будто никогда и не было долгих лет разлуки!

Каждая напряженная мышца его тела была прижата к возбужденному телу Тэсс. Его твердые бедра вдавились в ее живот, а ее подбородок упирался ему в грудь. Она чувствовала тепло его кожи через свою влажную одежду, под распахнутым плащом слышала яростное биение его сердца.

Или это было ее сердце?

Грубая влажная шерсть раздражала ее соски, отчего они моментально встали торчком. Дикое и безрассудное желание пронизало ее дрожащее тело, и она содрогнулась, уносимая на волнах сильного чувства и безжалостной памяти.

«Дейн, — шептала ее кровь. — Почему ты позволил этому так закончиться? И зачем вообще ты вернулся?»

С возвышенной части переулка послышался резкий цокот копыт.

— Эй, там! Остановись, говорю я, именем короля! — Через улицу затопали быстрые ноги.

— Зачем вы остановились, идиоты? — заревел Хоукинз от подножия холма. — Здесь никого, кроме чертовой кошки! Немедленно найдите мне этих поганых контрабандистов! Сегодня ночью, понятно? Хватайте любого со следами песка на сапогах или клочьями болотной травы в волосах. Они мне выложат все, что надо, или я вырву языки из их глоток! А теперь поторапливайтесь, а не то упустите добычу, стоя вот так с разинутым ртом!

Лошади устремились вверх по переулку; звон их копыт резко отдавался в ушах Тэсс. Минуту спустя отряд таможни прогрохотал мимо входа в галерею.

Наконец настала тишина, резкие голоса удалялись и звучали уже еле слышно. Тэсс смогла перевести дух и часто задышала. Стальные пальцы Рейвенхерста тотчас же вновь сомкнулись на ее горле.

— Пусти меня, ты, тупоголовый верзила! — яростно прошипела она, извиваясь в его руках.

Не успев ничего предпринять, она снова была притиснута к стене мужчиной, опалявшим своим дыханием ее прохладную кожу.

Задев ребрами за выступающий обломок кирпича, она еле удержалась от рыданий. «Никаких слез! — яростно приказала она себе. — Мне нельзя поддаваться панике. Он не должен догадаться, что я не мальчик».

— Ну а теперь, — произнес незнакомец бархатным голосом, в котором слышалась угроза, — давайте-ка посмотрим на неуловимую жертву Хоукинза.

Тэсс тщетно сопротивлялась, пока он тащил ее к бледному прямоугольнику света, освещавшему узкую галерею.

Вне себя от ужаса, Тэсс пыталась вырваться из его рук. Почувствовав, что он проводит ладонью по ее лицу, она яростно укусила его.

Стоящий рядом с ней человек взревел от удивления и боли. Витиевато ругаясь, он заломил ей руки за спину.

— Еще один такой трюк, парень, и я сдам тебя Хоукинзу! Судя по тому, что я слышал о нем, тебе это не слишком понравится! — Он прищурил пронзительные глаза, вглядываясь в ее чумазое лицо. — Твоя юность не пойдет тебе впрок в Дуврской тюрьме, дурачок. Если ты не умрешь от болезни, тебя загубят другие мужчины — но сначала они, разумеется, воспользуются тобой для удовлетворения своих неестественных потребностей. — Высокий мужчина с каменным лицом ждал, пока его слова дойдут до нее.

Тэсс содрогнулась и прекратила сопротивление. Он намного сильнее, и ей не ускользнуть от него. Нет, ей следует полагаться на свой ум.

— Так-то лучше, мы вполне можем быть союзниками, — мужчина мрачно рассмеялся, — или нейтральными сторонами, во всяком случае, когда ты рассмотришь мое предложение.

С сухих губ Тэсс сорвался несдержанный, отрывистый смешок. Предложение? Неужели он догадался, что его жертва — женщина?

Рейвенхерст напрягся. Нахмурившись, он повернул лицо пойманной жертвы в полосе лунного света, пытаясь рассмотреть черты, скрытые под толстым слоем угля. В нетерпении отбросив ее плащ в сторону, он притянул Тэсс ближе. И в тот же момент слегка задел рукой за мягкую плоть. Теплые, податливые формы.

Тотчас же тело Рейвенхерста оцепенело. Уж он-то знал, какова женская грудь на ощупь! У него вырвалось бранное слово.

— Итак, Лис приглашает в банду женщин, правда ведь? — Схватив ее запястья большой ручищей, другой рукой он снова прикоснулся к ней, чтобы убедиться в своем поразительном открытии.

Тэсс отчаянно боролась, приходя в ужас от того, что он может сделать дальше. Но она ослабела, у нее кружилась голова, и Дейн легко одолел ее. Когда он провел твердыми пальцами по линии ее груди, едва прикрытой влажной рубашкой, у нее не осталось сил сопротивляться. Обследование было неторопливым и безжалостно-методичным. К своему ужасу. Тэсс почувствовала, что ее соски напрягаются под этими твердыми, ощупывающими пальцами.

Обидчик стал сдерживать дыхание. Он еще раз провел рукой по ее телу, но на этот раз его прикосновение было неспешным и провоцирующим. Обхватив ловкими длинными пальцами нераскрывшиеся бутоны сосков, он стал умело ласкать их. Со стиснутых губ Тэсс слетел еле слышный стон. Как такое могло произойти с ней?

С торжествующим рыком стоящий в тени мужчина завел ей руки за голову и прижал к стене. Его чувственные губы сложились в хмурую, понимающую ухмылку.

— Я вижу, ты не так молода, чтобы не знать женскую страсть. Интересно только, так ли чувствительно в тебе все остальное?

С сумрачным лицом Рейвенхерст начал расстегивать пуговицы ее рубашки, решительно распахивая тонкую влажную ткань и не обращая внимания на сопротивление Тэсс. Прищурив глаза, он окинул взглядом бледные изгибы и выпуклости, слабо освещенные лунным светом. Ему удалось разглядеть чертовски мало, но того, что он увидел, было более чем достаточно, чтобы воспламенить его. Желание пронизало все его существо, и его мужское естество напряглось под бриджами.

Он хотел ее, грязную и промокшую, пусть даже она была всего-навсего девкой контрабандистов! Но что-то подсказывало Рейвенхерсту, что у нее молодое и свежее тело. Прошло уже четыре долгие недели с тех пор, как он в последний раз спал с женщиной.

Да почему бы и нет?

Он медленно наклонил голову и поймал губами одну из округлых выпуклостей. Женщина в его руках задрожала и издала отрывистый стон, продолжая сопротивляться. Итак, она чувствовала то же самое? Рейвенхерст слишком часто слышал эту прерывистую ноту страсти и раньше, чтобы не распознать ее теперь. Она, очевидно, думает, что немного сопротивления с ее стороны повысит ей цену, цинично решил он.

Чувствуя, как в жилах у него бурлит густая и горячая кровь, он взял в рот другой ее сосок, яростно покусывая, а потом целуя. Тэсс снова задрожала, и он сумрачно улыбнулся.

Господи, до чего чувственная девчушка! Какой-то первородный инстинкт подсказывал ему, что эта женщина не стала бы притворяться или играть, как это часто делала его хитроумная любовница. Нет, эта маленькая красотка стала бы бросать ему вызов каждым своим вздохом, сопротивляясь и кусаясь. А потом она бы застонала и выгнулась дугой под его ласкающими пальцами, горячая и вожделеющая, истекающая соком, изголодавшаяся по любви женщина.

У Рейвенхерста перехватило дыхание, когда он вдруг ощутил настоятельную потребность попробовать, какова она на вкус всюду, начиная от темного треугольника меж бедер.

«Не останавливайся, — шептал невнятный голос. — Она горяча и нетерпелива и хочет стать твоей».

Дейн безжалостно запрокинул ей голову и, прикусив ее нижнюю губу, захватил зубами мягкую, податливую плоть.

«Возьми ее сейчас!»

Зажатая, как в тисках, Тэсс подавила рыдание, пытаясь увернуться от его настойчивых ласк. Щеки ее пылали под толстым слоем угля. Ей надо освободиться, или все пропало!

— Убери от меня свои чертовы лапы! — закричала она, не в силах скрыть прерывистую нотку страсти в голосе. — Ты просто подонок, каких много среди вас, жентельменов, шляется тут ради потехи.

Стоящий в тени Рейвенхерст нахмурился, услышав в ее голосе что-то помимо страсти, что-то похожее на откровенный страх.

— Если в твоем голосе мне послышался страх, тогда ты играешь в чертовски опасные игры, моя девочка, — пробурчал он, пытаясь побороть горячий прилив желания. Он слышал свое собственное резкое и неровное дыхание, то и дело шепча проклятия.

Что, к дьяволу, с ним стряслось? Дейн не ощущал ничего подобного с тех пор, как был похотливым юнцом!

— Возможно, этой ночью я смогу заинтересовать тебя другим предложением.

— После дождичка в четверг! — сердито фыркнула Тэсс, предпринимая еще одну отчаянную попытку убежать.

Но его жесткие бедра прижали ее к стене, не давая пошевелиться.

— Да поможет тебе Бог, если ты попадешься Хоукинзу, — пробурчал он.

— А пошел он к дьяволу, этот чернявый педик — таможенный офицер! — выпалила Тэсс в запальчивости. — И лучше того — а не пошел бы и ты куда подальше!

— О да, наш друг Хоукинз имеет пристрастие к женщинам с характером! — Мужчина с холодными глазами продолжал говорить резким тоном, как бы не слыша ее. — Я слышал, он любит выколачивать душу из своих женщин. И получает от этого почти столько же удовольствия, сколько от вещей, которые он заставляет их делать потом, — и чем они унизительней, тем лучше. Нет, ночь с Хоукинзом — это не тот опыт, который доставил бы тебе наслаждение, девочка, несмотря на твои попытки казаться свирепой. — Он прищурил глаза, всматриваясь в ее лицо, наполовину скрытое под кокетливой треуголкой. — И что-то подсказывает мне, что будет очень обидно видеть, как в твоих сверкающих глазах померкнет свет.

Тэсс содрогнулась, зная, что он говорит правду о Хоукинзе. На память ей пришли некоторые из слухов о грубом таможенном инспекторе Рая. Но даже если Рейвенхерст был прав, она не хотела показывать страха.

— О каких услугах вы говорили раньше? — сердито спросила она.

— Сначала открой мне лицо.

— Не выйдет, черт возьми! Слишком опасно. Ты только выдашь меня, а потом нас обоих найдут связанными и утопленными в какой-нибудь заброшенной канаве! У Лиса везде есть глаза, не знаешь, что ли?

— Может быть, ты и права, — медленно произнес Рейвенхерст, всматриваясь в ее покрытое сажей лицо.

Тэсс ждала в оцепенении, молясь, чтобы он не узнал ее. В конце концов, прошло пять лет, и ее черты были почти скрыты углем.

Через несколько тягостных мгновений захвативший ее человек, казалось, пришел к какому-то решению.

— Слушай внимательно, женщина. Мне нужна информация, и я хорошо заплачу тебе, если ты сможешь узнать то, что меня интересует.

— Ну а зачем красивому жентельмену вроде вас расспрашивать такую девушку, как я?

— На то есть свои причины.

— И что вам от меня нужно? — осторожно поинтересовалась она.

— Как встретиться с Ромнийским Лисом?

Шумный вздох Тэсс взорвался в узком пространстве между ними.

— Вот это у вас никогда не выйдет!

— Я должен, — буркнул мужчина скрывая в тени свое лицо. — Ты работаешь на него. Судя по твоему голосу, ты боишься его, но и уважаешь. Хорошенько подумай об этом. Сама его жизнь зависит от моего разговора с ним. В сущности, гораздо большее, чем его жизнь.

О чем говорит этот сумасшедший? Тэсс лихорадочно думала, снова сопротивляясь ему, опасаясь безжалостной решимости чужих, холодных глаз Дейна.

— Решать за Лиса не годится. Нет, он ни с кем не встречается. Даже думать об этом опасно, не сойти мне с этого места! А теперь отпусти меня, негодяй! Пока меня не увидели с тобой!

Но Тэсс тщетно пыталась высвободиться из его неослабевающих рук. Боже правый, пусть все поскорей закончится! Она не может больше продолжать этот маскарад!

— Послушай, крошка, я не прошу тебя назвать мне имя этого человека или доносить на него, просто передай мое послание. Скажи ему, что я хочу встретиться — пусть он сам выбирает время и место. На его условиях, но это нужно сделать побыстрее, — резко добавил Рейвенхерст.

— Невозможно, черт тя побери! Ты што, не слышал? Чертовски опасно! И к тому же я не знаю, как зовут Лиса. Ничего не знаю о нем — и никто не знает! Появляется, как туман на болоте, ей-ей, а потом так же пропадает.

Жесткие пальцы сжали ее еще сильнее. Неожиданно лицо обидчика оказалось так близко от ее лица, что его горячее дыхание опалило ей щеку.

— Послушай меня, глупышка, — пробурчал он, — это важнее жалкой возни с контрабандой. Это важнее тебя, меня или даже твоего чертова Лиса! На карту поставлены жизни людей — тысяч людей! — Он витиевато выругался, отпустив одну руку, чтобы залезть в карман плаща.

Через секунду Тэсс почувствовала, как в ее ладонь опустился холодный круглый предмет. Она скосила глаза, нахмурившись при виде золотой гинеи.

— Это лишь первая, если ты поможешь мне. Будет еще много, и все, что от тебя требуется, — это передавать мои послания.

У Тэсс голова шла кругом. Дурень не догадывался о том, что попал в самое что ни на есть подходящее место для связи с Лисом! Если бы ситуация не была такой ужасной, она бы рассмеялась. Но быть может, они вдвоем смогут поиграть в шпионов, подумала Тэсс, и ее серо-зеленые глаза засверкали.

— Сколько же ты заплатишь, — осторожно спросила она, — если я соглашусь помогать тебе? Но покамест я не говорю ни «да», ни «нет».

Рейвенхерст насмешливо улыбнулся. Деньги, конечно, как всегда, сделали свое дело.

— Я заплачу много, скажем, сотню фунтов. При условии, что ты будешь хорошо выполнять поручения.

Тэсс не смогла сдержать возгласа изумления. Такая сумма была настоящим состоянием для деревенской девушки, за которую он ее принимал!

— И тебе обеспечено прощение, если добровольно покинешь свободных торговцев, как вы их называете. Что я тебе настоятельно советую, — сумрачно добавил Рейвенхерст, — в противном случае у тебя нет будущего. Если бы сегодня ночью тебя схватил другой человек...

Женщина в его руках сопротивлялась, шепча проклятия, уверенная, что он в любую минуту может узнать ее. Наконец ей удалось освободить одну руку, и она тут же вцепилась острыми ногтями ему в щеку.

— Ты, маленькая чертовка! — На твердой челюсти Рейвенхерста заиграли желваки, когда он поймал Тэсс за руку и завел ей локоть за спину. Безжалостно запрокинув ей голову, он стал целовать ее с необузданной, мстительной силой, пока она не перестала сопротивляться и не повисла у него на руках.

Еле слышное всхлипывание, сорвавшееся с ее пухлых губ, заставило Дейна на мгновение позабыть о своей темной страсти. Он замигал, смущенный бешеным биением собственного сердца. Боже, как же он хотел ее! Ее рот был сладким и теплым, как мед, и он никак не мог насытиться им.

Внезапно Дейн понял, что может думать только о ее обнаженном теле, бледном и неистовом, когда он овладеет ею прямо здесь, в темноте галереи.

Рейвенхерст с проклятием отодвинулся, ожесточенно тряся головой. Что он делает, во имя всего святого? Она — обыкновенная шлюха и притом изменница. Почему ее тело так воспламеняет его?

— Пусти меня, — устало прошептала женщина в его объятиях, — пока кто-нибудь не увидел нас. Не знаю еще, смогу ли помочь тебе, но я подумаю.

Вот опять. Нотка слепой, необъяснимой паники. Но что-то в этом голосе было еще, размышлял Дейн, нахмурившись.

Он тут же потерял неуловимую нить мыслей, потому что ощущал только, как в его жилах вздымается горячая и тяжелая кровь. Он мог думать лишь о ее теплой шелковистой коже.

— Думай все, что хочешь, но не слишком долго, — пробубнил он. — Я буду в «Ангеле», пока не подготовят мой дом напротив. Спроси виконта Рейвенхерста.

Сердце Тэсс замерло в груди. О, только не в «Ангеле»! Ни за что! Это уж слишком!

Она покачнулась и упала бы, не ухвати он ее руками за талию. При этом он задел ее ребро, все еще болевшее от падения на болоте. Тэсс сжалась, задохнувшись от боли.

У Рейвенхерста моментально похолодели руки.

— Ты ушиблась? Почему не сказала мне, глупышка? Тогда тебе лучше уйти, — сумрачно приказал он, — иначе от тебя не будет толку. Тебе далеко идти?

— Не так далеко, — быстро проговорила Тэсс, пытаясь разобраться в хаосе своих мыслей, отказываясь поверить даже теперь, что это Дейн, ее возлюбленный, вернувшийся после пяти долгих и томительных лет.

Вернувшийся, чтобы насмехаться над ней и мучить ее.

Вернувшийся, чтобы пошатнуть ее с трудом завоеванную уверенность и угрожать призрачной надежности ее новой жизни.

Неожиданно горло Тэсс сдавило спазмом гнева и горечи.

Она сурово кляла себя за слабость, за то, что продолжала что-то чувствовать к этому мужчине. Даже сейчас она ощущала предательский огонь желания. Неотвязные воспоминания, смутные и сладкие, нахлынули на нее вместе с мучительными грезами, следовавшими за ними по пятам.

Как же она ненавидела этого человека!

Даже больше, чем когда-то любила.

— Как мне связаться с тобой?

Тэсс сжалась, возвращенная в настоящее этим обыденным, безличным вопросом.

— Этого не надо. Я завсегда смогу найтись тебя. Когда — и если — потребуется. — Она скривилась, кляня себя за срывающийся голос.

Внезапно из конца в конец галереи пронесся порыв ветра, подхватив мелкие камешки, рассыпая их по булыжнику и задувая ей прямо в лицо.

— Пусти меня щас же, — холодно приказала она, пробудившись наконец от темного очарования своих воспоминаний. — Луна почти ушла, и я едва стою на ногах.

Но ее хмурый обидчик не двигался. Рассвирепев, она сжала кулаки и опустила их ему на грудь.

— Если меня увидят с тобой, мы оба пропали! — бушевала она.

Ей нужно уходить! Бок жгло огнем, и она с трудом дышала.

Невнятно выругавшись, разгневанный Рейвенхерст отпустил ее и быстро отступил назад. Дьявол, что с ним происходит, в конце-то концов? Девчонка с перепачканным сажей лицом тотчас же бросилась в сторону спасительной улицы.

Только для того, чтобы увидеть у ближайшего угла пару часовых — драгун Хоукинза.

Глава 2

Прогремел выстрел, пуля сердито просвистела мимо уха Тэсс. В отдалении послышались ответные крики. В отчаянии она повернулась и устремилась обратно в узкую галерею, где сильные руки втащили ее в темноту. Сердце Тэсс так бешено колотилось, что она с трудом разобрала его слова.

— Предоставь это мне, — прошептал Рейвенхерст.

Ночь взорвалась шумом и проклятиями.

— Выходи, ты, чертов подонок! — яростно ревел Эймос Хоукинз. — Теперь не уйдешь от меня! Твоя подстреленная туша не стоит даже той грязи, в которой ты валяешься. Поднимай задницу, пока мне не надоело ждать и я не послал в тебя парочку пуль, чтобы поторопился.

Тэсс почувствовала, как жесткие руки отпускают ее плечи. Она смотрела, как Дейн движется к входу в галерею, где луна бросала пляшущие тени на плотный полукруг таможенников и драгун.

— А вы сегодня поздно гуляете, джентльмены. — Рейвенхерст с бесстрастным лицом выступил из темноты. Он прищуренными глазами взглянул на тяжелую фигуру всадника в центре полукруга. — Инспектор Хоукинз, полагаю? Заняты охотой на лис? — насмешливо поинтересовался он.

Короткие и толстые руки таможенного офицера судорожно вцепились в поводья. Проклятый Лис снова одурачил его! И на глазах этого чертова самонадеянного лондонца!

— Мои люди доложили мне, что задержали вас около пристани, Рейвенхерст. Полагаю, это ваша лошадь привязана на улице Лэнд-Гейт. — Хоукинз сощурил маленькие глазки. — В таком случае что вы здесь делаете?

— Дышу ночным воздухом, инспектор. Надеюсь, это еще не запрещено в Англии, — произнес виконт, растягивая слова.

— Гуляйте где вздумается — в Холборне или Хейдзе, — если только не будете попадаться на моем пути! — проворчал Хоукинз. — И пусть отправится к дьяволу любой, кто попытается остановить меня! Сейчас разбойник так близко, что я чую его! — Он немного поколебался. — Не видели ничего подозрительного, пока были здесь, Рейвенхерст?

— Я? — прозвучало с насмешливым презрением.

Хоукинз сдержал проклятие.

— Не имеет значения, я схвачу негодяя к утру. Да, и он будет счастлив при виде виселицы после того, как я с ним разделаюсь. — Инспектор издал холодный, невыразительный смешок. Его бесцветные глаза устремились на высокого мужчину, стоявшего перед ним. — А теперь прочь с дороги, Рейвенхерст! Это моя беговая дорожка. Будет страшно обидно, если с героем морских сражений вроде вас что-нибудь случится темной ночью, не так ли?

Ни один мускул не дрогнул на лице Рейвенхерста. Молчание затягивалось, воздух буквально дрожал от напряжения. Позади Хоукинза начала пританцовывать норовистая лошадь. Кто-то в кружке драгун нервно откашлялся.

Виконт с каменным лицом выжидал, молчание становилось угрожающим. Когда он наконец заговорил, в его голосе прозвучала угроза.

— Ничего не люблю так, как хорошую потасовку, Хоукинз. Советую вам помнить об этом. Помните также, что я нахожу ночной воздух бодрящим, вот почему я прогуливаюсь каждый вечер. Вы совершите огромную ошибку, если попытаетесь лишить меня этого удовольствия.

— Если вы так представляете себе удовольствие, то ради Бога! — пробурчал Хоукинз. — А теперь прочь с дороги, ибо я на королевской службе!

Выждав секунду, Рейвенхерст не спеша отступил назад, в молчании наблюдая, как офицеры таможни поскакали вверх по Хай-стрит и скрылись за углом.

Именно этого момента Тэсс и дожидалась. Услышав цокот лошадиных копыт, она упала на колени. Дрожащими пальцами девушка ощупала стену, пытаясь найти неровный кирпич как раз над сточной канавой. Отыскав наконец небольшую выемку, она вынула кирпич и просунула пальцы в спрятанное под ним металлическое кольцо.

Теперь предстояло поднять потайную дверь.

Прошло несколько томительных мгновений, и перед ней разверзлась темнота над входом в туннель, поднимавшийся в ее комнату в гостинице «Ангел». О существовании этого хода знали она и еще три человека на свете.

К сожалению, у нее не оставалось времени, чтобы замести следы или разбросать землю у входа. Ее радовало только, что луна светит тускло и у ее преследователя нет фонаря.

С бьющимся сердцем Тэсс неуверенно ступила в кромешную темноту, закрыв за собой дверь. Морщась от боли, она попыталась заглушить звон тяжелой металлической пластины при ее падении на место.

Едва дыша, Тэсс несколько секунд простояла неподвижно в темной тишине. Наверху она услышала приглушенное проклятие и потом громкий топот ног, раздававшийся прямо у нее над головой.

Проявив немного изобретательности, Дейн может найти потайную отметину, в ужасе думала она. Тогда он вынет кирпич и обнаружит дверь. И в этом случае все будет потеряно!

Наверху слышалось шарканье сапог, пальцы Дейна ощупывали дверь. Затаив дыхание, Тэсс молчаливо выжидала, молясь, чтобы Рейвенхерст не обнаружил фальшивые булыжники, прикрепленные известковым раствором к раме из железа и дуба.

Наконец через несколько минут ожидания, показавшихся вечностью, шаги удалились в сторону входа в галерею. Только тогда Тэсс почувствовала, что с трудом дышит спертым воздухом.

Слишком близко! И она становится чересчур дерзкой. В следующий раз ей вряд ли так повезет.

Касаясь пальцами сырых земляных стен, Тэсс, спотыкаясь, стала подниматься в сторону видневшегося наверху слабого света, куда ее манили тепло и безопасность.

* * *

На возвышенной части Мермейд-стрит Эймос Хоукинз яростно осадил лошадь. Он долго и со смаком ругался, обезумев от злости.

— Куда подевался этот дьявол? — спросил он, протянув руку и слегка хлопнув стоящего поблизости встревоженного таможенника. — Ну, Боггз?

— Мы обыскали доки, но его там нет, сэр, — ответил таможенник, немного помедлив, и получил еще удар за свою медлительность.

Хоукинз судорожно сжал поводья.

— Ну что ж, прекрасно. — Он прищурил совершенно бесцветные маленькие глаза. — Я вижу, нам надо испробовать другой способ.

Плечи Рейвенхерста окоченели от холода, когда он осадил Фараона перед обшитыми деревом стенами гостиницы «Ангел» на холме, у начала Мермейд-стрит. Он проигнорировал пристальные взгляды двух офицеров Эймоса Хоукинза, стоящих в дозоре поперек улицы.

Старинное здание ничуть не изменилось, оно осталось таким, каким он его запомнил — увитое вьющимися растениями и цветущими розами; его сверкающие решетчатые окна выглядели чисто вымытыми и приветливыми. Когда Дейн проходил под узким навесом в сторону конюшен на заднем дворе, на булыжную мостовую упало несколько случайных капель дождя.

Какой-то инстинкт заставил его проехать мимо старой гостиницы часом раньше, слегка погоняя Фараона вдоль темных, скользких от дождя улиц. «Обзор вражеской территории? — спросил он себя. — Или воскрешение старых воспоминаний?»

— Адская ночь, верно? — Из тени выскользнула маленькая фигурка. — Ищете комнату?

— Если это гостиница «Ангел», то да. — Рейвенхерст сумрачно улыбнулся. Ему надо из осторожности делать вид, что он впервые в этом месте. По меньшей мере до тех пор, пока не встретит хозяйку «Ангела». Неосведомленность всегда имеет свои тактические преимущества.

— Да, она самая, и вам не найтить лучших комнат на пятьдесят миль вокруг. — Худощавый парнишка лет двенадцати-тринадцати сдвинул черную шляпу со лба и лихо заломил ее набок. Он медленно провел рукой по шее лошади Дейна. — Отменный у вас коняга, мистер. Я прослежу, чтобы его как следовать вычистили. Изрядно промок, бедняга. — Он бросил взгляд на Рейвенхерста и добавил: — Похоже, что вы тоже.

Рейвенхерст спрыгнул с седла, перебросил вперед поводья и направился в конюшню. Оказавшись в помещении, он снял шляпу и стряхнул воду с полей.

— Вот мы и пришли! Это бедное животное остро нуждается в теплом стойле и двойной порции овса. Да, сегодня ночью на болоте было чертовски неприятно.

— Шли со стороны Гиббет-Корнер? Мимо ветряной мельницы?

Виконт кивнул, удивляясь внезапной напряженности в голосе паренька.

— И вы ничаво не видали? Ничаво необычного? — В темных глазах мальчика зажглось острое любопытство. Любопытство и что-то еще.

Сожаление? Дейн недоумевал:

— А я должен был что-то увидеть? В конце концов, не много найдется путешественников, пожелавших отправиться в дорогу в такую ночь.

Паренек слегка ссутулил плечи.

— Да, — пробормотал он почти неслышно, — даже Лис подумал бы дважды, прежде чем выйтить в такую ночь.

Рейвенхерст прищурил глаза.

— Кто — или что — такое Лис? — спокойно поинтересовался он.

— Никода не слыхали о Лисе? Как же, всяк знает Лиса! Наполовину человек, наполовину дьявол — вот кто он такой! Является из болота, как летучая мышь из преисподней! Все драгуны Англии не можут поймать его!

— А мне никто не попался навстречу — ни человек, ни дьявол, — пока я ехал, — произнес Дейн, снимая промокшие седельные сумки со спины Фараона. — Должно быть, в такую адскую погоду все сидят дома.

Паренек фыркнул:

— И в пустяшный дожжик улицы здеся пустые. Не, што-то другое держит дурачье дома у каминов!

— И что же это может быть?

— Жентельмены, мобыть.

— Джентльмены? — Дейн постарался придать голосу беспечность, но мозг его сосредоточенно работал. Любая информация может оказаться ценной, даже если она поначалу кажется незначительной. Этому научили его месяцы, проведенные в Испании и Франции.

— Вы их прозываете контрабандистами... — Юный конюх бросил осторожный взгляд через плечо, потом наклонился ниже и заговорил шепотом: — Я можу порассказать вам такое, мистер. Да, такое, што волосы дыбом встанут! Ну вот, как раз на прошлой неделе верховой офицер пытался подстрелить Лиса. Это было у конца Уотчбелл-стрит, точно. Но он пропал как призрак, извольте радоваться! Да, он токмо наполовину человек, а в остальном — чистый дьявол. Не можут поймать его! Это не легше, чем поймать энти странные огни, которые пляшут на болоте в безлунные ночи, — сумрачно добавил мальчик.

— И что — никто не знает имени этого парня?

— Не, — уверенно произнес конюх. — Никода не попадался. И никода его не поймают. Я же сказал — он наполовину человек, а наполовину...

Дейн понимающе улыбнулся:

— Да, я понял — наполовину дьявол.

— Не верите мне, да? А я видел его собственными глазами. Я можу рассказать вам, што я видел! Буду навроде вашего гида. Токмо возьму с вас гинею, поскольку вы тута впервой и все такое. — На его юном лице появилось выжидающее, но до странности простодушное выражение.

Итак, юнец имел здесь прибыльное маленькое дельце, дурача доверчивых путешественников. Но из его диких россказней наверняка можно почерпнуть любопытные мелочи. Однако никогда не стоит проявлять излишнюю заинтересованность.

— Волнующие сказки об отчаянной храбрости на болотах? — Голос Рейвенхерста был жестким и недоверчивым. — Благодарю, у меня найдется лучшее применение для моих гиней.

На дальнем конце внутреннего двора со скрипом открылась дверь. Мальчик поспешно откашлялся и повернулся, чтобы отвести лошадь Рейвенхерста в стойло.

— Да, я позабочусь обо всем, сэр, как вы и просили, — громко произнес он.

— И поторопись, Джем! — На узком заднем крыльце «Ангела» стоял крупный мужчина, облаченный в строгий черный наряд, с суровым выражением на лице. Он бросил на Дейна умный, проницательный взгляд. — Извольте пройти сюда, сэр. — Он отступил назад, бесстрастно ожидая, когда новоприбывший войдет внутрь.

Поняв, что этим вечером ничего больше не добьется от разговорчивого конюха, Рейвенхерст поднялся по ступенькам черного хода в гостиницу. У него заурчало в животе, когда он вошел в большую, хорошо освещенную кухню, в которой происходила какая-то суматоха. У двери на деревянной жерди раскачивалась взад-вперед большая птица с изумрудными и алыми перьями, крича пронзительным голосом.

— Руби канат, Хобхаус! — кричал ара, топорща длинные перья. — Ты, мерзкая корабельная крыса!

— Успокойся, Максимилиан, — строго приказал объект этой резкой обличительной речи. — Мы нашли его после крушения каперского судна в бухте Уинчелси, — объяснил он. — Боюсь, мы никогда не сможем его перевоспитать. И, надеюсь, вы простите меня за то, что я провел вас через черный ход — у вас вид человека, сильно промокшего этой ночью.

— Так оно и есть. А вы Хобхаус, как я понял?

Большой мужчина кивнул, провожая Дейна из кухни по длинному коридору с ковровой дорожкой.

— Я мажордом здесь, в «Ангеле», — произнес он с гордостью. — Надеюсь, Джем не досаждал вам невероятными историями. Он хороший паренек, когда воображение не уносит его бог знает куда.

Дейн беспечно махнул рукой:

— Не стоит беспокоиться. Я ожидал чего-то в этом роде. — У него потекли слюнки от запаха жареной утки и свежего хлеба, и он с удовольствием подумал об ожидающей его наверху теплой постели.

Черные глаза окинули взглядом его промокший плащ.

— Издалека едете?

У Рейвенхерста было четкое ощущение, что эти проницательные глаза ничего не упускают.

— Это показалось мне вечностью. Я в пути с полудня. Между прочим, меня зовут Рейвенхерст, — добавил Дейн. — Вы должны были получить мое письмо.

Ему это только показалось или малый и в самом деле прищурил глаза?

— Разумеется, мы ожидали вас, милорд. Прислать вам ужин в комнату?

Дейн сумрачно кивнул. Сама мысль о еде казалась ему блаженством после изнурительных часов, проведенных в седле под дождем.

— Как вы сами понимаете, я не в том состоянии, чтобы ужинать в компании. Вслед за мной в экипаже едет мой слуга Пил; он должен прибыть примерно через час.

Если хитрый мажордом «Ангела» и находил что-то странное в организации поездки виконта, он постарался не показать этого. Долгие годы исполняя капризы знати, Хобхаус научился не выказывать удивления по поводу любых странностей, с которыми ему приходилось встречаться.

А он встречал их немало за время службы в гостинице.

— Очень хорошо, милорд, — пробормотал он, проворно направляясь в сторону комнаты виконта.

После его ухода Рейвенхерст устало сбросил с плеч промокший плащ и стащил пропитанные водой сапоги. Нахмурившись, он сложил мокрую одежду в кучу, подошел к окну и отодвинул белые кружевные занавески, уставившись в сумрак ночи. Внизу, в мерцающем свете фонаря, слабо поблескивали булыжники.

Плечи его болели. Запястье опять давало о себе знать. Он дьявольски промок и был так голоден, что мог съесть собственную лошадь. Но не это волновало его, вовсе нет. Это было что-то другое — то, что жгло его шею сзади, заставляя дыбом подниматься короткие волоски.

Под окном, едва касаясь булыжников, пронеслась пригоршня мелких камешков. Звук гулко отдавался эхом в узком пространстве между домами. Дейн прищурил бирюзовые глаза, изучая пустынную улицу. И тогда он ощутил сухость в гортани и холодок между лопатками.

Опасность. Где-то там, на ветреных, омытых дождем улицах. Рейвенхерст был так же уверен в этом, как и в том, что дышит. Он оттачивал свои инстинкты все кошмарные годы, проведенные в сражениях, и у него не было оснований не доверять им.

Да, сейчас он отчетливо чувствовал опасность. Смутную, безликую и холодную — поджидающую его где-то на улице.

Завывал ветер, достигший почти штормовой силы к тому времени, когда Тэсс добралась до своей комнаты. Замерзшая и оцепеневшая от усталости, она с трудом смогла преодолеть последние круто поднимавшиеся ярды сырого туннеля.

Гостиница «Ангел» была построена в XIV веке, и долгие годы этот древний туннель с его грубыми деревянными ступенями укрывал контрабандистов, сектантов и прочих беглецов от королевского гнева.

Даже ее отец не знал об этом потайном ходе. Тэсс случайно обнаружила его однажды после того, как в комнате содрали обои, готовя ее к покраске. В ходе работы она нашла потайную задвижку и в изумлении смотрела, как от стены целиком отъезжает книжный шкаф. Затеяв опасный маскарад в роли Лиса, она часто пользовалась этим туннелем.

Когда ее пальцы наконец нащупали деревянную раму двери, спрятанной за книжной полкой в ее апартаментах, Тэсс с облегчением выдохнула. С побелевшим от напряжения лицом девушка изо всех сил дернула спрятанную задвижку. Тяжелая дверь распахнулась.

Перед ее усталыми глазами поплыло встревоженное лицо ее горничной.

— Боже милосердный, где вы пропадали и что сделали с собой на этот раз, мисс?

С сумрачным лицом Тэсс нетвердыми шагами прошла вперед и принялась снимать с себя плащ.

— О, мисс Тэсс, откажитесь от этого! Ради Бога, бросьте все! Не то накличете на себя погибель. Или что-нибудь похуже, — настойчиво увещевала ее горничная с оливковой кожей.

— Я остановлюсь, когда все закончу, и ни секундой раньше, Летти. — Голос Тэсс звучал приглушенно из-за того, что она стягивала рубашку через голову. — Я слишком далеко зашла, чтобы остановиться. Не теперь, когда мне не хватает лишь двух тысяч, чтобы возродить Фарли к жизни.

Нахмурившись, она наклонилась и начала стягивать черные бриджи.

— Ты не хуже моего знаешь, что нужно уплатить отцовские долги. После этого предстоит воскресить феодальный замок и монастырь. Лейтоны в течение пяти веков жили в Фарли, и я не хочу теперь потерять наше поместье.

Сбросив с себя промокшие бриджи, Тэсс повернулась лицом к взволнованной компаньонке, уже давно ставшей подругой и помощницей.

— Это все, что у меня есть, Летти, разве ты не видишь? Я не могу потерять Фарли! Крыша течет, и перила сломаны, но это единственный дом, в котором мне хочется жить. Для ремонта потребуется много золотых гиней. «Ангел» никогда не даст мне столько денег, несмотря на свою популярность.

Глядя встревоженными глазами, Летти протянула Тэсс мохнатое полотенце, чтобы обсушиться.

— Не знаю, мисс Тэсс. Это как-то неправильно, что вы слоняетесь по болоту с бандой закоренелых преступников.

Тэсс быстро вытерлась, сильно дрожа от холода.

— Боюсь, правильные вещи не всегда способны прокормить человека, Летти. Мне понадобилось немало времени, чтобы понять это. — Лицо Тэсс посуровело, и ее пальцы на мгновение сжали толстую ткань. — Быть может, слишком много времени. — Она сбросила полотенце и потянулась за белой батистовой ночной сорочкой, которую Летти приготовила на кровати. — И потом, надо помогать Эшли в Оксфорде. Он никогда не должен узнать об этом.

Насмешливо фыркнув, горничная ответила:

— Похоже, все, что он там делает, — это пьет, играет в карты и состязается в скорости на двуколках с другими денди.

— А почему бы и нет? — отпарировала Тэсс. — В конце концов, он был рожден для такой праздной жизни.

— И вы были рождены для такой же жизни, — резко ответила Летти. — Прошу прощения, мисс, но скажите-ка мне, почему это вы бегаете по болоту, смертельно рискуя для того, чтобы забить этот дом коньяком и чаем для богатых путешественников? — Горничная громко фыркнула. — Это несправедливо, вот что я скажу! Мистер Эшли должен быть здесь и помогать вам, чтобы снять часть груза с ваших плеч.

— Ой, тише, Летти, — остановила ее Тэсс с улыбкой. — Только вот сегодня вечером пострадала моя гордость. А часть моей доли груза сейчас уже на пути к Лондону. Эти сорок бочонков прекрасного коньяка принесут чистый доход, которого хватит для того, чтобы начать ремонт южной стены Фарли и расплатиться с последним отцовским портным.

Летти покачала головой:

— И все же мне это совершенно не нравится, и все ваши прекрасные слова не заставят меня думать по-другому.

Тэсс спрятала улыбку. Летти всегда говорила грамотно, за исключением тех случаев, когда была сильно рассержена. Но ее горничная ничего не заметила. Хмурясь, она протянула Тэсс стакан:

— Теперь выпейте это, мисс Тэсс. Настойка опия поможет вам сегодня заснуть.

Тэсс прищурилась, изучая темную жидкость. Ее рука слегка дрожала. Только дважды до этого, после мучительных переходов, она позволила Летти уговорить себя принять это лекарство. Но этой ночью напиток выглядел очень заманчиво.

А почему бы и нет? По крайней мере так она не будет просыпаться в темноте, вырванная из сна жестокими воспоминаниями.

— Ну, давайте пейте, — приказала Летти.

Быстро, чтобы не передумать, Тэсс наклонила стакан и осушила его противное содержимое. Да, это был лучший способ. Летти была права.

Ослабевшая от усталости, Тэсс опустилась на диван, который ее горничная превратила в постель. Изнуренная до крайности, она могла бы обойтись без опия, но Тэсс решила не рисковать. Не сегодня ночью, поскольку какой-то инстинкт говорил ей, что нынешняя ночь таит опасности сверх тех, которые ей уже известны.

В этот момент бешеный порыв ветра обрушился на окно, пригибая деревья и заставляя колотиться их голые ветви о крышу «Ангела». Неожиданно сорвавшаяся с крыши черепица с шумом просвистела мимо и упала, разбившись, на булыжники. По спине Тэсс пополз холодок ужаса.

«Это всего лишь ветер, дурочка», — сказала она себе. Проклятие! В следующий раз она вообразит себе лица за окном!

Но сейчас она в безопасности, ничто ей здесь не угрожает.

Если бы только тени не двигались.

Если бы только темные колючие существа не разыскивали ее в ночи...

По щеке Тэсс покатилась непрошеная слеза, и она сердито смахнула ее тыльной стороной ладони. «Пожалуйста, Господи, не пускай их сегодня», — молчаливо молила она.

Глаза ее были огромными, когда она схватила Летти за руку.

— Ты не забудешь ведь, правда, Летти?

Девушка стиснула холодные пальцы Тэсс.

— Ну, не беспокойтесь ни о чем, мисс. Я позабочусь об этом, как всегда. Поскорей засыпайте, молодая леди.

Тэсс вздохнула и медленно откинулась на ситцевые подушки с цветочным узором, чувствуя неимоверную тяжесть в веках. Подобно золотисто-каштановой завесе, затрепетали и потом опустились ее длинные ресницы.

— Летти? — пролепетала она минуту спустя. — Спасибо тебе... что не спрашиваешь. Тогда — и теперь.

Горничная бросила на Тэсс встревоженный взгляд. Увидев, что ее госпожа больше не открывает глаз, она покачала головой и с озабоченным видом выскользнула из комнаты.

На ночном столике беспокойно мерцала свеча.

Он вышел из ночи, материализовавшись из теней, танцующих на крутой крыше гостиницы. Ловкий, как кошка, он полз к единственному горевшему высокому окну. До рассвета оставалось час или два, и другие постояльцы «Ангела», как видно, давно были в постели.

Он в молчании двигался в кромешной темноте, устремив глаза на маленький прямоугольник света высоко над карнизом. Вокруг него завывал ветер, бросая гравий в лицо и сотрясая стекла, но он ни разу не отклонился от своего пути.

После долгих лет, которые он провел, карабкаясь на снасти в штормовом море, это было не сложнее детской игры. И вот окно уже над ним. Он прищурил темно-синие глаза. И почти воочию увидел в комнате женщину, расстегивающую ряд маленьких пуговок и переступающую через ночную сорочку.

Этой ночью его месть будет сладкой и долгой, поклялся он себе, непреклонно приближаясь к этому высокому маленькому квадрату света.

Вблизи неосвещенного подножия старинных ворот Лэнд Эймос Хоукинз осадил лошадь и разразился потоком ругательств. Сверкая маленькими глазками, он рассматривал собравшихся вокруг него караульных офицеров.

— Поставьте охрану с обеих сторон Мермейд-стрит, Лосон. И чтоб никто из вас, мерзавцев, не зевал!

Неожиданно багровое лицо таможенного инспектора расплылось в насмешливой жестокой улыбке.

— Что до меня, то я собираюсь нанести поздний ночной визит владелице «Ангела». В конце концов, не хочется, чтобы леди потерпела убытки. Не от этих грязных контрабандистов, — пробормотал он, похотливо растягивая губы в улыбке.

Глава 3

За окном Тэсс ждал человек в черном.

На его скулах заиграли желваки, когда перед глазами замелькали соблазнительные образы...

Тэсс, медленно стягивающая изысканную сорочку, отделанную тонким кружевом, — без сомнения, дар удовлетворенного любовника.

Ее блестящие волосы цвета красного вина, рассыпавшиеся по обнаженным плечам. Ее тело, о котором он так часто мечтал, бледное и соблазнительное, мерцающее в свете свечи. Подобно раскаленному железу, желание оставляло опаляющий след в его теле. Он ругался сквозь зубы, не в силах остановить поток эротических образов.

Теперь окно было в пределах досягаемости, и все же почему-то он не мог двигаться. Его огрубевшие руки, изуродованные шрамами, конвульсивно сжимались и разжимались. Прерывисто дыша, он представлял себе ее налитые груди, ждущие его прикосновения.

Темные волосы, курчавящиеся у шелковистых бедер.

Спрятанные под ними влажные атласные лепестки.

Виконт Рейвенхерст сжался с исказившимся от бешенства лицом. Его кожа горела на холодном ветру; лоб покрылся испариной. Она была не более чем вероломной маленькой сучкой с сердцем блудницы, мрачно напомнил он себе.

Но его по-прежнему одолевали видения.

Мужчина в темноте издал хриплое проклятие, он не мог больше ждать. Только не сейчас, когда она была одна, в каких-нибудь дюймах от него, а он провел уже столько бесполезных ночей, ожидая этого мгновения. Теперь он возьмет ее, и это освободит его от дикого, неуемного вожделения, мучившего его пять долгих лет.

С сумрачным лицом Рейвенхерст вытащил из кармана тонкую металлическую пластинку, вставил между соприкасающимися створками окна и стал медленно толкать ее вверх, пока она не уперлась в защелку. Потом легким нажимом он приподнял защелку, и окно распахнулось.

Подобно рассерженному призраку, перекинул он облаченную в черное ногу через подоконник и проскользнул в освещенную свечой комнату.

Она спала, как он и рассчитывал, разметав длинные волосы, напоминающие темное пламя, по ситцевым подушкам дивана. Но почему здесь? И почему она спит при свете свечи?

Но вскоре эти вопросы были позабыты, унесенные прочь неистовым биением его крови. Он медленно наклонился, пронзая ее своим разгоряченным взглядом, купаясь в ее красоте. Его темно-синие глаза заблестели при виде тугих бугорков, видневшихся под батистовой сорочкой, а вокруг витал неотступный аромат лаванды.

Ее запах — такой же, как той душистой ночью пять лет назад, когда они впервые встретились. На него нахлынули мучительные воспоминания — такие отчетливые, как будто все было только вчера.

Лаванда и розы, насыщенный аромат теплой земли после весеннего дождя, чистого и невинного.

«Забудь все это!» — сурово приказал себе Рейвенхерст.

Та ночь, как и все, что касается ее, — не что иное, как жестокая иллюзия.

В темноте за окном по крыше застучала ветка дерева. Женщина на диване беспокойно заворочалась, одной рукой прижимая одеяло к груди. Секунду спустя ее тонкие пальцы разжались, будто собирались дотянуться до огонька на ночном столике.

Из глаз Тэсс выкатилась слеза, оставляя серебряный след на щеке.

Лицо Рейвенхерста посуровело. В мрачном молчании наблюдал он за движущейся капелькой. Бессознательно Дейн провел пальцем по ее щеке, смахнул каплю и поднес ее к губам. На виске у него билась жилка. Закрыв глаза, он попробовал на вкус соленую слезинку.

Его глаза напоминали тлеющие угли, когда мрачный виконт пристально смотрел на спящую перед ним женщину.

«Будь ты проклята, Тэсс Лейтон! — бушевал он в молчаливой ярости. — Будь ты проклята за то, что сделала той ночью! И будь проклята за то, что все еще действуешь на меня, после всех этих лет! После того, как я узнал о твоем предательстве».

Ибо ее образ все еще преследовал его, грозя, как прежде, отыскать путь обратно в его израненное, окоченевшее сердце. Но только на этот раз ей это не удастся. Потому что теперь у Рейвенхерста нет сердца — только огромная, зияющая пустота там, где оно должно находиться.

Это она повинна во всем. А теперь пришло его время отплатить ей. После пяти мучительных лет иллюзий Рейвенхерст, похоже, понял истинную суть вещей.

Он пришел в возбуждение и обругал себя за слабость. Однако ничто не могло заставить его отвернуться, хотя он и говорил себе, что действительность не соответствует его темному, воспаленному воображению.

На окно обрушился порыв ветра, отчего пламя свечи отчаянно заметалось. Глядя затуманенными глазами, Рейвенхерст опустился на колени и начал расстегивать ряд крошечных пуговок на лифе сорочки Тэсс. Он презирал себя за то, что пальцы его слегка дрожали, прикасаясь к ее коже. Подавив проклятие, он заставил себя сосредоточиться на этом занятии.

И тогда его разгоряченному взору открылось ее бледное, совершенное тело.

Невероятно красива, думал он. Стократ красивее, чем Дейн представлял себе; в тысячу раз притягательнее, чем в любых его потаенных фантазиях.

Его пронзила горячая волна желания, заставив болезненно напрячься его мужское естество. Он сдержался, чтобы не выругаться, пытаясь унять лихорадку, вызванную видом ее тела.

Ему страшно хотелось обхватить руками тонкую талию. Его дразнили ее высокие полные груди, возвышавшиеся розовыми холмами. Он жадно пожирал ее глазами, задержавшись взглядом на родимом пятнышке в виде сердечка, венчавшем правую грудь. Другое, как он видел, украшало внутреннюю поверхность ее бедра, на несколько дюймов ниже треугольника золотисто-каштановых завитков.

По его лбу медленно стекала струйка пота.

С каждой секундой сильнее разгорался огонь в его жилах, продлевая агонию. Дейн не мог оторвать от нее глаз.

Это только иллюзия, убеждал он себя. На самом деле Тэсс отталкивающая и холодная.

Дейн хотел ее так, как мужчина может хотеть женщину. Он хотел прикасаться к ней и слышать, как она стонет, снова и снова выгибаясь навстречу ему. Он хотел ее, вожделеющую и истекающую соком, когда он будет доискиваться тайн ее шелковистого тела. Более всего ему хотелось почувствовать, как она содрогнется и обхватит его своими ногами, когда он взорвется внутри ее.

Вот так он намеревается взять ее. Сегодня ночью. Немедленно. После чего он вырвет у нее ее ужасные секреты — один за другим!

— Тэсс... — Имя прозвучало как грубая ласка.

Женщина рядом с ним судорожно заметалась. Рейвенхерст наклонился ниже.

— Тэсс, — снова прошептал он с заметным замешательством в голосе, — я вернулся, как и обещал.

Ее длинные ресницы затрепетали; спящая женщина беспокойно заметалась на диване.

— Проснись, любовь моя. — Длинные, жесткие пальцы прикоснулись к мочке ее уха, изящной скуле, атласной шее. Это было прикосновение знатока — умелое, вдумчивое и совершенно бесстрастное.

По крайней мере Рейвенхерст верил себе, что это так.

С лицом, напоминающим темную маску, он разрабатывал ночную кампанию, зная, что не должен щадить ее. Точно так же, как она не пощадила Торпа, его бедного корабельного гардемарина.

Точно так же, как не знал пощады ее вероломный Лис.

Да, сегодня ночью он применит против нее все свое оружие.

Дейн медленно опустился на колени, стараясь не спутать золотисто-каштановые пряди, рассыпавшиеся по валику дивана. И тогда Рейвенхерст заметил маленькую стопку на ночном столике. Слегка наклонившись, он взял ее и поднес к носу, резко вдохнув.

Настойка опия. Вот еще один из ее пороков, с горечью подумал он.

Опустив глаза, Дейн увидел, как трепещут веки Тэсс, заметил голубые прожилки, просвечивающие через белую кожу. Да, к этому времени она должна была быть под сильным воздействием снадобья, что лишь облегчало его задачу.

Дейн осторожно убрал с уха девушки густые завитки, вдыхая насыщенный, мучительный аромат лаванды. Пальцы, запущенные в волнистые золотисто-каштановые пряди, напряглись.

Находящаяся рядом с ним Тэсс нахмурилась, темная вуаль сна на секунду приподнялась. «Нет! — в отчаянии подумала она. — Не может быть!»

Потом перед ней появилось смуглое лицо, наполовину скрытое дымом и пламенем. Так, как это бывало всегда. Насмешливое и издевающееся. Исчезнувшее, но не забытое. Она застонала, противясь зову этого грубого, настойчивого голоса.

— Я принес для тебя послание, любимая, — слова раздавались невнятно, как из конца длинного туннеля, — но сначала... — Сильные пальцы гладили ее раскрывшиеся губы.

Тэсс позабыла обо всем, кроме этого волшебного ощущения.

— Раскройся мне, — приказывал резкий голос. Огрубевшие пальцы гладили края ее чувствительного рта. — Прими меня в себя, Тэсс. Всего меня.

— Нет, — в отчаянии прошептала она, беспокойно заметавшись под завораживающими чарами этого грубого голоса, испытывая на себе бурную, неуемную магию его ласкающих пальцев. — Нет. Нет!

— Тс-с-с, — отвечала тишина.

— Перестань, — стонала она, проклиная затуманивающий мысли опий. Боже правый, сегодня сон чересчур яркий! Как ей противиться ему? — Уход-ди! Все... все кончено.

— Сегодня меня не остановить, Тэсс. Сегодня я сделаю то, что должен был сделать пять лет назад.

Потом Дейн приблизил к ней твердые и властные губы, отметая ее слабые протесты. Он прижал рот к ее губам, наслаждаясь их влажными изгибами с агрессивной неторопливостью. Несколько секунд спустя он приоткрыл рот, настойчиво раздвигая ее губы.

— Еще! — прорычал он, захватывая ее влажную нижнюю губу зубами и покусывая мягкую плоть.

— Перестань! — Тэсс яростно отвернула голову, пытаясь избежать сладких мучений. — Не... не прикасайся ко мне! — От волнения голос ее стал резким. Этот сон отличается от всех остальных!

Однако сильные пальцы лишь крепче сжали ее плечи.

— Отдай мне себя, Тэсс, — невнятно шептало видение, проводя по ее губам сильным, гладким языком. — Здесь, — шептал он, когда смешалось их горячее и влажное дыхание. — Здесь... — Его неутомимый и распаляющий язык погружался во влажное тепло. — Всюду, — хрипло стонал он.

Боже, она тоже хотела его! Ее тело уже пылало от желания. Но какие-то остатки благоразумия предостерегали Тэсс от этого. Она почему-то знала, что эта уступчивость погубит ее.

«Но почему?» — вопрошал безрассудный голос. В конце концов, он был лишь видением. Как она может пострадать от видения?

Подавив рыдание, Тэсс приоткрыла губы, на шаг приблизившись к обещанному им запретному, трепетному удовольствию. Видение тоже ответило стоном, в котором слышалась боль, смешанная с торжеством.

— Такая сладкая... — Подобно тлеющему огню, его язык трепетал и распалял, потом неожиданно скользнул глубоко в ее рот, погружая Тэсс в океан грубой чувственности. — Еще, — хрипло произнес он. — Дай мне то, что я хочу, Тэсс. Всю себя.

Он снял руки с ее плеч. Теперь она могла бы освободиться; она смутно это понимала.

Но Тэсс не пыталась этого сделать. Возможно, просто не могла. Она лишь выгнула шею в беспокойном, старом как мир телодвижении. Телодвижении женщины, ищущей мужчину, когда мягкая, возбужденная плоть ищет своего твердого дополнения.

Да, именно это, раз уж ей надо узнать, чем заканчиваются сны.

Из горла Дейна вырвался низкий, торжествующий смех. Она ничего не забыла, и сегодня ночью он докажет это! Сжимая и разжимая пальцы, он изучал ее бледное лицо.

Потом опустил затуманенный взор ниже. Едва прикасаясь, мучительно медленно стал он гладить ее гордо вздымающиеся груди.

Тэсс хрипло и прерывисто задышала.

— Нет! — выдохнула она, пытаясь отстраниться. — Ты... ты только сон.

Но презрительные губы над ее ртом лишь сложились в сумрачную усмешку. Рейвенхерст то распалял ее, то мучил.

— Да, моя дорогая, сон. Но сон достаточно реальный, чтобы заставить тебя трепетать. Возможно, ты даже назовешь меня ночным кошмаром.

Тэсс тщетно отбивалась, борясь с темнотой, борясь с этим натиском страсти и более всего с собой. Всюду, где он прикасался к ней, вспыхивало постыдное наслаждение, заставлявшее ее тело пылать и буйствовать под его пальцами.

Ей хотелось большего, гораздо большего!

«Доверься ему, дурочка, — шептала темнота. — Доверься тому наслаждению, которое он дает тебе».

В конце концов, это тянется уже долго. Немалая часть ее жизни прошла в грезах. И это, быть может, тоже сон? Ее рассудок погружался в темноту; Тэсс казалось, что она сходит с ума.

— Ух-ходи прочь, — хрипела она.

Грубые ладони не прекращали истязания.

— Не могу, — бормотал непреклонный призрак, намеревавшийся завоевать ее. — Он прислал меня к тебе. Я принес его послание.

— К-кто?

— Лис, конечно. — Резкий голос ожесточился еще больше. — Моя любимая. Мое солнышко.

При упоминании этого имени из прошлого Тэсс задрожала. На нее нахлынули смутные воспоминания, причинявшие острую боль.

— Как...

— Никаких вопросов! Он в опасности, и ты должна в точности исполнить то, что он просит.

— Боже правый, Дж... когда ты видел... его?

Находящийся рядом с ней мужчина нахмурился. Черт! Она чуть не проговорилась!

— Нет, сначала открой мне пароль, тайные слова. Открой мне его настоящее имя, — голос Дейна звенел от напряжения, — имя, известное только тебе, Тэсс.

— А где его роза? — Тэсс сжалась, неожиданно насторожившись.

— Имя, — резко потребовало видение.

Нахмурившись, она старалась стряхнуть окутавший мысли густой туман. Попыталась приподнять веки, но они лишь слегка дрогнули.

Дейн молча выругался. Так чертовски близко! Джон? Джеймс?

— Открой мне пароль! — настаивал он.

— Уходи... уходи прочь. Не мучай меня больше! — Хрупкие, белые кисти Тэсс отталкивали воздух.

— О, я уйду, любовь моя, но сначала я узнаю его имя. — «И потом возьму тебя», — мрачно поклялся он себе.

«Несправедливо, — думала Тэсс, мысли ее путались. — Ужасно несправедливо». В отчаянии она заставила себя открыть глаза, напряженно всматриваясь в смуглое лицо над собой. Жесткое, худощавое лицо расплывалось. Он. Всегда он. Но настоящий или во сне?

Возможно, это не имеет значения. Возможно, сон так же опасен, как и реальность.

«Я не должна проговориться, — в смятении думала она. — Не должна выдавать Джека. Никогда!»

— Скажи, Тэсс, доверься мне, — шептало видение.

О Господи, ей бы так хотелось этого! Она жаждала выдать свои секреты — позволить на этот раз кому-то другому нести свою ношу.

— Однажды я доверилась тебе, — прошептала она, — а потом ты покинул меня.

— Но теперь я вернулся к тебе, любимая, — Рейвенхерст нервно сжал пальцы, — для этого.

Тэсс почувствовала, как на нее наваливается тяжелое тело. Секунду спустя твердые, горячие и влажные губы обхватили ее сосок, яростно теребя и лаская его.

Ошеломленная, она выгнулась дугой, отчаянно стремясь сама не зная к чему. С ее пересохших губ сорвался тихий стон.

— Ты ведь хочешь довериться мне, — нашептывало ей смутное видение, — ты мечтаешь об этом так же, как и я.

Она хотела, он был прав, но Тэсс на горьком опыте научилась не доверять никому и ничему. В том числе и сну. В особенности сну.

— Скажи мне, Тэсс.

— Ух-ходи, — выдохнула она. — Слишком поздно! — Ее губы снова зашевелились, но Тэсс не издала ни звука. Она погружалась в темные волны.

— Назови мне его имя, — настойчиво требовал резкий голос из ее прошлого.

Но Тэсс уже почти ничего не слышала. Вздохнув, она отвернула голову, подтянув руку к зардевшейся щеке, и провалилась в сон.

Она спала.

«Черт бы побрал все это! Она снова провела меня», — подумал Рейвенхерст, вполголоса разразившись потоком ругательств. Схватив Тэсс за плечи, он яростно затряс ее:

— Проснись, черт побери!

Вдруг за дверью послышался шум, Рейвенхерст быстро наклонился и задул свечу. Дверь дрогнула, но высокий мужчина в черном уже проскользнул к окну. Отдернув занавески, он перекинул ногу через подоконник.

— Я вернусь, Тэсс Лейтон, — прошептал он в темноту. — Я вернусь ради Торпа и всех остальных, которых вы с твоим Лисом помогли убить.

В замке снаружи загрохотал ключ.

С сумрачным лицом лорд Рейвенхерст повернулся и захлопнул за собой окно, потом легко спрыгнул на крышу. Холодный порыв ветра взметнул его длинные волосы.

Над ним бешено забились занавески. Он оцепенел, увидев, как окно с шумом распахнулось. Сдержав проклятие, он прижался к холодной черепице крыши. Дьявол! Он не смог как следует запереть чертову задвижку.

— Здесь совсем холодно, — услышал он ворчливый женский голос. — Как, почему это окно открыто? — Голос сделался громче, ее свеча отбрасывала на занавески длинные тени. — Вот и свечку задуло. Могу поклясться, что я закрывала окно.

Дейн задержал дыхание. Он чувствовал, что женщина стоит прямо над ним, всматриваясь в темноту.

— Должно быть, старость приближается, — услышал он ее бормотание, и стеклянные створки захлопнулись с глухим стуком. Невидимые пальцы задернули занавески.

Его снова обступила темнота.

Потом он услышал отрывистый вздох горничной.

— Боже, мисс Тэсс... — Быстрые шаги направились к дивану.

Рейвенхерст услышал звон разбившегося стакана и догадался, что женщина в панике смахнула его со стола. Он не двигался несколько томительных мгновений, охваченный леденящей, беспричинной яростью. В его потемневших синих глазах теплился огонь, угрожавший расплатой спящей в доме женщине.

На отдалении, за черными крышами Рая, ему была видна еле заметная извилистая серебристая лента Королевского военного канала, выходящего к побережью в Хайте. Вдали простирался Ла-Манш как угрюмое напоминание о приведшем его сюда отчаянном задании.

В следующий раз, поклялся себе Рейвенхерст, отсрочек не будет. В следующий раз он получит от Тэсс Лейтон то, что ему требуется.

То, что она задолжала ему.

Глава 4

Снаружи, на выступе окна Тэсс, важными, сочными голосами шумно ворковала пара голубей с распушенными хвостами. Наступил тот тихий прохладный предрассветный час, когда просыпается природа. Беспокойно ворочаясь, Тэсс с трудом возвращалась к действительности.

Она со вздохом накрыла лицо подушкой. Перед ее закрытыми глазами замелькали смутные образы, бледные обрывки воспоминаний, будоражившие пробуждающийся рассудок. Она медленно села в кровати, прижав ладони к ноющим вискам.

Это не помогло. Как она ни пыталась, ничего не могла вспомнить. Тэсс лишь ощущала томительное чувство тревоги и сожаления. И все же...

Она сосредоточенно наморщила бледный лоб. Нет, прошлая ночь была какой-то особенной. Прошлая ночь была — какой?

Более реальной? Более непреодолимой? Как будто она прикасалась к кому-то и кто-то прикасался к ней... Но как...

Неожиданно Тэсс сжалась, почувствовав на груди свежее дуновение. Нахмурившись, она опустила глаза, удивляясь, почему расстегнуты верхние пуговицы ее сорочки.

Что произошло этой ночью?

Она вздрогнула, захваченная мутным потоком воспоминаний. Ревущий ветер. Резкий стук окна. Знакомая мука. А потом... неистовая магия — непонятные слова, смуглые руки, неутолимое, безрассудное желание.

Он!

«Боже мой, неужели я схожу с ума?» — в отчаянии думала Тэсс, глядя, как мерцает и гаснет огарок свечи. Или же ее сны становятся страшнее? Она не двигалась, погруженная во тьму.

«Да, моя дорогая, сон, — услышала она ответ насмешливого голоса. — Но сон достаточно реальный, чтобы заставить тебя трепетать. Возможно, ты даже назовешь меня ночным кошмаром».

Тэсс с гневным криком швырнула подушку через комнату. Хватит мучений! Никакой мужчина — живой или воображаемый — не потревожит налаженную ею жизнь.

Она не может позволить прошлому преследовать ее. Не теперь, когда она заплатила за все сполна.

Тэсс жадными глазами взглянула в окно, силясь разглядеть первые признаки рассвета.

Нет, никто не остановит ее в достижении цели. Ее губы сжались в тонкую линию. Даже морской офицер, спящий сейчас на одной из мягких кроватей «Ангела», поклялась она себе.

Ее доля в контрабандных перевозках возродит Фарли и поможет оплатить последние отцовские долги. К тому же надо учесть расходы на кухонную плиту в гостинице, поскольку она не застрахована от случайностей в ее теперешнем состоянии. Только на прошлой неделе дважды ломались дымовые заслонки, наполняя кухню дымом и уничтожив все труды повара.

Да, мрачно поклялась себе Тэсс, она откажется от плаща и маски, только когда освободится от этих гнетущих долгов, и ни секундой раньше! В особенности теперь, когда она взяла на себя роль Джека и ее прибыль еще больше возрастет.

Она отказывалась принимать во внимание то, что риск тоже намного увеличится.

Первые косые лучи солнца упали на пол, когда Рейвенхерст сел на кровати и сбросил с себя смятое постельное белье. Пробормотав проклятие, он поднялся на ноги и, пошатываясь, пошел к окну, совершенно не обращая внимания на свою наготу. Комната была достаточно комфортабельной. Простыни чистые и постель мягкая. Тогда почему он метался и ворочался всю ночь, не в силах заснуть?

С мрачным проклятием он отдернул тонкие белые кружевные занавески с окна и стал всматриваться в тихий городок, серый в клочьях утреннего тумана.

Это потому, что Тэсс Лейтон все еще волновала его, даже через столько лет. Приходилось признать правду, бессмысленно отрицать очевидное.

У него перед глазами промелькнуло видение ее прекрасного обнаженного тела, и Рейвенхерст внезапно почувствовал сильное возбуждение. Чертыхаясь, он закрыл глаза и запустил пальцы в волосы.

Черт! Неудивительно, что он за всю ночь не сомкнул глаз! Он был так близок к цели! Еще несколько минут — и он бы узнал имя негодяя. Всего несколько минут — и он заполучил бы Тэсс.

Нахмурившись, Рейвенхерст поднял бриджи и рубашку с пола, куда он бросил их прошлой ночью, отказываясь прислушаться к насмешливому голосу где-то в глубине сознания, голосу, который вопрошал, какая из этих двух вещей важнее для него.

— Ой, мисс, они разворошили все постели и свалили в кучу все ваше постельное белье! — К Тэсс, спустившейся вниз полчаса спустя, подлетела розовощекая горничная по имени Нелл. — Ни одну комнату не пропустили! Мне бы добраться до этой свиньи, королевского офицера, я бы научила его уму-разуму!

Опий все еще затуманивал ее рассудок, и Тэсс с трудом стряхивала с себя остатки сна. Но при виде огромной груды грязного, измятого постельного белья, сваленной в вестибюле, она быстро пробудилась.

Итак, это были игры Хоукинза! Кипя от ярости, Тэсс уставилась на изгаженные простыни. Его люди были очень исполнительны: каждый дюйм простыней был заляпан грязью.

Прекрасно, если мерзавец хочет войны, он ее получит!

— Уберите это, Летти, Нелл, — произнесла Тэсс сквозь стиснутые зубы, — боюсь, потом придется выстирать эти жалкие тряпки. И если вы увидите где-нибудь Эймоса Хоукинза, проследите, чтобы его проводили в мой кабинет, — мрачно добавила она.

Но Тэсс вскоре поняла, что ее муки далеко не кончились. Зайдя в кухню несколькими минутами спустя, она увидела, что Эдуард, пухлый и темпераментный французский повар, ломает руки над противнем закопченных дымом пирожных.

Как только измученный толстяк увидел ее, он остановил поток французских ругательств и воздел руки к потолку:

— С ней покончено, с этой проклятой печью! С меня хватит, мадемуазель Тэсс, хотя мне и неприятно говорить об этом. Нет и еще раз нет! Она пережаривает моих нежных маринованных голубей самым безжалостным образом. Она заглатывает мои пирожные и выплевывает их сожженными! Она дьявол, ваша английская печь, и я не могу больше с ней сражаться!

Тэсс подавила вздох разочарования. Война Эдуарда с полуразвалившейся печкой бушевала с тех пор, как он прибыл в «Ангел» два года назад. Нервный и неуживчивый, он был тем не менее лучшим поваром во всей Южной Англии, и Тэсс хорошо понимала, что именно его шедевры привлекали в «Ангел» многих богатых путешественников.

Даже сам управляющий принца Уэльского объявил, что отдает должное прекрасной кухне, которую он имел удовольствие попробовать в гостинице во время недавнего визита. Он намекнул, что может вознаградить Тэсс, если она освободит изменчивого повара от службы у нее. К счастью, француз отказался от этого предложения.

Теперь получается, что, помедли она, повар уйдет.

Распрямив плечи, Тэсс сочувственно улыбнулась.

— Бедный Эдуард, — попыталась она успокоить француза, — что на сей раз сотворило это чудовище?

— Хорошо, что вы спрашиваете. Смотрите сюда! — Он поднял испачканный мукой указательный палец, укоризненно показывая на печь.

Нахмурившись, Тэсс разглядывала старинную открытую печь, в которой и теперь от задней решетки тянулась тонкая струйка дыма.

— Что на этот раз не в порядке? Опять застрял колпак дымовой трубы?

— Застрял? — фыркнул шеф. — Он прилип намертво! Я вытянул руку, чтобы повернуть заслонки, и он обдал грязью меня и моих фаршированных голубей. А мои чудесные пирожные... — Он осекся и закрыл лицо, слишком расстроенный, чтобы говорить дальше.

Тэсс наклонилась, чтобы рассмотреть закопченную печь, потом стала всматриваться в потолок. Осторожно она потянула за цепи, открывающие дымоходы в печи. Никакого движения!

— Кажется, нет никаких...

Неожиданно на голову Тэсс обрушился поток сажи. Отчаянно закашлявшись, она отступила назад от печи, натолкнувшись на вертевшегося поблизости повара.

— Может быть, теперь вы поймете, что мне приходится выносить здесь, в этой развалившейся кухне, — выпалил француз, сунув ей в руку смоченную в воде ткань.

В этот момент из противоположного угла комнаты раздался пронзительный крик:

— Бросить якорь по правому борту! Впереди каменистая отмель!

— Тише, Максимилиан, — шикнула Тэсс на большого изумрудно-красного ара, топчущегося на жерди у окна.

— И эта птица! — воскликнул Эдуард. — Я многое готов терпеть, мадемуазель, из-за доброты вашего сердца. Но что до этого, — угрожающе произнес он, направляясь в сторону яркого попугая, — я приготовлю из него прекрасный tarte de perroquet*, и очень скоро!

Тэсс торопливо встала между разгневанным поваром и верещащим Максимилианом.

— Перестаньте, Эдуард. Это не поможет решить нашу проблему. Может, вы покажете мне, в чем именно состоит сложность. Насколько я помню, в прошлый раз мы прекрасно справились с этим.

Круглый маленький француз фыркнул:

— Только потому, что ваш месье Хобхаус настоящий гений по части починок. Но на этот раз даже ему не справиться с этой чертовой печью!

— Бить сбор! — закричал Максимилиан, топорща перья и раздувая щеки. — Вражеские корабли по правому борту!

В следующее мгновение дверь кухни с шумом распахнулась, и в комнату заглянул высокий светловолосый джентльмен в изумрудно-зеленом атласном жилете.

— Вот вы где, — произнес он в некотором замешательстве, окидывая взглядом зеленых глаз испачканное сажей лицо

---

* пирог с попугаем (*фр.*).

Тэсс. — Похоже, Хобхаус не знает о том, что с вами приключилось, дорогая моя. Признаюсь, не ожидал увидеть вас здесь. — Светловолосый мужчина укоризненно улыбнулся; его яркий жилет сверкал в лучах падающего из окна солнечного света.

Лорд Леннокс, как всегда, безупречен, смущенно отметила про себя Тэсс, прекрасно понимая, насколько сомнительно должна она выглядеть по сравнению с ним. Постаравшись незаметно вытереть щеки, она взглянула на вошедшего.

— Как приятно видеть вас, милорд. Но когда же вы вернулись? Насколько я помню, вы должны были оставаться в Лондоне еще месяц.

Его яркие глаза потемнели.

— Смею ли я надеяться, что это означает, что вам меня недоставало?

— Можете думать все, что вам заблагорассудится, милорд, — с улыбкой отвечала Тэсс, — а сейчас я должна уйти и заняться починкой этого сооружения, поскольку боюсь, что похожа на грязного мальчишку.

Прохладные пальцы слегка прикоснулись к ее вспыхнувшим щекам.

— Вы выглядите, моя милая Тэсс, обворожительно — покрытые сажей щеки и прочее. Как обычно! Я помню, что обещал держаться в стороне и дать вам время на обдумывание, но хочу предупредить: я намерен надоедать вам, пока вы не примете мое предложение.

Тэсс сжалась, почувствовав неестественную тишину, воцарившуюся на кухне. Неожиданно она ощутила на спине взгляды четырех пар глаз.

Эдуард звоном серебряной посуды вернул свою команду к их обязанностям.

— Быстрее! — прикрикнул он на троицу таращивших глаза кухонных прислужниц. — Пирожные — или то, что от них осталось, — Хобхаусу! Все остальные подносы — в кофейную комнату! Поспешите!

— Думаю, милорд, нам следует поговорить об этом в другое время, — спокойно заметила Тэсс.

За спиной она услышала приглушенный смешок, который решительно проигнорировала. Уголком глаза она заметила, как Эдуард подталкивает кухонных работниц к двери. Наконец они с лордом Ленноксом остались одни.

Нахмурившись, граф изучал ее бледное лицо.

— Вы плохо спали, — пробормотал он, наморщив широкий лоб, — у вас круги под глазами. Все это — слишком большая обуза для вас, моя дорогая. Вам бы следовало не знать других забот, кроме танцев до рассвета и чашки шоколада в постели, после пробуждения в полдень. А между тем в Фарли еще работы край непочатый. — Его голос упал, делаясь все настойчивее. — Позвольте мне взять на себя часть ваших забот, Тэсс. Я буду наблюдать за рабочими в Фарли. Мне доставит огромное удовольствие увидеть имение восстановленным в былом величии. А потом я поищу для вас какого-нибудь надежного управляющего «Ангелом». — Глядя ей в лицо теплым взглядом, Леннокс взял ее руки в свои. — Даже и Хобхауса — хотя я уверен, что этот скряга будет ужасно мошенничать.

Тэсс мягко высвободила руки.

— Дорогой Саймон, ваше предложение — большая честь для меня...

— Честь? — быстро проговорил граф, сверкая глазами. — Я люблю вас, черт побери! Неужели вы не видите? Вы доводите меня до полного и окончательного безумия!

— Пожалуйста, милорд. Мне... мне нужно время, чтобы подумать, — запинаясь, произнесла Тэсс, беспокойно теребя руками верх передника. — Понимаете, дело не только во мне. Мне надо считаться с прислугой. И кроме того, есть Эшли.

— Не понимаю, каким образом наши отношения затрагивают его. Он не проявляет интереса к Фарли или «Ангелу».

Тэсс вздохнула:

— Да, это верно, но может и проявить, если ситуация неожиданно изменится. Во всяком случае, я должна хотя бы поговорить с ним об этом.

Лорд Леннокс поднес ее руку к губам и легко поцеловал ее ладонь.

— Мне остается только молиться о том, чтобы это не заняло слишком много времени, дорогая моя, — тихо произнес он. По его лицу пробежала волна какого-то смутного чувства; он медленно наклонился и легко коснулся губами ее рта.

Тэсс в смятении стояла не двигаясь.

Проклятие! Что мешает ей принять его предложение? Лорд Леннокс — приманка всего графства: красивый, богатый и добросердечный. Почему ее сердце не поет от его ухаживаний?

— Поменять курс для высадки! — верещал Максимилиан, танцуя на жердочке. — Впереди опасные каменистые отмели!

— Какая впечатляющая сцена!

Тэсс сжалась при звуках холодного женского голоса, донесшихся с порога.

— Моя сестра, как всегда, удивительно удачно выбирает время, — сухо произнес Леннокс, не отводя глаз от лица Тэсс.

— Совершенно верно, мой дорогой, — согласилась леди Патриция Леннокс. — Мне следовало прийти гораздо раньше, — ее голос посуровел, — тогда я бы помешала тебе выглядеть таким ослом.

Тэсс быстро отступила назад, почувствовав, как щеки ее заливает жаркая волна. Она едва удержалась от гневной отповеди.

— Пожалуйста, простите мою сестру, Тэсс, — произнес Леннокс, нежно сжимая ее руку. — Боюсь, она избалованное, неблагодарное дитя. То, что ей действительно нужно, так это муж, который будет ее регулярно поколачивать.

— Это вы так считаете, — неловко сказала Тэсс, вырываясь из его рук.

— В этом вопросе мой брат решительно прав, мисс Лейтон. Но я считаю, что мужчина должен исполнять кое-что другое регулярно. Хотя никогда не помешает некоторая доля первобытных страстей.

— Патриция, — зашикал на нее Леннокс, — ты забываешься.

Зеленые глаза его сестры засверкали.

— Думаю, мы все взрослые люди. Уверена, что не будет вреда, если поговорить немного в открытую. — Ее острый нос неожиданно брезгливо сморщился. — Но что это за ужасный запах? У вас что, где-то на кухне спрятана дохлая курица?

Тэсс нахмурилась, подумав, что это определение вполне подходит к самой леди Патриции.

— Ужасный запах? Я не чувствую ничего, кроме слабого запаха дыма. Но если уж это место так неприятно вам, не смею вас больше здесь задерживать.

Сестра лорда Леннокса приподняла светлую бровь.

— Конечно, на кухне чувствуешь себя не в своей тарелке. Но я жду, чтобы ты проводил меня домой, Саймон. Или ты уже забыл свое обещание?

Граф подавил вздох раздражения.

— Нет, я не забыл. — Он виновато взглянул на Тэсс, снова беря ее ладони в свои. — Помните о том, что я сказал, дорогая моя, — просительно пробормотал он.

Тэсс чувствовала, как глаза его сестры прожигают ей шею.

— Я все тщательно обдумаю, обещаю вам, милорд.

Саймон неохотно выпустил ее руки и пошел к двери, где его ждала леди Патриция.

— О, чуть не забыла, — бархатным голосом произнесла щедро одаренная природой блондинка, поворачиваясь к Тэсс. — На будущей неделе мы ожидаем друзей из Лондона, и мне хочется предложить им ваш паштет. Клянусь, наш повар постоянно спрашивает его рецепт. Мне действительно надо прислать его к вам. Вы ведь не откажетесь помочь ему, правда, милая?

Вы так хорошо разбираетесь в подобных вещах — думаю, это займет нс больше часа или двух вашего времени.

Глаза Тэсс засверкали серо-зелеными искрами.

— Неужели? Как странно. Должно быть, моя прапрабабушка задавала вашей тот же самый вопрос, будучи при дворе Чарлза Второго. Вам титул был присвоен этим монархом, не так ли? Насколько я припоминаю, для выполнения кухонных обязанностей. — Тэсс замолчала, изобразив на лице чрезмерную невинность. — Или же для выполнения услуг в его постели?

— Ах вы, наглая маленькая сучка! — вскипела леди Патриция.

— Хватит, Патриция! Ты получила лишь то, что заслуживаешь. Иди и дожидайся меня в экипаже! — Лицо Леннокса ожесточилось.

Сердито фыркнув, его сестра повернулась и выбежала из комнаты.

— Простите меня, — смущенно произнесла Тэсс. — Опять мой дерзкий язык. Я забыла, что, критикуя ее происхождение, я критикую ваше собственное. Это потому, что вы так непохожи. В сущности, иногда я забываю, что вы родственники.

Пальцы Леннокса едва коснулись все еще горящей щеки Тэсс.

— Напротив, это я должен просить прощения за поведение моей сестры. Вы лишь ответили на ее выпад. Уверяю вас, что это больше не повторится, когда мы поженимся...

— Если мы поженимся, — поправила его Тэсс.

Глаза лорда Леннокса потемнели.

— Когда, — твердо возразил он. — Предупреждаю вас, дорогая моя, это только вопрос времени.

Расстроенная Тэсс отправилась обратно в кабинет Хобхауса, чтобы обсудить вместе с ним дела на день. Разговор с лордом Ленноксом взволновал ее больше, чем хотелось бы, но ее голова уже была занята другими проблемами.

Посчитав, что у нее есть несколько минут покоя, Тэсс села у окна и достала расходную книгу. Она быстро сложила длинные столбики. Сто пятьдесят фунтов потрачено только в прошлом месяце! При таких расходах ей никогда не выбраться из долгов.

И все же за добытый прошлой ночью коньяк она получит в Лондоне хорошую цену. Кроме того, в прошлом месяце были еще четыре груза с чаем и шелком, за которые ей скоро будет уплачено — на анонимный счет в Лондоне, разумеется.

Тэсс нахмурилась, покусывая кончик пера, когда подсчитывала суммарную прибыль. При некотором везении это даст чистую прибыль чуть более двухсот фунтов. По крайней мере некоторый прогресс, хотя далеко не достаточный.

Где-то на середине страницы ее глаза оторвались от длинной колонки цифр. Через окно струился солнечный свет, и ей были видны мягкие очертания отдаленных холмов, сочных и зеленых после ночного дождя.

Холодное дуновение воздуха коснулось ее щеки, пошевелив длинной прядью золотисто-каштановых волос у нее на плече. Тэсс сжалась, ощущая чье-то присутствие в комнате у двери. Напряжение в плечах, биение крови подсказало ей, что позади нее может стоять только один человек.

Она знала, что должна скоро встретиться с ним. Но сейчас, когда пришло время расплаты, оказалось, что Тэсс владеет собой не лучше, чем в темном проулке прошлой ночью.

— Повернись ко мне, Тэсс! — прорычал лорд Рейвенхерст от двери. — Дай мне взглянуть на тебя. Да, дай мне посмотреть, все ли еще ты та расчетливая маленькая тварь, какой была пять лет назад.

Глава 5

Тэсс не поворачивалась.

Вместо этого, с болезненно сжавшимся сердцем, она закрыла расходную книгу и положила перо рядом с собой. Аккуратно расправив оборки на рукавах, она стерла с пальцев налет муки. Только после этого она повернулась в кресле, чтобы взглянуть на пришельца.

И опять ее поразил вид этого холодного, ожесточенного лица с темно-синими глазами. Лица мужчины, которого она когда-то любила.

Теперь это было лицо непримиримого врага.

Дейн был одет в свободную белую рубашку с распахнутым воротом, из-под которого виднелась бронзовая кожа, покрытая густыми черными волосами. Серые бриджи обтягивали его длинные мускулистые ноги, обутые в высокие, начищенные до зеркального блеска сапоги.

Взгляд Тэсс был прикован к его лицу. Как оно изменилось! Да, долгие годы войны оставили свой след. Голос тоже изменился: появился грубый, хрипловатый тембр, какого не было пять лет назад.

Общее впечатление поражало резкими контрастами. Под внешним налетом цивилизованности, поняла Тэсс, скрывается безжалостный чужак — некто дикий и непредсказуемый по натуре и воспитанию.

И сейчас необузданное безрассудство исходило от всей его уверенной фигуры, прислонившейся к дверному косяку, широких плеч и больших рук, лежащих на бедрах, а его темно-синие глаза прожигали ее лицо.

В нем чувствовалась сила и мощь, каждое его движение предупреждало об опасности. Тэсс оцепенела, заметив прядки седых волос у него на висках.

Итак, он тоже ощущает на себе ход времени? Но он не страдал так много, как она, с горечью подумала Тэсс. Теперь все это в прошлом, слава Богу. Она никогда больше не позволит так сильно обижать себя.

Эти раздумья мгновенно затопили истерзанное сознание Тэсс. Ничто не ускользнуло от нее — она увидела вену, пульсирующую на шее Дейна, увидела твердо сжатые челюсти, напряженность его позы.

Но прежде чем она отреагировала на эти замеченные ею тонкости, Рейвенхерст устремился на кухню и задвинул засов, закрывающий наружную дверь.

Она оказалась в ловушке.

— А теперь, моя дорогая Тэсс, — прорычал виконт, — надеюсь, мы сможем немного поболтать.

— Зачем ты вернулся? — прошептала Тэсс, крепко сжав пальцы лежащих на столе рук. — Почему бы тебе не держаться от меня подальше, черт бы тебя побрал?

— Быть может, я почувствовал, что для тебя пришло время снова иметь мужчину — то есть настоящего мужчину.

— Ты льстишь себе! Ты ничего не значил для меня. А я, очевидно, значила для тебя еще меньше!

Резкие черты Дейна скривились в усмешке.

— Ну, давай, давай, дорогая моя! Разве так встречают давно потерянного любовника?

— Иди к дьяволу, Сен-Пьер. Или, быть может, мне надо говорить «виконт Рейвенхерст», как сообщил Хобхаус? Мои поздравления по случаю обретенного титула. Уверена, это позволит тебе проявлять высокомерие, к которому ты всегда имел склонность. Но если ты полагаешь, что мы будем общаться, ты глубоко ошибаешься. Поэтому оставь меня в покое!

— А-а, видишь ли, оставить тебя в покое — последнее, чего бы мне хотелось, любовь моя. В конце концов, мы потеряли так много времени, которое нужно наверстать, — добавил лорд Рейвенхерст холодным, угрожающим голосом. — Пять лет, если быть точным.

Тэсс сжимала и разжимала лежащие на столе руки. Какую жестокую игру он затеял? И зачем, ради всего святого, он вернулся, чтобы мучить ее теперь, когда она начала забывать его?

«Забыть его?» — вопрошал насмешливый голос. Забыть это сильное тело? Забыть, как он пожирал ее глазами, сверкающими дьявольским огоньком в кобальтово-синей глубине? Забыть запах его волос, пахнущих морем, солнцем и соленым ветром?

«Ты так и не смогла забыть его, несмотря на мучительный разрыв».

— Приказываю тебе покинуть эту комнату! — вскипела Тэсс. — Иначе я позову Хобхауса, и он вышвырнет тебя вон.

— Хотелось бы посмотреть, как это у него получится, — с нарочитой медлительностью произнес Рейвенхерст, приподняв в усмешке соболиную бровь. — Это может оказаться забавным.

— Мерзавец! Можно подумать, меня волнует, что тебя забавляет!

Мужчина в дверном проеме не пошевелился. Тэсс смотрела, как на его шее пульсирует вена. Его неистовые глаза опаляли ее, как будто он надеялся обратить ее в пепел.

— Когда-то это тебя волновало. — В голосе Рейвенхерста послышалось ожесточение. — Когда-то мои чувства значили для тебя все, Тэсс. Или ты просто заставила меня поверить в это? — Он скривил полные губы. — Это тоже было ложью?

Итак, эта мысль волновала его, не так ли? Не помня себя от негодования, Тэсс откинула назад голову; из-под завесы золотисто-каштановых ресниц засверкали серо-зеленые глаза.

— Никогда не знаешь наверняка, правда? — промурлыкала она.

Глаза Дейна сузились, и Тэсс почувствовала горячую и будоражащую силу его взгляда. Его крепкие, упругие ноги были слегка расставлены, как будто он находился на шканцах в качку. От этого тела исходила сила, подогреваемая его темным гневом, пока еще не превратившимся в дикую, пульсирующую стихию.

Но вот его невозмутимость исчезла без следа. С диким воплем он устремился через комнату, рывком подняв Тэсс из кресла.

— О, я узнаю Тэсс Лейтон! Но сначала... — Схватив ее за руки, Дейн притянул ее к своей груди.

Тэсс вырывалась в молчаливой ярости, сопротивляясь его железной хватке, сопротивляясь наваждению его тела.

— Убирайся к черту, меня это не касается! Только оставь меня в покое, черт тебя побери!

— А, это как раз то, чего мне не хочется делать, — пророкотал виконт, кривя губы в холодной, насмешливой улыбке. — Я намерен продолжить точно с того места, где мы остановились. Начиная с той ночи в сторожке твоего отца в Фарли. Ты ведь помнишь ту ночь, правда, любимая? — Он мстительно сжал пальцы на ее запястьях.

Перед глазами Тэсс поплыли мучительные образы, обрывки воспоминаний, более жестокие, чем эти безжалостные пальцы. Неужели ей никогда не избавиться от прошлого?

— Я-то помню, ты, свинья, — прошипела Тэсс. — А ты, кажется, нет. Будь у тебя память получше, ты бы не забыл, что мы ни к чему не пришли — и не с чем было идти дальше! Неужели ты не понял этого своей дубовой башкой? И даже теперь? — С трудом подавив яростный крик, она размахнулась ногой, нацеливаясь в уязвимое место, как ее когда-то научил Джек.

Рейвенхерст мгновенно увернулся, потом просунул колено между ее молотящих ног. В ту же секунду он вцепился пальцами в ее напряженные бедра и притянул ее к себе, усадив на свое бедро. Его темные глаза светились торжеством.

— Ты хотела, чтобы я поверил в это, так ведь? Не выйдет! Я не поверил в это тогда, не поверю и теперь!

Тэсс задохнулась, беспомощно барахтаясь, чувствуя через тонкие юбки его твердую плоть. Она отчаянно вырывала руки, силясь оцарапать его ногтями, но его цепкие пальцы крепко держали ее в плену.

— Тогда, милорд, — фыркнула она, — вы идиот, чья самонадеянность не знает границ!

Нахмурившись, Рейвенхерст сжал ладонями ее стройные бедра и потерся о нее своим восставшим мужским естеством.

— Не самонадеянность, любовь моя, а подлинный, неоспоримый факт. Ты же видишь, ничего не изменилось в наших отношениях, Тэсс, — проговорил он. — Однажды ты горела для меня, и, клянусь Богом, я снова увижу, как ты пылаешь. Но предупреждаю — еще один такой трюк, и ты окажешься у меня поперек колена, а я поучу тебя хорошим манерам!

— Хотела бы я посмотреть на это!

Рейвенхерст крепче сжал ее бедра.

— Не искушай меня, маленькая чертовка. Ничто не доставит мне большего удовольствия, чем оставить отпечатки ладоней на твоей очаровательной пухлой попке.

Вне себя от ярости, Тэсс пыталась вырваться из его рук, но оказалась быстро усмиренной. Его руки были необычайно сильными после многих лет, проведенных в борьбе с канатами и парусами. Она чувствовала, как грубые мозоли царапают ее запястья.

И все же Тэсс продолжала сопротивляться. Но с каждым движением она придвигалась ближе к его возбужденному телу, что заставляло ее с диким восторгом чувствовать, как в ее бедра упирается твердый мускулистый ствол.

Тэсс ненавидела себя за этот восторг.

— Ты похож на всех остальных представителей вашего самонадеянного пола! Вы играете в какую-то нездоровую игру. Вечная дрожь преследования! Но я не стану твоей добычей, слышишь? И никогда не сдамся — ни тебе, ни кому-то другому.

Рейвенхерст медленно захватил ее напряженные запястья одной могучей рукой. В его глазах промелькнуло какое-то смутное, мимолетное чувство.

— О, это гораздо больше, чем просто игра, дорогая моя, — отрывисто прошептал он, протягивая свободную руку к ее лицу. — И прекрати эти сравнения с другими мужчинами, делившими с тобой ложе. Уверяю, очень скоро я заставлю тебя позабыть их.

Несколько томительных мгновений ни один не двигался, прижавшись грудью к груди, бедром к бедру, в этой неистовой схватке тел. Между ними, казалось, возникло закручивающееся по спирали и разбухающее электрическое поле, и Тэсс думала, что вот-вот задохнется.

И все же что-то в самонадеянности мужчины вызвало в ней безрассудный отклик, заставило начать подстрекать и бросить вызов этому смуглому захватчику, снять с него внешний лоск и обнажить истинные чувства, которые он так тщательно старался скрыть.

Поразмысли Тэсс об этом, и она никогда бы не послушалась этого необузданного инстинкта. Но в тот момент Тэсс руководило нечто более глубокое, чем мысль, нечто столь же древнее, как время. Краска залила щеки Тэсс, когда она ощутила на своем животе доказательство его желания.

Она не спрашивала себя, почему поступает именно так. Она ни о чем не думала, а лишь следовала зову рассерженных голосов, звучащих у нее в голове.

Хотя Рейвенхерст и казался опасным, он почему-то держал себя в узде, и Тэсс захотелось узнать, каким будет этот незнакомец с незабываемым лицом в момент кульминации.

Да, может быть, тогда...

Ее губы сложились в насмешливую улыбку.

— Я искренне сомневаюсь в этом, милорд. Вы выглядите слишком уж... — откинув голову назад, она изучала его с холодной неторопливостью, — побитым. Уставшим и ослабевшим после долгих лет, проведенных в море, — бархатным голосом лгала она. — Нет, боюсь, вы не в том состоянии, чтобы сражаться, милорд. — Она слегка провела языком по верхней губе, дразня его. — По крайней мере со мной.

— Хватит ли у меня мужественности, чтобы взять тебя? В этом состоит твой вопрос, Тэсс?

Она вздернула маленький упрямый подбородок; ярость подстрекала ее к следующему опасному шагу.

— Так ли это, милорд? — мурлыкала Тэсс, изучая его из-под опущенных ресниц. — Ты настоящий мужчина, верно?

И потом какой-то безрассудный демон заставил ее слегка пошевелиться и потереться бедрами о его напряженный мускулистый жезл.

В эту минуту Тэсс преследовала свои цели. Со сверкающими глазами она наблюдала, как рассыпаются в прах последние опоры железного самообладания Рейвенхерста. Витиевато выругавшись, он схватил ее ноги и обвил их вокруг своей талии, дав ей почувствовать всю силу своей агрессивности. С потемневшим от ярости лицом он протопал к длинному, засыпанному мукой столу на кухне, на котором и распластал ее, стараясь не ослаблять объятий.

— Мое состояние, — проревел он, наклоняясь ниже и заставляя Тэсс ближе прижаться к его отвердевшему жезлу, — более чем подходящее для того, чтобы удовлетворить маленькую хитрую сучку вроде тебя. Мне доставит огромное удовольствие доказать это. Прямо здесь и прямо сейчас.

Сверкая серо-зелеными глазами, Тэсс ответила Рейвенхерсту с не меньшей яростью:

— Как же тебе не повезло, что у тебя не будет такой возможности! Теперь немедленно освободи меня, пока за мной не пришел Хобхаус и ты не выставил себя на посмешище.

— Ты ошибаешься, любимая, — добавил Рейвенхерст, и слова эти прозвучали в его устах как проклятие. — Я вижу, ты не теряла времени даром и стала законченной маленькой шлюхой. Сколько мужчин понадобилось, чтобы научить тебя этим грязным штучкам?

Хотя сердце Тэсс бешено колотилось, ей удалось безразлично пожать плечами.

— Пятьдесят. Сотня. Какая разница? В конце концов, в темноте вы почти одинаковы.

Дейн вдруг нахмурился, неожиданно для себя ощутив пронзившую его при этих словах жгучую ревность.

— Сколько, черт тебя побери?

— Неужели это так беспокоит тебя? Тогда, разумеется, я должна уточнить. Пятьдесят! Нет, трижды по пятьдесят! — Тэсс кипела, бешено извиваясь под ним.

Вдруг Тэсс почувствовала, что не в силах отказаться от него. Не в силах отрешиться от воспоминаний, угрожавших затопить ее... Пока она сопротивлялась, Дейн ощутил дикое, слепое желание. С каждым прикосновением ее извивающегося тела он хотел ее все больше. Но он не мог позволить, чтобы желание стало частью его игры.

Во всяком случае, не его желание.

Мрачно ругаясь, Рейвенхерст сильнее сжал ее запястья.

— Скажи, сколько сейчас стоит в Рае опытная шлюха?

Тэсс на секунду задохнулась, но потом ей удалось изобразить безразличие.

— Не имею ни малейшего представления, милорд. Те, кому посчастливилось воспользоваться моей благосклонностью, никогда не снизошли бы до обсуждения таких вещей. — Она с отвращением скривила губы. — Но для вашего сведения скажу, что я предпочитаю вещи. Одежда, экипажи, украшения — все, что угодно, если это очень хорошего качества. И разумеется, очень дорогое. Что до вас, милорд Рейвенхерст, — странные, сверкающие гневом глаза Тэсс смотрели снизу вверх из-под опущенных ресниц, — я искренне сомневаюсь, что вы осилите эту цену.

— О, я смогу осилить твою цену, дорогая моя, — как в гинеях, так и в смысле мужской выносливости. Вопрос в том, посчитаю ли я, что такой спелый, но побывавший, как видно, во многих руках фрукт стоит затраченных усилий.

Сердце Тэсс бешено колотилось в груди, щеки горели огнем. Но она подавила свою ярость, лукаво улыбнувшись низко склонившемуся к ней мужчине. Какой-то потаенный женский инстинкт подсказал ей, что́ заденет Рейвенхерста сильнее всего.

— Если вам безразлично, милорд, тогда стоит только удивляться, что привело вас сюда и зачем вы так грубо терзаете меня.

Пальцы Рейвенхерста вонзились в ее хрупкие запястья, в то время как он продолжал изучать ее, распростертую под ним на засыпанном мукой столе.

— Потому что мне нравится быть здесь, девка, — без выражения ответил он.

— Отпусти меня, ты, свинья! Мне больно!

«Опять», — подумала Тэсс.

— Я подумаю об этом, когда ты расскажешь все, что знаешь о Лисе.

— С чего ты взял, что я знаю что-то об этом человеке?

Он насмешливо поднял темную бровь:

— А разве нет?

— А если даже и знаю, — продолжала Тэсс, как будто не слыша его, — почему ты думаешь, что я хоть что-то расскажу тебе?

— Потому что, — прорычал виконт, наклоняясь еще ниже и щекоча своим дыханием ей щеку, — если не расскажешь, я скорей всего придушу тебя.

— Пожалуй, это ты можешь, — холодно согласилась Тэсс. — Я, однако, не доставлю тебе такого беспокойства. Видишь ли, у меня нет никаких сведений о скандально известном контрабандисте. Он для меня тайна — так же как и для любого другого человека в этих краях.

— Лгунья! — сорвалось с губ Рейвенхерста. — Не может быть, чтобы ты, живя здесь так долго, ничего не знала об этом человеке. У Эймоса Хоукинза, должно быть, были причины для того, чтобы выбросить твое постельное белье на улицу.

— Эймос Хоукинз всего-навсего злобный самодур! Зачем ты привел его сюда?

— Потому что он узнает изменника с первого взгляда. Как и я.

— Мы в «Ангеле» не укрываем изменников! — выпалила Тэсс, силясь высвободиться. — И, более того, я не понимаю, из-за чего вся эта суета. Здесь, на побережье, принято заниматься свободной торговлей, и так продолжается уже более пяти столетий. И вправду, если посадить в тюрьму всех контрабандистов, останется совсем мало народу — будь то фермер, рыбак или акцизный чиновник. — Она продолжала яростно вырываться, но была не в силах освободиться из его неумолимых объятий.

«Как она хороша, — холодно думал Рейвенхерст. — Чертовски хороша».

— Это очень похоже на подстрекательство к мятежу, дорогая моя, — пророкотал он, прижимая ее запястья к столу. — Я бы посоветовал тебе держать язык за зубами, чтобы люди не начали называть тебя изменницей, а также шлюхой.

— Я признаюсь тебе вот в чем, — выпалила Тэсс. — Мы здесь не очень-то жалуем чужаков, милорд. Они слишком часто потом оказываются сборщиками налогов. Или же приходят отряды вербовщиков, чтобы увести в оковах наших мужчин — братьев, мужей и сыновей — для службы на ваших проклятых военных кораблях! А теперь отпусти меня, ты, презренное отродье!

Рейвенхерст сжал губы в приступе гнева.

— Нет, я думаю, еще не время. — Он безжалостно повалил ее на спину, прижимая к засыпанному мукой столу, и склонился над ней, глядя потемневшими, затуманенными от страсти глазами; за его спиной через кухонное окно с частым переплетом лился солнечный свет. — Мы в состоянии войны с Францией, женщина. Надо ли напоминать тебе, что война требует солдат и кораблей? Это единственное, что защитит побережье, если французы вздумают здесь высадиться!

Тэсс уставилась на него с открытым изумлением.

— Вторжение? — с издевкой спросила она. — Здесь? Ты говоришь ужасную чепуху! Этот новый военный канал должен расстроить планы французов на этот счет.

— Ты, похоже, вполне в этом уверена, — пробасил Рейвенхерст. — Но уж моя забота проверить. — Он прищурил глаза. — И Бони* может догадаться, что бесплодные просторы Ромнийской топи используются его людьми не только как место для высадки.

Тэсс мгновенно сжалась.

— Ты что, намекаешь, что мы здесь в сговоре с врагом?

— Почему ты не хочешь рассказать мне?

Сверкая глазами, Тэсс изворачивалась в его безжалостных объятиях.

— Сейчас расскажу, ты, самонадеянная шавка. Хотя наши люди и провозят беспошлинный коньяк и плывут с приливом в Дьепп, они прежде всего англичане! Они стали бы так же поддерживать военные авантюры Наполеона, как, — она шепотом произнесла самое что ни на есть недамское ругательство, — плясать с самим дьяволом!

Дейн слегка скривил губы.

— Ты говоришь со знанием дела, моя дорогая. Остается только удивляться, откуда ты столь хорошо знаешь этих отчаянных преступников. — Он резко прищурил бездонные глаза, изучая ее лицо. — Я слышал, что этот сумасшедший берет в свою разношерстную банду и женщин. Может быть такое, что...

Пульс Тэсс участился при воспоминании о том, как он точно так же прошлой ночью разглядывал ее испачканное сажей лицо. Боже милостивый, что, если он признает в ней женщину из переулка?

Она бешено упиралась бедрами и грудью, выгибая спину дугой и вертясь из стороны в сторону, но ее сопротивление лишь сильнее прижимало ее к его неподатливому телу. Ее мучитель напрягся; было заметно, как у него на виске пульсирует жилка.

— Перестань сопротивляться, черт побери! Если ты не хочешь, чтобы я взял тебя прямо здесь и немедленно. Ей-

* Бонапарт.

богу, этот стол послужит не хуже любой кровати из тех, что есть наверху!

Онемев от злости, Тэсс взглянула на него.

Рейвенхерст медленно с недоумением поднял бровь:

— Или весь этот гнев лишь ширма для прикрытия чего-то или кого-то другого?

Глаза Тэсс потемнели от страха под его холодным испытующим взглядом.

— Отпусти меня! — закричала она, понимая, что каждая секунда приближает его к опасному разоблачению. — Я... я не знаю, о чем ты говоришь!

— Нет? — Откинув ее голову назад, Дейн внимательно посмотрел ей в лицо. — Господи, — отрывисто произнес он.

Тэсс чувствовала, как кровь стучит в висках. Она дико рванулась из его жестких рук, стараясь избегать его взгляда.

— Отпусти меня...

— Ни за что бы не поверил, — пробормотал Дейн скорее для себя.

Выражение его глаз заставило сердце Тэсс болезненно сжаться. Он знает! Черт бы его побрал! Почему тогда он не покончит с этим? Зачем продолжает играть с ней в кошки-мышки?

Глаза ее мучителя прищурились.

— Так это правда! Вижу по твоему лицу. — Он медленно заскользил пальцами к тому месту на ее шее, где бился пульс.

Тэсс, побледнев как полотно, ждала разоблачения.

— Да, ты напугана. И я бы сказал, очень сильно, хотя хорошо скрываешь это.

С губ Тэсс сорвался с трудом сдерживаемый всхлип.

— Нич-чего подобного!

— Ты жутко напугана, женщина, — с удивлением произнес Рейвенхерст, шире открывая глаза.

— Отпусти меня, черт побери!

— Но в чем дело, хотел бы я знать? Чтобы испугать злую маленькую сучку вроде тебя, нужно что-то очень страшное.

— Ты нисколько не испугал меня, — хорохорилась Тэсс. — И повторяю тебе еще раз — я ничего не знаю об этом человеке!

Рейвенхерст сумрачно улыбнулся, чувствуя, как у него под пальцами бьется ее пульс.

— В таком случае докажи это.

— Твоя наглость перешла в слабоумие!

— Вовсе нет, маленькая чертовка! Раз уж ты говоришь, что ничего не знаешь о Лисе, тогда познакомь меня с кем-нибудь, кто его знает.

Тэсс резко затрясла головой:

— Это было бы очень неразумно с моей стороны. И чрезвычайно вредно для нас обоих.

— Увидишь, что будет гораздо хуже, если ты не сделаешь того, о чем я прошу, женщина! Ты могла откупиться от других твоих мужчин, часами усыпляя их своими коварными ласками в постели, но, поверь, меня не так легко провести.

— Я не уделила бы грязной свинье вроде тебя и секунды своего времени в постели, — прошипела Тэсс.

— О, ты предложишь мне это и многое другое в придачу, Тэсс. Прежде чем мы закончим, ты дашь мне все, что захочу. А хочу я, милая моя, совсем немного — все то, что ты должна мне дать. — С сумрачным лицом лорд Рейвенхерст навалился грудью на ее напряженное тело, прижавшись к ее нежной коже каждой своей мышцей, каждой косточкой. — А потом, — отрывисто прошептал он, — ты дашь мне все остальное.

— Я н-ничего не дам тебе, подонок! — всхлипнула Тэсс, ненавидя себя за прерывающийся голос.

Глаза Рейвенхерста затуманились от гнева.

— Тогда, может, испытаем?

— Ты подлый выродок... — Тэсс вдруг задохнулась, почувствовав, как что-то плотное и липкое проскользнуло ей за ворот платья.

Медленно, с рассчитанной неторопливостью, Дейн разглядывал остатки вишневого торта, которые опрокинул ей на грудь.

— Да, ты очень напоминаешь мне эти сласти.

Тэсс закрыла глаза и неистово забилась, когда поняла его намерение, но было слишком поздно. Его смуглое лицо уже неумолимо наклонялось к ней. Над ней оказался его жадный и горячий рот, заскользивший вдоль шеи.

— Прекрати! — нетвердо приказала она, направив всю свою энергию на то, чтобы справиться с диким приступом желания, которое спровоцировало это прикосновение.

Боже правый, как могло собственное тело так подвести ее? Снова.

Стараясь не смотреть на него, она еще сильнее чувствовала его сильный и влажный язык на своей нежной коже; захватывая губами плоть, Дейн отправлял в рот кусочки сладких ягод.

— Очень спелая, — шептал он ей в шею. — И, без сомнения, сильно залапанная.

— Я заставлю тебя заплатить за это, — клялась она через стиснутые зубы. — Быть может, это будет последнее, что я сделаю, но я это сделаю!

Она говорила с открытыми глазами, моргая под тяжелым, голодным взглядом Дейна.

— Это только начало, Тэсс. Ты знаешь это не хуже меня.

— Это конец, ты, подонок. Конец пустоты!

Лицо Рейвенхерста перекосилось от гнева.

— Не надейся одурачить меня. Твой бешеный пульс, твои напряженные мышцы выдают тебя даже теперь. Твое тело по крайней мере еще не научилось лгать!

— Это ты лжешь, это ты весь перекошен. Да ты сущий безумец!

— Иногда безумцы говорят чистейшую правду. Почему бы тебе не признаться, что ты хочешь меня?

— Я ни в чем не признаюсь, разве только в том, что ненавижу тебя!

Горящие и вожделеющие глаза Рейвенхерста пристально смотрели на нее.

— В самом деле? Но я вижу, осталась последняя ягода. Самая спелая. — Он вдруг подвинулся, одним бедром пригвоздив к столу ноги Тэсс, а другую согнутую в колене ногу прижав к ее бедру.

Его темная голова опустилась еще раз.

А потом настоящая мука — или это было жгучее наслаждение? — пронзила Тэсс, когда он прижал язык к ее напоминающему бутон соску. С бьющимся сердцем она выгнулась дугой и напряглась, подставляя себя его жадному рту.

— Скажи мне, черт возьми, — пророкотал Рейвенхерст, лаская губами испачканный ягодами бугорок. — Ни за что не отпущу тебя, пока не узнаю правду, Тэсс.

«Он никогда не отпустит меня», — мрачно подумала Тэсс, сдерживая дикий стон наслаждения, пока его зубы умело покусывали ее. Милостивый Боже, ей надо бежать! Если он задержит ее надолго, он может...

— Да, хорошо, тогда я признаю это, — отрывисто прошептала она, — если ты дашь мне хоть немного места, чтобы вздохнуть.

С потемневшими от торжества глазами Рейвенхерст слегка ослабил объятие и освободил ее.

— Ну?

— Я... я не имела понятия... — прошептала Тэсс. Она резко отвернула лицо, не в силах продолжать.

— Скажи мне, черт тебя побери! — Рейвенхерст взял в свои большие руки ее лицо, принуждая смотреть на него. — Скажи правду на этот раз!

— Н-не имела понятия... — ее дрожащая рука скользнула вдоль стола, — что ты можешь быть таким... — Сердито всхлипнув, Тэсс схватила пригоршню муки и с силой швырнула ее вверх.

Белый порошок заполнил все вокруг, покрыв лицо Рейвенхерста. Страшно ругаясь, он отскочил в сторону и стал тереть глаза.

— Ты... маленькая... сучка! — прохрипел он. — Нужно было это предвидеть...

Но ему так и не удалось закончить фразу.

Потому что именно в эту секунду Тэсс подняла колено и со всей силы ударила его ногой в пах.

Глава 6

С искаженным от боли лицом Рейвенхерст, шатаясь, попятился назад и потом согнулся, как марионетка с отрезанными нитками.

«Это почти смешно», — в возбуждении, близком к истерике, подумала Тэсс. Она с трудом сдерживала приступ смеха.

— Н-не подходи ко мне! — закричала она высоким, прерывающимся голосом. — Я больше не та невинная девочка, какой была пять лет назад, ты понимаешь это? Теперь я могу защищаться — и такими способами, о которых тогда и не подозревала. Поэтому вы больше ничего от меня не получите, ваше чертово сиятельство, ничего, кроме такого же пинка!

Рейвенхерст качнулся перед ней как пьяный и упал на колени. Боль была невыносимой, но он вонзил пальцы в бедра и с трудом подавил хриплый стон. Потом, все еще покачиваясь, с трудом приподнял голову, чтобы взглянуть ей в глаза.

Его глаза метали молнии, и выражение убийственной ненависти на его лице заставило Тэсс затрепетать. И она не стала ждать, пока он начнет изливать на нее жестокие угрозы мести. Только глупец остался бы после с таким трудом завоеванной победы.

В ушах у нее стоял звон от его грубых ругательств, но она уже подлетела к двери и, отодвинув засов, ничего не видя, выскочила в коридор.

— Только чертов идиот мог — а-а-а! — поверить хитрой маленькой сучке вроде тебя, — хрипло бормотал Рейвенхерст, наблюдая побег своей намеченной жертвы. — Но я никогда больше не совершу такой ошибки.

* * *

Со своей выгодной позиции в кладовой Летти было видно, как Тэсс вылетела из кухни в бешеном вихре юбок. Ни испуганное выражение ее глаз, ни напряжение в лице не укрылись от горничной, с удивлением увидевшей, как из двери минуту спустя вышел неловкой походкой сумрачный лорд Рейвенхерст.

Летти нахмурилась и покачала головой, спрашивая себя, почему волосы и плечи виконта покрыты толстым слоем муки. В еще большее недоумение ее привели его потемневшие глаза, горевшие убийственной ненавистью.

— Уж не знаю, что эта девочка сейчас натворила, — с тревогой пробормотала она, — но у меня есть предчувствие, что она пожалеет об этом, и очень скоро.

Несколько часов спустя к востоку от Рая по Королевскому военному каналу медленно продвигался небольшой ялик, покачиваясь на воде и вспенивая носом маленькие серебряные водовороты. На веслах сидел молодой жилистый лейтенант.

Позади него, на корме, застыл лорд Рейвенхерст, не сводивший темно-синих глаз с очертаний канала, четко вырисовывавшихся под лучами жаркого солнца, стоящего как раз над вершинами деревьев.

На его темных волосах не осталось и следа муки. Только в глазах остался суровый огонек как напоминание о гневе, воспламенявшем его в поисках изменника, облюбовавшего эти болота.

— Расскажите мне что-нибудь об этом контрабандисте, имя которого у всех на устах. По-моему, его называют Ромнийским Лисом. — Даже во время разговора Рейвенхерст осматривал берега в поисках уязвимых мест. — Вы имеете какое-нибудь представление о личности этого парня?

— Нет, сэр. То есть милорд, — быстро поправился молодой офицер, волнуясь в присутствии одного из своих идолов. — Никто не знает. Его трудно выследить, так же как и огни, танцующие на болоте. Люди говорят, что этот парень сам наполовину болотный призрак, они суеверны. Кто бы он ни был, он знает эти бухты и болота как свои пять пальцев. И все об этом знают.

Рейвенхерст нахмурился. По сути, он не верил в то, что южное побережье подвергнется нападению. Не теперь, когда великие морские баталии Англии отошли в прошлое и почти забыты. Нет, сейчас война с Бони бушует на суше, поскольку корсиканец получил при Трафальгаре горький урок. Дейн был уверен, что это не та ошибка, какую совершают дважды.

Тем не менее Наполеон был блестящим стратегом. Если Англия останется незащищенной, он без колебаний вонзит свои острые когти прямо ей в сердце. А если такое произойдет, этим каналом можно будет пользоваться очень ограниченно, мрачно размышлял Дейн. Если учесть его протяженность при ширине не больше, чем у канавы.

Ради всего святого! На что потрачено двести тридцать четыре тысячи фунтов?

Рейвенхерст вполголоса выругался. Уголком глаза он заметил, что лейтенант бросил на него встревоженный взгляд, опасаясь, что чем-то обидел его. Смущенный заискивающим выражением этих молодых глаз, виконт резко откашлялся и посмотрел в сторону.

— Мне говорили, что канал впереди расширяется.

— Так и есть, милорд, как раз за теми деревьями. — Раз уж молчание было нарушено, молодой офицер в свежей синей униформе осмелился сказать то, что жаждал поведать весь день. — Прошу прощения, милорд, но я хотел сказать, как все мы были рады услышать новости.

— Новости? — Дейн наморщил лоб. Неужели из морского министерства уже пришла депеша?

— О том, что мы будем служить под вашей командой, милорд. Принимая во внимание, что вы новый комиссар канала.

— Спасибо, мистер Тафт, — сухо произнес Рейвенхерст, нахмурившись еще больше.

Однако восторженный лейтенант, охваченный приступом любви к герою, не уловил намек.

— Для нас большая удача, что вы назначены сюда, в Рай. Мы все знаем, что вы сделали при Трафальгаре, на борту «Беллерофонта». Мне жаль только, что я не был там, чтобы увидеть все самому, — с горечью произнес молодой человек.

— Вы это серьезно? — пророкотал Рейвенхерст. — Тогда позвольте кое-что объяснить вам, лейтенант. Вам надо благодарить Бога, что вас не было при Трафальгаре, потому что эта чудовищная битва не сравнится ни с какой другой. Даже под командованием Нельсона это была настоящая кровавая бойня на сбитых в кучу судах со снесенными мачтами, столкнувшихся пушка к пушке, бушприт к бушприту, с перепутавшимися снастями. Разумеется, идея лобовой атаки была революционной, но это было также и чистым безумием. И Нельсон знал это лучше любого другого.

Услышав такую ересь, лейтенант побледнел. Из его горла вырвался странный прерывистый всхлип.

Лицо Рейвенхерста посуровело от нахлынувших на него воспоминаний.

— В том, что произошло при Трафальгаре, не было ничего романтичного, мистер Тафт, и даже героизм того дня сильно преувеличен. Нам остается только надеяться, что уроки этого события уберегут от повторения таких вещей. А что касается войн, — сумрачно добавил он, — их много, и ведутся они по-разному. Помните об этом, лейтенант.

— Да, милорд, — ответил молодой человек в полной растерянности.

— Хорошо. Теперь нам надо посадить побольше вязов, чтобы закрыть этот берег. — Рейвенхерст указал на северный берег канала в том месте, где он делал крутой поворот, изгибаясь темным шрамом по окружающей зеленой равнине. — Я думаю, изгороди из боярышника тоже подойдут. Они обеспечат защиту и дадут нашим людям лучшую возможность отражать огонь в случае нападения.

— Вы и в самом деле думаете, что французы осмелятся на такое?

— Не мое дело заниматься прогнозами, лейтенант, — отрывисто произнес Рейвенхерст. — Моя задача состоит в обеспечении безопасности этого района в случае вторжения Наполеона. А теперь скажите, какова ширина канала в самом широком месте?

— Тридцать футов, милорд. Плюс-минус несколько дюймов, — натянуто ответил лейтенант.

Итак, похоже, парень раздосадован? Губы Дейна дрогнули в ответ на попытку молодого офицера быть точным.

— А в самом узком месте?

— Не будет и десяти, милорд.

Рейвенхерст поднял брови:

— Десять футов? — Это не совпадало с информацией, полученной из морского министерства.

— В основной части, милорд, — смущенно добавил офицер.

Дейн выждал.

— За исключением участка, идущего на запад от Рая до уровня Петт, — поправился Тафт минуту спустя. — Этот участок прорыт в последнюю очередь и не шире канавы.

— Спасибо, лейтенант, — сухо произнес Рейвенхерст, производя в уме быстрые подсчеты.

Его главной заботой было укрытие земли. Он предложил бы посадить вязы через каждые десять футов и, помимо этого, изгороди из боярышника в качестве второго ряда обороны. Западный рукав канала, разумеется, необходимо расширить, но едва ли это сейчас выполнимо. Кроме того, были проблемы с подводящей дорогой к северу от канала, уже нуждавшейся в ремонте.

— Перестаньте глазеть на меня, лейтенант, — резко произнес Дейн, не поворачивая головы. — Вы чертовски действуете мне на нервы.

— Да, милорд, — последовал невнятный ответ.

— Итак, он помогает местным жителям, этот Ромнийский Лис?

— Да, верно. Всегда старается подбросить еды, чаю или денег нуждающимся. Он такой дерзкий, этот Ромнийский Лис. Почти невозможно не... — Молодой офицер, покраснев, проглотил слова, которые собирался произнести.

— Невозможно что, лейтенант?

— Да, сэр? — смущенно повторил сидящий на веслах.

— Закончите фразу, приятель, — последовал жесткий приказ.

— Ну, не восхищаться этим парнем. Он ни разу не тронул офицера или гражданское лицо, а его набеги — это чудо стратегии. Каждый раз застает Хоукинза врасплох — как будто играет с ним.

Лицо Рейвенхерста посуровело.

— Этот человек — преступник, лейтенант, находящийся в сговоре с врагами. Никогда не забывайте об этом. А в измене нет ничего хоть немного достойного восхищения. Поэтому постарайтесь не выражать больше таких мыслей в моем присутствии.

— Да, милорд, — последовал смущенный ответ.

Итак, мальчишке не понравился его приказ? Что ж, пусть привыкает к этому, сумрачно подумал Дейн, потому что еще будут сражения, в которых враг должен быть разбит наголову, а у морского министерства имеются все основания считать, что Лис вовлечен в это дело.

Короче говоря, они хотят загнать предателя в нору. И Дейн собирался заниматься именно этим.

— А что вы знаете об убежищах контрабандистов? Какой-нибудь ключ к тому, где они могут собираться и обсуждать свои рейды? Должен же быть у этих негодяев какой-то способ связи.

— Они пользуются устаревшей системой сигнализации вдоль побережья, милорд. Как, например, свет в окне, привязанные перед входом лошади. Некоторые говорят, что в гостиницах и пивных какой-то скрипач играет определенную мелодию. Я слышал, они могут собрать до двухсот человек за час.

— Вы говорите, гостиницы? — Тон Дейна стал резким. — Вроде «Ангела»?

— Я слышал однажды, что говорили такое, но не теперь. Мисс Лейтон не такова, чтобы устраивать эти сходки. Нет, в этом квартале все спокойно. Но есть другое место — низкая ложбина на краю болота, около Снаргейта. Называется «Веселая девица».

Дейн прищурил глаза. Теперь они приближались к окрестностям Эплдора. За широкими полями виднелась побитая непогодой, маленькая каменная церковь, розовеющая в лучах закатного солнца.

— Есть еще какие-нибудь подозрительные люди, о которых я должен знать, лейтенант?

— Никого в особенности, сэр. Каждый здесь приложил руку к «торговле», как они называют это. И есть еще нахальный француз, патрулирующий побережье от Фарли до Фокстоуна. Его зовут Бразен. Только на прошлой неделе его заметили стоящим на якоре около Уинчелси. Да при свете дня.

— Каким судном он командует?

— «Либерте», милорд, двухмачтовым бригом с прямым парусным вооружением. Прекрасное морское судно, о каком можно только мечтать. К тому же команда слаженная — ведь они уходят от каждого преследующего их таможенного катера.

— Это едва ли говорит в пользу королевского флота, — язвительно произнес лорд Рейвенхерст.

— Да, милорд.

— А что вы можете сказать о новом таможенном инспекторе Эймосе Хоукинзе? Какова его роль во всем этом?

— Грубиян, милорд. Слишком уж упивается своей властью, если вы знаете, что я имею в виду.

— Не знаю, лейтенант. Если бы знал, не стал бы спрашивать.

Уязвленный его упреком, молодой офицер не склонился к веслам и не отвернул лицо, чтобы спрятать покрасневшие щеки.

— Этот человек любит пользоваться своей должностью, чтобы отбирать вещи у городских жителей — еду, одежду и прочее. Ходили слухи о том, что он избивает некоторых непокорных... — Голос его упал.

— Продолжайте, лейтенант, похоже, вы хотите сказать что-то еще.

— Ну, этот человек позволяет себе вольности с местными женщинами, милорд. Обращается с ними чертовски грубо. Только в прошлом месяце деревенская девушка из Эплдора пришла домой в синяках. Честная девушка, не какая-нибудь там проститутка. Боялась говорить — не хотела назвать имени сделавшего это негодяя. Но ее братья в конце концов выудили из нее имя. Это был Эймос Хоукинз. — Голос лейтенанта ожесточился. — Когда они стали преследовать его, он убил их выстрелами в спину, всех троих, и утопил тела в канале. Сказал, что так будет с каждым, кто пойдет против него.

— А судья?

— Не счел нужным вмешиваться, милорд. О, он ненадолго появился и объяснил это ссорой между братьями, сильно напившимися и потому перестрелявшими друг друга.

— Думаю, перестреляв друг друга, они не смогли бы бросить свои собственные тела в канал, — холодно произнес Рейвенхерст. — Свидетели были?

— Никто не осмелился выступить. Полагаю, Хоукинз достаточно хорошо доказал, на что способен.

Лицо виконта посуровело. Не для того же они воевали с Францией, чтобы мясники вроде Хоукинза оставались дома и терроризировали всю сельскую местность? Рейвенхерст молча поклялся себе в том, что разберется с этим.

Они продолжали плыть с сумрачными лицами, разговаривать расхотелось. Небо над ними темнело; лазурь превращалась в бледно-лиловый цвет по мере того, как солнце скрывалось за шпилями Рая.

Дейн напрягся, засунув пальцы глубоко в карманы плаща. «Если Тэсс и в самом деле вовлечена в это, — спрашивал безжалостный голос, — неужели ты хладнокровно сдашь ее в руки такого человека, как Хоукинз, зная о том, что он сделает с ней?»

Рейвенхерст вполголоса пробормотал ругательство. Почему-то на море жизнь казалась гораздо проще.

— Прошу прощения, ваше сиятельство, — несмело начал лейтенант Тафт. — Хотя этот человек и преступник, мне бы не хотелось увидеть, как Хоукинз схватит его.

«Или ее», — подумал Дейн.

— Понимаете, там, где дело касается Лиса, Хоукинз становится неуправляемым. Тот парень частенько вставляет ему палки в колеса, и поимка контрабандиста превратилась в личную войну Хоукинза.

— В таком случае, черт побери, нам лучше попытаться загнать лисицу в нору прежде, чем ее найдет Хоукинз, не так ли, лейтенант?

Несколько часов спустя, когда удлинившиеся тени переросли в сумерки, в четыре домика на краю болота было доставлено четыре розы.

И четыре человека насторожились, увидев свернутые черные лепестки, тайный знак Лиса. Что задумал этот негодяй, так скоро собирая их опять? У них оставалось только шесть часов, чтобы приготовить повозки, лошадей и сорок человек.

Однако их раздражение скоро улетучилось.

Чем больше рейдов, тем больше в их карманах будет звенеть золотых гиней. Поэтому чего жаловаться, если их Лис такой усердный?

Да, когда на болото опустится темнота, все они будут ждать в условленном месте.

Глава 7

Небо было свинцовым, с нависшими темными облаками. В тяжелом воздухе чувствовалось приближение дождя.

Ночь на болоте.

В этой гнетущей тишине вполне могли бродить привидения.

На секунду в темноте вспыхнул фонарь, и его свет тотчас погас. Стоящая высоко на дюнах фигура с фонарем направилась в подветренную сторону, повернувшись, чтобы осмотреть зоркими глазами волны песка, простиравшиеся на север к шпилям Рая и на восток, к обширному черному пространству Ромнийского болота.

«Там ничего не движется, — решительно сказала себе Тэсс. — Тогда откуда это тошнотворное чувство тревоги?»

В удаленной точке Ла-Манша появилась ответная вспышка света, так же быстро пропавшая.

Неожиданно местность ожила. С дюн поднялась цепочка темных фигур, и сорок контрабандистов со скрытыми темнотой лицами, переправившись через песчаную гряду, направились к берегу. И, как по команде, в бледном лунном свете слабо замерцали паруса брига с прямым парусным снаряжением.

Над болотом эхом отозвался одинокий крик пустельги, почти полностью потонувший в скрипе двух десятков повозок, медленно продвигающихся по восточной кромке дюн.

Неожиданно откуда-то из темноты выскочила лошадь с всадником, одетым в черное, начиная от плаща и кончая треуголкой. В лунном свете хорошо было видно лицо под шляпой — странное лицо с черными усами, торчащими под небольшим острым носом. Глаз всадника почти не были видны сквозь узкие прорези маски. И хотя они сверкали от возбуждения, никто не смог бы определить их цвет.

— Еще раз хочу похвалить вас за отличную ночную работу, мои джентльмены, — прокричал всадник пронзительным голосом, искаженным маской. Трудно было догадаться о его истинном тембре, однако прерывающий его слова смех был звонким и искренним.

Лис. Произносимое с гордостью, благодарностью и страхом имя шепотом передавалось по цепочке, и на всадника воззрились сорок человек.

— Вы когда-нибудь слышали, чтобы Лис опаздывал, мои отважные парни? — просипел человек этим странным, неестественным голосом. — Да, собакам Хоукинза еще предстоит загнать меня в нору! — Потом его веселость сменилась холодной точностью команды: — Поднимайте вельботы, мистер Джонс!

Пять человек, стоявшие впереди, немедленно оторвались от цепочки и бросились убирать песок из судна, спрятанного у берега. Через несколько мгновений, как будто по волшебству, показалось четыре сверкающих вельбота, длинные весла которых были обернуты полотном для заглушения ударов.

— Как только возьмете груз, направляйтесь в Хайт, мистер Уайт, — четко приказал Лис. — А вам этой ночью идти в Уинчелси-Бич, мистер Смит! Остальные должны доставить товары для погрузки обратно сюда.

По негласному соглашению на болоте никогда не назывались настоящие имена. Нет, здесь использовались только имена вроде Смита и Джонса, и по той же причине исчерпывающие инструкции никогда не давались до высадки. Так было безопаснее, и все знали это, в особенности Лис; ведь человек — это слабое существо, готовое выболтать лишнее при опьянении или в ослеплении страсти.

Теперь бриг был отчетливо виден; его паруса висели, пока он скользил по течению. В лунном свете на корме ярко сияли буквы: «Либерте» — «Свобода».

Никто из участников полночного рейда, казалось, не замечал двусмысленности, не испытывал смущения от того, что торгует с враждебной нацией.

В конце концов, это был бизнес, не дававший жителям побережья умереть с голоду на протяжении четырех столетий. Будут идти войны, нации будут подниматься и гибнуть, но контрабанда всегда останется.

С передней палубы французского судна снова блеснул свет фонаря, и в ответ от худощавого человека, двигавшегося к концу цепочки, поступил ответный сигнал. От покрытого галькой берега уже отправились вельботы. Через какие-нибудь несколько минут они трепыхались около корпуса брига подобно летящим на свет мотылькам.

Один за одним были погружены бочонки с крепким коньяком и джином, а также ящики с беспошлинным чаем, табаком и китайским шелком. Взяв на борт груз, отважная команда быстро погребла к берегу, где проворные руки готовы были погрузить товары в ожидающие повозки.

Менее чем за полчаса они были почти заполнены. Вельботы уже отправились в свой последний рейс, который доставит один из них морем в Уинчелси, а другой — в Хайт. Два оставшихся судна вернутся в укрытие за Камбер-Сэндзом.

Вся операция была проведена с точностью военного маневра. И в самом деле, Лис гордился выучкой своих джентльменов и тщательностью расчетов, особенно при ведении дел с новым партнером — таким, как капитан «Либерте». Даже сейчас контрабандист связывался с ним только через посредников.

Нет, Лис был не тем человеком, который мог упустить какую-то деталь, что и объясняло необычайные успехи в его промысле.

Под ним игриво загарцевала большая вороная лошадь.

— Успокойся, Каприз, — прошептал контрабандист, прищурив острые глаза и оглядывая горизонт. Не заметив там никаких нежелательных перемещений, он окинул взглядом занятых делом людей. Нахмурившись, он вглядывался в хрупкую фигуру человека, державшего фонарь. Что-то тревожило его, чего он никак не мог понять.

Сжав руками поводья, он молча выругался. Что же его беспокоит в этом пареньке?

Однако естественный ход его мыслей был прерван. В это мгновение с дюн, окаймляющих берег, раздался крик. Неожиданно на песчаном гребне появилась темная цепочка драгун.

— Именем короля, остановись, ты, чертов подонок!

Лис уже был в движении.

— Спокойно, парни! — приказал он твердым голосом. — Не теряйте голову и бегите на болото! Оставьте товар на месте. Его еще много там, откуда пришел этот!

Говоря так, Лис направил вороную лошадь к повозкам, предлагая людям свою помощь и поддержку в хаосе отступления.

Первый из акцизных офицеров начал с трудом пробираться вниз по дюне к берегу, но контрабандисты были проворнее, направляясь на восток, где пески уступали место темной пустыне болота.

Лис с удовлетворением отметил, что по крайней мере вельботы были в безопасности на море. Они продолжат погрузку товара, а потом возьмут курс на тайные бухты дальше на запад и восток, как это условлено на случай провала.

Неожиданно Лис пришпорил свою лошадь. Он увидел, что паренек с фонарем упал, сбитый с ног грубым Томом Ранзли, когда огромный контрабандист спрыгивал со своей повозки. Уже драгуны под командой Эймоса Хоукинза подбирались к последним фигурам, разбросанным вдоль береговой линии.

Выругавшись, Лис наклонился, пытаясь дотянуться до тонкой фигурки, распростертой на песке. Голова мальчика была откинута назад, шляпа его сбилась набок, открывая бледное овальное лицо, изящные скулы и широко открытые, испуганные глаза.

— Тэсс! — в ужасе выдохнул Лис, и сердце его болезненно сжалось. — Господи Иисусе, девочка, какую глупость ты выкинула на этот раз?

«В самом деле, что?» — в возбуждении думала Тэсс. Но этот вопрос запоздал. Ее приключение превратилось в ночной кошмар. Ребра болели в том месте, куда этот дурак Ранзли ударил ее, и она едва могла двигаться. Кругом раздавались сердитое ржание рвущихся вперед лошадей, звуки пистолетных выстрелов и дикая ругань людей Хоукинза.

— Вот где дьявол! — заорал приземистый таможенный инспектор. — Пятьсот фунтов первому из вас, кто уложит негодяя!

Послышался дружный рев, и офицеры начали сердито расталкивать друг друга локтями в стремлении пересечь берег.

— Хватай меня за руку, девочка! — приказал Лис, пытаясь успокоить Каприза и протягивая руку тонкой фигурке, стоявшей в песке на коленях. — Скорей!

Тэсс отчаянно пыталась встать на ноги. Она почти дотянулась до Лиса, когда увидела громоздкий силуэт Хоукинза на фоне луны с пистолетом в руке. Он прицеливался в Лиса. А Джек был слишком занят, пытаясь помочь ей, чтобы заметить это.

— Обернись, Лис! — закричала она тонким, пронзительным голосом, но предупреждение запоздало.

В то же мгновение раздался пистолетный выстрел, и высокий контрабандист скорчился над седлом. Задыхаясь, Тэсс сжала зубы от боли и, спотыкаясь, устремилась к большой, бьющей копытами лошади.

— Оставь м-меня, детка, — прошептал Джек, — пробирайся к Петт-Левелл. Сейчас я не могу тебя защитить, — прохрипел он, одной рукой хватаясь за грудь. На белой рубашке под плащом уже расплывалось темное кровавое пятно.

— Я не могу оставить тебя, — всхлипывала Тэсс, — не в таком состоянии.

Лис покачнулся в седле и чуть не выпал из него. Побледнев, Тэсс ухватилась за край седла и с трудом уселась позади обмякшего седока. Крепко обхватив Джека за талию, она усадила его прямо, подгоняя вперед огромную вороную лошадь.

— Вперед, Каприз! — закричала она.

На этот раз сгорбившийся перед ней человек не стал протестовать.

Стоящие в песке на коленях драгуны уже перезаряжали ружья.

— Поскорей соображайте и стреляйте, вы, чертовы идиоты! — проревел Хоукинз со своего места позади цепочки. Один из солдат замешкался в своем желании вставить запал в винтовку, и Хоукинз злобно пнул его ногой, отчего тот полетел лицом в песок. — Сейчас же брось это или, клянусь Богом, ты станешь добычей отряда вербовщиков!

В ушах Тэсс свистел ветер, ее кровь пела от возбуждения и безрассудной решимости.

Еще пять ярдов!

Один из драгун встал на ноги. Он поднял винтовку и тщательно прицелился. Время, казалось, остановилось.

Тэсс мучительно долго не могла оторвать взгляд от дула, как бы заглядывая в саму преисподнюю.

— Ну, Каприз! — взвизгнула она, и огромное животное оторвало копыта от земли, перенеся их над цепочкой остолбеневших драгун в тот момент, когда мимо ее уха бешено просвистела пуля.

Позади Тэсс офицеры разразились беспорядочными криками, когда она перевалила через гребень дюн. Скрывшись из виду, Тэсс резко повернула коня на запад.

Как раз за устьем Родера, обмелевшего при малой воде, была узкая тропинка, идущая через предательские каналы и заводи Петт-Левелл. В дневное время она была достаточно опасной. А ночью...

Тэсс не колебалась, другого пути все равно не было. По крайней мере никто не попытается преследовать их. Слишком много там было тупиков, слишком много узких тропинок, резко обрывающихся у болотистых заводей.

— Что ты наделала, девонька?! Пресвятая Матерь Божья, если б я знал, что ты замышляешь в своей упрямой голове, я бы сам отстегал тебя.

— Ты мог бы попробовать, Джек, — прошептала Тэсс, — но даже ты не смог бы повлиять на мое решение.

Сидящий впереди нее человек не ответил. Он снова обмяк, навалившись всем телом на усталые руки Тэсс.

— О, Джек! — хрипло прошептала она, изо всех сил стараясь держать его прямо, пока лошадь пробиралась через песок.

Тэсс молила Бога, чтобы в тростниках у берега реки был ялик, который она спрятала там накануне. Прищурив глаза, девушка высматривала берег Родера, протянувшегося в лунном свете подобно серебряной ленте.

Заметив очертания весла, она наклонилась, чтобы ухватиться за скрывающие ялик тростники. Раненый контрабандист покачнулся в седле, и Тэсс рванулась назад, чтобы удержать его.

— Держись, Джек, — твердо сказала она. Трясущимися руками стащила Тэсс его с лошади, сгибаясь под тяжестью. Считая драгоценные минуты, Тэсс поволокла его, подталкивая из последних сил, к маленькому ялику. За ее спиной, по ту сторону дюн, были слышны крики людей Хоукинза, пустившихся по горячим следам в погоню.

Уложив раненого в лодку, Тэсс повернулась и похлопала вороного коня по крупу.

— Домой, Каприз! — приказала она.

Каждый знал большого вороного коня Лиса. Так они сэкономят время, которого им отчаянно не хватало, потому что много времени ушло на то, чтобы разместить Джека в маленьком ялике.

Тэсс быстро оттолкнула лодку от берега, соскользнула вниз и села на весла, испытывая жгучую боль в ребрах при каждом движении. Стиснув зубы, она сосредоточилась на том, чтобы выровнять лодку. К счастью, был отлив, и противоположный берег оказался не более чем в десяти ярдах.

Лодка с глухим звуком стукнулась о дальний берег. За спиной Тэсс рассеялись люди Хоукинза, прочесывая пески.

Прозвучал выстрел.

— Эй, вы там, чертовы идиоты! Это Лис! На этот раз не дайте негодяю уйти. Помните — пятьсот фунтов тому, кто доставит мне эту парочку. Живыми или мертвыми!

Лорд Рейвенхерст сидел перед потрескивающим камином, все еще очень далекий от бездумного забвения, к которому он так стремился.

Дейн слегка пошевелился, чувствуя, что его широкие плечи неудобно упираются в спинку старинного хрупкого кресла, слишком тесного для него. Его плащ криво свисал позади. Длинные сильные ноги он подставил огню. Пронзительными темно-синими глазами он изучал наполовину пустой стакан, который покачивал в правой руке.

Как холодно бывает здесь, на побережье, даже в начале лета! После месяцев, проведенных в изнеживающей роскоши Лондона, эта сырость, казалось, проникала в кости, все тело начинало ломить. Слава Богу, Хобхаус приказал зажечь камин!

Пламя весело шипело и потрескивало, а виконт смотрел не отрываясь на пляшущие языки. Перед его немигающим взором оттенки цвета начали мерцать и сливаться вместе. Он слабо улыбнулся. Быть может, он ближе к забвению, чем предполагал. Все еще улыбаясь, он допил остатки коньяка в стакане и налил себе еще.

Тэсс вздрогнула, когда холодный ветер швырнул ей дождь в лицо.

«Проклятие!» — выругалась она про себя, всматриваясь в сторону Камбера. Через несколько минут эта смертельная игра будет окончена! Хоукинз схватит ее, как и намеревался, а Лис будет повешен.

Потом она вознесла благодарственную молитву, потому что увидела Юпитера именно в том месте, где привязала его, за плотной завесой тростника.

Теперь ей бы только втащить Джека на лошадь!

— Проснись, Джек! Ты должен помочь мне. — Она склонилась над лежащим на дне лодки без чувств человеком и, стащив с него маску, слегка похлопала по щекам.

Боже милостивый, пусть он очнется! Просунув руку ему под плечи, Тэсс попыталась приподнять большого мужчину.

— Помоги мне, Джек, — молила она.

Ее отчаяние преодолело болезненное забытье контрабандиста.

— Попытаюсь, девонька, но мало от меня тебе будет толку. Подтолкни меня немножко вперед, — прохрипел он. Ему удалось неловко сесть, он немного покачался и выпрямился. С угрюмой решимостью он попытался подняться на ноги с помощью Тэсс.

Каким-то образом, непонятно как, они поковыляли от лодки.

— Еще чуть-чуть, Джек, — просила она шепотом. — Не останавливайся сейчас.

Здоровой рукой контрабандист ухватился за спину лошади и подтянулся вверх, потом тяжело взгромоздился боком на седло. Тэсс сразу же вскочила позади него, поддерживая его за спину холодными руками. В это время через реку до них донеслась дикая ругань Хоукинза.

Бледные заводи блестели справа и слева. «Как красиво, — думала Тэсс, чувствуя головокружение от боли и усталости. — И так опасно».

К тому времени как они достигли старого прибрежного укрепления, у нее в голове созрел отчаянный план.

Она быстро осадила Юпитера и соскользнула вниз, похлопав лошадь по шее.

— Иди домой в Фарли, Юпитер, — приказала она. — Иди по старой тропинке. Ты знаешь дорогу.

Большой чалый конь повернулся и заржал, не двигаясь с места.

— Домой! — жестко приказала она.

Человек, известный на болоте только под именем Лиса, начал что-то бормотать, с трудом возвращаясь из болезненного небытия.

— Тэсс? — хрипло прошептал он, хватая ее холодной рукой за запястье. — Нет, детка, не отпущу тебя! Возьми лошадь и оставь меня здесь, на другое я не согласен.

— Не могу, Джек, — в отчаянии произнесла Тэсс. — Томас в домике смотрителя. Он позаботится о тебе, пока я доберусь назад. — И добавила с напускной храбростью: — Думаю, это займет у меня не больше часа или двух. Не тревожься обо мне. Я знаю эти заводи так же хорошо, как погреба «Ангела»!

Лис покачнулся на секунду и ослабил хватку. Тэсс немедля вырвала у него руку и резко хлопнула Юпитера по крупу.

— Пошел, Юпитер!

Большой конь двинулся на север, в тихом воздухе эхом отдавались приглушенные проклятия Джека.

— Когда доберусь до тебя, девочка, заставлю пожалеть об этой ночи. Дождешься у меня. Да, будь я проклят, если это не так! — хрипел Лис.

Рейвенхерст услышал робкий стук в дверь.

Он прищурился. Может быть, если бы он проигнорировал его, стук бы не повторился. Нахмурившись, Дейн уставился на огонь. Ответственность тяжким грузом давила на его плечи. Даже сейчас ему казалось, что в голове у него тикают часы. «Две недели, — отсчитывали они время, — остается только две недели».

Стук повторился, на этот раз более настойчиво.

— Кто там, черт побери? — проворчал он, не отрывая взгляда от огня, потрескивающего на решетке.

Дверь отворилась со слабым скрипом.

— Всего-навсего Пил, капитан. — Неслышно вошел камердинер Рейвенхерста с лицом как из дубленой кожи и поставил на место сапоги, которые он только что начистил до зеркального блеска.

— Не называй меня капитаном, — пробормотал человек с суровыми глазами, сидящий около камина. — Я больше не капитан. Я просто Дейн, — его голос ожесточился, — чертов лорд Рейвенхерст!

Слуга ничего не ответил, зная, что ни один ответ не подойдет, когда виконт в таком настроении. Суровая военная выучка Пила не подвела, пока он заканчивал свою работу, затем принялся распаковывать последний оставшийся чемодан Рейвенхерста, стараясь не бросить нечаянный взгляд на полупустой графин, стоящий на столике около хозяина.

Поскольку свечи уже погасли, ему пришлось довольствоваться слабым светом от догорающего камина. Но он работал и в худших условиях.

Камердинер критически разглядывал склоненную фигуру Рейвенхерста. Это было крепкое, мускулистое тело с широкими плечами, четко вырисовывавшимися под рубашкой. Прошла усталость, навалившаяся на офицера по возвращении в Англию. Рельефные мускулы плеч и мощного торса были результатом ежедневных занятий боксом и фехтованием. Пил знал, что виконт плавает при любой возможности, но в последнее время это удавалось делать довольно редко. Может, поэтому он выглядит с недавних пор сильно подавленным. Кроме того, на них обрушился поток закодированных документов из морского министерства.

Камердинер прищурил глаза и покачал головой. Завтра тоже не будет плавания. Если только он не ошибается в своих предположениях, его хозяин к утру будет мучиться ужасной головной болью.

Стараясь казаться бесстрастным, камердинер, который был, по сути, не только камердинером, наконец поднял взгляд.

— Не желаете ли еще коньяку, прежде чем я уйду? — вкрадчиво спросил он. — Ваше сиятельство, — добавил он с опозданием.

— Я не нуждаюсь в няньках, Пил! — огрызнулся Рейвенхерст. — Мы многое пережили вместе, но даже Трафальгар не дает тебе такого права!

Камердинер тихо вздохнул. Этим вечером он ничего больше не мог сделать. По крайней мере, когда виконт пьет, можно выспаться. Обычно в такие ночи он расхаживал по комнате взад-вперед как рассерженный, встревоженный зверь.

Несколько томительных минут Рейвенхерст сидел в задумчивости у камина с затуманенным взглядом.

— Прости, Пил, — сказал он немного погодя, — ты не заслуживаешь такого обращения. Я знаю это лучше других.

Дейн неуверенно поднялся и пошел к окну. Отдернув хрустящие белые занавески, он уставился на тихую улицу. К югу в лунном свете призрачно мерцало устье Родера. Рейвенхерст мог различить поблескивание шхуны далеко в море, гораздо дальше волнорезов гавани Уинчелси.

Без сомнения, опять контрабандисты, будь они неладны! Проклятие всего чертова побережья!

Так или иначе, что он здесь делает? — спросил себя Дейн. Он должен быть в море, вышагивая по палубе со скрипящими под ногами грубыми досками и свистящим в снастях ветром. Почему, ради всего святого, он сидит на земле, когда за горизонтом бушует война?

Пальцы Рейвенхерста сжали белые кружева. Упавшая ему на лоб седая прядь отливала серебром на фоне черных волос. Нет, настало время ответить на волнующий его вопрос. Почему судьба пощадила его, когда так много достойных людей сложило головы?

Но возможно, это не имеет значения. Та жизнь ушла навсегда. Нельсон погиб. Семья Рейвенхерста тоже погибла, унесенная болезнью и необъяснимым происшествием на море. Он не стал бы выходить больше в море, если бы не долг. Однажды этот долг призовет его жениться, чтобы произвести наследника для продолжения рода Рейвенхерстов.

Дейн нахмурился при мысли о расчетливом альянсе на благо потомства. Но он считал, что должен смириться и с этим тоже, как ему пришлось смириться со многими вещами после возвращения.

В море паруса далекой шхуны блеснули на мгновение, а потом исчезли, когда корабль поплыл на юг, обгоняя ветер. В Дьепп, без сомнения, думал Дейн, непроизвольно теребя пальцами оконную занавеску.

Неужели они даже сейчас везли золотые гинеи, чтобы накормить и вооружить изнуренные войной наполеоновские войска?

Лицо Дейна ожесточилось при воспоминании о последней встрече в морском министерстве всего несколько дней назад.

— Потратил чертову уйму времени, разыскивая вас, Рейвенхерст, — строго произнес суровый седой адмирал с плохо скрываемым под недовольством уважением. — Вино и женщины — это, конечно, очень хорошо. Разумеется, вы заслужили это. Но не думаете ли вы, что пришло время возвращаться к делу вашей жизни? В конце концов, вы должны были давно залечить свои раны.

«Только раны принимаются во внимание», — с горечью подумал Дейн, уставившись в ночь. Он беспокойно задвигал левой рукой, ощупывая безобразные шрамы, покрывавшие руку от запястья до локтя. Длинные, жесткие линии, отливавшие серебристым и кроваво-красным цветом в пляшущем огне камина.

Возможно, Старик прав. Возможно, работа — это, в конце концов, то, что ему нужно. То, что отвлечет его мысли от призраков Трафальгара и Ла-Коруньи. Одному Богу известно, сколько он перепробовал за последние месяцы. Вино не помогало, как и бессмысленная ветреность Лондона.

Женщины помогали, но ненадолго. Вскоре их притягательность, даже таких, как роскошная Даниэла, начинала тускнеть.

И вот его разыскало морское министерство.

Глаза Дейна потемнели при воспоминании о грубоватых словах Старика.

— На сей раз это приказ, — спокойно произнес мужчина с суровым лицом. — Я знаю, что вы были освобождены от обязанностей из-за несчастий с вашей семьей. Ужасно вернуться домой и узнать такое... — Он поднял руку, когда Дейн попытался вмешаться. — Нет, дайте мне сказать. Я не пошлю вас обратно в море, и не просите. Это нечто более важное, хотя ваша ухмылка говорит о том, что вы с этим тоже не согласны! На этот раз я охочусь за агентом. Оказывается, у этого парня база в Фарли, в старых развалинах к западу от Рая. Вы хорошо знаете это место, так что не отказывайтесь, — неумолимо продолжал он. — Фарли принадлежал семейству Лейтон на протяжении нескольких поколений. Сейчас это, к сожалению, обширные руины. Мне известно, что последний Лейтон был отчаянным прожигателем жизни — проиграл последний шиллинг, а потом наложил на себя руки. Скверное дело, скажу я вам. Нагрянули кредиторы, и после того, как они растащили уцелевшие обломки, не осталось уже ничего.

Потом адмирал остановился, бросив взгляд на стопку бумаг, аккуратно разложенных в середине письменного стола.

— Единственная дочь — Тереза Ариадна Лейтон. Еще один наследник — ее брат Эшли. Мальчик учится в Оксфорде и уже приобрел известность в компании повес. — Адмирал неодобрительно хмыкнул. — Мальчишка достаточно дерзкий, чтобы заняться контрабандой, я в этом не сомневаюсь. Однако было бы чертовски трудно организовать все, находясь на таком расстоянии. И он слишком молод для такого лидерства, разумеется. Но кто знает... — Нахмурившись, седовласый офицер обратился к находящемуся поблизости человеку: — Как бы то ни было, теперь это ваша проблема, Рейвенхерст. У нас есть основания полагать, что шпионской деятельностью руководит Ромнийский Лис, неуловимый негодяй. Вы, вероятно, слышали о нем? И вряд ли вам помогут в Рае, поскольку этот парень на короткой ноге с местными жителями.

«На короткой ноге с ней?» — спросил себя Дейн, почувствовав в горле спазм от бешенства.

Сидящий напротив него адмирал со стальными глазами долго и пристально изучал его.

— Найдите Лиса, Рейвенхерст. Загоните его в нору и разузнайте, он ли стоит за шпионской деятельностью и вывозом золота. Если это он, — адмирал не спускал глаз с лица Дейна, — тогда ликвидируйте мерзавца. Мы не можем допустить, чтобы планы герцога Веллингтона стали известны Бонапарту, особенно сейчас, когда положение на континенте становится критическим. Я не стану говорить вам, когда и где, поскольку эта информация известна немногим, но сообщу позднее, Рейвенхерст. Пользуйтесь любыми необходимыми средствами — я вас не ограничиваю. Но только постарайтесь, чтобы предатель замолчал. Раз и навсегда.

Белые занавески трепетали вокруг Дейна, когда он стоял, недвижимый, в бледной полосе лунного света. Его темно-синие глаза были суровы и непроницаемы.

Даже тогда он попытался ускользнуть из сетей Старика.

— Что дает вам основание считать, что меня хоть немного интересуют ваши заботы или эта проклятая война? — резко спросил он.

— Итак, вы не хотите слушать? Даже ради человека, спасшего вам жизнь? — сурово вопрошал адмирал. — Вы помните молодого Торпа, не так ли? Корабельный гардемарин с «Беллерофонта», потерявший руку при Трафальгаре. Мальчику платили половинный оклад после Ла-Коруньи. Выполнял для нас разовые задания. Ну так это его выбросило на берег в бухте Фарли. Разве Морланд не говорил вам об этом? Его последние слова были: «Она ждала меня... «Ангел»... Тэсс».

При звуках этого имени Дейн подался в кресле вперед; руки его были сжаты, лицо похоже на темную маску. В нем забушевала жгучая ненависть, будоража его мысли, превращая их в темный водоворот. Работать с контрабандистами было достаточно грязным занятием, но убить невинного паренька семнадцати лет...

Сука! Хладнокровная сука!

Неожиданно дело приняло другой оборот; не было больше короля и нации, не было флота против флота. Теперь все становилось до боли личным; это был долг мщения, он должен отплатить за невинного гардемарина, спасшего когда-то ему жизнь, потеряв в переделке собственную руку.

Теперь это был поединок мужчины против мужчины.

Или женщины.

Да, сумрачно поклялся себе Рейвенхерст, он сделает то, что приказал адмирал. Он рассчитается с Тэсс Лейтон без малейшего сожаления.

— В вашем распоряжении шесть недель, — неумолимо продолжал адмирал. — Очень скоро Веллингтон начнет подготовку к решающему броску на полуострове. Достаточно сказать, что мы не вправе допустить, чтобы кто-то помешал успеху этой миссии. Мы с вами оба задействованы для обеспечения проведения кампании.

— Но мне не потребуется шести недель, — тихо ответил Рейвенхерст звенящим от бешенства голосом. — Я добуду для вас ответ за половину этого срока. — Жестокая улыбка заиграла в уголках его губ. — О да, я загоню Лиса в нору, адмирал. Когда я с ним разделаюсь, он пожалеет, что родился на свет.

Она пожалеет.

Дейн чуть не оборвал белую занавеску, вспомнив жестокую клятву, данную в Лондоне. За его спиной осторожно кашлянул Пил.

— Желаете что-нибудь еще, ваше сиятельство?

— Удачи, Пил, — пробормотал Дейн срывающимся голосом. — Быть может, даже чуда.

— Бывает, что чудеса случаются, ваше сиятельство, — тихо произнес слуга. — А Рай — это такое место, где легко поверить в магию.

Когда дверь тихо закрылась, Рейвенхерст продолжал пристально смотреть на море. Он опытным взглядом окинул горизонт, где, подгоняемые ветром, бежали рваные белые облака. Да, он совершит это темное дело мщения. Это будет расплата за горечь последних пяти лет.

Неожиданно тишина ночи была нарушена криками компании верховых драгун, с шумом пробиравшихся по узкой улице. Итак, псы Хоукинза шли по следу жертвы! Рейвенхерст повернулся, слегка покачиваясь, и понял, что пьян более, чем ему казалось. Сумрачно улыбаясь, Дейн набросил на плечи плащ и надел сапоги.

Что с того, что он слегка под мухой? Это ему даже нравилось. В сущности, такое расположение духа прекрасно подходит для его собственной маленькой охоты!

Глава 8

К тому времени как добралась до верхней части туннеля, Тэсс окончательно лишилась сил. Морщась от боли, она отодвинула потайную задвижку на двери из туннеля в ее комнату. Потом, с сильно бьющимся сердцем, она молча возблагодарила многочисленные секреты «Ангела».

Они еще раз спасли ей жизнь.

Страдая от боли в боку, девушка постучала во внутреннюю дверь. Она чувствовала, что лоб ее покрыт капельками пота под толстым слоем угля и что на боку у нее что-то теплое и липкое. Возможно, кровь, в том месте, где ее ударил этот болван Ранзли.

Через минуту послышался звук шагов, и дверь распахнулась.

В дверном проеме появилось бледное, испуганное лицо Летти.

— Слава Богу! Я чуть не умерла от беспокойства, мисс!

Тэсс попыталась стащить свой мокрый плащ и поморщилась.

— Вы ранены! — охнула Летти.

— Меня ударил ногой этот свинья Ранзли. Не беспокойся, он и не подозревал, что бьет женщину, а не одного из грубых парней. А вот Джек! Джек получил пулю в бок, черт бы побрал черную душу Хоукинза! — Голос Тэсс стал неразборчивым, когда она наклонилась, чтобы рассмотреть запекшуюся кровь и болезненные багровые синяки, разукрасившие ее бок.

— О, мисс! Вы не в своем уме!

— Возможно, ты и права, — произнесла Тэсс сквозь стиснутые зубы. — Даже если и так — это хорошее безумие. — Она уже сбрасывала с себя грязную рубашку и брала в руки кусок полотна, чтобы вытереть с лица сажу. — Теперь поспеши вниз, Летти. Мне надо немного того прекрасного портвейна, который Джек привез из последнего рейса.

— Бросьте все это, мисс, ради всего святого! Пока не произошло что-то ужасное! — вскричала горничная пронзительным, истеричным голосом.

Тэсс невесело улыбнулась.

— Я скоро брошу это, Летти, и с удовольствием. Но не теперь, когда я так близка к тому, ради чего старалась. Нужно укрепить стены Фарли, и крыша прохудилась. Но скоро у меня будет достаточно денег. Тогда...

Тэсс не успела договорить, потому что кто-то принялся рассерженно дубасить кулаками в двойные дубовые двери «Ангела» тремя этажами ниже. Обе женщины оцепенели, как в живой картинке — Летти, протягивая руку к тазу с водой, и Тэсс, стаскивая толстые шерстяные чулки.

— Открывайте, там, наверху! Королевские акцизные служащие по официальному делу! Приведите владельца!

Тэсс на мгновение покачнулась. Неужели этот кошмар никогда не кончится?

Далеко внизу она услышала разгневанный ответ Хобхауса, потонувший в хоре рассерженных голосов.

— Мисс Лейтон спит, — настаивал преданный мажордом, — и я не собираюсь будить ее ради кучки грубиянов вроде вас.

— Мобыть, тогда она захочет принять капитана Хоукинза в спальне?! — пролаял один из мужчин.

Летти повернула к своей госпоже бледное, потрясенное лицо.

— Быстро, Летти, помоги мне надеть сорочку, — приказала Тэсс. — Не слишком открытую, иначе они увидят синяки. Слава Богу, можно ожидать, что дама несколько растрепана, когда ее вытаскивают из постели посреди ночи.

С сумрачным лицом Летти натянула Тэсс через голову батистовую сорочку, нахмурившись при виде темных синяков, красовавшихся на боку ее хозяйки. Неодобрительно покачав головой, она вручила Тэсс вязаные шерстяные чулки.

Да, мисс Тэсс — красавица, это точно! Ее стройное белое тело такое гибкое и сильное. Ей бы уже надо выйти замуж за хорошего человека и создать семью, а не гоняться по округе со своими дикими затеями!

И этот странный случай прошлой ночью, когда она обнаружила открытое окно и сорочка Тэсс была расстегнута. Неужели Эймосу Хоукинзу удалось каким-то образом добыть ключ от комнаты мисс Тэсс? Летти содрогнулась при мысли об этом. Никто не может спастись от этого мерзавца.

Внизу раздался сердитый рев — без сомнения, голос Эймоса Хоукинза.

— Где ее комната, черт побери?

Глаза обеих женщин, широко открытые от страха, встретились.

— О, мисс Тэсс, что с нами будет? — плакала горничная, заламывая руки. — Нас всех наверняка повесят!

— Чепуха, Летти! Выпутаемся! — твердо произнесла Тэсс. — Успокойся и дай мне пеньюар.

Несмотря на храбрые слова, пальцы Тэсс дрожали, когда она натягивала через голову голубой муслин. Эймос Хоукинз — болван, но он упрям и мстителен. Лис слишком долго над ним насмехался, и Тэсс знала, что этот человек ни перед чем не остановится, чтобы загнать в угол свою неуловимую жертву.

— Спустись вниз и вели Хобхаусу разжечь камин в маленькой гостиной. Я скоро приму там посетителей. И попроси его принести чай и херес ровно через пять минут. — Серо-зеленые глаза Тэсс гневно засверкали при виде испуганного вида Летти. — Не волнуйся! Хоукинз не посмеет ничего сделать под моей крышей, Летти. — Ее полные губы сложились в кривоватую усмешку. — По крайней мере не тогда, когда у дверей будет стоять Хобхаус.

Через секунду улыбка Тэсс погасла. Она вдруг поежилась, вспомнив предупреждение захватившего ее человека в проулке Нидлз.

Да, Эймос Хоукинз не тот человек, с которым ей бы хотелось повстречаться наедине темной ночью. Одному Богу известно, как ей этого не хочется! Пять минут спустя небрежно-элегантная Тереза Лейтон спустилась по старинной лестнице и пересекла галерею, ведущую в главное крыло «Ангела».

За каминной решеткой полыхал огонь, когда она вошла в тихую комнату в передней части гостиницы. Услышав раскаты хохота, доносившиеся с противоположного конца коридора, Тэсс подумала, что Хобхаус отвел Хоукинза и его людей в бар и угощает их ее лучшим коньяком.

«Лучшим коньяком Лиса», — поправила она себя, лукаво улыбаясь.

Если бы только Хоукинз знал!

Но может быть, он и впрямь знает. Возможно, именно потому он здесь. Чтобы арестовать ее, в отчаянии подумала Тэсс, и сердце ее бешено заколотилось.

«Перестань!» — жестко приказала она себе. Сильно побледнев, девушка подошла к столику из розового дерева и налила себе бокал портвейна.

Слабое утешение, подумала она, зажав бокал дрожащими пальцами и быстро осушая его. Тэсс резко закашлялась, но заставила себя проглотить сладкую жгучую жидкость, которая обожгла ей горло и от которой по всему телу разлилось приятное тепло. Она налила себе еще, и на этот раз спиртное не застигло ее врасплох.

«Похоже, мне начинает нравиться этот вкус», — мрачно подумала Тэсс.

Послышался отрывистый стук в дверь. Распрямив плечи, Тэсс повернулась и глубоко вздохнула.

— Да? — Слава Богу, ее голос не дрожал. Он был спокойным, отметила она, с небольшой примесью раздражения.

Из-за двери показалось суровое лицо Хобхауса.

— К вам с визитом мистер Хоукинз, мисс, — ледяным тоном произнес мажордом, не скрывая своего отношения к наглому вторжению.

— Отойди в сторону, черт тя побери! — Таможенный инспектор грубо оттолкнул Хобхауса с дороги и ворвался в комнату.

Подняв брови, Тэсс уставилась на жесткое, подозрительное лицо Эймоса Хоукинза, приказывая себе сохранять спокойствие.

— А вот и вы, мисс Лейтон, — прорычал офицер, украдкой окидывая комнату быстрым взглядом.

Потом его маленькие глазки ощупали шею Тэсс и прикрытую муслином грудь, как будто желая увидеть, что находится под одеждой. Его взгляд заставил ее с дрожью вспомнить предупреждение Дейна.

— Что означает это вторжение? — гневно спросила она, выпрямившись в полный рост.

— Велите ему уйти, — последовал резкий приказ Хоукинза.

— Я не сделаю ничего под...

— Сейчас же! Или я прикажу моим людям выволочь его!

— Хорошо, — огрызнулась Тэсс, отчаявшись отвязаться от этого человека. Она держалась на ногах только усилием воли.

Неожиданно у нее закружилась голова, и Тэсс ухватилась за спинку стоящего рядом кресла. На секунду она закрыла глаза, потом отыскала рассерженное лицо Хобхауса.

— Можете подождать меня за дверями в холле, Хобхаус.

Хоукинз нахмурился и пошел к двери, захлопнув ее за мажордомом.

— Вы не приглашаете меня сесть, мисс Лейтон?

— Не вижу повода для этого, мистер Хоукинз, поскольку ваше дело не настолько долгое, чтобы это потребовалось.

— Не мое дело, королевское дело, мисс Лейтон! Да, королевское дело, — с угрозой повторил Хоукинз. — Я здесь, чтобы поймать моего Лиса этой ночью, и ни вы, и никто другой не остановит меня. Я начну с обыска каждой комнаты. — Его бесцветные глаза ощупали лицо Тэсс. — Начиная с вашей, дорогая моя. Если вы не представите мне причину, почему я не должен этого делать.

Тэсс почувствовала, как ее лицо заливает краска.

— Конечно, это ваше право, но вы только потеряете время. Вы не найдете никаких контрабандистов здесь, в «Ангеле».

«Это по крайней мере правда», — подумала Тэсс. Хоукинз никогда не найдет этого человека. И Тэсс тут ничего не сможет поделать!

Раздраженный ее спокойствием, приземистый офицер наклонился к ней. Схватив толстыми короткими пальцами лежащую на плече прядь ее золотисто-каштановых волос, он резко потянул за нее, отчего голова Тэсс оказалась всего в нескольких дюймах от его лица.

— Не найду? — Его отвратительное дыхание щекотало ей щеки, и Тэсс с трудом заставила себя не отворачивать головы. — В таком случае вы не будете возражать, если мы всюду произведем обыск, не так ли? Всюду, — добавил он, ощупывая взглядом вырез ее сорочки, — начиная с ваших комнат.

Тэсс резко отстранилась, сжав руки, чтобы не ударить Хоукинза по ухмыляющейся физиономии. Мысль о том, что его люди будут ворошить ее одежду и личные вещи, приводила ее в бешенство, но этого будет недостаточно, чтобы разжечь подозрения такого человека. Хоукинз был облечен правами таможенного инспектора его величества и хорошо знал это.

Тэсс надеялась лишь на то, что Летти не забыла убрать ее грязную рубашку и бриджи.

— Манди!

Дверь распахнулась. Хоукинз отрывисто кивнул стоящему снаружи худому человеку.

— Проверь каждую комнату, Манди. Начиная с комнат мисс Лейтон, — прорычал он. — Выверни постель, освободи ящики и полки! Я хочу, чтобы ничего не было пропущено, ты слышишь?

В глазах Тэсс заплясали злые зеленые огоньки. Она повернулась, чтобы взглянуть на инспектора, и на какое-то мгновение онемела от ярости. Ее грудь вздымалась, и приземистый инспектор, казалось, находил в этом зрелище особое удовольствие.

— Такая грубость необоснованна, — проговорила она сквозь стиснутые зубы.

— У вас есть какие-то другие соображения, мисс Лейтон? Я в любой момент могу отозвать своего человека. Тогда мы сможем обсудить это в другом месте — наедине.

— Мне нечего сказать вам, инспектор. Ни на людях, ни наедине.

Грубое лицо Хоукинза приняло особенно противный красноватый оттенок. Выругавшись, он схватил Тэсс за локоть и рывком придвинул к себе.

— Все еще охотитесь за лисами, Хоукинз? — От двери послышался новый голос — резкий и насмешливый.

Тэсс сжалась. Она мгновенно ощутила, как будто шею и спину пронзил электрический разряд. Медленно обернувшись, она встретилась с ленивым взглядом темно-синих глаз, изучающих ее вспыхнувшее лицо.

Сердце бешено заколотилось у нее в груди. Тэсс постаралась скрыть удивление, не выказать ничего, кроме раздражения.

— Мисс Лейтон. — Дейн с непроницаемым видом спокойно разглядывал ее.

— Лорд Рейвенхерст, — холодно ответила Тэсс. Освободившись от Хоукинза, она вздернула подбородок и отодвинулась, чтобы поправить юбки.

Стоящий перед ней мужчина сумрачно улыбнулся.

— Мы были знакомы пять лет назад, инспектор, вам это известно? Я был тогда зеленым лейтенантом, но дама предпочитает не вспоминать об этом событии. Ах, и чтобы такая красавица была столь непостоянной, — насмешливо добавил он. — Я в отчаянии, мисс Лейтон.

Тэсс распрямила плечи, с презрением взглянув на него.

— Но пять лет — такой большой срок, милорд. За это время многое может измениться. Выигрываются сражения, разбиваются и вновь возрождаются для любви сердца.

Говоря так, Тэсс старалась не смотреть на его мощное, сильное тело. У него по-прежнему самые красивые плечи, которые ей доводилось видеть. И самые неотразимые глаза. Темно-синие глаза, вспыхивающие сапфировыми искрами.

Изо всех сил стараясь казаться равнодушной, Тэсс взглянула на этого мужчину, которого она когда-то любила всем своим существом. Мужчину, который задушил в ней последнюю надежду на счастье.

Их глаза встретились. В холодном молчании рассматривали они друг друга — два непримиримых врага, оценивающих силу противника.

И его слабость.

Губы Тэсс сложились в едва заметную презрительную улыбку. В тот момент она была рада, что остается безучастной, что никогда не сможет испытать такую боль, какую причинил ей этот человек, когда ушел.

— Мне совершенно наплевать, встречались вы или нет! — проворчал Хоукинз, раздосадованный тем, что его забыли на время этого напряженного диалога. — И, черт побери, не ваше дело, Рейвенхерст, что я говорю мисс Лейтон!

— Напротив, инспектор, это очень даже мое дело. Будучи гостем в «Ангеле», я бы не хотел, чтобы кто-то рылся в моих вещах.

— Вы и вправду собираетесь указывать мне, что делать? — насмешливо спросил Хоукинз. — Вы не на палубе корабля, и это не Средиземное море. Мне наплевать, будь вы сам чертов граф, — вы приехали в мой город, и лучше бы вам не забывать об этом!

Невозмутимый Дейн поднял носок сапога для верховой езды и принялся лениво его рассматривать.

— Я и не предполагал, что Рай у вас под пятой, Хоукинз. Должно быть, за последние пять лет многое здесь изменилось, а я об этом и не догадывался, — с издевкой протянул он.

— Да, я теперь представляю здесь закон! Только прошлой ночью я обнаружил в Камбер-Сэндзе банду контрабандистов. Едва не поймал чертова подонка, но они скрылись прежде, чем мои люди окружили их. Правда, один ранен, и его будет нетрудно выследить. Мне пришло в голову, что такой человек может искать убежища в «Ангеле».

— Вы не найдете здесь предателей! — выпалила Тэсс.

Спокойные темно-синие глаза на секунду задержались на ее лице, а потом взглянули на Хоукинза.

— Какой человек будет сомневаться в словах леди, инспектор? — лениво протянул виконт. — Ясно, что вашим людям нет нужды продолжать обыск.

— Я не просила вашей помощи, — неловко прервала его Тэсс. И никогда не попросит. Потому что это был другой Дейн Сен-Пьер, а не тот, которого она знала пять лет назад. Этот человек жестокий и циничный. Бессердечный незнакомец. Она скоро даст ему понять, что для него здесь нет места — ни в ее жизни, ни в сердце!

Рейвенхерст подошел ближе и отвесил Тэсс шутливый поклон.

— Вы, наверное, не забыли нашу утреннюю встречу на кухне? — При этих словах он протянул ей руку, потом застыл перед ней не двигаясь.

Чувствуя на себе прищуренный взгляд Хоукинза, Тэсс неохотно протянула виконту пальцы, который тот немедленно стиснул. Черт бы побрал все это! Почему ее сердце так бешено забилось при его прикосновении?

Все вокруг нее поплыло; казалось, промелькнули годы. «Забудь его, — убеждала она себя. — Забудь его, пока не поздно».

Вдруг Хоукинз сердито фыркнул.

— Вы хотите сказать, что не слышали о виконте Рейвенхерсте, герое Трафальгара? Который уступает только Нельсону в доблести на море? — насмехался он. — Без сомнения, он явился, чтобы спасти всех нас от Бони.

— И в самом деле герой, — безучастно произнесла Тэсс, игнорируя Хоукинза. — Едва ли вы застали нас сейчас в лучшем виде, милорд. — Его пальцы сильно, до боли сжали ее кисть.

— О, я удовлетворен тем, что уже видел, мисс Лейтон, — медленно произнес Рейвенхерст. С нарочитым высокомерием он наклонился и прикоснулся губами к ее ладони. — Я, разумеется, надеюсь узнать гораздо больше, прежде чем закончу все, — таинственно прошептал он так, чтобы Хоукинз не услышал, — об «Ангеле» и его очаровательной хозяйке.

К своему неудовольствию, Тэсс почувствовала, что ее пульс участился. Она попыталась вырвать руку, но его пальцы крепко сжались. Виконт слегка улыбнулся, увидев, как краска заливает ее щеки. Только тогда он отпустил ее.

«Черт бы побрал их обоих!» — думала Тэсс.

Сверкая серо-зелеными глазами, она обернулась, чтобы обратиться к Хоукинзу, хмуро наблюдавшему за этой беседой.

— «Ангел» почти полностью заселен, инспектор! Неужели вы собираетесь беспокоить всех моих постояльцев вашим диким вторжением? Как будто кто-то из них может прятать под кроватью Лиса!

— Так вы полагаете, что это шутка? Ну что ж, очень скоро вы перестанете смеяться, когда увидите, как негодяй пляшет на веревке! — прорычал Хоукинз.

— А я еще раз скажу вам, что мы не прячем в «Ангеле» никаких предателей!

— Рад это слышать, мисс Лейтон. Правда, очень рад. Поскольку я хочу удостовериться именно в этом. — Маленькие глазки Хоукинза блеснули торжеством. — А чтобы это сделать, надо все осмотреть. Помните о вознаграждении в пятьсот фунтов за голову мерзавца?

«Да, за пятьсот фунтов человек пойдет на любую низость», — подумала Тэсс. Ей надо быть очень осторожной.

— Конечно, инспектор, хотя вряд ли эти деньги достанутся мне, — сказала Тэсс.

— Что до вас, — выпалил Хоукинз, сердито глядя на высокого мужчину, вновь прислонившегося к дверному косяку, — советую вам не лезть в это дело, иначе я могу подумать, что вы пытаетесь помешать исполнению моего долга.

— Итак, теперь вы заговорили о долге? — Вальяжность Дейна вдруг исчезла, сменившись сдержанной яростью. — Не забывайте, что этот район попадает в сферу моих полномочий как комиссара Королевского военного канала. Если выполнение того, что вы называете своим долгом, помешает надзору над каналом...

— Джентльмены! Джентльмены! — прервала его Тэсс, отчаявшись дождаться конца и оказаться в своей постели. Она видела все как в тумане и была на грани обморока. — Я уверена, никто не имеет ни малейшего намерения препятствовать правосудию, инспектор Хоукинз.

Тэсс повернулась к конторке и вытащила из ящика большое кольцо с ключами. С надменным видом она протянула его Хоукинзу.

— Поскольку вы настаиваете, инспектор, я облегчу вашу задачу. Вот ключи. Можете искать где хотите. Хобхаус поможет вам, разумеется. А теперь, с вашего позволения, я покину вас.

Перед ней в темноте протянулась кажущаяся бесконечной лестница. Тэсс начала подниматься как во сне, с трудом переставляя ноги. Наконец она оказалась у двери своей спальни и с напряжением повернула ручку. Запнувшись о порог, захлопнула за собой дверь.

«Темно — надо зажечь свечу! Не могу. Слишком поздно. Всегда слишком поздно».

Потом очень медленно Тэсс сползла на холодный пол.

Глава 9

Яркая молния прорезала облака над Ла-Маншем. Поднявшийся ветер завывал и бился в окна. Неожиданно холодные небеса разверзлись, и на улицы хлынули потоки дождя.

Подобно тени фигура мужчины в черном, согнувшись под ветром, безошибочно продвигалась по крыше. Его рука на мгновение протянулась к окну, которое затем быстро растворилось. В молчании он соскользнул с подоконника; занавески бешено развевались вокруг него.

Прищурив глаза, он пытался разглядеть хоть что-нибудь в темноте. Что случилось с чертовой свечкой? На его скулах заиграли желваки, когда он двинулся вдоль стены, пытаясь пройти через комнату. В темноте он наткнулся на стол, уронив на пол металлический подсвечник. Лорд Рейвенхерст шепотом выругался, и тогда его нога дотронулась до чего-то мягкого.

В этот момент комнату осветила вспышка молнии. Одетый в черное, Дейн стоял оцепенев в фосфоресцирующем свете, не в силах поверить увиденному зрелищу. Даже когда вокруг него снова сомкнулась темнота, он все еще не двигался, даже не дышал, не в состоянии забыть видение бледных щек Тэсс, обрамленных буйной копной восхитительных золотисто-каштановых волос. Всего в нескольких дюймах от его сапога ее белая рука изогнулась вокруг цветка на ковре, словно собиралась сорвать лепестки.

Тэсс лежала, молчаливая и прекрасная, прямо у порога; ее волосы были разбросаны по ковру, как золотисто-каштановый сноп. Она могла бы показаться мертвой, если бы не едва заметное колыхание груди.

Мозолистые пальцы Дейна, загрубевшие от веревок, конвульсивно сжались и разжались.

— Мое солнышко!

Некогда любимая, страстная женщина. Теперь — хладнокровная изменница, отдавшая свое тело кому-то, кто предложил наивысшую цену.

Молния снова прорезала небо, и на этот раз Дейн воспользовался мгновенной вспышкой, чтобы найти свечу и кремень. С сумрачным лицом подошел он к конторке, где они находились.

Откуда-то снизу послышался топот.

— Убирайтесь с дороги, Хобхаус! Я прекрасно знаю, куда иду. Только не пытайтесь остановить меня.

Рейвенхерст похолодел. Что на этот раз затеял проклятый таможенный инспектор? Он молча проскользнул в темноте к дальней стене и открыл дверцу зеркального шкафа.

Дейн едва успел закрыть дверцу, как услышал голос Хоукинза перед дверью в комнату Тэсс:

— У меня на этот раз есть свой ключ, ты, дурень. А теперь убирайся с дороги! Отведи его вниз, Манди. И привяжи, если он попытается вернуться сюда!

В замке загремел ключ, секунду спустя дверь распахнулась. Через узкую щель в шкафу Рейвенхерст увидел, как со свечой в руке вошел Хоукинз, потом захлопнул дверь и запер ее. Гнусно улыбаясь, инспектор положил ключ в карман и повернулся, с жадностью уставившись на лежащую на полу женщину.

— Спишь, красавица моя? — хрипло пробормотал он. — Скоро я тебя разбужу и разогрею. — Он поставил свечу на столик и склонился над Тэсс, лихорадочно дергая мелкие пуговицы на лифе ее сорочки.

Мужчина в шкафу напрягся, почувствовав, как его затопляет горячая волна ярости. Грязный, бессердечный подонок! Пока она спит, он собирается...

Мозолистые руки Рейвенхерста сжались. Он почувствовал под пальцами холодный металлический лепесток подсвечника.

Скорчившись у двери, Хоукинз засмеялся злобным, торжествующим смехом. Теперь Тэсс Лейтон принадлежит ему! Никто не помешает! Он неловко дергал крошечные пуговицы, но они снова и снова выскальзывали из его пальцев. Бешено выругавшись, он сжал пальцами воротник муслиновой сорочки и одним грубым движением сорвал дюжину пуговиц.

Снаружи по окнам хлестал ночной дождь. Над головой ослепительным светом вспыхнула молния. К этому моменту Дейн был уже готов. Как только призрачный свет погас, он выскользнул из шкафа.

Хоукинз был слишком занят и едва успел почувствовать удар подсвечником по затылку. С приглушенным криком он повалился на ковер, прижав Тэсс похожим на обрубок бедром.

Кипя от ярости, Рейвенхерст протащил тело Хоукинза через комнату. Он осторожно открыл дверь и прислушался, потом выволок бесчувственного таможенного инспектора в коридор. Он уже закрывал дверь, когда вспомнил, что у Хоукинза остался ключ от комнаты Тэсс.

— Думаю, надо избавить тебя от него, — прошептал Рейвенхерст коротенькой неподвижной фигуре. Его губы мрачно кривились, когда он закрывал дверь похищенным ключом, потом Дейн опустил холодный металл в карман.

Ему он может очень пригодиться.

Несколько минут Рейвенхерст смотрел на спящую Тэсс. Он в молчании наблюдал, как поднимается и опускается ее грудь, видел, как ее бледная кожа мерцает в свете свечи Хоукинза. Нахмурившись, Дейн припомнил, что собирался сделать этот наглец, и его собственное схожее намерение пропало. За дверью в коридоре послышались быстрые шаркающие шаги.

Нахмурившись, Дейн уложил Тэсс на кровать.

— Это Хоукинз! И он без сознания! — Рейвенхерст узнал встревоженный голос горничной Тэсс. — Что, ради всего святого, нам теперь делать? — резким голосом спросила она невидимого компаньона.

— Я думаю, отнесем вниз, — последовал спокойный ответ Хобхауса.

— Он будет взбешен, когда очнется!

— Думаю, да, — медленно произнес мажордом «Ангела» с плохо скрываемым удовольствием. — Мне очень хочется пожать руку тому, кто это сделал. И пусть Тэсс непременно узнает об этом.

Повернулась ручка, дверь слегка затряслась.

— Заперта, — пробормотал Хобхаус. — У вас есть ключ?

— Да, есть. И мне наплевать, без сознания он или нет. Я не передумала и останусь с ней на ночь. Трудно сказать, что сделает это чудовище, когда очнется. Запертой двери может быть недостаточно.

Дейн проскользнул к окну. Он осторожно отдернул занавески и отодвинул задвижку, распахивая створки. Ему в лицо сразу же брызнул холодный дождь. Перекинув ногу через подоконник, он осмотрел ощетинившуюся трубами покатую крышу. За его спиной в замке заскрежетал ключ.

— Поспешим, пока эта грубая свинья не очнулась и не нашла нас!

Рейвенхерст без звука пропал в ночи. С потемневшим от бешенства лицом он начал обдумывать последний ход своей безжалостной кампании.

— Проснитесь, Тэсс! Силы небесные, что с вами стряслось?

Тэсс нахмурилась, пытаясь освободиться от цепких пальцев, вцепившихся ей в плечо.

— Пожалуйста, мисс Тэсс! Вам надо проснуться!

— Уходи, — пробормотала Тэсс. Внезапно она широко открыла глаза. — Летти? Что...

— Я хочу спросить об этом у вас, мисс! Мы нашли Хоукинза в холле лежащим без сознания. Хобхаус спустил его вниз, а я пришла посмотреть, что с вами. Вы помните что-нибудь?

Тэсс провела дрожащей рукой по бледному лицу.

«Не пытайтесь остановить меня!»

Хоукинз?

Поднимающие ее теплые, сильные руки. Ее бок терся о плотные мускулы.

Нет, не Хоукинз.

Ее глаза расширились, стали похожими на серо-зеленые озера боли. В этот момент Тэсс увидела, что лежит на кровати, а не на диванчике. Слегка всхлипнув, она вскочила.

От ее сорочки отлетела пуговица и ударилась о ковер с приглушенным звуком. Голубой муслин распахнулся на груди.

— Как это произошло? — Летти уставилась на Тэсс со странным выражением.

«Боже, — подумала Тэсс. — Это тоже дело рук Хоукинза?» Она прижала к стиснутым зубам кулак. Ей надо держать себя в руках, или скоро ночные кошмары захлестнут ее и во время бодрствования.

— Я... я не знаю, Летти. Я, должно быть, потеряла сознание, когда вошла в комнату. Я помню, что было темно и... — Тэсс нахмурила брови, увидев горящую свечу на ночном столике.

— Должно быть, ее принес Хоукинз, мисс. У него тоже был ключ. Хобхаус пытался остановить его, но офицеры оттащили Хобхауса. Когда мы вернулись, то увидели его распростертым в коридоре. Без сознания... — Голос женщины замер.

Тэсс вздрогнула, ощутив, как от страха по спине поползли мурашки. Насколько близко она была к надругательству со стороны Хоукинза этой ночью?

Придерживая на груди сорочку холодными пальцами, Тэсс выскользнула из постели, подошла к окну и стала смотреть, как с крыши медленными потоками стекает дождь. На секунду над болотом блеснул зигзаг молнии и тут же пропал. Уголком глаза она заметила что-то блестящее на ковре. Она медленно наклонилась и подняла ключ, упавший как раз под окном.

Ее ключ. Ей не надо было даже проверять, войдет ли он в замочную скважину.

Боже милостивый, что с ней происходит? Во сне ее преследуют ужасные видения, а проснувшись, она сталкивается с еще большим ужасом. Но она не сдастся — ни Хоукинзу, ни кому-либо другому. Распрямив плечи, Тэсс поборола в себе удушающее чувство беспомощности.

— Грязная свинья! Как он посмел это сделать?!

На следующее утро Тэсс стояла, в бешенстве и недоумении воззрившись на груду постельного белья и полотенец, изрезанных до неузнаваемости.

— Где он? — спросила она подошедшего Хобхауса.

— Я положил его на стол в баре, мисс Тэсс. Он проснулся в том же виде, что и заснул. Слез со стола, сильно ругаясь и грозя возмездием. Между прочим, у него на голове шишка размером с клюв Максимилиана. Думаю, вы вряд ли знаете, где он ее заработал.

— Я ничего не помню, — произнесла Тэсс совершенно искренне. Потом, снова взглянув на порванное белье, она шепотом выругалась. — Жалко только, что я не стукнула проклятого мерзавца посильнее!

Двадцать минут спустя она правила небольшой двуколкой на узких улочках Рая, а ветер развевал ее длинные волосы, швыряя в глаза золотисто-каштановые пряди. Кровь у нее все еще кипела при мысли о наглости Хоукинза, однако холодная насмешливость Рейвенхерста была хуже.

Ее мысли были все еще в лихорадочном состоянии, когда она осадила лошадь и повернула к Фарли. На полпути к вершине холма Тэсс остановилась и спрыгнула на землю, передав вожжи старому слуге, легкой походкой приблизившемуся через лужайку.

— Можешь отпустить ее попастись, Томас. Я поднимусь к монастырю.

К чести его, старик не задавал вопросов, только покачал седой головой и пробормотал что-то невнятное, пока уводил прочь чалую кобылу Тэсс. Он провел в Фарли уже двадцать лет — достаточно долго для того, чтобы знать о странных вещах, происходящих на холмах, за полуразрушенными стенами монастыря. Однако Томас обладал достаточной мудростью, чтобы не упоминать об этом.

Как и любой другой, много лет проживший на болотах, молчаливый старый слуга знал, что тот, кто не задает вопросов, не получает лживых ответов.

Солнце пригревало плечи Тэсс, когда она спешила к выжженным солнцем стенам монастыря, находящегося на вершине холма. Позже она заглянет в феодальный замок, а сначала посмотрит, как обстоят дела у Джека.

Огибая высокую полуразрушенную каменную стену, Тэсс обернулась, чтобы удостовериться, что за ней не следят. Потом, довольная тем, что находится в одиночестве, она наклонилась и потянула за небольшой камень у основания стены.

Послышался слабый щелчок; над камнем открылась узкая щель. Тэсс быстро просунула руку и отодвинула спрятанную внизу щеколду. Секунду спустя удлиненная прямоугольная часть стены отодвинулась.

Из темного коридора повеяло холодным, спертым воздухом. Где-то внизу сильно закашлялся человек, потом хрипло застонал.

Джек!

С сильно бьющимся сердцем Тэсс нырнула в коридор, ориентируясь на слабый отблеск света, пока длинный, обшитый досками туннель не привел ее в комнату с каменными стенами. В углу на соломенном тюфяке беспокойно метался человек с седыми волосами, известный под именем Ромнийского Лиса.

Не говоря ни слова, Тэсс опустилась на тюфяк рядом с другом, взяв его холодные пальцы в свои. Она увидела, что его лицо напряженное и бледное, а глаза блестят от лихорадки.

— Тэсс? Это ты, девочка? — Черные глаза Джека замигали и остановились на ее лице. — Конечно, это ты, — добавил он вполголоса, — никто, кроме тебя, не знает секретов этого места. — Неожиданно он напрягся, застигнутый еще одним приступом кашля.

Тэсс беспомощно наблюдала, не зная, чем помочь, и разглаживая на нем шерстяные одеяла. Наконец кашель прекратился. Седовласый контрабандист медленно открыл глаза, засверкавшие гневом.

— А теперь, девочка, ответь мне на некоторые вопросы! О чем, ради всего святого, ты думала? Этот болван Хоукинз мог схватить нас прошлой ночью и сегодня смотреть, как мы болтаемся в петле! Ты уже готова к встрече с твоим Создателем? — резко спросил он.

Пальцы Тэсс сжали одеяло.

— Я всерьез намерена дожить до глубокой старости, Джек. И заработать достаточно денег, чтобы восстановить поблекшую красоту Фарли. А между тем мне надо содержать гостиницу и заплатить кредиторам отца. Ты можешь предложить мне какой-нибудь другой выход? — отпарировала она.

Контрабандист нахмурился:

— Такая жизнь не для женщины, Тэсс, и, уж конечно, не для такой леди, как ты.

Тэсс лишь сердито мотнула головой.

— Красивые слова, Джек, но кто будет платить за эти шелковые платья и лайковые перчатки? Кто обеспечит «Ангел» коньяком и новым постельным бельем? Кто будет обеспечивать Эшли...

— Эшли? — со смешком произнес контрабандист. — Парень должен быть здесь и помогать тебе, девочка, а не слоняться с компанией бездельников — не важно, учится он в колледже или нет. Пусть приезжает домой, Тэсс, оставь этот дикий маскарад.

— Не могу, Джек, не теперь, когда я так близка к тому, чего добивалась.

— Вернее сказать, так близка к гибели! Неужели не можешь этого понять своей проклятой упрямой головой?

— Это риск, на который я готова.

— А я — нет! Во всяком случае, не тогда, когда твоя кровь окажется на моих руках — ведь я втянул тебя в это безумное предприятие.

— Это только моя забота, Джек, — упрямо продолжала Тэсс. — Я не обязана отвечать перед тобой или кем-то еще. Помни, что я не твоя дочь, — ее лицо слегка смягчилось, — хотя мне кажется, я люблю тебя больше, чем родного отца.

Джек взял ее руку в свою. Они долго молчали.

— Когда тебе пришла в голову эта сумасбродная идея? — наконец спросил он.

— Той самой ночью, когда мой отец... — Она не закончила фразу.

— В ту ночь, когда ты узнала о смерти отца, — медленно произнес Лис. — У меня было предчувствие, но так не пойдет, говорю тебе! Одно дело — делиться доходами от рейда. Да, я был рад добывать чай и шелк, чтобы помочь тебе и мальчику. Но не так! — Он запустил слабую руку в густые седые волосы. — Господи, девочка, что бы сказала твоя мать, узнай она, что я втянул тебя в такую жизнь?

Тэсс только пожала хрупкими плечами.

— Она бы обрадовалась, что ее дочь остается верной Фарли. Я знаю, что она любила Фарли так же сильно, как и я.

Лежащий на тюфяке человек закрыл глаза, и его лицо осветилось слабой улыбкой.

— Да, правда, Тэсс. Никогда не забуду часы, которые она проводила, сажая маргаритки и примулы в своем белом саду. — Потом его голос посуровел. — Но она не настолько любила Фарли! И она никогда бы не простила мне, если... — Он открыл глаза; они сверкали решимостью. — Дай мне слово, что все кончено. Я не хочу, чтобы на моей совести была твоя кровь, детка. На ней и так уже слишком много всего.

Тэсс поежилась, подумав о том, что не все знает об этом человеке, тщательно скрывающем от нее многое из своей жизни. Джек обхватил холодными пальцами ее запястья и попытался приподняться на локтях.

— Мне нужно твое слово, Тэсс! Сейчас! Никаких рейдов с моими джентльменами! Я не успокоюсь, пока ты не дашь мне обещание. — Он сильно, до боли сжал ее запястья.

— Не могу дать такого обещания, Джек. Пока — нет. Не волнуйся, — прошептала она, разглаживая одеяло на его груди. — Я усвоила урок, в следующий раз буду гораздо осторожнее.

Но контрабандист рядом с ней не ответил. Он уже погрузился в мучительный, беспокойный сон, в котором его преследовали более беспощадные призраки, чем могла вообразить его красивая гостья.

Тэсс медленно поднялась, окаменев от страха. На этот раз ее Лису не повезло. До сих пор ему удавалось ускользать от драгун и акцизных служащих, заставляя слуг короля вволю поплясать на болотах и пустошах. Да, он каким-то образом предугадывал каждое их движение со сверхъестественной точностью.

«Но не в этот раз», — подумала Тэсс, глядя на его мертвенно-бледное лицо. И все из-за нее. Не обернись Джек к ней, он бы остался цел и был бы уже далеко отсюда.

Двигаясь вперед как во сне, Тэсс вышла из туннеля на воздух, потом пересекла узкий каменный двор и взобралась по неровным ступеням, ведущим к полуразрушенной крыше монастыря. Она медленно подошла к широкой угловой башне и облокотилась на нагретый солнцем камень, вглядываясь в раскинувшееся перед ней пространство земли и моря.

К югу лежал Рай, а за ним Ла-Манш, чья бирюзовая зыбь незаметно переходила в совершенно лазурное небо. В этот день море было спокойным, лишь вдалеке, за мысом Данджене́с, были едва видны белые пятна. Прищурившись, Тэсс с трудом различила двухмачтовый люгер, плывущий в сторону Уинчелси. Что-то во внешнем облике этого судна заставило ее вспомнить о французском корабле «Либерте», промелькнувшем прошлой ночью.

Капитан должен быть отчаянным человеком, чтобы дразнить королевский флот в собственном логове! Но Тэсс знала, что существует много видов храбрости. Одни визгливо кричат, требуя восхищения, другие неярко светят длинными ночами боли и отчаяния, не видимые и не оцененные никем.

Эту храбрость гораздо труднее поддерживать в себе, но именно ее Тэсс пыталась укрепить.

Даже сейчас она не знала, что притягивает ее к этим развалинам. Дни величия монастыря минули столетия назад, а сам Фарли окончательно пришел в упадок. Со своей выгодной позиции высоко на башне Тэсс видела гнезда ласточек на карнизе дома и на рамах широких окон с разбитыми стеклами.

Да, стены поддались разрушению, и все лестницы шатались, но это ее дом — единственное место, где она всегда будет чувствовать себя в безопасности. Фарли был у нее в крови, и она сделает все, что угодно, для его спасения.

Еще будучи маленькой девочкой, Тэсс просила мать снова и снова рассказывать древние легенды о Фарли. Легенды о том, как римляне возвели здесь когда-то морскую крепость рядом с большим портовым городом. Легенды о том, как позднее пришли норманны, поднимая башни на римской каменной кладке, сделанной на болотах, где когда-то плескалось море.

У Тэсс от страха поползли по спине мурашки. Она вспомнила о самой старинной из всех легенд, грустной истории, всегда заставлявшей ее мать плакать. Тэсс хорошо помнила, как сидела скрестив ноги на черной земле, пока ее мать ухаживала за садом белых цветов. Не шевелясь и не говоря ни слова, слушала Тэсс снова и снова рассказ о двух обреченных любовниках, встретивших свою смерть где-то на землях Фарли.

Говорили, что они все еще разгуливают по парапетам в безлунные ночи, когда с моря дует холодный, пронизывающий ветер. Томас уверял, что несколько раз видел их призрачные очертания и слышал отдаленный звук таинственной волынки.

По спине Тэсс снова пополз холодок. Она вздрогнула, почувствовав, как на ее сознание надвигается темнота. Как можно быть такой глупой? В конце концов, это не более чем детская сказка.

А она больше не ребенок!

Тэсс распрямилась, любовно окидывая взглядом изумрудные холмы, раскинувшиеся вблизи бирюзовых вод бухты Фарли. Да, она родом из этих мест. Это единственный дом, который ей суждено иметь. Ни призраки, ни акцизные чиновники, ни бывший морской офицер никогда не прогонят ее с этого места.

Тэсс вдруг подумала, что всегда, сколько себя помнит, должна была заботиться о ком-то. В течение долгих лет она опекала болезненную мать, защищая ее от гнева беспутного мужа. После смерти матери на попечении Тэсс остался Эшли.

Потом отец разорился, и появилась угроза потерять Фарли. На секунду она представила себе, каково было бы переложить ее ношу на чьи-то плечи, узнать поддержку сильных, утешающих рук. Но она знала, что этого никогда не будет.

Как бы то ни было, какой прок от таких мечтаний? Это только иллюзии для утешения слабых. Нет, ей не нужно ничего и не нужен никто. Она хорошо усвоила горькие уроки жизни. Против ее воли в памяти возникла пара неистовых глаз цвета холодного Северного моря.

Тэсс с вызовом распрямила плечи. «Я покажу вам, ваше чертово сиятельство! — молча поклялась она. — Я всем вам покажу!»

Глава 10

Хобхаус в тревоге поджидал Тэсс у переднего крыльца, когда она подкатила в двуколке к конюшням позади «Ангела». Одного взгляда на напряженное лицо мажордома было достаточно, чтобы понять, что что-то неладно.

— Вас ждут в доме три дамы, мисс Тэсс. Это те же самые, что были здесь на прошлой неделе с просьбой о пожертвованиях для последней благотворительной акции. Я сказал им, что вы можете вернуться очень поздно, но они отказались уйти. Сказали, что откладывали это дело достаточно долго.

Тэсс нахмурилась. Она прекрасно понимала, что эти дамы пришли не с дружеским светским визитом. Напротив, воинственная миссис Тредуэлл не раз выказывала Тэсс свое высокомерное отношение. И, что хуже того, ее мерзавец сын начал шнырять вокруг гостиницы и попытался однажды припереть Тэсс в углу, у винного погреба, чтобы лапать потными руками. Все это не оставляло каких-либо иллюзий по поводу данного визита.

— Как Джек? — тихо спросила Летти, когда Тэсс вошла в прихожую.

— Мне кажется, он выглядит лучше. Томас посмотрит за ним, пока я не вернусь. Так, а что посетители? — жестко спросила Тэсс.

— Это та противная миссис Тредуэлл. Она привела с собой двух любимиц, сестер Крэбтри. Она там вертится в вестибюле, как большой стервятник, изо всех сил стараясь досадить всем. И все мы знаем, в кого следующего она собирается вонзить когти! Вряд ли я видела более отвратительное создание!

— Подозреваю, она хочет оскорбить меня, Летти, — сухо произнесла Тэсс. Она вздохнула и потерла начавшие болеть плечи. — Я надеялась, что этой конфронтации можно будет избежать, но старая стервятница, очевидно, полна решимости поймать добычу. — Глаза Тэсс ожесточились. — Тем не менее здесь у нее ничего не выйдет. Куда ты их проводила? — спросила она, отводя с лица блестящие локоны и одергивая юбки.

— В нишу прихожей, — ответила Летти с сумрачной улыбкой.

— Не может быть! В этой маленькой душной комнатушке едва хватит места на двоих. Ох, Летти, ну и зловредное же ты существо! — прыснула Тэсс.

— Неужели? Надеюсь, им будет не разогнуть их толстые ноги, когда они попытаются встать! Хороший урок этим вредным созданиям! Вы хотите, чтобы я осталась? — спросила она с воинственным выражением на лице.

Тэсс вздохнула.

— Нет, только проводи их в мой кабинет. Попроси Хобхауса, чтобы он пришел за мной через десять минут со словами, что меня ожидает какое-то неотложное дело на кухне. — Выразительный рот Тэсс сложился в кривую усмешку. — Надеюсь только, что это не окажется правдой — ведь я живу под постоянной угрозой, что печь взорвется.

— Хобхаус сказал, что почти отремонтировал дымовую заслонку, мисс Тэсс, так что не беспокойтесь больше об этом.

— Чудо, а не человек. — Тэсс неожиданно поймала Летти за руку. — Лорд Рейвенхерст... здесь?

— Кажется, он недавно ушел. Послать его наверх, когда вернется?

— Разумеется, нет! — выпалила Тэсс с горящими глазами. — Да, и если он захочет меня увидеть, скажи, что я занята счетами и меня нельзя ни в коем случае беспокоить.

— Хорошо, мисс, — проговорила Летти, в раздумье прищурив темные глаза. — Предупрежу об этом и Хобхауса.

— Я говорила тебе, что ты прелесть, Летти?

Летти блеснула дерзкой улыбкой.

— Не слишком часто.

— Я следую за тобой, дерзкая девчонка, — ответила Тэсс с лукавой улыбкой, — не годится больше заставлять ждать миссис Тредуэлл.

— По мне, так пусть бы старая стервятница ждала целую вечность, — пробормотала Летти, отправляясь на поиски Хобхауса.

Точно через пять минут Летти проводила трех сумрачных матрон в солнечный кабинет Тэсс. Их предводительница, воинственная миссис Тредуэлл, была дородной женщиной лет шестидесяти, одетой в коричневый бомбазин. На голове у нее была безобразная маленькая шляпка с тремя коричневыми перьями, уныло свисавшими на ее багровое лицо. Каждые несколько секунд она сердито отводила перья от глаз. Сразу было ясно, что миссис Тредуэлл с ее лошадиным лицом жаждет крови.

Или, говоря точнее, крови Тэсс.

— Что ж, мисс Лейтон, я рада, что вы наконец вернулись после своего срочного дела, — фыркнула матрона.

— Жаль, что мое отсутствие доставило вам столько неудобств. Если бы вы послали записку о вашем предстоящем визите, я бы постаралась быть дома, — спокойно ответила Тэсс, приглашая женщин сесть.

Мисс Алисия Крэбтри, худощавая старая дева пятидесяти лет с довольно некрасивым лицом, начала с облегчением опускать свой костлявый остов в кресло у окна, однако отрывистая команда миссис Тредуэлл остановила ее на полпути.

— Нам нет необходимости садиться, мисс Лейтон, — властно объявила женщина в коричневом. При каждом слове длинные перья над ее лбом дрожали в такт речи. — Мы и так уже надолго задержались, поэтому я намереваюсь сразу перейти к делу.

— Что-то подсказало мне, что так и будет, — сухо промолвила Тэсс.

— Гм! Именно такого рода нахальное замечание и можно было ожидать от вас, мисс, — выпалила матрона. — Вы уже довольно долго пытаетесь завоевать этот город, позвольте вам сказать. Вы выставляете себя напоказ в «Ангеле», якшаясь с безродными людьми из толпы, что порочит порядочную женщину. И что хуже всего, вы оказываете пагубное влияние на наших тонко воспитанных дочерей. Вот поэтому мы и пришли сегодня!

Голос миссис Тредуэлл возвысился, напоминая зычные интонации лакея, возвещающего о прибытии члена королевской фамилии.

— По поручению Общества нравственности знатных дам мы настаиваем, чтобы вы немедленно покинули «Ангел» и оставили неподобающее место управляющего гостиницей.

Лицо Тэсс оставалось непроницаемым, пока она усаживалась за изящный секретер орехового дерева, оставив гостей неловко стоять у двери.

— А если я не соглашусь с этим требованием? — спросила она обманчиво мягким тоном.

— Тогда члены нашего общества готовы совершить соответствующую акцию.

— Вы намереваетесь забросать вестибюль гнилыми фруктами? Или же это будет пистолетная стрельба с тридцати шагов?

Лицо миссис Тредуэлл приняло самый неприятный багровый оттенок.

— Смейтесь, нахалка. Смейтесь, пока можно. Но скоро вы в полной мере испытаете на себе осуждение, которое заслуживает ваше недостойное поведение. Тогда вы не будете такой самоуверенной, уверяю вас!

— И в чем именно заключается это недостойное поведение, за которое я должна быть наказана, мадам? То, что я, закатав рукава, стираю вместе со служанками? Или моя непристойность заключается в том, что я не жалею сил ради чего-то для меня дорогого, стараясь не допустить разрушения и разорения этой гостиницы?

— Вы знаете ответ не хуже меня, мисс Лейтон. — Потрепанные перья висели теперь прямо перед носом матроны, щекоча ее. Фыркнув в раздражении, она отмахнулась от них. — И не утруждайте свое красноречие, стараясь отделаться от нас. Мы не снизойдем до того, чтобы осквернять уста перечислением дальнейших примеров вашего позорного поведения!

— Неужели? — бархатным тоном произнесла Тэсс, и в ее серо-зеленых глазах зажегся опасный огонек. — Если уж меня нельзя признать виновной в неподобающем усердии в отношении гостиницы, то тут должно быть что-то другое. Возможно, это из-за того, что я приказала выгнать вашего мужа на улицу неделю назад, когда он пытался провести в свою комнату проститутку.

Сестры Крэбтри задохнулись, судорожно сжав горло руками.

— Как... как вы смеете?! — прошипела миссис Тредуэлл.

— Или потому, что я приказала таким же образом поступить с вашим сыном? — спокойно продолжала Тэсс. — Он становится влюбчивым под хмельком, вам это известно? Как-то раз он пытался приставать ко мне в винном погребе. В сущности, я считаю, что ваша семья — это семья распутников. Быть может, мне следует созвать собрание, чтобы разобраться со всеми вами!

— Я не потерплю этого, вы слышите? Это самое настоящее безобразие!

— Абсолютно согласна с вами, мадам. Вам следует лучше следить за моральным обликом мужчин вашего семейства.

— Это я о вас говорю! И вы об этом прекрасно знаете, бесстыдница!

— А вы, миссис Тредуэлл, — сладким голосом произнесла Тэсс, — лицемерка с лошадиной физиономией, терроризирующая мужа и избивающая служанок. Я знаю об этом, потому что мне не раз приходилось лечить ушибы бедных девушек. Да, вы и впрямь опора общества. Вы ходите в церковь по воскресеньям, а всю остальную неделю обманываете своих лавочников. Фу, мадам! Кто вы такая, чтобы учить меня, как себя вести?

— Вы, наглая маленькая... — Взбешенная матрона прижала к вздымающейся груди толстую ладонь. Когда она снова обрела дар речи, ее голос был пронзительным от злости. — Я не останусь здесь, чтобы выслушивать ваши оскорбления, Иезавель!

— В таком случае дверь прямо за вами.

— Вы — позор этого города, вот вы кто! Я бы сказала, позор для женщин. Позор для вашей дорогой ушедшей мамы! Если бы только дорогая, милая Виктория увидела, во что вы превратились!

Лицо Тэсс побледнело, только высоко на скулах пламенели два малиновых пятна.

— Замолчите, мадам, — приказала она угрожающе тихим голосом. — Не произносите больше ее имя в моем присутствии. Вы недостойны были дышать с ней одним воздухом, и я не хочу, чтобы вы пачкали ее имя. А теперь убирайтесь, вы все, — ледяным тоном произнесла она, поднимаясь на ноги, — пока я не передумала и не попросила Хобхауса вышвырнуть вас на улицу, как вы того заслуживаете!

— Прекрасно, мисс Лейтон. Поскольку вы продолжаете так ужасно вести себя, мы с радостью уйдем. Но предупреждаю вас — дело далеко не закончено. И последствия для вас будут не из приятных.

В этот момент в коридоре послышался слабый шорох. В следующую секунду в дверь влетел Максимилиан, размахивая длинными зелеными крыльями. Он дважды облетел комнату, потом вдруг заметил жалкие перья, болтающиеся перед багровым лицом миссис Тредуэлл. Пронзительно закричав, ара подлетел к ней поближе.

— Помогите! На меня нападают! — завизжала рассерженная матрона.

— Чепуха, его просто-напросто привлекли ваши перья. Максимилиан, сию же минуту иди сюда!

Однако слишком велика была привлекательность странного коричневого оперения. Ара тяжело уселся на капор миссис Тредуэлл. Сидя на этом насесте, он поворачивал голову взадвперед, тщательно исследуя безобразное оперение, которое, как ему казалось, принадлежало сопернику, вторгшемуся на его территорию.

— Что за черт! Что за черт! — Он раскрывал острый клюв и набрасывался на вражьи перья.

— С-с-снимите с меня это с-с-существо! — приказала миссис Тредуэлл сквозь стиснутые зубы.

— Максимилиан! Немедленно убирайся! — Тэсс с трудом сдерживала смех при виде лица матроны, на котором страх боролся с яростью.

С громким хрустом яркий ара отхватил кончик одного коричневого пера. Издав пронзительный победный клич, он отлетел в сторону с торчащим из клюва трофеем.

— Пушки к бою! — заверещал он, усаживаясь на конторку Тэсс. — Впереди каменистая отмель, ребята!

— Вы видели это собственными глазами! — завизжала миссис Тредуэлл с покрасневшим лицом. — Это дикое существо пыталось напасть на меня. Я натравлю на вас судью за это, попомните мои слова!

В этот момент в дверях появился Эдуард, а вслед за ним Хобхаус и Летти. Наблюдательный шеф-повар быстро оценил ситуацию.

— Кто здесь верещит, как дикая свинья? Вы? — указал он коротким пальцем на миссис Тредуэлл. — Если вы испортите мои пирожные, клянусь, вам будет из-за чего верещать!

— Он сумасшедший! — вскричала миссис Тредуэлл. — Они все сумасшедшие!

— А вы, прости меня Господи, безобразная старая корова! Убирайтесь отсюда! — прорычал разгневанный повар.

— Пойдемте, дамы! — дрожащим голосом произнесла матрона, пытаясь сохранить остатки достоинства после этого последнего оскорбления.

Хобхаус и другие слуги с каменными лицами отступили назад, чтобы три женщины могли пройти по коридору.

Но прощальный удар был нанесен Максимилианом, удобно устроившимся на плече Тэсс.

— Какого черта! — радостно лопотал он. — Безобразная старая корова! Безобразная старая корова!

Глава 11

— Теперь, когда мы избавились от этой стервятницы, поведай нам печальные новости, Хобхаус, ибо я вижу, что эта проклятая штука все еще не в порядке.

Седой мажордом Тэсс стоял перед ней на коленях на кухне, хмуро глядя на древнюю открытую печь.

— Решетки теперь вычищены вместе с дымоходами. Потратил на них уйму времени. Я даже открыл трубу, но не нашел там никакого засорения. Боюсь, на этот раз проклятая штуковина поставила меня в тупик, мисс Тэсс. — Хобхаус потряс головой и запустил испачканные в саже руки в волосы, ероша их. — Я начинаю думать, что адская штуковина одержима, как считает Эдуард.

Тэсс вздохнула. Именно этого ей и не хватало — посещаемой призраками печи. Нет, разрушенной и посещаемой призраками печи, поправила она себя. Черт бы побрал все это! Именно теперь, когда она начинает вылезать из сокрушительных долгов...

— Прочь с дороги, ты, идиот!

Без всякого предупреждения в дверь за спиной Тэсс ворвался Эймос Хоукинз.

— Вот вы где, — выпалил он. — Я хочу поговорить с вами, мисс Лейтон! — проревел он. — Наедине! Остальные пусть убираются!

Хобхаус напрягся, упершись ногами в пол, как терьер, и глядя в упор на приземистого инспектора.

— Ну же, черт возьми, погодите минуту, — пророкотал он.

— Вон! — взревел Хоукинз. — Или же я прикрою это воровское гнездо раз и навсегда!

Тэсс вздрогнула от прозвучавшей в голосе угрозы. Она не знала, имеет ли Хоукинз право сделать так, как говорит, но она не собиралась выяснять это. Во всяком случае, не сейчас, когда наверху у нее было двадцать бочонков беспошлинного коньяка, которые Хоукинз легко мог обнаружить.

— В чем дело, инспектор Хоукинз? — спокойно спросила она.

— Пусть они уйдут, тогда поговорим.

Тэсс слегка улыбнулась Хобхаусу и двум кухонным служанкам, стоящим позади него с выпученными от страха глазами.

— Вы все можете идти. Поговорим о делах позже, Хобхаус.

С явной неохотой преданный слуга подтолкнул вперед служанок и вышел из комнаты, намеренно оставив дверь открытой.

— Закройте чертову дверь! — проревел Хоукинз.

Поскольку Хобхаус не подчинился, инспектор промчался через комнату и с треском захлопнул дверь.

— Необязательно ломать мою дверь, — холодно промолвила Тэсс, но сердце ее тревожно забилось. Неожиданно она почувствовала себя очень уязвимой, вспомнив о прошлой ночи — и раздумывая о том, что же в действительности произошло.

Разумеется, она не могла спросить об этом у Хоукинза!

Чтобы скрыть беспокойство, Тэсс направилась к столу. Там, придав лицу жесткое выражение, она оперлась на него и взглянула на своего врага. Что-то подсказало ей, что нападение будет наилучшей защитой.

— Ну что, инспектор? Полагаю, вы довольны собой. Ваши люди ничего не пропустили. Теперь в «Ангеле» не осталось ни одного целого полотенца, ни одного комплекта постельного белья. Но я уверена, вы пришли сюда не для того, чтобы порицать собственную грубость.

Хоукинз прищурил глаза-бусинки.

— Ты, маленькая сучка! — прорычал он. — Кто это сделал? Хобхаус? Тот толстый маленький француз?

— Не имею ни малейшего представления, о чем вы говорите, инспектор.

— Да? Я говорю о шишке у меня на затылке! Это строго наказуемое преступление — препятствовать исполнению обязанностей королевского офицера, мисс Лейтон. Может, вы хотите почувствовать, как затягивается веревка на шее, ноги взбрыкивают в воздухе и вы задыхаетесь?

— Опять угрозы, инспектор?

— Не угрозы, а констатация факта. — Его глаза потемнели в раздумье. — Я могу закрыть «Ангел» хоть сейчас, вы это знаете?

— По какой причине? — ледяным тоном спросила Тэсс.

— По подозрению в укрывательстве опасного преступника.

— Но это ложь, и вы это знаете!

— Разве? А если не из-за этого, то предложу вам другую причину. Коньяк, моя дорогая мисс Лейтон. Сотня бочонков, чтобы быть точным, не захваченная нами доля последнего рейда Лиса. Да, мы захватили часть контрабанды, но большая часть прошла мимо, черт подери! И эти сто бочонков совсем близко; я чувствую их! — Толстые губы Хоукинза скривились в улыбке. — Поэтому я собираюсь поискать в «Ангеле». Мне, разумеется, совсем не хочется превращать это место в руины, но...

— Вы уже сделали это, черт бы вас побрал!

Хоукинз равнодушно пожал плечами.

— Что до белья — ну, знаете, королевская служба требует доскональности, — его бесцветные глаза светились торжеством, — и я буду педантичен — если вы не дадите мне оснований не искать дальше.

В крови Тэсс бушевала ярость. Самонадеянная свинья — он угрожал уничтожить «Ангел», если...

— Весь мой коньяк был запасен во времена моего деда, инспектор. Мы здесь не пользуемся контрабандными товарами. И я была бы более чем счастлива доказать вам это. — Она сильнее сжала край стола, отчего кожа на костяшках побелела.

— О, мне нужны любые доказательства, мисс Лейтон! Не сомневайтесь в этом, — прорычал Хоукинз. — Мы начнем с погребов. Только мы с вами, — туманно добавил он, — с распоряжением, чтобы нас никто не беспокоил. И на этот раз я закончу то, что начал прошлой ночью, — хрипло пообещал инспектор, не сводя глаз с ее губ.

Тэсс вздрогнула под его откровенно жадным взглядом. У нее было правильное представление о том, что собирается сделать этот негодяй, когда пойдет с ней вдвоем в погреб. С первого дня своего приезда в Рай Хоукинз преследовал ее, делая грубые намеки по поводу того, как она могла бы избежать всевозможных сложностей. Тэсс всякий раз ускользала от него, притворяясь, что не понимает.

Когда он пару раз попытался перейти от угроз к делу, на помощь приходил бдительный Хобхаус, нарушавший его планы. И вот прошлой ночью...

Что же случилось? Тэсс, однако, старалась не показать своей тревоги.

— На осмотр винных запасов вас проводит Хобхаус, инспектор. К сожалению, я слишком занята сломанной печью, чтобы присоединиться к вам сейчас.

В следующее мгновение грязные сапоги Хоукинза прогрохотали по кухонному полу.

— Тогда ты будешь занята еще больше, черт побери, пока я не разделаюсь с этим местом! — прорычал он, нахмурив ощетинившиеся брови. — Да, у тебя не останется ни занавесок, ни одеял. Ни кроватей, ни стульев! Мои люди переворошат каждую комнату и выбросят содержимое на улицу. — Его бесцветные глаза прищурились. — Пока не выполнишь мою просьбу, вот так. — Он неожиданно схватил Тэсс за плечи толстыми пальцами и прижал ее спиной к массивному дубовому буфету. — Тебя называют Снежной королевой, но я растоплю этот лед! Я вставлю тебе между ног и заставлю просить еще! — проревел он, обдавая ее нечистым дыханием.

Тэсс в дикой ярости вцепилась в его настырные пальцы. Однако Хоукинз обхватил ее руками за талию и прижался к ней массивным телом.

— Да, сучка. Я покажу тебе, как спаривается кобель. Я возьму тебя на всех четырех. — Он прерывисто задышал, ущипнув ее за грудь толстыми пальцами и прижимая к буфету.

— Отпусти меня, ты, грязный подонок! — С трудом сдерживая слезы боли и злости, Тэсс яростно вырывалась, но не могла освободиться от насильника. Дрожащей рукой она ощупывала полку позади себя в отчаянной надежде найти какое-нибудь оружие.

И вдруг она нащупала пальцами толстую рукоятку большого ножа Эдуарда. Дикая ярость застилала ей глаза. Она выхватила нож из деревянной стойки и с бешено бьющимся сердцем занесла острое как бритва лезвие над спиной Хоукинза. Все, что угодно, только бы избавиться от этих отвратительных пальцев!

— Все королевская служба, Хоукинз?

Ленивые, насмешливые слова пробились сквозь туман, застилавший рассудок Тэсс. Она застыла, конвульсивно вцепившись пальцами в рукоятку ножа.

— Остается пожелать, чтобы все таможенные офицеры проявляли такую же бдительность.

В молчании тяжелое оружие было вынуто из белых, дрожащих пальцев Тэсс, через секунду Хоукинз с проклятием обернулся.

— Черт бы вас побрал, Рейвенхерст! Однажды вы подтолкнете меня на лишний проклятый дюйм! — С искаженным от гнева лицом он смотрел на ухмыляющегося виконта.

Рейвенхерст лишь изогнул густую темную бровь.

— И тогда я буду более чем счастлив встретиться с вами, Хоукинз. В любое время и в любом месте по вашему выбору. — Он наклонился ниже, сжав пальцы на рукоятке ножа. — Но до тех пор советую тебе поскорей убраться, ибо мне доставит большое удовольствие навсегда заткнуть твою грязную пасть.

Таможенный инспектор оцепенел от ярости, не на шутку испуганный холодным бешенством в глазах Дейна.

— Хотелось бы мне увидеть, как вы попытаетесь это сделать, Рейвенхерст, — с угрозой произнес он, направляясь к двери. Там он остановился, чтобы с усмешкой сказать Тэсс: — Я еще не закончил с тобой, отнюдь! Попомни мои слова, женщина!

Выпалив это, он вылетел из кухни и затопал по коридору, ругаясь на чем свет стоит.

Тэсс задрожала, ослабев и поникнув после нападения Хоукинза. У нее подкосились колени, и она медленно сползла вниз по буфету.

— Я начинаю сомневаться в вашем здравомыслии, Тэсс Лейтон, — проворчал Рейвенхерст, вглядываясь в ее лицо. Его влажные волосы спускались густыми темными волнами на воротник безукоризненно белой рубашки. Он выглядел сильным и хищным, абсолютно владеющим ситуацией. — Боюсь, наш таможенный инспектор — опасный враг. Когда-нибудь меня не окажется рядом, чтобы спасти тебя.

— О, уходи и оставь меня в покое! — выпалила Тэсс, и у нее из глаз брызнули слезы. — Ты не избавитель, а мое наказание!

— А ты — полная идиотка! — Сверкая глазами, Рейвенхерст подошел ближе, едва не касаясь своим твердым бедром ноги Тэсс. — Дураки не живут долго, дорогая моя, помни это. — Его дыхание, согретое коньячными парами, щекотало ее холодные щеки.

«Какой горький опыт прорезал глубокие морщины на его лбу и около губ?» — недоумевала Тэсс. Его следующие слова заставили ее пожалеть о проявленном к нему интересе.

— Почему ты не выходишь замуж за Леннокса?

— Ты... ты подслушивал!

Рейвенхерст лукаво улыбнулся:

— О, почти наверняка.

— Это мое дело и только мое!

— Интересный подбор слов, моя дорогая. Ты боишься только Леннокса или всех мужчин?

— Ты чертов...

Рейвенхерст оборвал проклятие:

— Интересно, понимаешь ли ты, насколько опасно твое положение?

— Чтобы испугать меня, понадобится побольше одного тупого таможенного инспектора, лорд Рейвенхерст, — выпалила Тэсс срывающимся голосом.

Она чувствовала напряжение высокого мужчины, с трудом владевшего собой.

— Но ты забываешь одну вещь, моя дорогая, — прошептал Рейвенхерст, приблизившись к ней. — Хоукинз не единственный твой враг. И не самый опасный.

Он решительно развернулся и вышел.

Максимилиан, до этого момента в молчании наблюдавший за напряженной сценой, неожиданно затопал по жердочке, надувая изумрудные щеки.

— Руби канат! — пронзительно закричал он. — Опасность с подветренной стороны. Следи за носом!

Через секунду дверь кухни со скрипом распахнулась. Рейвенхерст отступил назад, как только в комнату вошел лорд Леннокс.

— О, замолчи, несносное создание! — сердито проговорила Тэсс. Она собралась со злости пнуть ногой сломанную печь, спрашивая себя, может ли день быть хуже этого.

Ответ пришел быстрее, чем она ожидала.

Высоко у нее над головой послышалось громыхание. Через секунду большая железная дымовая заслонка, сорвавшись, прогромыхала по трубе и свалилась на крышку котла, увлекая за собой груду кирпичей и облако сажи.

Укладываясь спать этой ночью, Тэсс задвинула новый крепкий засов, который Хобхаус установил на двери ее спальни. Потом закрепила сверкающую латунную защелку на окне.

Вот так, никто не проникнет к ней в комнату этой ночью. В то же время Тэсс спрашивала себя, почему вид этих приспособлений так плохо помогал унять ее странную, ноющую тревогу.

В открытом море капитан «Либерте» всматривался в находящиеся к северу серебристые скалы Англии. Широко расставив сильные ноги, он подставил лицо ветру, не обращая внимания на соленый душ, омывавший его жесткие черты.

Он мысленно представлял ее лицо. Ее тело воспламеняло его кровь.

«Скоро, моя красавица с золотисто-каштановыми волосами», — клялся он, а ветер рвал его длинные волосы.

Он знал, что глупые англичане на своем таможенном катере не поймают сегодня добычу. Да, «Либерте» слишком быстроходна для них. Хорошо обученная команда четко выполняла приказы капитана, оставляя Андре ле Бри время на размышление о собственных удовольствиях.

А его удовольствие состояло в размышлении о женщине, чьи волосы сияли подобно прекрасному бургундскому, чьи необычные глаза горели как у кошки.

Ле Бри часто видел ее за последний месяц, хотя она не знала об этом. Иногда он выскальзывал из гавани, опьяненный успехом завершенного рейда, весь пропахший острым запахом моря. В молчании шагал он по узким улочкам, чтобы постоять под ее окном.

Наблюдая. Ожидая.

Конечно, это было опасно. В сущности, команда считала, что он свихнулся, но это была женщина, способная свести мужчину с ума. А опасность только усиливала его безрассудную страсть.

Тэсс дважды просыпалась ночью в уверенности, что слышит скрежет ключа в замочной скважине или поскрипывание деревянной оконной рамы. Оба раза она замирала от страха с остановившимся сердцем, ожидая появления незваного гостя.

Но это было всего лишь оконное стекло, стучавшее на ветру.

Глава 12

Когда утром Тэсс проснулась, ее лицо заливал золотой солнечный свет. Несколько мгновений она моргала, приведенная в замешательство согревающим щеки теплом.

Нахмурившись, она села в кровати и открыла глаза.

Ночь прошла, темнота исчезла.

На этот раз снов не было, только благословенное забытье. Чувствуя себя обновленной, она медленно потянулась, с удовольствием ощущая на вытянутых руках прикосновение золотых солнечных лучей.

Тэсс уже перебирала в уме предстоящие дела. Сегодня она позаботится о спрятанном после последних рейдов коньяке. Она знала, что Хобхаус должен был уже переправить в Фарли четырехгаллонные бочонки. Там она сможет спокойно, не боясь, что ей помешают, разбавить крепкий алкоголь водой и перелить смесь в бутылки.

Разрешив одну проблему, она мысленно обратилась к другой. Том Ранзли проявляет беспокойство. Она была уверена, что он что-то подозревает. Но его нельзя исключать из отобранной группы Джека, по крайней мере не сейчас. Он может посеять разногласия между остальными.

Затем предстояло сложное решение относительно следующего рейда. Ей придется собрать сходку с четырьмя доверенными лицами Лиса. Как раз это меньше всего нравилось Тэсс — встречи с глазу на глаз.

Больше опасности, больше риска, но у нее не было выбора.

Она решила, что это будет в разрушенном замке в Камбере на следующий вечер. Ее связной в Хайте сообщил Хобхаусу, что груз чая и табака прибудет через три дня.

Три дня на оповещение людей, подготовку повозок и лошадей. Джек все еще будет в монастыре, но ему нельзя скитаться в его ослабленном состоянии. Да, с долей везения Тэсс еще раз разыграет дерзкий спектакль. Она знала, что успех возможен только при соблюдении строгой секретности. По заведенному обычаю информация передавалась по частям лишь нескольким людям, которым она была необходима. Даже в этом случае ни один человек не был уверен в том, что известно его напарникам, и ни один не задавал ненужных вопросов.

Наконец, приняв решение, Тэсс встала и начала одеваться. На нее из зеркала смотрели зеленоватые глаза — сияющие и дерзкие. Она снова ощутила, как ее охватывает знакомая бурная радость, дикое, пьянящее возбуждение. Ее может разоблачить Ранзли или любой другой из людей Джека. Ее может преследовать Хоукинз, но она по крайней мере жива и полностью контролирует свою жизнь.

Свершилось то, что она когда-то считала невозможным.

Звонко смеясь, Тэсс пересекла спальню, отдернула занавески и открыла окно, почувствовав, как теплый, напоенный ароматом цветов воздух овевает ее лицо и наполняет комнату.

Наступил новый день. Она встретит лицом к лицу его испытания и выстоит.

Было позднее послеполуденное время, когда Тэсс собралась навестить Джека. Она уже спускалась по лестнице, чтобы отдать Хобхаусу последние распоряжения, когда услышала негромкий смех, сопровождаемый шуршанием одежды.

Она поднялась на площадку второго этажа и прислушалась.

Снова смех, потом тихий стон. Приглушенный женский визг. Нахмурясь, Тэсс скользнула по площадке в направлении этих интригующих звуков для того только, чтобы натолкнуться на стену молчания.

Неожиданно дверь в конце коридора резко распахнулась. В долю секунды Тэсс пересекла холл, прижавшись спиной к стене и ожидая появления преступников.

Если сын миссис Тредуэлл полагает, что может водить сюда своих потаскушек, то он глубоко заблуждается! В следующее мгновение в коридор была выставлена пышная краснощекая служанка, которая глупо хихикала.

— Вон, плутовка! — последовала приглушенная мужская команда.

— Ты знаешь, где найти меня, сладкий мой, — промурлыкала женщина, повернувшись, чтобы похотливо прижаться к груди мужчины, — в любое время. С таким мужчиной я не прочь заниматься этим хоть каждый день.

С потемневшим от гнева лицом Тэсс наблюдала, как Люси, одна из новых горничных, прижималась в дверях к мужчине. Он стоял к Тэсс боком, так что ей были видны только его прямые мокрые волосы, и к тому же пышные формы Люси почти полностью скрывали его. В комнате за спинами пары виднелась ванна с дымящейся водой. Ковер был испещрен маленькими лужицами, отмечавшими путь мужчины к двери.

«Кто это? — мрачно размышляла Тэсс. — Краснолицый торговец вином из Брайтона? Толстый сквайр из Танбридж-Уэллза? Или кавалерийский офицер с печальными глазами, возвращающийся в Дувр?»

Тэсс нахмурилась, когда мужчина слегка повернулся, притягивая Люси к себе и наклоняясь ниже, чтобы прошептать что-то ей на ухо.

Она почувствовала, как щеки ей заливает горячая волна. Тэсс не могла рассмотреть лица мужчины, но теперь ей было отчетливо видно все остальное.

Что-то удерживало ее, заставляло тайно любоваться этим незабываемым телом. На мускулистой спине и плечах блестели капельки воды. Под полотенцем, повязанным вокруг талии, угадывалась линия стройных и мощных бедер.

Рассеянное любопытство Тэсс сменилось кипящей яростью. Неужели этот наглый идиот считает «Ангел» борделем?

Неожиданно искушенные пальцы Люси опустились ниже, поглаживая напряженные контуры, угадываемые в паху мужчины.

Сверкая зелеными глазами, Тэсс вышла из своего укрытия.

— Вон сейчас же, оба!

Темноволосая фигура напряглась, а потом медленно повернулась с тонкой улыбкой на загорелом лице.

— Ожидаете своей очереди, мисс Лейтон?

Тэсс узнала его еще до того, как он повернулся, прежде чем увидела эти насмешливые глаза.

Холодные и жесткие глаза цвета разбитых надежд.

Приподняв черную бровь, лорд Рейвенхерст небрежно обхватил ладонью пышную грудь своей подруги, четко вырисовывавшуюся под влажной одеждой. Он лениво погладил большим пальцем набухший сосок, напрягшийся от его прикосновения.

— Убирайтесь! — выдохнула Тэсс.

Легкая улыбка сделалась шире.

— Прошу прощения?

— Вы слышали меня, кобель несчастный. Убирайтесь! Если у вас есть желание предаваться такого рода развлечениям, ищите другую квартиру. «Ангел» не бордель. Что до тебя, Люси, — добавила Тэсс, поворачиваясь лицом к ухмыляющейся прислуге, — твоя служба здесь закончена. Зайди к Хобхаусу за жалованьем.

— Ничё не случится, если мы чуток поразвлекаемся, мисс Ваше Всемогущество! — пронзительно закричала женщина. — Энто потому, что вы — чертова Снежная королева и ничаво не знаете о...

На секунду Тэсс захлестнуло какое-то темное чувство, но потом она вздернула маленький подбородок.

— О, я знаю, Люси, — бархатным голосом произнесла Тэсс. — Просто я предпочитаю не рыскать вокруг подобно загулявшей кошке, согласной на любого оказавшегося поблизости кота.

— Как вы... — Люси согнула пальцы наподобие острых когтей, чтобы вцепиться в лицо Тэсс.

— Спокойно, милая, — пробурчал Рейвенхерст, останавливая горничную и обхватив ее за объемистую талию. — Нет нужды хвататься за оружие, меня вполне хватит на вас обеих, — насмешливо протянул он.

— Хочу научить кое-чему мисс Всемогущество, — шипела Люси, тщетно пытаясь вырваться из рук Дейна.

— Довольно, Люси. — Голос виконта прозвучал как удар хлыста. Повелительный и холодный, этот голос заставлял когда-то вздрагивать взрослых мужчин. Сейчас он возымел такое же действие на разъяренную горничную.

— Хорошо, милорд, но токмо потому, что вы сами просите. — Ворча, она подобрала измятые юбки и повернулась на каблуках.

Онемев от бешенства, Тэсс смотрела, как женщина спускается по лестнице. Потом с неутихающей яростью она обернулась к Рейвенхерсту.

Он ждал ее на середине комнаты, положив руки на бедра, расставив мощные ноги. Маленькие капельки воды скользили по его груди, блестя на бронзовой коже и спутанных черных волосах. Тэсс пришлось заставить себя отвести глаза от соскальзывающих ниже и ниже серебристых капель — туда, где руно курчавых темных волос сужалось и...

Проклятие! Она что, сходит с ума? Онемев от ярости, Тэсс смотрела в упор на стоящего перед ней почти голого мужчину.

Губы Рейвенхерста скривились в холодной усмешке. Он не спускал сверкающих глаз с ее зардевшегося лица, а руки медленно двигались к узлу на талии. Его вызов был гипнотизирующим, жгучим, почти осязаемым.

И подобно какому-то рассерженному, полуобезумевшему болотному зверьку Тэсс наотрез отказывалась ретироваться. Замерев, она наблюдала, как его длинные пальцы теребят натянутую ткань. С пересохшим горлом она увидела, как они сжались и резко потянули.

Нет! Он не может...

Полотенце упало на ковер с приглушенным хлопком.

— Это вам больше нравится, мисс Лейтон? — насмешливо спросил Дейн.

Потрясенная, Тэсс поспешила отвести глаза от бронзовой влажной сверкающей кожи, от густого переплетения блестящих темных волос, от безудержного клинка напряженной мужской плоти.

— Ты... ты... — прохрипела она, чувствуя, как горят ее щеки и шея.

Дейн шагнул к ней с холодной решимостью. Прежде чем Тэсс успела понять это, его пальцы охватили ее запястья, и он потянул ее в комнату. Через секунду Рейвенхерст захлопнул дверь ногой.

— Что, по-твоему, ты делаешь?

— Что я делаю? — резко повторил Рейвенхерст, притягивая ее к своему твердому, влажному телу. — Что я делаю, моя дорогая Тэсс? Преподаю тебе урок, вот что я делаю. Первый из многих уроков, которые я намерен тебе преподать. Сегодня я покажу, чего именно тебе недоставало. И дам почувствовать то, что еще предстоит.

— Ни за что, ты, негодяй! — Тэсс тяжело дышала, пытаясь вырваться и колотя его кулаками в грудь. Каждое прикосновение его обнаженной кожи жгло ее как огнем, доставляя неведомые доселе мучения. — Свинья! Змея! С-с-скорпион!

— Как же они ошибались, называя тебя Снежной королевой, — пробасил Рейвенхерст, уворачиваясь от ее молотящих кулаков. Сдерживая проклятия, он поймал ее руки и прижал их к ее бокам. — Ибо ты, дорогая моя, настоящий огонь!

— Зачем ты вернулся? — прошипела Тэсс. — На этот раз скажи настоящую причину.

— Зачем, мой темный ангел? Из-за тебя, конечно. Из-за того, что ты сделала со мной пять лет назад. Ты послала меня к дьяволу, помнишь? Что ж, я там был, Тэсс. Я видел преисподнюю. А теперь я вернулся к тебе — чтобы показать, на что это было похоже. — Он медленно, неумолимо прижимал Тэсс к обнаженному телу.

Она задрожала, почувствовав на своем бедре твердый нажим его мужского естества. Эта беспощадная горечь, вставшая между ними, казалась ей хуже любого ночного кошмара.

— Нет...

Его грубые руки впились в ее запястья.

— О да, Тэсс! Я собираюсь сделать именно то, что должен был сделать той ночью в сторожке, после того как всадил пулю в сердце этого мерзавца Чевингтона. Я собираюсь очистить тебя от лжи, слой за ядовитым слоем, пока не доберусь до сердца. Но это будет сделано на моих условиях. В свое время и так, как мне захочется. И думаю, еще не сейчас. — Темно-синие глаза Рейвенхерста прожигали ее. — Да, пожалуй, сначала дам тебе немного помучиться.

Путаясь в водовороте мыслей, Тэсс не сразу поняла, что Дейн отпустил ее. Она оступилась и ухватилась за стоящий у двери туалетный столик.

Ночные кошмары... опять ночные кошмары...

Она смутно видела, как Рейвенхерст повернулся и опустил мощное тело в дымящуюся ванну. Его лицо было жестким и непроницаемым, пока он устраивался поудобнее, потом, приподняв сильную ногу, свесил ее с медного края ванны.

— Обидно, что ты расправилась с Люси. Надо полагать, теперь ты собираешься помыть мне спину?

Рот Тэсс открылся и закрылся, но она не издала ни звука.

— Ну что, женщина?

— Я... я бы скорее погладила змею!

Рейвенхерст скривил губы.

— Интересное сравнение, любовь моя. Продолжай!

— Я не потерплю больше ни дня твоего присутствия в «Ангеле», ты слышишь?

— Это мое воображение или здесь стало прохладнее? Может, тебе лучше закрыть окно? — Одна его соболиная бровь поднялась в усмешке. — Разумеется, насмотревшись вволю.

— Черт бы тебя побрал! — вскипела Тэсс. — Ты такой же, как все остальные! Ты думаешь, что можешь... — Она проглотила слова, готовые сорваться с ее уст. — Не советую тебе обольщаться по поводу моей помощи!

— Тогда, может быть, вместо этого мне надо попытаться обольстить тебя. Но я уже пытался, правда, Тэсс? Посмотри только, куда это нас завело. — Рейвенхерст сжал пальцами край ванны. — Только ведь не я занимался обольщением. Это все время была ты. Как ты, должно быть, радовалась своей победе!

Тэсс взглянула на него в полном молчании.

— Ответь мне, черт побери! Или ты боишься признать правду о себе? Что уже тогда, только что из школы, всего семнадцати лет, ты была бесчувственной потаскушкой?

Тэсс стояла оцепенев, с потемневшими от боли огромными глазами.

«Но у нас в Фарли не было школы, — могла бы она сказать ему. — Не было наставника. Не было матери. Не было никаких друзей. Мы ели, когда была пища, и много раз обходились без нее. И сверх того, мы старались не попадаться отцу под руку, особенно когда он бывал в плохом настроении.

О да, лорд Рейвенхерст, я много чем была в семнадцать, но только не бесчувственной потаскушкой».

Однако Тэсс совершенно не хотелось рассказывать чужаку с холодными глазами правду о тех годах.

Вместо этого она с легкой улыбкой откинула голову назад.

— Да, вы были довольно забавны, милорд, какое-то время. — Она равнодушно пожала плечами. — Но лишь ненадолго, увы.

— И поэтому ты стала искать новую жертву? Как просто!

— Вы, мужчины, делаете это постоянно. Почему женщина не может поступать так же?

Она услышала, как он судорожно вздохнул. Его черты исказились от отвращения, и Тэсс поежилась. Потом распрямила хрупкие плечи. Какое ей дело до того, что он о ней думает?

— Я хочу, чтобы вы до ночи убрались отсюда, лорд Рейвенхерст. Вы понимаете меня?

— Полагаю, да. Гораздо лучше, чем вы можете себе представить. А что касается моего пребывания здесь, — проворчал сидящий в ванне мужчина, — мне бы не хотелось уходить отсюда. Не теперь, когда самое интересное только начинается.

— Занимайтесь вашими грязными играми где-нибудь в другом месте, ваше чертово сиятельство! И если вам нужны развлечения, отправляйтесь в «Веселую девицу». Здесь вы не найдете ничего подходящего!

Не дожидаясь очередного насмешливого ответа, Тэсс повернулась и выбежала из комнаты. С бьющимся сердцем захлопнула она за собой дверь.

— Идите к дьяволу, Дейн Сен-Пьер! — прошептала она, топая по ступеням вниз.

Но лежащий в ванне мужчина только засмеялся, и его глаза загорелись торжеством.

— Как же вы не правы, Тэсс Лейтон, — прошептал он с горькой усмешкой. — Я найду здесь много подходящего для себя. Как вы скоро поймете, меня устраивает то, что я разгадаю все ваши подлые секреты, шаг за шагом, пока вы не предстанете передо мной голой — телом и душой. Когда это произойдет, у нас не останется возможности заниматься играми.

Глава 13

В воздухе пыльной гостиной Фарли со спущенными шторами, где Тэсс, сидя на корточках, была занята кропотливой работой по разбавлению крепкого коньяка из последних рейдов, витали тяжелые сладкие запахи, среди которых угадывался и запах тления.

Перед ней стоял ряд замшелых, покрытых паутиной бутылок из погребов Фарли. Это, как она обнаружила, самый надежный способ скрыть истинное положение вещей. Для любого случайного наблюдателя эти бутылки имели такой вид, как будто простояли на полках по крайней мере пятьдесят лет.

Но Тэсс понимала, что Хоукинз не случайный наблюдатель, и это заставляло ее выполнять работу с особой тщательностью.

Все было сделано ловко. Один за одним открывала она четырехгаллонные бочонки, переливала их содержимое в большую ванну, в которую добавляла воду и жженый сахар для подкрашивания, затем разливала алкоголь в новые, а точнее, очень старые с виду емкости.

Из каждого бочонка получалось шесть галлонов коньяка, за которые в Лондоне можно выручить целых четыре фунта против всего тринадцати шиллингов, уплаченных за них во Франции.

Почти пятикратная прибыль. Достаточно весомая, ради которой мужчина пойдет на большой риск. Или женщина, если у нее хватит смелости.

Тэсс делала это много раз и, как она полагала, будет продолжать делать дальше. Однако сегодня мысль об этом не доставляла ей удовольствия.

Она разогнулась, когда перед ней на полу выстроились сорок бутылок, наполненных прекрасным французским коньяком. Они принесут ей ощутимый доход — достаточный, чтобы возместить ущерб, нанесенный Хоукинзом ее постельному белью.

Закрыв пробкой последнюю бутылку, Тэсс отправилась на поиски Томаса. Коньяк необходимо на время спрятать.

— Да, вот вся партия, мисс Тэсс, хорошенько прикрыл их дровами. Думаю, никто не будет слишком дотошно проверять. Теперь вам лучше переодеть это запачканное платье и помыть руки, а то запах стоит, как в кабаке, и с этим не поспоришь!

Старый Томас нахмурился, изучая бледное лицо Тэсс. Но она лишь упрямо расправила плечи. Сегодня ночью Лис должен идти по следу и загнать добычу.

Когда встала луна, четыре цветка были доставлены по своему назначению на болоте. «Замок Камбер», — шепотом передавалось сообщение, и получатели роз вздрагивали. С полуразрушенными стенами, открытый лунному свету, и ветру, и летучим мышам, замок был местом, где вполне могли обитать призраки.

И где их можно было повстречать.

Ибо сам Лис был больше чем наполовину призраком.

— Все это чертова ерунда, скажу я вам!

С длинными рыжеватыми и неопрятными волосами, хмурый Том Ранзли сердито вышагивал взад-вперед по круглой площадке, окруженной каменными стенами, в центре разрушенного замка Тюдоров. Высоко в небе стояла луна, по серебристому диску которой пробегали обрывки облаков. В отдалении послышался одинокий крик совы, а вслед за ним — пронзительный вой голодных летучих мышей, шныряющих в ночи.

Двое мужчин, стоявшие у стены, вздрогнули.

— Тише, Том Ранзли, — зашикал один из них. — Никогда не знаешь, когда он может подслушивать.

— Черт бы побрал Лиса! Кто он такой, чтобы прятать от нас лицо, раз мы рискуем так же, как он! Да и почему он держит свое имя в секрете? — Бледное сияние осветило неровные края шрама, рассекавшего лицо Ранзли от виска до подбородка.

— Потому как он намечает рейды и он привозит товар, как ты знаешь. — Говоря это, стоящий у стены человек нервно взглянул через плечо. — Что это? — вдруг спросил он.

Из-за стены послышался легкий хруст. Трое мужчин оцепенели. Через несколько секунд звук замер.

— Просто чертовы совы, — пробубнил Ранзли и тут же замолчал, когда звук повторился, на этот раз ближе.

Как раз за разверзшимся перед ними черным проемом.

Трое мужчин отступили с широко открытыми глазами.

Из проема в древней каменной стене выступила высокая, мускулистая фигура.

— Кто идет? — спросил Ранзли.

— Джон Дигби. Он здесь? — Никто из испуганных людей не задался вопросом, кого имеет в виду Дигби.

— Нет, чертов ублюдок опаздывает, как всегда. Хочет устроить парадный выход, вот что. — Ранзли направился к центру окруженной стенами площадки в нетерпении отыграться за минутную слабость. — А мы стоим тут ни живы ни мертвы и трясемся, как кучка школьников-сопляков!

— А-а, заткнись, Ранзли, — резко проговорил новоприбывший. — Лис дал нам много гиней, и тебе тоже, как и всем остальным. Так что незачем поносить человека, если только у тебя на уме нет чего другого.

Длинно, витиевато выругавшись, длинноволосый контрабандист рванулся вперед и прижал Дигби к поросшей мхом стене.

— Закрой свой слюнявый рот, Джон Дигби, если не хочешь попробовать моего кулака!

Издав рев, Дигби вырвался, и через секунду двое мужчин держали друг друга за глотку.

— Джентльмены! Джентльмены! Что за манеры у вас! — С верха стены у них за спиной послышалось хруст гравия. Эти низкие, резкие тона могли принадлежать только одному человеку.

Лис!

Как всегда, он был облачен во все черное, от треуголки до высоких сапог. Он стоял, расставив ноги и скрестив руки на груди, в развевающемся длинном плаще. Длинные тонкие усы его маски слабо мерцали в лунном свете.

— Убери руки от брата Дигби, Том Ранзли, — пророкотала искаженным маской голосом темная фигура. — Иначе мне придется выпроводить тебя отсюда и разбираться с тобой отдельно. Джентльмены не поднимают руку друг на друга — это одна из клятв, данных тобой при вступлении в нашу банду, — напомнил Лис.

Нахмурившись, Ранзли оттолкнул в сторону своего противника.

— Ты пришел чертовски вовремя, не так ли, Лис? — проворчал он, посылая увесистый плевок на темную землю между собой и Лисом.

Неожиданно на пистолете, появившемся в руке Лиса, блеснул луч холодного лунного света.

— Это что — способ выражения недовольства, друг мой? — Голос контрабандиста стал вкрадчивым от скрытой угрозы. — Если это так, я должен разобраться с этим со всей серьезностью. — Раздавшийся сверху неестественный голос был бесстрастным, лишенным и следа эмоции; звук его наполнил ужасом ожидающих внизу четырех мужчин.

Несколько томительных мгновений Ранзли не двигался с искаженным от бешенства лицом. Ему не терпелось достать пистолет, спрятанный глубоко в кармане его мешковатых штанов, но время для решительных действий еще не подошло.

На покрытом шрамами лице контрабандиста промелькнула хитрая усмешка, но он лишь пожал плечами:

— Нет, я не жалуюсь. Плохо дело, если человек не может сделать простого замечания, чтобы на него не рявкнули.

Со свойственной ему быстрой переменой настроения Лис неожиданно улыбнулся и снял треуголку.

— Ну ладно! Это была шутка, мистер Ранзли, и в таком случае ее можно простить. А теперь, джентльмены, за дело. — Выставив вперед одну ногу, Лис наклонился вниз, опершись локтем на согнутое колено. — Слушайте, братья мои, слушайте внимательно, наградой за это вам будут золотые гинеи.

Если в выборе эпитета и был некоторый намек на иронию, никто из стоящих внизу мужчин, казалось, не заметил этого, поскольку их глаза уже сверкали от жадности, когда они слушали излагаемый Лисом план.

Вся в холодном поту, Тэсс отыскала дорогу к старинному туннелю, петлявшему под руинами замка. Ей впервые рассказал об этом Томас, игравший здесь ребенком со своим братом. Но его брат давно погиб во время набега индейцев в первых колониях. Теперь только Тэсс и ее старый слуга знали об этом месте.

Когда она вышла из туннеля, до края узкой плотины и оставленной там лодки оставалось лишь несколько футов.

Тэсс не смогла сдержать легкой улыбки. Да, это был хороший план, и никто не мог этого отрицать. Оповещение пройдет нынче ночью: три лошади, привязанные у церкви Снаргейт, и фонари, зажженные у каждого третьего дома вдоль дороги от Рая до Эплдора.

К утру сотня человек узнает о готовящемся рейде и будет ждать последних инструкций.

Руки Тэсс замерзли, а лицо зудело под тяжелой маской. В спину ей дул резкий ветер, пока она выводила маленький ялик из камышей, торопясь вернуться в безопасный Фарли.

С огромным облегчением заметила она узкую тропинку, петляющую на запад, а потом назад в сторону монастыря. Тэсс всегда старалась заниматься делами подальше от дома, поскольку хотела, чтобы ничто не связывало поместье Лейтонов с контрабандным промыслом.

«В конце концов, лисица никогда не охотится около своей норы», — подумала она, мрачно улыбаясь.

Перед ней мерцало последнее препятствие — небольшое озерцо, простиравшееся до пастбища с мирно пасущимися овцами. Если все пойдет хорошо, она окажется дома в постели через час. Тэсс была уже на полпути, когда услышала доносимые ветром с востока крики.

Одного взгляда на пляшущие черные тени было достаточно, чтобы понять, что Хоукинз выследил ее.

Глава 14

Силы небесные!

Жирные пасущиеся овцы усыпали весь залитый водой луг; их густая шерсть отливала серебром в лунном свете. Тэсс вонзила ногти в ладони, чтобы справиться с гнетущим страхом.

— Вон там, сэр!

Понимая, что отчетливо видна в ялике, она свернула в островок камыша и причалила. Сжав губы от напряжения, Тэсс соскользнула с края лодки в темное озерцо, вздрогнув от прикосновения холодной воды, укрывшей ее до плеч. Нырнув, она поплыла под водой.

Все было тихо; вокруг нее кружились в водовороте ил и водоросли, но наконец ее рука коснулась дна. Тэсс осторожно вынырнула и подняла голову, держась поближе к тростникам у края воды.

Офицеры службы береговой охраны медленно двигались вдоль каналов, выверяя каждый шаг и боясь оступиться. Их подгоняло вперед рычание Хоукинза. Однако Тэсс знала, что, думая о награде в пятьсот фунтов за ее голову, эти люди ни за что не отступят, пока не обыщут каждую канаву и протоку.

Дрожа, она прижималась к берегу у края луга, а над ней в лунном свете мирно паслась дюжина овец.

Как красиво! И как ужасно!

Тэсс заскрежетала зубами, решительно отказываясь думать о том, что случится, если Хоукинз обнаружит ее.

Плохо придется мужчине-контрабандисту, если его поймают, ну а если эти люди увидят, что их добыча — женщина...

Она сжала заледеневшие пальцы и засунула кулаки глубоко в карманы, борясь с захлестывавшим ее ужасом. И вдруг ее рука наткнулась на твердый круглый предмет. Кусок каменной соли, захваченный ею с кухни «Ангела», чтобы угостить любимую телку Томаса! С горячей молитвой на устах Тэсс вылезла из воды и осторожно поползла по лугу.

— Ну же, дурни! Неужели я должен все делать сам? — За ее спиной в ночном воздухе слышался резкий голос таможенного инспектора.

— Похоже, мы потеряли их, мистер Хоукинз, — прохныкал незнакомый голос.

— Потеряли? Тогда вам придется познакомиться с глубоким синим морем, если не найдете их!

Тэсс продолжала ползти по лугу к пасущемуся стаду с вытянутой перед собой рукой. Когда она была от овец еще в нескольких футах, они забеспокоились, учуяв соль. Скоро овцы сбились в кружок, нюхая и облизывая вкусный кристалл, который Тэсс крепко сжимала в руке. Она оказалась в середине плотного кружка, спрятанная за густой, лохматой овечьей шерстью, молясь в душе, чтобы соль не кончалась.

— Он был здесь минуту тому назад, черт побери! Обыщите чертовы протоки, идиоты! И не вздумайте возвращаться, пока не найдете негодяя!

За ее спиной послышался плеск воды, когда несколько офицеров нырнули в озеро.

Сердце Тэсс заколотилось. Если бы она осталась на прежнем месте, они бы ее уже нашли! Вздрогнув всем телом, она глубже забилась под овечью шерсть.

Люди Хоукинза были теперь всего в нескольких ярдах, молотя руками по воде. Один подплыл совсем близко. Тэсс боялась даже дышать. Ей казалось, что она на болоте целую вечность.

— Он там!

Кто-то быстро прошел мимо нее. Она услышала шаркающий звук, а потом плеск воды.

— Это всего-навсего лебедь, чертовы идиоты! — взревел Хоукинз. — Двигайтесь в сторону дамбы, мы разделимся там и окружим негодяя.

Они повернули к востоку, через секунду Тэсс услышала, как один из мужчин тихо ругается.

— Лиса найти невозможно, — хмуро бубнил парень. — Наполовину дьявол, наполовину человек, вот кто он такой. Да, призрак, знающий каждый изгиб этих протоков.

Чертовски обидно — ведь я мог бы купить на пятьсот фунтов уйму грога. Да, и много горячих женщин.

Потом, к огромному облегчению Тэсс, они удалились.

Она выждала несколько минут не двигаясь, пока над серебристыми заводями не повисла тишина, а только посвистывал ветер, дующий с холмов на север. Даже и тогда она не пошевелилась, строго приказав себе сосчитать в уме до пятисот.

Только после этого Тэсс осторожно выбралась из защищающего круга удовлетворенных овец. Вокруг все было тихо, без каких-либо признаков Хоукинза или его людей. Через мгновение она поднялась на ноги и побежала. Ее бросало то в жар, то в холод. Устремившись через сырой луг, Тэсс молила о том, чтобы у старой ветряной мельницы ее ждал быстрый чалый жеребец, в сумерках привязанный там Хобхаусом.

В этот вечер гостиница «Веселая девица» была переполнена. Темный двор оглашался пьяным смехом, когда внутрь протискивались мужчины с огрубевшими руками и еще более грубыми лицами. Глаза ело от спертого воздуха, наполненного дымом, парами спиртного и испарениями потных тел, однако джин был дешевым, а женщины — не намного дороже.

Джордж Джукс довольно улыбался, обозревая свое шумное, прокуренное заведение косящим глазом. Он видел, что даже верхние комнаты заняты в этот вечер. Джукс кивнул Бесс, новой служанке, которая как раз спускалась вниз, приглаживая юбки вокруг пышных покачивающихся бедер.

«Да, хорошенькая служанка», — подумал Джукс, и не в первый раз. Лысый трактирщик знал, что она была приманкой для мужчин в «Веселой девице».

В этот момент входная дверь распахнулась. В переполненную народом комнату ворвался холодный порыв ветра. Вслед за ветром вошел высокий мужчина, широкий в плечах и узкий в талии, завернутый в черный плащ. Незнакомец лениво остановился на пороге, обозревая посетителей, а потом медленно подошел к одинокому стулу, стоящему у дальней стены.

Хриплый смех и добродушные споры немного поутихли. Не обращая внимания на реакцию на свое появление, незнакомец спокойно стянул перчатки и швырнул их на стол перед собой.

Всякий шум в комнате окончательно смолк.

Джордж Джукс нахмурился, стирая капельки пота со сверкающей лысой головы. Какого черта этот проклятый морской офицер делает здесь, в «Веселой девице»? Разве ему нечем заняться в Рае? Для таких благородных господ, как он, подходит бар в «Ангеле», а не это прокуренное пристанище на краю болота, где люди любят пить вволю и не боятся делиться секретами из опасения, что их подслушают.

Джукс увидел, как Том Ранзли повернулся и бросил быстрый хмурый взгляд в сторону пришедшего. Лицо трактирщика побледнело. Он не хотел неприятностей, особенно сегодня вечером, когда у него в нише под черной лестницей было припрятано пятьдесят бочонков беспошлинного коньяка и джина. И если он не проявит сообразительность, то наверняка между Ранзли и этим суровым лондонским лордом возникнет стычка.

Вытерев руки о засаленный передник, Джукс быстро сделал знак Бесс.

— Принеси мужчине в углу бутылку рома и кружку, — прошептал он. — И чтобы кружка была чистой, девочка.

Бесс тоже заметила возникшее в комнате напряжение, когда расталкивала локтями сбившиеся в кучу тела, чтобы поставить бутылку и стакан на грязный стол, за которым в одиночестве сидел темноволосый незнакомец. Она смотрела широко открытыми, восхищенными глазами на широкие плечи мужчины, его худощавое, замкнутое лицо, твердую линию подбородка, которая резко контрастировала с полной нижней губой.

«Кровь Господня, вот это мужчина!» — думала она, чувствуя, как ее захлестывает теплая волна желания. Но что делает здесь, в «Веселой девице», этот красивый лорд в такой вечер?

Он очень храбрый или очень глупый человек.

Выражение ее лица, когда она наклонилась, чтобы наполнить его кружку, было нарочито небрежным.

— Ром, сэр. Мистер Джукс угощает.

Темные глаза Рейвенхерста прищурились; он заметил, что женщина улыбается только губами, но не глазами. От его взора не укрылось также и то, что ее пальцы дрожат.

— О, как это любезно! Прошу тебя, передай мою благодарность мистеру Джуксу.

Когда женщина ставила перед ним оловянную кружку, ее пальцы соскользнули и ром выплеснулся на стол.

— Быстро выпейте это, — прошептала она, наклонившись к нему, чтобы вытереть лужицу грязным передником, — а потом уходите. Тут некоторым не понравится, что вы сегодня здесь.

Дейн широко улыбнулся и небрежно бросил на стол гинею.

— Спасибо, милая. Очень ценю твою заботу, но небольшая свалка меня не смутит. Ты только не забывай подливать рому. Не важно какого, — сумрачно добавил он.

Покачав головой, Бесс повернулась и стала проталкиваться обратно к стойке бара с глубоко запрятанной в карман золотой гинеей. Святые угодники, на эти деньги она сможет купить себе пару новых туфель и отрез муслина в придачу. Ей только хотелось, чтобы красивый незнакомец принял во внимание ее предупреждение. Потом она пожала плечами, перестав думать о нем. В конце концов, он похож на человека, умеющего постоять за себя — даже в этой дикой компании.

Сердито нахмурившись, Том Ранзли обернулся и не мигая уставился на чужака.

Его, однако, опередил хозяин трактира. Нервно улыбаясь, он подошел к столу Дейна.

— Да, угощение от нашего заведения, ваше сиятельство. В память о Трафальгаре. — Потом лысый трактирщик понизил голос: — Но ежели у вас нет тут какого особого дела, не обижайтесь, но я бы проводил вас до двери. Сами видите, сколько у нас сегодня народищу, а некоторые мужики делаются буйными после стаканчика-двух. — Его глаза беспокойно забегали из стороны в сторону. — Если вы понимаете, о чем речь, милорд...

Дейн небрежно откинулся на стуле с непроницаемым лицом.

— Я прекрасно вас понимаю... мистер Джукс, правильно? Но в сущности, у меня есть здесь дело. И я собирался пропустить стаканчик-другой, прежде чем вернусь на болото. Вам ведь не хотелось бы выгонять путешественника, правда? — В его потемневших глазах сквозил упрек.

— Да, но...

— Вот и хорошо. — Неожиданно в голосе виконта появились металлические нотки.

Нервно тряся головой, хозяин поспешил на свое место за стойкой бара. «Почему проклятым господам не сидится на своем месте? Ничего хорошего из этого не выйдет, — думал он. — Ну ничего хорошего».

Через мгновение Том Ранзли отделился от товарищей и зашагал через притихший зал. Он остановился перед Рейвенхерстом, заложив толстые большие пальцы за широкий кожаный ремень.

— Мы здесь не любим чужаков, капитан! — прорычал он. — Будь ты герой или нет. Так что, я думаю, вам бы лучше убраться отсюда.

Выражение лица Дейна не изменилось. Очень медленно поднял он видавшую виды оловянную кружку, ни на секунду не спуская глаз с рассерженного лица стоявшего перед ним человека, и выпил.

— Ваше здоровье, сэр, — тихо произнес он.

— Вы что, не понимаете по-английски? Вы здесь неугодны! — Грубое ругательство раскололо воздух.

Рейвенхерст слегка подался вперед на стуле, опуская пустую кружку на стол.

— Мистер Ранзли, не так ли? — Его голос был низким и обманчиво спокойным, но этот его тон был хорошо знаком команде «Беллерофонта». Любой из членов команды мог бы сказать Тому Ранзли, что сердить капитана крайне неразумно, когда он в таком настроении. — Кому я неугоден, мистер Ранзли?

Однако Том не отличался наблюдательностью, не был он и человеком тонкого ума. Он не мог знать, что сидящий перед ним человек наиболее опасен именно тогда, когда разговаривает таким тихим голосом.

— Во-первых, мне. И всем остальным, до единого! — пророкотал он. — Теперь ясно?

— Совершенно ясно. И совершенно необдуманно.

— Что вы этим хотите сказать?

— А что бы вы выбрали?

— Не собираюсь препираться с мерзавцем вроде вас. Я сказал: убирайтесь!

— Я бы предпочел немного отдохнуть, мистер Ранзли. Вы, разумеется, можете удалиться когда пожелаете, — бархатным голосом ответил Дейн.

— Черта с два! — Лицо Ранзли перекосилось. — Видал я таких, как вы, раньше. Рыщут по болотам, расспрашивают и суют нос не в свое дело, черт побери! Нам это не нравится, говорю вам! Или ваша чертова благотворительность. Мы тут сами управляемся и на подаяния не рассчитываем. Так что скажите своей подружке, дамочке из «Ангела», что нам не нужны ее объедки и заштопанное белье. Мы уж как-нибудь сами о себе позаботимся. Да, так и передайте это вашей мисс Лейтон, когда вернетесь. И если только у вас голова варит, вы уйдете сию же минуту. — Пальцы Ранзли скользнули в карман, нащупывая рукоятку пистолета.

— Еще одно движение, и ты — покойник. — Угроза прозвучала очень внушительно. — А теперь вытащи руку из кармана. Очень медленно!

Ранзли еле сдержал проклятие, впервые заметив, что руки Рейвенхерста спрятаны под столом.

Губы контрабандиста вытянулись в тонкую гневную линию; он медленно поднял левую руку и разжал пальцы, показывая пустую ладонь.

— Прекрасно! Теперь мне бы хотелось мирно допить кружку, мистер Ранзли, — черные брови Дейна взлетели вверх, — если вы, конечно, не возражаете.

В этот момент у Дейна в кармане плаща не было ничего, кроме двух восковых свечей и огрызка от яблока, однако твердая линия его челюсти ничем не выдавала этого.

Глаза мужчин встретились — мутно-карие ощупывали холодные лазурные. Вокруг них шум утих, и в комнате воцарилась жуткая тишина. Кипя от гнева, Ранзли пытался смутить Рейвенхерста взглядом.

Ему это не удалось.

— Почему бы и нет? — наконец проворчал Ранзли. — Мне плевать на это. Раз уж вы такой герой и все такое. — Пробормотав ругательство, он смачно сплюнул на пол, как раз рядом с начищенным до блеска черным сапогом Дейна.

Лишь невероятным усилием воли Рейвенхерст сдержался, чтобы не ответить на это оскорбление. Его пальцы в кармане сжались, кроша свечки на бесформенные кусочки. Кровь Господня, как ему не терпелось съездить кулаком по физиономии наглого ублюдка!

Но он не мог этого сделать. Его привело сюда государственное дело, слишком важное, чтобы рисковать им ради мгновения личной мести — какой бы сладкой она ни оказалась.

Кровь стучала у него в висках, когда Дейн изучал противника из-под полуопущенных век.

— Берегись, Ранзли! Однажды ветер подует в твою сторону, и плевок окажется на твоей физиономии.

— Как ты... — Рука Ранзли уже метнулась к карману, когда двое из его друзей схватили его и потащили назад через комнату.

— Перестань, Том, — проворчал один из мужчин. — И так было много неприятностей сегодня. Больше не надо.

Оказавшись на прежнем месте, Ранзли освободился от рук собутыльников.

— Не нужны нам здесь такие, — пробубнил он. — Шайка чертовых надоед. Пусть возвращается в «Ангел» и поиграет в кошки-мышки со Снежной королевой вместо того, чтобы мешать нам. Хотя, думаю, он слабоват как мужик и не заставит ее развести ноги, — осклабился контрабандист с пьяной ухмылкой.

Кто-то быстро и неслышно подошел к нему сзади.

— Ранзли? — Слово было произнесено почти что шепотом.

В то же мгновение как Ранзли обернулся, улыбка застыла на его багровом лице; твердый бронзовый кулак ударил его в нос, по щекам Тома потекла кровь. Рыжеволосый контрабандист покачнулся со слабым стоном, потом медленно осел на пол.

Рейвенхерст все еще чувствовал биение собственной крови, глядя на распростершегося перед ним мужчину. Поигрывая желваками на скулах, он пытался сдержать волну слепой бешеной ярости.

Наконец взгляд его прояснился. У него был необузданный темперамент, и он знал об этом. Насколько он мог припомнить, гнев его редко был праведным.

Как, например, сейчас.

— Пожалуйста, капитан, не надо больше драться. — Перед Рейвенхерстом смутно замаячило потное лицо Джукса. — Часто слова говорятся в гневе, а потом об этом жалеют. Вам бы лучше уйти сейчас, а? Сами видите...

Нахмурившись, Рейвенхерст повернулся и подхватил перчатки со стола. «Ром был скверный», — подумал он. Боже всемогущий, этого оказалось достаточно, чтобы слегка свихнуться. Ему нужен ночной воздух, идущий с моря, — чистый, прохладный и бодрящий.

И может, если ему повезет, он представит себя снова на палубе, со свистящими над головой снастями и скрипящим деревом. Да, сегодня он уснет под звездами и очистится на рассвете с помощью каких-нибудь изнурительных упражнений в полосе прибоя. Он знает одно такое место, где можно проверить свою выносливость и храбрость в волнах.

Бухта Фарли.

Сдержав проклятие, суровый виконт распахнул дверь и зашагал в ночь, дав вздохнуть с облегчением не одному человеку.

Глава 15

За час до рассвета Тэсс проскользнула в темный туннель под развалинами монастыря. Единственной свидетельницей этого была одинокая сова, скорбно ухавшая с высоты тиса на вершине холма. Луна зашла, и темные луга были покрыты низко стелющимся, подвижным туманом, заполнявшим низины подобно океану медленно плывущей пены.

Она с сумрачным видом засунула маску с усами поглубже в карман и плотнее запахнулась в мокрый плащ, стряхивая с себя холодный туман вместе с мрачными мыслями.

Ибо сейчас ей надо было думать о более важных вещах.

Она остановилась в Фарли, чтобы сменить бриджи на платье, но если Джек увидит маску, его гневу не будет границ.

— Джек? — Тэсс подошла к концу туннеля, держа фонарь высоко над головой. Пламя отбрасывало причудливые тени на крутой спуск; их неровные очертания заполняли находящуюся внизу комнату. — Ты спишь?

Человек, лежавший на соломенном тюфяке, повернул к ней бледное искаженное лицо.

— Нет, не сплю, детка. Едва ли мои сны были бы приятными этой ночью. — Он сел, прислонившись спиной к холодной каменной стене и похлопав рукой рядом с собой. — Иди, присядь рядом. Мне надо сказать тебе кое-что перед отъездом.

Итак, он уезжает. Тэсс медленно поставила фонарь на перевернутую бочку.

— Ты уезжаешь? Сегодня вечером?

— Я вполне поправился для путешествия, девочка. Безопаснее будет, если я уеду отсюда.

Умом она понимала, но сердцем никак не могла принять этого.

— Конечно, — пробормотала Тэсс. Что-то мешало ей сидеть на месте, как просил Джек. Вместо этого с напряженными от усталости плечами она начала расхаживать по узкому подземелью.

Здесь, глубоко под землей, было так тихо! Воздух был прохладным, с той проникающей всюду прилипчивой влажностью, которая пробирает до самых костей. И вдруг на Тэсс нахлынуло отчаяние. Комната сомкнула вокруг нее огромные черные руки и грозила выкачать воздух из легких.

— Джек... — безутешно заплакала она.

Тэсс с рыданиями упала в его объятия, и старый контрабандист дал ей выплакаться, не прерывая долгих всхлипываний. Ибо Джек знал, что эта боль накапливалась долгие годы. Наконец слезы Тэсс иссякли; казалось, темнота отступила от нее. Шмыгая носом, она села и вытерла слезы.

— Какая же я дурочка! И все-таки в этом месте есть что-то странное... очень странное.

— Ничего страшного, детка, — грубовато произнес седовласый мужчина, похлопывая ее по плечу. — Надо иногда давать слезам выход. Ты слишком долго сдерживалась — это противоестественно. Но я знаю, что ты думаешь об этом месте. — Голос Джека неожиданно упал. Он пожал плечами, и когда заговорил снова, голос его был суровым. — А теперь я хочу знать правду об этой твоей безрассудной эскападе!

На мгновение Тэсс запаниковала под его строгим взглядом. Неужели он разгадал истинную степень ее участия?

Она вызывающе вздернула подбородок, открыто встретив его пристальный взгляд.

— Мне нужны были деньги, Джек. Для Фарли и для...

— И для твоего легкомысленного братца. Вот еще одна противоестественная вещь. Он должен находиться здесь и заботиться о тебе, а не наоборот.

— Глупости. Я на четыре года старше его и со смерти нашей матери была...

— Я знаю все об этом, детка, но теперь Эшли взрослый человек. И он твердо стоит на ногах. Что до денег, ты прекрасно знаешь, что у меня есть сбережения. Я довольно часто предлагал дать тебе, одолжить, — он поспешно поправил себя, — всю сумму, необходимую для ремонта этой развалины.

— Могу ответить только то, что говорила раньше, — спасибо, но не надо. Мы должны уже половине Англии благодаря пристрастию отца к азартным играм. Не хочу включать и тебя в этот список.

— Я не буду больше участвовать в этих диких скачках с джентльменами, ты слышишь меня? Это было что-то вроде игры, понимаешь? Что-то, что могло заполнить одинокие часы после занятий с тобой и этим бездельником Эшли. Это не что иное, как безумие, детка! Что, если бы Хоукинз поймал тебя в последнем рейде? Что бы ты делала, узнай негодяй, что ты не мужчина, за которого себя выдаешь?

— Но он не поймал меня, — решительно ответила Тэсс. Ее серо-зеленые глаза неожиданно засияли теплотой. — И я помогла тебе выбраться, если помнишь.

— После того, как я чуть не упал от потрясения при виде тебя! Нет, я не забыл, как ты спасла меня, девочка, но это единственная причина, почему я не разложил тебя на колене и не отстегал по мягкой попке! — проворчал Джек.

В его голосе Тэсс послышался страх, и это укрепило ее решимость.

— Не волнуйся, Джек. Я извлекла из всего этого урок. Это не развлечение — пытаться выловить луну из воды. — Последнее по крайней мере было правдой. Тэсс до сих пор вздрагивала, вспоминая, насколько близко к смерти оказались они оба на болоте.

И как близко она подошла к ней этой ночью снова.

Но Тэсс молилась, чтобы Лис не просил у нее обещаний. Если он заставит ее принести клятву, как она сможет солгать?

Лис еле сдержал проклятие.

— Заставь парня вернуться, черт побери. Пусть он возьмет на себя часть твоей ноши...

— О, Джек, давай не будем больше спорить об этом. Мы все уже обговорили раньше. Эшли сейчас в том окружении, для которого был воспитан. Нет причин, по которым он может оказаться в другом обществе, хотя после смерти отца у нас не осталось и двух шиллингов.

— Ты говоришь, нет причин, Тэсс Лейтон? Да, нет причин, за исключением того, что у тебя не хватает денег, чтобы покупать ему дорогую одежду и платить его долги, и поэтому ты присоединилась к джентльменам. Он станет таким же, как его отец, если тебя интересует мое мнение.

— Не интересует, — выпалила Тэсс, сжав губы от гнева. — Пожалуйста, Джек, — взмолилась она, — давай не будем тратить время на споры. Не сегодня, ведь ты собираешься уезжать. — Ее глаза потемнели от страха, который она отчаянно пыталась скрыть. — Я всегда так волнуюсь, что ты не...

Контрабандист проказливо улыбнулся:

— Не вернусь? Хватит о грустном, детка. Ты обижаешь меня своим недоверием, вот что! Чтобы остановить Лиса, детка, потребуется кто-то поважнее Эймоса Хоукинза и его неотесанных парней. Я наполовину болотный призрак, разве ты не знаешь? — добавил он со своей обычной бравадой.

— О, Джек, не дразни меня. — Тэсс сильнее сжала его руку.

Издав непонятный звук, напоминающий то ли сопение, то ли сердитое фырканье, красивый мужчина с серебристыми волосами похлопал ее по плечу.

— Обещаю — ты увидишь меня снова. А до тех пор я глаз с тебя не спущу. И если услышу, что ты снова отправилась на болото, — сурово добавил он, — тогда заставлю тебя пожелать, чтобы Хоукинз отправил меня в царство теней!

Фонарь вдруг замигал и почти погас. Их глаза встретились в предчувствии близкого расставания.

— Должно быть, рассвет уже близко, — тихо произнес Лис. — Пора мне отправляться. Не хотелось бы повстречаться с кем-нибудь на дороге — особенно с незажившей раной.

— Куда ты едешь? — выдохнула Тэсс, хотя, спрашивая, нарушала их правило.

В темных глазах контрабандиста промелькнул упрек.

— Зачем ты спрашиваешь, девочка? Тебе лучше этого не знать. Туда... — Он быстро поднялся, чтобы собрать вещи. — Теперь уже пора, — резко проговорил он приглушенным голосом, наклоняясь, чтобы надеть сапоги и взять седельный вьюк.

«Совсем мало вещей», — горестно подумала Тэсс. Совсем немного времени провела она с ним — этим добрым, мягким человеком, ставшим для нее отцом в большей степени, чем ее собственный родитель.

И вот наступает агония ожидания, и не будешь знать, когда он вернется и вернется ли вообще.

— Не провожай меня. — Голос Джека был взволнованным.

Держа руки на коленях, Тэсс сжала пальцы, глубоко вонзив ногти в нежную кожу ладоней.

— Хорошо.

Его шаги застучали вверх по узкому туннелю, постепенно стихая. В отдалении Тэсс услышала тихое и радостное ржание, а вслед за тем шорох рассыпавшихся камешков.

— Счастливого пути, — прошептала она в темноту.

И вдруг до нее дошло — он уходит, может быть, навсегда. Как она может дать ему уйти, даже не взглянув в последний раз?

— Джек! — закричала Тэсс, карабкаясь по проходу вслед за ним.

Он уже был верхом и поворачивал на север в сторону Даунза. С непроницаемым лицом осадил он лошадь, вставшую на дыбы, и наклонился с приглушенным ругательством, чтобы быстро обнять Тэсс в последний раз.

— Помни, что я сказал, девочка, — выкрикнул он. — И помни также, что Лис вернется. Да, когда ты меньше всего будешь его ждать!

Прежде чем Тэсс успела ответить, он растворился в тумане.

Клочья тумана обвивались вокруг ног Рейвенхерста наподобие одеяла из призрачного снега, когда он взбирался вверх по холму к монастырю, привлеченный звуком приглушенных голосов. Торопливые и взволнованные слова прозвучали снова, сопровождаемые на этот раз ржанием лошади. Он быстро одолел последние футы до разрушенной террасы и остановился там, оцепенев от ярости, когда различил две смутные фигуры у основания лестницы.

Он не двигался и даже не дышал, чувствуя, как в жилах пульсирует горячая кровь. Его горло сжалось, и он почувствовал во рту горечь, лишившись дара речи, когда увидел, что одетый в темное мужчина верхом на лошади промчался через туман вниз по холму в сторону побережья. Охватившее Рейвенхерста оцепенение только разожгло его ярость.

Так вот где она встречалась с ним, эта вероломная шлюха! В морском министерстве оказались правы относительно этого, а также всего прочего. Эта женщина почти наверняка в сговоре с контрабандистами, а он как дурак не хотел верить. Он всегда в душе сомневался, тешил себя надеждой, что Тэсс не участвует в заговоре, что она может не знать, что происходит в Фарли в ее отсутствие.

И все это время, когда она разыгрывала перед ним оскорбленную невинность, она согревала постель проклятому Лису!

Но этому больше не бывать!

Рейвенхерст бесшумно проскользнул за стену, наблюдая, как Тэсс повернулась и исчезла за углом монастыря. Потом он опустился на влажную землю и приготовился ждать.

Глава 16

Дрожащими пальцами Тэсс плотнее запахнула толстый шерстяной плащ на плечах. На полпути вниз по туннелю она остановилась, чтобы смахнуть затуманивающие взор слезы, кляня себя за слабость. Ибо Тэсс знала, что слабость — это роскошь, которую она не может себе позволить. В конце концов, все было так же, как всегда, когда Джек уезжал. Он вернется, сурово убеждала она себя. Разве он не возвращался раньше?

Последний раз проведя рукой по щекам, Тэсс дошла до конца коридора и повернулась, чтобы обозреть тихую комнату с каменными стенами. Он ничего не оставил после себя, никаких следов своего присутствия. Даже слабое, ускользающее тепло уже ушло из пустой комнаты.

Холодно, до чего же здесь холодно! И что-то еще — нечто, что Тэсс хотелось назвать злом.

Вздрогнув, она взяла фонарь и устремилась назад по коридору, все время чувствуя, как за спиной молчаливым, безжалостным врагом крадется холодная темнота. Поджидающая, когда ее бдительность ослабнет. Потом Тэсс оказалась на поверхности, подставив лицо чистому и прохладному воздуху. Низко стелющийся туман обвился вокруг ее ног, когда она повернулась, чтобы потянуть за веревку, с помощью которой закрывался туннель. Если бы дверь была сплошной, она бы никогда не сдвинула ее с места, пусть даже с помощью хитроумной системы блоков. Но искусные руки столетия назад подогнали камни друг к другу, сделав легкий фасад, в точности сочетающийся с окружающей стеной.

Туннель закрылся с легким шуршанием, исчезнув от любопытных взоров. В следующую секунду Тэсс услышала слабый шорох на закрытом туманом дальнем краю террасы. Она обернулась и застыла с бьющимся сердцем, напряженно вслушиваясь в неестественную, удушающую тишину.

Был тот холодный предрассветный час, когда все в мире молчало, даже птицы не пели. Тэсс задула пламя в фонаре, не желая привлекать к себе лишнее внимание теперь, когда Лис был более уязвим, оказавшись вне дома.

Побледнев, она ждала. Шум не повторился.

Движимая каким-то необъяснимым инстинктом, Тэсс начала взбираться по наклонному лугу в сторону смутного полукружия белого сада своей матери. В чистом прохладном воздухе разносился запах лилий, смешанный с отчетливым, резким запахом сосновой хвои и соленого моря. Нахмурившись, Тэсс попыталась обрести покой, который всегда испытывала здесь, в любимом матерью уголке.

Но этой ночью покой не приходил. Единственное, что она испытывала, — это гнетущее одиночество. За ее спиной завихрился туман, дотронувшись до нее костлявыми пальцами.

— Само воплощение невинности, — пробурчал голос у нее за спиной.

Задохнувшись, Тэсс быстро обернулась; кровь стучала у нее в висках.

Перед ней стоял Рейвенхерст, как темный призрак в черной ночи. Лицо его было суровым и непроницаемым, как темная маска; только на висках выделялись серебристые пряди.

Что он успел увидеть? Много ли узнал?

Грудь Тэсс неровно вздымалась и опадала, пока она пыталась успокоиться. Пусть он заговорит первым, пусть он первый проговорится о том, что знает.

Дейн медленно провел холодными пальцами по ее щеке.

— Да, сама невинность. — Сильные пальцы слегка напряглись. — Слезы?

— Это всего лишь туман. Тебя, как обычно, обманывает воображение.

— Как искусно ты лжешь, даже сейчас, — почти про себя произнес Рейвенхерст. Он долго всматривался в ее лицо. — Итак, дорогая моя, круг замкнулся, — вымолвил он, — опять твой белый сад. Как пять лет назад! Но быть может, это и не так много, когда все это время почти не думаешь о другом. Ибо я хочу замкнуть этот круг, понимаешь? Сегодня. Уладить это между нами раз и навсегда.

— Нечего улаживать! Почему бы тебе не оставить все как есть, как это сделала я?

Огрубевшие пальцы Рейвенхерста переместились ниже, впившись ей в плечо.

— Мне бы этого хотелось, — пробасил он, увлекая ее за собой по склону к серебристому цветочному пятну.

— Ч-что ты делаешь? — выдохнула Тэсс, изо всех сил стараясь скрыть панику. «Боже, неужели он видел Джека? А туннель?»

— Что я делаю? — хладнокровно переспросил мужчина с суровым лицом. — Хочу услышать от тебя правду. Немедленно. Начиная с имени этого негодяя.

— К-какого?

Вокруг них сгустилась тяжелая и молчаливая темнота. Единственным звуком было шуршание листьев у них под ногами.

— Того, который только что вышел из искусно спрятанного туннеля. Кто он? — Рейвенхерст безжалостно сжал запястья Тэсс.

— Не твое дело, черт возьми! Отп-пусти меня, подонок! — Тэсс яростно сопротивлялась, вырываясь и лягаясь, хотя понимала, что ее усилия бесполезны.

Губы Рейвенхерста скривились.

— Я намеревался многое проделать сегодня ночью, дорогая моя, но только не отпускать тебя. Совсем наоборот. — Он засмеялся.

— Ты не имеешь права шпионить здесь! Это земля Фарли — моя земля! Теперь убирайся отсюда к чертям, пока я...

— Пока не сделала чего, дорогая моя? Здесь нас только двое. И на этот раз, обещаю тебе, мы посчитаемся. Что до моих прав, ты, наверное, забыла, что я комиссар Королевского военного канала. Земли Фарли простираются вдоль этого канала и последнее время вызывают мои подозрения. Вполне оправданные подозрения, судя по той трогательной сцене, свидетелем которой я только что стал. — Выругавшись сквозь зубы, Рейвенхерст притянул Тэсс к груди, запустив пальцы ей в волосы и откинув ее голову назад. Его глаза напоминали синеватые тени, когда он уставился в ее бледное лицо. — Имя, черт подери!

— Оч-чень хорошо, — выдохнула Тэсс, лихорадочно соображая. — Он один из людей Лиса. Иногда он... он приносит мне к-коньяк и шелк. — Ее зубы начали выбивать дробь — У нас была д-деловая встреча.

— Деловая встреча? — В устах Дейна слова прозвучали как непристойность. — Ты это так называешь? Что — двух бутылок коньяка и одного-двух отрезов шелка достаточно, чтобы заманить тебя в постель? Ей-богу, ты ценишь свои услуги слишком дешево, Тэсс Лейтон! Я знаю мужчин в Лондоне, которые заплатили бы большой куш золотом, чтобы поиграть ночью с твоими шелковистыми бедрами. — Он глубже запустил пальцы ей в волосы. — По сути дела, ты могла бы назвать свою цену, — резко добавил он, трогая пальцами тяжелую душистую прядь. — Да, ради этих волос, ради теплой, матовой кожи мужчина отбросит в сторону любые колебания. Но ему надо верить, что он первый.

Пальцы ее мучителя неожиданно напряглись, потянув за волосы так сильно, что с пересохших губ Тэсс сорвались рыдания. Рейвенхерст вдруг повернулся, прижимая ее спиной к стволу старого нависающего дуба. Его лицо потемнело от ярости, когда он схватил ее запястья и пригвоздил их к грубой коре.

— И ты в точности знаешь, как убедить его в этом, правда? Но он не будет первым, не так ли, моя сладкая Тэсс? Первым был Чевингтон. А сколько было после него, черт тебя побери?

Его злость убивала Тэсс. Она бешено извивалась, пытаясь освободиться.

Но хмурый мужчина рядом с ней не собирался упускать добычу.

— И чтобы больше никаких трюков, черт возьми! У меня и так достаточно шрамов. — Он развел коленом ее бедра, пригвоздив к широкому стволу. — А теперь назови мне имя этого дьявола!

— Никогда! — Тэсс отклонилась назад, все время сопротивляясь ему. — Ты ничего от меня не услышишь!

Но его руки были как из железа, а тело напоено черной яростью, утраивающей силы.

— О, я вырву у тебя имя, Тэсс. Вместе со всем остальным, что хочу получить этой ночью. — Его твердые бедра безжалостно придавливали ее к дереву, пока он нашептывал смутные обещания.

— Я... я не знаю его настоящего имени. А что до места следования, он никогда не сообщает мне. Так безопаснее.

— Лгунья. — Дейн прижимался к ней. — Потому что он не один из людей Лиса, он сам чертов Лис! О да, Иезавель, я видел, как вы прощались. Ты согреваешь постель Лиса, будь ты проклята! Скажи мне, как целует тебя твой полночный любовник?

Говоря так, Рейвенхерст с силой приник своим ртом к ее губам, безжалостно вжимаясь в ее сомкнутые зубы, пока Тэсс не застонала. Он немедленно разомкнул губы, погружая ее в немыслимое, жгучее тепло.

Дейн добивался ее не теряя головы, доводя до экстаза с бесстрастным умением знатока, показывая, насколько бессмысленно сопротивляться ему и как легко он может заставить ее тело предать ее самое.

У Тэсс вырвалось чуть слышное рыдание.

— Это уже больше похоже на тебя, любовь моя, — резко произнес Рейвенхерст. — Мне нравится, как ты стонешь. Хочу снова услышать твой стон, Тэсс. Как тогда, в проулке.

— Отп-пусти меня, ты...

— А ты думала, что одурачила меня, правда? Тебе почти удалось это, черт возьми! Но когда я увидел тебя на кухне с испачканным в муке лицом, все встало на свои места. Да, ты была потрясена, встретив меня той ночью, не так ли? Несмотря на все попытки отрицать это. Но теперь-то ты от меня никуда не денешься!

— Не-ет! Хочу только избавиться от тебя. Навсегда!

С каждым движением Тэсс его грубые, шершавые шрамы терлись о нежную кожу ее запястья. Отчаянно рыдая, она снова и снова молотила ногами, пока наконец один из ударов не попал в цель.

Рейвенхерст хрипло застонал.

И вот она была свободна.

Задыхаясь, Тэсс развернулась и помчалась к маленькой рощице на вершине холма. Там был тропа, ведущая к изгороди. Ей бы только забраться на вершину...

— Сука! — в бешенстве закричал Рейвенхерст, ковыляя за ней с прижатой к ушибленному колену рукой.

«Еще десять футов!» — говорила себе Тэсс. Она слышала за собой его сердитые неровные шаги. Она буквально летела над лугом, едва касаясь мокрой травы, а призрачный туман взвивался вверх вокруг нее пенистыми волнами.

Вскоре перед ней возникло смутное полукружие белого, мерцающего серебром, сада как раз под темной лесистой вершиной холма. В прохладном воздухе разносился аромат лилий. Она уже различала нежные лепестки диких роз, растущих вдоль низкой садовой ограды.

«Почти у цели, не останавливайся!»

Ветер запустил холодные пальцы в волосы, бешено развевавшиеся у нее за спиной, пока она мчалась к рощице. Потом Тэсс почувствовала хватку осязаемых, более жестких рук. Она закричала, когда они ухватились за край плаща, дергая назад и останавливая ее. Задохнувшись, Тэсс почувствовала, что завязки впиваются ей в горло. Она отчаянно дергала за веревку, стараясь развязать мешавший ей узел. Пальцы не слушались ее; она закачалась, чувствуя головокружение от нехватки воздуха.

А тем временем Дейн подходил ближе, ухватившись руками за край ее плаща и подтягивая его к себе.

— Поздно спасаться бегством, Тэсс, сегодня ночью этот круг замкнется. Мы раз и навсегда решим все между нами.

Узел развязался с приглушенным звуком, и плащ упал с ее плеч. Тэсс неистово рванулась вперед, к темному лесу; ее бледное лицо мелькнуло как вспышка света в ночи. Но она оказалась недостаточно проворной. На этот раз ее безжалостный преследователь не доверял ее одеянию. Вместо этого он цепко ухватил ее за волосы.

Всхлипывая, Тэсс забилась в его руках, но встретила только насмешливую пустоту. Потом его рука опустилась на ее тонкую талию, развернув Тэсс лицом к нему.

— Ты так же сопротивлялась Чевингтону? — прорычал Рейвенхерст. Она смутно различала его темное, гневное лицо. — Той ночью в сторожке, когда ты собиралась встречаться со мной, — все началось так же, как сейчас? Ты и его довела до бешенства?

Сначала Тэсс ничего не слышала, слишком поглощенная тем, что брыкалась и изворачивалась.

— Когда ты перестала изображать сопротивление? Когда он пообещал жениться на тебе? Или тебе были нужны золотые гинеи? — Дейн изо всех сил сжал ее. — Скажи мне, черт тебя побери! Какова цена шлюхи?

— Перестань! — закричала Тэсс, отказываюсь слушать его жестокие слова, отказываясь видеть безжалостные образы, всплывающие из глубин ее памяти.

Пальцы Рейвенхерста сжались на ее талии.

— Что заставило тебя сдаться, маленькая обольстительница?

— Это... все было не так!

С губ ее преследователя сорвался горький смешок.

— Хотелось бы мне ошибаться, но я не поддамся больше на ложь. Ибо я сам видел тебя той ночью, Тэсс. Собственными глазами я видел, как ты, нагая, цеплялась за него. Да, ты вела себя распутно, каждой клеточкой вожделея, чтобы Чевингтон взял тебя той ночью. И я проклинаю за это твою черную душу!

Рейвенхерст сжался на секунду, шепотом пробормотав грубое, витиеватое ругательство. Тэсс как будто завершила гонку. Наконец она оказалась в плену кошмаров, протягивающих ледяные пальцы к ее глазам и шее.

Снова видения, полные ужаса.

Потом отчаянная, иссушающая боль.

Боже, она лгала, говоря, что Рейвенхерст ошибается по поводу событий той давней ночи. Не в ее власти было говорить, прав он или не прав. Потому что Тэсс сама не знала, что произошло тогда.

— Да, в целом это было неплохое представление. Должен тебя поздравить, — безжалостно продолжал Рейвенхерст. — Приходится винить только себя самого за то, что был дураком и не взял того, что ты без колебаний предложила Чевингтону. Но, видишь ли, я был джентльменом. Человеком чести! Ты стала бы моей только после свадьбы. Как ты, должно быть, смеялась над моим благородством.

— Ты... ты все периначиваешь! — возражала Тэсс, пытаясь все ему объяснить.

И понимая, что это невозможно. Особенно сейчас, когда Рейвенхерст, казалось, ничего не слышал.

— Пять долгих лет я ложился спать, слыша твой смех и с горечью вспоминая твою шелковую кожу. И каждый рассвет заставал меня за тем, что я прогонял из памяти все те же лихорадочные видения. Но этого больше не будет! Ибо сегодня я узнаю правду и навсегда выжгу память о тебе.

Тэсс с трудом подавила стон, погрузившись в собственные воспоминания, возникавшие из тумана подобно прохладному ветру.

Сначала возникли видения грубоватой нежности Дейна в течение всех этих проведенных вместе недель. Несмотря на это, ее отчаяние при мысли о расставании было так велико, что она умоляла его о близости, которая бывает между мужчиной и женщиной, только однажды, перед тем как он уедет в Трафальгар.

Его отказ был резким и безоговорочным.

Потом наконец настала та ужасная ночь в сторожке. Тэсс закрыла глаза, содрогаясь. Вспоминая...

Ее кожа как в огне. Опаляющее дыхание и цепкие пальцы. Хуже всего ее собственное тело, голодное и вожделеющее, подобное какому-то ужасному, безумному зверю.

Все это пронеслось в ее сознании за какое-то мгновение; она успела ухватить лишь обрывки, напоминавшие последние тлеющие угольки чувства. Переживая все вновь, Тэсс вздрогнула, не в силах созерцать невыносимые для нее смутные образы.

Что же действительно произошло той ночью? И почему она не может вспомнить?

«Потому что ты слишком слаба, чтобы смотреть в лицо правде», — шептал смутный голос.

— Очень впечатляюще, дорогая моя, но это больше не подействует. Мы слишком далеко зашли для отсрочек. — Рейвенхерст с мрачным видом запустил пальцы в ее роскошные волосы.

Горький цинизм, прозвучавший в его голосе, окончательно вернул Тэсс к действительности.

— Отпусти меня, черт возьми! Все кончено, неужели не видишь?

Но Рейвенхерст не отпускал ее.

— Кончено? — с горечью повторил он. — Кончено? Ей-богу, мне бы этого хотелось, женщина! Ты знаешь, как меня до сих пор называют в Лондоне? Рейвенхерст, дьявол Трафальгара. Нельсон был ангелом этого дня, а я его дьяволом. Да, мне и вправду везло, как самому дьяволу, в тот день. Я оставался цел и невредим, стоя в дыму, в то время как моих людей у меня на глазах разрывало на куски. Даже поймав на палубе шипящий снаряд и бросив его в воду, я остался жив. Вот поэтому меня называют теперь героем. Но по правде говоря, жизнь для меня была проклятием, когда вокруг умирали мои люди. — Рейвенхерст сильнее сжал пальцами волосы Тэсс. Он откинул ее голову назад, чтобы она встретила его взгляд с поднятой головой. — Жизнь была проклятием, ибо я всегда знал, что в тот день в Трафальгаре мной руководила не храбрость, а совершенное равнодушие к собственной судьбе. — Виконт, нахмурившись, смотрел в ее побледневшее лицо. — Понимаешь, нетрудно быть смелым, когда тебе ни до кого нет дела. И я должен благодарить за это тебя.

Тэсс не двигалась, не могла пошевелиться, загипнотизированная мукой в этих лазурных глазах, потрясенная этой безжалостной откровенностью. Она вздрогнула, и ее сердце сжалось от боли и сожаления. Но потом вздернула подбородок, почти в ту же секунду начав сопротивляться своей слабости.

Ибо этот человек — ее враг, и она не должна забывать об этом.

Тэсс сжала губы, лицо исказилось от гнева.

— Ты говоришь о храбрости, самонадеянное ничтожество? Тогда посмотри вокруг: сейчас мы ведем войну здесь, в Кенте и Суссексе! Это война с болезнями и нищетой, с жестоким голодом. Ее печать видна на изможденных лицах детей, в глазах рано состарившихся женщин. — Ее глаза вспыхнули, засияв зелеными искорками. — Эта война идет каждую минуту каждого дня, и ее невозможно выиграть. Но мы ведем ее так, как можем, и если некоторых выручает контрабанда, тогда я скажу: пусть им повезет! И да поможет нам Бог, если это побережье проиграет в борьбе, потому что это принесет гибель Англии задолго до триумфа Наполеона!

На скулах Рейвенхерста заиграли желваки. «Как она хороша! — думал он. — Чертовски хороша».

Потом перед его глазами промелькнул образ истерзанного тела молодого корабельного гардемарина. Его сильные пальцы резко сжались, глубоко погружаясь в гриву Тэсс.

— Ты и вправду веришь в это, так? — Развернувшись, он потащил ее обратно к белым цветам. — Это искаженное представление о собственной правоте должно во многом упрощать то, что ты делаешь.

Тэсс продолжала сопротивляться, тяжело дыша, пока каждое движение не стало вызывать жгучую боль в голове.

— Подчинись мне! — отрывисто приказал Рейвенхерст. — Я не собираюсь учить тебя с помощью боли, если только ты не вынудишь меня к этому.

— Тебе это нравится, не так ли? Потому что ты чувствуешь себя настоящим мужчиной. Герой — так ты себя называешь? О Господи, зачем ты вернулся?

— Зачем, Тэсс? — сумрачно спросил ее мучитель. — Знаешь, я совсем не собирался делать этого. Особенно после того, что увидел в сторожке. Я боялся, что если когда-нибудь встречу тебя снова, то могу... — Неожиданно его голос прервался. — Нет, меня привело назад нечто более важное, даже не контрабанда и шпионаж. Это отправка золота за границу. На золото покупается еда и оружие для истощенных войной наполеоновских войск, а я очень близко видел результаты действия этого оружия. И, дорогая моя, каждая золотая гинея перевозится во Францию на тех же судах, которые привозят вам коньяк и шелк.

— Что за грязная ложь!

— Это не ложь. Даже сейчас на юг направляется тайный груз, который должен завтра достичь побережья. Не туда ли отправился твой любовник, чтобы обеспечить его безопасное прибытие?

— Таких перевозок нет, с этого побережья никто не отправляет золото! — Если бы Лис планировал такие перевозки, она бы наверняка знала об этом.

А так ли это?

— Я ожидал от тебя подобного ответа. Во всяком случае, сначала. Но скоро я добьюсь от тебя правды, ибо в тот день, когда ты связалась с проклятым Лисом, ты решила свою судьбу, Тэсс.

— Какое тебе дело до него? — с горечью спросила она. — Разве Лис причинил тебе какой-нибудь вред?

— Спроси об этом сотню моряков, которые на моих глазах в одночасье погибли в Трафальгаре. Спроси об этом невинного человека — право, почти что мальчика, — выброшенного на берег бухты Фарли с перерезанным горлом. Он умер с твоим именем на устах. Может быть, ты объяснишь это?

— В бухте Фарли? Ничего не знаю о таком человеке. Но я знаю одно — Лис никогда бы не сделал ничего дурного мальчику. И не предал бы свою страну! — В ее голосе звучал вызов. — Это ты лжешь и заставляешь меня поверить в свои немыслимые россказни. Ты думаешь, я одна из твоей команды, кого можно запугивать и наказывать, пока совсем не покорюсь? Предупреждаю тебя, что я не стану пресмыкаться ни перед кем!

— Но ты видела только некоторые из моих методов, моя дорогая, а я человек очень гибкий. Я достаточно быстро пойму, какой из них подходит тебе больше. Возможно, этот? — пробасил Дейн грубым, невнятным голосом.

Одной рукой он поймал ее запястья, а другой провел по подбородку, потом слегка коснулся гордо выступающей груди. В отличие от голоса его прикосновение было легким, мимолетным и волнующим.

Каждое быстрое касание заставляло Тэсс задерживать дыхание, как при вспышке молнии.

— Ты... сумасшедший!

— О, я в здравом уме, дорогая моя. Возможно, впервые за долгие годы. И я к тому же знаю все про ваши с Эшли игры.

— Какие... игры? — прошептала Тэсс, выигрывая время в надежде, что ее неровное дыхание успокоится. Все, что угодно, чтобы отвлечь безжалостного мучителя и прекратить это безумие. — В конце концов, их было так много.

Тэсс почувствовала и увидела воочию, как он сжался.

— Воистину, ты дочь своего отца! Я имею в виду игру, когда ты пыталась предугадать, насколько быстро сможешь завоевать мужчину. Игру, в которой той ночью должны были участвовать мы с Чевингтоном. Только вы с Эшли просчитались и я пришел раньше, чем ожидалось. — Лицо Рейвенхерста ожесточилось, когда он увидел, как ее глаза широко раскрылись от изумления и недоверия. — Не пытайся отрицать этого, я слышал всю историю из уст твоего отца!

— Тебе рассказал об этом... мой отец? — спросила ошеломленная Тэсс, начиная наконец понимать.

Понимать правду о себе и стоящем рядом суровом мужчине, холодном и безжалостном, как сам дьявол.

— Да, он рассказал мне. Все о двух очаровательных детях. А то, что он недоговорил, я вскоре увидел собственными глазами. Ты так же стонешь с Лисом, как стонала с Чевингтоном? — грубо поинтересовался Рейвенхерст. — Ты царапаешь его ногтями, когда он входит в тебя?

— Зачем ты спрашиваешь? Раз ты претендуешь на то, что все знаешь, это тебе тоже должно быть известно. А потому незачем больше терзать меня бессмысленными вопросами. — Тэсс с радостью отметила, что ее голос не дрожит.

— Есть один повод, дорогая моя. Имя Лиса, а также имена всех его людей.

— Я ничего не скажу тебе, слышишь? Ни сейчас, никогда, что бы ты ни делал со мной. Поэтому отпусти меня! Или, клянусь святыми угодниками, я выцарапаю тебе глаза при первой же возможности!

Склонившись над ней, Рейвенхерст с издевкой усмехнулся:

— Ты действительно хочешь выцарапать мне глаза? Держу пари, ты почувствуешь прямо противоположное. Да, ты будешь умолять меня остаться еще до того, как я разделаюсь с тобой.

Как бы для того, чтобы подтвердить свое обещание, он прижался губами к нежной коже у нее за ухом, покусывая и лаская ее языком. Секунду спустя он поймал зубами ее ухо, таким же образом терзая его мочку. В следующее мгновение он обхватил пальцами ее сосок, ощупывая его торчащий кончик.

По телу Тэсс пробежал огонь. Она судорожно вздохнула, ненавидя его и в то же время опасаясь его безжалостного прикосновения. Но уже где-то в глубине сознания она молила о том, чтобы он не останавливался.

Помоги ей Бог, этого не должно произойти! Подавляя рыдание, Тэсс крутила головой из стороны в сторону в тщетной попытке освободиться от его терзающих губ.

— Да, — хрипло шептал Дейн, — я чувствую бешеное биение твоего пульса. Твое напряженное тело расскажет все, что пытаются скрыть твои лживые уста. Ты хочешь меня, Тэсс. И ты захочешь меня еще больше до того, как я разделаюсь с тобой!

Тэсс вздрогнула, захваченная бурей чувств, изнуренная гневом, страхом и отчаянием.

— Дерись, маленькая ведьма, — хрипло упрашивал он, — кусайся и царапайся. Другого и не нужно, потому что твоя ярость лишь разжигает мое желание. Но знай, что еще до восхода солнца ты будешь мурлыкать в моих объятиях, домогаясь большего. И предлагая мне все, что я ни захочу. Каждый тайный уголок твоего шелковистого тела. — Подобно жаркому пламени, его язык проник в чувствительные впадинки ее уха, подтверждая правоту его слов. — Имя каждого из твоих вероломных собратьев!

— Н-никогда!

— Откройся мне, — хрипло бормотал Дейн, лаская языком мягкую припухлость ее губ. — Дай мне попробовать тебя сейчас, дай мне вкусить твоего темного меда.

Из груди Тэсс вырвался полустон-полурыдание, и Рейвенхерст в этот момент нашел для себя лазейку, шокируя ее настойчивой лаской бархатного языка.

— Какая ты сладкая, — прошептал он в ее открытый рот и потребовал: — Еще!

— Не д-делай этого, Дейн! — Тэсс смутно понимала, что ее руки гладят и сжимают его напряженные плечи.

Она не могла понять, притянуть ли его ближе или оттолкнуть.

— Чем больше ты даешь, тем больше я возьму. Твой рот для меня как вино, лихорадка в крови. И еще до рассвета ты тоже почувствуешь эту лихорадку, обещаю тебе.

— Дейн... — Ее голос был слабым, умоляющим.

— Боже, как долго я ждал, чтобы услышать, как ты стонешь вот так, услышать, как мое имя дрожит на твоих устах! — Рейвенхерст издал протяжный, низкий стон, заглушая губами ее возможные протесты. Своим гладким и горячим языком он играл с ее языком, пока Тэсс не начала понимать, что может никогда не освободиться от этого мужчины. Не имеет значения, как она сопротивляется ему. И еще более яростно бьется с самой собой.

Но она проигрывала, и они оба знали об этом.

Рейвенхерст отодвинулся, безжалостно пользуясь своим преимуществом. Через мгновение он нащупал зубами твердый бутон под ее батистовым платьем. Он сдержал дыхание, когда женщина рядом с ним застонала от наслаждения. И тут разделяющая их ткань стала невыносимой преградой.

Глухо застонав, Дейн ухватился за воротник платья и одним яростным движением разорвал тонкий батист, глядя голодным взором на обнажившееся серебристое тело.

— Господи Иисусе, как ты красива! — хрипло, с ожесточением пробормотал он. — Даже красивее, чем я себе представлял. Помурлыкай мне, сладкая кошечка, — прошептал Дейн, прикасаясь губами к упругой коже, о потом захватывая ртом ее сосок.

— Никогда, — простонала Тэсс, но, даже говоря это, она чувствовала, что вот-вот сгорит от смутного жара его прикосновений. — Остановись! — выдохнула она, вскрикнув от этой новой атаки.

Но Дейн не останавливался, и Тэсс знала, что ей придется умолять о пощаде. И это надо делать немедленно, пока у нее еще есть силы.

— Пожалуйста, Дейн, умоляю тебя, это неправильно. Все не так!

Но мужчина с темно-синими глазами не слышал. Шаг за шагом приближался он к своей цели. По крупицам подчинял он ее своему желанию, до тех пор пока лишь жалкие остатки гордости Тэсс не позволяли ей стонать от дикого наслаждения.

— Да, мужчина отдал бы большой куш, — прошептал Дейн, прикасаясь пальцами к тому, чем наслаждались глаза, лаская прохладный атлас ее кожи, а сам в это время пытался успокоить лихорадочные мысли. — А потом отказался бы от всего, чтобы только побыть с тобой еще один раз.

«Сопротивляйся ему!» — отчаянно приказывала себе Тэсс, лавируя в жгучем океане удовольствия, в которое он погрузил их обоих. Этот хладнокровный хищник не имеет ничего общего с галантным лейтенантом, добивавшимся ее и покорившим пять лет назад.

Тот человек, неожиданно поняла Тэсс, мертв. Так же мертв, как и любовь, которую она однажды испытывала к нему. Теперь осталось лишь мучение вместо чувств, эта мрачная буря, эта жестокая насмешка над любовью.

— Отпусти меня, негодяй с черной душой! Если ты мертв, это не значит, что...

— Мертв? — Резкий смех Рейвенхерста был полон горечи. Не будь Тэсс столь неистова, она бы услышала в его голосе нескрываемую боль. — Думаю, что действительно так и было до этого самого момента. Пока я не понял, кто ты на самом деле. — Он нащупал ее ягодицы и прижал ее к своим напряженным бедрам, к восставшему, пульсирующему мужскому естеству. — Теперь, уверяю тебя, я настолько же далек от смерти, насколько это возможно для мужчины.

— Ты сам дьявол! Ты появляешься из ночи, как летучая мышь из ада! — бушевала Тэсс, тщетно пытаясь освободиться. — Я заставлю тебя пожалеть об этой ночи, черт бы взял твою душу! — Бешено выгибаясь, она пыталась сбросить с себя его тяжелое, напряженное тело. От этого юбки задрались вверх, обнажив ее икры.

Неожиданно Дейн вклинился железным бедром между ее брыкающихся ног.

— Продолжай тереться о меня, как кошечка, и мне не потребуется столько времени, сколько я думал, — хрипло произнес Рейвенхерст. — Я возьму тебя жестко и быстро. Прямо здесь, на ограде!

Прерывисто дыша, Тэсс пыталась уклониться от твердого лезвия, опалявшего ей бедро, сопротивляясь бешеному натиску его желания.

«Умер», — в отчаянии твердила она себе. Мужчина, которого она когда-то любила, — единственный мужчина, которого она может любить, — ушел навсегда. Это животное не более чем жалкое подобие, мрачная тень того, другого человека, лишившегося радости и чести.

— Дьявол! — дико вскрикнула она, вонзая зубы в его запястье.

Рейвенхерст крепко выругался. В ту же секунду он закинул ей руки за голову, полностью подмяв под себя, так что ее усилия высвободиться лишь приносили ей невыносимые страдания.

Не только ей, но им обоим, хотя Тэсс не было этого видно.

— Что... что за подлость ты замышляешь?

Его глаза смеялись над ней — темные как ночь, темнее самой преисподней. Глаза, видевшие, как умирает мечта, как рушится надежда. Именно это и собирался показать ей сейчас Дейн.

— Удовольствие, моя дорогая, такого рода, какое вряд ли мог тебе доставить твой самодовольный контрабандист. Наслаждение настолько острое, что ты с радостью ответишь мне на некоторые вопросы.

Потом Тэсс почувствовала, что переворачивается в воздухе, и в следующий момент оказалась распростертой на влажной земле сада по ту сторону ограды. Под рукой у нее оказался большой камень, выпавший из нее.

Она знала, что ей делать дальше.

Когда мгновение спустя голова Рейвенхерста появилась над оградой, Тэсс уже была готова. Судорожно всхлипнув, она с силой бросила в него кусок известняка, прочертивший темноту призрачной вспышкой и моментально свалививший его с ног.

Глава 17

Спотыкаясь, дрожа от ярости, Тэсс направилась в сторону «Ангела». На ступенях гостиницы ее встретил Хобхаус, глядя на нее острыми, внимательными глазами.

— Что...

Тэсс подняла бледную, дрожащую руку:

— Пожалуйста, не сейчас, Хобхаус. — Пройдя мимо него с перекошенным лицом, она пересекла чистый вестибюль.

На лестнице Тэсс обернулась, вцепившись в полированные перила.

— Будь добр, позови меня, как только вернется лорд Рейвенхерст, — мрачно приказала она.

Застонав, Дейн слегка пошевелился, чувствуя, как левый висок пронизывает острая боль. Он перевернулся на один бок, потом открыл глаза, увидев перед собой лишь плотную, обволакивающую белизну. Оказалось, что он прижимается щекой к холодной земле и кто-то бьет в барабан — очень большой барабан — в его голове.

— Какого...

Он сел, всматриваясь через низко стелющийся туман в серый, предрассветный мир. Дейн тут же поднес руку к пульсирующему виску, куда угодил тяжелый камень. Выругавшись, он потрогал рваную рану с запекшейся кровью.

На него нахлынуло воспоминание о вероломстве Тэсс, и он снова выругался, на этот раз более витиевато. Опять Иезавель ускользнула от него!

Дейн поморщился от боли, отдирая запекшуюся кровь с виска.

Она дорого заплатит за эту ночь, поклялся себе Рейвенхерст, с трудом поднимаясь на ноги. Мысль о том, как именно он заставит ее заплатить, поддерживала его весь долгий путь до города.

Два часа спустя пропыленный и сумрачный Рейвенхерст добрался до «Ангела». Хобхаус возвышался на ступенях как ангел мести. Ни один из мужчин не заговорил. Они молчаливо и настороженно изучали друг друга.

Тэсс ждала в доме, стоя на лестнице. Под мышкой она держала тяжелый узел с одеждой.

— Не стоит провожать лорда Рейвенхерста в его комнату, Хобхаус, — холодно произнесла она. — По сути дела, нет необходимости оказывать этому человеку никаких услуг.

Она швырнула на пол пару сапог, которые упали на полированный мрамор с хлопком, напоминающим пистолетный выстрел.

— Понимаешь, Хобхаус...

Связка книг угодила Рейвенхерсту в грудь.

— ...виконт...

Измятая кипа рубашек стукнула его по лицу.

— сейчас...

Кожаный ранец приземлился где-то у его колен.

— ...отбывает!

Одна за другой вещи Дейна падали на пол, а он, разъяренный, молча наблюдал за действиями Тэсс. Пил, стоя на лестнице чуть повыше нее, с тревогой произнес:

— Я пытался остановить ее, ваше...

— Сейчас же вон! — приказала Тэсс.

— Ей-богу, я... — Дейн так и не успел договорить свою угрозу.

Сумрачный Хобхаус двинулся вперед, загораживая дорогу виконту.

— Буду более чем счастлив выпроводить джентльмена — титулованное лицо, мисс. — Мажордом прищурил глаза. — Я не ищу неприятностей, ваше сиятельство. Но я не говорил, что мне не доставит удовольствия провести с вами раунд-другой прямо сейчас.

Долгие, томительные мгновения четверо стояли в вестибюле не двигаясь. Потом глаза Дейна устремились на помертвевшее лицо Тэсс.

— Наслаждайся своим триумфом, пока можсшь. Предупреждаю тебя, это не продлится долго.

И потом он ушел, а вслед за ним — молчаливый встревоженный Пил.

* * *

День прошел в сером, удушающем тумане. Тэсс отдавала распоряжения Эдуарду и Летти, следила за заменой постельного белья в «Ангеле» и составляла меню на следующую неделю. Она проверила размещение старого коньяка в винном погребе гостиницы. Тщательно просмотрела свои расчетные книги.

И все это время она была за тысячу миль отсюда.

Вспоминая о времени, когда была молодой и невинной.

Когда мир казался прекрасным и свежим и ничем не напоминал зловещую преисподнюю, в которую превратился теперь.

— Скорее, мисс, что-то стряслось с Томасом в Фарли. — В наброшенной наспех одежде Джем торопливо пробирался через кухню в поисках Тэсс.

— Успокойся, Джем. Я здесь. — Тэсс, нахмурившись, вышла из кладовой, вытирая руки о передник. — Что случилось с Томасом?

— Это та, южная монастырская стена наверху обрушилась на него. Один из деревенских мальчишек случайно пробегал мимо и заметил его. Мальчик сейчас на конюшне. Запрячь вашу двуколку?

Тэсс уже мчалась в свою комнату, чтобы переодеться.

— Нет, оседлай чалого. Он быстрее. Летти и Хобхаус могут поехать следом в двуколке.

Когда Тэсс слетела вниз через пять минут, в руках у нее были чистые полотенца, мазь и маленькая бутылочка с настойкой опия. Хобхаус уже послал записку хирургу с просьбой приехать по вызову в Фарли. Но поскольку он был единственным врачом на всю округу, то мог приехать и через несколько часов, поэтому Тэсс знала, что должна сначала сделать для Томаса все, что в ее силах.

Сегодня ей не придется спать, подумала она, стараясь сосредоточиться на дороге. Она дала чалому полную свободу, и он понесся во весь опор. Скоро девушка обогнула Гиббет-Корнер и проскакала мимо старой ветряной мельницы.

Тэсс прищурилась, заметив что-то впереди, посреди дороги. Это был фермерский фургон, перевернутый на один бок; возницы нигде не было видно.

— Стоять, — вполголоса скомандовала Тэсс чалому, натягивая поводья и приготовившись объехать препятствие. Она бросила быстрый взгляд на канаву сбоку от дороги, подумав, что владельца, должно быть, выбросило туда из фургона и он лежит там, раненный.

Неожиданно твердая рука схватила ее за лодыжку и с силой сдернула с лошади. Кто-то набросил ей на лицо толстую шерстяную косынку. Тэсс стала отчаянно брыкаться, пытаясь закричать.

— Что... — Ее ступня ударилась обо что-то твердое, и она, поморщившись от боли, повернулась, чтобы нанести резкий удар в том же направлении.

Послышались приглушенные ругательства, ее плечо стиснули сильные пальцы. Она вырвала руку и побежала, не разбирая дороги.

Последнее, что Тэсс помнила, — как упала, ударившись о каменистую почву. Из глаз у нее посыпались искры; она жалобно застонала. На нее навалилась влажная и душная темнота.

Совсем как в ее ночных кошмарах.

Когда Тэсс открыла глаза, была ночь.

Или по крайней мере ей казалось, что наступила ночь. Она не была уверена в этом, поскольку ее глаза и лицо были все еще закрыты тяжелой шерстью.

Тэсс знала только, что сидит на стуле, потому что чувствовала спинку и сиденье под собой. Но где?

Вокруг была тишина. Тэсс нахмурилась, прислушиваясь, и наконец различила в отдалении звук, похожий на капанье воды.

«Совсем как прохладное, сырое пространство каменных туннелей Фарли», — в отчаянии подумала Тэсс. Боже правый, ее ведь не могли привести сюда? Только не в подземелье!

Побледнев, она с трудом поднялась на ноги и осторожно шагнула по каменному полу, в то же время пытаясь сорвать шерстяной платок с лица. Что, если здесь темно? Что, если ее заперли навсегда и оставят в темноте? Она задрожала, физически ощущая обступавшую ее мглу. И в этой темноте было нечто. Невидимое и безмолвное. Нечто ужасное.

«Перестань, — твердила она себе, лихорадочно стаскивая с головы завязанную узлом ткань. — Кто-то привел тебя сюда. Кто бы он ни был, он вернется за тобой». Тэсс упрямо шла вперед, пока не наткнулась пальцами на холодные выступы каменной стены.

Потом, как по волшебству, она услышала шарканье ног, а вслед за ним металлический скрежет ключа в замке.

Дверь со скрипом отворилась, и шаги стали приближаться. На шею ей повеяло теплым воздухом, неожиданным после сырости и холода.

Через мгновение она почувствовала, как у нее за спиной зашевелились невидимые пальцы. Без предупреждения кто-то снял с ее лица тяжелую шерсть, намокшую от дыхания. Тэсс заморгала, увидев перед собой большой пустой каменный погреб, в котором ничего не было, кроме ее стула и шаткого стола, освещенного мигающим фонарем.

В течение нескольких секунд, которые потребовались ее глазам, чтобы привыкнуть к свету, стоящий позади нее человек не двигался. «Хоукинз?» — в ужасе думала Тэсс.

Она вызывающе распрямила плечи.

— Это похищение, понимаете? — заявила Тэсс, боясь повернуться. — Об этом узнает судья.

— Надеюсь, что нет, дорогая моя. — Рейвенхерст медленно выступил вперед, в свет фонаря. Белая рубашка была распахнута у него на шее и небрежно заправлена в бриджи из оленьей кожи. Вокруг его лба была обмотана белая полотняная повязка. Тэсс с удовлетворением отметила, что она запятнана кровью.

— Меня будет искать Хобхаус.

Губы Рейвенхерста сложились в тонкую улыбку.

— Едва ли, дорогая моя. Во всяком случае, не сейчас, когда твои слуги считают, что ты приятно проводишь время в компании лорда Леннокса и его сестры.

— Ты — проклятый, презренный... — Тэсс бешено замахнулась на Рейвенхерста, но он лишь отвел ее руки в сторону.

— Я говорил тебе, что между нами не все кончено.

— А Томас? — спросила Тэсс, зная ответ еще до того, как услышала его.

— В этот момент Томас приканчивает превосходную жареную баранину и сладкие пирожки, если не ошибаюсь. Удивительное исцеление, не правда ли? А обедает вместе с ним расторопный деревенский мальчишка с только что заработанными шестью пенсами в кармане. Паренек был очень рад отнести записку Джему в «Ангел». Разумеется, он не имел представления о том, что в записке.

Глаза Тэсс сердито сверкнули.

— Ты думаешь, что позаботился обо всем, не так ли? Но я буду кричать. Буду кричать до тех пор, пока кто-нибудь не услышит меня.

— Ты, разумеется, можешь попробовать. Но эти каменные погреба построены на удивление добротно. Думаю, они были заложены во времена Непобедимой армады. Да, они абсолютно звуконепроницаемы, вот поэтому я и выбрал этот дом.

— Куда ты притащил меня, подлец?

— Это и впрямь не имеет значения, дорогая моя. Все, что тебе надо знать, — это то, что здесь тебя никто не сможет найти. Разумеется, за исключением меня. Ибо теперь ты полностью в моем распоряжении.

Тэсс прислонилась к холодной каменной стене, с изумлением наблюдая, как длинные пальцы Рейвенхерста тянутся к его рубашке. Она как завороженная уставилась на него, не в силах поверить, что это действительно происходит.

— Ты ведь не собираешься...

Он расстегнул одну пуговицу, потом другую, обнажая густую поросль черных курчавых волос.

— Конечно, собираюсь, моя дорогая Тэсс. Сегодня вечером я узнаю имя Лиса и планы его набегов. Так или иначе я узнаю все, что мне надо знать, можешь не сомневаться. Но какой путь мы изберем — легкий или сложный, — выбор за тобой. — Дейн расстегнул следующую пуговицу и, не сводя мрачного взгляда с лица Тэсс, начал вытаскивать рубашку из бриджей расчетливыми и нарочито ленивыми движениями.

— У меня нет никакого выбора, и ты прекрасно знаешь об этом! — выкрикнула Тэсс, бешено вырываясь из пут, пока у нее не заболели запястья и лодыжки.

Рейвенхерст так и не спускал с ее лица суровых глаз.

— Назови мне то, что я хочу знать, Тэсс.

— Никогда!

— Скажи мне его имя, — неумолимо повторил ее мучитель, — если не хочешь узнать силу моей ярости. — Неожиданно он вытянул вперед руку, приподнимая ее лицо и заставляя посмотреть ему в глаза. — Ты понимаешь, о чем я говорю, Тэсс? Что может произойти между нами?

— Ты грязный, презренный человек! Хоукинз по крайней мере не скрывает своей похоти. А ты прикрываешься долгом!

— Право, это так просто. Хватило бы нескольких слов.

Тэсс встретила его слова полным ненависти взглядом.

— Подонок! Самодовольный слизняк!

Лицо Рейвенхерста потемнело, но он ничего не ответил. Дейн отнял руки от ее подбородка, потом потянулся к своей талии. Медленно расстегнув последнюю пуговицу на рубашке, он стащил тонкое полотно с широких мускулистых плеч.

«Это сон, — говорила себе Тэсс, уставившись на его голую грудь. — Это не может быть правдой». Но потом руки Рейвенхерста потянулись к пуговицам на бриджах.

— Что ты думаешь на этот счет, дорогая моя?

— Ты отвратителен! Хуже Хоукинза, теперь я это вижу. Поскольку он по крайней мере не притворяется.

Тэсс заметила, как при этих ее словах он сжал челюсти. В его холодных, чистых глазах промелькнула и пропала слабая искорка чувства. «Да, — в отчаянии подумала она, — может быть, это верный путь!»

— Ты так же обращался со своими французскими пленниками? — насмехалась она, стараясь отвлечь его. — Ты заставлял женщин выполнять свои прихоти? И перерезал им глотки, если они не подчинялись?

Скулы Рейвенхерста напряглись.

— Прекрати эту бессмысленную болтовню, ты сама не знаешь, что говоришь.

— Я знаю тебя достаточно, чтобы угадать, и тем не менее?

— Следи за тем, что говоришь, иначе сейчас испытаешь силу моего гнева.

— Я не боюсь тебя, — горячо проговорила Тэсс. — Ты не более чем очередной мужлан с грубым голосом в длинном списке мужланов, пытавшихся командовать мной. Что ты можешь сделать такого, что испугало бы меня? — Она дерзко вздернула маленький подбородок. — Ну, милорд?

— Одно имя, Тэсс, один набор условных сигналов, — резко произнес Дейн.

— Никогда! — выпалила она.

Нахмурившись, Рейвенхерст придвинулся ближе.

— Я узнаю его имя, Тэсс. Так или иначе.

Тэсс медленно отодвигалась от него, пока не почувствовала, как холодные выступы стены впиваются ей в спину. И тут Дейн поднял ее и перекинул через плечо, прежде чем Тэсс успела вздохнуть.

— Раз не хочешь говорить, вижу, мне придется найти другие способы развязать тебе язык, — пророкотал он, неся ее к двери.

Тэсс насмешливо скривила губы.

— Тогда я скажу тебе то, что ты хочешь знать! — закричала она, лягаясь ногами. — Лис? Он майор, мистер Тредуэлл. У него... у него четыре помощника. Хобхауса ты уже знаешь. Другой — Джем и еще Эймос Хоукинз. Да, Хоукинз. — Тэсс коротко и хрипло засмеялась. — Ты мне не веришь? О да, я знаю их всех и бываю с ними на болоте. И я переспала со всеми, ты слышишь? Делила постель с каждым из них! Рассказать тебе, какие они любовники?

— Остановись, Тэсс! — с раздражением проговорил Рейвенхерст, впиваясь пальцами в ее бедра.

— Остановиться? Почему? Я думала, вы сегодня ночью охотитесь за секретами, милорд! Так, что дальше? Ах да, следующими идут викарий и булочник. Они вместе стоят в карауле на Мермейд-стрит.

— Прекрати, черт тебя побери!

— А потом есть еще капитан драгун, — неистово продолжала Тэсс. — Мне нельзя забывать о нем — ведь он так ненасытен! И невероятно... изобретателен в постели.

— Не надо, Тэсс! — прорычал он.

— Ты имеешь в виду, что не хочешь слушать моих секретов? Только не говори, что стал чувствительным, милорд! — Тэсс изогнулась, глядя широко открытыми, укоряющими глазами в лицо своего мучителя.

И отпрянула при виде кипящей там ненависти.

«Мне все равно, — убеждала она себя, — никто ничего не значит для меня. Он для меня умер, а я для него».

Она крепко зажмурила глаза, не в силах выносить больше его презрения. Даже когда Рейвенхерст грубо схватил ее и стащил с плеча, она все еще не открывала их.

— Шутки, опять шутки, — хрипло произнес Дейн. — Прекрасно, ты, я вижу, собираешься играть со мной до бесконечности.

Именно в этот момент Тэсс начала отстраняться в поисках места, где привыкла прятаться. Тихое место, которое она обычно находила, когда не могла выносить звуков родительской ссоры и приглушенных рыданий матери. Место, куда она отправлялась, когда отец запирал ее в холодном безмолвном подземелье.

С тех пор прошло два года, ей оставалось лишь надеяться на то, что она сейчас вспомнит это...

— Что ты делаешь? — спрашивал Рейвенхерст, прикасаясь напряженными пальцами к ее прохладной коже.

Тэсс уже слабо ощущала его прикосновение, окружающее расплывалось и теряло четкость. Только тогда ее глаза открылись — два подернутых дымкой зеленых озера на бледном овале лица. Огромные и туманные, они встретились с его взглядом — и продолжали смотреть мимо него.

— Посмотри на меня, черт тебя подери! — проворчал Рейвенхерст, схватив ее за подбородок и поднимая ее лицо вверх. — Хватит шутить.

Но Тэсс не ответила, она действительно еле слышала его. Она не распознала резкой ноты страха в его голосе.

Ибо сейчас ее легкие наполнял аромат роз и лилий. В голове ее слышался шум ветра. Перед ней лежал белый сад — прохладный и спасительный.

«Уже почти у цели. Почти в безопасности, где никто не найдет меня. В безопасности...»

— Тэсс!

Даже грубый, искаженный голос Рейвенхерста не нарушил ее отстраненности. Потому что сейчас она взбегала вверх по холму и под ногами у нее была трава в росе. Перед собой Тэсс видела листья с темными прожилками и трепещущие на ветру лепестки роз.

Она не почувствовала, когда он обхватил ее щеки ладонями. Она не слышала его резкого, прерывистого дыхания.

— Очень хорошо, если ты хочешь поиграть в эти игры, я дам тебе немного времени на размышление. Может быть, проведенная здесь, в холоде, ночь развяжет твой лживый язык, — отрывисто произнес Дейн.

Его сапоги прогрохотали по камню, где-то в отдалении Тэсс услышала звук закрываемой двери. Потом она опустилась на влажную землю, а ветер играл ее распущенными волосами, и под ногами мягко стелились щавель и наперстянка.

Глава 18

Дейн долго стоял, пристально глядя на женщину, которую держал на руках. Ее глаза не открывались и выражение лица никак не изменилось.

С сумрачным видом он подумал об изувеченном теле судового гардемарина, о рваной ране на его горле, из которой текла кровь. На него нахлынула черная ярость, и на мгновение он ослеп. И Дейн тут же отдернул пальцы от прохладной кожи Тэсс, как бы обжегшись. Он не может здесь больше оставаться, смутно понимал Рейвенхерст, не в таком состоянии. Он не представлял, что способен сделать с ней.

Нахмурившись, Дейн опустил Тэсс на холодный пол и зашагал к двери, но вскоре вернулся со своим плащом. Быстро расстелив его на влажных камнях, он уложил на него Тэсс. С мрачным видом он закрыл за собой тяжелую дверь. Секунду спустя в замке загремел ключ.

В своем отчаянном стремлении оказаться подальше от Тэсс он шагал через три ступени, на каждом шагу бормоча невнятные проклятия. Поток ругательств остановился, только когда Дейн вошел в скудно обставленный кабинет и осушил два огромных стакана коньяка.

В своей ярости Рейвенхерст не услышал странный, нестройный шум, доносящийся снизу, из темноты запертого погреба.

Но как бы то ни было, теперь уже слишком поздно.

Сначала Тэсс почувствовала их волосатые тельца, потом укусы крошечных острых челюстей. Они опускались на нее в темноте, суетливо прокладывая дорожки по ее незащищенной коже. Они были в волосах, в ушах, на веках.

— Не могу больше! — раздался в темноте полный ужаса крик. Ее собственный крик, смутно поняла Тэсс.

Она цеплялась дрожащими пальцами за холодные камни, в отчаянном стремлении спрятаться от ядовитых существ, выныривающих из ночи. Что-то упало ей на бедро, и она, обезумев, пыталась смахнуть безжалостных насекомых, глубоко вонзая ногти в кожу. Ее пальцы изогнулись, как когти, когда она бешено царапала себя, камни под ногами, влажную стену у себя над головой.

Теперь пауки были везде — злобное, безжалостное полчище.

Рейвенхерст намеревался не приходить дольше, однако час спустя он уже снова был у двери погреба, возбужденный и решительный. На мгновение на его лице промелькнула тень какого-то чувства, похожего на сожаление, но оно быстро улетучилось.

Женщина за дверью не стоила его сожалений, во всем, что с ней происходит теперь, виновата она сама.

Порыв влажного холодного воздуха дунул ему в лицо, когда он открыл дверь погреба и остановился на пороге, ожидая нового подвоха и зная, что ее нельзя недооценивать. Вокруг него в свете мерцающей свечи плясали тени. Он нахмурился, не понимая, что случилось с фонарем, который он оставил зажженным на столе.

И где, черт побери, она сама? Могла ли Тэсс каким-то образом сбежать?

Подняв свечу, Дейн стал осматриваться кругом, хмурясь все больше. Он спустился вниз, и его ступни гулко застучали по древнему каменному полу.

Потом Дейн увидел ее, скорчившуюся в дальнем углу комнаты. Ее платье было разорвано на груди и по подолу, а один рукав висел на нитках.

Рейвенхерст остановился как вкопанный, услышав странное тихое гудение. Пока он смотрел на нее, Тэсс начала раскачиваться взад-вперед, обняв руками согнутые колени. Он заметил, что ее глаза были огромными и испуганными; когда он подошел поближе, они уставились на него не мигая, не узнавая, глядя сквозь него.

— Вставай, Тэсс, — сумрачно приказал он.

Раскачивание не прекратилось, так же как и странная мелодия без слов.

— Прекрати это представление. — Рейвенхерст с сумрачным лицом опустился перед ней на колени и заглянул в глаза, поразившись тому, что они не отреагировали на его присутствие. Пробормотав проклятие, он схватил ее за руки и попытался поставить на ноги.

Ее тело было обмякшим и тяжелым. Он прижал большими пальцами ее хрупкие запястья, пока приподнимал ее, недоумевая, что это за новый трюк.

Ее лицо исказила гримаса.

— Посмотри на меня, Тэсс, — отрывисто приказал Дейн.

Тихое гудение продолжалось, он чувствовал на щеке ее легкое, прерывистое дыхание. Дейн пристально смотрел на нее в гневе и недоверии.

Только теперь Рейвенхерст заметил ее пальцы. Израненные и распухшие, они сочились кровью из десятка болезненных ранок. Каждый ноготь был сломан и потемнел от грязи и запекшейся крови.

Невозможно. И все же...

— Солнышко, — хрипло прошептал он, испытывая жгучее раскаяние. — Мое милое своенравное солнышко, что я наделал?

Услышав знакомое прозвище, Тэсс заморгала. Она изогнулась, пытаясь смахнуть что-то с плеча.

Что-то, чего Дейну не было видно.

— Не... не надо больше, — заикаясь, проговорила она. — Боже правый, заставь их уйти.

— Кого заставить уйти?

Рука Тэсс снова зашевелилась, сильно надавливая на ткань платья вокруг шеи, а ее сломанные ногти прочертили борозды на матовой коже.

— Что это?

— П-пауки, — выдохнула Тэсс. — Боже милостивый, неужели ты не видишь их? — Она пыталась схватить дрожащими пальцами пустое пространство перед собой. — Здесь.

— Здесь нет пауков, — отрывисто проговорил Дейн.

— Всюду на мне, — выдохнула Тэсс, отчаянно трепыхаясь в его руках. — Отпусти меня!

На твердой линии скулы Рейвенхерста заиграли желваки, когда он взглянул на белое лицо Тэсс. Ее потемневшие глаза были широко открыты и полны ужаса. Ее разорванный рукав зацепился за пуговицу на его рубашке и оторвался совсем, распахнув лиф платья.

Негнущимися, неловкими пальцами Рейвенхерст поправил одежду на ее обнажившемся теле, отводя глаза от эротической выпуклости груди и розового соска. Он выругался, чувствуя, что его, как молния, пронизало желание, захватывая каждый дюйм уязвимого тела.

Как он может в такое время думать о...

Тэсс в его объятиях напряглась и конвульсивно задрожала. Рейвенхерст обхватил ее ладонями за шею и попытался притянуть поближе к себе. Но она бешено сопротивлялась, напрягшись всем телом; ее остекленевшие глаза смотрели в одну точку.

— Не противься мне, Тэсс. Я хочу лишь помочь тебе. — Дейн проворно стряхнул с себя куртку и накинул на ее дрожащие плечи. Под разорванной тканью виднелась кожа голубоватого оттенка. Она казалась холодной, слишком холодной его горячим пальцам. — Позволь мне сделать для тебя по меньшей мере это, — прошептал он.

И тогда, не дожидаясь, пока она начнет сопротивляться, Рейвенхерст подхватил свою дрожащую добычу на руки и вынес из темной тюрьмы.

Тэсс все еще была холодной, когда он положил ее на свою кровать с пологом. Ее веки с голубыми прожилками затрепетали, и она беспокойно заметалась, чуть слышно бормоча невнятные слова.

«Ее кожа как лед, — думал Дейн, натягивая на нее очередное одеяло. — Господи, что произошло в погребе?» Даже сейчас она, казалось, не замечала, что он делает, а только смотрела не отрываясь на свечу, стоящую на ночном столике.

Резкий стук в дверь далеко на первом этаже эхом отозвался в почти пустом доме. Скривившись, Дейн ждал, пока человек уйдет, кто бы он ни был. На стук в дверь никто, кроме него, ответить не мог: не желая иметь свидетелей своего столкновения с Тэсс, он отослал Пила на два дня к родственникам.

Наступила тишина, нарушенная затем более сильным и настойчивым стуком. Очень скоро стало понятно, что посетитель не собирается уходить.

Нахмурившись, виконт бросил последний взгляд на лежащую в его постели женщину с бледным лицом, затем повернулся и зашагал вниз по ступеням.

Когда он открыл дверь, в круг света, отбрасываемый висящим над крыльцом фонарем, вступила величавая фигура в малиновом плаще. Пальцы с ярко-красными ногтями обхватили запястье Рейвенхерста.

— Так вот вы где, милорд, — промурлыкала леди Патриция Леннокс с упреком в глазах. — Я уже почти отказалась от мысли найти вас. Потом Хобхаус сказал мне, что вы покинули «Ангел» и переехали в свой восстановленный городской дом.

Порыв ветра подхватил ее малиновый плащ, толстый бархат которого обвился вокруг ног Дейна. В то же мгновение белокурая женщина с тихим вздохом подалась к нему, обвив его руками.

Ее глаза засверкали, когда она подняла к нему лицо, губы ее слегка раскрылись.

Дейн не шевелился.

Его гостья прищурила глаза.

— Странно, Хобхаус удивился, увидев меня, поскольку полагал, что крошка Лейтон сегодня обедает со мной. Не представляю, кто внушил малому эту мысль. — Видя, что Дейн не отвечает, она слегка отодвинулась назад и вытащила из кармана плаща украшенную лентами бутылку. — Позвольте преподнести вам этот маленький подарок в память о прошлых удовольствиях и в надежде, что они вернутся. — Улыбаясь, она протянула ему тяжелый предмет.

— Какая забота с вашей стороны. — Дейн слегка поклонился и принял дар, удивляясь тому, что никогда раньше не замечал, насколько у нее холодные глаза.

— Как — вы не собираетесь пригласить меня войти, чтобы попробовать по стаканчику? — спросила леди Патриция с широкой манящей улыбкой.

— Мне остается только мечтать об этом, — вкрадчиво произнес Рейвенхерст, — но я только что получил депешу из Лондона и, боюсь, не вправе откладывать ответ.

— Она наверняка может подождать, — бархатным голосом произнесла его гостья, надув сочные губы, — хотя бы недолго.

— Боюсь, что нет, миледи. Может быть, завтра? — добавил он, смягчая удар.

Леди Патриция нахмурилась:

— Боюсь, у меня другие планы на завтра! — Неожиданно ее глаза потемнели и в уголках накрашенного рта заиграла легкая улыбка. — Но я надеюсь, что вы тем не менее попробуете мой подарок. Думайте обо мне, когда будете пить, хорошо, милорд? И пусть он согреет вас, когда будете исполнять свои унылые обязанности.

Потом, негромко рассмеявшись, она повернулась и скользнула к ожидавшему экипажу, выставляя напоказ ноги, пока поднимала шелковые юбки и забиралась в него. Ветер подхватил ее едва уловимый розовый аромат и донес его до Дейна, глаза которого на мгновение сощурились.

Пожав плечами, виконт выбросил из головы леди Патрицию, и его мысли вернулись к женщине, уже занявшей его постель. Прижимая к груди подарок, он в задумчивости поднялся по ступеням. Быть может, немного алкоголя пойдет ей впрок.

Дейн осторожно открыл бутылку и понюхал содержимое. Аромат был богатым и отдавал слабой острой нотой, не лишенной приятности. В целом прекрасный коньяк, решил он, спрашивая себя, не добыча ли это контрабандистов.

В таком случае будет справедливо, если он предложит его женщине контрабандиста, думал Рейвенхерст, поднимая голову Тэсс и вливая ей в рот немного коньяка.

— Нет, — выдохнула она, беспокойно заметавшись. — Хватит!

— Тише, — промолвил он, ставя бутылку на стол и заключая Тэсс в объятия. — Тише, *солнышко!*

Но Тэсс продолжала вырываться из его рук с еще большим ожесточением.

— Пусть они уйдут, — молила она, продолжая биться в его руках. — Я больше не вынесу этого жара.

— Нет здесь никаких пауков, здесь только ты и я, — едва слышно бормотал Дейн, гладя ее прохладную кожу загрубевшими сильными пальцами. Через некоторое время ему показалось, что к ее телу начало возвращаться тепло. Щеки Тэсс слегка порозовели. Должно быть, коньяк начал действовать.

Она открыла остекленевшие глаза, потом снова начала беспокойно метаться. С губ ее срывались слабые горестные рыдания.

— Не противься мне, Тэсс, — прошептал Дейн, чувствуя только, что ее стройные ноги трутся о его бедра. Его пронзило неистовое, первобытное желание, вздымавшее его мужское естество.

Пробормотав проклятие, он повернулся и подмял ее под себя. Ей-богу, он хочет ее — такую горячую и вожделеющую, когда она обнимает его длинными белыми ногами. Он хочет, чтобы она трепетала, забыла обо всем, кроме желания, когда он заполнит ее своей твердой, разбухшей мужской плотью.

— Открой глаза, Тэсс.

Она беспокойно заметалась в его руках, что-то тихо бормоча. Ее замотанные марлей руки поднимались и опускались, упираясь ему в грудь.

Вдруг Дейн оцепенел, уставившись на яркие красные пятна на ее скулах. В его сознании вспыхнул образ, почти забытые воспоминания о смутных месяцах, проведенных во Франции. Где это было?

Ша д'Ор, вспомнил он, сжимая губы. И тогда на него нахлынули воспоминания, как будто это было вчера.

Холодные и влажные руки, горячая кожа, бешеный, скачущий пульс. Удары сердца, готового выпрыгнуть из груди.

Так, должно быть, стучит сейчас ее сердце.

И вот к нему вернулась та ночь во всем своем неподдельном ужасе. Довольно скверная штука, когда на нее смотришь, но невыразимая, когда испытываешь ее сам, как пришлось ему.

А сейчас это испытывает Тэсс!

Итак, к коньяку были подмешаны наркотики, нечто, отключающее сдерживающее начало в человеке. Нечто, сжигающее человека изнутри, пока не останется ничего, кроме трепещущих нервных окончаний.

Возможно, это пришло с Востока. Горькие, сильнодействующие порошки, привезенные из Индии.

Беспощадное, ослепляющее зелье, способное превратить разумное человеческое существо в дикое, неуправляемое животное.

И все это дело рук леди Патриции! Рейвенхерст невидящими глазами уставился на женщину, беспокойно мечущуюся на его постели. Если бы не случай, он сам бы мог метаться там, охваченный иссушающим пламенем наркотической страсти.

Так, как это было в Париже много месяцев назад.

— Как... жарко, — простонала Тэсс.

Ее пальцы глубоко зарылись в спутанные простыни.

Ее неистовые и ищущие бедра приподнялись над постелью. Она всхлипнула в отчаянном желании окончить муку, в желании вытянуться и заполнить терзающую ее изнутри пустоту.

Ее кожа кишела неуловимыми существами. Она хрипло закричала, чувствуя прикосновение крошечных прожорливых челюстей. В нее вливалось все больше и больше их яда, от которого загорались мириады новых огоньков. Ее шея, грудь, бедра...

Где-то рядом с ней шептал невнятный голос, но Тэсс не могла разобрать слов. На ее щеки, глаза, грудь опустилась благословенная прохлада.

Но этого было недостаточно, совершенно недостаточно, чтобы унять неистовый пламень, грозивший поглотить ее.

Совсем как раньше, совсем так, как той ночью пять лет назад, когда ее жестоко предали. Когда ее надежда умерла.

— Не... не обижай меня, — всхлипнула она в темноту. — Не надо больше.

Глава 19

С губ Рейвенхерста сорвалось грубое ругательство. Он отбросил кусок влажного полотна, зная, что это не поможет. Сколько дал он ей проклятого коньяка? Наверняка не больше четырех глотков. Белобрысая сука приготовила невероятно сильное зелье.

Глаза виконта посуровели, когда он бросил взгляд на лежащую в постели женщину. Не было больше искусительницы с миндалевидными глазами, не было уверенной в себе, насмешливой распутницы. На ее месте лежало испуганное, страждущее существо.

И тогда он вспомнил о другой женщине, стройной и темноволосой, осмелившейся спрятать его, когда жандармы Фуше прочесывали Париж в поисках английской добычи.

Когда они поймали его вместе с испуганной Вероникой, их отличающийся тяжелой челюстью командир поклялся проучить парочку, предавшую Наполеона.

Они заставили Дейна смотреть, как силой вливали ужасную смесь в рот женщины, пока та не начала прерывисто дышать и корчиться в агонии, как и лежащая сейчас перед ним Тэсс.

Потом похотливый француз заставил Рейвенхерста взять ее, угрожая ему пистолетом, когда английский пленник пытался сопротивляться. И все время его преследовали безумные, невидящие глаза Вероники.

— Боже мой, как я страдаю! — шептала она. — Жарко... так жарко!

За эту невыразимо долгую ночь он на собственном опыте познал адские муки, чудовищную жестокость, на которую способны люди.

Лысый командир позабавился созерцанием эротической сцены, намереваясь расстрелять Дейна на рассвете. Только вот сердце Вероники не выдержало этого страха в сочетании с избытком наркотика. Она неожиданно умерла.

Воспользовавшись моментом, Дейн скрылся.

Но он никогда не забывал о цене, которую пришлось заплатить невинной женщине за его свободу.

Теперь, глядя на Тэсс, бледные руки которой комкали измятые простыни, Дейн осознал, что она, ввергнутая из ночного кошмара в нечто более ужасное, тоже страдает из-за него. Он знал также, что только он один может успокоить ее.

Дейн изо всех сил пытался справиться со своими чувствами. Рейвенхерст опустился на постель рядом с ней, положив ей руку на плечо, чтобы Тэсс не отворачивалась. Он всматривался в ее лицо потемневшими глазами.

Боже милостивый, как он хотел ее! Дейн не думал, что так получится, но теперь другого пути не было.

— Не противься мне, Тэсс, — прошептал он. — Не теперь, быть может, позже, но сейчас... — Его голос окреп. — Позволь мне сейчас вернуть тебя назад. Позволь мне сделать эту ночь такой, какой должна была быть *та* ночь.

Дейн легко прикоснулся губами к ее щекам и векам, как будто играя. Он поцеловал ее в лоб, в уголок рта. И когда наконец Дейн почувствовал, что она расслабилась и выгнулась ему навстречу, он не смог сдержать легкой торжествующей улыбки. Медленно, как во сне, он смотрел, как она протягивает к нему руки.

— Дейн?

Как долго он ждал, чтобы услышать свое имя на ее устах!

С затуманенными от желания глазами склонился он над ее шелковистым разгоряченным телом, ощущая в себе тот же огонь, что сжигал ее. Сейчас Тэсс была такой мягкой, открытой для него, с раздвинутыми вожделеющими бедрами.

Все, о чем он когда-либо мечтал...

Дейн почувствовал, что твердеет и разбухает до болезненных размеров. Напрягшись, он боролся с непреодолимым желанием глубоко проникнуть в нее, чтобы облегчить боль в паху. Но он знал, что не должен этого делать, не теперь, когда ее желание так велико.

Он слышал ее неровное сердцебиение; его язык начал ласкать упругие мышцы ее живота, дотрагиваясь до пупка.

Дейн теперь не только слышал, но и чувствовал ее тихие стоны, осознав, что в них звучала страсть и вместе с тем паника. Этот прерывистый звук заставил его грубо выругаться, проклиная леди Патрицию за ее коварство.

Рейвенхерст медленно провел пальцами по темным завиткам внизу ее живота. Тэсс моментально замерла, вдавливая пятки в постель и сжимая ноги вместе.

Не говоря ни слова, Дейн притянул ее ближе к себе, успокаивая поцелуями и сильными, уверенными руками, не торопя ее, пока она не начала расслабляться. Перемена была едва заметной; Дейн почувствовал это по ее ровному дыханию, по тому, как она легко прикасалась пальцами к его плечам.

— Откройся мне, Тэсс, — настойчиво уговаривал он, прикасаясь легкими поцелуями к уголку ее рта, застонав, когда ее губы раскрылись и она стала гладить его язык своим. — Горячо... так сладко. Позволь мне достать для тебя солнце.

«Какая красивая», — смутно думал Дейн, возбужденный видом ее тонкой талии, торчащих напряженных сосков и родинок на груди и бедре.

«Моя женщина, — неистово пела его кровь. — Теперь и навсегда. Нравится ей это или нет».

У него потемнело в глазах, когда он почувствовал, что она начинает сотрясаться от толчков, исходящих от самого сердца и заставляющих ее с безумием и настойчивостью прижиматься к нему. Внезапно ее серо-зеленые глаза распахнулись, а потом остановились с выражением изумления и испуга.

— Возьми меня, Тэсс, — прошептал он, чувствуя, что она начинает сопротивляться, — мое милое Солнышко.

— Н-нет, — всхлипнула она, чувствуя, что сердце готово выскочить из груди, чувствуя, что бедра и шея пылают огнем.

Но было уже слишком поздно.

Ибо потом, как обещал некто из ее сна, с неба сорвалось солнце, опускаясь на нее в сладостной ярости, выжигая и яд, и воспоминания.

Разделявшие их годы отступили, и неожиданно осталось одно прежнее нежное чувство, только этот чистый яркий пламень любви и желания, неразрывно связывавший их. Позабыв о прошлом и будущем, Дейн ощутил, как она содрогнулась и крепко прижалась к нему, как будто никогда не собиралась отпускать.

Дейн знал, что это обещание ее тела, а не сердца или ума. Но он добьется того, чтобы она выполнила это обещание, молчаливо поклялся мужчина с суровым лицом, лаская ее, снова и снова шепча ее имя, как страстную молитву, еще долго после того, как Тэсс перестала содрогаться и в изнеможении обмякла в его объятиях, пребывая во власти грез.

Когда она снова начала беспокойно ворочаться, Дейн, убаюкивая ее в своих объятиях, глубоко погрузился в ее бархатистый жар, пока их дыхания не смешались и их тела не слились в одно распаленное существо.

Все долгие ночные часы Дейн любил ее, лаская руками, губами и языком, побуждая приглушенными криками и хриплыми стонами, с неистовой страстью, превосходящей все то, что он когда-либо испытал.

Ибо то, что происходило между ними, было исполнено невыразимой муки и бешеного экстаза, самыми главными и насущными из человеческих потребностей. Это было получаемое и отдаваемое наслаждение, которое они продлевали и смаковали. Это было ослепительное сияние и темная преисподняя, поглощающие тело и душу, пока они наконец не насытятся бурей сильного чувства.

Когда он снова обрел способность трезво мыслить, Рейвенхерст спросил себя, понимает ли Тэсс, что произошло между ними. Но это не имеет значения, уверял он себя. Ибо она снова была его, связанная с ним узами, более древними, чем человеческие и государственные законы.

Его, теперь и навсегда.

Отступления не будет ни для одного из них.

Прошло несколько долгих часов, и Тэсс беспокойно заворочалась. Ее веки затрепетали, а потом закрылись от яркого солнечного света, проникавшего в комнату через незнакомые занавески. Что-то защекотало ее щеку, и она отмахнулась от него, натягивая тяжелые одеяла себе на грудь.

От этого движения ее плечи и бедра заныли от тупой боли, исходящей от мышц, о существовании которых в человеческом теле она не догадывалась. Открыв глаза, Тэсс безучастно уставилась на незнакомый белый потолок над головой.

Она потрогала пальцами укрывающее ее незнакомое шерстяное одеяло. Бинты? Из ее горла вырвался крик, который она тут же подавила, увидев прижавшееся к ее ноге мужское бедро.

Она медленно, как во сне, повернулась и увидела лежащее рядом с собой бронзовое тело мужчины, длинные блестящие волосы которого обрамляли суровое лицо с резкими скулами. На виски и на безмятежный во сне лоб падали седые пряди.

Боже правый, что он сделал? «Что сделала я?» — недоумевала Тэсс, снова ощущая незнакомую боль в бедрах и груди.

Но сейчас не время для вопросов, особенно когда всего в нескольких дюймах от нее лежит лорд Рейвенхерст, а в ее бедрах накапливается необъяснимое напряжение и ее охватывает странное желание узнать, каково будет, если запустить пальцы в курчавые волосы над этими плоскими мужскими сосками. Почувствовать, как его теплые мышцы напрягутся и вздрогнут от ее дразнящего прикосновения.

Тэсс поднесла руку к губам. Ее охватило желание при мысли о жестком теле, приникшем к ее мягкому телу, о бронзовом бедре, разводящем ее ноги.

Тэсс дрожащими пальцами откинула простыни и попыталась отодвинуться от него. Она медленно спустила одну ногу на пол и готова была уже выскользнуть из постели. В этот момент Тэсс почувствовала, как на ее ногу навалилось что-то тяжелое и жесткое. В следующую секунду он схватил ее и притянул к себе.

— И куда это, черт побери, ты собралась? — пробасил Рейвенхерст невнятным, хриплым со сна голосом.

Глава 20

Прерывисто дыша, Тэсс пыталась освободиться из железных тисков. Но каждое движение отдавалось в ее запястьях и пальцах, болевших после прошедшей ночи. С ее губ сорвалось приглушенное рыдание, когда она поняла, что у нее нет надежды избавиться от этого человека.

Руки Рейвенхерста медленно и неумолимо придвигали ее, пока она не оказалась прижатой к его груди, глядя в темно-синие манящие глаза.

— Итак, ты хотела сбежать, правда? — пробурчал он. — После всего, что произошло между нами ночью?

Тэсс смотрела на него безумными глазами, боясь слушать, боясь даже вникать в то, что он говорит.

— Н-ничего между нами не произошло!

Он прищурил синие глаза.

— Знаешь, Тэсс Лейтон, у тебя красивые груди. Шелковистые, изумительные бедра и...

— Перестань! — хрипло закричала она. — Ты отвратительный...

— Я действительно считаю, что в сложившихся обстоятельствах буду вынужден жениться на тебе, — лениво произнес Рейвенхерст, как будто не слыша ее слов.

— Выйти замуж! — вскипела она. — За тебя? Я скорей выйду замуж за... козла! Или за змею!

Дейн сжал губы, осознав, что его мечты улетучиваются, как дым от дуновения ветра.

Опять.

«У нас могло бы быть так много общего», — с горечью подумал он.

Но он забыл, какая Тэсс упрямая, какая безжалостная и эгоистичная.

— О да, ты станешь моей женой, — пробасил он, скрывая боль. — Только на таком условии ты покинешь этот дом.

— Должно быть, ты не в себе! Ты и впрямь сумасшедший, если полагаешь, что я когда-нибудь смогу выйти замуж за отвратительного субъекта вроде тебя!

Глаза Дейна превратились в узкие щелочки.

— Ты, может быть, предпочтешь, чтобы я расквартировал в Фарли группу офицеров? Будет обидно, конечно, если они своими огромными сапожищами помнут белый сад твоей матери. Испортят все эти хрупкие цветы...

— Черт бы тебя побрал с твоей черной душой! Ты не посмеешь!

— Можешь не сомневаться! Я вполне имею на это право как комиссар военного канала. Видишь ли, я намереваюсь обуздать тебя, любовь моя, поскольку здесь тебя уже давно приручили. И после того, как я приучу тебя... к моему седлу, если можно так выразиться, я задам тебе много вопросов. Да, женитьба даст мне идеальную возможность выполнить все это.

— Подлый, хладнокровный...

Рейвенхерст притиснул ее к себе, тепло его обнаженного тела начало жечь ее через тонкую простыню, которую Тэсс прижимала к груди.

— А-а, но час назад ты чувствовала совсем другое, дорогая моя. Тогда ты стонала и прерывисто дышала, терлась о меня в полном забвении чувств, умоляя взять тебя. Конечно, у меня, — вкрадчиво добавил Дейн, — как у истинного джентльмена, не было другого выбора, как сделать тебе одолжение.

Тэсс побледнела.

— Невозможно, — прошептала она.

Пока она говорила это, ей на секунду привиделись сильные бронзовые пальцы, обхватившие ее бледные груди. Ее донимали мучительные образы; темнота боролась со светом, твердость с мягкостью.

Она прищурила глаза, вглядываясь в небритые щеки Рейвенхерста, догадавшись, что они были причиной мелких царапин, покрывавших ее нежную кожу.

Кожу на груди. На шее. На бедрах, где он...

Нет, она не... он не мог...

Тэсс отчаянно пыталась высвободиться, опасаясь темного торжества, сверкавшего у него в глазах.

— Я вынужден поправить тебя, ибо ты делала все это и еще гораздо больше. — Рейвенхерст не спускал с Тэсс холодных глаз, а сам немного повернулся, показывая ей спину. — Это твои отметины, дорогая моя. Любовные укусы, оставленные твоими острыми маленькими зубками. И еще есть такие же на шее и плечах. Похоже, ты никак не могла насытиться мной прошлой ночью. Да, в постели ты становишься горячей, распутной маленькой сучкой. — Дейн вцепился пальцами в ее хрупкие запястья. — В моей постели, вот что главное. Ибо теперь твоя страсть будет гореть только для меня. Ты не будешь больше скакать по болоту, не будешь стонать в объятиях других мужчин. Теперь ты моя, Тэсс Лейтон, ты слышишь?

Оцепенев и потеряв от ужаса дар речи, Тэсс уставилась на него потемневшими бездонными глазами. Боже правый, это не может быть правдой! Наверное, это его очередная ложь...

— Это не ложь, Тэсс, — отрывисто произнес Дейн, словно прочитав ее мысли. — Отметины от твоих зубов не лгут. Так же, как и тупая боль в бедрах, которую ты, я думаю, сейчас ощущаешь и которая вызвана тем, что ты любила меня всю долгую, бурную ночь. — Глубоко в его глазах заполыхало темное пламя. — Удивительно приятную ночь для нас обоих, дорогая моя, полную наслаждений, которые мы познаем много раз после того, как поженимся.

Тэсс с гневным криком вскочила на ноги. От этого порывистого движения прикрывавшая ее простыня соскользнула, представив разгоряченному взору Рейвенхерста ее шелковистое тело.

— Нет и снова нет! — сердито закричала она, не обращая внимания на свою наготу. — Тысячу раз «нет», чудовище!

Лицо Рейвенхерста вспыхнуло от ярости.

— Я могу превратиться в чудовище, дорогая моя. Именно ты в состоянии довести меня до этого. А теперь иди сюда, Тэсс, — приказал он с металлической ноткой в голосе.

Красавица с золотисто-каштановыми волосами бросила на него гневный взгляд.

— Черта с два я пойду!

— Не заставляй применять силу.

— Я не подчиняюсь ничьим приказам, ваше чертово сиятельство. Чем скорей ты поймешь это, тем лучше!

— Сейчас же, Тэсс, — прорычал виконт, — если не боишься испытать на себе мой гнев!

— Меня нисколько не пугают твои угрозы, ничтожество. Ты всего-навсего вырождающийся, развращенный, мерзкий...

— Полный решимости, — проговорил Рейвенхерст с мстительным выражением. — Полный решимости видеть тебя в своей постели, впрячь тебя в мою упряжку, получить ответы на мои вопросы.

— В самом деле, милорд? — пронзительным голосом спросила Тэсс. — И ты действительно можешь все это сделать?

Рейвенхерст приподнял темную бровь:

— С тобой никогда нельзя знать наверняка, так ведь? Где кончаются шутки и начинается правда. — На виске Дейна запульсировала жилка. — Способна ли ты вообще говорить правду? Но я скоро заставлю тебя говорить на другом языке, ведьма. На языке рук и губ. Твое тело никогда не солжет мне.

— Ты подонок, меня не интересуют твои разглагольствования и...

— Слишком поздно, Тэсс. — Рейвенхерст медленно стянул простыню со своего торса; суровые черты его лица дышали яростью. Неожиданно перед Тэсс предстало его мускулистое тело с каждой своей пульсирующей, до предела мужской клеточкой.

Ее сердце бешено забилось в груди.

— Остановись! Не подходи ко мне!

Но он, казалось, не слышал. С сумрачным лицом Дейн поднялся с постели и направился к ней. Глаза на смуглом лице тлели тысячью крошечных угольков.

— Негодяй! Подонок с черной душой! — выкрикнула Тэсс, отступая назад.

— Вижу, мне придется самому позаботиться обо всем, — пробасил Рейвенхерст. — И похоже, первое, что мне предстоит сделать, — это хорошенько отмыть твой поганый язык.

Смертельно бледная, Тэсс отступила еще на шаг, наткнувшись спиной на стену.

Губы Дейна изогнулись в холодной торжествующей усмешке.

Воздух между ними дрожал от напряжения.

Тэсс лихорадочно искала глазами какое-нибудь оружие, какой-нибудь путь к отступлению. Ни того, ни другого не было, и ее проклятый похититель знал об этом.

Он уже был от нее на расстоянии вытянутой руки. Краска залила щеки Тэсс, когда ее взгляд упал на его бронзовую широкую грудь с порослью густых черных волос, на твердый жезл, выступавший у него между ног.

— Ос-становись! — закричала она.

— Не теперь, дорогая моя. Только когда я оставлю на тебе свою отметину. — Его голос ожесточился. — Только когда ты станешь умолять меня не останавливаться.

Пока он говорил, Тэсс чувствовала, как ее тело горит и тает. Потеряв дар речи, она смотрела, как он подходит ближе, пораженная мощью этого гибкого, хищного тела.

Но она не должна допустить, чтобы он заметил ее слабость! Это было бы предательством по отношению к Джеку и остальным.

Вдруг Тэсс услышала далеко внизу звуки бешеных ударов меди по дереву.

— Откройте, именем короля! — проревел сердитый голос. — По приказу инспектора Хоукинза мы собираемся обыскать этот дом — нет ли здесь контрабандистов?

На какое-то безумное мгновение горящие лазурные глаза встретились с затуманенными зелеными. С бьющимися сердцами двое замерли, прислушиваясь к грохоту дверного кольца и доносящимся с улицы сердитым голосам.

Рейвенхерст зашевелился первым, натягивая бриджи.

— Хоукинз, — пробормотал он. — Чертова свинья!

— Дай мне уйти! — дико закричала Тэсс. — Должна же быть черная лестница.

— Ее только настилают, — равнодушно заметил виконт, — она еще слишком неустойчивая, и ею нельзя пользоваться. Из этого дома есть только один выход — вниз по парадной лестнице, как раз мимо людей Хоукинза.

Снова загремело дверное кольцо.

— Ну же, именем Бога! — перекрыл шум свирепый рев Хоукинза.

Губы Дейна сложились в легкую улыбку. Итак, инспектор здесь, собственной персоной? Да, видимо, судьба снова благоволит к нему.

Тэсс еще не успела понять, что он собирается делать, как Дейн сгреб ее в охапку и пошел к постели, на которую небрежно опустил свою ношу.

— Наше дело далеко не окончено, дорогая моя, — сумрачно произнес он. — Веди себя тихо, пока я не избавлюсь от нашего настырного посетителя.

С губ Тэсс готовы были сорваться проклятия, когда она попыталась сесть в постели.

— Как ты смеешь?! Ты подонок, чудовище! Сам дьявол!

В следующую секунду дверь захлопнулась, а Тэсс продолжала сотрясать проклятиями воздух. Оцепенев от ярости, она прислушивалась к щелканью ключа в замке, а затем шлепанью босых ног по ступеням. Все это время она осматривала скудно обставленную комнату. Но там не было ничего подходящего — ни ножа, ни даже ножниц. Ничего, кроме проклятой кровати и стула.

И разумеется, полупустой бутылки на ночном столике — с помощью спиртного Дейн, без сомнения, затуманивал ей мозги всю долгую ночь. Тэсс в исступлении подбежала к запертой двери, чтобы проверить ее, потом попробовала находящуюся напротив дверь поменьше, за которой оказался небольшой стенной шкаф.

Что же ей делать?

Побледнев, она резко повернулась, смахнув в панике бутылку на деревянный пол, и та разбилась на множество мелких осколков, остатки коньяка растеклись по полу.

Далеко внизу заскрипела дверь на петлях. Хоукинз выкрикнул свирепую команду, вслед за которой послышались громкие крики и топот ног. Тэсс в отчаянии обвела глазами комнату. Она не могла сойти вниз, и оставалось только...

С бьющимся сердцем она подбежала к окну, вскрикивая, когда осколки стекла впивались в ее голые ступни. Слезы выступили у нее на глазах, но Тэсс поборола боль, зная, что остается совсем мало времени.

Она быстро отдернула занавески и распахнула окно. Да, надо попытаться! Неловкими дрожащими пальцами Тэсс откинула покрывало с постели, вытащила простыни и потянула их к окну. Они были теперь испачканы кровью с ее ступней, но она не обратила на это внимания. Тэсс в исступлении связала две простыни вместе, потом перекинула один конец через ближайший к окну столбик кровати. Бормоча молитву, она выбросила другой конец в открытое окно.

Ее постигло глубокое разочарование, когда она увидела, что болтающаяся ткань колеблется на ветру по меньшей мере в двадцати футах от земли. «Проклятие! Слишком коротка!»

В этот момент по лестнице застучали тяжелые сапоги.

«Думай... думай... думай!»

Прикусив губу, Тэсс осматривала комнату, запертую входную дверь, стенной шкаф рядом с ней. Боже правый, что ей делать дальше?

Глава 21

Лицо Рейвенхерста было суровым и непроницаемым, когда он распахнул массивную дубовую дверь, выходящую на улицу. Перед ним стояли и стучали в дверь десятка два таможенных офицеров с Эймосом Хоукинзом в центре, зажавшим в толстых пальцах отделанный латунью пистолет.

— Пора открыть дверь, Рейвенхерст. — Бесцветные глаза Хоукинза оглядели голую грудь виконта и его босые ступни. — Я, я... похоже, мы пришли не вовремя. Совсем не вовремя, — ухмыльнулся он, растягивая губы в невеселой улыбке.

Да, он с удовольствием сбил бы спесь с этого наглого бездельника, думал Хоукинз.

— Мои люди заметили пару бандитов, перелезавших через ограду вашего сада. Похоже, они несли просмоленные бочонки с контрабандой. Думаю, нам надо осмотреть дом.

Рейвенхерст холодно рассматривал Хоукинза.

— Если бы кто-нибудь проник в мои владения, я бы знал об этом, инспектор. А теперь, будьте любезны, заберите своих людей и...

— Но я не буду любезен, Рейвенхерст. Я пришел сюда сделать обыск, и я его сделаю. А ну прочь с дороги!

Рейвенхерст не сдвинулся с места. Он нарочито медленно скрестил руки на груди.

— Вы совершаете большую ошибку, Хоукинз. Здесь нет никого, кроме меня. А теперь убирайтесь, пока не вынудили меня совершить нечто крайне для вас неприятное.

— Угрожаете королевскому офицеру, а? Ваше сиятельство?

— Могу задать вам тот же самый вопрос.

— Ваша сфера полномочий начинается на одном берегу канала и заканчивается на другом, и вы прекрасно об этом знаете! Но это — Рай, и здесь командую я, так что отойдите в сторону! — заорал Хоукинз. — Или, может быть, вам понравится смотреть на то, как мои люди разрубят топорами эту прекрасную дверь пополам...

Глаза Рейвенхерста посуровели. На секунду ему захотелось рассказать Хоукинзу, что именно он мог бы сделать с рукояткой одного из этих топоров. Ему удалось сдержаться только благодаря невероятному волевому усилию. Ибо у Рейвенхерста на уме была отнюдь не перебранка на крыльце.

«Спокойно», — приказал он себе. Полуприкрыв глаза веками, Дейн лениво изучал Хоукинза. Наконец, равнодушно пожав плечами, он отступил на шаг от двери с холодной, насмешливой улыбкой на устах.

С багровым от ярости лицом Хоукинз протиснулся рядом с ним и прошествовал в холл, выкрикивая команды своим людям. В центре холла инспектор остановился, рассматривая бесцветными глазами пару редких бело-голубых ваз династии Мин.

Его багровое лицо исказила злобная гримаса.

— Обыщи погреба, Боггз. Лосон, займись садом. Остальные рассредоточьтесь и прочешите этот этаж. Я хочу, чтобы ничего не было упущено, понятно?

Вдруг прямо у них над головой послышался оглушительный грохот.

Губы Хоукинза медленно скривились в отталкивающей улыбке.

— Думаю, я сам обыщу верхние этажи.

За спиной Хоукинза Рейвенхерст позволил себе слегка улыбнуться. «Хорошо, очень хорошо, — подумал он. — Пока все идет превосходно».

Но его улыбка пропала, когда он представил себе, как таможенный инспектор пристально рассматривает полуобнаженное тело Тэсс, на котором не будет ничего, кроме его рубашки.

Но с этим сейчас уже ничего нельзя было поделать, а во всех других отношениях его план вполне отвечал его цели. Да, скоро он принудит ее к действию. Раз Хоукинз застанет ее в его спальне наверху почти голой, Тэсс будет скомпрометирована без надежды на оправдание.

В таком случае маленькой ведьме не останется ничего другого, как принять его предложение о замужестве.

— Принимаете гостей, милорд? — Инспектор хитро улыбнулся Рейвенхерсту, когда они поднялись на площадку второго этажа.

— Вы ответите за это перед таможенным инспектором Дувра, Хоукинз, — невозмутимо ответил виконт.

— Никакой закон не запретит мне обыскать дом, где были замечены бандиты. Я могу распознать контрабандиста с первого взгляда!

— А я могу распознать чепуху, когда слышу ее!

— Зачем же так сердиться, милорд? Наверху есть что-то, что вы предпочли бы не показывать? Или, скорее, кто-то?

Они были уже на площадке третьего этажа. С непроницаемым лицом Дейн наблюдал, как Хоукинз скривился при виде запертой двери.

Громко выругавшись, таможенный офицер отступил назад и с размаху ударил каблуком по двери. По площадке разлетелись щепки; дверь открылась настежь с оглушительным треском. Рейвенхерст застыл, ожидая приступа ярости Хоукинза, когда тот войдет в комнату.

Но не было слышно ни звука.

Нахмурившись, виконт вошел вслед за ним. Как во сне, увидел он привязанные к его кровати простыни, развевающиеся на окне занавески. Не веря своим глазам, смотрел он, как Хоукинз пересекает пустую комнату и направляется к окну, хрустя разбросанными по полу осколками стекла. Увидев виконта, Хоукинз засмеялся резким, язвительным смехом, почти таким же отталкивающим, как его лицо.

— Итак, — пробасил он, — похоже, ваша птичка упорхнула, Рейвенхерст. Но сначала, судя по всему, вы повозились с ней, как и положено. — Говоря это, Хоукинз не спеша провел большим пальцем по яркому красному пятну на белой простыне. Его глаза сощурились. — Девственница, — невнятно пробормотал он.

Лицо Дейна потемнело — едва ли девственница. Он один знал это. Сначала было свидетельство его собственных глаз пять лет назад, теперь у него было ощутимое доказательство ее тела.

Однако Хоукинз был слишком занят, чтобы заметить рассеянность Рейвенхерста. Инспектор наступил ногой на большой осколок стекла. Нахмурившись, он наклонился, чтобы поднять какой-то предмет, лежащий под углом кровати.

— Выходит, она что-то потеряла, — пробубнил он, поднимая с пола черепаховую шпильку.

С хитроватой ухмылкой на лице передал он украшение Дейну.

— Должно быть, у вас была настоящая схватка. Я и сам люблю пылких женщин. — Он ощупывал сердитое лицо Дейна блестящими глазками, а потом в комнате раздался резкий смех. — У вас чертовски озадаченный вид, Рейвенхерст! Ну что — перехитрила вас девка? Ну кто бы подумал, что она выпрыгнет в окно? Может, ей не понравились ваши трюки?

В глазах Дейна вспыхнули огоньки, его захлестнула волна слепой ярости. Пальцы непроизвольно сжали резное черепаховое украшение. Хрупкая вещица со слабым треском сломалась под нажимом его пальцев.

Будь она проклята! Но он вернет ее! А когда он...

Дейн с опозданием понял, что Хоукинз что-то говорит ему.

— Можете не провожать меня, ваше сиятельство. Думаю, я сам найду дорогу. Так же, как сделала это она. — Его резкий смех отозвался эхом в коридоре первого этажа.

Долго стоял Рейвенхерст посреди спальни, уставившись на разбросанные по полу блестящие осколки.

Как ей удалось это? В смятении мыслей подошел он к открытому окну. Далеко внизу, на земле, он увидел свой валявшийся в грязи сапог. Дейн уставился невидящими глазами на этот распластанный в грязи кусок кожи.

Упрямая маленькая сучка! Да, она чертовски умна, он должен это признать. Тэсс, должно быть, действительно была в отчаянии, раз решилась на такой спуск. Край простыни висел по крайней мере — он прищурил глаза, оценивая расстояние, — в двадцати футах над землей.

Нахмурившись, Рейвенхерст втянул в комнату импровизированную веревку и с силой захлопнул окно, не обращая внимания на то, что стекло угрожающе задрожало от его удара. Сжав кулаки, он повернулся кругом и зашагал вниз по ступеням, чтобы обследовать задний двор.

Заранее зная, что ничего не найдет.

Зная, что она исчезла, что снова избежала его сетей и, возможно, в эту минуту смеется над ним.

Случилось так, что Тэсс была в этот момент гораздо ближе, чем Рейвенхерст мог себе представить. Однако она и не думала смеяться, скрючившись в стенном шкафу, затаив дыхание и прислушиваясь к приглушенному шлепанью босых ног по ступеням.

Но у нее получилось! Как и Хоукинз, ее проклятый похититель поверил в то, что комната пуста. О да, мужчины могут без конца шуметь и хвастать, но только женщины обладают подлинной мудростью! Когда звук шагов замер, она медленно вылезла из шкафа и подползла к окну, оставаясь вне поля зрения. Ее губы сложились в торжествующую улыбку, когда Тэсс увидела высокую фигуру Рейвенхерста, шагающего в дальний конец огороженного стеной сада.

Она не стала дожидаться большего. С развевающимися за спиной длинными фалдами его рубашки Тэсс развернулась и побежала к лестнице.

Сидя в кресле с яркой шелковой обивкой у окна с выступом, выходящего на Уотчбелл-стрит, госпожа Гермиона Тредуэлл безуспешно пыталась завершить сложную вышивку гарусом по канве, изображающую Мадонну с младенцем.

Неожиданно игла выскользнула у нее из рук, уколов палец. Она шепотом выругалась, потом быстро огляделась, чтобы удостовериться в том, что это глупое создание, Алисия Крэбтри, не услышала ее.

Нахмурившись с досады, она бросила квадратный кусок ткани с небрежно вышитым рисунком и направилась к окну.

Неожиданно она сощурила глаза-бусинки; ее грубые черты застыли с выражением смехотворного изумления. Резко вскрикнув, она подалась вперед и тут же была вознаграждена за свое неуемное любопытство острой болью от столкновения носа со стеклом.

— А-алисия! — выдохнула она, прижимая пальцы к внушительной вздымающейся груди. — Мою нюхательную соль! Быстро!

На противоположной стороне улицы Эймос Хоукинз сидел в одиночестве за столом перед закопченным окном «Трех селедок», осушая вторую кружку эля. Его толстые губы растянулись от удовольствия при воспоминании о гневном взгляде чертова виконта, когда тот понял, что его голубка упорхнула.

«Но кто же она была? — недоумевал инспектор. — Новая служанка из «Пса и утки»? Может быть, кто-то из «Ангела»?» Но не Люси, он был в этом уверен, поскольку несколько раз ласкал ее прелести и мог лично подтвердить, что она далеко не девица.

Он лениво выглянул наружу, проводив взглядом пару драгун, с важным видом прохаживающихся по улице. Вдруг он подался вперед, пролив эль в спешке. Мимо промелькнули стройные бедра, едва прикрытые развевающейся белой рубашкой.

Женские бедра, ей-богу! И притом чертовски соблазнительные!

Потом она пропала, исчезнув за углом, и Хоукинз не успел рассмотреть ее.

Какое-то мгновение инспектор не двигался, застыв в этом неловком согнутом положении с ошеломленным выражением на побагровевшем лице. Потом поднялся на ноги и сшиб тяжелый стул, торопясь дойти до двери.

Виконт Рейвенхерст еле сдержал проклятие. В саду никого не было, как он и ожидал. Его губы сжались, когда он повернул обратно к дому. Дейн остановился у черного хода, чувствуя, как по холлу проносится порыв холодного ветра.

Нахмурившись, он зашагал вдоль по коридору к парадной двери дома. И так и застыл, уцепившись длинными пальцами за косяк двери. В этот момент, впервые в жизни, Дейн Сен-Пьер, четвертый виконт Рейвенхерст, лишился дара речи, когда его взору предстало незабываемое зрелище стройных женских ног, промелькнувших на середине Уотчбелл-стрит.

Голые ноги! Его собственная полотняная рубашка была единственным одеянием, прикрывавшим находящиеся выше плавные женские изгибы. У него пересохло в горле. Ошеломленный, наблюдал он, как Тэсс Лейтон помчалась по булыжникам и бросилась под укрытие тисовой изгороди, когда из «Трех селедок» вышли, пошатываясь, два пьяных драгуна.

Силы небесные! Она, должно быть, все это время пряталась в его комнате, просто дожидаясь, когда он уйдет, — возможно, в шкафу или под кроватью.

А сейчас у нее хватает наглости бежать через центр Рая, имея на себе лишь его рубашку! Похоже, он снова недооценил ее.

Дейн прищурил глаза, вглядываясь в кусты, за которыми пряталась Тэсс. Эти ветки, наверное, здорово царапают ее босые ноги, подумал Рейвенхерст, мрачно улыбаясь.

Ему пришлось признать, что Тэсс — достойный соперник и гораздо более умный, чем он предполагал.

Но, умная или нет, она скоро достанется ему. Это только вопрос времени.

Задыхаясь, Тэсс ковыляла по вымощенному плитами тротуару перед «Ангелом», еле передвигая израненные босые ноги. Слезы застилали ее глаза, когда она с трудом поднималась по ступенькам заднего крыльца, ведущим на кухню.

Когда секунду спустя на пороге показался бледный, встревоженный Хобхаус, впервые за долгие годы службы он потерял свой обычный апломб.

— Сладчайший Иисусе, — выдохнул всегда спокойный мажордом, когда наконец обрел дар речи, переводя ошеломленный взор с растрепанных каштановых кудрей Тэсс к ее голым ногам и ступням. — Что... — Тут он чуть не задохнулся от ярости. — Я убью его за это, мисс Тэсс. Я обязательно убью негодяя — вы только слово скажите! В сущности, мне ничего другого и не хочется. — Говоря так, он сжал огромные ручищи в кулаки.

Тэсс мрачно покачала головой, а потом поймала вытянутую руку Хобхауса.

— Я думаю, этого не потребуется, Хобхаус. Смерть — чересчур легкое наказание для такого отвратительного гада. — Ее глаза потемнели, и она несколько мгновений смотрела куда-то вдаль с выражением горечи на лице. — Нет, я собираюсь придумать для нашего виконта что-нибудь более мучительное, чем простое убийство.

Глава 22

«Не думай! Не вспоминай!» Тэсс медленно взобралась по лестнице к себе в комнату, повторяя эти слова в такт шагам.

Сейчас это самое главное.

Она пыталась уверить себя в том, что так оно и есть, повторяя эти фразы в уме снова и снова.

Оказавшись наконец в комнате, она онемевшими пальцами с силой потянула за пуговицы на груди, стремясь поскорее сорвать одежду — его одежду, — как будто само ее прикосновение обжигало кожу. Пуговицы не поддавались ее забинтованным пальцам, и тогда Тэсс рванула их одним отчаянным движением и скинула с себя рубашку. Судорожно всхлипнув, она скатала белое полотно в ком и отшвырнула его как можно дальше.

Даже и тогда она ощущала его прикосновение. Эти твердые пальцы, напряженная, вздымающаяся плоть! На нее нахлынули становящиеся все более мучительными воспоминания.

Его небритая щека, царапающая ей бедра.

Его настойчивый и жадный рот, когда он ласкал ее тело, подчиняя ее своей воле, уча бесконечному наслаждению и страсти, захватывающему дух восторгу. Пока каждый нерв не начинал кричать, каждый дюйм тела — молить об избавлении.

Тэсс поднесла кулак к дрожащим губам, пытаясь сдержать судорожные всхлипывания. Отогнать неумолимые воспоминания, грозившие поглотить ее.

Из глаз Тэсс брызнули слезы. Она вернулась на пять лет назад, в те полные горечи и муки недели, когда отец непрерывно давил на нее, угрожая ей всевозможными наказаниями, если она не будет более «любезной» с гостем их дома.

Ибо толстый, багроволицый лорд Чевингтон, хотя и был почти ровесником ее отца, слишком часто выигрывал в карты и скоро отец задолжал ему огромную сумму в пять тысяч фунтов.

По этой причине, как холодно объявил Эдвард Лейтон, его дочь должна проявлять внимание к желаниям их гостя.

Тэсс старалась. Боже правый, она старалась выполнить просьбу отца. Но на самом деле она не сразу поняла, что он имел в виду. Поняла она это, только когда граф стал ощупывать ее груди потными пальцами, прижимая язык к ее губам.

Побледнев, она оттолкнула его и стремительно убежала.

Возмездие отца было быстрым и суровым. Он объявил, что она будет заперта в своей комнате без еды и посетителей, пока не образумится.

Тэсс только теперь понимала, насколько стойко она выдержала это. Прошла одна неделя; слуги, когда это было возможно, приносили ей понемногу еды. Две недели. Три...

Потом отец придумал новый способ воздействовать на нее. Осатанев от ярости, он затащил Тэсс в каменное подземелье под монастырем и запер ее там без какой-либо надежды на освобождение.

Тэсс невидящим взором уставилась в окно, вспоминая последовавший ужас. Никакого света. Никаких звуков там, глубоко под землей. Только ночные существа с извивающимися телами и острыми маленькими челюстями.

Только пауки...

— Боже милостивый, — прошептала она в тихой комнате, унесенная в те кошмарные дни, проведенные ею в кромешной темноте. Последние следы румянца исчезли с ее лица. Все возвращалось к ней снова, слишком отчетливо, слишком неумолимо.

Проходили часы, может быть, дни. Она не знала. Там, внизу, течение времени остановилось. Или, может быть, его просто не существовало.

Когда жестокий чужак, бывший отцом Тэсс, наконец пришел за ней, он нашел ее молчаливой и совершенно отстраненной, спасшейся в том белом прибежище, которое она создала для себя.

Наконец-то она смирилась, с торжеством подумал Лейтон, но скоро, к своей ярости, понял, что ничего подобного не произошло. Тогда он улыбнулся очень жестокой улыбкой, широко растянувшей его губы, когда он делал ей следующее предупреждение. Если она не послушается, ее дорогого Эшли подвергнут такому же наказанию.

Через несколько мгновений Лейтон имел удовольствие видеть побледневшее лицо дочери, чей гордый дух был наконец сломлен. Ибо у Эшли — Тэсс хорошо это понимала — не хватило бы сил вынести подобное тюремное заключение. Поэтому Тэсс просто кивнула и пошла в дом, стараясь ничем не выдать своих чувств, не желая доставлять отцу удовольствие видеть ее боль.

И когда тем вечером лорд Чевингтон пришел опять, чтобы разделить с ними маленький семейный ужин, как выразился отец, Тэсс заставила себя не уклоняться от его ощупывающих пальцев, улыбаться его тяжеловесным остротам.

Тот вечер она помнила смутно. Одно блюдо сменялось другим, одна перемена шла после другой — и все время перед ней маячило холодное лицо отца с многозначительной улыбкой, подливающего ей вина.

Это она охотно принимала, в отчаянии стремясь к забвению, стараясь не думать о том, что скоро должно было произойти.

И вот наконец свечи начали бешено плясать, отражаясь вспышками в серебре, а комната стала невыносимо душной. Голоса вдруг стали отдаленными и приглушенными, а комната закружилась вокруг нее.

Это было все, что помнила Тэсс. О да, какие-то обрывки случайно всплывали из уголков ее памяти, но подробности были запрятаны глубоко — там, где она не могла бы найти их.

Может быть, так было лучше. Может быть, она сама захотела, чтобы так было.

Глаза Тэсс остановились на ее собственном бледном отражении в высоком зеркале на подвижной раме, на лице, искаженном от страха.

В тот вечер Дейн Сен-Пьер условился встретиться с ней в белом саду ее матери, где они часто виделись в те последние недели перед его отъездом в Трафальгар.

Оказалось только, что отец устроил ей другое свидание.

Следующее, что Тэсс помнила, было ее пробуждение от громких, резких звуков ссоры. Отец кричал, а Дейн стоял, покачиваясь, в дверном проеме — с побледневшим лицом, не веря своим глазам.

Она вспомнила и все остальное с острой отчетливостью ночного кошмара. Проснувшись, она села в постели, нахмурившись при виде хаоса вокруг нее, потом бросила взгляд на Чевингтона, громко храпящего подле нее и распростершего грузное голое тело на запятнанных кровью простынях.

Ее кровь, не сразу дошло до нее. Ее боль.

Ошеломленная, Тэсс повернулась, ища взглядом глаза своего возлюбленного, но лишь отпрянула, увидев, что они горели от отвращения. Когда Дейн повернулся, весь бледный, Тэсс даже не попыталась остановить его, только смотрела, онемев, как он нетвердыми шагами уходил из комнаты.

Из города.

Из ее жизни, навсегда.

Или так она думала. Возможно, она даже надеялась, что будет именно так, потому что увидеть его снова означало бы растравить жестокие, никогда не заживающие раны.

Тэсс, не шевелясь, рассматривала себя в большом зеркале. Это было чужое лицо, чужое тело. Лицо человека, опозоренного без надежды на прощение.

Лицо шлюхи — женщины, предавшей любимого самым подлым образом.

Никакие объяснения не могли бы изменить этого, и у Тэсс не хватило духу на них. Где-то в цепи долгих последующих лет она оставила все позади себя или по крайней мере запрятала так глубоко, чтобы воспоминания не могли причинять ей боль.

До сих пор! Пока то же самое не произошло снова.

Ленивые облачка отсвечивали розовым и бледно-лиловым в свете вечернего солнца, когда Хобхаус отворил парадную дверь «Ангела» и решительно зашагал в сторону старинной усадьбы Рейвенхерста. Взобравшись на крыльцо, он постучал. Через несколько томительных минут дверь открылась. Лицо Пила выражало самое что ни на есть откровенное изумление.

— Чем могу быть полезен, мистер Хобхаус?

— Позовите лорда Рейвенхерста — вот что от вас требуется, — пробурчал мажордом.

— Виконт... э-э... сейчас занят. Могу я сообщить ему...

Хобхаус не стал дожидаться окончания фразы. Распрямив плечи, он протиснулся в дом мимо Пила.

— Покажись, подлец! — пророкотал он. — Или ты такой трус, что можешь нападать только на беззащитных женщин?

На площадке выше этажом появилась темная фигура.

— Уходите, Хобхаус.

— Негодяй! Проклятый негодяй с черной душой. Вот кто ты такой! Ну что — спустишься вниз, чтобы сразиться со мной, или мне самому подняться?

Рейвенхерст не шевельнулся.

— Ни то, ни другое меня особенно не прельщает, — холодно произнес он.

— И ты называешь себя героем? — с издевкой спросил Хобхаус. — Я вижу перед собой лишь презренного сукина...

— Не выводи меня из себя, парень, — прорычал Рейвенхерст. — Я пытаюсь смотреть сквозь пальцы на твои слова, но...

— Я уйду только после того, как получу сатисфакцию, и ни секундой раньше, подонок.

Лицо виконта потемнело, черты угрожающе заострились. Он стал медленно спускаться, при каждом шаге резко припечатывая ступню к не застеленным ковром ступеням.

— А что, если я откажусь драться с тобой?

В отвращении скривив губы, Хобхаус встретился взглядом с Рейвенхерстом.

— О, ты будешь драться со мной, собака, я уж позабочусь об этом. — Его голос упал. — Не знаю, что ты сделал с ней, но у нее нет никого, кто бы мог защитить ее. Ни отца, ни матери. Никого, кроме меня. — Рейвенхерст уже стоял перед ним с горящими как угли глазами. — Так что, я думаю, ты сам напросился на этот визит. — При этих словах Хобхаус развернулся, нацелив железный кулак на челюсть виконта.

Как это ни странно, Рейвенхерст не стал уклоняться от удара, хотя и ожидал его, и кулак Хобхауса обрушился на него со страшной силой. Виконт пошатнулся, сквозь зубы пробормотал проклятие и приложил руку к разбитому рту.

— Похоже, ваше желание исполнится. — Отрывисто кивнув Пилу, Рейвенхерст повернулся и зашагал по холлу в заднюю часть дома, на ходу стаскивая куртку бутылочно-зеленого цвета.

В мрачном молчании вышли они в обнесенный стеной сад. Быстрыми, точными движениями Хобхаус стянул с себя черную куртку и стал закатывать рукава чистой белой рубашки.

Рейвенхерст ждал с холодным, непроницаемым лицом.

Потом мужчины начали кружить на месте.

Хобхаус первым нанес удар, попавший в плечо Дейна. Несмотря на невысокий рост, он был крепким и подвижным и хорошо рассчитал удар. Рейвенхерст не знал, что его противник тренируется у ведущего боксера своего времени, самого Джентльмена Джексона.

Виконт был сильнее и выше, но Хобхаус был хорошо тренированным ветераном. Короче говоря, они были подходящими противниками. Как вскоре стало ясно, вполне подходящими, поскольку удар следовал за ударом, и каждый был отбит. Скоро над бровью Дейна появилась кровь, а Хобхаус с трудом смотрел заплывшими, покрасневшими глазами.

Но ни один из них не хотел уступать. Небо над ними из бледно-лилового сделалось фиолетовым, а потом бирюзовым. Летучая мышь прорезала полумрак крыльями, пронзительно запищав.

— Как бы мне хотелось убить тебя, — пробормотал Хобхаус, нанося короткий боковой удар правой прямо в левую скулу виконта.

Его противник отпрянул, закашлявшись, и выплюнул сгусток крови.

— Вы, я чувствую, ученый человек, Хобхаус. Занимались у Белчера, а?

— У самого Джентльмена Джексона, — проговорил его противник звенящим от гордости голосом.

— Это вам не поможет — ведь я на двадцать лет моложе и на сорок фунтов тяжелее. Сдавайся, парень!

— Иди к дьяволу! — в бешенстве ответил Хобхаус.

Рейвенхерст с сумрачным лицом послал тяжелый короткий удар левой в солнечное сплетение противника, и Хобхаус замычал, пошатнувшись под силой этого удара. Потом закачался, пытаясь тем не менее смотреть уцелевшим глазом.

Небо у них над головами сделалось темно-синим, а потом черным, но двое все продолжали кружить и сходиться, почти ничего уже не видя, нанося удары вслепую. Пил с беспокойством смотрел, как удар пришелся Рейвенхерсту под дых и тот опустился на землю.

— Вы выставляете себя на посмешище, милорд, — натянуто произнес он. — Это не делает вам чести.

Не обращая внимания на эти слова, виконт, пошатываясь, поднялся на ноги.

И тогда кулак Хобхауса обрушился на его висок, заставив застонать от боли; из глаз Дейна посыпались искры. Он покачнулся, и земля бешено закружилась у него под ногами; из носа тонкой струйкой текла кровь. Мимо него с пронзительным криком пронеслась летучая мышь — или крик раздавался у него в голове?

«Куда подевался этот болван?» — смутно соображал Рейвенхерст, силясь разглядеть что-то в темноте.

Но теперь это уже не имело значения, потому что земля неслась ему навстречу.

Глава 23

Хобхаус издал долгий, шумный вздох облегчения. Слегка покачиваясь, он посмотрел вниз на неподвижное тело виконта, распростертое перед ним на холодной земле. Только после этого мажордом «Ангела» повернулся и собрался уходить.

— О, не беспокойтесь, он совсем не умер, — сказал он Пилу, суетившемуся поблизости. — Это тем более обидно, что никогда человек так не заслуживал смерти, как он. Но я не хочу, чтобы меня называли убийцей даже такого человека. Передайте это Рейвенхерсту, — холодно произнес избитый слуга, поднося покрытый синяками кулак к лицу камердинера. — И скажите, что я советую ему держаться подальше от «Ангела» и от мисс Лейтон в особенности. — Голос Хобхауса выровнялся. — Или в следующий раз я убью его.

Гордо выпрямившись, усталый боец натянул черный жакет поверх рваной грязной рубашки. Из раны на виске у него густо сочилась кровь, а правый глаз распух и почти закрылся, но он и виду не показывал. У черного хода усадьбы он остановился, медленно повернувшись.

— Поразмысли над этим, то же самое предупреждение касается и тебя, Пил. Не думай, что я не заметил, как вы с Летти Глоссоп прячетесь по углам, почуяв весну.

Камердинер немедленно напустил на себя важный вид, и это стало подтверждением слов Хобхауса.

* * *

Возвращение мажордома «Ангела» вызвало переполох. С распухшим заплывшим глазом он, пошатываясь, вошел в дверь кухни, едва держась на ногах. Скоро, однако, он был окружен ласковой заботой Летти и двух хихикающих кухонных прислужниц, в то время как Эдуард набивал драгоценными кусочками льда промасленный холщовый мешочек для холодных примочек.

Пальцы Тэсс дрожали, когда она обмывала пораненный висок Хобхауса.

— Это послужит тебе хорошим уроком, если неделю не будешь видеть, — отрывисто произнесла она в тревоге. — Никогда бы не подумала, что ты способен на такое, Хобхаус! Ты взрослый человек, а ведешь себя как надутый, скверный школяр. Ты выглядишь ужасно!

Хобхаус несколько минут смотрел на кухонную плиту отсутствующим, холодным взглядом.

— А-а, вам надо было посмотреть, как я разделался с ним. Уложил на месте чертова подонка.

Тэсс вдруг стала принюхиваться.

— Только не говори мне, что ты пил, Хобхаус!

— Трезв как стеклышко, мисс.

— Тогда что на тебя нашло?

— Это вас не касается, — последовал невыразительный ответ.

Тэсс вдруг оцепенела; ее руки, лежащие на распухшем лбу Хобхауса, напряглись.

— Кто это был?

— Не думаю, что мне хочется вам это сообщать.

— Это... это не был... — Ее голос упал.

— Я говорил, мисс, что не собираюсь называть его имени.

По губам Тэсс зазмеилась медленная, коварная улыбка.

— А тебе и не надо, — прошептала она.

Хобхаус зашевелился, глядя на нее с выражением оскорбленной невинности.

— Не имею ни малейшего представления, о чем вы толкуете, мисс Тэсс. — Его губы изогнулись в ответной улыбке, а черты избитого лица осветились от злорадного удовольствия. — Могу сказать вам только вот что: один негодяй не будет больше беспокоить здесь людей.

В эту самую минуту лорд Рейвенхерст сидел, нахмурившись, на кухне своего дома, а его камердинер, плотно сжав губы, прижимал к разбитому виску своего хозяина кусок сырой говядины.

— Ох! Черт побери, приятель, смотри, куда пихаешь эту штуку!

— Прошу прощения у вашего сиятельства, — последовал натянутый ответ.

Глаза Рейвенхерста заблестели. Пил называл его «ваше сиятельство», только когда он впадал в немилость.

— Как бы то ни было, кто надоумил тебя делать это?

— Один мой лондонский знакомый.

— Его хозяин часто дерется, так?

— Мой друг сам себе хозяин. Он держит пивную около «Друри-Лейн», и его клиенты часто бывают буйными.

— Ну так вот, его чертово лечение бесполезно, можешь передать это ему от меня.

— Полагаю, этой ране мало что поможет, — сухо заметил Пил, — за исключением, пожалуй, времени.

— Тогда зачем ты трешь этим проклятым куском мяса мою голову?

— Надо же что-то делать, милорд. Теперь, пожалуйста, перестаньте дергаться, как чумовой пес.

— Я когда-нибудь говорил тебе, что ты как заноза в... заду, Пил?

— Полагаю, неоднократно, ваше сиятельство!

— Не будь педантом, приятель.

— Да, ваше сиятельство.

Рейвенхерст слегка вздрогнул, хотя пальцы Пила дотрагивались до его лба с большой осторожностью.

— По сути дела, если б ты не был таким чертовски компетентным слугой, я бы завтра же избавился от тебя.

— Спасибо, ваше сиятельство. — Голос камердинера стал ледяным.

— Это был не комплимент, Пил.

— В таком случае беру назад свою благодарность.

Рейвенхерст продолжал что-то бубнить вполголоса, когда его ворчание было прервано приглушенным стуком, донесшимся с дальнего конца кухни. Через секунду, застенчиво улыбаясь, появился лейтенант Тафт со шляпой в руке.

— Простите, что вторгаюсь к вам, ваше сиятельство, но я стучал несколько раз и никто... — Он оторопел, заметив безобразные синяки и ссадины на щеках и челюсти Рейвенхерста. — Вы поймали одного из них, да? — с жаром спросил он. — Он был на болоте?

— Нет, черт возьми, я не ловил контрабандистов, лейтенант.

— Но...

Пробормотав проклятие, Рейвенхерст оттолкнул кусок мяса, который Пил все еще пытался приладить у него на лбу. — Ну, что стряслось, лейтенант? — быстро поинтересовался он.

— Сэр? — Молодой офицер растерянно нахмурился.

— Какое срочное дело привело вас сюда?

Вздрогнув, лейтенант Тафт засунул руку в карман и вытащил слегка помятый конверт из веленевой бумаги с большой и очень официальной на вид восковой печатью.

— Вот это только что пришло для вас из морского министерства, если судить по виду.

Слегка поморщившись, Рейвенхерст поднялся.

— Надеюсь, на этот раз вы правы, лейтенант, — сказал он, разрывая конверт.

Дейн не спеша вытащил толстый лист веленевой бумаги и начал читать; лицо его постепенно темнело.

— Собери мне сумку, Пил, только самое необходимое, чтобы хватило на... — Он посмотрел, хмурясь, из кухонного окна на отдаленную часть сада. — Думаю, на пять дней. — Все еще погруженный в свои мысли, Дейн повернулся и зашагал прочь.

— Но, сэр...

Виконт не ответил, направляясь к двери. Его пальцы безжалостно смяли лист в тугой шар.

Хотя ночной отдых почти не успокоил лихорадочные мысли Тэсс, он чудесно повлиял на ее гибкое, здоровое тело. Пальцы больше не болели, и ее силы, как оказалось, были полностью восстановлены.

Настало время идти.

Отраженное в зеркале лицо Тэсс было белым как бумага, глаза зияли, как темные провалы. Непослушными пальцами вытащила она черный плащ, маску и высокие сапоги из запертого сундука, спрятанного под кроватью.

— Не ходите, мисс. — С непроницаемым выражением на лице Хобхаус пристально смотрел на нее из дверного проема. — На улице ненастно, многие даже не выйдут в такую ночь, как эта.

Тэсс в молчании стала натягивать начищенные до блеска сапоги. В это время она почувствовала, как какой-то холодный предмет ударил ее по пальцам. Это был медальон ее матери, единственное украшение, которое удалось спасти от отца. Магические свойства амулета защищали ее неоднократно — Тэсс это чувствовала.

Ее пальцы немного помедлили, потом легко прикоснулись к выгравированному на металле лицу.

— Я должна, Хобхаус. Если я не появлюсь, если Лис не появится, тогда моя власть над этими людьми будет навсегда утеряна.

Нахмурившись, она подняла тяжелую цепочку и засунула медальон обратно под рубашку.

С глухим стуком серебряное украшение вновь упало на пол.

Тэсс вздрогнула, почувствовав, как по спине у нее ползет холодок. Она не верит в предзнаменования и приметы!

Тэсс наклонилась, чтобы подобрать упавший медальон. Подняв взгляд, она увидела в зеркале встревоженное лицо Хобхауса.

— Не ходите, — настойчиво повторил он, — не сегодня.

Тэсс упрямо сжала губы.

Снаружи ветер налетал на крышу, гремя створками окна и пронзительно завывая.

Насмехаясь над ее попытками быть храброй.

Насмехаясь над ее словами о том, что не бывает таких вещей, как предзнаменования.

С потемневшими глазами Тэсс решительно подняла густую копну золотисто-каштановых волос и засунула холодный медальон под рубашку.

— Вернусь до рассвета, Хобхаус. Скажи Летти, чтобы ждала меня у галереи.

После чего, резко взмахнув длинным черным плащом, она ушла.

Он заметил это только через несколько минут, бешеная вспышка молнии помогла ему. В неземном, фосфоресцирующем свете молнии Хобхаус увидел что-то блестящее в углу кровати. Нахмурившись, он наклонился, чтобы разглядеть получше.

Медальон Тэсс! Должно быть, цепочка снова расстегнулась, когда она надевала плащ.

Он побежал к галерее, хрипло выкрикивая ее имя.

Но Хобхаус опоздал. Далеко внизу он услышал стук закрываемой двери.

Амулет в его пальцах потяжелел, распространяя вокруг себя холод. Холод, проникающий прямо в сердце.

— Да поможет вам Бог, мисс Тэсс, — прошептал он в сторону темной тихой галереи.

Тысячу раз на пути между Мермейд-стрит и бухтой Тэсс порывалась вернуться. И каждый раз она заставляла себя шагать вперед. В конце концов, на нее рассчитывали люди. Семьи, которые надо было кормить.

«Где-то рядом скрывается предатель, состоящий в заговоре с врагами Англии, — насмехался неумолимый голос. — Переправляющий золото войскам Бони».

Нет, она не должна думать об этом, это не может быть правдой.

Как будто в унисон ее настроению бушевала гроза, дождь лил как из ведра. Ночь была безлунной, и не было ни ориентира, ни поддержки — только порывистый ветер с Ла-Манша.

Над головой Тэсс вспыхнул гигантский зигзаг молнии, осветив меловые скалы к западу фантастическим серебряным сиянием. Она еще раз обдумала свои действия. Грузом люгера сегодня ночью будет китайский чай и французский коньяк. Длинновесельные гребные галеры должны были встретить судно в открытом море и принять на борт условленное количество бочонков и ящиков. Только на эту ночь Тэсс пересмотрела свои обычные планы.

Этой ночью для приема груза были посланы две группы — одна к дамбе Димчерч, а другая — далеко на запад, к узкой полоске гальки под меловыми скалами.

Тэсс соблюдала большую осторожность, отдавая распоряжения: каждая группа считала, что другая ожидает приема контрабанды на отдалении от побережья.

Только два человека в каждой группе заранее знали место встречи. И один из них может оказаться предателем, который сообщит Хоукинзу, где их ожидать.

«Что, если предатель уже выдал все секреты?» — вопрошал ее невозмутимый голос. Может быть, люди Хоукинза уже ждут ее?

Если так, она скоро узнает об этом. Риск был страшный, но ей необходимо выяснить, кому можно доверять.

Нахмурившись, Тэсс натянула маску с усами и зашагала под проливным дождем. Она привязала лошадь у Петт-Левелла. Остальную часть пути следовало преодолеть пешком. Одна тонкая фигурка будет не слишком хорошей мишенью для банды находящихся в засаде офицеров.

Именно в этот момент ветер подхватил полы плаща, и они обвились вокруг ее ног, отчего Тэсс едва не упала. Она побледнела, но упрямо вздернула подбородок. Она не повернет назад — ни сегодня, ни в другую ночь! Она покажет ему! Она покажет им всем!

Да, скоро все они узнают, что понадобилось чуть больше нескольких капель дождя, чтобы остановить Ромнийского Лиса.

Они ждали ее как раз у лабиринта каналов, на краю Левелла.

Хоукинз и с ним сорок человек — мушкеты и пистолеты наготове.

Действительно, кто-то предал ее, поняла Тэсс, но кто? Сквернослов Ранзли? Или Джон Дигби? Оба знали о месте высадки здесь, у подножия скал. Но где дополнительные часовые, которых она приказала выставить? Почему они не предупредили группу заранее?

Из предосторожности Тэсс, разумеется, перенесла фактическое место встречи в сторону, чтобы люгер оказался за пределами видимости как раз в случае засады. Ее люди, те несколько человек, которых захватят, стало быть, не будут иметь при себе груза, а в Англии едва ли считается преступлением хождение ночью по берегу.

Но Тэсс не учла жестокости Хоукинза.

— Стреляйте на поражение, солдаты! — ревел он. — Чем больше убьете, тем лучше.

Времени на размышление не осталось, поскольку отряд береговой охраны ринулся вперед и ночь взорвалась криками и проклятиями. По берегу метались темные тени. Кое-кто бросился к узким ступенькам, змейкой уходящим к вершине скалы, другие пробирались на запад, к проходу в меловых холмах.

— Остановите их, черт побери! — Хоукинз тяжело зашагал по берегу, щелкая затвором карабина. — Оттесните негодяя обратно к воде!

Две дерущиеся тени промелькнули мимо Тэсс. В неразличимом сплетении рук и ног они повалились на песок почти у ее ног, так близко, что ей пришлось подскочить, чтобы не упасть самой.

Это быстрое движение погубило ее.

— Ей-богу, вот он! — С этими словами Хоукинз стал опускать дуло. — Сдавайся, негодяй, и я, возможно, позволю тебе дожить до утра!

На берег стали спускаться другие драгуны, которых Хоукинз приветствовал победными криками. Скоро она будет окружена, поняла Тэсс. Повернувшись, она выбрала единственный возможный путь для побега — темные, бурлящие воды Ла-Манша.

— Огонь, черт вас возьми!

Около ее уха просвистела мушкетная пуля, потом другая. Делая резкие зигзаги, Тэсс побежала к кромке берега, где море пенилось серо-стальными завитками волн.

Что-то раскаленное распороло плечо Тэсс, заставив ее сильно прикусить губу, чтобы не закричать. Она шатаясь побрела к воде.

— Хватайте его! — закричал кто-то у нее за спиной. — Пятьсот фунтов за голову чертова Лиса!

Песок у нее под ногами стал другим на ощупь — твердым и плотным. Отсюда она почти различала пену, в отдалении разбрасываемую бурунами.

Тэсс уже приготовилась броситься в воду, когда заметила ялик, почти скрытый за скалой в нескольких ярдах от нее. Затаив дыхание, она различила длинные весла и разбросанные на корме бочонки.

Даже видя все это, Тэсс понимала, что лодка не поможет ей спастись. Не сейчас, когда Хоукинз всего в каких-нибудь нескольких ярдах от нее. Нет, ей надо нырнуть поглубже и плыть под водой, сколько позволит дыхание.

И молиться, чтобы он никого не отправил за ней.

Наконец Тэсс дотащилась до кромки воды, с трудом переводя дыхание, а потом бросилась в грохочущий прибой. Когда она погрузилась в воду, вокруг нее сомкнулась леденящая темнота, она вздрогнула всем телом и оцепенела. Нескольких мгновений было достаточно, чтобы приучить мышцы к новому состоянию, заставить руки и ноги глубоко загребать воду с бешеной силой, порожденной отчаянием.

Над головой Тэсс различила контуры качающегося на воде ялика, услышала приглушенный свист мушкетных пуль, падающих в воду. Почти свободна, сказала она себе.

И тогда темнота вокруг нее с оглушительным грохотом взорвалась миллионом ярких солнц, кипящим хаосом волн и пламени. Она была выброшена из воды какой-то бешеной силой; воздух рвался у нее из легких.

Мгновение спустя мрак сгустился опять, яростно навалившись на нее, ревом отдаваясь в ушах, нахлынув на болевшие глаза, проникая в вены.

«Вот так я умру», — смутно подумалось ей.

Эта была последняя отчетливая мысль Тэсс Лейтон.

Часть вторая

Завидев сине-красных гвардейцев короля,
Будь начеку при встрече — ни слова, оля-ля!
Хоть назовут милашкой, потреплют по щекам,
Не выдавай, куда Никто спешит по вечерам!

Двадцать пять лошадок
Пронеслись во мраке —
Коньячок для пастора,
Табачок служаке.

Коль лишнего не спросишь, тебе не станут лгать.
Джентльмены проскакали — ты спи себе опять!

Редьярд Киплинг

Глава 24

Один за другим замолкли рассерженные человеческие голоса. Одна за другой темные фигуры тяжело удалялись по песку. Берег моря опустел, снова предоставленный существам, знающим его лучше других.

Две пустельги спустились из гнезда на меловых утесах, пронеслись над волнами, едва касаясь воды, и поплыли на юг. Козодой начал выводить первые, пробные ноты своей странной песенки.

Ветер был пронизывающим, а небо мрачным, но для обитателей побережья это не имело значения. Погода не была для них враждебной, как и темнота.

Только человек был их врагом.

Занятая выкапыванием ямки ящерица остановилась на мгновение, настороженно подняв голову. Выбросив наружу длинный язык, она подергивалась, принюхиваясь к резкому ветру.

В море, где-то за бурунами, со слабым, приглушенным всплеском на поверхность всплыл темный предмет. Безгласный и неподвижный, он качался на сильных волнах, едва различимый в полночном мире моря и облаков.

Через несколько мгновений ящерица вернулась к своей работе. Это ее не касалось.

Темный предмет медленно поплыл на юг, к середине Ла-Манша, где его вскоре поглотила необузданная ярость шторма.

Что-то не так!

Он убеждался в этом с каждым новым вздохом. Он чувствовал это в упруго натянутых парусах над головой и резком скрипе дерева под ногами.

Уперев в палубу ноги, нахмурив брови, бородатый капитан «Либерте» вглядывался в северном направлении, где гряда бегущих хмурых облаков окутывала меловые утесы Англии.

— Mamm de Zoue*, — пробормотал он вполголоса, наслаждаясь твердым, агрессивным звучанием бретонских слов. Этой ночью их резкость вполне соответствовала его настроению.

Проворно, с грацией человека, с детства знакомого с бортовой и килевой качкой на море, суровый капитан пересек палубу и начал подниматься по снастям грот-мачты. Понимая, что его раздражает не косой дождь и даже не сильный ветер.

Там, в темноте, было нечто, чего он не видел, а только ощущал.

Зазубренные зигзаги молнии прорезали небо на севере, и на мгновение он увидел призрачные серебристые изгибы английских утесов. Но ничего больше — ни намека на ялики или галеры контрабандистов. Никаких признаков таможенных катеров.

Гигантская волна обрушилась на «Либерте» сбоку, мачта опасно накренилась. Вцепившись в натянутый канат, Андре ле Бри обхватил мачту мощными ногами, дожидаясь встречного крена, потом начал карабкаться выше.

Дождь хлестал его по лицу, но он упрямо продвигался, укорачивая расстояние между собой и реей брам-стеньги.

Удар молнии пришелся на воду рядом с ним. Услышав шипение пара и звук бурлящей воды, он возблагодарил Бога за то, что молния не ударила на десять футов ближе.

Наконец Андре ухватился холодными пальцами за снасти самой высокой реи и напрягся, чтобы подтянуться на скользкую от дождя перекладину.

— Держись против ветра, Падриг! — прокричал он, перекрывая вой ветра, думая, что его бывалый первый помощник, возможно, уже сделал это. Секунду спустя он услышал протестующее хлопанье парусов и скрип дерева, когда нос брига стал разворачиваться против ветра.

* Матерь Божья (*брет.*).

К этому времени они уже миновали середину Ла-Манша, находясь в виду призрачных очертаний английских берегов. Капитан прищурил глаза, всматриваясь в темноту. Он пожалел, что не догадался захватить с собой подзорную трубу.

Однако суровый Падриг, находясь посередине корабля, оказался сообразительнее. Когда следующий зигзаг молнии прорезал ночь, первый помощник был наготове, разглядывая кипящие впереди волны с трубой в руке.

— Duze!* — прокричал он. — Там, по левому борту.

В то же мгновение Андре различил темный, качающийся на волнах предмет в окружении плавающих обломков дерева и еще чего-то. «Остатки бочонков из-под бренди? — недоумевал он. — Если так, то почему они здесь, так далеко от берега?»

— Силы небесные, — прошептал корсар внезапно пересохшими губами.

В следующую секунду он, цепляясь за канаты, уже бесстрашно летел к палубе, раскачивавшейся в восьмидесяти футах под ним.

Еще до того как его ноги коснулись досок, с высоты снастей прогремел его голос:

— Держись подветренной стороны, Падриг. Приготовься спустить шлюпку!

Сначала она услышала рев ветра, потом на нее навалилась беспокойная, мятущаяся темнота. Постепенно Тэсс начала отдавать себе отчет, что ее несет в открытое море. Но окончательно она очнулась от стука собственных зубов и от того, что ее швыряло вверх-вниз, с волны на волну.

«Я ничего не вижу», — подумала она, чувствуя, как к ней подступает ужас, как ее терзает мрак. Молотя руками, Тэсс пыталась удержаться на плаву в бурлящей воде. В отчаянии она ухватилась за проплывавший мимо обломок. Внезапно она припомнила треск раскалывающегося дерева, ослепительный взрыв, выбросивший ее из воды.

Но где она теперь? Вокруг не было ни огонька, только бесконечная, угрюмая стена мрака. На нее обрушилась волна; захлебываясь, Тэсс отчаянно выгребла к поверхности. Сквозь вой ветра ей послышался крик. Или же ей это только показалось?

Холодными пальцами вцепилась она в расщепленный край доски, спасшей ей жизнь. Пока Тэсс из последних сил держалась на плаву, но понимала, что едва ли продержится долго в бушующем море. Она чувствовала, что силы ее убывают. У нее невыносимо болело плечо, и пальцы уже начали неметь.

---

* Там! (*брет.*)

Что-то задело ее за ступню — что-то продолговатое и очень сильное.

Тэсс еле сдержала крик.

Бешено молотя ногами, она вцепилась в доску, пытаясь плыть навстречу подгоняемым ветром волнам.

И опять какое-то существо снизу, из темноты, подтолкнуло ее ногу.

Тэсс пронзительно закричала от жгучей боли, пронзившей лодыжку. Существо тянуло ее вниз! Отплевываясь, Тэсс опустила голову в чернильную воду, силясь освободиться от смертельной хватки.

Снова последовал бешеный рывок, и на этот раз Тэсс оказалось глубоко под водой. Чувствуя, как легкие у нее разрываются, она попыталась оттолкнуться вверх, но в темноте направление можно было определить только по наитию.

Наконец ее лицо показалось из воды. Она в отчаянии набрала полные легкие воздуха и в тот же миг почувствовала, как ее снова тащат вниз, схватив на этот раз за обе ноги.

Обезумев от страха, Тэсс молотила ногами и руками, сражаясь против невидимого врага. Она услышала, как где-то поблизости от нее по воде шлепает дерево, за воем ветра ей послышался слабый крик.

— Дьявол! — Еще один хриплый крик, на этот раз ближе.

Тэсс услышала всплеск; холодные крепкие пальцы схватили ее за плечо.

— Ne me repoussez pas!* — Приказание было отдано на гортанном французском. — Перестаньте... перестаньте толкаться! — На этот раз говорили на английском, но с таким сильным акцентом, что фраза была бы неразборчивой, если бы Тэсс не поняла французскую.

— Меня... меня схватили! — закричала она по-французски, благодаря мать за уроки и долгие часы разговора. — Что-то там, внизу. Ноги!

Единственным ответом ей был еще один всплеск. Твердые руки ощупывали ее ноги, продвигаясь к лодыжкам. Вдруг нечто обернулось вокруг ее колен и опять безжалостно потащило в глубину. Бешено лягаясь ногами, Тэсс попыталась всплыть на поверхность.

Ее пытаются убить!

Воздух — ей нужен воздух!

И вот она поднимается вверх, а невидимые руки подталкивают ее к поверхности. Тэсс едва не потеряла сознание, когда ее голова наконец показалась из воды.

---

* Не отталкивайте меня! (*фр.*)

— Вы зацепились за что-то — возможно, канат. Дайте мне...

Он сказал, что она за что-то зацепилась? Итак, мужчина — француз, возможно, контрабандист. Или же он моряк с одного из наполеоновских кораблей, пережидающих бурю?

Оставшаяся часть фразы потонула в грохоте волны, обрушившейся на голову Тэсс. Ее снова потащило вниз. Сильная боль сразила ее, когда что-то — возможно, веревка — резануло сквозь разорванные бриджи.

И вот наконец она освободилась, откашливаясь и отплевываясь. Легкие жгло огнем, и Тэсс жадно втягивала в себя благословенный воздух.

Но где же ее спаситель?

Она силилась проникнуть взором в ревущую вокруг темноту, но ничего не могла различить посреди бури. Вдруг ее пальцы натолкнулись на толстую бухту веревки наподобие той, что используется для связывания нескольких четырехгаллонных бочонков с коньяком, которые потом опускаются под воду, подальше от любопытных глаз.

С губ Тэсс сорвался истеричный смех. Она чуть не утонула из-за тайника с контрабандой, затопленного на веревке с грузом! Это было довольно обычным делом на побережье; застигнутая врасплох несвоевременным появлением таможенного судна, банда контрабандистов могла быстро избавиться от груза, а позже забрать его в спокойное время.

Ветер подхватил безудержный, звонкий смех Тэсс; она чувствовала, что впадает в истерику. На нсс обрушилась новая волна, заставляя забыть о смешном и задрожать при мысли о том, насколько близка она к гибели. Теперь Тэсс снова была одна; ее спаситель был где-то внизу — спасая ее, он тонул сам.

Закашлявшись, Тэсс схватила конец толстой веревки и опять погрузилась в мрачную глубину. Она погружалась все глубже и глубже, держась за веревку, пока не почувствовала, что легкие ее горят огнем, а голова вот-вот разорвется. Тэсс уже собиралась повернуть назад, когда наткнулась на его руки, а потом нащупала и тяжелую веревку, обмотавшуюся вокруг его запястий и державшую его мертвой хваткой.

Однако Тэсс сама иногда натягивала такие веревки. И она хорошо знала, как крепятся к стренге железные перекладины. С силой, порожденной отчаянием, она попыталась развязать грубые пеньковые узлы.

Ей уже было почти нечем дышать, но Тэсс разрывала пальцами тяжелую бухту, чувствуя, как с пальцев сдирается кожа. Круги пошли у нее перед глазами, и все же она продолжала бороться, отчаянно дергая веревку.

В окружающей ее душной темноте ей слышались приглушенные, роковые звуки. «Совсем как в подземелье», — с ужасом подумала она. Здесь к ней тоже подползала смерть с ее холодными ощупывающими пальцами.

Надо попробовать еще раз.

Стренга поддалась; узел слегка ослаб. С горящими легкими Тэсс изо всех сил дергала за шероховатую веревку, не переставая молиться.

Вдруг натяжение веревки у нее в руках ослабло, и вокруг забурлила вода, когда француз освободился и устремился к поверхности. Секунду спустя он протягивал к ней руки, чтобы потянуть за собой.

Они вырвались на поверхность, где бушевали волны и дул свирепый, порывистый ветер, но никогда Тэсс не была так счастлива, чувствуя на лице водяные брызги. Без его помощи она и сейчас была бы в холодной темной ловушке.

И снова Тэсс подумала о том, насколько близка она была к гибели.

— Aman*, Падриг! — закричал француз низким, хриплым голосом.

В отдалении прозвучал ответный крик, а потом поток гортанной речи.

«Не французский, — подумала Тэсс, нахмурившись. — Не немецкий».

Возможно, бретонский? Тэсс знала, что не так уж далеко на юге в Ла-Манш выдавалось скалистое, изрезанное побережье Бретани.

Откуда-то справа донеслись ритмичные шлепающие звуки весел. Неожиданно ее ухватили и подняли из воды, и, ударившись ребрами о деревянный борт, она упала на дно лодки, извиваясь, как выброшенная на берег рыба. Через мгновение Тэсс услышала рядом с собой звук от падения тела ее спасителя.

И снова послышалась странная гортанная речь — бретонская, теперь уже Тэсс была уверена в этом. Гребец с силой погружал весла в воду, и лодка закачалась на волнах, а потом резко повернула.

Тэсс дрожащими пальцами загородилась от холодного душа, омывающего ей лицо, но по-прежнему не могла ничего различить посреди бушующего шторма. Содрогаясь, оцепенев от холода, она потрогала пальцами израненные лодыжки в том месте, где подводный канат содрал широкую полоску кожи.

«Но я жива! — сказала себе Тэсс. — Это — самое главное».

Неожиданно лодка сильно накренилась. Поблизости раздался резкий крик, и по деревянной палубе прогрохотали сапоги.

* Сюда (*брет.*).

Кто-то без лишних слов схватил ее за руки и поднял вверх; она оказалась прижатой к широкой мужской груди, и у нее перехватило дыхание.

Она услышала резкий вздох, сильные пальцы сжали ее плечи.

— Пресвятая Дева! Вы? — пробормотал ее спаситель на ломаном английском. — Я хочу сказать: вы — женщина?

Она не могла сдержать смеха, услышав в голосе мужчины нескрываемое изумление. Тэсс смеялась все громче и безудержнее, пока вдруг не разрыдалась.

Последнее, что Тэсс помнила, — это то, что она оказалась в сильных руках француза, а ее заплаканная щека прижималась к его толстому шерстяному свитеру, когда он нес ее по качающейся палубе.

Капитан «Либерте» вполголоса пробормотал проклятие.

Она здесь? Но как? И зачем?

Кровь стыла у него в жилах при мысли о том, насколько близка к гибели была отчаянная англичанка, затерянная посредине Ла-Манша с его предательскими течениями, — и как он чуть не погиб сам. Гнев и страх на мгновение лишили его дара речи, и он сжал пальцами ее тонкую талию. Его лицо окаменело, превратившись в маску. Дьявол! Еще несколько секунд — и море поглотило бы ее, и его в придачу.

Но какая она сильная! Слава Богу, потому что в результате она спасла его, хотя его тщеславие страдало от сознания этого. Ибо проклятая веревка запуталась, обвившись вокруг его запястий и горла, чуть не задушив. Даже теперь Андре чувствовал прикосновение ее шероховатых колец, оставивших на шее горящие рубцы.

— Вы говорите по-английски? — спросила Тэсс, пытаясь сдержать дрожь в голосе.

— Совсем немного. — Его голос был низким и странным, согласные звуки — твердыми, с непривычным звучанием. — Лучше вам говорить по-французски.

— Vous etes Breton?* — спросила она, выполняя его просьбу.

— Oui, Breton**, — настороженно произнес Андре, удивившись, что она так быстро догадалась. Он прищурил глаза. Она очень сообразительна, нельзя забывать об этом.

Тэсс нахмурилась, чувствуя, как его грубый шерстяной свитер царапает ей щеку. Итак, он из Бретани. От нее не укрылось его секундное колебание, а также настороженность в голосе. Мужчина почти наверняка контрабандист. Осторожность — одно из ус-

---

* Вы бретонец? (*фр.*)

** Да, бретонец (*фр.*).

ловий его деятельности. Она знала, что многие из его земляков-бретонцев бороздят море между Францией и Англией, поскольку каменистая почва их родины малопригодна для земледелия.

И вот теперь она обязана этому человеку жизнью. Какую плату от потребует? Тэсс вздрогнула и почувствовала, как его огрубевшие пальцы сжимают ее плечи. Она ощущала щекой исходящее от его мощного тела тепло, согревавшее ее холодную кожу.

— Куда... куда вы меня несете? — затаив дыхание, спросила Тэсс. Поскольку ее французский был лучше его английского, она решила выяснить все сама.

Он молчал довольно долго.

— Я думаю, в мою каюту.

Тэсс задохнулась, сжав кулаки и бешено толкая его в грудь. Неужели она спаслась из пучины моря только для того, чтобы встретиться с еще большей опасностью?

— Я заплачу вам, если отвезете меня назад. Английскими золотыми гинеями или французскими луидорами — как угодно. Сто фунтов. Двести. Только назовите вашу цену, — молила она.

Железные пальцы ее спасителя не ослабевали.

— Никакой цены, малышка, мы не повернем назад. Сегодня ночью Ла-Манш будут прочесывать таможенные суда, даже в штормовом море, — мрачно добавил он.

— Пожалуйста! — вскричала Тэсс звенящим от страха голосом. — Вы должны отвезти меня...

— Невозможно. — Его отказ был окончательным и бесповоротным.

В смятении Тэсс слышала, как грохотали его сапоги. Дверь распахнулась под ударом. Комната, в которую он внес ее, была неосвещенной, и она нахмурилась, не в силах ничего различить, ни единого предмета.

Кажется, ее уложили на что-то мягкое. Кровать? Его кровать?

В следующее мгновение грубые руки уже не держали ее. Тэсс услышала вблизи слабый скребущий звук.

— Пожалуйста, — прошептала она, — зажгите мне по крайней мере фонарь.

Она услышала, как он резко втягивает воздух.

— Фонарь? — медленно переспросил Андре.

— Не просите у меня объяснений. Я... я не могу. Сделайте для меня только это, умоляю вас!

Корсар не ответил.

Она почувствовала, как по коже поползли мурашки, ощутила слабое прикосновение крошечных волосатых телец.

— Пожалуйста! — Теперь в ее голосе слышалась настоящая паника, у нее не оставалось сил скрывать ее.

— Ради всего святого, малышка, — медленно произнес француз, — я только что это сделал.

Глава 25

— Не смейтесь надо мной, сэр! — дико кричала Тэсс, сжимая пальцами холодные щеки. Огромными немигающими глазами уставилась она в плоскую, бесцветную пустоту перед собой.

— Никакой насмешки тут нет. Посмотрите сюда, на стол.

Тэсс посмотрела — и не увидела ничего, кроме темной стены мрака. Задыхаясь, она закрыла глаза, чувствуя, как в душу к ней закрадывается леденящий, смутный ужас.

— Вы лжете! Нет никакого фонаря — нет даже стола. Здесь ничего нет!

Сильные пальцы отвели с ее лба спутанные завитки. Они осторожно коснулись ее лба, провели по волосам.

— Откройте глаза и посмотрите на меня, — попросил капитан.

Моргая глазами, оцепенев от потрясения и страха, Тэсс сделала то, о чем ее просили.

Абсолютно ничего не изменилось.

Стена мрака перед ней не расступилась, напротив — открыто насмехалась над ней. Сердитая и угрожающая, роковая.

— Боже, — прошептала она, чувствуя, как в спину ей вонзаются холодные когти страха.

— Еще раз, — скомандовал резкий голос, — посмотрите сюда.

Она заморгала, ей почудилось слабое мерцание теней.

— Я держу фонарь в нескольких дюймах от вас. Вы ничего не видите?

Ответом было молчание и прерывистое дыхание.

— Дьявол! — хрипло пробормотал француз.

Оцепенев, Тэсс припомнила невероятную мощь взрыва, выбросившего ее из воды. Побледнев как смерть, она вновь переживала те долгие минуты ужаса, когда темнота впервые поглотила ее, распарывая легкие и лишая воздуха, ослепляя ее.

«Нет, — в исступлении думала Тэсс. — Не может этого быть!» Она вздрогнула, почувствовав на глазах слезы, когда до нее дошел весь ужас ее положения. Но, как гордое дикое животное, она не хотела допустить, чтобы кто-нибудь стал свидетелем ее слабости.

— Оставьте меня, — прошептала она, чувствуя, как исчезают последние остатки самообладания.

— Gwellan karet...* — Его голос был резким, напряженным от невыразимых чувств.

На этот раз Тэсс не стала спрашивать, что означает незнакомая фраза. Сейчас она была безучастна ко всему, кроме темноты и бешеного стука своего сердца. С ее пересохших губ сорвался стон.

— Уходите, просто — уходите. П-пожалуйста!

Несколько томительных мгновений спустя она услышала, как его сапоги проскрипели по деревянному полу. С глухим стуком захлопнулась дверь.

Холодными, угрожающими волнами тени сомкнулись над ней. Она сжалась, пытаясь не подпустить к себе воспоминания, прежние страхи.

Но Тэсс понимала, что на этот раз она проиграет.

Прижимая ко рту ледяные пальцы, она уткнулась лицом в подушку, силясь подавить душащие рыдания.

Это ей не удалось.

Вырисовываясь силуэтом на фоне мерцающего света единственного фонаря, освещавшего каюту, высокий бородатый француз молчаливо и неподвижно наблюдал. Его длинная тень падала на кровать, косо ложась на напряженное тело Тэсс.

Густая борода цвета воронова крыла не скрывала твердых очертаний его обветренного лица. Прищурив проницательные глаза, капитан «Либерте» хранил угрюмое молчание, глядя, как лежащая в его постели красавица с золотисто-каштановыми волосами, прижимая ко рту дрожащую руку, дает наконец волю безудержным рыданиям, исторгаемым, казалось, из глубины души.

«Невозможно», — думал Андре, онемев от потрясения. Он сжимал и разжимал безвольно повисшие руки, болевшие в тех местах, где их обвила проклятая веревка. Но француз позабыл о своей собственной боли, слишком потрясенный откровениями последних минут, чтобы думать о чем-нибудь, кроме находящейся перед ним страдающей женщины.

Пресвятая Дева, она ничего не видит! В это почти невозможно поверить! Тем не менее напряженная линия ее спины и плеч, каждое приглушенное рыдание говорили об этом.

Слепая. Его прекрасная, дикая морская чайка...

Глаза француза сделались черными и бездонными, пока он стоял, прислонясь спиной к двери каюты. Такая гордая! Она слишком гордая — в точности как он. Он вел бы себя так же, если бы судьба нанесла ему подобный удар.

* Дорогая моя... (*брет.*)

Андре нахмурил густые брови. Ему так хотелось обнять ее и утешить, но он знал, что она никому не откроется в своем страдании. Поэтому вместо того, чтобы сделать то, чего он жаждал, капитан заставил себя отвернуться и бесшумно опустил длинное тело в большое потрепанное кресло около двери. И все время не спускал глаз с ее дрожащего тела.

Постепенно ее боль стала его болью, ее ужас — его. До предела сконцентрировавшись, Андре пытался отвести от нее темные мысли, принять ее несчастье на свои широкие плечи, желая ей найти утешение. С обострившимся от напряжения лицом он боролся с желанием прижать ее к себе, успокоить теплом своего большого тела, уничтожить ее страх в темноте, зажечь в ней стихийный огонь.

Но он не сделал этого, ибо капитан давно наблюдал за этой женщиной и знал, что она горда и упряма. Сейчас — Андре это чувствовал — она ни за что не примет того, что он предлагает.

Вполголоса пробормотав проклятие, он сжал кулаки.

Уже много недель он шел за ней по пятам — за этим безрассудным, призрачным созданием, вышедшим из болота и моря, — этим созданием, так похожим на него самого! И все же каким-то образом она всегда ускользала от него с редкой находчивостью и ловкостью.

Теперь, казалась, судьба расставила ей ловушку, наконец подтолкнув в его сети. Но он не получит удовольствия от обладания ею — Андре это понимал. Ибо англичанка ни за что не доверится ему теперь, ни за что не ослабит бдительности, даже будучи ослепшей и охваченной ужасом.

«Иди к ней, — упрашивал настойчивый голос. — Дай ей свет и тепло. Дай ей силу твоего закаленного морем тела».

Но это последнее, что она согласится принять.

И вот, сжав челюсти, Андре сидел перед ней — молчаливый и решительный. Если он ей понадобится, по крайней мере он будет на месте.

Прошел час, потом другой. Капитан в молчании ждал, почувствовав облегчение, когда дыхание женщины наконец стало спокойным и ровным. Ее рыдания стихли, и она, измученная, заснула.

Подобно темному сияющему пламени, ее волосы рассыпались по его подушке. При виде их его глаза зажглись, он почувствовал непреодолимое желание запустить пальцы в эту роскошную копну.

Но Андре не мог этого сделать, поскольку это означало бы конец всему, что он задумал. Итак, он лишь выжидал, надеясь, что милосердный Бог услышит его молитвы.

Посредине этого печального дежурства Андре услышал в коридоре звук торопливых шагов, а потом стук в дверь. Он быстро привстал и с необычной для столь высокого человека грацией скользнул к двери и распахнул ее.

Его палец немедленно взлетел к губам, прерывая на полуслове белокурого гиганта — первого помощника.

Капитан показал рукой через плечо.

— Тише, она спит, — гортанно прошептал он на бретонском, игнорируя откровенное любопытство пришедшего. — Наконец-то уснула, хвала милосердному Создателю.

Что-то в тоне его голоса заставило Падрига ле Бра внимательно взглянуть капитану в лицо.

— Так это она, — медленно произнес он, — это та самая англичанка, которая не дает тебе покоя ни днем ни ночью. Та самая, из-за которой ты ругаешь команду и которая отвлекает тебя от нас на целые дни. Она околдовала тебя, друг мой. Так же, как волшебница Вивиан околдовала Мерлина в лесу Броселианд. Прошу тебя, не забывай о том, что *с ним* произошло, — мрачно добавил ле Бра.

— Она и вправду очаровала меня, — прошептал капитан, прислоняясь к стенке узкого коридора и закрывая глаза. — Я наконец нашел ее, только чтобы узнать... — Он распахнул темные от боли и гнева глаза. — Она не видит ни меня, ни что-либо еще. Она слепа! — Его голос прервался. — Слепа, моя крошка, — прошептал он.

Двое мужчин в темноте напряженно молчали.

— Ты... ты уверен в этом, друг мой?

— Это так же точно, как и то, что я дышу, что бьется мое сердце, — подавленно ответил капитан. — Зачем ей придумывать такое?

Светловолосый гигант пожал плечами:

— Женщины! Что вообще мужчина знает о них?

— Эту я знаю, Падриг. Я знаю ее очень хорошо. И эта женщина не станет ничего выдумывать, поверь мне. — Андре поднял руку, чтобы размять затекшие мышцы сзади на шее. Он помрачнел, вспомнив, что ему надо переменить промокшую одежду, пока не заработал воспаление легких.

Первый помощник «Либерте» нахмурился — ему не понравилось отчаяние, отразившееся на усталом бородатом лице капитана.

— Матерь Божья, — вдруг пробормотал он, опустив взгляд на руки Андре, — ты знаешь, что поранился?

При этом вопросе Падрига Андре посмотрел на свои сжатые в кулаки руки. Он впервые заметил, что рукава его свитера запятнаны кровью. Это, должно быть, от той веревки с грузом. Странно, до сих пор он даже не замечал этого.

— Похоже, что обе руки, — грубовато произнес первый помощник. — Пойдем, я промою тебе раны, пока они не начали гноиться.

Андре медленно распрямился; на лице его появилось выражение безмерной усталости. «Да, это мои раны, — подавленно думал он. — Сейчас они болят, но со временем излечатся».

Он опасался, что ее раны останутся на всю жизнь.

Тэсс чувствовала, как «Либерте» под ней неустанно раскачивается под ударами ветра и волн. Где-то позади глазных яблок она ощущала резкую, пульсирующую боль, быстро захватившую всю голову.

Теперь ее спутником стала усталость, опускающая завесу на ее сознание. Прижимая к глазам холодные пальцы, она позволила изнеможению овладеть собой, и в какое-то мгновение угрюмые тени уступили дорогу мраку снов. Хотя Тэсс и впала в беспокойное забытье, ее продолжали мучить мрачные, безликие образы.

Бледные, мерцающие тени людей и мест, которых она никогда больше не увидит, — Тэсс это знала.

С трудом сдерживая нетерпение, Андре ле Бри вышагивал взад-вперед по омываемой волной палубе, пытаясь сконцентрироваться на очень важной задаче, заключавшейся в том, как провести «Либерте» по вспененному морю.

— Освободи главные брам-стеньги, ле Бра! — гремел он. — И не забудь установить тот кливер. Нам придется пересечь бурное море прежде, чем войдем в Морбиан.

Первый помощник немедленно передал распоряжения команде. Двухмачтовый бриг устремился вперед, вспарывая грациозным носом толщу серой воды.

Это зрелище должно было бы улучшить настроение капитана, заставить его гордиться нарядным послушным судном. Но сейчас он мог думать только о женщине внизу, в его каюте. И Андре был достаточно опытен, чтобы понять, что его рассеянность могла стоить им всем жизни еще до окончания шторма.

Ибо где-то неподалеку лежал остров Кессан, скалистое побережье которого вдавалось в море безжизненными заостренными утесами. Недаром моряки прозвали его островом Ужаса.

Одна ошибка, один просчет — и судно вместе с командой исчезнет навсегда, разбившись об эти гранитные скалы и предательские рифы на мелкие кусочки.

Древнее предостережение неожиданно вспомнилось Андре: «Кто увидит скалы Кессана, увидит собственную кровь».

Чернота.

Боже, она утопает, задыхается в ней!

Несколько мгновений Тэсс не могла пошевелиться, парализованная страхом и грезами, беззащитная против образов, сконцентрировавшихся в ее сознании. С ее губ сорвалось приглушенное рыдание. Ей надо избежать этого! Лучше все, что угодно, чем быть запертой здесь и умирать в этой удушающей темноте.

Потом она поняла.

Да, так оно и есть! Француз солгал! Он не зажигал никакого фонаря — все это подстроено, чтобы сбить ее с толку!

Там, наверху, будет и свет, и воздух, и смех.

Да, наверху!

Она неловко сползла с кровати, едва не упав, когда на судно налетела волна, бешено переваливая его с левого борта на правый. Тэсс покачнулась, силясь удержать равновесие, когда их нагнала следующая волна, через мгновение ее пальцы нащупали стену. Медленно и осторожно она стала продвигаться вперед в сторону лестницы. К свету.

Ругаясь про себя, Андре силился разглядеть что-нибудь в простиравшемся перед ним хаосе волн и облаков. Он знал только, что шторм закончится еще не скоро. Он чувствовал это по протестующему скрипу дерева, по натяжению повернутых против ветра парусов над головой, по бешеному ходу «Либерте» через кипящие волны.

С палубы перед ним послышался приглушенный крик. Он обернулся и тут же оцепенел, впившись взглядом в тонкую фигурку, рискованно прилепившуюся к бушприту. Ее руки запутались в снастях, пересекающихся с длинным горизонтальным траверзом, тянувшимся от носа корабля.

— Она подошла так тихо, что мы ее не заметили, — закричал первый помощник, увидев капитана, прогрохотавшего по скрипящей палубе.

— Дьявол, — прошептал Андре. Ее выбросит в любую секунду, она ни за что не устоит против такого шторма.

Он уже бросился к носу.

— Дай мне веревку, Падриг! — крикнул он через плечо. — Затем укороти эти паруса и старайся удержать корабль. Я иду за ней!

Говоря это, Андре продвигался к омываемому волнами бушприту, где скорчилась англичанка. В лицо ей летели брызги.

— Иди ко мне, малышка, — хрипло произнес он. — Сюда, протяни руку, и я помогу тебе. — Все время, пока говорил, Андре, рискуя жизнью, продвигался ползком, подбираясь поближе к ней.

— Не подходите! — закричала Тэсс, в голосе которой слышались безумные нотки. — Вы лгали! Будет свет, теперь я это знаю. Если бы я только могла...

Именно в этот момент «Либерте» резко качнулась, поднявшись на крутой волне, затем глубоко ушла к подошве волны и погрузилась носом. На несколько ужасных, томительных мгновений женщина пропала из поля зрения. Андре в отчаянии устремился к концу бушприта. Еще несколько футов...

Скоро он был возле нее и, схватив длинными пальцами за запястья, потащил подальше от борта. Времени совсем не оставалось. В любую минуту могла подоспеть очередная волна и смыть их обоих.

— Не сопротивляйтесь, — хрипло приказал он, пробираясь обратно. — Погода неподходящая для осмотра канатов. В спокойном море я покажу вам мой парусник с большим удовольствием.

Но, говоря это, Андре понял, что удача изменяет ему. Он увидел то, чего больше всего боялся, — гигантскую волну, вздымавшуюся перед ними из черных вод, подобно карающей длани Господней.

— Держись, чайка! Держись за меня!

Волна обрушилась на палубы «Либерте» с бешеным грохотом. Тысячи галлонов воды пронеслись над капитаном с такой дикой яростью, что чуть не оторвали его от бушприта. Казалось, целую вечность он боролся во мраке, чтобы удержаться самому и удержать Тэсс на опасной жердочке.

И вот они были свободны, и прохладный ветер овевал их лица.

Тогда Андре понял, что им придется прыгать. Это будет по меньшей мере рискованно, но в следующий раз он не сможет удержать их. И тогда их ждет смерть.

— Обними меня рукой за плечо, — грубовато приказал он.

На этот раз англичанка повиновалась.

Из черноты надвигалась другая гигантская волна. Андре почувствовал, как судно начинает погружаться. В его ушах завывал сердитый пронзительный ветер, безысходный голос всех погибших в море моряков. Они, эти отчаявшиеся духи, теперь борются с ним, снедаемые желанием затащить живых вниз, чтобы те разделили с ними их подводную могилу.

Но им не заполучить его, поклялся себе Андре. Не видать им и женщины, которую он сжимает в объятиях!

Вознося молитвы всему сонму бретонских святых с просьбой о везении, он разжал пальцы и прыгнул.

Глава 26

Ветер рвал их одежду, швыряя им в лица пену и соленые брызги. Казалось, они зависли на полпути между кораблем и морем, потом француз стукнулся промокшими сапогами о грубые доски и, поскользнувшись, упал.

Падриг уже ждал их, широко расставив огромные руки, чтобы подхватить, и сразу потащил в укрытие — на нос ворвалась волна, чуть не смывшая их всех за борт.

— Она не только красива, но и безумна, эта штучка, — хмуро пробормотал первый помощник. — Берегись, мой друг!

Андре с трудом открыл глаза, потом поднялся на ноги.

— Можешь не сомневаться, Падриг, так я и сделаю. Сразу после того, как привяжу ее и задам самую ощутимую порку в ее жизни.

Зеленые глаза гиганта на мгновение вспыхнули.

— Хотелось бы мне быть там, чтобы посмотреть, как это у тебя получится, капитан. Но я думаю, что нет такого каната, которым можно было бы удержать ее!

В этот момент с высоких снастей раздался резкий крик:

— Рифы, капитан! Прямо по курсу!

Шутливое настроение обоих мужчин тут же улетучилось.

— Отведи ее вниз, Падриг, — приказал капитан, направляясь к своему посту у штурвала. — И проследи, чтобы на этот раз она там осталась.

— Что... что вы делаете? — ничего не понимая, взвизгнула Тэсс, когда ее перебросили через широкое плечо и понесли по палубе.

Ее тело закоченело, сознание затуманилось. Но одно она знала теперь наверняка: капитан не лгал. Свет ушел из ее жизни, и все, что у нее осталось, — это ночные кошмары.

— Падриг ле Бра, первый помощник, к вашим услугам. А сейчас мы делаем вот что: спускаемся вниз, англичанка. — Французские слова подобно грому доносились из его груди у ее уха.

— Оставьте... оставьте меня в покое! — дико закричала Тэсс, пытаясь высвободиться. Но она скоро поняла, что это бесполезно, слыша раскаты его низкого смеха, сопровождаемые стуком сапог по трапу.

Тэсс снова с позором водрузили на постель капитана. Плечо болело в том месте, где его задела пуля Хоукинза. Соленая вода по крайней мере хорошо промыла рану.

— Вы слишком маленькая, и вас трудно стеречь, и слишком драгоценная, чтобы отправить назад, — с кривой усмешкой промолвил моряк. — По какой-то странной причине вы нужны капитану, поэтому вы здесь останетесь. Господи, он долго ждал, чтобы заполучить вас.

— Ж-ждал? — пробормотала Тэсс. — О чем... о чем вы говорите?

— А вы и не догадывались, правда? — В голосе первого помощника прозвучало нескрываемое удовлетворение. — Он умен, мой капитан. Он выслеживал вас неделями, чайка. Боже, какой опасности он подвергался! Но на него нашло безумие, и невозможно было его удержать. А ваш толстый таможенный инспектор скоро понял, что нашего капитана не так легко поймать. — Голос Падрига стал задумчивым. — Вас тоже нелегко поймать, малышка.

В голове Тэсс все перемешалось. Француз следил за ней в Рае? И все это время собирался похитить ее?

— Вам больно?

— Больно? — безразлично переспросила Тэсс, все еще лихорадочно размышляя.

— С ваших лодыжек содрана кожа.

— Я... я почти не чувствую их, — медленно произнесла она. — По сравнению со всем остальным...

— Да, это тяжелый удар, но жизнь может преподнести что-нибудь и похуже. Андре — хороший человек, к тому же дважды спасший вам жизнь. Помните об этом, особенно сейчас, когда он так суров. Это лишь его попытка освободиться от той власти, которую вы приобрели над ним.

— Но я не навязывала ему эту власть, разве вы не видите?

Тэсс услышала его вздох и почти представила себе, как он пожал широкими плечами.

— Что до этого, то разве кто-нибудь выбирает любовь? Нет, как мгновения рождения и смерти, любовь сама находит нас.

У Тэсс перехватило дыхание. Любовь? Но как это возможно? Этот человек, Андре, был не знаком ей. Тем не менее казалось, что он хорошо знает ее.

— Капитан — человек одержимый, малышка. — Она снова услышала вздох первого помощника; Тэсс почти увидела, как он хмурится, пытаясь объяснить. — Вы все еще не понимаете? Дьявол! Попытаюсь растолковать. Какое-то время ему было достаточно просто знать, что вы существуете. Знать, что он иногда мельком может увидеть вас — ваше лицо в окне, ваш силуэт, когда вы бывали в городе по делам. Быть может, для него вы были чем-то вроде острова, который всегда за горизонтом. Господи, это трудно выразить словами... — Ле Бра замолчал на минуту. — Я думаю, вы были для Андре чем-то недостижимым. Тогда ему было достаточно просто знать, что вы существуете.

Воцарилось молчание. Тэсс поймала себя на том, что с возрастающим нетерпением ждет продолжения рассказа Падрига, на время позабыв о плече, лодыжках и даже слепоте.

— А потом?

— Потом все изменилось. Его чувства стали какими-то темными и требовательными, влюбленность переросла в... одержимость.

Тэсс услышала скрип кресла, когда первый помощник опустил в него крупное тело. Голос бретонца, продолжавшего говорить, стал мрачным.

— Он бродил по узким улочкам, ожидая под вашими окнами тихими, безлунными ночами. Это было безумием даже для такого человека, как Андре, не ведающего страха ни перед человеком, ни перед зверем. И он сильно рисковал... — Падриг остановился, бормоча что-то по-бретонски. — Дважды его чуть не взяли — один раз этот толстый таможенный офицер и в другой раз английские верховые офицеры. Все из-за этой дикой, отчаянной лихорадки, овладевшей им. Лихорадки от вас, малышка.

— Я... я ничего не знала, — выдохнула Тэсс.

— Этого он тоже не выбирал. Полагаю, он не собирался заходить так далеко. Во всяком случае, вначале. А позднее...

С палубы наверху раздался резкий окрик, а вслед за тем — приглушенный топот ног.

Первый помощник сквозь зубы пробормотал проклятие.

— Ile de l'epouvante, — глухо произнес он.

— Остров Ужаса, — перевела Тэсс, — но что...

— Остров Кессан, полгода закрытый туманом и остальное время омываемый бурным, ревущим морем. И где-то там есть черные рифы, малышка, — сумрачно пробормотал ле Бра с ноткой страха в голосе. — Всего в нескольких футах под волнами они ощетиниваются оголенными, кровожадными зубами, способными разорвать человека на части, прежде чем он издаст вопль ужаса. Эти воды предательски опасны даже в хорошую, ясную погоду, — его голос посуровел, — но в такой шторм, как этот, с рассеянным капитаном...

Заключенная в темноту, Тэсс обнаружила, что ее слух стал острым и восприимчивым.

— И вы чувствуете себя виноватым, — медленно произнесла она. — Вам надо быть на палубе с ним, а не здесь со мной. — Это было утверждение, а не вопрос.

— Да, надо, во имя всего святого! — Гортанный голос Падрига был резким от гнева. — Но Андре велел мне остаться, и я останусь, — пробурчал он. — Если только...

— Если только что?

— Если только не пообещаете, что не убежите снова.

Тэсс в напряженной тишине взвешивала его предложение, зная почему-то, что бретонец доверяет ее слову. Оставь она его в каюте, все они могут погибнуть.

Тэсс глубоко вздохнула.

— Хорошо, обещаю. Только... — ее пальцы беспокойно теребили холодные простыни, — не запирайте меня.

— Вы даете слово? Клянетесь Богом?

— Да.

— Тогда нет нужды в замках, — просто сказал первый помощник.

Тэсс заморгала, услышав звук наливаемой в стакан жидкости.

— Хотя сомневаюсь, что вы последуете моему совету, — продолжал первый помощник «Либерте», — я поставил на стол рядом с вами кувшин сидра святого Бриока и наполненный стакан. Он немного согреет вас. Вы нигде больше не попробуете такого сладкого напитка, вобравшего в себя все солнце, чайка.

— С-спасибо, — произнесла Тэсс, зная, что не сможет выпить, что сидр покажется ей на вкус кислым и горьким.

— Поверни против ветра, ле Фюр! Должен сказать, что самое опасное позади. Теперь не отклоняйся от курса до самого Морбиана. — Андре устало провел рукой по виску, отводя с лица темные влажные пряди.

Дьявол, как он выложился! И окончательно замерз в насквозь промокшей одежде. «Но нам это удалось!» — с ликованием думал он. Черные зубы рифов Кессана и его скалы остались позади.

Направляясь к приземистому жилистому ле Фюру, чтобы сменить его у штурвала, Андре заметил огромную фигуру первого помощника, стоящего у основания грот-мачты и разъясняющего двум матросам, как правильно укорачивать парус брам-стеньги.

С губ Андре сорвалось грубое ругательство.

— Какого дьявола ты здесь делаешь, ле Бра? — Капитан сразу же зашагал к трапу. — Я велел тебе оставаться внизу с ней!

Лицо Падрига потемнело; только невероятным усилием воли ему удалось сдержать свой гнев.

— Я был нужен здесь, капитан. Женщина дала слово, что больше не сбежит. Я посчитал, что этого достаточно...

— Ну так ты ошибаешься, черт тебя побери!

С сумрачным лицом Андре прогрохотал мимо насупленного первого помощника, чувствуя на себе холодное дуновение страха. Она всегда спала при свече; он часто видел это, стоя в тени под ее окном у «Ангела». Как он мог забыть об этом? Особенно теперь, когда она заточена в мир безжалостных призраков.

Андре спустился по узким ступеням. Позади него Падриг отпустил хриплое проклятие, но Андре даже не услышал этого, стремясь поскорее достичь каюты в конце коридора.

Он распахнул дверь онемевшими пальцами.

— Малышка, — прошептал он с потемневшими глазами. — Ради всего святого, что я наделал?

Она сидела, напряженно прижавшись к стене, с искаженным от страха и боли лицом. По ее мертвенно-бледным щекам струились слезы; губы были искусаны в кровь в попытке сдержать крик.

Но страшнее всего были ее глаза. Огромные и застывшие, они слепо уставились в пустое пространство — темные колодцы, отражавшие безграничную боль.

— Матерь Божья, — выдохнул первый помощник, входя в комнату вслед за Андре.

— Рому, Падриг! — быстро приказал капитан. — И принеси мне тот ящик из нашего последнего похода. — Приближаясь к пленнице, бородатый француз испытал минутный страх. Страх, превосходящий тот, что был ему знаком в бушующем море. — Я здесь, малышка, — медленно прошептал он. — Ты больше не одна.

С напряженным лицом Андре прикоснулся к ее согнутым коленям, прижатым к груди.

Что, если она не ответит? Что, если он пришел слишком поздно?

— Поговори со мной, чайка, — настойчиво просил он, переходя на беглый французский. — Расскажи мне, что ты видишь в темноте. Когда рассказываешь, грезы иногда теряют силу.

Ему показалось, что тонкая фигурка слегка вздрогнула.

— Ну же, маленькая тигрица, как ты дерешься? — безжалостно настаивал он. — Да, я хочу, чтобы ты сейчас дралась. Кричи на меня! Можешь даже ругаться и кусаться! Все, что угодно, только не это, ибо передо мной не та женщина, которую я вытащил из моря.

Она снова содрогнулась. С потемневшим от тревоги лицом Андре присел на кровать; обняв ее за плечи сильными руками, он прижал ее к груди. Тэсс ничего не говорила. Ее сцепленные пальцы неподвижно лежали на коленях.

Они все еще сидели так, когда через несколько минут вернулся Падриг с кувшином рома. Андре без слова влил немного огненной жидкости в сжатый рот Тэсс.

Она закашлялась и попыталась отвернуть голову.

— Давай, выпей за меня, сердце мое. Это согреет тебя и принесет немного света в душную темноту. — Андре снова поднес стакан к губам Тэсс. На этот раз, когда она попыталась увернуться, он взял ее лицо и держал, пока она не проглотила огненную жидкость.

Ее глаза на мгновение закрылись, а когда открылись снова, в их серо-зеленой глубине бушевала ярость.

Капитан «Либерте» почувствовал внезапное облегчение. Это было по крайней мере начало. Ему бы сейчас еще немного разозлить ее...

— Ну же, чайка, ты пренебрегаешь хорошим ромом, и я не допущу этого — ведь мне и моей команде стоило большого труда добыть его. — Зажав пальцами холодные щеки Тэсс, он заставил ее сделать еще один глоток. — Выпей все!

Она силилась оттолкнуть его дрожащими пальцами. Сжав правую руку в кулак, Тэсс бешено размахнулась. К своей досаде, Андре обнаружил, что удар достиг цели, когда челюсть его пронзила боль.

— Дьявол! — прохрипел он, уворачиваясь. — Во имя всего святого!

— Отп-пустите меня! Я не сделаю этого, слышите? Ни за что! — Теперь она сопротивлялась всерьез; глаза ее стали огромными от страха.

На скулах Андре заиграли желваки, когда он стал вглядываться в ее белое заплаканное лицо и невидящие измученные глаза. «Да простят меня небеса», — подумал суровый моряк, протягивая руку к кувшину с ромом. Только на этот раз он собирался пить сам.

Андре быстро наклонил кувшин, делая большие глотки, пытаясь забыть темный ужас, увиденный им в слепых глазах его пленницы.

— Рома больше не будет, чайка, это я тебе обещаю. — Он накрыл длинными пальцами ее ладони и прижал их к груди. — И не будет больше снов в темноте, пока я здесь, сердце мое. Со мной ты узнаешь лишь свет звезд и полдневного солнца. Не будет больше теней. Только это...

Андре хрипло и прерывисто задышал, протягивая к ней губы, силясь умерить свою необузданную поспешность, свое неистовое отчаяние. Его преследовала мысль о том, что три раза он чуть не потерял ее — два раза из-за ветра и волн и последний раз из-за чего-то более страшного.

И вот он ощутил жадным языком горячий шелк ее губ и совсем потерял голову. Застонав, он приник ртом к ее губам, чтобы хорошенько распробовать ее, чувствуя, что его как будто швырнули в бушующее море.

Матерь Божья, да она настоящий огонь, воспламеняющий его всего! Даже сейчас, когда их поцелуй длился всего несколько секунд, француз понял, что ему никогда не надоест эта женщина.

Неожиданно все бешеное напряжение последних недель прорвалось в нем неистовой волной страсти. В порыве чувств он гладил ее, ласкал языком, покусывал. С каждой секундой он жаждал большего, пока ему не стало казаться, что он утопает в сладости ее отдающего ромом рта, ее пахнущей лавандой и морской солью кожи.

Суровый капитан «Либерте» встретил шторм во всеоружии, чувствуя, как на него бешеными волнами накатывает желание.

О да, она станет его женщиной. Чего бы это ему ни стоило, он добьется своего. И когда время наконец подоспеет, обладание будет полным и неистовым.

Теперь и навсегда.

Всюду темнота. Она задыхалась от ужаса. И все же...

Что-то жесткое и колючее оцарапало щеку Тэсс, и вдруг ее губы погрузились в огонь. Она судорожно всхлипнула, отчаянно сопротивляясь овладевшему ею безумию. Жалобно застонав, она приготовилась к злобным укусам крошечных челюстей, конвульсивно сжимая и разжимая ладони. Вместо этого ее пальцы наткнулись на напряженные мускулы.

«Опять сны, — прошептал равнодушный голос. — Однако этот сон опаснее прочих».

Нахмурившись, Тэсс прижала дрожащую руку к горящей щеке. И поняла, что ее боль вызвана прикосновением мужской бороды, а не крошечных кусачих ночных существ.

Сон? В таком случае очень приятный!

И снова неистовый, темный огонь опалил ее губы, заставив затрепетать — не от боли и даже не от страха, но от непонятной жажды.

Глубоко в ней проснулся ответный огонь. Ее мышцы напряглись; она ощутила тяжесть и легкость в одно и то же время. Пустота внутри ее переросла в нестерпимую боль.

— Ос-становитесь, — прохрипела она, опасаясь этой выплеснутой на нее бури, опасаясь остроты чувств, тогда как ее жизненный опыт учил, что всякое наслаждение несет в себе боль.

Неожиданно для себя Тэсс вспомнила о мужчине, ставшем ее первой любовью и разбившем всякую надежду на счастье. Его поцелуи тоже заставляли ее испытывать жажду и боль. И все же в конце концов эта страсть не принесла ничего, кроме мучений.

Нет, она ни за что не должна поддаваться!

— Какая ты холодная, — прошептал француз, касаясь пышной бородой ее губ, — но это ненадолго, малышка. — Его большие пальцы начали расстегивать пуговицы на ее влажной рубашке.

Тэсс стало трудно дышать, когда она поняла, что сны отступили и превратились в незнакомца с жадными руками. Поняв его намерение, она отпрянула, напрягаясь в его объятиях.

Андре лишь притянул ее ближе.

— Тише, сердце мое. Падриг привез тонкие шелка и бархат, и я увижу тебя одетой в платья синего и малинового цвета, а не в эти промокшие бриджи. — Говоря, Андре продолжал успокаивающе поглаживать ее сильными пальцами, зачаровывая дрожащее тело.

Со слабым шорохом холодная, мокрая рубашка соскользнула с плеч Тэсс. Прохладный воздух овевал обнаженную кожу; ее охватила паника. Как она могла? Это стыдно! Какое-то безумие!

— Перестаньте! Не надо...

Он заглушил ее протесты неистовым жаром рта. На этот раз его прикосновение уже не было мягким. Теперь он не просил, не уговаривал, а глубоко проник в ее рот языком, горяча ее неуемным желанием, опаляя жаром своей страсти.

Снаружи выл ветер, надувая паруса, поливая палубу соленым душем.

Или, быть может, это взлетало и падало сердце Тэсс?

Ее охватил ужас, когда она поняла, что окружавшие ее сердце каменные стены задрожали и пошатнулись.

«Неужели это происходит на самом деле?» — исступленно думала она. И как ей успокоить бешено стучащее сердце, когда он прикасается к ней вот так, когда ее тело становится чужим и безрассудным, жаждущим сладкой муки?

— Теней больше не будет. Только огонь и буря страсти, любовь моя, — хрипло шептал мужчина рядом с ней, лаская губами ее пухлые губы, бархатистую мочку уха, пульсирующую на шее жилку. — Ничто другое не имеет значения. Для нас нет прошлого и не будет будущего, только это сладкое, беззаботное «сейчас». Раздели его со мной.

Его дыхание было горячим, приятно припахивающим ромом. Его пальцы, выписывавшие волнующие узоры на ее чувствительной коже, были твердыми и уверенными. Тэсс понимала, что он абсолютно точно знает, чего хочет. А она...

Она отдалась на волю волн, как потерявший управление корабль.

Всхлипнув, Тэсс попыталась оттолкнуть его, упираясь в поросшую волосами грудь. Она отчаянно стремилась разобраться в своих чувствах, призвать всю свою волю, чтобы отказать ему.

Однако капитан «Либерте» проигнорировал ее усилия. Сжав ладонями голые плечи Тэсс, он стал осыпать мелкими поцелуями ее шею и ключицы. И застонал, почувствовав, как ее кожа разогревается под его губами.

— Гори для меня, малышка. Я так долго ждал... — Он опускался все ниже и ниже, волнуя и мучая ее волшебными прикосновениями. Его борода защекотала выпуклость ее груди, отчего по телу Тэсс пробежала сладкая дрожь.

— Боже милостивый, Андре, вы должны остановиться! Я... я ничего не соображаю, когда вы так до меня дотрагиваетесь!

— А может быть, и не надо ни о чем думать, малышка, — скороговоркой пробормотал капитан. — Может быть, сейчас достаточно только чувствовать. Чувствовать это и еще нечто большее. Хотя для меня, — хрипло пробормотал он, — это уже почти непереносимо.

Краска бросилась Тэсс в лицо, когда до нее дошел смысл его слов, ибо в ее бедро уперся его восставший жезл. Капитан сумрачно засмеялся и провел пальцем по ее горячей щеке.

— Ты краснеешь, англичанка. И это делает тебя неописуемо красивой.

Пораженная грубоватой нежностью, прозвучавшей в его голосе, Тэсс подняла голову в отчаянном желании увидеть его лицо. И в это мгновение ей открылся совершенно новый мир чувств.

Ослепнув, она начала познавать оттенки темноты. Незрячая, она училась управлять новыми, необычайно тонкими способами чувствования.

Это был первый урок, который преподал ей француз. Благодаря ему Тэсс ощутила в себе безрассудство, желание испытать другие вещи, которые он мог ей предложить.

— Андре, — хрипло произнесла Тэсс, не догадываясь, что раскрыла свои мысли. Наклонив голову, она случайно коснулась губами его шеи.

Андре вздрогнул. Тэсс ощутила рокот в его широкой груди, когда он застонал. Сначала она сжалась, ошеломленная его мгновенным откликом, потом улыбнулась, взволнованная мыслью о своей власти над ним.

Андре глубоко запустил пальцы в ее волосы, откидывая ей голову назад и приподнимая ее лицо, чтобы повнимательнее вглядеться в него.

— Итак, моя боль забавляет тебя, правда? — Он сильнее сжал пальцы и пробормотал грубое ругательство. — Ты способная ученица, чайка. Я думаю, чересчур способная. — Он пошевелился, и она почувствовала, как он отодвигается от нее.

На нее ощутимо повеяло холодом. Тэсс поежилась, чувствуя, как к ней возвращается темнота. Но мгновение спустя он навалился на нее мощным, тяжелым телом, вжимая в постель.

Неожиданно темнота отступила, унесенная прочь волной роскошных ощущений и неописуемого восторга. Почувствовав его теплое дыхание над обнаженной кожей, Тэсс поняла, что Андре рассматривает родимое пятно в форме сердечка над ее правой грудью, которая судорожно поднималась и опадала. Тэсс почти чувствовала темную силу его глаз, пристально рассматривающих ее тело.

И снова ее лицо запылало румянцем. В какую распутницу он ее превращает! Надо сейчас же остановиться, а не то будет поздно!

«Может быть, уже и так слишком поздно?» — спросил насмешливый голос.

— Андре...

— Назови мое имя еще раз, англичанка, — пророкотал он.

— Ан-ндре, сделайте милость...

— Да, сердце мое, это и есть удовольствие и милость. Доставлять удовольствие тебе, сердце мое, и ожидать в ответ твоих милостей. Чувствовать, как всего меня охватывает страсть, когда ты вот так произносишь мое имя. Дьявол, я думаю, что доставить удовольствие тебе — это то, что я сумею сделать лучше всего остального.

И он попытался доказать свои слова.

Тэсс тонко застонала, погрузившись в океан жгучего наслаждения. Мучение и удовольствие слились в одно целое. Мир вокруг нее мерцал и растворялся.

— Господи, до чего же ты нежная! — прошептал француз, не отрывая губ от ее кожи. — Такая мягкая! Мне кажется, я мог бы утонуть в тебе.

От этих грубовато-нежных слов в глазах Тэсс вспыхнули маленькие солнца, погружая ее в золотистый свет.

— Скажи мне, что ты хочешь этого, сердце мое, — пророкотал Андре, — скажи мне, что ты испытываешь ту же страсть, что и я.

«Не отвечай, — предостерегал осторожный голос. — Не доверяй мужчинам».

На какое-то мгновение Тэсс вспомнила о Рейвенхерсте и задрожала. От француза не укрылась ни ее дрожь, ни нерешительность.

— У тебя есть другой? — В его голосе теперь слышался металл, а также смутные нотки ярости.

Тэсс почувствовала холодок у сердца — к ней, похоже, возвращался разум.

Как ей объяснить, что боль может связывать людей так же крепко, как и наслаждения, что первая любовь, хоть она давно умерла, бросает тень на все будущие радости? В конце концов, что она могла сказать, особенно если сама понимала далеко не все?

Над ними нависла тяжелая, гнетущая тишина; каждая секунда нерешительности Тэсс добавляла страха и сожаления.

— Ты любишь его? — прохрипел ле Бри.

— Нет! — выпалила она быстро и резко. Слишком быстро?

Тэсс услышала, как он судорожно вздохнул. Его пальцы у нее на груди слегка напряглись. Ее сердце бешено стучало, она чувствовала, как он нахмурился.

— Хотел бы я поверить в это.

— Какое это имеет значение? Прошлого нет — вы сами это сказали.

— Похоже, я ошибался.

— Но я... я обязана вам жизнью.

— Ты ничем мне не обязана, — исступленно ответил суровый моряк. — Чувство долга — это совсем не то, что мне нужно от тебя! — Он отодвинулся от нее.

Тэсс испытала при этом жгучее сожаление, сама подивившись этому. Через секунду она почувствовала, что Андре зашевелился, а кровать закачалась, когда он поднялся на ноги. Прогромыхав сапогами к двери, он остановился.

— Когда я возьму тебя, англичанка, это будет твой выбор и твое желание. В тот момент на твоих устах не будет имени, а в мыслях не будет образа другого мужчины, ты меня понимаешь? Ты будешь моей только в этом случае!

Дверь заскрипела на петлях, потом с силой захлопнулась, снова погружая Тэсс в темноту и холод.

Глава 27

Долго в тихой каюте раздавалось эхо от оглушительно захлопнувшейся двери. Онемев, Тэсс села в кровати, а в голове у нее все еще шумело. Что с ней сделал этот мужчина? Боже, он ведь незнакомец. Как он получил над ней такую власть?

Пришли непрошеные мысли о его сильных руках, уверенно и со знанием дела колдовавших над ее разгоряченным телом. Даже сейчас воспоминание об этом заставляло ее кровь быстрее бежать по жилам.

Было ли это то, против чего фанатики гневно предостерегали верующих со своих кафедр, а матери — дочерей? Или она и в самом деле сходит с ума?

Тэсс провела пальцами по губам, распухшим от его поцелуев, и тут же отдернула руку. При этом резком движении она задела холодный край кувшина.

Сидр, который оставил ей Падриг!

Он сказал, что напиток сладкий, как заключенное в бутылку солнце. Тэсс подумала, что могла бы прямо сейчас выпить немного солнышка. Все, что угодно, лишь бы отогнать демонов.

Она взяла дрожащими пальцами холодный глиняный кувшин. Плотно закрыв глаза, Тэсс поднесла его к губам.

Это был ее первый глоток душистого бретонского сидра: коричневатая жидкость была некрепкой, обжигающей и пузырящейся, как и говорил Падриг. Тэсс быстро сделала еще один глоток. Темнота слегка отодвинулась, перестала душить ее; ужас не нависал больше над ней, как раньше.

Беззаботно фыркнув, она села и поставила тяжелый кувшин себе на колени. Еще один глоток — и она ощутила, как тепло от живота приятно поднимается по рукам и пальцам. Тэсс пошевелила пальцами ног, наслаждаясь теплом, доходящим до самых их кончиков.

«Ты, моя девочка, скоро опьянеешь», — подумала она. «Ну и что? — отвечала она этому строгому голосу. — Какое это имеет значение после всего, что произошло?»

Тэсс заставила себя сделать еще один большой глоток, и потом ее осенило. Почему она остается здесь, в этой промозглой тишине? Она не из тех, кто позволяет командовать собой, пусть даже такому самоуверенному соблазнителю, как этот француз.

Сейчас она ему это докажет!

Завывал ветер, когда Тэсс медленно поднималась по трапу. В этот раз ей надо было быть осторожнее. Однажды она проскользнула мимо команды, но, испытав на себе гнев капитана, матросы наверняка будут более бдительными.

С развевающимися на ветру золотисто-каштановыми волосами Тэсс неуверенно ступила на палубу, смутно понимая, что сильно пьяна. Но сидр оживил ее, и ей казалось, что темнота не может больше причинить ей зла.

Тэсс слышала над головой резкое хлопанье парусов и где-то слева звук ударяющегося о палубу каната.

— Проверь тот кливер, ле Фюр! — услышала она гортанный крик Андре с носа корабля.

С бьющимся сердцем Тэсс спустилась обратно по трапу; когда она поняла, что работа на палубе продолжается без остановки, то снова двинулась вперед.

И споткнулась о какой-то низкий ящик в тот самый момент, когда волна захлестнула корабль, швырнув ее вбок, и она упала на колени. Тэсс пьяно покачнулась, задыхаясь от беспричинного смеха. Не то чтобы подвыпившая, а пьяная в стельку! И все же Тэсс наслаждалась каждой минутой, отряхивая с лица непокорные кудри, с удовольствием ощущая на пылающих щеках веяние ветра.

Но тут сильные пальцы схватили Тэсс за запястья, и от столкновения с массивным телом она чуть не задохнулась.

— Что, во имя всех святых, ты делаешь здесь, наверху?

Тэсс слегка икнула. Ее губы расползлись в идиотской ухмылке.

— Я всего лишь прогуливаюсь по палубе, капитан. Насколько я понимаю, вы не ограничили меня своей каютой.

— Ты — сумасшедшая девчонка! В такой шторм... — Голос Андре на секунду прервался, он принюхался. — Ты пила, — недоверчиво произнес он. — Дьявол, да ты пьяна!

Тэсс попыталась небрежно пожать плечами.

— Надеюсь, что да. Это лучшее, что может быть после всех пережитых неприятностей. Я, конечно, не могу сказать наверняка, поскольку никогда не испытывала этого состояния прежде. Может, если вы опишете...

— Падриг! — прогремел капитан. — Отведи... ее... вниз!

Но Тэсс не хотелось возвращаться в темноту, особенно теперь, когда она наслаждалась неистовством ветра, солеными брызгами в воздухе. О да, она наслаждалась даже перепалкой с властным капитаном «Либерте». Почему она должна возвращаться в гнетущую тишину под палубой?

Подбоченившись, упрямо развернув плечи, Тэсс дерзко повернулась лицом к французу.

— Не пойду!

— О нет, пойдешь, моя маленькая злючка, или почувствуешь на мягкой попке мою тяжелую руку!

Тэсс сжала губы. Некий безумный демон заставил ее сильнее прижаться к нему вместо того, чтобы отодвинуться. Ей было достаточно приглушенного вздоха капитана, чтобы продолжить. Она прильнула грудью к его груди; мягкие изгибы ее живота соблазняюще скользнули по его бедрам. Ее пронзило тайное удовольствие, когда она ощутила, как он твердеет и набухает от этого интимного прикосновения.

— Что это за шутки? — спросил Андре, резко отодвинув Тэсс.

Тэсс не ответила, увлеченная ураганом, кипевшим в ее крови, пораженная как молнией его близостью. Ее голова откинулась назад, и длинные волосы бешено развевались на ветру у нее за спиной и плечами, пока не окутали их обоих своим темным, живым пламенем. Сами собой влажные губы Тэсс раскрылись. Это было безумием, но ей вдруг стало все равно.

Она улыбнулась.

Андре застонал.

Потом она была подхвачена с палубы и прижата к его твердому телу; ее бедра оказались притиснутыми к его бедрам с выступающим свидетельством его мужественности.

Ей должно было быть страшно, но почему-то не было. Вместо этого Тэсс ощутила странный, настоятельный голод. Желая сама не зная чего.

— Ты играешь в опасные игры, чайка, — хрипло произнес Андре. — В этом мире ветра и моря я хозяин. Что бы мне ни захотелось, будет мое. Надо ли мне доказать это тебе? Ты хочешь, чтобы я взял тебя здесь прямо сейчас?

«Остановись, дурочка», — предостерегал ее внутренний голос, призывая к благоразумию. Но Тэсс не слушала, ибо некий темный, первобытный инстинкт заставлял ее добиваться, чтобы Андре стонал от вожделения. Она снова зашевелилась, потершись о ту часть его тела, которая выдавалась как свидетельство его желания.

На этот раз его ругательство было длинным и замысловатым.

У Тэсс перехватило дух, когда он сжал ее в объятиях. Шхуна резко накренилась под напором громадной волны. Или это было только игрой ее воображения, расходившегося от диких, беспокойных приливов желания?

Тэсс так и не узнала ответа, потому что в следующий момент со снастей послышался пронзительный крик. Ночь вокруг нее взорвалась звуками и движением.

— Эй, там, наверху! — проревел Андре по-французски, перейдя в следующий момент на быстрый бретонский.

С кормовой части палубы донесся рев пушечного ядра и звук расщепляемого дерева. Тэсс ощутила под ногами содрогание палубы.

«Либерте» обстреливали!

— Это вернулся проклятый таможенный катер англичан! — прокричал Падриг где-то справа от нее.

— Черт побери, Падриг, отведи ее вниз!

Но прежде чем первый помощник успел ответить, в воздухе просвистел еще один снаряд. Тэсс почувствовала, как руки капитана напряглись.

— Ан-ндре? — выдохнула она. — Что случилось? Вы ранены?

Француз мрачным шепотом пробормотал:

— Ей-богу, нет, но мой корабль тяжело ранен. Нам повезет, если прибудем в Морбиан живыми.

Огромные руки отпустили ее, голос Андре удалялся.

— Идем, малышка, — отрывисто произнес первый помощник у нее над ухом. — Когда свистят пули, на палубе даме не место. Даже такой отчаянной, как вы.

На столе позванивал кувшин, когда Падриг открыл дверь в капитанскую каюту. Тэсс почувствовала, как пол уплывает из-под ног. «Либерте» сбилась с курса.

В следующее мгновение взорвался еще один снаряд, и шхуна дико дернулась, сотрясаемая ударной волной.

— Мне надо идти! — Падриг уже мчался к трапу.

Казалось, прошли часы, прежде чем крики смолкли.

Наконец суета на палубе улеглась. Только после этого Тэсс поняла, как болят ее руки, сжимающие мятые складки стеганого одеяла. Она услышала голос Андре, капитан с кормы отдавал какие-то приказания на своем гортанном наречии. Показалось ли ей это или ветер действительно стих и волнение стало не таким сильным?

Вдруг по ступеням застучали тяжелые шаги; дверь распахнулась. Тэсс услышала звуки борьбы двух тел.

— Отпусти меня, черт тебя побери! — В воздухе раздался свирепый крик Андре, более яростный, чем завывание ветра.

Тэсс нахмурилась, она не смогла разобрать последовавшие затем бретонские ругательства. Однако смысл их был достаточно ясен, и она была рада, что этот гнев направлен не на нее.

Послышался глухой звук удара, сопровождаемый приглушенным стоном Падрига.

— Неужели ты и вправду, — снова звуки борьбы, — так боишься, — один из них отрывисто выругался, — этого маленького свинцового шарика? — выдохнул Падриг по-французски.

— Я ничего не боюсь, ле Бра, — прорычал Андре, — и ты хорошо это знаешь! Теперь дай мне подняться на палубу, где я нужен. Мы еще не совсем прошли рифы, и этот дерьмовый английский катер может вернуться с повторной проверкой.

— Только не после того, как ты так хорошо встретил их, мой капитан. — Голос Падрига потеплел, смягченный юмором. — Господи, на это было приятно посмотреть. Когда-нибудь я расскажу об этом своим внукам.

— Ты не доживешь до внуков, если сейчас же не отпустишь меня!

— Не доживешь и ты, если я тебя отпущу!

Тэсс вскочила на ноги.

— Перестаньте! — закричала она, напуганная звуками продолжающейся возни, прерываемой громкими вздохами и яростным шуршанием одежды.

Тут Андре изрыгнул отрывистое ругательство.

— Тысяча извинений, мой друг, но ты можешь скоро покинуть этот мир, если ле Фюр не извлечет из твоей ноги кусочек свинца. Ты уже истекаешь кровью!

— Ты называешь это раной, Падриг? Ба! Это не более чем укол иглы старухи!

— Слишком много крови для укола, — сухо произнес первый помощник. — А теперь иди и ляг, будь молодцом. Твоя женщина любезно освободила тебе кровать. Ты ведь не хочешь обидеть ее, правда?

«Твоя женщина»!

Тэсс вздрогнула. Слова прозвучали так естественно, так к месту. Внезапно наступившая вслед за обманчиво невинным высказыванием Падрига тишина была нарушена напряженным вздохом Андре.

— Поднимай-ка свою несчастную тушу обратно на палубу, Падриг. И не забудь держать паруса против ветра! Если не ошибаюсь, к утру дождь усилится.

— Да, разумеется, я буду очень внимателен, — пробормотал первый помощник.

— И еще кое-что, Падриг, — отрывисто произнес капитан. Следующие слова были предназначены только его помощнику и произнесены на беглом бретонском.

Когда он закончил, Тэсс услышала, как Падриг пересекает каюту. Дверь открылась, после чего первый помощник вышел, громко позвав ле Фюра.

Тэсс не двигалась, каждым нервом ощущая властное присутствие капитана. Он был близко — она это знала; ей было слышно его резкое, неровное дыхание.

— Малышка.

Одно слово. И все же в этом кратком высказывании была заключена целая гамма чувств: нежность, ликование, нерешительность и неистовое мужское чувство собственничества.

«Не было ли в нем сожаления?» — спрашивала себя Тэсс. Она подняла голову, хмурясь в темноте.

— Иди и помоги мне добраться до постели, чайка, — приказал Андре.

— Я... не могу помочь вам, — быстро ответила она, устыдившись своей немощи. Неожиданно рассердившись, что он попросил именно то, что она не в состоянии сделать. — Я не вижу, если вы позабыли об этом, — ледяным тоном добавила она.

— О-о, но ты слышишь меня, чайка. И, что самое важное, чувствуешь меня. Пусть это чувство приведет тебя сейчас ко мне.

Ее гнев вспыхнул с новой силой. «Безумие!» — подумала она. И все же...

Тэсс начала медленно продвигаться к тому месту, где он должен был стоять, ориентируясь по его прерывистому дыханию. Она почти видела его высокое мускулистое тело, подпирающее дверной проем; высокомерное выражение лица пропало, когда он изучал ее.

Тэсс заметила, что француз не издал ни звука, чтобы помочь ей, что только укрепило ее яростное желание достичь цели. Все ее чувства обострились в темноте, нервы были натянутыми, как тетива лука меткого стрелка.

Она напряглась, обратив к нему все свои чувства.

Андре был очень близко — теперь она это знала. Когда его прерывистое дыхание стихло, это только подтвердило ее догадку. Тэсс слегка подалась вправо. Дуновение теплого воздуха задело ее горящие щеки, шевеля завитки волос на шее.

Секунду спустя ее пальцы нащупали его мускулистое плечо под влажной шерстью свитера.

— Теперь ты веришь мне? — хрипло пробормотал капитан «Либерте». — Ты видишь — и чувствуешь — гораздо больше, чем тебе кажется. — Он слегка покачнулся и процедил сквозь зубы грубое ругательство. — И это все для меня, чайка. Помни об этом! Не для него.

Неожиданно рука Андре выскользнула из ее пальцев, и он с прерывистым стоном рухнул на пол.

Глава 28

— Падриг! — дико вскрикнула Тэсс, стараясь нащупать дрожащими пальцами голову Андре. Упав на колени, она наклонилась, пытаясь приподнять его. — Кто-нибудь!

Казалось, прошла вечность, прежде чем она услышала ответный крик и топот ног вниз по трапу.

— У парня не больше мозгов, чем у свиной задницы! — пролаял незнакомый голос. — Помоги мне уложить дурня в постель, Падриг!

В следующую секунду обмякшее тело капитана было поднято с ее рук. Тэсс прислушивалась, как мужчины с ворчанием укладывали его в постель. Она сжимала и разжимала пальцы, стоя на коленях посреди каюты, оцепенев от потрясения.

— Что... что с ним произошло?

— В его бедро угодила пуля из английского мушкета, вот что, — сумрачно ответил Падриг. — Андре ранили, когда он пытался отнести вас вниз. Потом этот дурень отказался уйти с палубы. Теперь он потерял уйму крови. Ле Фюр?

— Да, Падриг. Я готов.

— Что вы собираетесь делать? — слабым голосом спросила Тэсс.

— Ле Фюр попытается вытащить пулю, а нам остается только молиться, чтобы у него не дрогнула рука. Лучше сделать это сейчас, пока капитан все еще без сознания.

Тэсс поднесла руку ко рту, ее захлестнуло чувство вины. Когда это случилось, он пытался отнести ее вниз, в безопасное место. Если бы ее не было на палубе, его бы не ранило. Он был бы сейчас цел и невредим, стоял бы перед ней, изводя ее своей пылкостью.

В каюте послышалось клацание металла. Тэсс услышала слабый всасывающий звук, а потом ужасный звук металлического лезвия, режущего человеческую плоть. Андре застонал, потом отрывисто пробормотал что-то на неразборчивой смеси французского с бретонским, приправленной случайным английским ругательством.

Каюту наполнил сладковатый запах крови вместе с едким запахом пота — то были запахи болезни и страха.

Подкрадывающейся смерти.

У Тэсс перехватило дыхание, когда она представила себе сцену ночного кошмара — большой мужчина ворочается на постели, пропитанной его кровью, пока ле Фюр ищет засевшую пулю. Тэсс покачнулась, уверенная, что теряет сознание.

— Черт! Он просыпается, проклятие! Держи его, Падриг!

— Не могу, по крайней мере не со свечой в руке. Малышка!

Тэсс с побледневшим лицом скользнула к кровати.

— Вы можете подержать это? И держите ровно! — Падриг вложил ей в руку холодное металлическое основание подсвечника и выругался. — Вы не собираетесь упасть на меня?

— Со м-мной все в порядке, — выдавила она из себя. — Продолжайте скорей! Чем больше он потеряет крови... — Ей не надо было заканчивать фразу.

Тупой скрежет возобновился. Андре хрипло бормотал пересохшими губами. С мертвенно-бледным лицом Тэсс прислушивалась к звукам его борьбы. По ее лбу струился пот от жара и чада горевшей свечи.

«Пожалуйста, Господи, — молилась она, — спаси его!» Она не должна потерять этого человека, которого только что нашла.

Вдруг ле Фюр торжествующе проговорил:

— Вот она, дьявол! — Скрежет возобновился, потом послышалось резкое клацание металла о металл. — Настоящая красотка, клянусь всеми святыми! Застряла в дюйме от кости, поразительная удача, что не проникла дальше.

— Хорошая работа, ле Фюр. У тебя твердая рука. — Голос Падрига потеплел. — Но ты лучше прибереги эту пулю, ибо капитан сам захочет посмотреть на нее, чтобы удостовериться в том, что ты не пропустил никаких кусочков. — К великану вернулось чувство юмора.

Тэсс с трудом сдержала возглас негодования. Как они могут смеяться, когда их капитан лежит раненый?

— Теперь я возьму это, малышка, — спокойно произнес Падриг, вынимая подсвечник из ее одеревеневших пальцев. — Капитан поправится, не волнуйтесь. Этот мужик силен как бык. Чтобы свести его в могилу, понадобится нечто большее, чем дюйм английского свинца. А что до шуток, ну так мы к этому привыкли. Андре тоже. Теперь ему надо отдохнуть, но поскольку на палубе каждый человек будет на счету, пока мы в этих водах...

Неожиданно корабль резко накренился, и Тэсс была отброшена назад, к стене. Она услышала, как Падриг споткнулся, с глухим стуком ударившись о деревянный каркас кровати.

— То не остается никого, кроме меня, — закончила она. — Что ж, по крайней мере это я в состоянии для него сделать.

— Вы уверены, что сможете ухаживать за ним? — Голос Падрига зазвенел от тревоги. — У него может начаться лихорадка. Он большой мужчина, за ним будет трудно уследить.

— У меня хватит сил управиться с раненым мужчиной, уверяю вас, — выпалила Тэсс чересчур уверенно. — Я могу быть слепой, но я не утратила способность управлять руками и ногами. Хотя могу скоро утратить ее, — мрачно добавила она, — если меня будут и дальше так понукать.

— В таком случае покидаю вас. Я нужен у штурвала.

Тэсс почувствовала, как он придвигает к ней стул, после чего Падриг усадил ее.

— Ле Фюр помыл его и постелил чистые простыни. Найдете воду и чистое белье здесь, под правой рукой. — Говоря это, Падриг подвел ее руку к глиняному тазику на столе у кровати. — Пришлю к вам кого-нибудь на помощь, как только мы отплывем дальше на юг, в более спокойные воды.

Наступила напряженная тишина, Падриг надсадно откашлялся. На секунду он поймал огромной ручищей ее тонкие пальцы.

— Хорошенько присматривайте за ним, малышка, — отрывисто прошептал он. — Ради меня, ради всех нас. Он человек упрямый и непокорный, как само море, но он лучший капитан, когда-либо бывший на «Либерте».

Тэсс вдруг почувствовала, как у нее сжимается горло.

— Постараюсь, Падриг, — прошептала она.

— Да хранит тебя Господь, мой капитан и друг, — тихо произнес огромный бретонец, выходя из каюты.

Часы тянулись медленнее, чем Тэсс могла себе представить. Француз долго спал, хотя его сон был беспокойным. Он постоянно метался, бормоча что-то, движимый какой-то непонятной потребностью.

Тэсс обмывала его покрытое потом лицо, тихо разговаривая. Ее слова и прикосновения, казалось, успокаивали его. Сама она находила для себя утешение в том, что просто сидела рядом с ним, окутанная темнотой, бешено раскачиваемая во мраке ночи и шторма, когда снаружи, за иллюминатором, завывал ветер.

Прошли долгие часы, ночь сменилась днем и потом снова ночью. Тэсс заснула.

— Дорогая!

Тэсс, вздрогнув, проснулась и поняла, что все еще сидит в кресле. Она нахмурилась, сердясь на себя за то, что расслабилась, когда должна была присматривать за капитаном.

С постели рядом с ней донесся приглушенный стон. Она неловко протянула руку, пытаясь отыскать его.

— Дорогая моя... — На этот раз голос прозвучал громче, настойчивее — протяжный, прерывистый вопль, исходивший из сухой глотки.

— Я здесь, Андре. — Тэсс прикоснулась пальцами к его лбу, отводя вверх длинные завитки густых волос. Его густая жесткая борода щекотала ее пальцы, и Тэсс поймала себя на том, что улыбается, представляя себе, как он должен сейчас выглядеть. Ей хотелось узнать, какие у него волосы — черные или каштановые. И какого цвета у него глаза.

Но спрашивать было некогда, ибо она чувствовала, что по его лицу струится пот. Она потянулась за чистым куском полотна и промокнула его разгоряченную кожу.

Он поймал ее рукой за запястье, потом сжал пальцы.

— Милая... это ты... правда?

— Конечно, мой капитан. — Тэсс старалась говорить бодро и надеялась, что ей это удалось. — Я останусь здесь до тех пор, пока вы не окрепнете и не станете более достойным партнером. Понимаете, сейчас вы не в состоянии предложить мне хороших развлечений, будучи таким слабым.

— Я... не... должен... — Андре громко заскрипел зубами и пробормотал что-то на бретонском. Тэсс почувствовала, как его голова беспокойно заметалась по подушке. Неожиданно он напрягся. — Не доверяй мне, чайка, — прохрипел он, — когда-нибудь я брошу тебя. В конце концов море забирает всех, бросающих ему вызов, — даже самых лучших и храбрых, к которым я, разумеется, не отношусь. — Он снова пробормотал что-то невнятное и зашевелился у нее на руках.

«У него, похоже, начался бред», — подумала Тэсс.

Потом к нему вернулся рассудок.

— Французы называют море «она» — ты знала об этом? Да, но для бретонцев море всегда мужского рода. Гневное, беспощадное, неукротимое — именно такие чувства ты вызываешь во мне.

Тяжело дыша, он сел в кровати, протягивая к ней руки в темноте.

— Где ты? Свеча догорела.

— Здесь, мой дорогой корсар. Любимый мой. — Ласковое слово непроизвольно сорвалось с ее языка.

Огрубелыми пальцами Андре взял ее за плечи.

— Это правда, чайка? Ты ничего не знаешь обо мне, возможно, я ничем не лучше сброда с парижских улиц.

И все же ты назвала меня так... — Его голос перешел в стон. Он сжался, процедив сквозь зубы ругательство.

— Тише, — прошептала Тэсс, пытаясь уложить его обратно в кровать, понимая, что эта возня может повредить ране. — Возможно, чувствовать — более чем достаточно, — тихо добавила она. — Сейчас мне не хочется ни о чем задумываться.

Неужели промчалось несколько часов? Тэсс казалось, что прошла целая жизнь.

Она почти видела его слабую ответную улыбку; его голос потеплел в смутном ожидании награды.

— Я заставлю заплатить тебя самой дорогой ценой за эту маленькую дерзость, англичанка.

Мышцы Андре напряглись под ее пальцами, а потом расслабились. Наконец он позволил ей уложить себя в постель.

— Позже... — слабым голосом добавил он.

Андре вздохнул, и не успела его голова коснуться подушки, как он уже спал.

Тэсс скоро поняла, что капитан — пациент не из легких. Он засыпал ненадолго, а потом наполовину пробуждался, начиная бормотать и беспокойно метаться. Тэсс тщетно пыталась успокоить его, удержать в спокойном состоянии, ибо понимала, что такое напряжение плохо скажется на его ране. Но он был большим мужчиной, и сны его были беспокойными.

Падриг приходил дважды с едой и чистым бельем, и ле Фюр также приходил проведать своего пациента. Остальное время она оставалась с капитаном одна. Через какое-то время — Тэсс не могла сказать, когда в точности, поскольку ее чувство времени было нарушено, — Андре в полубреду грубо притянул Тэсс к себе на грудь, глубоко запустив пальцы в ее спутанные кудри.

— Сон, — выдохнул он со стоном.

— Не сон, — прошептала Тэсс, — женщина. Женщина из плоти и крови.

Его женщина?

Однако Тэсс прогнала эту опасную мысль из головы вместе со всеми другими и отдалась на волю волн и корабля, плывущего по пенному морю.

Навстречу рассвету.

Навстречу купающейся в солнце гавани, которую он обещал ей.

Прошло немало времени, и Тэсс была разбужена топотом ног по палубе. Заморгав, она протянула руку к лицу Андре, с облегчением обнаружив, что его лоб сухой и прохладный под ее пальцами. Она поняла, что не знает даже, какой сегодня день, и улыбнулась при мысли о том, что это нисколько ее не волнует.

Лениво потянувшись, она выпила немного сидра, принесенного Падригом, и, не найдя никакой еды, беспечно пожала плечами.

Разве ей нужна пища? Только не с этим сладким, тающим во рту бретонским сидром, растекающимся по жилам подобно солнечному свету. Она тихо засмеялась, слегка опьянев от терпкого, душистого напитка, опьянев от близости находящегося рядом мужчины.

Она услышала рядом с собой слабый шорох. Кровать заскрипела.

— Англичанка?

— Я здесь, — прошептала Тэсс, мгновенно придя в себя от звука грубого голоса Андре. Она чувствовала себя достаточно уверенно, разговаривая с ним по-французски. Но почему от его хрипловатого голоса по ее спине пробегали мурашки?

— Ты была... здесь? Все время?

Тэсс осторожно поставила пустой стакан на стол.

— Все время.

— Я говорил... или делал... что-нибудь?..

Она улыбнулась, почувствовав неуверенность в его голосе.

— Вопиющее? Неподобающее? Или просто самонадеянное? Дайте подумать — вы беспокойно метались и довольно часто стонали. О да, и говорили что-то о грузе, спрятанном на каком-то острове вблизи побережья. И было что-то еще — что-то о человеке, которого вы должны были встретить с посланием. Я как раз собиралась выведать у вас место встречи, когда...

Пациент с ворчанием сел и схватил ее за руки.

— Вижу, мне придется заняться твоим приручением, малышка. — Пальцы француза заскользили к ее плечам, и он притянул Тэсс к груди. Ее волосы рассыпались по его обнаженным плечам в диком беспорядке. — Поцелуй меня, англичанка, — грубо приказал он, — поцелуй меня так, чтобы я ощутил пленительную бурю.

Опьянев от сидра, Тэсс с улыбкой наклонилась ниже, прикасаясь пальцами к жестким волосам у него на груди. Очень осторожно она прижалась губами к его губам в легком поцелуе.

Его стон заставил ее улыбнуться шире.

— Еще! — прорычал он. — Твои губы как сидр. Нет, слаще любого сидра!

Тэсс знала, что он хочет ее, но ему так же важно было, чтобы она пришла к нему по доброй воле, испытывая страсть, соизмеримую с его собственной. И сознание этого делало ее невообразимо дерзкой.

Ее пальцы задвигались с изощренной медлительностью, нащупывая плоские мужские соски среди густого руна на его груди. К своему удивлению, Тэсс ощутила, как они мгновенно затвердели при ее прикосновении. Француз протяжно и хрипло застонал, сжимая пальцами ее плечи.

Опьяненная откровенным проявлением его желания, Тэсс с сильно бьющимся сердцем придвинулась ближе. Она слегка дотронулась языком до его губ. Возбужденная странным, непонятным желанием, Тэсс провела им по сомкнутым губам Андре, а потом надавила сильнее, заставляя рот раскрыться. Губы Андре немедленно сомкнулись вокруг ее языка, глубоко засасывая его.

От его прерывистого стона по жилам Тэсс заструился огонь. Их охватил пожар, подобный тому, что мгновенно вспыхивает после удара молнии в грозовую летнюю ночь.

Ее сердце бешено стучало. Может быть, да, может быть, только в этот раз. Раз уж все остальное потеряно, разве важно, если она уступит один только раз? Нет, ей никак нельзя поддаваться этой слабости. Ни одного раза.

С одного раза все и начинается.

Ее научила этому невероятная жестокость отца.

— Андре, — силилась вымолвить она, страшась происходящего между ними, страшась смятения своих чувств. Но звук затерялся где-то между их сомкнутыми губами.

— Матерь Божья, — хрипло пробормотал он в ее горячие губы, — слишком быстро.

С прерывистым криком Тэсс силилась вырваться, ее руки сжались.

— Я... я не могу, — выдохнула она, все еще не протрезвев.

Ее кулаки замолотили по воздуху, натыкаясь на твердые мышцы. С губ Андре сорвался хриплый стон. Он с ожесточением сжал ее груди.

В то же мгновение Тэсс была грубо отброшена на кровать. Она почувствовала, как ее задело широкое плечо; кровать затряслась, когда он наклонился, чтобы ухватиться за раненое бедро.

— Бог свидетель, англичанка, ты собираешься убить меня! В таком случае это тебе не по силам. И можешь также выбросить из головы любые мысли о побеге! — прорычал француз. — Наши отношения еще далеко не закончены, предупреждаю тебя!

— Она не умерла! Не верю этому — не важно, что говорит этот грязный болотный кровопийца!

Конюх «Ангела», спотыкаясь, вошел в кухню; по его молодому лицу было заметно, что он пытается сдержать слезы.

— Она поехала на север навестить брата, правда, мистер Хобхаус, как вы мне и сказали? — Карие глаза Джема изучали напряженные черты мажордома, умоляя о положительном ответе.

— Мертва? Кто распускает такие слухи? — Лицо Хобхауса оставалось суровым. — Это не более чем жестокая шутка.

— Это сам Хоукинз, вот кто. Рассказывает всем посетителям «Трех селедок». Говорит, что поймал Лиса на берегу своими собственными руками и видел, как его разнесло на куски. Говорит, что молодая мисс была там и, вполне вероятно, ее тоже убили, только ее тело... потерялось, было смыто отливом. — Щеки паренька покрылись маленькими красными пятнами. Его пальцы задрожали, и он судорожно ухватился за отвороты куртки Хобхауса. — Это неправда! Не может этого быть! Только я... я хочу услышать это от вас, мистер Хобхаус.

Хобхаус и Летти обменялись мрачными взглядами поверх головы мальчика.

— Вы должны сказать мне, сэр. Вы не станете лгать, я знаю!

На лице Хобхауса промелькнуло выражение отчаяния, но он немедленно взял себя в руки. Распрямив плечи, слуга сурово взглянул на Джема, изучавшего его с мрачной решимостью. Хобхаус понял, что мальчик не уйдет без ответа.

— Ну что, Джем, что за чепуху ты мелешь о мисс Тэсс? Она уехала проведать мистера Эшли в Оксфорде, как я уже говорил тебе; а кто рассказывает другое, тот хныкалка и дурак. Дело в том, что молодой хозяин неожиданно заболел, и поэтому у нее не было времени попрощаться. — Хобхаус приподнял сильными пальцами лицо мальчика, заметив, что его карие глаза блестят непрошеными слезами. Он сурово заставил Джема посмотреть ему прямо в глаза. — Ну, кому ты поверишь, Джем? Мне, никогда не лгавшему тебе, или этому... — Он запнулся, подняв темную бровь, пытаясь вспомнить предыдущие слова мальчика.

— Болотному кровопийце, сэр?

— Черт меня возьми, если ты не нашел подходящее определение для него, парень! Именно так. Теперь я хочу, чтобы ты ответил на мой вопрос. — Голос его был жестким и строгим. Хобхаус с облегчением убедился в том, что такой голос в состоянии устрашить и кого-нибудь гораздо более самоуверенного, чем мальчик возраста Джема.

— Простите, сэр, — произнес наконец конюх, ободренный нескрываемым негодованием в глазах мажордома. Он медленно вздохнул. — Я знал, что ублюдок, прошу прощения, мисс Летти, врет. — Голос мальчика стал громким и уверенным. — Да, я знал это все время. — Он резким движением отпустил изрядно помятую куртку Хобхауса, которую теперь безуспешно пытался разгладить. — Мне очень жаль, сэр.

Хобхаус постарался изобразить раздражительность.

— Мне тоже, Джем. А теперь хватит влезать в дела, которые тебя не касаются. У тебя полно работы на конюшне. А если нет, я уверен, Эдуард будет более чем счастлив...

Мальчик протестующе вскинул руки, уже направляясь к двери.

— Иду, мистер Хобхаус! Честное слово. Не надо пугать меня такого рода мучениями. Я бы не смог выдержать еще хотя бы полдня с этим сумасшедшим французом! Он заставил меня надеть фартук, вот что!

В следующее мгновение Джем исчез, захлопнув за собой дверь. Плечи Хобхауса тотчас же поникли. Глубоко вздохнув, он запустил дрожащую руку в темные волосы. Рядом с ним Летти издала наполовину вздох, наполовину рыдание, и ее глаза наполнились слезами.

— Где она? Эндрю, что могло с ней случиться? Прошло уже три дня!

— Хотел бы я знать, Летти. — Хобхаус сощурился. — Он сказал что-нибудь? — Мажордом фыркнул, увидев, что горничная пытается изобразить удивление. — О, не надо ничего придумывать — я отлично знаю, что ты тайком встречалась на церковном дворе с камердинером лорда Рейвенхерста.

Летти не стала отпираться.

— Нет, ничего. Виконт уехал в Дувр по официальному делу, Пил больше ничего не знает. — Ее плечи поникли.

— Скорее он не захотел ничего тебе сказать, — пробормотал Хобхаус, всматриваясь в тихий кабинет, вспоминая проведенные здесь за работой счастливые часы. То, чего он никогда не испытывал, пока не стал работать у Тэсс Лейтон.

Глубокие складки на его суровом лице разгладились на минуту.

Все это началось около двух лет назад...

Хобхаус припомнил, как Тэсс очаровала мясника, прося кредит, когда «Ангел» должен был закрыться на две недели из-за протекающей крыши.

Вскоре после этого ее дорожки пересеклись с дюжим купцом из Дувра, выражавшим недовольство по поводу расходов на оплату своего высокомерного французского повара. И в считанные минуты Эдуард уже умолял ее дать ему возможность превратить кухню «Ангела» в нечто выдающееся.

И он сдержал слово!

А что касается миссис Тредуэлл с ее лошадиным лицом, она получила от мисс Тэсс по заслугам!

Неужели все это кончилось, исчезла редкостная душа и вместе с ней — радость? Хобхаус нахмурился, отказываясь верить этому. С сумрачным лицом он засунул руки в карманы. Там его пальцы нащупали металл.

Наморщив лоб, он вытащил маленький серебряный овал, сверкнувший на солнце, — это был амулет Тэсс, оброненный ею в ночь последнего рейда. Не говоря ни слова, Хобхаус засунул тяжелое украшение обратно в карман, пока его не увидела Летти.

Неожиданно амулет сделался сверхъестественно холодным в его пальцах. Хобхаус прищурил потемневшие от боли глаза.

«Холодный, как могила?» — вопросил мрачный голос.

Глава 29

— Chaud...*

Несколько часов спустя хриплый, приглушенный стон заставил Тэсс резко проснуться, открыть глаза навстречу теням.

«Почему так темно?» — недоумевала она, все еще сбитая с толку, пытаясь освободиться от паутины сна. Потом, придя в себя и припомнив все свои мучения, она похолодела.

Зная ответ на свой вопрос, зная, что это был ее собственный крик боли. Зная, что она слепа, затеряна во мраке, который будет царить до конца ее дней.

Тэсс судорожно всхлипнула и попыталась повернуться лицом к подушке, но тут почувствовала обнимающую ее за грудь твердую руку и рядом с собой — голову мужчины. Ее опалило огнем, когда его пальцы напряглись, а потом нежно погладили розовый бутон.

Сердце Тэсс неистово забилось от этого прикосновения. Прерывисто дыша, она высвободилась.

— Слишком жарко, — прохрипел он на этот раз на английском.

«Таинственный человек, капитан «Либерте», владеющий не одним языком и многими талантами», — подумала Тэсс.

Был ли он также и мошенником?

* Жарко... (*фр.*)

Она в молчании протянула руку за стаканом, который сама поставила на ночной столик, почувствовав прикосновение к руке мягкой ткани. Нахмурившись, Тэсс подивилась этому изобилию шелка и кружев.

Тогда она вспомнила о чемодане, который недавно принес Падриг. В его душистой глубине Тэсс нашла пеньюар из тонкой ткани, который был сейчас на ней, и другие наряды из такого же изысканного атласа. Это одеяние с низким вырезом на лифе доходило ей почти до лодыжек, а его длинные рукава были украшены пышными кружевами. Как и другие, это платье, должно быть, стоит бешеных денег и, возможно, сшито в Париже для леди с утонченным вкусом.

Или скорее всего для женщины, совсем не похожей на леди.

Как она сама, мрачно подумала Тэсс и покраснела.

— Воды, дай воды.

Прежде чем Тэсс успела поднести стакан к губам Андре, он с трудом сел.

— Англичанка? Ты...

— Я здесь, вот вода. — Голос Тэсс успокаивал; она говорила по-английски, как и он.

Он взял стакан у нее из рук. Она услышала, как он жадно пьет, потом ставит стакан на стол с резким стуком.

— Ты хмуришься. Это потому, что я говорю сейчас по-английски? Но при моей работе человек должен разговаривать на многих языках, пусть даже иногда неправильно. — Пробубнив что-то, капитан перешел на французский. — Английский — проклятый, тяжеловесный язык, французский куда выразительнее. — Потом снова неожиданно сменил тему: — Что, мысль о моей работе отталкивает тебя, сердце мое?

Тэсс молчала, взвешивая его вопрос, зная, что, если солжет, этот человек обязательно догадается об этом.

— Нет, — наконец произнесла она, — то, что плохо для одного человека, может иногда быть хорошо для другого. И все же я не верю, что вы охотно доставили бы неприятность кому-либо.

— Но ты почти ничего обо мне не знаешь... и не расспрашиваешь.

— Так же, как вы не спрашиваете, что делала я посреди Ла-Манша в полночь.

— А-а, но это я и так знаю, чайка. Ты принимала контрабандный товар. Вместе с еще одним джентльменом с Ромнийского болота.

У Тэсс перехватило дыхание от изумления.

— Но как...

— Я наблюдаю за тобой уже очень давно, малышка, — отрывисто произнес капитан «Либерте». — Я даже по случаю торговал с некоторыми людьми из твоей секретной шайки. Среди ваших парней есть такие, кому знаком мой голос, если не лицо. Это доходное дело — контрабанда чая и шелка; она принесла мне этот очаровательный пустячок, который сейчас на тебе. О-о, как изумительно это платье идет тебе, моя дикарка! Его изумрудный блеск подчеркивает матовость твоей кожи. Ей-богу, ты очень соблазнительна сейчас, но нет, я думаю, нам надо поговорить. Твое лицо омрачено неясными догадками.

Тэсс вздрогнула: его грубовато-бархатистый голос ласкал ее, как поцелуй. Как легко он ломает ее оборону! А ведь она полна решимости сопротивляться ему.

Андре пробормотал что-то сквозь зубы, потом зашевелился на постели.

— Да, но этот промысел далеко не так выгоден, как провоз золотых гиней. Такие дела, разумеется, очень опасны и грозят виселицей, если человека поймают. Но это лишь делает поставку золота — и определенного человеческого груза — более прибыльной, поскольку лишь немногие отваживаются на такой риск. Это тот промысел, о котором мне хочется узнать побольше.

— Поставки золота? — У Тэсс напряглись плечи. — Я ничего не знаю о таком грузе. Вы, должно быть, имеете в виду другое побережье, возможно, Дил. Лис никогда бы... — Тэсс с опозданием поняла свой промах.

Собравшись с духом, она взяла себя в руки.

— И этот Ромнийский Лис тоже очень интересует меня, — тихо произнес Андре. — Ты близка к нему?

— Не ближе любого другого, — жестко ответила она.

— Я вижу, ты хранишь свои секреты. Даже от меня?

— Вы чужак, капитан. Вы сами говорили, что, возможно, принадлежите к парижскому сброду. Или являетесь одним из умнейших агентов Наполеона, — с безразличным видом добавила она, хотя сердце ее сжималось от страха.

Что знает этот француз о поставках золота с побережья Ромни? Неужели это все-таки правда? Неужели ее Лис и в самом деле изменник?

— Иногда я слишком много говорю, — хмуро пробормотал мужчина рядом с ней, протягивая руку к ее холодным пальцам.

Тэсс очень осторожно отодвинулась от него.

— Кто рассказал вам об этом? — допытывалась она в отчаянном желании узнать правду, положить конец этой безжалостной неопределенности.

Андре не делал попыток снова прикоснуться к ней.

— Не один человек, а многие. Контрабанда — обычное дело на этой стороне Ла-Манша. Ты собираешься обратить мое участие против меня? — поинтересовался он.

Ей невольно вспомнились горькие слова виконта Рейвенхерста о людях, занимающихся контрабандой золота во времена обесценивания французской валюты; тем самым они продлевали ненавистную войну.

В душе Тэсс понимала, что многое из сказанного Дейком было правдой. Каждая контрабандная гинея означала безвинно пролитую кровь — как английскую, так и французскую.

А что до мужчины рядом с ней... Он был контрабандистом — это она знала наверняка. Но кем еще? Шпионом? Возможно, убийцей? Сможет ли она вынести груз его темных секретов? Горло Тэсс сжалось от спазма, и ей пришлось сглотнуть, чтобы заговорить.

— Если бы я узнала, что вы замешаны в контрабанде золота и продаже военных секретов, я бы сделала все, что в моей власти, чтобы остановить вас, — сказала она. — Контрабанда коньяка и шелка — это одно. Наше побережье кормилось с этого промысла на протяжении столетий — задолго до того, как Наполеон с Веллингтоном столкнулись лбами. Но продажа военных секретов и спекуляция золотыми гинеями — вещь возмутительная, потому что, подобно болезни, она уничтожает наших ближних. — Тэсс сплела пальцы, потом опустила напряженные руки на колени. — Если вы занимались этим, я не хочу об этом знать. То, что вы делали до встречи со мной, меня не касается, — ее голос на секунду дрогнул, а потом ожесточился, — но если вы будете снова заниматься такими вещами, капитан, я наверняка узнаю об этом. И тогда, уж поверьте мне, вы всю свою жизнь будете жалеть о том, что вытащили меня из моря.

В каюте повисла напряженная тишина, с бьющимся сердцем Тэсс ждала ответа Андре. Она услышала, как он шумно вздохнул.

В следующее мгновение Андре поймал пальцами длинную прядь ее золотисто-каштановых волос и притянул ее к себе — так близко, что Тэсс почувствовала на щеке его горячее дыхание.

— Ты смеешь угрожать мне, англичанка? — Его голос был обманчиво мягким, но в нем слышались металлические нотки.

— Да, если вы имеете отношение к этому делу, — дерзко ответила она.

— Я могу уничтожить тебя в одно мгновение, женщина. На этом корабле я хозяин и господин. Все должны подчиняться мне — даже ты!

— Я прежде всего должна слушаться собственной совести.

— Даже если это идет вразрез с моим приказанием? — прогремел француз.

Тем не менее она не дрогнула.

— Разумеется.

— В таком случае ты либо дурочка, либо очень смелая женщина. — Его голос сорвался до хриплого рычания. — Которая из двух?

— Если вам нужна прирученная рыба, не надо было закидывать удочку в опасных водах, капитан.

— Ты насмехаешься надо мной, женщина? — проревел Андре. — Дьявол, ты слишком много себе позволяешь! — С проклятием он запустил руки глубоко ей в волосы и притянул ее к себе на голую грудь. — Однако прирученная рыба и в самом деле не то, что мне нужно, дорогая моя, в этом ты определенно права.

Сжав пальцы, он откинул ее голову назад. Сердце Тэсс бешено забилось, когда она ощутила на лице его обжигающий взгляд.

Вдруг француз откинул голову и громко расхохотался. От раскатов его смеха затряслась вся каюта.

— Да, во имя всех святых, ты сама наполовину морское создание, совсем как я. Так оно и есть, ибо ты делаешь то, что ни одна женщина не осмелилась сделать раньше.

Андре грубовато прижал ее голову к своей покрытой волосами груди, и вдруг Тэсс услышала бешеное биение его сердца.

Или это было ее сердце?

— Ты слышишь, англичанка? Этот грохот — твоя работа. И это тоже из-за тебя. — Он резко шевельнулся, и бедро ей прожгло прикосновение его непокорного мужского естества. Голос его стал хриплым и грубым от желания. — Вот сейчас твои глаза сверкают как дымчатое зеленовато-серое стекло, пока в тебе разгорается страсть. Это зрелище пронзает меня подобно клинку, женщина. — Голос Андре прервался. — Да, ты имеешь право многого требовать, ибо я рискнул бы всем ради тебя. Возможно, я уже это сделал, — сумрачно добавил он.

— Что...

— Сейчас я буду задавать вопросы. Вернемся к мужчине, проживающему в твоей гостинице.

Тэсс непроизвольно сжалась.

— Да, я знаю этого лорда, — отрывисто продолжал Андре. — Этот дурак из Лондона наблюдает за тобой исподтишка. У меня тоже была возможность понаблюдать за ним. У него в глазах огонь, а в сердце лед — так мне кажется. На море мы бы хорошо подошли друг другу, но на суше... — Его голос упал, сделавшись затаенным и настойчивым. — Скажи мне, сердце мое, — с нажимом спросил он, захватив ее ягодицы сильными пальцами и прижимая к своим твердым бедрам, — кто победитель на суше? — прохрипел он, придавливая ее к своему горячему, напряженному жезлу. — Кому на земле достанется твое сердце? Я должен знать — этому человеку, Рейвенхерсту, или мне?

Тэсс тщетно пыталась высвободиться из его безжалостных рук, уже чувствуя, как его желание вызывает в ней ответный огонь.

— Что, если мое сердце нельзя спрашивать? — подавленно возразила она, захваченная жестокими воспоминаниями при одном упоминании имени Рейвенхерста.

— В таком случае мне придется захватить его, как и подобает корсару, — пророкотал француз. Застонав, он притиснул возбужденную плоть к ее мягким бедрам. — Да, я проскользну в самую глубину твоей души, чайка. Я завоюю тебя так же, как ты завоевала меня — неистово и навсегда. Я бы вырвал сердце из самой твоей груди, чтобы сделать его своим!

Он говорил с бешеной страстностью, заставлявшей Тэсс содрогаться, ибо в этом напряженном голосе ей слышалась ярость человека, способного выполнить все свои угрозы.

— А что... что, если у меня не осталось сердца, которое можно взять? — прошептала она, чувствуя неуемное вожделение там, где ее опаляла его твердая плоть. Там, где его руки сжимали ее прикрытые шелком ягодицы.

— Тогда я заберу все, что у тебя осталось, чайка. Тело, разум, душа — все это будет моим! Если я возьму это, может быть, не потеряю и остального.

— Вы... вы не понимаете, что говорите!

— Хотел бы я, чтобы это было так; хотел бы я, чтобы у меня оставался выбор. Но у меня его нет с тех самых пор, как я впервые увидел тебя. А теперь оставим эту пустую болтовню!

В следующее мгновение Андре властно взял ее за ягодицы, заставив Тэсс прижаться к нему — бедро к бедру, грудь к груди, их дыхания смешались.

— Вам нельзя... — С ее губ сорвался неистовый стон. — Андре, я не должна...

— Ты должна, и ты будешь! — прорычал он. Говоря так, Андре решительно поймал ртом ее раскрытые губы, заглушая слабый протест.

Подобно вспышке молнии, это прикосновение опалило Тэсс, сотрясая ее до кончиков пальцев. Она снова застонала, разгоряченная своим собственным желанием.

Андре заглушил губами этот звук, потом ответил невнятным стоном. Наклонив голову, он ущипнул ее полную нижнюю губу и стал ласкать ее влажным языком. Между ними вспыхнула страсть, подобно мерцающей дымке летней жары, и Тэсс скоро ощутила, что ее тело тяжелеет и расплавляется от любви, готовое принять его.

— А-а, нам будет хорошо вместе, англичанка, — пророкотал Андре. — Чудно будет почувствовать, как ты прерывисто дышишь и отдаешься мне. Хорошо почувствовать, как ты задохнешься, скользя по краю. — Он с силой погрузил язык в ее рот, дав ощутить, каково будет, когда он войдет в нее напряженной мужской плотью.

Тэсс услышала свой собственный глубокий горловой стон, уступая его мягким толчкам, точно так же, как уступит — она в этом больше не сомневалась — неистовой мощи его тела. Его невнятные слова только разжигали ее желание и заставляли слабеть. И француз хорошо понимал это.

Андре ухватился грубыми пальцами за тонкое одеяние, скрывавшее ее от его взоров. Бешено рванув дорогой шелк, разорвал его на клочки. Освободившиеся груди Тэсс с напряженными сосками, вожделеющими его неистовой ласки, упали в его жадные руки.

— Да, сердце мое, — хрипло пробормотал Андре, — подари мне свою страсть.

Тэсс застонала, взволнованная темной бурей, вскипавшей каждый раз, когда к ней настойчиво прикасались его пальцы.

«Уверенные и такие опытные, — смутно подумалось Тэсс. — Сколько раз раньше он это проделывал?»

— Нет... не надо больше, — выдохнула она, воспламененная этой невообразимой мукой, пораженная тем, каким безвольным существом становится в его руках.

— Надо, сердце мое. Позволь показать тебе, что может быть намного лучше.

«Лучше?» — исступленно подумала Тэсс. Если чувства станут еще острее, она наверняка умрет! Должно быть, она говорила вслух, потому что Андре расхохотался:

— О да, дорогая, и вправду будет еще лучше! Поверь мне на слово. Нет, не надо верить, позволь доказать тебе это на деле.

Неожиданно в водовороте мыслей Тэсс вспыхнули странные воспоминания. Нечто в неистовом ликовании голоса Андре вызвало иные образы — отрывочные и омраченные болью.

Дейн.

Обрывки мыслей обрели форму, становясь ощутимыми.

Француз мгновенно напрягся.

— Ты шепчешь его имя? — выдохнул он. — В таком случае англичанин владеет твоим сердцем?

Тэсс задохнулась, все еще во власти разбуженного им чувственного урагана, столь же шокированная звуками того имени, как и Андре. Но что этот человек знает о Рейвенхерсте и их отношениях? Неужели он видел и это тоже, подглядывая из темноты?

— Как...

В следующее мгновение Тэсс оказалась подмятой им на постели.

— Итак, ты думаешь о нем даже сейчас, правда? — Голос Андре срывался. Его пальцы оцепенели на ее набухших, возбужденных сосках, отказывая Тэсс в том, чего ей так отчаянно хотелось. — Признайся в этом! Признайся, что ты хочешь его даже теперь, лежа в моей постели, в моих объятиях. Скажи, что ты думала обо мне, когда стонала от моего прикосновения.

— Отпустите меня, — прошептала Тэсс, чувствуя, что погружается в ночной кошмар. — Я не просила вас дотрагиваться до меня! И вмешиваться в мою жизнь! Я ничего не хочу, слышите? Ни вас, ни другого мужчину!

— Слишком поздно, — сумрачно произнес француз. — Все, что касается тебя, теперь мое дело, англичанка; поскольку ты заинтересована в том человеке, то это интересует и меня. Что, если я встречу его на болоте, дорогая? Да, в темную, безлунную ночь, без свидетелей? Если его не станет, у меня не будет соперника.

— Вы... вы не посмеете!

— То, что посмею, не вызывает сомнения. Вот захочу ли — это совсем другое дело. Неужели смерть этого человека заставит тебя страдать?

— Не вам задавать этот вопрос! — оборвала Тэсс жестокий допрос. — Я ничего больше не скажу вам! С вашей силой вы могли бы овладеть моим телом, но есть вещи, которых вы не коснетесь, как бы ни принуждали меня! Нет, никогда!

— Посмотрим, англичанка, — невнятно пробормотал капитан. — Мы увидим это очень скоро. Но помни, когда я овладею тобой, с твоих уст не сорвется имени другого мужчины.

С диким воплем Тэсс вырвалась, воспользовавшись его минутным замешательством. Она спрыгнула с кровати, натолкнувшись на ночной столик, потом вслепую пошла вперед с развевающимися вокруг лодыжек обрывками пеньюара.

Она в отчаянии скользила пальцами по стене, не чувствуя ничего, кроме грубого дерева. Проклятие! Где-то рядом должна быть задвижка! Позади она слышала прерывистое дыхание, потом скрип кровати. Боже, он приближается! Где же проклятая задвижка?

— Не противься мне, дорогая, — прохрипел Андре. — Прибереги энергию для другого соперничества.

— К черту вас и ваше соперничество! Оставьте меня в покое! — Сердце Тэсс бешено колотилось в груди, почти заглушая его слова.

— Никогда. — Позади раздался его разгоряченный и одурманивающий голос. — Позволь мне любить тебя, чайка. Позволь мне навсегда избавить тебя от этих воспоминаний.

Позади себя Тэсс услышала шуршание ткани и поняла, что он сбрасывает последнее одеяние, освобождая мужскую плоть.

Почему она так дрожит? Почему какая-то ее часть жаждет поддаться ему?

— Не надо, Андре, — прошептала она.

— Почему нет? — пророкотал он. — Ты привязана к англичанину? Он все еще волнует твою кровь?

И снова этот человек видел лучше ее, проникая сквозь стены, с таким старанием воздвигнутые ею вокруг сердца.

«Прав ли он? — исступленно думала Тэсс. — Неужели воспоминания о Дейне все еще держат меня в плену?»

— Я освобожу тебя от этих теней, малышка. Позволь мне доставить тебе неописуемое наслаждение. Дай мне любить тебя сейчас.

Побледнев, Тэсс ощупывала стену. Колени ее обмякли, затуманенные, встревоженные глаза силились пробить окружавшую ее темноту.

Она почему-то знала, что это правда, что этот мужчина доставит ей утонченное удовольствие, что их соединение будет неистовым волшебством, как он и обещал. Чувствуя, как в жилах ее закипает кровь, Тэсс проклинала рок, требующий, чтобы она отказала ему.

Но она должна отказать, ибо наслаждение сделает ее бесконечно уязвимой, а Тэсс поклялась себе, что никогда больше не будет такой. Все эти мысли промелькнули в ее голове за одно мгновение, и ответ пришел так же быстро.

— Не могу, Андре, не просите у меня того, что я не в силах дать!

Его босые ноги прошлепали по полу.

— Я возьму тебя! — прорычал он. — И когда все кончится, ты станешь думать только обо мне!

— Нет, Андре, — прошептала Тэсс, напуганная холодной жестокостью, прозвучавшей в его голосе, — все не так просто.

— Так, — прохрипел он, — или по-другому, что бы ни произошло. — Он придвинулся ближе. Тэсс ощущала слабое, мерцающее тепло его тела. — Снова и снова, пока ты не откроешься мне и не признаешься в том, что я тебе нужен.

— Я... не могу. Вы что — не понимаете?

— Я понимаю все, что мне нужно понять, и я устал ждать. — Он был уже совсем близко и мог прикоснуться к ней.

— Вы... вы не первый! — дико выкрикнула Тэсс, отчаявшись остановить его, понимая, что самообладание покидает ее.

Андре ответил невнятным ругательством.

— Но я буду последним! Ты не видишь меня, но ощущаешь, правда? Мой влажный язык, мои грубые руки, мой жар на твоем животе. Господи, как же я хочу тебя! И какое удовольствие я получу, заставив тебя возжелать меня!

— Не делайте этого, Андре, не заставляйте меня чувствовать так сильно. Это... это погубит меня!

— Если ты не будешь чувствовать, это погубит меня, англичанка. Я хочу — мне нужно чувствовать всю тебя, все, что я раньше мог только воображать. — Его пальцы вызывали волны огня в руках Тэсс. Его гладкий язык начал прожигать огненную дорожку вниз по ее груди к торчащим бутонам, жаждущим его прикосновения. — Ощутить тебя здесь, где твоя кожа трепещет под моими губами. И здесь, где бьется твое сердце, совсем как мое. — С глухим стоном Андре дотянулся до вздымающихся выпуклостей, дав волю урагану чувственности, опаляющему все на своем пути.

Наконец он оторвал от нее губы.

— Дьявол, какое наслаждение доставляет мне созерцание тебя! Особенно здесь...

Неожиданно он прикоснулся упругой бородой к шелковистому животу Тэсс. Мышцы ее сами собой напряглись, бедра поднялись, чтобы принять его, и его горящему взору предстало родимое пятнышко на внутренней стороне ее бедра.

Андре ответил невнятным стоном, полным вожделения и первобытного, мужского триумфа, ибо он легко мог распознать мгновение капитуляции.

— Пресвятая Дева! — Его дыхание сделалось напряженным. — Откройся, малышка, — хрипло проговорил он, и его мужское естество наполнилось кровью при виде этого крошечного черного полукруга и темно-каштанового треугольника над ним.

Но он прибережет это на потом, жестко сказал он себе. Сейчас он постарается для нее, чтобы выковать основу их будущего.

— Откройся мне, англичанка, — настойчиво требовал он. — Сейчас.

Тэсс смутно осознавала его темные намерения. Немногие остатки благоразумия заставили ее вздрогнуть и попытаться высвободиться. Однако твердые, мозолистые пальцы только сильнее вцепились в мягкую плоть бедер, удерживая ее.

— Нет, вот так, моя дикая красавица. В первый раз только так — ради тебя и твоего удовольствия. И еще потому, что хочу увидеть тебя, хочу вкусить от тебя, чайка, когда ты задрожишь подо мной в экстазе. — Андре говорил, и его большие пальцы медленно ползли вверх. Их огрубелые подушечки кружили, зажигая угольки немыслимого удовольствия всюду, где бы они ни прикасались к горячей коже Тэсс.

Он пробил брешь в тайном средоточии ее желания.

— Произнеси мое имя, — хрипло пробормотал он. Его пальцы были безжалостно-нежными, безжалостно-опытными. — Скажи мне, о ком ты думаешь сейчас.

Тэсс пошевелила сухими губами, но не произнесла ни слова. Голова ее откинулась назад, пламя волос рассыпалось у нее по плечам и захлестнуло его обнаженную грудь.

И тогда из горла Тэсс вырвался прерывистый стон.

— О вас, да поможет мне Бог! О вас, Андре!

Это был тот ответ, которого он ждал. В следующее мгновение Андре потерся жесткой бородой о ее матовые бедра, и Тэсс почувствовала прикосновение его бархатистого языка. Он овладевал ею с неистовой нежностью, медленно уча ее, добиваясь своего, приближая ее к захватывающей дух развязке.

Содрогаясь, Тэсс покачнулась и упала бы, не поддержи он ее за бедра сильной рукой и не прижми к себе, в то время как его губы не прекращали упоительного мучения.

Боль и наслаждение.

Невыразимая, всепоглощающая сладость!

Горячий восторг от прикосновения языка и зубов.

Тэсс поняла, что у нее действительно есть сердце, хоть и болевшее от мучительных воспоминаний.

И он может завладеть им.

Глава 30

Медленно, ослабев от шока наслаждений, Тэсс соскользнула вниз по стене и повалилась на широкую грудь Андре, смутно ощущая у живота твердый рельеф его мужской плоти.

— Это лучше, чем я мог представить, — невнятно пробормотал он. — Потрясающе!

— Думаю, это должны были быть мои слова, — слабым голосом произнесла Тэсс; губы ее были настолько же сухими, насколько влажными другие, скрытые части ее тела.

— Тогда скажи их, черт возьми, — пробормотал Андре, притягивая ее, слабую и безвольную, себе на грудь.

— Все, что вы сказали, и даже больше, — прошептала Тэсс, чувствуя, как горят ее щеки при воспоминании о своем бесстыдном отклике. — Чудесно. О-о, Андре... — она не в силах была сдержать сонную улыбку, — невообразимо прекрасно!

Он провел пальцем по ее щеке.

— Не совсем прекрасно, моя маленькая дикарка, но скоро будет, — пробормотал капитан «Либерте», зашевелившись в тщетной попытке забыть о жестокой неутоленной муке в собственном паху.

Понимая, что даже теперь их время истекает.

Тэсс положила голову ему на плечо и прижалась к нему. Он хмуро улыбнулся, чувствуя, как ее мягкие груди касаются его голой груди. «Матерь Божья, вот это мучение», — думал Андре, чувствуя напряжение там, где ее шелковистые бедра задевали его напряженную плоть.

В молчании прижал он Тэсс к груди и понес к постели, а потом устроился рядом с ней, подложив им под головы подушки.

С задумчивым выражением лица капитан намотал на палец теплую прядь золотисто-каштановых волос. «Но почему? — спрашивал он себя. — Почему только с ней эта лихорадка, это отчаянное вожделение?» Были, конечно, и другие женщины. Господи, женщин было без счета! И все же ни одна из них не лишала его разума при одном только взгляде, при одном слабом прикосновении медового языка.

И ни одна из них ничего для него не значила, неожиданно подумал он, поняв, что происходившее между ним и Тэсс — это нечто новое и свежее, ни разу не случавшееся в его жизни до этого момента.

Капитан нахмурился. Она была молода, невинна и уязвима — он это видел сейчас, когда сон снял напряжение с ее хрупких плеч и погасил тоску в глазах. Так молода. Так полна жизни. А он...

Иногда он чувствовал себя так, словно ему сто лет. На лице француза появилась горькая улыбка. Глядя на ее волосы, вспыхивающие крошечными огоньками в красновато-коричневой глубине, Андре должен был признать, что она слишком молода для него — такого грубого и обветренного, несущего на себе проклятие войны и кровь убитых людей. Нет, ему придется отправить ее обратно, и очень скоро. Здесь ей слишком опасно оставаться.

Слишком опасно для них обоих.

Но он не будет думать об этом сейчас. Сегодня он будет плыть по течению, мечтать и, возможно, забывать.

Сейчас он будет обнимать и утешать ее, когда наступят ночные кошмары, освещая ее темноту, любя ее, когда она проснется, доставляя ей захватывающее дух наслаждение, пока на ее губах не задрожит его имя.

Да, он не отпустит ее, пока не совершит этого. И он будет защищать ее всегда, поклялся себе Андре. Но кто, мрачно размышлял он, мучимый собственным темным прошлым, кто защитит ее от него самого?

Корабль трещал и поскрипывал, волны монотонно бились о его корпус, когда Андре услышал шаги вниз по трапу. В дверь сильно постучали.

Пробормотав грубое ругательство, он повернулся, чтобы прикрыть Тэсс обрывками пеньюара, и в этот момент дверь распахнулась.

— Что это за безумие? — пролаял первый помощник «Либерте» с порога, расширенными глазами глядя на два сплетенных на кровати тела. — Предполагается, что ты отдыхаешь, дурень! Или ты задался целью потерять столько крови, чтобы помереть?

Гневно бормоча что-то вполголоса, огромный бретонец прошагал через каюту и опустил на стол тяжело нагруженный поднос. В каждом его движении чувствовалось осуждение; теперь он старался не смотреть на почти голую парочку.

Заморгав, Тэсс села в кровати, прижимая к груди обрывки разорванного шелка. К ней вернулась память; ее щеки запылали. Что она наделала?! Что с ней сделал этот незнакомец?

Неожиданно до нее донесся дразнящий запах яиц, масла и сыра, вызвав спазм в желудке. Тэсс вспомнила, что не ела много часов.

Находившийся поблизости Падриг грохнул об стол серебро и стаканы, ругаясь по-бретонски, потом перешел на французский.

— Она уморит тебя до смерти, друг мой, предупреждаю тебя! Она и твоя опасная одержимость. Твоя рана снова кровоточит, открывшись из-за весьма приятных усилий — я в этом не сомневаюсь. Но в следующий раз я не стану суетиться и приносить новые бинты, предупреждаю тебя! Можешь лежать в крови! — Тревога придала голосу гиганта безапелляционность.

Тэсс сжалась от смущения. Твердая мускулистая рука обняла ее за напряженные плечи, и она почувствовала, как Андре сотрясается от едва сдерживаемого смеха.

Сжав губы, она натянула разорванную сорочку до шеи и прикрыла одной рукой грудь, в то же время тщетно пытаясь привести спутанные волосы в порядок. Отказавшись от этой попытки, она отвела руку Андре. За ее спиной раздался приглушенный смешок капитана, удобно оперевшегося на локоть.

— Не беспокойся понапрасну. Ты выглядишь именно так, как и должна.

— И как именно я должна выглядеть? — прошипела Тэсс.

— Как женщина, которой только что доставили удовольствие — и сделали это с чувством, страстно и убедительно, сердце мое. Ты не согласен, Падриг?

Первый помощник фыркнул, пробормотав что-то по-бретонски, на что Андре ответил сочным, гортанным смехом.

Щеки Тэсс снова запылали. Они смеются над ней — грубые животные! После всего, что она сделала, чтобы помочь этому проклятому контрабандисту во время его болезни! Сжав руки, она тщетно молотила воздух, горя желанием ощутить под кулаками тело француза.

— Перестань, чайка, откуда стыд в столь естественном деле? — протестовал Андре, пытаясь увернуться от ее кулаков.

На другом конце каюты рассмеялся Падриг.

— Видишь, друг мой? — бранился первый помощник. — Говорил я тебе, что она может быть опасна, эта штучка. Берегись!

— А ты помнишь мой ответ, а, Падриг?

— Припоминаю, ты хвастал, что задашь ей хорошенькую взбучку.

Глаза Тэсс запылали от ярости.

— О-о, неужели это правда?

— Правда, но думаю, для капитана это будет трудновато. А теперь ешьте, вы оба. Скоро мы войдем в залив.

Тэсс вопросительно подняла брови.

— Морбиан — маленькое море, — объяснил Андре. — Залив, заключенный между двумя полуостровами, с сотней островков в его водах — один прекраснее другого. Очаровательное место, обласканное теплыми ветрами и ароматом цветов, в любое время года омываемое умеренными течениями. Да, тебе там очень понравится, малышка.

Тэсс почувствовала, как Падриг вложил ей в руки тарелку, и ее снова атаковали аппетитные запахи. Она глубоко втянула носом воздух, вдыхая пряные ароматы шабота и масла.

— Пахнет изумительно, Падриг.

— Да, ле Фюр — приличный повар, пока не просишь ничего, кроме омлетов, — сухо произнес первый помощник. — Но на этот раз, думаю, он превзошел самого себя. Вот жареный карп и артишоки. Рыбное жаркое, густое от рыбы и картофеля и приправленное щавелем.

— Как, без вина? — выпалила Тэсс. — Оно определенно подошло бы к сценарию этого маленького обольщения.

Падриг только засмеялся.

— Вам вряд ли понравится местное вино, поскольку для того, чтобы пить его, нужны четыре мужчины и стена. — Он в молчании ожидал ее следующего вопроса.

Тэсс сжала губы, не желая вновь становиться объектом их шуток.

— Не стесняйся и спроси его, положи конец мучениям бедного парня, — пробормотал Андре.

— Прекрасно! Зачем четверо мужчин?

— Один мужчина разливает вино, другой — пьет, двое — держат второго, а когда он падает, его поддерживает стена.

Тэсс расхохоталась.

— Оно настолько плохое?

— Да, и даже хуже. Сидр, однако, очень хорош, но вы уже это знаете. Очень хороша также земляника из Плугастеля и... устрицы. Их мы взяли с судна через день после отплытия из Белона.

— Устрицы, Падриг? — прорычал капитан за спиной Тэсс.

— Разумеется, друг мой. — Первый помощник был сама невинность. — Ты ведь любишь их, не так ли? Тебе определенно понадобится сила, когда...

— Хватит! — пролаял Андре.

Тэсс нахмурилась, ничего не поняв из их перепалки.

— Но зачем...

— Не важно, — коротко произнес Андре. — Объясню тебе потом.

Когда дверь закрылась, в коридоре все еще отдавался эхом гулкий смех Падрига.

Тэсс сосредоточилась на поглощении лежащего у нее на тарелке душистого омлета — кусочек за кусочком, — разгневанная тем, что снова стала объектом их насмешек. В конце концов она была уже не в силах сдержать любопытство.

— Что это значит? — спросила она. — Насчет того, что тебе понадобится сила?

— Он имел в виду устриц, киска моя. Ты все еще не понимаешь, да? — Андре провел пальцем по ее щеке. — Думаю, мне доставит удовольствие увидеть, как ты краснеешь, сердце мое. Устрицы — это средство, стимулирующее потенцию в любовной игре.

Тэсс подавилась омлетом, почувствовав, как зарделись ее щеки, как он и предсказывал.

— Вы... вы отвратительны, вы оба! Вы... — С ее уст слетели достаточно обидные слова.

— Что до меня, то я ненасытен, — пророкотал капитан, — и мне не нужны устрицы, чтобы хотеть тебя. — Как бы для того, чтобы доказать ей свои слова, он прижал ее спиной к груди, и она почувствовала, как его твердый жезл жжет ей бедро.

— Вы наглый, вот что! — вскипела Тэсс, тяжело и часто дыша, все еще разгневанная их насмешками, а также и тем, как этот чужак окутывал ее своей таинственной магией, проникая сквозь все преграды. — Инфантильный! — выпалила она.

— О нет, не то. Не то, это очевидно.

Неприкрытое мужское ликование в его голосе лишь подогрело гнев Тэсс.

— Вы как два мальчугана, хихикающих над подслушанными где-то дурными словами.

— Ах, любимая моя, как пылают твои щеки, когда ты сердишься! А твои глаза полыхают зеленым пламенем! — Из его горла вырвалось наполовину рычание, наполовину стон. — Я хочу тебя, чайка. Сейчас. Чтобы ты задыхалась и теряла рассудок, обволакивая меня своей сладостью и впустив меня в свое лоно.

Его невнятные слова высекли искры. Тысяча огоньков пробежали по спине Тэсс при этом эротическом образе, но она отчаянно противилась ему.

— Никогда! То, что... случилось раньше, больше не повторится, слышите?

— В самом деле? — Голос Андре был обманчиво мягким. — Ты находишь мое тело отталкивающим?

— Не совсем так, полагаю, вы в достаточной степени сносны. — Ей каким-то образом удалось придать голосу небрежную вежливость.

— Тогда, возможно, ты находишь сам акт неприятным?

— Напротив. Это...

— Тогда, боюсь, я не понимаю тебя. — В его голосе сквозило легкое любопытство.

— Этого не должно больше быть, — вскипела Тэсс, натягивая обрывки атласа на грудь. Хотя сама не понимала, зачем ей теперь прикрываться.

После всего, что он видел.

Боже, после того, как он дотрагивался до нее!

Воцарилась тишина. Единственными звуками были прерывистое дыхание Тэсс и шуршание пеньюара, который она комкала беспокойными пальцами.

— У тебя красивые груди, сердце мое. Ты знаешь об этом?

Сердце Тэсс болезненно сжалось: он не собирался сдаваться.

— Это не относится к делу, капитан, — натянуто произнесла она.

— У тебя восхитительные соски — как розовые бутоны, жаждущие поцелуя. Я в отчаянии, что должен возразить тебе, моя красавица, но они находятся как раз там, где им надлежит быть.

— Это вам, конечно, хорошо известно, поскольку приходилось раздевать многих женщин.

— Ну конечно, — спокойно проговорил капитан, не упустив резкую нотку ревности в ее голосе. Этот звук согрел его, делая очень счастливым. Опасно счастливым.

«Будь осторожен, мой друг», — напомнил он себе, но быстро забыл о предупреждении.

— О-о, вы... вы... — Тэсс сердито потянула за полу разорванного пеньюара.

Андре хищно улыбнулся, решив, что пора вызволять ее из беды.

— А теперь, сердце мое, дай мне посмотреть на твои лодыжки.

— Вы, должно быть, сумасшедший! И не подумаю!

— Дорогая, — мягко произнес француз, — я хочу подлечить твои раны. — Его голос совсем охрип от желания. — Точно так же, как ты лечила мою рану все долгие дни, пока я лежал в бреду. За это я никогда не смогу тебе отплатить сполна.

Его хрипловатый голос заставил гнев Тэсс растаять, как снег от полуденного солнца. Она лишь слегка фыркнула, когда он поднялся с постели и отбросил с ее ног разорванную изумрудную ткань. Комнату наполнил насыщенный аромат.

— Камфара с мятой, — объяснил Андре, осторожно втирая мазь в болезненные рубцы, оставленные веревкой контрабандистов. — Немного пощиплет, но жжение скоро пройдет, я обещаю. Один раз я уже делал это, пока ты спала — с раной на плече. Ты не помнишь?

Его пальцы двигались взад-вперед, успокаивая, баюкая, завораживая. Тэсс лишь качала головой, не в силах произнести ни слова, как бы окутанная теплой, чувственной оболочкой.

В безопасности!

Тэсс почувствовала, как Андре обвязывает лодыжку мягкой тканью.

— Андре? — сонно пробормотала она.

— Да? — Капитан прилег рядом, просунув руку ей под плечи.

— Вы — само совершенство, — сонно призналась Тэсс. — Все у вас на месте. Знаете, я... я тоже вас чувствую.

Он засмеялся:

— О-о, чайка, ты почувствуешь даже больше, обещаю тебе! Каждый мой горячий, твердый дюйм. — Андре отпустил ругательство, ибо Падриг оказался прав и из-под толстой полотняной повязки на бедре снова начала сочиться кровь.

Но Тэсс не ответила, она уже умчалась в яркий мир облаков, солнца и морской пены. Ей снился яркий мир, омываемый цветом и звуками, в котором даже на солнце не было тени.

Наспех написанная записка без подписи была доставлена в «Ангел» через четыре дня после исчезновения Тэсс. Хобхаус не видел доставившего ее человека, обнаружив ее случайно в ворохе счетов и квитанций, лежавших в беспорядке на конторке в кабинете Тэсс.

Кто бы ни оставил ее, он хорошо знал «Ангел», поскольку выбрал место, куда вряд ли заглянет незнакомец. Он знал также, что понедельник — это день уплаты мяснику и что Хобхаус непременно наткнется на послание в груде бумаг.

Хобхаус медленно развернул дрожащими пальцами сложенный вдвое листок.

«Она в безопасности, — прочитал он, испытав в душе огромное облегчение. — Не разыскивайте ее и никому не говорите об этой записке. Вам сообщат, когда она вернется».

Этого было достаточно для человека, начавшего опасаться, нет, почти поверившего, что Тэсс Лейтон погибла.

Наполнившие темные глаза седовласого слуги слезы неслышно скатывались по его красноватым щекам. В таком состоянии застала его Летти несколько минут спустя, когда вяло зашла в комнату в поисках Эдуарда.

— Эндрю? — вскричала она. — Что случилось? — Ее глаза расширились, потемнев от испуга. — О нет, не может быть! Она не...

— Нет, моя дорогая Летти, — смог только ответить Хобхаус, придя в себя и торопливо вытирая глаза, — как раз наоборот. — Он скомкал записку и сунул в карман. — С ней все в порядке, и она скоро вернется домой.

Горничная радостно завопила, но Хобхаус предостерегающе поймал ее за руку.

— Но никому не говори об этом. Пусть история будет такой, как мы придумали — она уехала в Оксфорд повидать господина Эшли. Молись, чтобы ее братец-повеса не явился сюда и не разоблачил нас, — сумрачно добавил он.

Летти, затаив дыхание, только кивнула, слишком счастливая, чтобы расспрашивать.

Резко, настойчиво зазвонил колокольчик в передней. Хобхаус быстро провел рукой по глазам, потом расправил воротник. Распрямив плечи и воспрянув духом, он зашагал к дверям кухни. Там он огляделся по сторонам, суровым взглядом пригвоздив Летти к месту.

— Ничего не говори также и этому камердинеру Рейвенхерста с лицом Пятницы. Меня просили не говорить никому. Я нарушил этот приказ, сказав тебе, но больше никто не должен об этом знать, понимаешь?

Летти кивнула, с сожалением отказавшись от плана послать записку своему обожателю. Но теперь, когда она была захвачена чудесной новостью, ничто не могло ее расстроить.

В эту самую минуту в передней тихой усадьбы на Уотчбелл-стрит Пил вскрывал розовый конверт.

«Мой дорогой Пил!

Меня по-прежнему задерживает работа в Дувре. Совещания и снова проклятые совещания, когда слова сыплются, как заградительный огонь французов. Не могу сказать в точности, когда вернусь. Тэфт знает, как поступать с сообщениями из морского министерства.

Рейвенхерст».

Хмурясь, Пил аккуратно сложил листок. Ему никогда не нравились эти дела с местными контрабандистами. Разумеется, он почти ничего не знал о миссии Рейвенхерста в Рае, но того, что знал, было достаточно, чтобы нервничать. Люди здесь отличались лояльностью, и вокруг свободной торговли кипели страсти.

Камердинер рассчитывал лишь на то, что виконт не потеряет голову.

В тот момент, когда Хобхаус быстро входил в переднюю, лицо его было бесстрастным и искорки счастья притушены в глазах.

Он внимательно оглядел седовласую даму, с высокомерным видом стоявшую в проеме двери и опиравшуюся на трость с серебряным набалдашником; у ее ног высилась внушительная груда багажа.

— А вот и вы, — жестко промолвила дама неодобрительным голосом. — Я ждала... — она опустила острые глаза к элегантным часам, приколотым к корсажу платья, — четыре с половиной минуты. Я не люблю ждать. Полагаю, вы запомните это на будущее. — Приподняв одну седую бровь, она подождала, пока Хобхаус отреагирует на ее замечание, что он и сделал с легким поклоном. — Прекрасно, я графиня Крэнфорд. Мне потребуются апартаменты и жилье для моих шести слуг. Меня устроит южная сторона. Я пью чай в холле ровно в четыре и обедаю в своих комнатах в восемь. У вас найдется все это? — Шквал приказаний был выпущен с невозмутимым апломбом бывалого военного офицера.

Внешне невозмутимое выражение лица Хобхауса не изменилось. Он склонился в легком поклоне.

— Разумеется, ваше сиятельство. Вы делали предварительный заказ? — Он не собирался безоговорочно уступать старой карге территорию.

Графиня лишь отмахнулась от этих формальностей.

— Не помню! Всеми этими делами, разумеется, занимается Бримбл. — Она сверкнула острыми голубыми глазами, оглядывая переднюю. — Сейчас, поскольку время идет к четырем часам, я сразу же выпью чаю. — Она подняла элегантную трость с серебряным набалдашником, указывая на уютную, хорошо освещенную гостиную, открытую Тэсс исключительно для женщин. — Там.

Позади графини в дверном проеме появилась высокая служанка со строгим лицом, напоминавшая дуэнью.

— А, вот вы где, Бримбл, — отрывисто произнесла графиня, — позаботьтесь сначала о багаже. Затем распорядитесь, чтобы моя визитка была доставлена лорду Рейвенхерсту в его дом, кажется, на Уотчбелл-стрит. Мистер... — Она прервала этот стремительный поток приказаний и повернулась к мажордому «Ангела», высокомерно приподняв одну бровь.

— Хобхаус, ваше сиятельство, — без выражения ответил слуга. Ни одним мускулом лица не выдал он своей осведомленности о том, что Рейвенхерст в отъезде. При упоминании имени виконта его неприязнь к новой постоялице усилилась.

Друзья Рейвенхерста не могут быть его друзьями или друзьями Тэсс Лейтон, мрачно подумал он.

— Вам поможет мистер Хобхаус. После этого мне понадобятся мои обычные укрепляющие средства, которые я приму в своей комнате за час до обеда.

Весьма самодовольная служанка хмуро кивнула за спиной графини, успевая в то же время окинуть неодобрительным взглядом одетого в черное мажордома «Ангела». Новоприбывшая гостья уже направлялась в сторону гостиной. Хобхаус заметил, что она двигается плавно и стоит прямо, совершенно не опираясь на свою элегантную трость.

«Господа! — подумал он с пренебрежением, мысленно посылая их всех к черту. — Кто вообще в состоянии понять их капризы и чванство? Их слуги нс намного лучшс», — размышлял он, бросая взгляд на надменные черты Бримбл. Если эта особа надеется поставить его на место, он быстро собьет с нее спесь.

Графиня устраивалась в гостиной, когда шуршание шелковых юбок возвестило о прибытии в «Ангел» новой постоялицы. Тяжелый цветочный аромат окутал Хобхауса, который немедленно подобрался.

Этот запах он узнал бы где угодно!

— Где она? — спросил гортанный, слегка раздраженный голос.

Хобхаус повернулся с совершенно равнодушным выражением лица.

— О ком вы изволите говорить, мадам?

Чудное видение, закутанное в просвечивающий синий шелк, нахмурилось и нетерпеливо постучало вышитой туфелькой.

— Разумеется, о твоей хозяйке, идиот! О Тэсс Лейтон.

Была ли это игра его воображения, размышлял потом Хобхаус, или действительно плечи графини Крэнфорд напряглись при звуках этого имени?

— Мисс Лейтон сейчас в отъезде, — без тени сочувствия произнес Хобхаус. Будь он проклят, если будет кланяться и расшаркиваться перед этой охотницей за мужчинами!

— Так мне и говорили. Но где, человек? — Постукивание ноги леди Патриции становилось все более настойчивым.

Молчание Хобхауса свидетельствовало о том, что он считает — ее это не касается.

— Ну?

Хобхаус смотрел в сторону, выбрав точку где-то повыше правого плеча леди Патриции.

— Полагаю, навещает брата в Оксфорде.

— Она уехала довольно поспешно. — Голос блондинки был язвительно-насмешливым.

— Визит был запланирован давно, мадам, — промямлил Хобхаус. — Однако мисс Лейтон предпочитала не говорить об этом. «Только самым близким людям» — так она сказала.

«К которым леди Патриция, безусловно, не принадлежит», — подумал мажордом.

Легкий румянец окрасил ее щеки.

— В самом деле? — Стук ее туфли сделался очень громким. — И когда, скажи, ради Бога, соизволит вернуться очаровательная владелица «Ангела»? Из Оксфорда, разумеется? — язвительно добавила она.

— Не могу знать, миледи, — помедлив, добавил Хобхаус.

Со звуком, подозрительно напоминающим фырканье, видение в синем развернулось и направилось в гостиную.

— Я выпью чая перед уходом, — быстро проговорила она, — позаботься об этом, Хобхаус. Скоро ко мне присоединится лорд Леннокс.

— Прошу прощения, но позвольте пригласить вас в отдельный кабинет. Та комната уже...

— Ерунда, Хобхаус. — Графиня Крэнфорд устремилась к двери, отметая сомнения мажордома взмахом руки. — Я необычайно счастлива разделить гостиную с такой... — ее голос на мгновение замер, как бы оценивая представшее перед ней видение, — очаровательной особой.

Хобхаус слегка наклонил голову в знак согласия, пытаясь скрыть удивление.

— Позвольте представиться, — произнесла графиня, идя вперед с вытянутой рукой. — Я графиня Крэнфорд и очень прошу вас присоединиться к чаепитию. Мистер Хобхаус прекрасно обо всем позаботится, не сомневаюсь в этом. — Она протянула тонкие пальцы, на удивление сильные для столь пожилой особы, чтобы пожать руку леди Патриции. — Теперь вы должны мне все рассказать о Рае. Это мой первый визит в этот своеобразный маленький городок, и должна признаться, меня переполняет любопытство.

Впервые в жизни леди Патриция не нашла что сказать, покорившись обаянию графини.

— Да, конечно... разумеется, ваше сиятельство.

«Чума возьми этих господ! — снова подумал Хобхаус, покачав головой и собираясь уходить. — То они задирают нос, а в следующую минуту источают фальшивую приветливость. Да разве может кто-нибудь понять их?»

Глава 31

Когда Тэсс проснулась, Андре уже не было, и, видимо, довольно давно, судя по прикосновению холодных простыней. Лениво потянувшись, она выскользнула из постели, чтобы поскорее умыться над тазом, стоящим на ночном столике. Ища полотенце, Тэсс наткнулась на бархат.

Платье?

Она медленно разглаживала мягкую ткань, скользя пальцами по крошечным атласным пуговкам, идущим вдоль спины. Похоже, перед платья был сильно декольтирован и украшен атласными лентами. Платье, превосходившее по роскоши все, что у нее когда-либо было. Прекрасное платье, в котором Тэсс будет чувствовать себя красивой.

Улыбаясь в ожидании реакции Андре, Тэсс надела роскошный наряд и попыталась застегнуть пуговицы. Обнаружив, что это невозможно, она застегнула только первую и последнюю, послав все остальные к черту.

Вдруг Тэсс подняла голову и принюхалась. К воздуху примешивалось теперь разнеживающее тепло, какие-то другие ароматы, помимо запаха соленого морского ветра. Они, наверное, вблизи залива, с радостью подумала она.

Раскинув руки, Тэсс направилась к двери и взобралась по лестнице на палубу, остановившись, чтобы насладиться согревающим щеки солнечным теплом. Здесь воздух был насыщен запахом сосны и ароматом цветов, над головой в небе слышалось птичье пение.

— Позвольте помочь вам, мисс. — Это был мужчина по имени ле Фюр, тот самый, который вынул свинцовую пулю из бедра Андре.

Тэсс не удержалась от легкой улыбки.

— Вы когда-нибудь показывали ему ее?

Моряк правильно понял ее вопрос.

— Да, конечно. Он назвал ее очень славненькой, вот что. Не хотите ли присесть на этот ящик? Перед нами Бель-Иль, и мы скоро достигнем залива.

В лицо Тэсс дул свежий сильный ветер, и она села на небольшой прямоугольник из дерева. Она чувствовала, что ле Фюр не спешит уходить.

— Хотела бы я увидеть его — название звучит очень красиво, — задумчиво произнесла она. — Вы могли... могли бы описать его?

— С удовольствием. Ну что ж, посмотрим. — Она услышала, как он в молчании поскреб небритые щеки. — Как раз направо от нас причудливые утесы Бель-Иля, изобилующие скрытыми пещерами и узкими бухточками. Здесь море бывает спокойным, и сюда прилетают большие бакланы строить гнезда на скалистых утесах. Немного дальше на юг вода кипит и пенится вокруг цепочки скал, напоминающих зубы самого дьявола, — мы называем их Нидлз. Скажите, вы чувствуете, что ветер меняется?

Тэсс кивнула в молчании, подняв голову.

— Это потому, что мы поворачиваем во внутренние воды, оставляя слева большой изогнутый полуостров Киберон. Об эти дикие берега бьются тяжелые волны. Вам гораздо больше понравится наш остров. Но сначала нам надо пройти большие острова — Хедик, Уа и Груа. Потом — двенадцать сверкающих миль внутренних вод, усеянных сотнями малых островов. И там находится наш, покрытый малиновыми и оранжевыми цветами.

Тэсс сидела молча, очарованная красотой описанных им пейзажей, взгрустнув при мысли о том, что никогда не увидит всего этого.

Старик прочистил горло.

— Там стоит мой маленький белый домик, и, если мне не изменяют мои бедные глаза, у порога ждут жена и сын. — Его голос замер.

Вдруг от какого-то электрического напряжения волоски на шее Тэсс зашевелились. Она подняла голову, прислушиваясь к звукам суматохи на палубе вокруг нее — треску убираемых парусов и хлопкам канатов. Но она не слышала единственного звука, который ей так хотелось услышать.

— Счастливый человек ле Фюр, — секунду спустя прошептал невнятный голос у нее над ухом. — Его ждут жена и сын. — Капитан провел гладким языком по уху Тэсс и слегка прикусил чувствительную мочку.

Тэсс сразу же ощутила, что погружается в его чувственную стихию.

— Разве обязательно подкрадываться вот так? — Она безуспешно пыталась унять дрожь в голосе. С покрасневшим лицом Тэсс вскочила на ноги, сжавшись от гнева.

— Ты точно так же подкрадываешься ко мне. Весь твой вид, твой аромат, — его голос упал до хриплого шепота, — твой медовый, колдовской вкус.

При этих возбуждающих словах ее переполнил жар желания. В горле у нее сразу пересохло, и она, в свою очередь, вожделела попробовать его.

«Как он мог сделать со мной такое?» — исступленно думала Тэсс. Может быть, она и в самом деле такая развращенная, как утверждал отец пять лет назад? Может, она действительно прирожденная шлюха?

На мгновение к ее сердцу прикоснулись ледяные пальцы, но она отогнала их прочь. Она никогда больше не будет думать об отце! Этот человек умер и не может больше разрушить ее жизнь. Она не позволит мыслям о нем доконать себя!

— Ты дрожишь, малышка. Смею ли я надеяться, что это из-за меня? — хрипло спросил капитан «Либерте», подходя к Тэсс сзади, чтобы обнять за плечи.

— Это просто из-за прохладного ветра.

— В самом деле? Я бы назвал этот день теплым. — Андре положил ладони на голую, нагретую солнцем кожу ее спины. — Мерзнешь и все же выходишь на палубу полуодетая? В таком случае можешь ожидать определенную реакцию на такую распущенность. — Он просунул теплые пальцы под складки платья на спине, заскользив вперед, чтобы коснуться ее полных грудей.

Тэсс прикрыла глаза. Она с трудом сдерживалась, чтобы не застонать от удовольствия при его прикосновении. Его пальцы лишь слегка, как перышко, прикасались с ней, поглаживая бугорки, которые послушно набухали под его искушенными руками.

— П-перестаньте, Андре. Вы... вы не должны...

— Тише. Никто нас не видит. Команда слишком занята работой. Как должен бы и я, — сумрачно добавил он, — но с такой красоткой, как ты, на палубе — сонной, довольной и полуодетой — я не могу думать ни о чем другом. — Он резко отнял ладони, потом сильно сжал ее. — Скажи мне, что ты чувствуешь, чайка, — хрипло потребовал он. — Это возбуждает тебя так же, как меня?

Грудь Тэсс поднималась и опадала. Она застонала, едва услышав его вопрос, захваченная вихрем сильных ощущений, заставлявших ее желать продолжения этих мук.

— Пожалуйста, будьте добры, — хрипло прошептала она.

— О, я буду добрым к тебе, сердце мое. Обещаю.

Откуда-то с середины корабля Падриг позвал Андре.

— Остров Моне, капитан. Прямо по курсу.

Тэсс ощутила рокот в широкой груди Андре от произнесенного грубого ругательства, когда он прижал к себе ее спину. Он резко отвел руки, и она почувствовала, как он просовывает маленькие пуговицы в петли.

— Не показывайся больше на палубе в таком виде, — хрипло приказал он. — Другие мужчины будут не в силах отказаться от такого предложения.

От его резкого замечания Тэсс очнулась, как будто ее окатили ушатом холодной воды.

— Предложения? Ах вы, тупоголовый, невыносимый...

— Мужчина. Твой мужчина. А ты моя женщина. Не забывай об этом.

С пульсирующей в висках от ярости кровью Тэсс повернулась к нему лицом.

— Не ваша. И ничья! Я...

Вдруг с ее губ сорвался прерывистый крик. Она покачнулась, потом провела по лицу дрожащей рукой.

Вспышки света. Искры огня и ослепительного света. Боль, волна за волной накатывающая на глаза и грохочущая в голове.

— Нет! — Тэсс зарыдала, скрипя зубами, прижимая ладони к глазам от невыносимых мучений. — Боже милостивый!

— Что такое? — хрипло спрашивал Андре, прижимая ее к себе. — Что происходит?

— М-моя голова. Г-горит!

Потом свет взорвался ослепительной, нечеловеческой вспышкой, увлекая Тэсс в свои безжалостные объятия.

Прошла, казалось, целая вечность, прежде чем она проснулась от тихого гудения голосов. Но почему они разговаривают так тихо? Обычно люди разговаривают так в комнате больного. По какой-то причине эта мысль раздражала Тэсс.

— Говорите громче, — попросила она. — Не бубните так.

Твердые пальцы отвели с ее лица спутанные пряди, на лоб ей легло что-то холодное и влажное.

— Ты слышишь меня?

— Я... я слышу вас, — с трудом вымолвила она, боль сделала ее раздражительной. — Повреждены мои глаза, а не уши. Почему... почему все говорят шепотом?

Последовало недоуменное молчание, прерванное наконец мягким смехом Андре. Тэсс вздрогнула, пытаясь встать, но почувствовала на своей талии руки француза, не пускавшего ее. Только тогда она поняла, что лежит в его объятиях, а ее голова у него на коленях.

— Зачем... зачем я здесь?

— Я только что собирался задать тебе тот же вопрос, малышка. Расскажи мне, что произошло.

— Как... огромный огненный взрыв. Свет — цветовые пятна повсюду. И потом... — Ее голос замер, даже сейчас было больно вспоминать.

— Продолжай, — подгонял он.

— Потом ничего, только темнота.

«И боль», — печально подумала Тэсс. Тупые, пульсирующие приступы, рвущие на части душу. Но она не собиралась рассказывать ему об этом. Сжав руки в кулаки, она противилась боли, все еще отдающейся у нее в голове.

— А теперь?

— Так же, как и раньше. Темнота — и все. — Сухие губы Тэсс на секунду дрогнули, потом ей удалось улыбнуться. — А теперь, пожалуйста, отвезите меня на тот остров, о котором вы беспрестанно хвастались.

— Ты лжешь! — прорычал капитан «Либерте». — Ей-богу, я хочу знать правду!

— Все так, как я вам сказала. То чувство прошло. Почему вы мешкаете, когда команда, видимо, торопится отправиться?

Раздался ропот недовольства, исходящий от невидимых находящихся поблизости фигур. К ней просочился грубоватый голос Падрига:

— Не настолько уж мы торопимся. В Ванне есть врач, Андре. Может, я...

— Мне не нужен врач, — резко возразила Тэсс, — как бы то ни было, шарлатан мне вряд ли поможет.

— Тебя нужно осмотреть, — пророкотал Андре. — Может быть...

— Может быть, у него есть волшебная палочка? Может быть, он осыплет меня лунной пылью, чтобы вернуть мне зрение? Нет, мне не нужны эти лживые надежды. Надо смириться с неизбежным. — Губы Тэсс задрожали, и она прикусила их. — Повезете меня на этот ваш остров или мне придется найти лодку и плыть туда самой?

Вокруг нее воцарилось напряженное молчание. Бедра Андре напряглись под ее шеей. Пошевелившись, она почувствовала, как выпуклость в его паху задела ее за плечо.

Сердце Тэсс подпрыгнуло в груди, и она ощутила накатившую на нее волну ответного тепла. Она облизала языком мгновенно пересохшие губы.

С губ капитана сорвалось длинное, грубое ругательство, вслед за которым излился быстрый поток приказаний команде. Тэсс почувствовала, как пара железных рук резко поднимает ее и несет по палубе.

Еще не успев ничего понять, она уже оказалась в шлюпке, ныряющей по волнам на пути к берегу.

— У тебя характер дикого кабана — ты это знаешь? Ради всего святого, думаю, мне придется тебя поколотить, — мрачно произнес Андре, — если не найду лучшего способа укрощения. Но одно я знаю точно: тебе больно, англичанка, — я вижу это по тому, как ты вздрагиваешь от качки шлюпки, как сжимаются и бледнеют твои губы. Не пытайся скрыть от меня такие вещи, и хорошо, если ты поймешь это сейчас. Если ты предпочитаешь игнорировать эту боль, я не стану с тобой спорить. Прошу только сказать мне, когда она станет невыносимой. Тогда я дам тебе что-нибудь для ее успокоения. И разумеется, тебя сегодня же вечером осмотрит врач. — Голос Андре был холодным и не терпящим возражений, не оставляя места для протеста. — Перестань спорить и дай мне приложить к глазам эту влажную повязку. Может, это тебе немного поможет до приезда врача.

Тэсс молча кивнула, чувствуя, как по ее щекам тихо струятся слезы. Она стыдилась своей слабости, но слишком устала бороться, согласившись предоставить право принимать решения этому суровому, загадочному человеку. Тэсс отвернулась, украдкой смахивая слезы со щек.

— Расскажите мне о Падриге, — сказала она, стремясь переменить тему разговора. — Он... он женат?

Андре ответил не сразу. Он глубоко и протяжно вздохнул, бормоча что-то себе под нос.

— Да, упрямое создание, он женат уже десять лет. На женщине столь же миниатюрной и утонченной, сколь он сам огромен и мускулист. У него уже четыре сына.

Неужели в голосе капитана слышалось сожаление?

— Они похожи на него? — спросила Тэсс, жалея, что не видит его лица.

— Очень похожи, все с красными щеками и пронзительными зелеными глазами. И каждый больше его самого.

— Что думает его жена по поводу этой работы, которая отрывает его от дома на целые недели?

— Она принимает это как должное, как и все бретонские женщины. Она очень любит своего мужа. Да, они кажутся странной парой, но никогда еще не было такой удивительной любви. — Он повернулся, и Тэсс почувствовала на себе его взгляд. — Не считая, пожалуй, моей, — грубовато добавил он.

Скоро они вошли в тихие, защищенные от ветра воды залива. Тэсс слышала ласковый плеск волн; ароматный воздух был пропитан смешанным запахом камелий, мимоз и сосны. Андре рассказал ей, что вокруг них, в серебристом заливе, разбросаны две сотни мелких островов, и Тэсс оставалось лишь удивляться отличию этого места от бурного, свирепого моря на севере.

«Волшебная земля, — думала она, прислушиваясь к плеску волн о борт. — Земля грез». Через секунду Андре положил весла, и шлюпка с шуршанием ударилась о песчаный берег.

— Ну, чайка, этот день твой. Сначала я хочу показать тебе мой дом. Потом я собираюсь накормить тебя, поскольку ты исхудала. А потом... — его голос упал до хриплого шепота, — потом мы посмотрим.

В следующее мгновение Тэсс снова оказалась в его крепких руках.

— А-а, вот и Марта.

— Марта? — нахмурилась Тэсс, не сумев скрыть напряжения в голосе.

Однако француз лишь хохотнул.

— Да, женщина, очень дорогая моему сердцу. Я люблю ее уже почти двадцать лет.

Тэсс сжалась, упершись ему руками в грудь.

— А она любит меня тридцать лет, со дня моего рождения, — продолжал Андре. — Да, ей сейчас восемьдесят лет, и она служит нашей семье почти все эти годы. — Он приблизил губы к уху Тэсс: — Ты делаешь поспешные выводы, чайка. Тем не менее это меня радует. Если ты ревнуешь, то не можешь быть равнодушной, какой хочешь казаться, — прошептал он, покусывая ее за ухо.

— С чего мне ревновать? — выпалила Тэсс. — У меня нет привязанности к вам. А у вас — ко мне, — хмуро добавила она.

— А, вот тут ты не права, сердце мое. Еще до конца ночи я собираюсь сделать эту привязанность сильнее, — сурово проговорил Андре, потом голос его изменился. — А-а, Марта, я вижу, ты пришла прямо из сада.

— У тебя всегда было ужасное представление о времени, Андре, еще со времен твоего детства. Но куда подевались твои манеры, мальчик? Кого ты привел домой, чтобы познакомить со мной? — Женщина задержала дыхание, заметив белую повязку на глазах Тэсс. Она сочувственно закудахтала.

Тэсс улыбнулась при мысли о том, что этого сурового мускулистого бретонца назвали мальчиком.

— Я привез подругу, Марта. Она ранена и останется здесь до приезда врача из Ванна. Что до имени, можешь называть ее малышкой, как мы все.

Даже теперь не должно быть имен, подробностей, отметила про себя Тэсс. Вместе с этой мыслью пришло осознание того, что она здесь пробудет недолго.

— Хорошо, — благодушно согласилась старая служанка, — а теперь входите и отдыхайте, пока я приготовлю поесть. Уверена, что этот бездельник ле Фюр кормил вас омлетами и поил сидром всю последнюю неделю.

— Но его омлеты очень хороши, — запротестовала Тэсс.

— О, вам предстоит еще попробовать моих. Или даже Андре. У него хорошие руки, правда!

— Но в таком случае у меня была лучшая из наставниц, Марта. — Француз засмеялся. — Очень впечатляюще. Дьявол, я все еще вздрагиваю, вспоминая, как ты меня огрела ложкой, когда я испортил один такой омлет.

— Не ругайся при мне, молодой человек, — отрывисто приказала старуха, — ты заставишь молодую леди поверить, что я похожа на людоеда. — Она фыркнула. — Теперь иду на кухню. Ваша комната готова. Простыни проветрены.

Тэсс почувствовала, как краска заливает ей щеки. Тщетно она боролась с Андре.

— Оставьте меня, — прошептала она. — Что она подумает?

— Марта? Она довольна тем, что я наконец привел в дом женщину. Боюсь, она начала подозревать меня в противоестественных пристрастиях. Ты — первая женщина, когда-либо пришедшая сюда, любимая моя. Ты веришь мне?

Тэсс не могла сомневаться в нем, когда в его голосе звучала такая страстность. Ей стало трудно дышать.

— Скажи мне, чайка, — скажи, что веришь мне. Скажи, что научилась доверять мне. — В его голосе слышались нотки отчаяния.

— Я... я верю вам, Андре. Что касается доверия... — Ее голос прервался, слишком рано было требовать от нее этого.

— Кто так сильно обидел тебя? — отрывисто спросил капитан «Либерте». — Скажи мне, и я вырву у него сердце.

— Это... это было давно, Андре. Пожалуйста, давайте не будем говорить об этом. Не теперь, когда вокруг так красиво.

Он сильнее прижал ее к себе; Тэсс чувствовала, как его глаза изучают ее лицо. С его губ сорвалось еле слышное ругательство.

— Дьявол, женщина, до чего же ты упрямое создание! Но ты поймешь, что я могу переупрямить тебя!

Они сидели в маленьком, нагретом солнцем садике, слушая убаюкивающее жужжание пчел и пение птиц. Покончив с омлетом, они объедались гречишными оладьями с сахаром. Тэсс обнаружила, что очень проголодалась.

— Вот, сердце мое.

Тэсс нахмурилась, подняв голову.

— Открой рот.

Исполнив его просьбу, Тэсс почувствовала на языке маленький кусочек чего-то рыбного. Он имел легкий привкус лимона и легко проскользнул ей в рот.

— Карп?

Его голос был таинственным и хрипловатым.

— Устрицы, англичанка.

Тэсс ощутила, что щеки у нее стали малиновыми. С бьющимся сердцем она облизала внезапно пересохшие губы.

Андре пробасил:

— Не будем больше об этом, или я забуду свои добрые намерения. А теперь ешь. — Он снова положил ей на язык нежную устрицу из Белона, потом взял другую себе. С его уст сорвался протяжный вздох. — Любимая, как хорошо быть дома! Вдыхать аромат цветущих камелий, слышать гудение пчел — совсем как в детстве. — На мгновение его голос омрачился сожалением. — Да, много времени прошло с тех пор...

— С каких пор?

— С тех пор, как я делал многие вещи, малышка. С тех пор, как ловил устриц в заливе. С тех пор, как взбирался на Треч-Пойнт и гулял по лесу Вздохов. С тех пор, как увидел тридцать шесть столбов Кергонана. Но довольно этих бесконечных вопросов! Вот опять идет Марта с какой-то едой, и нам придется есть, иначе она очень рассердится.

Тэсс с трудом сдержала протестующий вопль при мысли о новой еде. Но на столе появились еще сладкие гречишные оладьи с маслом, сидр и жирный сыр.

Наконец Марта сказала, что довольна, и вернулась на кухню. Со вздохом облегчения, наевшаяся сверх меры, Тэсс откинулась на подушки, которые Андре разбросал по траве. Одурманенная солнцем, едой и вином, она позволила себе расслабиться. Услыхав некоторое время спустя кашель Падрига, она едва пошевелилась.

Мужчины немного поговорили на бретонском, и потом Андре провел рукой по ее щеке.

— Мне надо ненадолго на корабль. Оставайся здесь и отдыхай. Если тебе что-нибудь понадобится, Марта будет поблизости.

Тэсс кивнула, зевая, и сонно улыбнулась.

Когда она проснулась, пчел не было и воздух был прохладным. Она только что села и приглаживала волосы непослушными пальцами, когда услышала, как из кухни идет Марта.

— Хорошо поспали, а? — Старая женщина принялась собирать тарелки, не дожидаясь ответа Тэсс. — Да, в этом месте есть нечто особенное. Еда, сон — все здесь лучше, чем в других местах. Ароматы острее, цвета ярче. Андре говорит — это оттого, что мы наверху, на скалах, где солнце и морской ветер все очищают. Я-то думаю, что это из-за цветов. Они растут повсюду — камелия, фуксия, гортензия и рододендрон, у нас есть даже лимонные и апельсиновые деревья. — Она перестала болтать. — Знаете, вы первая, кого он привел сюда.

Тэсс судорожно сглотнула.

— Правда? — спросила она.

— О-о, была здесь как-то другая. Она была из Морле. Андре привез ее на остров, но никогда не оставлял ночевать. Мне всегда казалось, что все это было скорее ее рук дело, чем его. Но это не важно. Она умерла полгода назад, бедняжка. Андре ушел в море, и пришли солдаты, да предаст Господь их черные души адским мукам! Никто ничего не знал, а потом уже было слишком поздно. — Голос старой женщины задрожал, и она отпустила бретонское ругательство. — После того как они разделались с ней — ну, она была не в себе. Разум ее помутился. Она носила ребенка и потеряла его три месяца спустя. Когда Андре вернулся, она с трудом узнала его, хотя звук его голоса, казалось, успокаивал ее. Она вскоре умерла вслед за ребенком. — Тэсс услышала, как старуха повернулась, всматриваясь в море. — Она похоронена здесь, на кладбище, с подветренной стороны, недалеко от моего дорогого Пьера.

Тэсс услышала фырканье, потом шуршание одежды.

— Слишком я много болтаю даже для такой старой глупой женщины. У вас есть дар заставлять людей говорить, детка. Я думаю, это оттого, что вы умеете слушать — спокойно и светло. Понимаю, почему он любит вас.

Сердце Тэсс бешено забилось, ей хотелось о многом расспросить старую служанку.

— Но почему... — неуверенно начала она.

Следующие слова Марты оборвали ее вопрос.

— А вот и Андре.

Тэсс вздрогнула, чувствуя себя как ребенок, застигнутый за подслушиванием. Она услышала его быстрые шаги по траве и почувствовала отличительный запах — смесь морского воздуха и цитрусового мыла.

— Ну что, Марта заговорила тебя до полусмерти? — спросил капитан. — Если она расписывала мои мальчишеские проделки, то я...

— Нет, что вы! — поспешно произнесла Тэсс, опасаясь, что Марта скажет ему, о чем именно они беседовали.

— Хватит задираться, молодой человек. Слушай свою даму — это тебе мой совет. А я пойду в сад, где смогу поразмышлять о моем бедном умершем Пьере и о том, что скоро буду с ним. — Шаги Марты медленно удалялись.

В наступившей тишине Тэсс чувствовала рядом с собой Андре, изучавшего ее лицо.

— Приготовься, англичанка, принять дары. Это от ле Бра. — На колени Тэсс упала охапка роз, наполняя воздух дурманящей сладостью. — Это от ле Фюра. — Она почувствовала аромат мимоз. — А это от меня.

«Камелии», — подумала Тэсс. Окутанная этим неотвязным запахом, она почувствовала в горле подозрительный спазм.

— О-о, Андре, — выдохнула она, — как чудесно!

Ее плеч коснулись последние косые солнечные лучи, теплые и вязкие, как мед. Где-то на изгороди тихо посвистывала птичка. Сев рядом с Тэсс, Андре запел старую бретонскую песню, потом перевел печальные, милые слова строфу за строфой, пока солнце в неистовом сиянии плавилось над спокойными водами залива.

Позже, гораздо позже, когда она вновь обрела способность ясно соображать, Тэсс призналась себе, что весь этот день был обольщением. Француз обольщал ее сочным звучанием грубоватого голоса, своим смехом, рассказами, живительной бретонской едой, которой он кормил ее с рук.

Каждую минуту — обольщение! И она целиком попалась в его сети, не успев даже понять, что ее преследуют. Даже приход врача вскоре после этого не нарушил магии — во всяком случае, не сразу.

Ощупывающие ее повязку пальцы были легкими и проворными. Одеревенев от ожидания, надеясь, что недавние головные боли сигнализируют о возвращении зрения, Тэсс с трудом справлялась с растущим волнением.

Врач поддакивал и хмыкал, внимательно слушая ее рассказ о происшествии. Он осторожно развязал узел, удерживающий повязку.

— Посмотрите на меня, — попросил он.

Тэсс попыталась сделать это, собрав всю свою волю, но ее ждала лишь темнота. С ее сомкнутых губ сорвался сдавленный стон. Побледнев, она противилась обрушившемуся на нее разочарованию.

Ничего. Ничего, кроме слепоты!

Зачем она надеялась?

Прерывисто дыша, она слушала врача, говорившего слова утешения и надежды, и Андре, часто прерывающего его, чтобы задать вопрос или получить разъяснение по поводу совета врача, хотя и никчемного.

С тех пор как ослепла, Тэсс много узнала о голосах — и теперь ей послышалось в голосе врача сожаление, хотя он и говорил о необходимости быть оптимисткой.

После ухода врача Тэсс сидела не шевелясь в тени теперь уже прохладного сада. Напрягшись всем телом и вытянувшись, как тетива под пальцами лучника, она всматривалась в тени, отделявшие ее от Андре.

— Пожалуйста, — хрипло прошептала она. — Боже, Андре, вы должны... — Ее голос на секунду прервался. — Возьмите меня сегодня ночью в постель. Дайте мне свет и заставьте меня гореть. О, пожалуйста, дайте мне забыть этот кошмар!

Тэсс даже не поняла своей ошибки.

Но Андре услышал, и его лицо посуровело. Даже сейчас, подумал он, эта женщина не может заставить себя сказать ему «ты», сделать обращение более интимным. Маленький промах, но тем не менее красноречивый.

Особенно если учесть то, о чем она его просила.

Сердце Тэсс стучало так сильно, что она едва услышала его хриплое рычание. В следующее мгновение он схватил ее сильными руками за запястья и рывком поднял на ноги.

— Ты меня просишь об этом, англичанка? — пробасил он. — Тогда вот мой ответ. Нет! Бог свидетель, нет! Этого я не сделаю никогда!

Глава 32

Тэсс вздрогнула и побледнела, услышав неприкрытую ярость в голосе француза. Внезапно к ней вернулся привычный кошмар, который преследовал ее с тех пор, как она проводила дни и ночи взаперти в подземельях Фарли. Темнота уже начинала окутывать ее мерцающим коконом, когда она услышала произнесенное сквозь зубы ругательство Андре.

— Даже сейчас ты не можешь произнести это, да? Ты-ты! Скажи это! — Пальцы его, вцепившиеся в ее запястья, начали дрожать. — Упрямое создание, ты думаешь, что в безопасности, что эти стены защитят тебя. Но они лишь порабощают тебя, англичанка. Скажи это!

Тэсс всхлипнула, кружась в водовороте мыслей, силясь отмахнуться от холодных теней.

— Т-ты. Правда.

Дрожь в его пальцах прекратилась. С низким, первобытным рычанием Андре пригнул Тэсс к земле, не выпуская ее из рук, пока волосы цвета бургундского не рассыпались по спине, устремившись водопадом на землю.

— Вот так, любимая моя, так я возьму тебя. Не в постель, но в любовь. Дьявол! Как я буду любить тебя, англичанка! Пока не забудешь, где кончаешься ты и начинаюсь я. Пока не задрожишь и не станешь шептать — мое имя. Не его. — Он охватил ладонью ее грудь, привлекая в жесткую колыбель своих бедер, где даже сейчас дерзко выдавался его жезл. —

Начиная с этого момента. Произнеси эти слова, малышка. Скажи мне, чего ты ждешь, как и от кого.

— Toi, Andre. Aime-moi*. — Сейчас Тэсс каким-то образом смогла произнести слова, которые он хотел услышать. — Люби меня сейчас.

Вслед за этим все изменилось. Пламя в глазах Андре разгорелось ярче, но не от гнева, а от страсти и исступленного, всепоглощающего желания. Не говоря больше ни слова, он принялся расстегивать длинный ряд пуговиц у нее на спине.

Одна. Две. Тэсс смутно следила за приглушенными щелчками, чувствуя биение крови.

Три. Четыре.

С низким, диким рычанием Андре вцепился в платье и одним движением сорвал все остальные, потом стал стаскивать платье с плеч Тэсс, пока перед ним не предстали совершенные формы ее белого тела.

— А Марта? — прошептала она.

— Ушла, — закончил Андре, — и мы одни, моя красавица, моя нежная дикарка. — Он обхватил большими ладонями ее полные груди и стал гладить затвердевшие бутоны. — Сердце моего сердца.

— Возьми меня, Андре, — услышала Тэсс чей-то шепот, удивляясь странному, хриплому звучанию этого женского голоса. Ее голоса?

— Прикоснись ко мне. — Она потянула нетерпеливыми пальцами за его воротник, расстегивая пуговицы, столь жестоко разделявшие их тела. Наконец, легонько вскрикнув, она разделалась с рядом этих пуговиц так же, как он с ее.

Они рассыпались с приглушенным стуком на зеленый ковер у ног Тэсс.

Тэсс упала на мгновение позже, задохнувшись, когда твердое, горячее тело Андре напряглось при ее падении. Она сорвала с него бриджи; он выдернул из-под нее свое бархатное одеяние и комом бросил рядом с ней.

Она была уже неподвластна словам, неподвластна мыслям, охваченная неистовой, безумной страстью к нему. Губы ее могли лишь трепетать, язык, неустанный и голодный, скользить. Когда он приник к ее рту, она вскрикнула и прикусила его губы, желая получить больше, еще больше, прижимаясь горячим языком к его языку. Нащупав рукой теплые завитки волос, Андре низко и невнятно застонал, просовывая пальцы дальше. На Тэсс бурными волнами накатило удовольствие. Он каким-то образом знал, когда поддразнивать и когда неистово наступать.

* От тебя, Андре. Люби меня (*фр.*).

— Нет, Андре, не так. Я... я хочу, чтобы на этот раз ты был со мной. Я хочу ощутить тебя внутри себя, окутать тебя, когда придет наслаждение. — Она могла получить от него по крайней мере это. Знать, что он в ней, думает о ней, а не об одной из тех, других женщин.

— Всеблагой Господь... — С прерывистым стоном темнобородый француз отодвинулся, чтобы развести ее бедра. Даже тогда она боялась потерять его, выгнув спину дугой и потянувшись кверху, пока ее губы не ощутили солоноватую кожу его шеи.

Все тело Андре сжалось от усилия побороть в себе желание безжалостно войти в нее.

— Господь свидетель, еще немного — и я не смогу больше терпеть. Я возьму тебя здесь и сейчас же, без всякой прелюдии, под фанфары, как портовую проститутку.

— Да, сейчас, — простонала Тэсс, не услышав ничего из того, что он сказал. Она понимала только, что он хочет ее.

Все, что угодно, ради этого огня, чтобы прогнать безжалостные мысли о темноте, расстилавшейся перед ней повсюду и навсегда, до конца дней.

— Нет, — сердился он, силясь не замечать сладостных бешеных движений ее бедер под ним, исторгаемых ею прерывистых стонов, приливов страсти, делающих ее кожу гладкой там, где соприкасались их тела. — Нет, — выдохнул он снова, зная, что проигрывает.

— Ан-ндре, — умоляла Тэсс, покусывая его шею. — Пожалуйста! О-о... сейчас! — Спина ее выгнулась дугой, затвердевшие соски задевали его грудь как маленькие, нежные почки.

Где-то в глубине сознания Тэсс ненавидела себя за столь полный отклик и ненавидела его за то, что он так хорошо знает, как возбудить ее.

Но казалось, что эти мысли принадлежат кому-то другому — и ее тело тоже чужое, не подвластное больше ее воле.

И тогда француз дал ей то, чего они оба хотели. Со сдавленным стоном он приподнялся над ней и обхватил руками ее бедра.

— Я не могу больше ждать. Ты... о Боже... уверена?.. — Его голос охрип в яростной попытке сдержать себя.

Ответом ему было неистовое движение бедер.

— Тогда возьми меня, чайка! — выкрикнул он, даря Тэсс райское блаженство, когда его горячая, напряженная плоть глубоко вошла в нее. — Возьми каждую клеточку моего жадного тела!

Тэсс так и сделала.

Неистово. Исступленно. Со всей сладостной, бездумной несдержанностью. Все время желая большего — ища и двигаясь, вцепляясь пальцами в его напряженные плечи и обнимая его за талию длинными ногами, чтобы еще ближе притянуть к себе.

И француз вовлек ее в бурю, как и обещал, истово и бесконечно двигаясь в ней сильными толчками, каждый из которых приводил ее в невыразимый, трепетный восторг.

Тэсс вздрагивала, брошенная в незнакомое, беспокойное море, вознесенная каждой волной до самого гребня, а потом скользящая вниз в головокружительный омут наслаждения. И почему-то Тэсс находила там свет, как и обещал Андре — пляшущее фосфоресцирующее сияние, уносимое вверх и обволакивающее их гладкие, разгоряченные тела.

Она смутно слышала чей-то стон. Ее собственный? Или его? Тэсс почему-то не могла различить — они были так близки сейчас, каждой клеткой, каждым спаянным нервом, каждым дюймом тела, связанные единением, которое Тэсс раньше считала невозможным.

Его сердце билось громкими толчками, так же как ее. Их кровь пульсировала в унисон. А их тела двигались в сладостном согласии!

Огонь и тень.

— Ан-ндре? — задохнулась Тэсс, чувствуя, как ее сотрясает конвульсия в тот момент, когда их тела соединились.

— Да, хорошо. Всегда... так произноси мое имя!

— Андр... о-о-о!

Вдруг такие тривиальные вещи, как имена, названия стран, и прочие слова забылись, когда на Тэсс обрушилась огромная ослепляющая волна наслаждения, лишив ее дара речи, заставив выгнуться дугой, упереть пальцы ног в мягкую зеленую траву и тихонько застонать.

Андре притянул ее еще ближе, упиваясь ее бешеными содроганиями, срывая с ее губ слабые, задыхающиеся стоны.

Она падала.

И падала...

И он ждал ее там.

— А-а! Крепче! Как сладко! Да, и снова! Снова, моя дикая сладкая любовь. Обнимай меня так всегда. — Сжав губы, с напряженным лицом, француз опять задвигался, опершись на локти, снова наполняя ее огнем и волшебством.

«Бог мой, как она красива!» — смутно думал капитан «Либерте», плавая в дымке наслаждения, ощущая, как ее плоть пульсирует и сжимается в экстазе и каждое ее содрогание отзывается в нем утонченной мукой.

Да, и все же он сдерживал себя, всем своим существом сосредоточившись на ее удовольствии, неистово погружаясь в нее, пока она снова не выгнулась и не откинулась назад.

Не давая самому себе облегчения, он смотрел на нее, пока прерывистые звуки наслаждения не замерли и она не задышала ровно, с немым вопросом прикасаясь пальцами к его груди и напряженным плечам.

— Андре? — прошептала Тэсс, охваченная грустью от того, что его не было с ней, когда она улетала на небо. Не один раз, а дважды.

Единственным его ответом было гневное, полузадушенное рычание.

Он, верно, считает ее непривлекательной, исступленно подумала Тэсс. Слишком все нескладно, слишком все не так! В конце концов, он знал стольких женщин!

Глаза Тэсс расширились, потемнев от обиды. Побледнев, она попыталась высвободиться, слепо толкая его в грудь. Из-под повязки покатилась по щеке одинокая слеза.

— От-тпусти меня, черт возьми! Для тебя это все так легко, правда? Просто еще одна игра — еще один предмет шуток для вас с Падригом, когда нечего делать на море!

По ее бледным щекам холодным дождем хлынули сердитые слезы.

С губ Андре сорвался прерывистый звук.

— Легко, детка? Легко? Сдерживать себя, когда я страстно хочу тебя? Когда я могу думать только об этом сладостном блестящем треугольнике и о том, как ты захватываешь каждый мой дюйм?

Тэсс оцепенела, являя всем своим видом смехотворное изумление.

— Правда? Ты не шутишь? — Нервно засмеявшись, она смахнула слезы с мокрых щек.

— Да, и снова да, мое глупое морское чудище. А сейчас пусть Бог на небесах будет моим свидетелем...

Андре так и не закончил. Его напряженное тело устало ждать и он оборвал себя на полуслове.

Бедра его напряглись. Горячий и влажный, он вошел до отказа в ее сладостный, дрожащий бархат — и чуть не умер от доставленного ею блаженства, когда она снова начала содрогаться.

Тэсс едва не задохнулась.

— Но ты не... то есть не...

— Первый раз был для забвения, чайка. Второй — для разжигания страсти. А третий... — Француз застонал, когда ее чуткие пальцы отыскали напряженные мужские соски, спрятанные в густом руне курчавых волос. Он приподнял Тэсс над собой, захватив ладонями ее ягодицы. Вокруг него сияли ее волосы, ниспадая подобно темной завесе из пламени. — А этот раз — для любви, понимаешь? Разве может быть по-другому, сердце мое, когда ты наполняешь меня тысячью солнц? Я никогда не перестану хотеть тебя... прижаться телом к телу в любовном восторге.

Но теперь уже Тэсс не слушала его, воспламененная, с расширенными от восторга глазами. В упоении от безошибочного чувства, что он метит в самое ее сердце, ликуя от невнятных стонов наслаждения, срывающихся с его губ при ее малейшем движении.

Откуда-то послышался резкий грохот прибоя, отдающийся эхом в ее ушах, крови и самом сердце, — прибоя, столь же необузданного, как и мужчина, неистово движущийся с ней в унисон.

На этот раз, когда ее начала поднимать волна, Тэсс почувствовала, что Андре поднимается с ней, нашептывая ей невнятные бретонские любовные слова, когда они вместе оказались вовлеченными в разбушевавшуюся стихию.

Темнота обернулась светом; на мгновение пустота обрела осязаемую форму. Казалось, их пронизывает странное, фосфоресцирующее свечение, видимое даже для слепых глаз Тэсс.

И тогда они распались на молекулы, которые смешавшись, рассеялись над широким пространством облаков и воды, куда их наконец зашвырнула неистовая любовная буря.

Сон пришел к ним почти мгновенно. Они лежали рядом со сплетенными руками и ногами, темные волосы перепутались с золотисто-каштановыми, белая кожа соприкасалась с бронзовой.

Пресыщенные, они грезили и уносились куда-то, а в это время над гранитными скалами нашептывал теплый ветер, слегка волнуя воды залива, покрытые беспокойной серебристой рябью под луной.

В эту ночь даже соловьи не пели, боясь разбудить их.

Что-то в глубине сознания кольнуло его. Какая-то упущенная из виду обязанность?

Француз заворочался, бормоча что-то.

В полусне его острый ум охватил множество ожидающих его решения вопросов. Надо было пополнить запасы «Либерте»; очистить обитый медью корпус корабля от морских уточек и крошечных морских сверлильщиков; надо было залатать паруса брам-стеньги в тех местах, где шторм повредил их.

Мягкая рука прикоснулась к его груди.

Андре чуть не задохнулся; пах его как будто обожгло. Его глаза широко распахнулись. Медленно его суровое лицо расплылось в улыбке, полной первобытного мужского триумфа, — улыбке, старой, как сам человек.

Теперь она принадлежала ему. Пресвятая Дева, с какой страстью она отдалась ему! И как она красива, думал Андре, онемев от восторга. С каждым днем она становилась все прекраснее. Его глаза затуманились страстью, когда он смотрел на ее золотисто-каштановые волосы, разбросанные по подушке подобно темному пламени. Она спала, подложив руку под щеку, распространяя вокруг себя слабый, обворожительный запах лаванды.

Она столь же прекрасна, как в тот день, когда он впервые увидел ее.

И Андре хотел ее сейчас так же сильно, как тогда. На его виске неровно пульсировала жилка, а мужская плоть болезненно увеличилась. Да, сейчас он был в состоянии думать только о том, чтобы запустить пальцы в эту золотистую копну и целовать ее нежную кожу от шеи до пальцев ног, пока она не проснется под ним, зардевшаяся от желания.

Но он не сделал этого, зная, что ей нужен по крайней мере небольшой отдых после напряжения предшествующих часов.

Вдруг он замер, из-за двери послышалось слабое поскрипывание дерева.

Вскочив со стула, он распахнул дверь.

— Прости, что беспокою, друг мой. — Хриплый шепот принадлежал Падригу.

— Дьявол, парень! Я чуть не бросился на тебя! — Нахмурившись, Андре опустил нож, который сжимал в руках. — Тебе говорили когда-нибудь, что ты постоянно неудачно выбираешь время? — Кивком головы Андре пригласил первого помощника в холл и пошел вслед за ним, величественно не замечая собственную великолепную наготу.

— Что ж, было время в Морле, когда к нам совершенно несвоевременно нагрянули жандармы. Кажется, ты сказал нечто подобное. И конечно, в тот день, когда я наткнулся на тебя, пыхтевшего и возившегося в стогу с той купеческой дочкой из Ванна.

— Это она пыхтела, поверь мне, друг мой. Да я уже позабыл об этом. Но что за важное дело сейчас привело тебя сюда?

Лицо Падрига омрачилось.

— Французские солдаты, целый отряд, проверяют каждое судно в гавани. Похоже, они собираются наложить лапу на любую плавающую посудину. Не думаю, что тебе хочется отдать «Либерте» одному из наполеоновских адмиралов.

— Ты прав, мой храбрый друг. Дай мне несколько минут, и я последую за тобой.

Бородатый капитан молча проскользнул в освещенную свечой комнату и остановился, глядя на спящую женщину. Ее вытянутая рука изгибалась вокруг того места, где он только что лежал. Лоб ее был слегка нахмурен.

— Спи, малышка, — прошептал Андре. — Когда вернусь, обещаю, у тебя будут другие занятия, помимо сна.

Он нашел Марту в буфетной за расстановкой последних чистых тарелок.

— Присмотри за ней, Марта. Я ухожу ненадолго, но если она проснется...

— Я присмотрю за твоей женщиной, — отрывисто произнесла старая служанка. — Иди скорей, пока Падриг не изошел от нетерпения.

В последовавшие за этим тихие ночные часы старая служанка держалась героически, немного походив, а потом взявшись за починку рубашек Андре. Когда ее веки отяжелели, она встала, чтобы снова походить.

Но почему-то перед ее усталыми глазами все время маячило морщинистое, улыбающееся лицо ее покойного мужа. Не успев ничего понять, Марта уже спала.

— У вас по-прежнему нет от нее вестей?

Лорд Леннокс сидел в кресле, стоящем в передней гостиной «Ангела», с выражением разочарования на красивом лице. Хобхаус невозмутимо покачал головой, продолжая раскладывать серебряные подносы, приборы и белоснежные салфетки для чая.

Граф громко вздохнул, покачав головой.

— Дело в том, что я собирался позвать ее на небольшой вечер, который состоится через два дня. Из Лондона приезжают гости — мне бы хотелось представить ее, понимаете? — Его голос замер.

— Насколько я знаю, она не собиралась уезжать надолго, ваше сиятельство. Что до остального, я не возьму на себя смелость делать предположения.

А он довольно красив, совершенной картинной красотой, думал мажордом «Ангела». Респектабельный, титулованный, что равнозначно, так ведь? И все же мисс Тэсс тянет с ответом, столь желанным для лорда Леннокса.

Не может быть, чтобы она все еще тосковала по этому мерзавцу Рейвенхерсту. Мужик — совершеннейший наглец! Россказни о его позорных подвигах дошли даже до Рая! В Лондоне, как слышал Хобхаус, дьявол Трафальгара до сих пор фигурировал в весьма пикантных слухах. Однако никто, разумеется, не отваживался называть его так в лицо.

— Если что-нибудь услышите, дайте мне знать, пожалуйста, — попросил лорд Леннокс, прерывая размышления Хобхауса.

— Разумеется, ваше сиятельство.

— Ах, Саймон, вот ты где. — В проеме двери появилась леди Патриция, оглядывая комнату маленькими, острыми глазами. На мгновение их изумрудная глубина омрачилась от разочарования и раздражения. Потом, нетерпеливо дернув юбками из тафты, она вошла в комнату и села. — Буду благодарна, если ты проводишь меня домой, Саймон. Вокруг ходят такие россказни...

Светлые брови лорда Леннокса вопросительно поднялись.

— Россказни? Какого рода россказни, дорогая моя?

Леди Патриция изобразила на лице испуг, прижимая бледные руки к прикрытой шелком груди.

— Боюсь, самые ужасные. Похоже, этому малому по прозвищу Лис надоело заниматься контрабандой и он принялся насиловать на болоте беззащитных женщин.

Плечи Хобхауса напряглись. Дьявол, что болтает эта женщина?

— Полагаю, эти слухи распускает Гермиона Тредуэлл. — Лорд Леннокс встал и принялся с рассеянным видом вышагивать по небольшой комнате.

— Ничего подобного, — резко возразила ему сестра. — Мне рассказал это сам викарий. И мы с ним так мило болтали... — промурлыкала она.

«Да, бывает, что и коровы летают», — кисло подумал Хобхаус, протягивая ей вазочку с конфетами.

Леди Патриция резко отмахнулась от него.

— Да, похоже, на прошлой неделе была изнасилована молодая девушка из его прихода на пути домой после посещения больной матери в Эплгейте. Будучи деревенской девушкой, знакомой с этими местами, она не беспокоилась и решила пойти короткой дорогой через болото. Очень неудачное намерение, как оказалось, ибо из темноты выскочила высокая фигура в капюшоне и маске — вся в черном — и набросилась на нее. — Ее голос сочувственно дрогнул. — Викарий сказал, что он изнасиловал ее очень жестоко, после чего этот негодяй бросил что-то на ее истерзанное тело. «Возьми это и помни меня!» — прорычал он перед тем, как ускакать, припомнила девушка. Когда ее, лепечущую нечто бессвязное, нашли несколько часов спустя, рядом с ней лежала черная роза. Знак Лиса! — торжествующе добавила леди Патриция.

Лорд Леннокс нахмурился, прекратив хождение.

— Сам викарий рассказал тебе об этом?

— Не более чем пять минут назад.

Хобхаус в молчании поклонился и в смятении вышел из комнаты. Не может этого быть! Джек никогда бы так не сделал! Но где же он? Никто не видел контрабандиста с тех пор, как он уехал из Фарли.

Лицо мажордома было омрачено беспокойством, когда он шел в сторону холла. Он был настолько поглощен этой невероятной новостью, что не сразу услышал радостный возглас, раздавшийся с парадного крыльца:

— Что за мрачный вид, Хобхаус? Только не говори мне, что вложил деньги в процентные бумаги и потерял их все!

Нахмурившись, Хобхаус поднял глаза; в ту же секунду его лицо застыло в комическом ужасе. Нет! Не может быть!

— Ну не надо, разумеется, бросаться ко мне на шею с поцелуями, но я все же надеялся на более теплый прием. — Перед ним стоял стройный джентльмен с золотисто-каштановыми волосами, похлопывая по бедру парой перчаток из тонкой кожи и прилагая все усилия, чтобы сохранить небрежный вид. Он был одет по последней моде, начиная с начищенных до блеска ботфортов и узких лосин из оленьей кожи и кончая вышитым желтым жилетом и зеленым сюртуком с осиной талией.

Хобхаус почувствовал, как кровь стынет у него в жилах.

— Хозяин... хозяин Эшли, — запинаясь, произнес он. — Что... что вы здесь делаете?

— Что делаю? Приехал повидать Герцогиню, разумеется. — Это прозвище, которым была награждена Тэсс за ее способность в случае необходимости отгораживаться ото всех холодной надменностью, было старой детской шуткой двух молодых Лейтонов. А необходимость возникала часто, если принять во внимание то детство, которое выпало на их долю.

За спиной Хобхауса в том конце коридора послышалось негромкое хихиканье.

— Да, мистер Лейтон, что вы здесь делаете? И где, ради Бога, ваша очаровательная сестра?

— Сестра? Откуда вы взяли, что... о-ой!

Хобхаус умудрился каким-то образом пересечь коридор и наступить на ногу молодому денди.

— Леди Патриция с большим нетерпением ожидала возвращения от вас мисс Тэсс, — бесстрастно произнес Хобхаус, украдкой глядя на изумленного брата Тэсс.

— Возвращения от меня? — Давление на подъем молодого Лейтона возросло. — О да, возвращения от меня! Конечно, разумеется.

— Тогда где же она теперь? — прошипела леди Патриция.

— Кто?

— Ваша сестра! — Голос белокурой красавицы становился по-настоящему пронзительным.

— Моя сестра? О, вы имеете в виду Тэсс? Ну, то есть... черт возьми, если я знаю! В эту минуту со мной, а в следующую пропала. Вы знаете, как это бывает у женщин, — неубедительно добавил Эшли, пожав плечами.

— Нет, боюсь, что не знаю, — отпарировала леди Патриция, — и совершенно не понимаю, как вы могли так легко потерять ее.

Живя в детстве с отцом, чьи прихоти были всегда непредсказуемы и очень часто жестоки, Эшли в совершенстве развил искусство импровизации.

— Ну, нельзя сказать, чтоб потерял. Просто недоглядел, — осторожно поправил себя молодой человек. — Да, велела мне выйти из экипажа и оставить ее в Фарли. Всегда что-нибудь забуду, — добавил он с широкой простодушной улыбкой.

Заслышав всю эту суету, лорд Леннокс вышел из гостиной в коридор, чтобы присоединиться к сестре.

— А-а, рад видеть вас снова, Лейтон. А ваша сестра не с вами?

Эшли попытался скрыть раздражение, когда смотрел на безупречного графа.

— Оставил ее в Фарли, — со скучающим видом произнес он, устав от расспросов.

— В таком случае я подожду ее, — объявила леди Патриция.

Хобхаус и Эшли обменялись быстрыми взглядами.

— Э-э... не думаю, что это хорошая мысль.

Три пары глаз вопросительно уставились на Эшли.

— Ну, э-э... — На какое-то мгновение изобретательность изменила ему. Черт, он голоден и пропылен, устал после долгих часов путешествия в тесном экипаже. Несправедливо, что малого подвергают допросу на пороге собственного дома, черт побери! Совсем несправедливо!

В тот момент единственное, о чем он мог думать, — скорее бы снять новые сапоги, сильно натершие ему ноги. Однако Хобхаус смотрел на него умоляющими глазами, и Лейтон едва сдержал проклятие.

— Э-э... она очень рассержена, вот что.

— Рассержена? — нетерпеливо подхватила леди Патриция. — О чем вы говорите?

«Идиот». Она не произнесла этого слова, но вполне могла бы, судя по язвительности ее голоса.

Эшли сразу же с вызовом выпрямился.

— Рассержена, как шершень! Не хочет никого видеть. Несколько часов, может быть, даже недель. У моей сестры ужасный характер. Да, вам лучше держаться от нее подальше, леди Пэ, если не хотите навредить себе. — С легкой улыбкой Эшли нанес свой последний удар, употребив это детское прозвище, которое леди Леннокс всегда терпеть не могла.

— Меня зовут леди Патриция, и я буду очень признательна, если вы запомните это, — выпалила блондинка с опасно разгоревшимися щеками. — И я не верю вашему рассказу!

— Прошу тебя, дорогая моя, — вмешался лорд Леннокс, беря сестру за плечо сильными пальцами. — Я уверен, мисс Лейтон свяжется с нами при первой возможности. Позволь мне сейчас проводить тебя домой, чтобы молодой Лейтон смог отдохнуть после путешествия.

— А как же Пьер? Он еще не успел поговорить с Эдуардом, а ведь он обещал достать рецепт особых пирожков к вечеру в пятницу. Мне он очень нужен, — упрямо добавила Патриция.

— Не забивай свою прелестную головку всякими пустяками, дорогая моя. Полагаю, Пьер сам может найти обратную дорогу в усадьбу Ленноксов. — Вежливо кивнув на прощание Хобхаусу и Эшли, граф стал подталкивать сестру к выходу, придерживая ее одной рукой за локоть.

— Что ты делаешь, Саймон? — прошипела она, и все услышали ее слова, пока они шли к двери.

— Хватит, Патриция! — Голос Леннокса стал неожиданно жестким.

Очень интересно, думал Хобхаус, спрашивая себя, не ошибся ли он в отношении этой парочки, причисляя их обоих к вражескому лагерю. Прищурив глаза, он отметил про себя, что надо бы дать нагоняй этому похожему на хорька повару Ленноксов, пока тот не выудил у Эдуарда все лучшие рецепты.

— Теперь, может быть, ты объяснишь мне, какого дьявола тут происходит, Хобхаус? Только не рассказывай мне эту чепуху о...

Хобхаус крепко сжал руку Эшли.

— Не здесь, — предостерег он, уже ведя прибывшего в свои комнаты, находящиеся напротив комнаты Тэсс. — Боюсь, что-то случилось, — тихо объяснил слуга. — Что-то, о чем вам лучше сразу узнать.

Поглощенные тихим разговором, они не заметили, что не одни. Позади них в тень лестничной площадки отступила тонкая фигура. Там графиня Крэнфорд и осталась, стараясь не шуметь, пока рассматривала острыми, задумчивыми глазами две удаляющиеся фигуры.

Глава 33

Тэсс проснулась от стука ветки в ставню. Натягивая на себя прохладное покрывало, она села в постели, пытаясь понять, где находится и что это за беспокойный стук. Дерево, поняла она, всего-навсего дерево. Но где?

На мгновение по спине у нее пробежал холодок страха. Потом она вспомнила, кто привез ее сюда — и зачем. Глубоко вздохнув, Тэсс снова откинулась на спину и медленно потянулась, как ленивая, довольная кошка.

Чудесно, так чудесно! Все это. Его руки, его губы, его мощное тело.

Но где же француз сейчас? Нахмурившись, Тэсс снова села, нащупав свое бархатное платье там, куда его бросила. В растерянности она поняла, что ей больше не застегнуть пуговиц, потому что он оторвал их все.

Стук в окно становился громче. Вздрогнув, Тэсс стала пробираться по деревянному полу в поисках окна. Ее пальцы наткнулись на холодный металл, и она распахнула дверь; ее щеки сразу же коснулся прохладный бриз.

Почему-то она больше не боялась. Как по волшебству сила и мощная аура от присутствия Андре наполнили комнату, обволакивая Тэсс теплом. Нет, она не боялась. Ибо впервые за многие годы научилась верить.

Все еще сонная, стояла она перед застекленной дверью, повернув лицо к игривому ночному ветерку. Золотисто-каштановые локоны падали ей на плечи, пока Тэсс, не шевелясь, слушала сладкоголосого соловья. Она могла доверять Андре, Тэсс почему-то не сомневалась в этом. Через открытые двери лился аромат роз и цветущего жасмина. Что-то из темноты манило Тэсс, призывая исследовать ночные красоты.

Она нашла изгородь из роз по запаху. Тэсс как раз протянула руку, чтобы сорвать отяжелевший от цветов стебель, когда услышала поблизости скрип гравия.

Тэсс замерла.

Кто-то приближался. Двое мужчин, поняла она. В прозрачной тишине ночи их слова были отчетливо слышны.

— Слава Богу, почти закончили здесь. Господи, меня тошнит от этого вонючего города! Если уедем завтра, мне не скоро захочется назад!

Внимание Тэсс привлек их акцент. Любопытно, но они говорили на беглом парижском диалекте, медленном, тягучем диалекте местных бретонцев.

— Даже женщины здесь как коровы, с головы до ног закутанные в черное, пока не разглядишь крошечного кусочка тела.

— А лучше бы и не надо, Марсель! У них у всех толстые лодыжки и жирные зады! Незачем и смотреть на них. Мужчина может пропахать толстый зад с тем же успехом, что и изящный! В темноте все равно, а?

В тихой ночи раздался громкий грубый смех. Тэсс вздрогнула, почувствовав их порочность, их неистребимую тягу к насилию. На мгновение наступила тишина. Над изгородью поплыл едкий дым сигар.

— Не важно — безобразные шлюхи или нет, мы отплываем, когда прикажет Орел, и не раньше.

— Э-э, он и вправду хладнокровный мерзавец. Но допускаю, что очень опытный. Ни за какие деньги не стал бы я делать его работу. Нет, в мои планы не входит болтаться в петле у англичан.

Другой мужчина фыркнул в знак согласия.

— Сюда скоро прибудет следующий груз. Орел без устали работал в лагере на прошлой неделе, а это значит, что скоро выступаем. Мы, должно быть, уже ввезли десять тысяч фунтов в английских гинеях! Господи, что бы я мог сделать с таким богатством!

— Все еще надеешься купить бордель и устроить свою жизнь? Я — нет. Сыт по горло потными противными бабами!

Другой мужчина вполголоса выругался.

— Как бы то ни было, какое это имеет значение? Нам не видать ни одной проклятой английской гинеи! Ящик за ящиком, и ни одной нам, только тому, кто делает основную работу!

Тэсс не шевелилась, руки ее дрожали. Однако мужчины не уходили, и она, оказавшись в ловушке, вынуждена была слушать, понимая, что скоро наступит ужасное разоблачение.

— Держу пари, этот мерзавец Лис недоволен ценой Орла! Я слышал, он жесток. Тоже чертовски хорош в своем деле.

— Что нам только на руку, — отвечал невидимый собеседник.

Тэсс чуть не задохнулась от возмущения. Нет, не может этого быть... Она повернулась и стала на ощупь продвигаться назад вдоль изгороди. Тэсс была очень осторожна или по крайней мере думала, что осторожна. Но, как оказалось, недостаточно. Она ногой задела упавшую веточку, и сухое дерево затрещало. В кристальной ночной тишине легкий звук взорвался с треском пистолетного выстрела.

С той стороны изгороди кто-то испуганно выругался.

— Там кто-то есть, ей-богу! Поймаем его. Если Орел узнает...

Тэсс, спотыкаясь, устремилась вперед, моля Бога, чтобы дом был рядом. Позади слышался треск ломаемых кустов и приглушенные ругательства.

«Боже правый, где же Андре?» — исступленно думала она.

Оступившись, она упала на колени, но как-то смогла встать на ноги. Еще три шага — и она почувствовала край выложенной каменными плитками террасы. Почти у цели!

— Не так быстро, ты!

Тэсс вскрикнула, когда ее схватили.

— Господи, да эта сучка — просто красотка. И полуодетая, а, Марсель? Дожидаешься любовника, крольчонок? Ну, раз он запаздывает, придется мне занять его место.

Тэсс бешено молотила руками по воздуху, пытаясь найти лицо противника. Мужчина заворчал, хватая ее за руки:

— Не надо драться. У меня инструмент твердый, как и должен быть у мужика. Мы хорошо покатаемся — лучше, чем ты со своим неуклюжим бретонцем!

Тэсс смутно ощущала, как ее пальцы царапают кожу. Задыхаясь и всхлипывая, она снова и снова царапалась, понимая, что не должна говорить, иначе нападавшие признают в ней англичанку.

— Проклятая шлюха! Я научу тебя...

Мужчина открытой ладонью ударил Тэсс по лицу, отчего у нее из глаз посыпались искры. Все вокруг бешено закружилось, и Тэсс почувствовала, что у нее подгибаются колени. Жадные пальцы вцепились в ее платье, срывая ткань с плеч. Испытывая сильное головокружение, она пыталась сопротивляться, но чувствовала только, что не попадает в цель.

Изумленный вздох мужчины, казалось, пришел издалека.

— Э-э... взгляни на это, мой друг. Настоящая красотка! — Грубые пальцы стащили бархат до самой талии. — Посмотри на эту кожу — как молоко. А это?

Мужчина безжалостно схватил ее за груди, грубо ущипнув за соски. Платье разорвалось пополам. Боже, ей надо собраться с мыслями! Если она не убежит, они изнасилуют ее.

Тэсс заставила себя расслабиться в их грубых руках, поджидая момента, когда они потеряют бдительность. Слегка всхлипнув, она прикусила губы, силясь подавить отвращение, которое вызывали в ней жадные ощупывающие пальцы.

— Итак, крольчонку это нравится, правда? Иисусе, меня так распирает, что вот-вот взорвусь! — Руки надавили сильнее, толкнув ее на колени и шаря у нее между ног.

Тэсс услышала, как другой мужчина выругался, силясь схватить ее. В следующее мгновение первый насильник откатился назад.

— Я возьму ее первым, черт побери! Тебе всегда все достается первому. Но не в этот раз!

Раздался глухой стук, потом резкие звуки борьбы. И вот она уже свободна! Тэсс поднялась на ноги и побежала, а за спиной у нее раздавались звуки яростной драки. Она взобралась на террасу и ввалилась в дом, захлопнув за собой застекленную дверь.

— Она уходит, идиот!

Бледная как смерть, Тэсс шарила пальцами по деревянной дверной раме в поисках засова. Наконец, нащупав его, она с силой надавила на холодный металл.

— Она заперла дверь, сучка!

Шорох — и сопение! С ужасным звоном стекло разбилось, рассыпавшись дождем осколков у ног Тэсс. Что теперь делать?

— Проклятие, я порезал руку. Шлюха! Тебе все это выйдет боком! — прорычал невидимый противник.

Кто-то перелез через остатки дверной рамы, и тяжелые башмаки захрустели по стеклу.

Похолодев от ужаса, Тэсс неверными шагами пошла к двери на кухню. И наткнулась головой на твердое, как скала, тело. Мужское тело! С бешено бьющимся сердцем она молотила руками по воздуху, давясь от душивших ее рыданий.

— Тише, малышка.

Тэсс со стоном упала на мощные руки, раскрывшиеся для объятия.

— О Господи, Андре...

Однако капитан «Либерте» подтолкнул ее назад.

— Иди в дом, женщина.

Тэсс поежилась от жестокости, прозвучавшей в его голосе. Это был почти чужой голос. Голос человека, способного убить, и убить легко, даже с радостью.

Хруст стекла за ее спиной внезапно прекратился.

— Что ты собираешься делать, бретонская свинья? Сучка наша. Может, разделавшись с ней, мы оставим кое-что и для тебя. Убирайся с дороги!

Тэсс обернулась в узком дверном проеме, услышав быстрый, глухой звук удара, а потом тихий булькающий звук. После этого наступила тишина.

— А ты что? Хочешь задержаться и получить то же, что и твой дружок? — вкрадчиво пророкотал Андре.

— А пошел ты!.. — прорычал в ответ невидимый человек, уже отступая через разбитую дверь в сад. — Черт бы побрал всех вас, вонючих бретонцев! Ты заплатишь за это, я тебе обещаю!

Спотыкаясь и ругаясь, мужчина потащил своего потерявшего сознание приятеля по траве, проломившись затем через изгородь тем же путем, что и пришел. Силясь все услышать, Тэсс, оцепенев, ждала, часто и трудно ловя ртом воздух.

— Снова кровь, — прошептал Андре. — Неужели это никогда не кончится?

Тэсс услышала, как он повернулся, скрипя подошвами по стеклу и направляясь к ней.

— Ты порезалась. — Голос его был отрывистым, движения неуверенными, когда он взял ее руку в свои и дотронулся до ее испачканных в крови пальцев.

Тэсс ощутила легкое прикосновение его губ.

— Ты пришел, слава Богу.

— Что, ради всего святого, ты делала там, женщина? Искала встречи с ними? — Его голос неожиданно стал другим — холодным и жестким. — Неужели новизна моего тела так быстро поблекла для тебя?

Тэсс замерла, не веря своим ушам. О чем он говорит?

Мозолистые пальцы крепко, до боли, сжали ее запястье.

— Отвечай мне, — прошипел француз.

Ее охватил гнев.

— Отпусти меня! — взвизгнула она. — Ты не имеешь права...

— Напротив, англичанка, у меня есть на тебя все права. Спать с тобой, заставить тебя подчиниться. Делать с тобой все, что захочется. Понимаешь, я пролил за тебя кровь, и это делает тебя моей, — пробасил он. — Взять тебя, когда бы и где бы ни захотел. Начиная прямо с этой минуты.

— Перестань! — закричала Тэсс, тщетно пытаясь вырваться из его железных рук. — Мне надо было догадаться, что ты такой же, как все остальные!

— Их было много — остальных? — Голос его был тихим и угрожающим.

— Слишком много, — выдохнула Тэсс, чувствуя, как по щекам у нее покатились слезы. — Я... я думала, что ты другой.

Андре со стоном обхватил ладонями ее ягодицы, чтобы усадить в седло своих бедер.

— Я просто мужчина. Вожделеющий тебя мужчина. Дьявол, я не собираюсь терять тебя, когда только что нашел! — Склонив голову, он жадно впился губами в ее рот, яростно целуя и не обращая внимания на ее протест.

Он все целовал и целовал ее с холодной, расчетливой яростью, пока Тэсс не закачалась от нехватки воздуха и в ее слепых глазах не стали вспыхивать маленькие искорки.

Вдруг, не говоря ни слова, Андре отпустил ее, резко оттолкнув от себя.

— Уходи! — прорычал он.

Побледнев как смерть, Тэсс повернулась, чтобы убежать, приказывая ногам двигаться, но оказалось, что это невозможно.

— Уходи, англичанка! — хрипло повторил он. — Будет еще хуже, обещаю тебе. Гораздо хуже. Все, что мне было нужно, — немного времени. Но...

Он прикусил губу, не договорив.

Тэсс так и стояла, парализованная болью в его голосе.

Через разбитую дверь без стекол луна бросала переливающийся столб света, делая ее кожу серебристой; она казалась Андре существом из другого мира — невероятно красивой русалкой, парящей в пространстве между миром человека и морем.

Мгновение спустя она услышала его вскрик, затем топот ног.

— Прости меня, малышка, — отрывисто произнес Андре, охватив ее щеки ладонями. Придвинувшись к ней сзади, он медленно повернул к себе ее лицо, как будто боясь посмотреть на нее прямо. — Это была ярость, и страх, и... — Его дыхание овевало ее прохладную кожу, в следующее мгновение к ней прикоснулись его губы. — Не важно, что это было, лишь бы только ты простила меня. Да, я должен как-то заставить тебя забыть.

Твердые бедра коснулись ее мягких ягодиц. Глухо застонав, Андре притянул ее к себе, изгибая ее спину, пока ее голова не упала ему на плечо. Наклонив к ней лицо, он стал искать губами пульсирующую жилку около уха.

— Укутай меня своим темным шелком, чайка. Унеси меня туда, где бушует буря. С тобой всегда будет буря и тень, а потом сладостное забытье.

Неужели у нее не осталось ни гордости, ни разума там, где дело касалось этого человека? Даже проклятый лорд Рейвенхерст никогда не оставлял ее в такой растерянности и отчаянии.

Напряженными руками Тэсс стала отталкивать его.

— Нет! — исступленно закричала она.

— Так близко, — шептал он, как будто не слыша ее. — Я мог потерять тебя. Этого я не смог бы вынести. —

Андре жадно провел по ее телу руками, как бы желая удостовериться, что с ней все в порядке. — Они что-нибудь сделали с тобой? Обидели тебя чем-нибудь?

Тэсс застонала, откидывая голову назад, когда его руки начали колдовать над ее обнаженным телом. Она знала, что могла бы противиться ему. Но то, что он делал с ней, было так неспешно, прекрасно и ново... В этот раз она не будет сопротивляться. В следующий раз — да, в следующий раз. Андре обхватил ее за талию сильными руками, поворачивая лицом к себе.

— Скажи мне! — В его голосе теперь не было страха и разочарования.

— Нет, они... ты... как раз вовремя, — смогла лишь ответить Тэсс, уже наполовину забыв вопрос. Она тихо застонала; в горле у нее пересохло, кровь горячими толчками пульсировала в венах.

Она уже жаждала его прикосновения.

Тэсс смутно услышала его невнятный стон облегчения. Глубоко вздохнув, Андре поддал ногой случайный осколок стекла, потом опустился на колени на пол и притянул ее к себе, не выпуская из объятий.

Глаза Тэсс расширились, когда она почувствовала, что он сажает ее верхом на твердые бедра лицом к себе. Горячая и болезненно разбухшая, его мужская плоть уперлась в ее ягодицы.

С губ Тэсс сорвался низкий стон, потом другой, когда он слегка изогнул ей спину, чтобы коснуться языком темного соска.

— Полетай для меня, чайка, — хрипло пробормотал он. — Дай мне увидеть твое удовольствие. Тогда, быть может, я смогу поверить, что это нечто большее, чем еще один ненужный сон.

Она услышала, как он шепотом бормочет что-то, а потом его губы сомкнулись, неистово прильнув к ее груди.

Тэсс тихо застонала, извиваясь от его прикосновения, воспламененная яростным желанием. Она смутно чувствовала, как двигаются его пальцы, продираясь сквозь завитки в том месте, где соединялись их напряженные тела.

Разведя ей ноги, он понял, что она скользкая и горячая, уже тает для него.

— Силы небесные, — выдохнул француз. Его пальцы ласкали бархатистый бутон ее желания, а потом скользнули внутрь, чтобы почувствовать ее сладость.

— Сейчас, Андре, — прерывающимся голосом шепнула Тэсс. — Пожалуйста!

Бормоча невнятное проклятие, он боролся с пуговицами на бриджах.

Прошло мгновение, и ненужное одеяние было сброшено, но Тэсс показалась, что прошла целая вечность.

Она смутно слышала шуршание одежды и шумное дыхание Андре.

А потом было только наслаждение, сладостно-мучительное наслаждение.

Обхватив ладонями мягкие округлые груди, Андре показал ей, как двигаться с ним в такт, приноравливая каждый толчок к ее захватывающему дух падению, пока Тэсс не стало казаться, что она умирает. Застонав, она теснее прижалась к нему, принуждая его ускорить ритм, но он не сделал этого, полный неистового желания продлить это медленное, сладостное скольжение.

Тэсс безжалостно вцепилась ногтями в трепещущие мышцы его плеч.

— Андре-е!

— Изумительно, — бормотал он, — в этот раз — навсегда. Ах, дорогая, я мог бы продолжать еще и еще, ибо наполнять тебя собой — это рай!

Охваченная диким желанием, Тэсс осыпала его плечи бешеными ударами. Некий древний женский инстинкт заставлял ее прижиматься к нему еще сильнее и этот бархатистый охват в конце концов пробил его железный самоконтроль.

— Не надо... Пресвятая Дева!.. Играй по правилам!

— К черту... правила! Я хочу тебя, Андре. Сейчас! — Она еще теснее сжала его, охваченная огнем, почувствовав, как он стонет и содрогается в ее объятиях.

— Тогда возьми меня, малышка. Возьми меня сейчас и знай, что это навсегда.

Откинув голову назад, Тэсс прислушивалась; она ощутила себя в полете, зная, что они — одно целое и что он весь во власти той же тайной магии, что и она. На этот раз, когда начались ее сладостные содрогания, любовник продолжал двигаться жестко и уверенно, выплеснув на нее солнечный свет, как и обещал. Она смутно слышала, как он стонет, снова и снова поднимаясь ей навстречу, пронзая ее наслаждением. Задыхаясь, Тэсс вся сжалась внутри, стремясь удержать его, когда наступит его экстаз. Это движение привело Андре на грань безумия.

— Да... а-а! Моя любовь, держи меня крепче!

С хриплым стоном он напрягся, а потом яростно выгнулся, излив глубоко в нее горячее мужское семя.

И Тэсс бесконечно удерживала его, слившись с ним в диком, немыслимом наслаждении, прильнув к нему, пока не прекратились его содрогания, пока не ослабли его пальцы, а ее колени не согнулись. И тогда они вместе упали, растянувшись на прохладном полу.

Даже истощенный, Андре не покидал ее, притянув к себе, пока они качались, не говоря ни слова, на золотых волнах сонной пресыщенности. Всю долгую ночь они снова и снова обретали друг друга, смеясь, как малые дети, дотрагиваясь друг до друга, увлеченные этим редкостным, неистовым великолепием, которое они открыли для себя.

Только однажды Андре оставил ее после того, как уложил в свою большую кровать. Вернувшись, он вложил в ее руку маленькую, вырезанную из дерева русалку. Тэсс осторожно ощупала пальцами отполированные изгибы и длинные локоны, зная, что навсегда сохранит этот дар.

— Это тебе, мое дикое морское чудо! За всю радость, что ты принесла мне. И это тоже, — он положил ей на ладонь маленький твердый предмет, — Марта нашла это в кармане твоего плаща.

Вскрикнув, Тэсс сжала в пальцах забытую шпильку для волос. Она потеряла такую же во время сурового испытания в доме Рейвенхерста. Вырезанные из панциря черепахи, эти украшения были среди немногих вещей ее матери, спасенных от алчности отца. Маленькие и незаметные, они были бесценными для Тэсс.

— О, Андре, это вещица моей матери. Я так рада, что она не потерялась. — Тэсс на секунду сжала пальцы, потом разжала, держа на ладони коричневую шпильку. — Пожалуйста, возьми ее, — произнесла она с неожиданной настойчивостью.

— Это вещь твоей матери? Тогда она должна остаться у тебя. Только обещай, что разрешишь мне иногда вынимать ее у тебя из волос, — его голос стал вкрадчивым, — вместе с другими вещами, которые мне захочется взять у тебя.

При этой произнесенной хриплым голосом просьбе сердце Тэсс запрыгало в груди, и в ней снова начала разгораться страсть.

— Но у меня... нет ничего для тебя, Андре, — прошептала она.

— Это не так. — Голос француза был смутным и вязким, как ром. Его возбуждение проявилось снова с поразительной быстротой.

— Андре!

— Гм-м?

— Опять? Но — так быстро?

— Ты жалуешься, англичанка? Да, иди сюда... вот так. Хорошо...

С низким стоном он притянул ее к себе на грудь, пока она не поглотила его полностью. Несколько захватывающих дух мгновений спустя он напрягся, и они перевернулись на бок с переплетенными ногами, снова подчиняясь изощренному любовному ритму.

— Так ты говоришь, у тебя нет ничего для меня? — пробормотал он.

— Но...

— По-прежнему жалуешься, сердце мое? — хрипло спросил Андре, с каждым толчком погружая ее в новое великолепие.

— Жалуюсь? Я? — Говоря это, Тэсс почувствовала, как внутри у нее снова зажглись никому не видимые солнца.

А за стенами дома вставала луна и звезды постепенно меркли. Нежный ветерок играл лепестками камелий. Одинокая птица завела свою песню.

Так прошла ночь, озаренная их теплом и смехом, выплескивающимися через край и заполнявшими стоявший на краю скалы маленький домик со шпалерами из роз.

— Я даже не знаю, как ты выглядишь. — Ближе к рассвету Тэсс потянулась и сонно провела пальцами по жестким контурам лица Андре, его густой бороде. — У тебя темные или светлые волосы? Зеленые или голубые глаза?

— Угадай, — прошептал он, протянув руку, чтобы направить ее тонкие пальцы к своему рту.

Осмелев, Тэсс ощупала изгиб его чувственных губ, подергала за кончики усов.

— Я думаю, у тебя золотые волосы. Глаза как ночь и лицо, заставляющее женщин дрожать и давать обещания, которые не следовало бы давать.

Игривые пальцы Тэсс опустились ниже, скользя по линии шеи к курчавому руну на груди и поглаживая маленькие плоские соски.

Андре застонал, чувствуя, как его пах обжигает огнем.

Губы Тэсс сложились в лукавую улыбку, когда она почувствовала, как он разбухает и твердеет.

— Большой мужчина, — хрипло выдохнула она. — О, я думаю, очень большой, — мурлыкала она.

— А ты делаешь меня с каждой секундой все больше, колдунья, — пробасил Андре. — Болезненно большим! И за это ты дорого заплатишь, англичанка, поскольку я не прекрасный рыцарь с благородными намерениями. Этой ночью мой корабль отправляется на разбой, и мои пушки полностью заряжены. Мой черный флаг предупреждает всех быть настороже. — Его голос помрачнел от горечи. — Я не такой, как ты себе представляешь. Пальцы мои грубы, на моем теле множество глубоких шрамов. Они, верно, оттолкнут тебя, когда к тебе вернется зрение?

— Если, — поправила его Тэсс, разглаживая жесткие линии его рта. — И все же ответ — нет. Я всегда буду любить тебя, Андре, — видимого или невидимого.

— Докажи это, — прохрипел он, снова вожделеющий ее.

И она сделала это дважды. К их полному, невыразимому удовлетворению.

Глава 34

— Англичанка.

Тэсс нахмурилась, повернувшись лицом к подушке в поисках прибежища снов. Ах, но каких снов — сладостнее, чем она могла себе представить!

— Нужно вставать, малышка. — Холодные руки трясли ее за плечи.

Тэсс пробормотала что-то, пытаясь стряхнуть их.

— С-спать, я хочу спать.

— Не теперь. Надо просыпаться! — Настойчивость этого низкого голоса в конце концов одолела дрему Тэсс, и она резко села в постели.

— Что...

— Тише. — Это была Марта. — Выходи на улицу. — Дрожащими пальцами старая служанка накинула на плечи Тэсс толстый шерстяной халат. — Надо спешить!

Тэсс откинула назад густую гриву волос и засунула руки в колючие шерстяные рукава. Нахмурившись, она выскользнула из постели, слыша, как за спиной бормочет и ворочается Андре.

Руки служанки настойчиво подталкивали ее в сторону кухни. Тэсс ступала босыми ногами по холодному полу; от этого прикосновения остатки сна улетучились. К тому времени как Марта усадила ее в кресло, она уже совсем проснулась.

На мгновение воцарилось напряженное молчание.

Тэсс подняла голову, вслушиваясь.

— Марта?

— Она вышла.

— Падриг? Что вы здесь делаете? — В сердце Тэсс начали вонзаться холодные иголки страха.

— Я пришел за вами — нам надо немедленно уходить. Вам небезопасно здесь оставаться. Солдат притащил своего раненого товарища в казармы, и патруль уже направляется сюда. Ле Фюру удалось выскользнуть из гавани несколько часов назад; сейчас он ждет меня на дальней стороне острова, но теперь нам надо идти.

— А... капитан?

— Он ни за что не отпустил бы вас, — голос Падрига был резким, — по сути дела, он убьет меня, когда узнает. — Поблизости послышалось шуршание одежды. — А, вот и ты, Марта. Помоги ей одеться. Я подожду за дверью. Но поторопись!

Как будто в трансе, Тэсс поднялась; грубые пальцы Марты сняли с нее халат, заменив его на толстое шерстяное платье.

— Ветер будет прохладным, так что тебе лучше надеть одно из моих платьев — не слишком подходящее для твоей нежной кожи, но так будет надежнее. Если они будут обыскивать фургон...

Задыхаясь от рыданий, Тэсс сильно прикусила губу, чтобы не заплакать. Марта застегнула ряд пуговиц и стала подталкивать ее к двери.

— Моя... моя русалка! — вскричала Тэсс.

— Хорошо, но поспешите! — грубовато произнес Падриг, стоявший на страже у дверей.

Она была там, где Тэсс оставила ее, — на маленьком столике из розового дерева рядом с кроватью Андре. Она засунула ее в карман платья и замерла, прислушиваясь к его ровному, глубокому дыханию.

Таким было их прощание. Никаких произнесенных шепотом клятв. Никаких героических усилий сдержать слезы.

Просто обыденное, молчаливое «прощай» и вслед за ним — бесконечная, удушающая печаль.

— Вспоминай обо мне иногда, Андре ле Бри, — прошептала Тэсс, смахивая первые горючие слезы.

Потом она повернулась и поплелась вслед за Мартой.

Тележка была маленькой и дурно пахла; путешествие по разбитым дорогам казалось бесконечным. Но «Либерте» ждала, как и обещал Падриг, спрятанная в узкой бухточке, в которую отважился бы зайти только безумец вроде ле Фюра.

Несмотря на тщательно разработанный план Падрига, предприятие было очень рискованным. Шайка французских солдат уже барабанила в дверь домика, когда они перевалили за первый холм.

— Не волнуйся за него, — кратко сказал Падриг. — Марта должна была хорошо спрятать его к этому времени. Под скалой есть пещера, о которой никто не знает, кроме нас троих. Он будет там в безопасности, пока... пока они не забудут.

Падриг помог Тэсс слезть с тележки. Рядом с собой она услышала рев прибоя и поскрипывание дерева. Не успев ничего понять, она уже была на палубе «Либерте», прислушиваясь к спокойным приказаниям Падрига и треску разворачиваемых парусов. По палубе топали босые ноги; высоко над головой Тэсс слышала посвистывание ветра в снастях.

И каждый звук нес в себе печаль и боль прощания.

Время тянулось бесконечно, путешествие было быстрым и скучным. Каждая волна и каждый порыв ветра доставляли Тэсс новую боль, ибо она знала, что они уносят ее от спящего капитана.

Она молила о том, чтобы дождь и гроза продырявили паруса и задержали их в пути. Однако ночное море смеялось над ней, быстро и плавно неся ее к Англии.

Не только погода насмехалась над ней во время этого мучительного плавания. Где-то посреди Ла-Манша Тэсс почувствовала тошноту и головную боль — она, никогда раньше не знавшая морской болезни. Потом вдруг в ее голове будто что-то взорвалось бурей безжалостно яркого света и дикого грохота.

Она зашаталась, вцепившись в холодные поручни «Либерте», а ночь вспыхивала неистовым светом.

Вдруг Тэсс увидела на отдалении стену серебристых скал под круглым, немигающим оком луны. Тэсс повернулась с хриплым рыданием, недоверчиво потирая болевшие глаза.

Чернота — да, но это была чернота ночи, смягченная тысячью теней и оттенков. Серовато-коричневый. Синевато-серый. Бархатисто-черный.

— О, Андре! — подавленно прошептала она. — Как бы мне хотелось разделить эту радость с тобой!

Ветер развевал ее волосы неистовой блестящей гривой вокруг бледного лица, по щекам катились непрошеные слезы.

— Еще бы совсем немного — и я увидела тебя.

Она тут же нахмурилась, смахивая слезы нетерпеливыми пальцами. Оно появилось снова — едва различимое бледное пятно на севере, где-то около Уинчелси. Таможенный катер!

— Падриг!

Но огромный бретонец уже увидел. Выкрикнув приказание ле Фюру, он направился к поручню, около которого застыла Тэсс. Он был большим, краснощеким и со светлыми волосами, как и описывал его Андре.

— Боюсь, для прощания будет мало времени. Я высажу вас в бухте Фарли и пошлю с вами двух человек. Больше, к сожаления, не могу дать, особенно сейчас, когда на хвосте у меня этот проклятый английский катер. Но с вами поедет ле Фюр, и он проводит вас до места. — Он прищурил глаза. — Что случилось?

По лицу Тэсс струились слезы. Этой ночью она потеряла своего капитана и вновь обрела зрение. Однако ей казалось, нет, Тэсс была уверена в этом, она бы предпочла вернуть этого человека и потерять зрение.

— Ничего, Падриг. Просто... просто передайте ему это, хорошо? — Дрожащими пальцами Тэсс вынула из волос черепаховую шпильку матери и вложила ее в ладонь первого помощника. — Скажите ему...

Что сказать? Что могла она сказать, если она должна уйти, а он остаться? Если их разделяют войны и страны?

У нее за спиной вставала пелена из водяных брызг по мере того, как сверкающий бриг мчался на север, в Англию.

— Просто... просто скажите ему, что я никогда его не забуду.

— Уехала? Куда уехала? — С потемневшим от гнева лицом бородатый капитан «Либерте» недоуменно уставился на Марту.

— Было слишком опасно, ты же знаешь. Падриг пришел, пока ты еще спал. Он сказал, что они прибудут в Англию завтра, если будет благоприятный ветер.

— Это сделал Падриг? — В его голосе слышалось потрясение.

— Это был единственный путь, Андре, ты бы ни за что не отпустил ее.

Старая служанка была права — может быть, это было самым обидным. Англичанку привела сюда его одержимость, навлекая опасность на всех.

Почему-то мысль об этом еще больше рассердила Андре.

Помрачнев, капитан зашагал к двери.

— Куда ты? — спросила Марта.

— Найти корабль. Любой корабль!

«Хорошая работа, — подумал человек, чье лицо было спрятано в тени. — Очень хорошая работа. Крови и не слишком много, и не слишком мало».

Прищурив темные глаза, он изучал неподвижное тело женщины и черную розу, лежащую наискось на одной окровавленной груди.

Да, это прекрасно послужит его цели!

«А что будет с Тэсс Лейтон? — вопрошал невозмутимый голос. — Что, если она проявит любопытство?»

Тогда ее тоже быстро уберут. Никто не должен мешать его плану, даже красивая мисс Лейтон.

А леди Патриция?

Его губы растянулись в умилении. Придется ей открыть глаза на это. Разумеется, ее можно иногда использовать, но она скоро узнает, что ему не нужна ни одна женщина.

Неожиданно его холодные глаза ожесточились. Кольцо! Почему он не заметил этого раньше? Пробормотав проклятие, стоящий в тени человек уставился на щеку мертвой женщины.

Это был лишь небольшой просчет, но он не тот человек, который совершает ошибки. И в самом деле, его осмотрительность — это самое главное, что так долго оберегает его.

Из-за шаткой двери послышались пьяные голоса:

— О да, она здесь, Дигби. Смотри, чтобы штаны не расстегнулись!

Черт! Теперь некогда исправлять оплошность!

С лицом, похожим на маску гнева, высокий человек, с ног до головы закутанный в черное, снова надел лисью маску с усами и бесшумно прокрался к открытому окну.

Они были как черные пятнышки на фоне переменчивой игры серого и угольно-черного — там, где пенящееся море омывало гордые скалы Англии. Ле Фюр шел первым, двигаясь с неторопливой легкостью, говорившей о том, что он знаком с этими местами. В любое другое время Тэсс забросала бы его кучей вопросов, но сегодня она ничего не говорила, сосредоточенно отыскивая опору на узкой тропе, поднимавшейся с берега. За ней быстро шел приземистый, коренастый моряк, голос которого она помнила по «Либерте». Она была рада тому, что он идет вслед за ней, потому что, когда бы она ни оступилась, он был рядом, предлагая ей сильную руку.

Ветер трепал ее волосы, когда Тэсс наконец забралась на верх скалы и оказалась на покатых зеленых холмах Фарли. С каждой минутой зрение ее становилось острее. Тэсс почти не обращала внимания на то, что многое еще казалось размытым и ее мучила боль; сердце ее было пустым и холодным, оцепеневшим от печали после прощания с Андре.

Обернувшись назад, она посмотрела в море и успела увидеть, что «Либерте» оставила далеко позади преследующий ее английский катер и на всех парусах летит на юг, домой.

У Тэсс все поплыло перед глазами — на этот раз из-за горючих слез, тихо струящихся по лицу. Не шевелясь, она не сводила горестных глаз с удаляющейся точки, движущейся к горизонту.

Уносящей с собой надежду на счастье.

У нее за спиной неловко закашлял ле Фюр.

— Из нас получится прекрасная мишень, если мы останемся здесь. Неизвестно, кто наблюдает за нами.

Выведенная из задумчивости, Тэсс украдкой вытерла глаза и сдержала готовое вырваться рыдание.

Ле Фюр отвернулся, делая вид, что рассматривает склон.

— Мы доставим вас на место, но лучше нам не задерживаться. Скоро взойдет солнце, и нас будет ждать лодка.

— Как...

Ле Фюр слабо улыбнулся.

— Лучше вам не спрашивать. Но, если все сложится удачно, мы прибудем в Морбиан раньше, чем три раза поднимется прилив.

— Это... это не опасно?

Взгляд ле Фюра был непроницаем.

— Не беспокойтесь за нас. Мы проделывали это и раньше.

«Он ничего не объяснит», — поняла Тэсс. Никаких подробностей. Никаких имен, дат или мест. Все это слишком опасно. Кому, как не ей, знать об этом.

Осторожность ле Фюра только усилила безжалостное чувство отдаленности Тэсс от Андре. Она поняла, насколько тщетно было надеяться на то, что им когда-нибудь удастся преодолеть разделяющую их пропасть.

Ее охватила дрожь. Мгновение спустя она нащупала полированную поверхность русалки Андре. Тэсс медленно вытащила ее из кармана платья Марты, куда положила перед уходом.

Прекрасная и хрупкая фигурка застыла, как бы готовая взлететь, в томительной нерешительности — жить в одном мире или грезить о другом.

Трогательно красивая. Невыразимо печальная.

У нее за спиной вертелся ле Фюр, говоря что-то по-бретонски своему компаньону, который тотчас же исчез в ночи.

С сильно бьющимся сердцем Тэсс повернулась, вглядываясь в тени.

— Что...

— Тише, — выдохнул ле Фюр, не шевелясь.

Пока двое мужчин разыскивали повернутый на север склон, справа от них, из-за утеса, выскользнула закутанная в черное фигура, как бы возникшая из темноты.

— Эта не та ночь, чтобы быть за границей, детка.

Тэсс обернулась с радостным возгласом и устремилась навстречу мужчине в черном плаще, который ждал ее с распростертыми объятиями.

— Расскажи мне, что ты делала на скалах, детка. — Высокий седовласый мужчина прошел через комнату и, взяв Тэсс за плечи сильными руками, усадил ее в кресло. — Только на этот раз я хочу услышать правду, с самого начала. Никакой лжи я больше не потерплю!

В полупустой гостиной Фарли мерцала единственная

свеча. Портьеры свисали клочьями, по голому деревянному полу летали хлопья пыли. Где-то в ночи низким и пронзительно-печальным голосом ухала сова.

Тихим, спокойным голосом Тэсс рассказала Джеку все, что он хотел знать. Обо всем, начиная с ночи, когда люди Хоукинза окружили ее на берегу, и до того момента, когда он встретил ее на скалах в сопровождении людей Андре.

Она не смотрела на друга, пока говорила, боясь прочесть в его глазах осуждение. Вместо этого Тэсс остановила взгляд на вылинявшем диване, стоящем у дальней стены.

Она обнаружила, что от разговора ей становится легче. Но одного она не сказала Джеку — как обрела любовь, чтобы вновь потерять ее. Нет, сердечные раны будут ее тайной.

Лис с сумрачным лицом расхаживал перед ней взад-вперед, напряженно слушая, несколько раз прерывая ее краткими вопросами. Когда Тэсс наконец закончила, ей показалось, что давящее на нее бремя стало легче. Она медленно подняла глаза на Джека.

В его темных глазах вспыхивали искорки света. Он шепотом длинно и грубо выругался.

— Тебе было мало тайком примкнуть к моим людям. Нет, тебе понадобилось выкинуть нечто совсем несуразное. Тебе понадобилось организовать свои собственные рейды, узурпировать мою роль, во имя всех святых! — Он резко остановился. Нахмурившись, Джек смотрел на нее в упор с гневным недоумением в глазах. — Зачем, черт побери?

Тэсс съежилась под этим мрачным взглядом и судорожно сглотнула, отведя глаза.

— Сначала... сначала это была просто шутка, Джек, — тихо сказала она, почти не в силах вспомнить тот первый раз, когда выступила в роли одного из людей Джека. — Полагаю, это был вызов. А потом, когда склонность моего отца к азартным играм и распутству выкачала все деньги из Фарли, это было из-за денег. Вот тогда у меня появилась мысль занять твое место. К этому времени я знала о деле все, что требовалось, поскольку внимательно смотрела и слушала.

Джек вздрогнул, но не стал перебивать ее. Как мог он, когда она говорила чистую правду?

— Мне нужны были деньги для Фарли, понимаешь?

— Тогда ты сумасшедшая! Ничто не стоит того, чтобы так рисковать, детка, даже Фарли! Я бы дал тебе денег. Тебе нужно было просто попросить.

— Тогда какая разница, кто добыл деньги — ты или я? Я не лицемерка, Джек. И никогда не считала тебя лицемером.

Седовласый мужчина сквозь зубы пробормотал ругательство, сжимая руки в кулаки.

— Это совсем не одно и то же, черт возьми, неужели не понимаешь? Ты женщина — молодая и неопытная, тонко воспитанная. У тебя впереди вся жизнь, детка. Совсем скоро ты выйдешь замуж и родишь детей. Зачем рисковать всем этим ради нескольких сот фунтов?

Тэсс задохнулась от рыдания.

— Замуж? — повторила она срывающимся голосом, на грани истерики. Есть один человек, за которого она могла бы выйти замуж, но теперь им никогда не быть вместе. — Нет, только не замужество и не куча хныкающих детей, Джек, — с горечью произнесла она. — В Англии не найти человека, способного удержать меня.

Это по крайней мере было правдой, думала Тэсс. Единственный человек, который мог бы утешить ее, единственный человек, которого она любила, был далеко от нее — и спал на берегу чудесного, защищенного от ветра залива, испещренного сотнями обласканных солнцем островков.

Когда она подняла глаза, Джек изучал ее прищуренными глазами.

— Если только... — выдохнул он, с ругательством обрывая себя.

— Если только что?

Он резко покачал головой, прогоняя давнишние грезы, и его серебристые волосы заблестели в мерцающем свете свечи.

— Ничего, детка. Ничего... важного.

— Это тебе надо хранить свои секреты, а мне — нет. — Губы Тэсс гневно искривились. — Так как же все будет, Джек? После всех этих лет? — Она не могла скрыть боли в голосе.

— Черт побери, детка, это несправедливо, и ты хорошо это знаешь!

Тэсс в смущении пожала плечами:

— Боюсь, что нет. Каков соус к гусю и все такое... — Ее глаза сверкнули. — Не буду лгать тебе, Джек. Даже ради тебя я не откажусь от контрабанды. — Теперь она не могла этого сделать. Этот смертельный маскарад был той единственной вещью, которая могла бы отвлечь ее от горьких долгих лет предстоящего одиночества.

— О да, я знаю, что не откажешься! Если я услышу, что ты в мое отсутствие снова надеваешь маску и плащ, я так отделаю тебя, что не сможешь сидеть целый год!

Глубоко в глазах Тэсс вспыхнули серо-зеленые искры; она упрямо вздернула подбородок.

Но Джек не заметил этого, повернувшись, чтобы уйти.

— И других забот чертовски много, чтобы еще тревожиться о тебе, детка. Особенно сейчас, когда какой-то безумец рыщет по болоту, нападая на любую женщину, попавшуюся ему на пути. И оставляя после себя мою собственную визитную карточку, черт бы побрал его душу! Ей-богу, задушу подонка, когда поймаю!

Тэсс насторожилась:

— О чем ты говоришь?

— Ты и вправду ничего не знаешь? Тут было не очень спокойно в твое отсутствие, — мрачно пробормотал он. — Я и сам с трудом поверил в это, услышав впервые. Да, я приписываю это Хоукинзу. — Нахмурившись, он запустил в волосы большую руку. — Лис теперь наводит на всех ужас, от его жестокости погибли уже три женщины, и рядом с каждой была оставлена черная роза. Боже, сколько будет еще, пока я не поймаю злодея?

— Но ты бы никогда...

— Конечно, нет! Но кто-то посмел, и для совершения этого он надевает мой маскарадный костюм. Этот негодяй к тому же очень осторожен. Он подпускает к себе, но не близко — как раз чтобы были свидетели его преступления. Даже этот идиот Ранзли осмелился сегодня оскорблять меня. Он сказал, что моя дерзость заставляет его уважать меня еще больше. Уважать меня? За убийство — жестокое насилие над женщиной? — отрывисто проговорил он. — Бог свидетель, я никогда не думал, что до этого дойдет. Но Хоукинз выглядит дураком, хвастая повсюду, что убил меня на берегу. — Вдруг его черты резко исказились. — Только не говори мне, что это была ты, детка...

Тэсс просто пожала плечами.

— Так и было. Ему почти удалось исполнить свою угрозу той ночью.

Испуганно вскрикнув, Джек устремился к ней и крепко сжал ее в объятиях.

— Ты в своем уме, Тэсс Лейтон? — допрашивал он, истово тряся ее за плечи.

— Не надо, Джек. — Тэсс закрыла глаза, переполненная воспоминаниями о том, что произошло после этого неудачного рейда. Вспоминая пылкого и яростного француза, спасшего ей жизнь, вытащившего ее из бурных вод Ла-Манша.

Неожиданно по ее матовым щекам покатились горячие слезы.

— Ах, детка, не буду! Я просто бесчувственное животное. Тише... тише. Не плачь. — Опустившись перед ней на колени, Джек сильными руками притянул ее к груди.

Вся дрожа, Тэсс отдалась на волю бури, нараставшей в ней с того момента, как Марта разбудила ее много часов назад.

— Что он сделал с тобой? — прорычал Джек после того, как рыдания слегка стихли.

Тэсс сжалась:

— Кто?

— Этот негодяй Рейвенхерст, разумеется. Я знаю, что произошло той ночью, когда леди Патриция стучала в его дверь, мурлыча, как кошка, захотевшая попробовать из горшка сметаны. Да, не один человек видел, как ты мчалась по Мермейдстрит на следующее утро.

Тэсс вздрогнула, различив в глазах Джека нескрываемое бешенство.

— Это не было... — Она судорожно сглотнула. — Он не...

— Не думай, что у меня не хватает соображения, Тэсс Лейтон. Теперь и пять лет назад. — Он бросил на нее острый, изучающий взгляд. — И если этот человек тронул хоть волосок на твоей голове, я...

Тэсс слегка отодвинулась от него, смахнув слезы. Рейвенхерст трогал гораздо больше, чем волосок на ее голове, и она прекрасно представляла себе, что сделает Джек, узнай он об этом.

Ложь. Маски. Обман на обмане.

И тут Тэсс почувствовала себя смертельно уставшей от всего этого.

— Рейвенхерст ничего не значит для меня, Джек.

— Тогда Леннокс? Мне никогда особенно не нравился этот чертов щеголь — холодный и осторожный. Только скажи, что он сделал тебе плохого, и я...

Тэсс легко вздохнула.

— Ничего, Джек. Клянусь! — Она провела пальцами по усталым глазам.

— Тогда кто?..

— Не имеет значения. Он... его нет. Я не увижу его — очень, очень долго. Может быть... — Голос ее сорвался. — Может быть, никогда. Поэтому умоляю тебя: прекрати расспросы. Из сказанного тобой ясно, что у тебя хватает забот помимо состояния моего неприкаянного сердца.

Тэсс не скажет ему больше ничего. Андре останется ее тайной, и жар воспоминаний о нем она будет хранить в сердце, оберегать от посторонних, чтобы равнодушие окружающих не погасило слабый огонек. И там же она будет прятать свой собственный смутный страх — страх того, что дерзкий француз в сговоре с тем самым шпионом, за которым охотится Рейвенхерст.

Утерев последнюю слезинку, Тэсс шмыгнула носом и выпрямилась.

— Скажи мне лучше, чем я могу помочь тебе.

Озабоченный взгляд Джека пропал, сменившись сильным раздражением.

— Ничем, детка! Абсолютно ничем. И я хочу, чтобы ты была подальше от Фарли в то время, когда я буду расставлять ловушки, слышишь? — бушевал он, сверкая глазами. — Убийцей может оказаться любой из двух десятков человек, и каждый отчаяннее предыдущего. За мою жизнь у меня было немало врагов, помни об этом. Да, тех, которые остановятся, чтобы поглазеть, как меня заставят ползать в грязи. Возможно, это мои собственные просчеты, а возможно — немилость судьбы. — Он крепче сжал пальцамиее хрупкие плечи. — Но будь я проклят, если придется увидеть, как ты станешь жертвой их низких намерений!

Тэсс не отвечала, напуганная неприкрытой угрозой, прозвучавшей в его голосе. Ее опять поразила мысль о том, что ей многое еще неизвестно об этом человеке, ибо Джек хотел, чтобы так было. Содрогаясь, она мучилась догадками о его врагах и страшных тайнах.

— Ты не участвуешь в перевозках золота, Джек? — осмелилась спросить она, ибо вопрос этот мучил ее с тех пор, как ей рассказал об этом Рейвенхерст. И разумеется, был еще один ужасный разговор, который она подслушала в Бретани.

Контрабандист, казалось, был в смятении, но лицо его оставалось суровым.

— Что ты знаешь о перевозках золота с Ромнийского болота?

— Почти ничего. Я... я только слышала, как кто-то упоминал об этом.

Он прищурил глаза:

— Ты знаешь гораздо больше, детка, но вижу, нет смысла просить тебя рассказать мне.

Тэсс наблюдала за ним в напряженной тишине.

— И вижу также, что ничего путного не выйдет, если расспросить тебя о тех днях, которые ты провела во Франции. Да, ты рассказала мне не больше половины, детка, но не надейся, черт возьми, скрыть от меня свои чувства, — ворчливо добавил Джек.

Тэсс упрямо сжала губы.

Джек фыркнул.

— Хобхаус и эта разношерстная команда из «Ангела» утверждали, что ты уехала в Оксфорд навестить братца-шалопая. Что, — ровно произнес он, не сводя пронзительных глаз с лица Тэсс, — лишь чуть безумнее, чем эта история, которой ты меня потчуешь.

Тэсс оставалось только улыбнуться при мысли о преданности мажордома.

— Напротив, я прекрасно провела время. Эшли показал мне Ботанический сад, музей Анны Радклифф и восточную церковь Святого Петра.

Глаза Джека потемнели, сверкая гневом.

— У меня есть большое желание разложить тебя на колене, детка, так что не подначивай меня.

Тэсс дерзко ответила на его рассерженный взгляд.

— Ты тоже не подначивай меня, Джек. Я... устала. — Слово вылетело как вздох. — Чудовищно устала. Можно мне пойти наверх и поспать?

Лицо контрабандиста немедленно разгладилось, глаза затеплились участием.

— Не уступать ни на йоту, да? Не удивляюсь этому, если учесть, как с тобой обращался этот негодяй, твой отец.

Тэсс не ответила. Единственным знаком того, что она слышала его, были побелевшие костяшки пальцев на подлокотнике кресла.

Пробормотав сквозь зубы проклятие, Джек примирительно помахал рукой:

— Что ж, хорошо! Меня ждут дела. Но я вернусь завтра на закате. Жди меня в развалинах монастыря. И тогда, Тэсс Лейтон, я потребую от тебя некоторых ответов, предупреждаю тебя! — Все еще хмурясь, контрабандист повернулся и надел черную треуголку и плащ.

Он изучал ее несколько мгновений непроницаемыми глазами, держа в руках забытую маску с усами.

— Завтра у монастыря. И постарайся до тех пор не попасть в беду, детка. — С этими словами Лис вышел из комнаты.

Еще долго после его ухода Тэсс сидела, уставившись в дверной проем. С тревожно бьющимся сердцем достала она из кармана шерстяного платья маленькую деревянную русалку.

Она долго изучала фигурку заплаканными глазами, потом медленно поднялась, взяла коптящую свечу и побрела в сторону лестницы.

Глава 35

Было уже утро, когда лорд Рейвенхерст устало спешился, зажимая под мышкой видавший виды кожаный ранец. Путешествие из Дувра было кошмаром. Его чуть не задавил пьяный кучер; потом, в довершение всех бед, его лошадь потеряла подкову.

Лицо его было изможденным, и густая щетина темнела на твердой челюсти. Последняя, поспешная, предрассветная, встреча с агентом морского министерства в Дувре была краткой, совершенно бесполезной и вызвала много вопросов, оставшихся без ответов.

Рейвенхерст покачал головой, бросив неодобрительный взгляд на свои забрызганные грязью сапоги и пыльный плащ. Да, единственным светлым пятном за этот день было ожидание выражения испуга на лице его камердинера, когда Пил узрит виконта в столь жалком виде.

«А также изумление на лице другой персоны», — мрачно напомнил себе Рейвенхерст.

Его глаза потемнели, пока он нетерпеливо стучал в дверь, понимая, что задержка происходит из-за его собственной оплошности, поскольку он не сообщил слуге время возвращения.

Открылась дверь, и за ней появилось ошеломленное лицо Пила.

— М-милорд!

«Произнесенное им слово скорее похоже на богохульство, нежели на учтивое обращение», — мрачно подумал Рейвенхерст, входя в дом. Не говоря ни слова, он стряхнул с плеч плащ и швырнул его на перила, продолжая без остановки подниматься наверх.

— Наконец-то вы вернулись!

Пилу не было видно, как изогнулась его черная бровь.

— Ваше зрение все такое же острое, Пил, что, разумеется, радует меня. Однако, поскольку сейчас не что иное, как чертово утро, умоляю вас сдержать свои излияния и принести мне в комнату воду и полотенца.

— Разумеется, милорд. — Бесстрастная маска вновь воцарилась на лице Пила. — Сию минуту.

«Слуга очень проворен и исполнителен», — подумал Рейвенхерст, решив, что надо будет увеличить камердинеру жалованье. В один миг виконт взбежал по лестнице. Он остановился на пороге своей комнаты, вспоминая то, что увидел две недели назад, — разбросанные по полу осколки стекла, запятнанные кровью и завязанные узлами простыни, свисающие из окна.

Несколько мгновений он не шевелился, храня на лице непроницаемое выражение. Никаких следов разгрома, разумеется, не осталось. Пил хорошо постарался. Только Рейвенхерста попрежнему ранили острые осколки памяти.

Он медленно подошел к дальней стене, остановившись перед массивным бюро из полированного красного дерева с латунными украшениями. Виконт повернул ключ в богато украшенной замочной скважине, выдвинул ящик и вынул оттуда маленький предмет. Он рассматривал печальными глазами резную шпильку, которую Тэсс обронила в этой комнате две недели назад в безумной попытке убежать от него. Он склеил вещицу со всей возможной тщательностью. Зачем он это сделал — Дейн старался не думать.

Его пальцы непроизвольно сжались. Захваченный мучительными воспоминаниями, он пытался забыть, как ее волосы рассыпались по его подушке буйным золотисто-каштановым облаком, как ее тело горело от его прикосновений, обволакивая его своей женственностью и ароматом лаванды. Как ее потемневшие и безумные глаза умоляли его, когда она извивалась в тисках отвратительного снадобья леди Патриции.

Его пронзило острое и настоятельное желание.

«Забудь о ней, — предостерегал резкий голос. — Как она почти наверняка забыла тебя». С низким хриплым стоном Рейвенхерст положил шпильку на место, потом задвинул ящик.

Боль и снова боль. Желание и обман. Почему бы ему не отказаться от этого? Особенно теперь, когда воспоминания могли принести ему лишь мучение? Потому что не может, хотя, казалось, их удел в жизни таков, что они доставляют друг другу только боль.

Он как раз заканчивал брить щеки, когда послышался легкий стук в дверь.

— Войдите.

Пил с бесстрастным видом вручил ему конверт кремового цвета.

— Только что принесли, милорд.

Рейвенхерст подозрительно принюхивался.

— Что, не надушен? Хотя, полагаю, рановато для любовных записок. — Улыбка исчезла с его лица, когда он развернул написанное на веленевой бумаге мелким почерком сообщение.

«Итак, Старик снова взялся за свои шпионские трюки», — нахмурившись, подумал Рейвенхерст. И все же он полагал, что у старого служаки были свои резоны.

— Спасибо, Пил. Это все.

Камердинер, убрав таз и полотенца, ушел, тихо прикрыв за собой дверь. Как только тот вышел, Рейвенхерст приблизился к книжной полке и достал старый том сонетов Шекспира с загнутыми уголками страниц. Несколько мгновений он перелистывал их длинными пальцами, пока не нашел то, что искал. С легким вздохом он положил открытую книгу на бюро и приступил к кропотливой работе по расшифровке документа морского министерства.

Дейн полагал, что могло быть и хуже. Во время следующего задания ему, возможно, придется освежать свой греческий с томиком Гомера в руках.

Через двадцать минут перед Рейвенхерстом лежал небрежно исписанный лист. Виконт еще раз прочел сообщение, храня на лице суровое выражение. Итак, очень скоро начнется наступление на полуострове. Если бы только не все эти вопросы, все эти кусочки головоломки, не подходящие друг к другу.

Лицо Рейвенхерста посуровело, когда он вспомнил странную косую отметину на правой щеке убитой женщины, которую он осматривал рано утром в Эплгейте. Его рот наполнился горечью при мысли о темных синяках, покрывавших обнаженное тело несчастной.

В то же время он поймал себя на мысли о том, что там могла лежать Тэсс, исполосованная кровавыми рубцами.

Пробормотав сквозь зубы проклятие, Рейвенхерст бросил зашифрованную бумагу и вскочил на ноги. Планы уже разработаны, ловушки подготовлены, и все же...

Что-то было не так! Постоянно что-то не сходилось. Где-то в глубине души Дейн ощущал старую знакомую дрожь — чувство, которое он не мог проигнорировать. Но сейчас Рейвенхерст уже был не в силах остановиться — все шло к тому, что ему наконец удастся поймать неуловимого Лиса.

Когда мгновение спустя виконт посмотрел в окно на отдаленные холмы, его суровые глаза были цвета бессонных ночей и разбитых надежд.

Тэсс уже собиралась подняться по ступенькам парадного крыльца «Ангела», когда ее внимание привлекла наскоро нацарапанная записка, прикрепленная к соседнему забору. Она подошла поближе, чтобы лучше разглядеть ее. Пока она читала, лицо ее мрачнело все больше и больше.

«ЖИТЕЛЯМ РАЯ И БЛИЗЛЕЖАЩИХ МЕСТ

Таможенное ведомство и Акцизная служба его величества за преступления против гасударства, включая правоз контрабанды, нападение на афицеров и зверское убивство трех невинных женшин, разыскивает злодея, известного под именем РОМНИЙСКИЙ ЛИС.

Вознаграждение за сведения, ведущие к поимке злодея, ОДНА ТЫСЯЧА ФУНТОВ.

Вознаграждение за сведения о личности и местонахождении соопщников и таварищей Лиса ПЯТЬСОТ ФУНТОВ».

Сердце Тэсс болезненно сжалось, когда она прочитала безграмотное послание, признав в нем работу Эймоса Хоукинза.

Рассердившись, она трясущимися пальцами сорвала лист и скомкала его в плотный шар, а потом с горящими щеками поднялась по ступеням «Ангела». Как Хоукинз посмел прикрепить такое послание чуть не на ступеньках гостиницы?!

С высоко поднятой головой Тэсс прошествовала через двойные дубовые двери мимо уютной маленькой гостиной для завтрака, чьи окна-«фонари» выходили на Мермейд-стрит; перед ее глазами было только наглое объявление.

«Если Эймос Хоукинз хочет войны, — молча поклялась Тэсс, — тогда это животное ее получит!»

Три пары глаз метнули удивленные взгляды на красавицу с золотисто-каштановыми волосами, с разгневанным видом поднимавшуюся по полированным ступенькам «Ангела».

«Итак, маленькая сучка в конце концов вернулась», — подумала леди Патриция Леннокс, помешивая остатки янтарного чая в фарфоровой чашечке. Увидев улыбку сидящей напротив нее графини Крэнфорд, она ответила вежливой улыбкой, но ее острые изумрудные глаза оставались холодными.

«Да, я знаю, за кем ты охотишься, Тэсс Лейтон, несмотря на все твои старания притвориться равнодушной. Но ты не получишь его, слышишь? Он мой. И всегда был моим. Я докажу тебе это очень скоро. Как приятно будет увидеть твое лицо, когда он предаст тебя.

Еще раз».

С холодной, таинственной полуулыбкой белокурая красавица поднялась в вихре дымчатых юбок и, бросив на стол салфетку, грациозно направилась к двери.

Сидевшая на другом конце комнаты графиня Крэнфорд рассматривала удаляющуюся леди Патрицию. Женщина и впрямь очаровательна; легко понять, почему Рейвенхерста тянет к ней.

У него всегда был вкус к красивым вещам, даже в детстве, а в последние годы он приобрел репутацию непревзойденного ценителя женской красоты.

Глаза графини потемнели. Даже до нее дошли слухи о его оперной танцовщице. После этого была парочка пышных близняшек, которых он выудил в предпортовых трущобах. Да, всегда находились «друзья», горевшие желанием донести до графини самые последние грязные сплетни о мужчине, известном в высшем свете как дьявол Трафальгара.

Хрупкие пальцы графини на мгновение сжали чашку. Если бы его мать была жива! Если бы только она могла повернуть вспять стрелки часов и многое изменить...

В конце концов, он так много потерял в этой проклятой войне — родителей, брата и невесту. Неудивительно, что он стал таким жестким. Если он когда-нибудь узнает об этом...

Тонкие пальцы задрожали, и чашка графини наклонилась.

Но пути назад нет, она знала это лучше, чем кто-либо другой.

Поэтому остается только леди Патриция Леннокс, и графиня решила, что та не будет подходящей женой для лорда Рейвенхерста. Пустая, тщеславная и ограниченная, эта женщина наделена пышной красотой, не способной глубоко затронуть человека.

Человек острого ума, хорошо воспитанный, виконт вправе ожидать от жены гораздо большего, решила графиня. Но собирается ли он, в сущности, жениться? Может быть, ее источники информации неверны и он просто ищет мимолетных удовольствий?

И все же здесь что-то не так, подумала графиня, чувствуя легкое беспокойство. Она была женщиной трезвомыслящей, но почти физически ощущала кружащийся вокруг нее водоворот тайных страстей.

Она прищурила холодные глаза. Инстинкт подсказывал ей, что Рейвенхерст нуждается в ее помощи, и несносный мальчишка получит ее, нравится ему это или нет.

А между тем глупо было бы считать отношения с этой высокомерной блондинкой чем-то большим, чем развлечение, и графиня Крэнфорд прекрасно знала, что виконт Рейвенхерст поступил глупо только один раз в жизни. И эту ошибку он никогда больше не повторит.

За столом у окна третья посетительница гостиной деликатно намазывала масло на чудесное воздушное пирожное и с пониманием дела откусывала по кусочку, аккуратно смахивая крошки с уголка пухлой нижней губы.

«Повар «Ангела» наверняка француз, — решила женщина, откусив еще кусочек. — Никто, кроме француза, не смог бы приготовить такие пирожные».

На мгновение идеально вылепленный лоб женщины прорезала морщинка.

Это место совсем не такое, как она ожидала. Слуги превосходны, комнаты комфортабельны и элегантны. Каждое утро на ее каминной полке появлялись свежие цветы, а на столе — белоснежные салфетки.

А что неуловимая владелица, которую Даниэла увидела мельком в холле несколько минут назад? Весьма очаровательна, признала француженка, разумеется, слегка диковата...

Да, мадемуазель Лейтон — соперница, с которой следует считаться, решила Даниэла. Это огонь во льдах, женщина, которую можно заставить гореть с редкой страстью.

В руках подходящего мужчины, разумеется.

Но нельзя допустить, чтобы английский виконт стал этим мужчиной.

В конце концов, Даниэла не может ждать вечно. Она экономно расходовала деньги, и ей удалось собрать кругленькую сумму, но ее ресурсы не столь велики, чтобы позволить себе более чем недельное пребывание здесь.

Она уже вложила слишком много денег, чтобы вот так отказаться от всего, решила красавица с изумрудными глазами. Ибо на ее мужественного английского любовника, вне всякого сомнения, можно делать ставку, напомнила себе Даниэла, облизывая розовые губы при мысли об их наиболее страстных встречах в Лондоне.

От нее не ускользнула также денежная сумма.

Ее губы изогнулись в медленной, чувственной улыбке.

О да, Даниэла поймает Рейвенхерста в свои сети, и очень скоро. Ее методы действуют безотказно. Она надеется, что виконт получит удовольствие от оставшихся дней свободы.

Их осталось совсем мало.

Не догадываясь о том, что является предметом таких бурных размышлений, хозяйка «Ангела» спешила по черной лестнице в свою комнату, радуясь, что по дороге ее никто не перехватил.

Перед глазами все плыло, голова разламывалась, когда она уселась на кровать и сняла старую, потрепанную шляпку. Не потому, что кто-то косо посмотрел на нее в этой немодной шляпке. Она была, в конце концов, эксцентричной мисс Лейтон.

Тэсс сжала губы, устремив глаза на отдаленную голубую полоску Ла-Манша. «С тобой все могло бы быть по-другому, Андре, — горестно подумала она. — С тобой я могла бы, подняв легкие юбки, ловить устриц на скалистом берегу. С тобой я могла бы надеть бриджи и взобраться на самую высокую перекладину. И однажды я смогла бы прижать к груди маленькую головку с вьющимися шелковистыми волосами.

Наш ребенок...»

Тэсс еле сдержала рыдание. Она не должна думать об этом, ибо мысль о потере станет невыносимой. Смахивая подступавшие к глазам слезы, она вытащила из кармана фигурку, сделанную французом. Быстро, как бы обжегшись, она отложила ее на дальний край письменного стола, чтобы не видеть манящей красоты.

Не сейчас, пока не утихла боль. Чего, возможно, не будет никогда! Из передней донесся приглушенный топот ног, а потом взрыв смеха, вскоре смолкший. Кто-то резко постучал в дверь.

Тэсс вздохнула, желая остаться в одиночестве. У нее еще недостаточно сил, чтобы притворяться, скрывая свою боль.

Стук снова гулко раздался в тихом коридоре.

— Кто там?

— Всего лишь ваш самый верный обожатель, герцогиня!

Сердце Тэсс подпрыгнуло в груди. Задохнувшись, она подбежала к двери и распахнула ее.

— Эшли, неужели это ты, проказник?

Она не верила своим глазам. Стоящий перед ней молодой человек в темно-бордовом атласном жилете и сюртуке бутылочно-зеленого цвета казался слишком высоким и элегантным для ее брата.

С мимолетной заговорщицкой улыбкой Эшли подтолкнул ее назад в комнату, прикрыв за собой дверь.

— Не будем трубить повсюду, что ты видишь меня впервые, ладно? Особенно теперь, когда Хобхаус приложил столько стараний, чтобы все думали, что ты провела последние две недели со мной в Оксфорде. — Его светло-зеленые глаза прищурились. — Но зачем...

Тэсс перебила его, потащив к стулу около письменного стола.

— Сначала ты мне должен все рассказать, Эш. У тебя удобная квартира? Нашел хороших друзей? А как твои занятия?

Молодой человек коротко рассмеялся; глаза его потемнели.

— Что это за допрос? — Увидев нахмуренные брови сестры, он пожал плечами. — Все в порядке, Герцогиня, так что перестань понапрасну волноваться. Из меня вряд ли выйдет ученый, но, полагаю, ты и не ожидала этого. Мои друзья — вполне сносные ребята. Что касается квартиры, то я редко там бываю, так что недостаток комфорта меня не волнует. Но мне хотелось бы знать, чем ты занимаешься. Предупреждаю — твоя тактика меня не смутит; я слишком хорошо знаю тебя, дорогая моя. Признаюсь, я не поверил, когда Хобхаус сказал, что ты все еще участвуешь в этих диких маскарадах.

Тэсс отвернулась и начала играть с лежащим на столе ножом для разрезания писем, стараясь избегать его взгляда.

— Что именно сказал тебе Хобхаус?

На мгновение тонкие черты Эшли напряглись.

— В сущности, чертовски мало. Только то, что ты участвовала в каких-то секретных делах, была ранена и отправлена в некое уединенное место для восстановления здоровья. — Его голос посуровел. — Странно, ты мне кажешься самим олицетворением здоровья.

На мгновение Тэсс потеряла дар речи.

— Понимаешь, это были мои глаза. У меня пропало зрение после... падения. Все это случилось так неожиданно... — Тэсс понимала, что болтает лишнее. Глубоко вздохнув, она постаралась успокоиться. — Это звучит невероятно, я знаю, но до прошлой ночи я ничего не видела. Потом вдруг с моих глаз как будто спала пелена. — Она неуверенно засмеялась. — До сих пор не могу поверить в это.

Эшли пристально рассматривал ее, сидя скрестив ноги в небольшом кресле, обитом узорчатой камкой.

— Ты не все рассказала мне, Герцогиня, — тихо произнес он. — Я слишком хорошо тебя знаю, чтобы меня можно было сбить с толку. Что произошло на самом деле? И с кем ты проводила свободное время, поправляя здоровье?

— Лучше бы тебе не спрашивать, Эш. Опасно задавать слишком много вопросов. Поверь, я бы сказала, если б могла.

— Скажи по крайней мере, кто заботился о тебе? Никак не могу представить Лиса в роли сиделки.

Прерывисто вскрикнув, Тэсс обернулась, поднеся ко рту бледную руку. Когда она наконец снова повернулась к брату, ее глаза были как серо-зеленые озера боли.

— Не спрашивай меня больше ни о чем, родной мой. Я... я не могу говорить об этом. Не сейчас, пока шрамы еще совсем свежие.

Губы ее брата искривились в тонкой усмешке.

— Ничто не меняется, правда, Герцогиня? Ты всегда должна быть сильным, молчаливым ангелом-хранителем, а я всегда — слабым, глупым школьником, которого надо любой ценой баловать и оберегать. Что ж, я чертовски устал от этой роли юнца, слышишь? Почему бы тебе не дать мне вырасти? У меня есть враги, относящиеся ко мне с большим уважением, чем ты! — Он рывком поднялся, засовывая руки в карманы жилета. — Когда ты увидишь во мне то, чем я являюсь — мужчину, — Тэсс, а не маленького мальчика, тогда я буду счастлив говорить с тобой дальше. А до этого времени просто... просто не утруждай себя, разыскивая меня!

Не оглядываясь, он повернулся и вылетел в коридор, оставив пораженную бледную Тэсс посреди комнаты.

Так это правда? Неужели ее брат вырос незаметно для нее? Устремив взгляд в пустой коридор, Тэсс спрашивала себя, как ей удалось все так запутать, когда все, что от нее требовалось, — это быть доброй.

— Ее сиятельство графиня Крэнфорд. — Лицо Пила было совершенно бесстрастным, когда он открывал дверь кабинета лорда Рейвенхерста.

Позади него с чопорным, царственным видом стояла хрупкая седовласая дама. Ее пальцы в перчатках сжимали складки серого муарового шелка. Не шевелясь, двое молча изучали друг друга.

— Дорогой мой мальчик, — прошептала наконец графиня с выражением нескрываемой радости на лице. Говоря так, она протянула ему руки.

— Тетя Виктория, — пробормотал Рейвенхерст и, подойдя к ней, взял за руки и усадил в кресло. — Что вы делаете здесь, в Рае? Когда я виделся с вами в последний раз, вы были захвачены вихрем светской жизни и у вас едва оставалось время для благотворительности.

— А что я и в самом деле здесь делаю? — с упреком произнесла пожилая женщина, пристально вглядываясь темными глазами в его лицо.

— Проявляете заботу о племяннике? — В голосе Рейвенхерста послышалась нотка смирения.

— Проявляю заботу о племяннике.

Темные глаза Дейна с нежностью рассматривали ее морщинистое лицо.

— Остается молить Бога, чтобы на вашем попечении не оказалось также девиц на выданье.

Графиня издала звук, очень напоминавший фырканье.

— Одна вечеринка в Рейнло, и ты никогда не забудешь ее. Полагаю, старая женщина может позаботиться о благополучии своего единственного родственника без того, чтобы ее называли старой каргой, сующей нос не в свое дело!

Лицо Рейвенхерста просияло, улыбка смягчила твердую, точеную линию челюсти.

— Но я внимательно следил, чтобы не назвать вас... э-э... старой каргой, тетушка. — В его лазурных глазах промелькнули озорные искорки. — Это бы помогло хоть немного?

Графиня в ответ просияла.

— Ты прекрасно знаешь, ничто не может тебя спасти.

— Тогда объявляю перемирие. Мы выпьем чаю, и вы расскажете мне обо всем, что произошло в Лондоне со времени моего отъезда.

— Я скорей рассчитываю, что мы поговорим о тебе, — сказала графиня, проворно одергивая юбки. — Ты по крайней мере немного поправился с тех пор, как я видела тебя в последний раз. Но ты неважно спишь — это видно по кругам у тебя под глазами.

Рейвенхерст протестующе поднял руки:

— Перестаньте, тетя, мне почти тридцать шесть. Понимаете, обо мне уже можно не беспокоиться.

— Нужно беспокоиться о каждом, — отрывисто произнесла тетушка, внимательно вглядываясь в его лицо. — Значит, это очень опасно? — тихо спросила она.

— Надзор за Королевским военным каналом довольно утомителен, но эту местность вряд ли можно назвать опасной, тетушка.

— Чепуха. Я говорю об истинной цели твоего пребывания в Рае.

Глаза Рейвенхерста сделались бездонными.

— И что же это за миссия, моя дорогая старая дуэнья?

— Не ставь меня в затруднительное положение, мой мальчик. — На лице графини появился вызов. — Не забывай, что у меня есть друзья в морском министерстве. Ты в такой же степени занимаешься здесь инспекцией фортификаций, как я...

— Как вы приехали осмотреть причудливые окрестности Рая, — таинственно закончил Рейвенхерст. — Хотя я, разумеется, был бы рад показать их вам.

— Ты опытный лжец, мой мальчик. Ты унаследовал ум своего отца и очарование матери, а я думаю, что эта женщина могла заставить скупца расстаться с золотом. Боюсь, что в тебе это приобрело опасное сочетание.

Глаза Рейвенхерста потемнели от нахлынувших горьких воспоминаний. Но чувство улетучилось так же быстро, как и возникло, и на его лице вновь появилась маска ленивого безразличия. Он слегка кивнул графине с надменным видом.

— Такое восхваление не в вашем духе, тетушка. С дрожью думаю о том, что произойдет дальше.

Графиня замолчала, стаскивая длинные лайковые перчатки.

— Если я попрошу сказать мне правду, ты не откажешь?

Рейвенхерст сжал губы.

— Я опасалась этого, но все равно не могла не спросить. — Графиня в нетерпении наморщила лоб. — Если женщина в старости не делается болтливой, тогда зачем вообще долго жить? — Освободив пальцы, она сложила перчатки и в упор посмотрела на Дейна, царственно изогнув седую бровь. — Когда ты меня познакомишь с ней?

— С ней?

— С той женщиной, с которой в последнее время связывают твое имя.

На скулах Рейвенхерста заиграли желваки.

— Может быть, вы будете столь любезны и просветите меня, ваше сиятельство. Боюсь, что безнадежно отстал от слухов этого сезона.

— Я говорю о леди Патриции Леннокс, разумеется. Леди Джерси утверждает, что вот-вот состоится оглашение в церкви. — Графиня улыбнулась, не упустив раздражения, промелькнувшего на лице Рейвенхерста.

— Конечно же, леди Патриция Леннокс. Какая оплошность с моей стороны — не догадаться сразу!

— И правда, Дейн, кого еще я могла иметь в виду? Только не говори мне, что волочишься сразу за несколькими женщинами!

— Перестаньте, тетушка, я действительно не могу отвечать за досужую болтовню праздных людей с куриными мозгами и длинными языками. — На мгновение его губы искривились в самоуничижительной усмешке. — В конце концов, я дьявол Трафальгара, без меня свету почти не о чем будет судачить. В сущности, я полагаю, что имею право на своего рода вознаграждение за доставляемое мною развлечение.

Графиня протянула к нему тонкие пальцы.

— Несчастное, несносное создание!

— Могу то же самое сказать про вас, мадам. — Рейвенхерст насмешливо прищурил глаза.

— Итак, ты не собираешься мне ничего говорить?

— Абсолютно ничего, а иначе пропадет все удовольствие от выискивания правды собственными силами.

Глаза графини задорно блеснули.

— Пожалуй, ты прав, мошенник.

Глава 36

Солнце разливалось жидким золотом над темными гребнями отдаленных холмов, когда Тэсс поднималась по ступенькам, ведущим к обвалившимся каменным башням монастыря. В руках она несла две серебряные шпаги, принадлежавшие когда-то ее дедушке с материнской стороны; их гравированные серебряные рукоятки сверкали огнем в лучах заходящего солнца.

Как мало вещей удалось спасти от отца! Эти по крайней мере Тэсс спрятала, не позволив ему заложить их за ночь удовольствий с одной из его пьяных шлюх. Решительно сунув шпаги под мышку, Тэсс взобралась по последним ступенькам на полуразрушенный парапет. Она остановилась у угловой башни, облокотившись на нагретую солнцем колонну из гранита и вглядываясь в раскинувшиеся перед ней зеленые луга и леса Фарли.

На сколько хватало глаз, простиралась плодородная земля Лейтонов, изумрудные акры которой сбегали вниз, к лазурной бухте. Ее земля, земля, о которой она должна заботиться, пока ею не заинтересуется Эшли, поскольку все, разумеется, отходит к брату. Тэсс поняла теперь, что ее брат вполне способен принять на себя эту ответственность. Может быть, только ее собственное упрямство замедляет этот процесс?

«И что потом? — размышляла она. — Потихоньку стареть в одиночестве, отдавая все силы заботам об «Ангеле»? Заняться благотворительностью для раненых солдат, вернувшихся с войны?»

По возвращении из Франции Тэсс впала в уныние. Все могло сложиться иначе, совсем по-другому. Промелькнуло видение другого мира; будущее было утеряно — не один раз, а дважды.

Дерзко вздернув подбородок, Тэсс откинула назад длинные золотисто-каштановые пряди, обрамлявшие ее лицо. Она постарается превратить «Ангел» в самую дорогую гостиницу на юге Англии. И самое большее...

Вдруг у нее перехватило дыхание; она позабыла свои грандиозные планы, заметив высокую тень, проскользнувшую в гуще деревьев у белого сада. Джек, подумала она, надеясь, что он поможет ей найти ответы на ее бесконечные вопросы.

Потом нечто другое привлекло внимание Тэсс — низкий, приглушенный топот с противоположной стороны. Нахмурившись, она повернулась на юг, окидывая взглядом отдаленные шпили Рая и сочные поля, пересеченные каналами, поблескивавшими в последних огненных лучах солнца.

Она замерла, заметив слабые клубы пыли, вздымавшиеся над извилистой лентой дороги на Уинчелси. Показалась одинокая фигура быстро скачущего всадника. Один из людей Хоукинза?

Он был уже около поворота на Фарли, на секунду натянув поводья, а потом устремился по посыпанной гравием дорожке.

Всадник направлялся прямо в ее сторону.

А что, если это Хоукинз? Из-за деревьев в любую секунду может появиться Джек!

Вскрикнув, Тэсс устремилась в противоположную сторону, разбрасывая по пути гравий. Она летела через две ступеньки, держа перед собой шпаги. Слишком поздно разглядела она гордую осанку одинокого, одетого в черное всадника, широкий разворот его плеч, серебрящуюся у виска прядь.

«Единственный человек, более опасный для Лиса, чем Эймос Хоукинз», — в отчаянии подумала Тэсс.

Виконт Рейвенхерст — любовник, предавший ее.

И вот перед ней возникло его худощавое суровое лицо с глазами, внимательно разглядывающими ее из-под полуопущенных век. У горла сверкал белизной воротничок рубашки на фоне изумрудного облегающего сюртука. Лицо из ее снов. Нет, из ночных кошмаров!

«Не время! — обреченно подумала Тэсс. — Джек в любую минуту может показаться из рощицы».

Она с разгневанным видом подняла сверкающую шпагу.

— Берегись, негодяй! Мне многое известно о твоих злодействах! — Она старалась говорить резким тоном, надеясь предупредить Джека.

Лазурные, подернутые дымкой глаза Дейна встретились с ее горящим взором.

— Итак, на этот раз слухи подтвердились. Ты и вправду вернулась. И, как обычно, похожа на девчонку-сорванца. Вижу, что пребывание — в Оксфорде, не так ли? — ничуть не укротило твой буйный нрав. — Дейн ощупывал взглядом ее лицо, и у Тэсс появилось странное чувство, будто он проникает ей в душу, замечая ее панику, а также попытку скрыть свои эмоции.

— Поворачивайте назад и уходите туда, откуда пришли, милорд. За холмом прячется Томас, и скоро его пистолет приведет тебя в чувство, если не моя шпага!

— Храбрые слова, мисс Лейтон, но мне некуда торопиться. — Его глаза заблестели при взгляде на жилку, пульсировавшую у нее на шее. — Будь ты настолько уверена в себе, то не сжимала бы эту шпагу с таким отчаянием. Да, тебе однажды удалось сбежать от меня, но этого больше не повторится. На этот раз удача не на твоей стороне.

— Удача, милорд, здесь ни при чем! — Тэсс смутно различила порез у его левого глаза. Прекрасно! Она лишь пожалела о том, что его противник оказался недостаточно метким. — Суть дела в том, что вас перехитрила обыкновенная женщина, но вы ведь никогда не признаете этого.

— Ты проявила определенную изобретательность при побеге, дорогая моя. Я это признаю. Но что мне особенно запомнилось, так это незабываемое зрелище твоих бедер, промелькнувших по Уотчбелл-стрит. — Его губы искривились в усмешке. — Полагаю, половина мужского населения Рая разделила со мной удовольствие от этого зрелища.

Тэсс задохнулась от гнева.

— Презренный, подлый...

— В твоем словаре тоже ничего не изменилось. Где бы ты ни провела последние недели, компания наверняка не была скучной. И, думаю, это было не в Оксфорде, — бархатным голосом добавил он.

Тэсс трепетала от страха, зная, что Джек может появиться на склоне в любую секунду. Ей надо придумать, как отвлечь этого проклятого соглядатая!

Еще не зная толком, что будет делать дальше, Тэсс швырнула одну из шпаг сидящему на лошади Рейвенхерсту.

— Тогда сразись со мной, и мы посмотрим, кто имеет право быть высокомерным, а кто нет. Я знаю, ты пришел на землю Фарли с тайным умыслом!

Сильные пальцы поймали выгравированную серебряную рукоятку, потом изогнули шпагу, проверяя ее вес и упругость.

— Могу себе представить более интересное соперничество между нами, Тэсс.

— Сильно сомневаюсь в этом.

— Ты сомневаешься в этом? Даже теперь? — возразил он глубоким хрипловатым голосом.

Что-то в этом голосе заставило Тэсс задрожать и вспомнить об отдаленных раскатах грома. О бурном море. О потаенной страсти, утоляемой и вспыхивающей снова и снова.

Она резко покачала головой, сверкая серо-зелеными глазами.

— Неужели под этой военной выправкой скрывается трус, милорд? И все эти сказки о храбрости — пустая болтовня? Или ты герой только на море? — насмехалась она, стремясь отвлечь его внимание от простиравшейся перед ними открытой лужайки.

Рейвенхерст сжал губы.

— Это крайне глупо с твоей стороны, дорогая моя.

— Смелые слова, милорд. Пусть они не расходятся с делом.

Суровые глаза цвета полночного неба смотрели с прищуром в лицо Тэсс, потом скользнули ниже, на ее резко поднимающуюся и опадающую грудь.

— А если я выиграю бой? Какую награду я получу?

— Привилегию беспрепятственного прохода по землям Фарли.

— Интересное предложение, — Дейн наклонился в седле с насмешливой улыбкой на устах, — но боюсь, этого мне будет недостаточно.

— Тогда назови свою цену, — быстро возразила Тэсс. — Это почти не имеет значения, поскольку тебе меня не одолеть!

Глаза Рейвенхерста потемнели, пока он обдумывал ее слова.

— Прекрасно, — наконец произнес он, соскакивая с лошади и накинув поводья на низкорослый боярышник.

Тэсс немедленно подняла шпагу.

— К бою!

Не успели эти слова слететь с ее уст, как она уже начала теснить его назад, по травянистому склону, в сторону посыпанной гравием террасы в дальнем конце монастыря, подальше от места, где из рощицы должен был появиться Джек. Ее движения были быстрыми и проворными; слышалось клацанье металла о металл, когда он отбивал ее удары.

— Ты хорошо фехтуешь, дорогая моя, хотя тебе и мешают юбки. У тебя легкая рука и острое зрение. Могу только догадываться, — произнес он в промежутке между парированием ударов, — какие еще способности, скажем так, скрываются в тебе.

— Вы бы очень удивились, милорд.

— О, сомневаюсь! Ты забываешь первейшее правило ведения войны, — быстро произнес он, пока она оттесняла его к узкой лестнице с закруглением, поднимавшейся на крышу. — Нельзя недооценивать своего противника.

Неожиданно он отступил в сторону и сделал молниеносный выпад. Тэсс с трудом увернулась от нацеленной на нее шпаги.

— Очень остроумно, милорд. Но у меня в запасе тоже есть несколько трюков. — С этими словами Тэсс оторвалась от него, повернулась кругом и взлетела по ступеням на парапет.

Рейвенхерст неотступно следовал за ней, оттесняя ее к верхним ступеням, в сторону дальнего ската крыши. Звенели шпаги, и он оттеснял ее все дальше. Скоро Тэсс почувствовала, что силы ее убывают.

А он все наступал на нее, без малейшего признака напряжения. Тэсс убедилась в том, что он блестящий стратег, а также сильный и бесстрашный противник.

Проклятие! Неужели этот человек ни разу не замедлит шаг, чтобы перевести дух? Тэсс чувствовала, что пот заливает ей глаза, но не могла остановиться, чтобы смахнуть его. Ее запястье и плечо ныли от напряжения, но она не хотела сдаваться.

Вдруг виконт снова сделал выпад, со звоном зацепив ее шпагу, потом ловко изогнул руку, послав сверкающую полоску металла высоко в воздух. Тэсс, ошеломленная, смотрела, как серебряное лезвие быстро крутится, вспыхивая в расплавленном солнечном сиянии. Она инстинктивно устремилась вослед потерянному оружию...

И начала падать в пустое пространство, ибо неожиданно часть ветхой стены обрушилась, и Тэсс повисла в тридцати футах над землей.

Твердая рука молниеносно схватила ее за запястье с такой силой, что, казалось, плечо выскочит из сустава.

Сильные пальцы вцепились ей в ладонь, поднимая ее вверх по тому, что осталось от стены. Задыхаясь, Тэсс бешено колотила ногами, пытаясь отыскать хоть крошечный уступ, но нащупывая ступнями лишь гладкий, выветренный камень.

Через пелену боли она почувствовала, как другой рукой Дейн схватил ее за руку и стал медленно перетаскивать через зияющий провал, где когда-то стоял парапет.

— Осторожно! — предупредил Рейвенхерст резким голосом. — Попытайся передвинуться вправо. Не более чем в шести дюймах от твоей правой ступни есть выступ.

Сжав зубы, Тэсс немного подалась в сторону, пока не нащупала пальцами ноги обнажившийся кусок плиты. Ее ребро горело от боли, но она не замечала ничего, кроме этого узкого каменного выступа. С сосредоточенным видом виконт двигался вместе с ней, помогая ей переместиться поближе к выступу. Наконец ее ступня оперлась на плиту. В следующее мгновение виконт втащил ее на крышу, и она повалилась, закашлявшись, на камни у края разрушенной стены.

Лицо Рейвенхерста побелело от гнева, когда он склонился над ней.

— Маленькая идиотка! — прорычал он. — Ты могла разбиться!

Едва оправившись от страха, Тэсс задрожала под натиском его ярости, вспыхнув в свою очередь.

— И что тебе за дело до этого, даже если и так?

Виконт грубо схватил ее за плечи, притянув к груди; его искаженные черты дышали гневом.

— Мне есть дело до всего, что касается тебя, женщина! Между нами слишком многое еще не завершено, чтобы я мог вот так позволить тебе умереть. Или ты добиваешься победы любой ценой?

— Я бы победила! — возразила Тэсс. — Разбила бы тебя наголову в любой момент!

— Ты никогда не сдаешься, так ведь? — поинтересовался ее спаситель. — Ты напоминаешь мне, к сожалению, меня самого — того своевольного и чертовски самоуверенного дурня, каким я был в молодые годы. Когда победа еще значила что-то для меня!

— Ты льстишь себе, находя между нами какое-то сходство! — в гневе выпалила Тэсс. Неожиданно ее протесты утихли, когда она разгадала тайное намерение виконта. Прижимая одну руку к ее пояснице, он притянул ее к себе, приподняв другой рукой ее лицо, чтобы заглянуть в глаза. Ему больше ничего не удалось сделать, так как Тэсс в бешенстве влепила ему пощечину.

Рейвенхерст с неумолимой настойчивостью рассматривал ее холодными, непроницаемыми глазами. Отчаянно вырываясь, Тэсс наконец освободилась и, извиваясь, поползла назад по гравию, пока ей в спину не впился выступ стены.

— Оставь меня в покое! — предупредила она. — Никогда больше твои грязные руки не дотронутся до меня!

Дейн сжал губы.

— То зелье было приготовлено не мной, Тэсс. Ты бы поняла это, если бы дала себе труд немного подумать. Что до того, чтобы оставить тебя в покое, — это самое последнее, чего бы мне хотелось, маленькая ведьма. — Рейвенхерст медленно приближался, отбрасывая мощным телом тень на ее лицо, его сапоги скрипели по гравию. Он подходил все ближе и ближе.

Тэсс вжалась спиной в стену, понимая, что путь к побегу отрезан. Руки ее задрожали, но она молча, с вызовом уставилась ему в лицо.

Не говоря ни слова, Рейвенхерст опустился перед ней на одно колено, глубоко запустив длинные пальцы в ее золотисто-каштановые волосы. Не ослабляя хватки, он неумолимо откидывал ей голову назад, пожирая глазами ее лицо — сверкающие глаза, розовые щеки и влажные, трепещущие губы. Тщетно пыталась она освободиться, но он крепко держал ее за волосы. Каждое движение вызывало жжение в коже головы, как от покалывания крошечных лезвий.

— Я заставлю тебя пожалеть об этом! — бесновалась Тэсс, когда он, схватив ее за запястья, завел ей руки за спину, прижав к шершавой стене. Мотая головой из стороны в сторону, она силилась высвободиться из его неумолимых рук, а он придвигался все ближе и ближе.

И вдруг между ними не осталось пространства, не было больше спасения от иссушающего жара его большого тела. Он прижался ртом к ее протестующим губам, не давая выхода дерзким словам, лишая ее воздуха и, наконец, рассудка. Тэсс бешено сопротивлялась его настойчивому поцелую, когда он просунул язык между ее губами, наткнувшись на преграду из зубов. Его прикосновение было дерзким и пламенным, рот — агрессивным, по-мужски требовательным. Она чувствовала подрагивание его рук у себя на спине, напряженность его бедер, прижавшихся к ее ногам. Она задрожала, ощутив, как тепло его тела прожигает ей кожу через платье.

Все в нем было твердым и вожделеющим.

И бесконечно опасным!

С ее губ сорвалось прерывистое всхлипывание.

— Перестань. Ты... ты не в своем уме!

С бешено стучащим сердцем, с огнем в крови, Тэсс смутно услышала его стон.

— Да, я без ума — без ума от тебя! Я должен взять тебя здесь и немедленно! — прорычал он ей в рот, неистово лаская ее губами и покусывая. — Я спас тебе жизнь, женщина. Ты мне кое-что должна за это!

— Я ничего не должна тебе, слизняк! Отпусти меня!

— Ты ведь тоже чувствуешь это, Тэсс Лейтон? — пророкотал он. — Тот же самый огонь, что чувствую я!

В ответ Тэсс лишь мотала головой из стороны в сторону, тщетно пытаясь отыскать кусочек его плоти, в который можно было бы вонзить зубы.

— Да, я вижу, как твои глаза затуманиваются от страсти, чувствую бешеное биение твоего пульса. Это пламя сжигает тебя, так же как меня. — Зажав одной рукой ее запястья, Дейн прижал другую ладонь к ее зардевшимся щекам, медленно проводя большим пальцем по ее полным губам, влажным и распухшим от его поцелуев. — Вся — женщина, горячая и вожделеющая. Меня. Удовольствия, которое только я могу тебе доставить. Почему бы тебе не признать это? — хрипло допытывался он.

Тэсс отчаянно противилась, но чувствовала его всюду — бедро прижималось к бедру, грудь — к груди; ее попытки высвободиться лишь теснее сближали их. И вдруг она задохнулась, почувствовав, как его твердая, горячая плоть прожигает ей бедра подобно раскаленной стали.

Глаза Рейвенхерста темно полыхнули из лазурных глубин, сощурившись при виде разлившейся по щекам Тэсс краски.

— Ты причиняешь мне боль, женщина, боль, которую можно унять, только погрузившись в твое сладостное пламя.

— Этого никогда не будет! — закричала она. Гнев и ужас в ней боролись с неудержимым всплеском желания. Вместе с тем пришло душераздирающее чувство вины, что она может так предать Андре. — Ты почувствуешь лишь мою ненависть, подонок! Ненависть столь же жгучую, что и пронизывающий ветер с Ла-Манша.

— Лгунья, — хрипло прошептал виконт. — Я заберу весь твой огонь, Тэсс, наслаждение будет обоюдным!

— Ни за что! Ты получишь его силой, трус, и никак иначе! — Но Тэсс понимала, что это ложь. Как у нее могли остаться какие-то чувства к этому человеку?

Глаза Рейвенхерста потемнели.

— Я моряк в долгом плавании, дорогая моя. А ты искушаешь меня!

— Искушаю тебя? Мое единственное желание — отделаться от тебя!

С сумрачным лицом Рейвенхерст уставился на влажные, распухшие губы Тэсс.

— Тогда перестань тереться об меня, или я не отвечаю за последствия. Я уже давно не спал с женщиной, — грубовато добавил он хриплым от желания голосом. Как бы в подтверждение этого бедра его напряглись, прижимаясь к ее ногам.

Ошеломленная этим интимным прикосновением, Тэсс отпрянула, как будто ее обожгло.

На губах Рейвенхерста заиграла легкая улыбка.

— С тех самых пор, как я спал с откровенно чувственной женщиной вроде тебя. С женщиной, у которой лицо ангела и тело шлюхи.

— Чудовище! — вскричала она. — Я не буду больше объектом твоих жестоких развлечений.

— Ну к чему вся эта ярость? Ты, моя дорогая, по собственному признанию, привыкла к любовным притязаниям мужчин. Тогда будем откровенны. Я хочу тебя — и ты будешь моей. — Дейн ощупывал темными и непроницаемыми глазами ее лицо. — Вполне очевидно, что ты чувствуешь то же самое, хотя изо всех сил стараешься отрицать это.

Тэсс беспомощно боролась, выкрикивая неразборчивые проклятия.

— Я... я ничего не чувствую по отношению к тебе — ничего, кроме презрения!

Он насмешливо посмотрел на нее:

— Опять эти басни о Снежной королеве?

— Это не басни, мерзавец. Это чистая правда!

Рейвенхерст хохотнул:

— Что за язык, дорогая моя! Так тебе никогда не найти мужа. Но почему бы нам не провести испытание? — Напрягшись, Дейн завел ей руки за голову, прижав их к каменной стене. Медленно и неумолимо прижимался он к ней твердым телом, пока она не оказалась зажатой между незыблемым камнем и неподатливыми мышцами.

Из ее горла вырвался странный, прерывистый звук.

— П-перестань!

— Все возможно, дорогая моя, если сначала ты расскажешь мне, где действительно была. Ибо ты была в Оксфорде точно так же, как я был... — глаза Рейвенхерста на секунду потемнели, — на луне.

«Он знает! — в отчаянии подумала Тэсс, изучая твердую линию его челюсти. — Каким-то образом он узнал!»

— Что заставляет тебя думать, что я... не была в Оксфорде, самонадеянный мерзавец?

— Хорошо исполнено, дорогая моя, сыграно как раз с нужным оттенком негодования. Но каждый взмах твоих ресниц, каждый удар пульса выдает твой секрет. — Он сжал пальцы. — Ты была с мужчиной, конечно. Но мог ли он заставить гореть твою кожу, как это делаю я? Ты так же воспламенялась от его прикосновения, как и от моего?

— Я ничего не скажу тебе, собака!

— Неужели он так скоро устал от твоего шелковистого тела? Или, быть может, тебя утомило его внимание? Как это было, Тэсс?

— Что я делала, подонок, что делаю сейчас — тебя не касается! Ты потерял всякое право вмешиваться в мою жизнь пять лет назад, когда в гневе удалился, не выслушав никакого объяснения тому, что увидел! Вернее, тому, что думал, что увидел в сторожке!

— Я увидел тебя в постели с другим мужчиной, Тэсс, — прохрипел Рейвенхерст; слова, казалось, доносились из самых глубин его души. — Он обнимал твое обнаженное тело, и на твоей груди были отметины от его зубов. Тебе едва минуло семнадцать, но я видел, как ты корчилась от страсти, как самая закоренелая шлюха. Боже правый, что я должен был подумать?

— Ты должен был подумать, что любишь меня всем сердцем, больше самой жизни. Или это обещание тоже было ложью, милорд?

— В то время я верил, что это правда, но я и понятия не имел, какому жестокому испытанию будут подвергнуты мои чувства. — Он устало пожал плечами. — Я слушаю тебя, Тэсс. Расскажи мне, что произошло той ночью.

Неудержимое рыдание подступило к горлу Тэсс, грозя задушить ее. Вокруг нее замелькали неуловимые образы и очертания.

— Не... не могу вспомнить! Он, должно быть, опоил меня, не понимаешь, что ли? — Она вздрогнула, снова ощутив нажим сильных пальцев, мимолетную, опаляющую боль меж бедер. — О, почему ты просто не оставишь меня в покое? — рыдала она. — Зачем тебе понадобилось вернуться и вытащить на свет Божий всю эту историю?

Глаза Рейвенхерста стали темными и непроницаемыми.

— Потому что, моя дорогая Тэсс, я понял, что мужчина, однажды вкусивший тебя, никогда уже не избавится от наваждения. И потому что пять долгих и горьких лет я мечтал только об этом мгновении. — Голос его был низким и хриплым, доказывая, чего ему стоило это признание.

Вдруг Тэсс заметила у подножия стены тонкое сверкающее лезвие шпаги, которую уронил Дейн при ее падении. Она тотчас же отвела глаза, опасаясь, что он заметит сверкнувшую в них надежду. Устремив взгляд поверх его плеча, Тэсс всматривалась в простирающееся за холмами море.

Она сжалась, сдерживая дыхание.

— В чем дело? — нахмурившись, спросил Рейвенхерст.

— Там... там, в бухте! Французский бриг, бросающий якорь среди бела дня.

— Какого черта! — прорычал Дейн, резко оборачиваясь и отпуская ее.

Затаив дыхание, Тэсс устремилась вперед в ликующем восторге. В следующее мгновение острый кончик ее шпаги упирался в подбородок виконта.

— Вероломная маленькая...

— Советую выбирать выражения, милорд. Рука у меня сильно устала, и мне бы не хотелось выпустить шпагу, случайно повредив эти красивые черты.

— Ты играешь в опасные игры, женщина. Более опасные, чем тебе кажется!

— Как ты сказал мне однажды, это не игра. А теперь иди вперед и держи руки так, чтобы я их видела.

После секундного колебания Рейвенхерст пожал плечами и сделал так, как ему было велено, чувствуя прикосновение оружия к горлу.

Шагая вслед за ним и не сводя глаз с его лица, Тэсс провела его по крыше и потом ступенька за ступенькой вниз по черной лестнице.

— Однажды я недооценила вас, лорд Рейвенхерст, но эту ошибку я больше не повторю.

Виконт шел перед ней с побелевшими губами, расправив плечи; в крови у него кипела ярость. Быть захваченным девчонкой, черт побери! И с помощью такой нехитрой уловки! Должно быть, он теряет рассудок.

Его худощавое лицо исказила гримаса. Так оно и есть! Его рассудок помрачается, когда дело касается Тэсс Лейтон. За пять лет ничего не изменилось.

— Уже пора идти, милорд. До города путь неблизкий. — Шпага опустилась, щекоча его напряженный живот. — Только подумай, как это для тебя полезно. Так позорно было бы растолстеть, а?

— Не всегда у тебя будет с собой шпага, Тэсс, — пробурчал Рейвенхерст. — Берегись, предупреждаю тебя! Однажды ты позабудешь обо всем, и именно в этот день я буду поджидать тебя.

Тэсс засмеялась, пытаясь спрятать страх, вызванный его словами.

— Ты будешь выяснять со мной отношения при свете дня в гостинице, полной народа? Думаю, нет, — насмехалась она. — Думаю, даже вы не настолько наглы, милорд.

Ее противник с угрожающим видом уставился на нее.

— В таком случае ты сильно ошибаешься, дорогая моя.

По мощенной плитами террасе с еле заметным шумом прошелестел кусочек гравия, так что ни Рейвенхерст, ни Тэсс не заметили этого, глядя друг на друга с непримиримым вызовом.

Поэтому голос, прозвучавший из сумеречных теней за их спинами, застал их обоих врасплох.

— Боже правый, вот редкое зрелище!

Глава 37

— Полагаю, лорд Рейвенхерст, — пробормотал высокий седовласый человек, появляясь на террасе.

На его волнистых волосах залихватски сидела черная треуголка, а лицо скрывалось под маской с усами. Единственной видимой частью его лица была пара проницательных черных глаз, в тот момент направленных на Рейвенхерста.

«Так вот каков человек, уже давно прочесывающий окрестности в поисках меня», — подумал Лис. Возможно, их встреча оказалась очень своевременной, поскольку Джек тоже хотел задать ему несколько вопросов.

— Думаю, теперь я заберу это у тебя, детка. — Контрабандист протянул руку за шпагой Тэсс.

— Но...

— Сейчас же, Тэсс. Виконт прибыл издалека, чтобы поговорить со мной, и самое меньшее, что мы можем сделать, — это выслушать его. Ты согласна?

Тэсс нехотя вручила серебряную шпагу Лису, который медленно поднес ее к горлу Рейвенхерста.

— Вот мы наконец и встретились, лорд Рейвенхерст. — Свободной рукой Джек приподнял треуголку и отвесил виконту легкий поклон, не отводя клинка от шеи офицера. — Неужели у вас, как у комиссара Королевского военного канала, остается время совать нос в мои дела?

— Твои дела входят в круг моих обязанностей, негодяй, как тебе хорошо известно, — сердито отпарировал Рейвенхерст. — И стоит ли тебе удивляться, если к твоим преступлениям добавились убийства?

— Мои преступления, как ты их называешь, могут заключать в себе многое, но только не убийство. — Шпага выдвинулась вперед, впиваясь в горло Дейна. — И тебе надо помнить об этом, парень, а то наш разговор быстро закончится. Шагай — поговорим в подземелье, где нас никто не потревожит.

— Можешь проткнуть меня прямо здесь, мерзавец, ибо у меня нет желания идти с тобой.

— Ах вот как? А я-то пришел сюда, полагая, что ты расскажешь мне нечто важное.

Рейвенхерсту пришлось плотно сжать губы, чтобы побороть в себе желание послать контрабандиста к дьяволу. Но Лис был прав: он разыскивал этого человека, и приказы морского министерства были важнее любых личных амбиций в этом деле. По этой и только по этой причине Рейвенхерст проглотил проклятия и кивнул:

— Прекрасно! Но то, что я собираюсь сказать, предназначено только для твоих ушей. — Его лазурные глаза блеснули при взгляде на оцепеневшую Тэсс. — Она должна остаться здесь.

Тэсс с вызовом скрестила руки на груди.

— Я не собираюсь уходить. Это дело касается меня в той же степени, что и каждого из вас.

Глаза Джека сощурились в прорезях маски.

— Девчушка права, Рейвенхерст. Что-то подсказывает мне, что вы уже разоблачили ее безумный маскарад. Если мы отстраним Тэсс от разговора, это может спровоцировать ее на еще более дикие выходки. От этих намерений, детка, ты должна полностью отказаться, — прорычал Джек, — а не то почувствуешь на своей попке мою тяжелую руку.

Тэсс принялась бормотать что-то протестующее, но суровый, предупреждающий взгляд Джека остановил ее.

— Кончено, Тэсс, тебе придется смириться с этим. Не будет больше полночных рейдов! Если посмеешь ослушаться меня, очень пожалеешь об этом.

Рейвенхерст слегка приподнял брови. При всей его ненависти к этому парню, приходилось согласиться с Лисом — в этом деле по меньшей мере. Но едва ли это был разговор любовников, как он того ожидал. Нет, этот человек обращался с Тэсс скорее с грубоватой заботливостью дядюшки, чем с нежностью влюбленного!

— Я сама делаю выбор, — отпарировала Тэсс, — как это было всегда. Ты меня не удержишь.

— Возможно, но, как бы то ни было, ты сделаешь так, как я велю, детка. — Голос Лиса изменился, стал суровым и повелительным. Тэсс насторожилась: прежде он никогда так с ней не разговаривал.

— Он прав, — согласился Дейн. — В следующий раз Хоукинз не промахнется. И если не Хоукинз, это будет кто-то другой. Возможно, молодой таможенный офицер, которому не терпится прибрать к рукам тысячу фунтов наградных денег. Или, быть может, болтливый сосед, часто видевший одно и то же странное происшествие. Не думаю, что вам доставит удовольствие провести ночь на попечении Хоукинза, мисс Лейтон. — Он произнес ее имя с холодной официальностью. — Он тот человек, который будет с удовольствием изобретать способы заставить вас отплатить за то, что выставили его дураком.

— У меня нет намерения...

— В том-то и дело, ни у одного преступника их нет. Но это все-таки происходит. Однажды рефлексы не срабатывают. Вы делаете ошибку, пусть даже незначительную, и вас хватают. Все карты против вас, понимаете? Даже он скажет, что это правда.

Губы Джека сложились в тонкую линию, в следующее мгновение он мрачно кивнул:

— Рейвенхерст прав, детка, как бы ни было трудно признать это.

Дейн пожал плечами:

— Мы собираемся разговаривать или простоим здесь, споря, всю ночь? Полагаю, вход в подземелье должен быть где-то рядом. — Он внимательно рассматривал гранитную стену. — Я думаю, здесь.

Тэсс подавила вздох удивления. И давно ему известен ее секрет?

Виконт мрачно улыбнулся.

— Мы с моими людьми наблюдаем за этим местом уже несколько недель, мисс Лейтон. Мне известно о Фарли почти все. И о вас, — таинственно добавил он.

— Иди и открой подземелье, детка, — пробурчал Джек после минутного колебания.

— Но он увидит...

— Уже немного поздно. Он и так вскоре обнаружил бы его.

Тэсс фыркнула, бормоча что-то вполголоса. Позволь только мужчинам объединиться против женщины! Дай им только побыть вместе еще несколько часов — и их потом водой не разольешь!

Повернувшись к ним спиной, она нащупала маленький прямоугольный камень у основания стены. Послышался слабый щелчок. В следующее мгновение в каменной стене открылась дверь.

Рейвенхерст следил за ней, не упуская ни одной детали, включаю ее попытку скрыть свои действия.

— Очень умно, мисс Лейтон. Мои аплодисменты! Я мог бы стоять прямо перед камнем и так и не увидеть защелки.

Тэсс позволила себе улыбнуться.

— Но это как раз то, что вы уже делали, милорд. Полагаю, в двух случаях.

Рейвенхерст сверкнул на нее глазами, потемневшими в предвкушении мести.

Через несколько минут они уже были внизу, в маленькой комнатке с гранитными стенами, которую освещала мерцающим светом стоящая на перевернутой бочке свеча.

— Итак, лорд Рейвенхерст, — тихо произнес Лис, опершись спиной о холодную каменную стену. — Теперь, быть может, вы расскажете, что заставляет вас так настойчиво гоняться за мной по болотам и пустошам? Или же я неправильно разгадал ваш характер? Может, вас привлекает только блеск золотых гиней?

Виконт довольно долго стоял не шевелясь и изучая противника. Его лицо было непроницаемо, однако сжатые кулаки свидетельствовали о бешеном внутреннем напряжении.

— Меня действительно ведут по твоему следу золотые гинеи.

Глаза Джека потемнели, пальцы сильнее сжали шпагу.

Рейвенхерст скривил губы в легкой улыбке:

— О, я не имею в виду вознаграждение за твою поимку, приятель. Я охочусь за золотыми гинеями, предназначенными для Франции и покидающими это побережье под покровом темноты. Так или иначе, я намерен остановить того, кто занимается этой контрабандой, ибо каждая поставка продлевает проклятую войну, обеспечивая хлебом и вооружением людей Бони. В особенности теперь мы не можем позволить... — Негромко выругавшись, Рейвенхерст прервал себя на полуслове.

— Продолжай, приятель. Клянусь, ты сильно заинтриговал меня.

— Я и так сказал уже слишком много, мерзавец. Подозреваю, что по всем приметам ты главарь этой банды предателей.

Глаза Джека сверкнули.

— Тогда все приметы врут! Мои люди провозят коньяк и шелк, а не гинеи, о которых ты толкуешь. — Контрабандист насторожился. — Но ты и так знал об этом, правда? Тебе просто захотелось увидеть мою реакцию на обвинение. — Лис вдруг резко поднял конец шпаги, коснувшись шеи Рейвенхерста. Из-под недрогнувшего острия выкатилась крошечная капелька крови. — Какой же ты хитрый, приятель! Но чересчур наглый для человека, который может в любую минуту встретиться с Создателем.

В глазах Дейна не было страха.

— Думаю, нет... Джек, ты ведь шутишь? — Губы виконта сложились в торжествующую ухмылку, когда шпага контрабандиста замерла на месте. — Я тебе слишком нужен, чтобы ты надумал убить меня. По крайней мере не сейчас, ибо я единственный, кто в состоянии помочь тебе найти самозванца, очерняющего имя Лиса.

— С чего ты взял, что мне нужна твоя помощь?

— Потому что, если бы ты мог найти этого человека сам, ты бы уже сделал это. Нет, тут наши интересы совпадают, ибо я разыскиваю того же человека — предателя, организующего отправку золота французам. У кого еще есть такая веская причина вызвать к тебе ненависть и прогнать с болота? Да, этот парень, видимо, считает твое присутствие досадной помехой своим махинациям.

Шпага Лиса покачнулась, потом медленно отодвинулась от горла Рейвенхерста.

— Могу назвать примерно пятьдесят человек, которые желали бы моего исчезновения, и эта цифра приходит на ум сразу, без серьезных размышлений по этому поводу. Но вы меня сильно заинтересовали, и я жду продолжения. — Поскольку острие шпаги Лиса находилось по-прежнему в нескольких дюймах от горла виконта, эта вежливая просьба заключала в себе оттенок приказа.

— Очень хорошо, но сначала... — Рейвенхерст очень осторожно отвел шпагу от своей шеи. На мгновение его взгляд остановился на Тэсс, сидевшей на соломенном тюфяке около входа в подземелье. Потом, слегка пожав плечами, он приступил к рассказу: — Я разыскиваю предателя уже несколько недель, но этот малый чертовски умен. Он всегда остается в тени и заранее никого не посвящает в свои планы. У него не много людей, тщательно отобранных за свою безусловную преданность. И, добавлю, за жестокость. До сих пор нам не удается заслать в их ряды шпиона. Мы, разумеется, посылали наших людей в рейсы с отправляемым за границу золотом. — Голос Рейвенхерста посуровел. — Ни один не выжил, чтобы рассказать об увиденном. Все пропали, за исключением молодого офицера по имени Торп, которого нашли в бухте Фарли за несколько мгновений до смерти. — Он поднял глаза на Тэсс: — Вы ведь помните его, мисс Лейтон? Он был почти мальчиком, и тем не менее разоблачивший его человек преспокойно перерезал ему горло. Как оказалось, последние его слова были о вас.

Тэсс задрожала от ужаса. Она хорошо помнила добродушного белокурого молодого джентльмена. Он был постояльцем в «Ангеле» в течение двух недель, объяснив свое пребывание жгучим интересом к естествознанию и необычной флоре болот.

Его представление могло одурачить Тэсс, но только не того человека, к которому он подбирался.

— О да, морское министерство довольно быстро замяло это дело, — продолжал Рейвенхерст. — Нельзя было допустить, чтобы негодяй подумал, что мы напали на его след.

Тэсс судорожно сглотнула. Неужели Рейвенхерст возлагает на нее вину за смерть мальчика?

— Но вы никогда бы не поверили, что...

— Я не верю ничему, мисс Лейтон, — холодно прервал ее виконт, — однако, допускаю возможность чего угодно. В конце концов, тело было найдено в водах, омывающих земли Фарли. И часто можно было видеть разгружающиеся в окрестностях корабли — от Петт-Левелла до Камбер-Сэндза. Что может быть лучшим укрытием, чем почти брошенный дом, расположенный на возвышении, с которого открывается вид всего побережья — от Уинчелси до Дандженеса?

Тэсс со сверкающими глазами вскочила с тюфяка:

— Довольно! Вы — отвратительный, презренный тип! Фарли никогда не использовали для таких целей. Может, только раз или два...

— Значительно больше, чем раз или два, детка, — пробормотал Джек.

— Почему ты соглашаешься с ним? — зашипела на него Тэсс. — Он твой враг, так же как и мой! Не забывай об этом.

Глаза Джека в прорезях маски казались бездонными.

— В этой жизни только смерть неизменна, детка. Это значит, что человек, бывший вчера твоим врагом, завтра может стать лучшим другом. Пусть он продолжает.

Тэсс сердито фыркнула, снова опускаясь на тюфяк.

— Можете оставить при себе свою самоуверенную тираду, мисс Лейтон. Недавно я пришел к такому же выводу. В противном случае, можете быть уверены, я бы здесь не был и не разговаривал с вами. Поскольку вы, дорогая моя, находились бы сейчас в Дуврской тюрьме, ожидая приговора.

— Дети, дети, — примирительно пробормотал Лис, — давайте не будем ссориться. Нам всем нужно собраться с мыслями, чтобы поймать этого малого.

Тэсс сжала лежащие на коленях руки, когда вдруг ожили болезненные воспоминания.

— Его зовут Орлом, верно?

На ее лицо устремились две пары удивленных глаз.

— Как ты... — хором спросили мужчины.

— Его имя... упоминали в моем присутствии. Не спрашивайте больше ни о чем. Итак, вы ищете этого человека. Как вы собираетесь его поймать?

Ни один из мужчин, казалось, не торопился ответить ей; у каждого были свои секреты.

Проходили томительные мгновения. Рейвенхерст изучал Лиса, пытаясь определить, что тому известно и насколько ему можно доверять.

— Ты знаешь о следующей отправке? — спросил он.

Джек кивнул.

— И знаешь место встречи?

— К сожалению, нет, но есть надежда, что определенная встреча сегодня вечером прольет некоторый свет на детали. — Улыбка его была сумрачной.

Рейвенхерст перестал расхаживать, на скулах у него заиграли желваки.

— Я иду с тобой.

— Боюсь, это невозможно. Тебя выследят за лье до места, а потом нас обоих сбросят со скалы. Нет, эта встреча для меня, и только для меня. Но перед этим не откажусь от небольшой помощи.

— Какого рода?

— Мне пришло в голову, что, поскольку у Лиса есть уже два двойника, — тут Джек бросил на Тэсс многозначительный взгляд, — у него может появиться и еще один. Да, хороший способ поставить палки в колеса любому, кто идет следом с дурными намерениями.

Рейвенхерста, казалось, не удалось убедить.

— Как я узнаю, что это не хитрость и что твои люди не ожидают в какой-нибудь пустынной бухточке, чтобы отделаться от меня?

— Дело в том, приятель, что ты мне действительно нужен, поэтому я не могу допустить, чтобы тебя убили. Что до остального... — Контрабандист пожал плечами. — Просто поверь мне на слово.

— Полагаю, выбор у меня невелик, — подытожил виконт.

Тэсс прислушивалась к этому разговору со все возрастающим недоверием. Неужели Джек и вправду собирается заключить сделку с этим невыносимо высокомерным королевским офицером? Он, должно быть, сошел с ума!

— Тогда за дело, — жестко произнес Джек, протянув руку, чтобы вынуть из стены камень. Тэсс широко раскрытыми глазами смотрела, как он достал оттуда черный сверток, который бросил Рейвенхерсту. — Тебе это понадобится. К этому времени должно уже стемнеть, а луна еще не появится. Славное времечко для контрабандиста! Теперь слушай внимательно. Езжай по дороге на Рай, пока не доберешься до развилки как раз за Левеллом. Дорога приведет тебя к водяной мельнице, где ты сможешь передохнуть, а потом переодеться в более безопасный наряд. Да, твой временный облик отпугнет любого, кому вздумается преследовать меня.

— Не верю своим ушам! — воскликнула Тэсс, вскакивая на ноги. — Все это безумие! Встреча, о которой ты говорил, вполне может оказаться ловушкой, Джек. И откуда тебе известно, что он, — она подозрительно взглянула на Рейвенхерста, — не послал группу людей из службы береговой охраны в засаду, чтобы поймать тебя?

— Трудные вопросы, детка, ничего нельзя утверждать с уверенностью. Но дело в том, что выбора у меня не больше, чем у нашего виконта. Но как бы то ни было, ты должна остаться здесь, слышишь? Не хочу, чтобы на моей совести была твоя кровь.

— Но...

Глаза Джека метали искры сквозь прорези в маске.

— Довольно, Тэсс. Остальное мы будем решать одни.

С окаменевшим лицом Тэсс уставилась на него. Кто он такой, чтобы приказывать ей? Она просто дождется, пока они уйдут, и тогда...

— Даже не помышляй об этом, детка. Если ты не послушаешься меня сегодня, я поеду не останавливаясь и больше не вернусь. Это я тебе обещаю.

Одного взгляда в эти суровые глаза было достаточно, чтобы убедить Тэсс в том, что Лис говорит серьезно. Если она не подчинится, то никогда больше его не увидит. Это был, пожалуй, единственный аргумент, способный убедить ее.

Обернувшись, она вздрогнула при виде двух одинаковых фигур, облаченных в черное с головы до ног, в черных масках и треуголках. Прищурившись, Тэсс попыталась определить, кто есть кто. Да, Рейвенхерст, должно быть, слева от нее, поскольку он выше на несколько дюймов и шире Джека в плечах. Но различия были весьма незначительны. А в темноте, верхом на быстром коне...

— О, я вижу, мое одеяние подходит тебе. Умоляю, не вздумай присвоить его.

Джек повернулся к ней:

— Помни, что я сказал, детка, больше никаких трюков. — Он легко провел пальцем по бледной щеке Тэсс. — Но почему такое лицо? Я буду осторожен. И вернусь до захода луны, обещаю.

Тэсс сжала губы, чтобы не разрыдаться.

Еще одно «до свидания», после многих предыдущих.

Быстро, как бы боясь передумать, контрабандист поднес ее руку к губам и припечатал ладонь поцелуем.

— Не плачь обо мне, Тэсс Лейтон. Я не стою этого. И потом, в Англии не сделан еще мушкет, способный сразить меня.

— Бог в помощь, — прошептала Тэсс дрожащими губами, когда он повернулся и зашагал вверх по туннелю в ночь.

Дейн стоял напротив нее в маленькой комнатушке, наблюдая и чувствуя, как кровь его кипит от ярости. Взгляда, которым обменялись эти двое, было достаточно, чтобы убедить его в том, что их связывало нечто большее, чем деловые отношения.

Он процедил сквозь зубы ругательство, стараясь отделаться от этой мысли. Сегодня ему нельзя отвлекаться. С сумрачным видом он зашагал к темному входу в подземелье, где по-прежнему в оцепенении стояла Тэсс.

— Я тоже покидаю тебя сейчас. Уверен, что мой уход совсем не причинит тебе боли. Но, как и Лис, я снова увижу тебя. Полагаю, скорее, чем тебе хотелось бы.

Что-то промелькнуло в туманной синеве его глаз — потаенное пламя страсти — и исчезло так быстро, что Тэсс подумала, что ей это просто почудилось.

Потом виконт тоже исчез в ночи.

Тэсс выжидала довольно долго, потом поднялась вверх по туннелю; в мыслях был хаос, стук сердца громко отдавался в висках.

Она шла в ночной тишине, поднявшись на лужайку и спустившись затем к большому дому, шурша сапожками по скользкой от росы траве. Над головой виднелся серп луны, вырисовывавшийся бледным пятном на фоне серебристой вуали облаков. Где-то рядом ухнула сова. Тэсс услышала шумное царапанье и пронзительный, испуганный голос маленького ночного зверька.

Звуки резко прекратились.

Сова прикончила свою жертву.

Дрожа, Тэсс поспешила к темному дому. Позади нее послышался слабый шорох, и она резко повернулась, вглядываясь в густую тень. Из ночи к ней кинулся темный силуэт с распростертыми крыльями, и потом нечто взгромоздилось на плечо.

— К утру будем в спокойной гавани! — выкрикнул пронзительный голос.

Тэсс прерывисто, с облегчением вздохнула.

— Максимилиан, скверная птица! Что ты здесь делаешь?

Но она и так догадалась. Максимилиан уже раз десять улетал из «Ангела», и каждый раз несчастное создание находило дорогу в Фарли. Тэсс вздохнула, глядя на сидящую у нее на плече птицу. По крайней мере у нее будет компания все долгие часы до рассвета.

Она была уже рядом с увитыми виноградной лозой ступенями, когда почувствовала, что Максимилиан напрягся. Его острые, загнутые когти впились ей в плечо.

— В чем дело, мошенник?

С отдаленной стороны холма, из-за мрачных стен монастыря донеслись резкие разрывы мушкетных выстрелов.

Один, второй, потом третий.

— Боже, нет... — Тэсс впилась ногтями в ладони.

— Волны с подветренной стороны! Следи за левым бортом! — пронзительно кричал Максимилиан.

Однако ночь оставалась безгласной. Только слышно было, как ветер шепчет в траве, шуршит листьями. Тэсс почувствовала, как от страха у нее свело живот. Колени подогнулись, и она уселась на ступени, приготовившись ждать, благодарная Максимилиану за то, что он сидит у нее на плече. .

Она не знала, что они допустили один серьезный просчет в своих планах на эту ночь.

И имя этому просчету было — Орел.

Ей не пришлось долго ждать.

Тэсс услышала его прежде, чем увидела — легкий хруст веток, приглушенный топот ног. Он быстро приближался, не беспокоясь о том, что его могут увидеть. Тэсс замерла, всматриваясь в холм.

Из темноты вынырнула высокая стройная фигура, одетая в черное, в лихо надвинутой треуголке. «Джек или Рейвенхерст?» — лихорадочно думала она, чувствуя сильное биение сердца.

Тэсс не спрашивала себя, почему цепенеет от страха. Он был сейчас у монастыря и бежал, странно согнувшись.

— Это... это ты, Джек? — Сердце ее так сильно стучало в груди, что Тэсс едва услышала собственный вопрос.

Шаги приближались. Тэсс различала сжатые губы под маской.

— Дейн? — прерывающимся голосом произнесла она.

Фигура в капюшоне остановилась в нескольких дюймах от нее и медленно опустилась на одно колено, тяжело и хрипло дыша.

— Говорил же я, что вернусь, детка. Луна еще на небе.

Сидящий на плече Тэсс Максимилиан длинно и пронзительно вскрикнул, когда Лис соскользнул на холодную землю.

Глава 38

С бьющимся сердцем Тэсс попыталась подхватить покачнувшегося человека и сорвала маску с его лица.

— Джек, о-о, Джек, что с тобой случилось? — У нее перехватило дыхание при виде его белого, искаженного лица. Губы его были плотно сжаты, глаза казались остекленевшими.

— Поймал пулю, детка. Боюсь, этого мне будет достаточно. Кто-то... поджидал у рощицы. Я остановился у белого сада. Нет времени...

— Тише, — хрипло приказала Тэсс, таща его вверх по ступенькам в дом. Ей надо приготовить горячей воды и чистого полотна, куда она положила его в последний раз?

— Оставь, детка, мое время ушло. Дай мне просто посидеть минутку. Надо... собраться с мыслями. Мне есть что сказать тебе.

Пальцы его сжимали плечо Тэсс, когда он навалился на нее. Сдерживая рыдания, Тэсс с трудом дотащила его до потертого дивана у окна.

Она дрожащими пальцами стащила с него плащ, оцепенев при виде когда-то нарядной белой рубашки, теперь пропитанной темной кровью. Покачнувшись, Тэсс застонала.

— Накинь... на меня плащ, девочка, — прошептал Джек сквозь стиснутые зубы, — мне надо сказать тебе...

Она смотрела в его застывшие, туманные глаза. Когда Джек заговорил снова, в его голосе слышалась отчаянная решимость.

— Садись, Тэсс. Выслушай меня сейчас, ибо у меня осталось совсем мало времени. — Он покачал головой, заметив, что она хочет что-то возразить ему. — Нет времени для лжи, детка. Он оказался чертовски умным. Поджидал... скажи Рейвенхерсту, — Джек остановился, побледнев и переводя дух, — Ранзли и еще другой. Ищи... ищи крыло. Никому не доверяй.

Глаза контрабандиста на мгновение затуманились, но он затряс головой, отгоняя подползающее оцепенение.

— Твой виконт не тот, за кого себя выдает. Ты могла бы все испортить, детка.

Тэсс покачала головой, не желая больше ничего слушать.

— Не говори так, Джек. Ты... тебе станет...

— Скоро я умру, — без выражения закончил он, — но мне не грустно, слышишь? Это была хорошая жизнь. Я заберу с собой в неведомые края редкие воспоминания. И самые лучшие из них — о тебе. — Его глаза снова затуманились. — И о ней. Она была прелестней любой другой женщины, которую я когда-либо знал. Да, более чудное создание никогда не украшало землю. — Его неистовые темные глаза остановились на лице Тэсс. — Я обещал ей, что не скажу тебе, но сейчас нарушаю обещание. Ты заслуживаешь этого. — Он с силой обхватил пальцами ее запястье. — Ты никогда не была его дочерью, детка. Нет, ты кровь от моей крови и плоть от моей плоти. И я люблю тебя с самого первого мгновения, как ты пронзительно закричала в первый раз. Моя милая, милая Тэсс! Мое дорогое дитя.

У Тэсс перехватило дух. Невозможно! Сердце подпрыгнуло у нее в груди, и в голове загудело.

И все же это казалось очень логичным. Это многое объясняло, по крайней мере жестокость по отношению к ней Эдварда Лейтона. Затаенную боль матери. Заботу, которой всегда окружал ее Джек.

— Это не было подлостью, детка. Я знал ее задолго до того, как он положил на нее глаз. Но я как дурак считал, что мы слишком разные по положению, и поэтому позволил ей ускользнуть. Когда я образумился и вернулся к ней, она уже не могла принадлежать мне, поскольку ее насильно выдали замуж из-за долгов отца. — Его глаза на мгновение закрылись, и он содрогнулся. — Как бы она гордилась тобой, детка! Ты никогда не уступала ему. Да, ты такая пылкая, какой она хотела тебя видеть. По меньшей мере я смог для тебя сделать хотя бы это.

С губ Тэсс готовы были слететь сотни вопросов, но она с ужасающей ясностью понимала, что у нее нет времени. Седовласый человек застонал от боли. Через несколько томительных мгновений он открыл глаза.

— Послушай... в дымоходе «Ангела» письма — дневник.

— Джек!

Контрабандист прерывисто вздохнул, пальцы, державшие запястье Тэсс, ослабли.

— Нет, Джек! О-отец! — По ее щекам потекли горькие слезы. Не теперь! Так много еще хочется узнать. Так многого она не сказала.

Не успев обрести, она уже теряла его.

— Тише, детка, — ласково произнес человек, бывший ее отцом. — Позволь мне теперь уйти. Устал... я так устал. И у меня... очень странное чувство, что она ждет меня. — На мгновение его черты посуровели. — Карман плаща. Возьми, это... ее.

Слабыми, дрожащими пальцами Тэсс ощупала его плащ, подавляя рыдания при виде запекшейся крови. Глубоко в кармане она нащупала маленький твердый предмет. Нахмурившись, вытащила кольцо — одна жемчужина в окружении крошечных отполированных сапфиров.

— Она очень любила тебя, детка, помни об этом. И если повстречаешь любовь — крепко держи ее. Не... не упусти ее, как мы...

Склонившись к нему, Тэсс обняла его, и ее слезы омывали его бледные щеки.

— Я люблю тебя, отец. И всегда любила.

Его губы слегка скривились, потом он стал содрогаться в конвульсиях.

— Бог в помощь, дочь моя, — прошептал он. — В спокойную гавань до захода луны, а, Макс?

Большая птица на плече Тэсс тихо высвистывала.

Седовласый великан вздрогнул еще раз и после этого больше не двигался.

Рейвенхерст услышал первый мушкетный выстрел, когда огибал холм. Повернувшись в седле, он попытался установить источник звука. Снова раздался отдаленный разрыв, потом еще и еще.

Проклятие! Они доносились из Фарли.

Громко выругавшись, он осадил лошадь и повернул обратно. Согнувшись под ветром и с силой сжимая поводья, Дейн все же боялся, что уже поздно.

— Тэсс?

В подземелье ее не было. Он пошел туда прежде всего, готовый увидеть кровь на земле и ее бездыханное тело.

Но там он ничего не нашел.

И снова он шептал ее имя, стоя у начала ступенек, ведущих на крышу монастыря.

Ответа не было.

Его шаги заспешили по дорожке к притихшему дому. Почему нигде нет света? Неужели маленькая идиотка нарушила данное Лису обещание и пошла за ним? Были ли эти отдаленные выстрелы предназначены ей?

Рейвенхерст сжал руки в кулаки. На мгновение глаза ему застлала темнота. Потом он резко встряхнул головой.

«Скорее, черт возьми!»

Он сорвался вниз с откоса, грохоча сапогами, устремив глаза на темный дом, молчаливо насмехавшийся над ним.

Взбежав по ступенькам, он дернул за ручку двери. «Почему нет света? — продолжал он спрашивать себя. — Где она может быть?»

Холл был во мраке, и Дейн чертыхнулся, споткнувшись о небольшую корзину, стоявшую за дверью. Вдруг он замер, заметив в дальнем конце коридора слабый сероватый отсвет. Его горло болезненно сжалось.

— Тэсс?

Ответа по-прежнему не было.

Сжав пистолет в кармане плаща, Рейвенхерст беззвучно двигался через холл в сторону серовато-коричневого прямоугольника. У двери он помедлил, приготовившись к любым неприятностям.

Так ему казалось.

Но ничто не предвещало мрачной картины, представшей перед ним за порогом комнаты.

Большой седовласый мужчина с застывшим пепельно-серым лицом вытянулся на потертом плюшевом диване. Красавица с золотисто-каштановыми волосами держала его голову на коленях, шепча ласковые слова утешения и любви.

Дейн почувствовал острую жалость, удивившую его самого. Этот человек — преступник, возможно, изменник, тогда почему он ощущает такую пустоту, как будто мир лишился чего-то важного?

Он подошел ближе, не говоря ни слова, устремив взгляд на чем-то неуловимо знакомое лицо, теперь уже без маски. Нахмурившись, Рейвенхерст изучал благородный нос Лиса, его выразительный рот, бледные щеки.

Но даже теперь, в объятиях смерти, его щеки были не столь бледны, как у Тэсс. Пальцы Рейвенхерста сильнее сжали пистолет, когда на него накатила волна дикой ревности, жгучая, как разъедающая кислота. Нахмурившись, он раскрыл рот, чтобы сказать что-то, но быстро опомнился, почувствовав презрение к самому себе. Ревновать к мертвецу?! Бога ради!

— Уходи, — сурово приказала Тэсс, оторвав наконец глаза от Джека и с бешенством взглянув на Рейвенхерста. — Он спит, не видишь, что ли? Ему нужен... сон. Вот и все.

На впалых щеках Рейвенхерста заиграли желваки. В это мгновение в ее гордом облике он различил боль и отчаяние. Дейн слишком хорошо понимал, что она чувствовала сейчас, когда ее руки были испачканы кровью любимого существа и его безжизненное тело лежало на ее руках холодным, неподвижным грузом.

Это яркое напоминание о чем-то поразило его, как выстрел из пушки. Он вздрогнул, представив, как дым застилает ему глаза, слыша крики ужаса, когда загорелась накренившаяся от качки палуба.

Потом видение исчезло так же быстро, как и возникло. Дейн знал, что надо делать.

— Да, он спит, но ему будет удобней, если ты опустишь его, Тэсс. Да, вот так. — Он осторожно снял ее безвольные пальцы с груди контрабандиста. — Так лучше, ему это понравится. Еще чуть-чуть... — Он очень бережно приподнял голову Лиса и отодвинул Тэсс в сторону, потом снова прислонил тело к выцветшим подушкам.

Тэсс вздрогнула, с ее сжатых губ сорвался протяжный вздох. Медленно поднялась она на ноги с совершенно бесстрастным лицом, похожим на безжизненную маску жемчужного оттенка. Рейвенхерст вдруг увидел на ее щеках чуть заметный серебристый след от слез.

— Он... он сказал мне, чтобы я никому не доверяла, — прошептала она. — Может быть, это ты поджидал в рощице. — Она сжала руки в кулаки. — Может быть, твоя пуля сразила его. — Ее голос поднялся до пронзительного крика. — Ты так долго охотился за ним. Сегодня ночью тебе наконец представился удобный случай!

Она вдруг бросилась на Дейна, с дикой злобой осыпая ударами его плечи, шею и руки.

На виске Рейвенхерста запульсировала жилка, когда она стала бить его ладонями по лицу, оставляя красные следы. И все же он не двигался и не отворачивался, позволяя осыпать себя яростными ударами.

— Умер... умер, когда я только нашла его, — прерывисто всхлипывала Тэсс. — О Господи, почему я тоже не могу умереть?

Рейвенхерст обхватил ее запястья и сильно сжал.

— Да, он умер, Тэсс, но я не имею к этому никакого отношения. А у тебя впереди целая жизнь — она будет такой, какой ты ее сделаешь. Отпусти его. Ему бы не захотелось видеть тебя такой.

— Откуда ты знаешь, чего бы ему захотелось? — вопрошала Тэсс с потемневшими от слез глазами. — Он был... он был моим отцом!

Слышно было, как у Рейвенхерста перехватило дыхание. Ее отец? Он прищурил глаза, изучая благородную линию точеного носа Тэсс и ее решительно вздернутый подбородок.

Да, эта женщина каждой черточкой напоминала Лиса — теперь, внимательно вглядевшись, Дейн это понял. А это означает... Нахмурившись, он пытался подавить вспыхнувшую в его душе надежду. Но сначала надо было ответить на сотни вопросов и загнать в нору предателя.

— Кто это? Лис сказал тебе хоть что-нибудь? — спрашивал Рейвенхерст, настойчиво сжимая ее руки.

Тэсс несколько мгновений изучала его безумным, отстраненным взглядом. Потом, покачав головой, стала вырываться.

— Ты... ты делаешь мне больно!

Рейвенхерст тотчас же ослабил хватку, но не отпустил ее.

— Подумай, черт возьми! Это важно. Если не для меня, сделай это для него! Для своей страны. Я найду человека, погубившего его, можешь не сомневаться, но мне понадобится твоя помощь, Тэсс!

Рейвенхерст резко выдохнул, когда он заговорил снова, его голос был неторопливым и очень отчетливым.

— Расскажи мне все, что он сказал тебе.

— Я... он... — Тэсс задрожала, зажмурив глаза.

— Хорошо, он сказал, что это Ранзли и кто-то еще. «Не доверяй никому, — сказал он. — Ищи...» — Тэсс наморщила лоб, пытаясь вспомнить последнее предупреждение Джека. — «Ищи крыло». Да, я думаю, он так и сказал. — Она покачала головой. — Но возможно, он имел в виду кольцо. Иначе это бессмысленно.

Нахмуренные брови Рейвенхерста подсказали ей, что он думает так же.

— И ничего больше? — разочарованно допытывался Дейн.

— Только еще одно. — В глазах Тэсс был заметен упрек. — Он сказал, что ты не тот, за кого себя выдаешь. Что он имел в виду?

Рейвенхерст улыбнулся.

— Возможно, то, что тебе стоит доверять мне, хотя ты и пытаешься отрицать это. Может быть... — Он длинно витиевато выругался, проглотив слова, готовые слететь с его языка. «Слишком рано», — сумрачно подумал он. — В одном можешь быть уверена — Лис будет снова в седле. И он не перестанет выезжать до тех пор, пока я не разыщу человека, стоящего за этими злодеяниями. Но сначала... — Рейвенхерст прикоснулся пальцами к подбородку Тэсс, медленно приподнимая ее лицо и заглядывая ей в глаза. — Я должен похоронить его, Тэсс. Позже я приглашу священника... думаю, об этом позаботится моя тетя. Но пока скажи — где?

— В белом саду, — тихо ответила она. — Он бы мог пожелать этого. Это было любимое место моей матери. Да, в белом саду... — Ее голос замер, глаза наполнились слезами. — Спасибо...

Это были не те слова, которые он хотел услышать, даже не та малая часть, которую она могла бы произнести, но и этого было достаточно.

Пока.

— У тебя есть...

— Я найду все, что потребуется, — тихо сказала Тэсс и вышла.

Он проводил ее тоскующими глазами, переполненными болью, которую Рейвенхерст обычно тщательно скрывал.

Ото всех, даже от самого себя.

Он пришел сказать ей, когда все было кончено.

Она так и сидела там, где он ее оставил, — в потертом плюшевом кресле, стоящем посреди гостиной, имевшей странный, нежилой вид без давно проданной мебели.

— Одно последнее одолжение, — прошептала она, ее руки, сплетенные на коленях, слегка дрожали.

Рейвенхерст нахмурил темные брови. Его охватило странное оцепенение при виде ее потемневших глаз.

— Ты... ты сказал, что я могу доверять тебе, — на мгновение голос Тэсс сорвался, — докажи мне это.

Она поднялась, протягивая руки к его мускулистым плечам.

— Господь всемогущий... — Рейвенхерст резко выдохнул, когда она прикоснулась пальцами к обнаженной коже на его шее.

Огонь, мука из мук, чистейшее, опьяняющее удовольствие.

— Сейчас, Дейн.

Рейвенхерст невнятно выругался. Он не мог воспользоваться ее беззащитностью. Это означало бы поступить цинично, это означало бы... Ее пальцы колдовали на его груди, расстегивая первую пуговицу на рубашке.

— Тэсс, — хрипло прошептал он.

Тэсс ничего не могла с собой поделать, ей казалось, что ее рассудок помутился, но в голове у нее роились невероятные образы. Наконец она вспомнила часы мучений и восторга, часы доверия и понимания. Двое мужчин. А на самом деле один?

Мозолистые пальцы ухватили ее запястье, не давая пошевельнуться.

— Зачем... — Выругавшись, Рейвенхерст прочистил пересохшее горло. — Зачем ты это делаешь?

Глаза Тэсс странно, по-кошачьи замерцали.

— *Зачем?* Тебе и вправду надо меня об этом спрашивать? — В ее голосе слышалась насмешка. Она очень осторожно придвинулась ближе, пока их тела не коснулись друг друга; это прикосновение было легким и манящим, как первый поцелуй любовников.

— Перестань, Тэсс, — заворчал Рейвенхерст, но от ее прикосновения жар в его чреслах стал невыносимым. Его переполняло желание подмять ее под себя и заполнить собой. И делать это бесконечно, неистово и невероятно нежно.

До тех пор, пока не уйдут все слова, пока не исчезнут все вопросы и чертовы ответы!

И не исчезнет ложь.

— Скажи мне, — попросила она.

В полосе лунного света суровые, угловатые черты лица Рейвенхерста казались выточенными из мрамора. Тэсс, замерев, ждала

— Любимая.

Слово прорвалось с тихой стремительностью, повиснув, подобно кинжалу, в напряженной тишине, заполнявшей комнату.

Тэсс рассмеялась прерывистым и резким смехом.

— Или, может быть, Андре, теперь, когда мне известна твоя тайна, ты больше не хочешь меня?

Рейвенхерст с силой, но все же очень осторожно ухватил ее за руки.

— О, я очень хочу тебя, с тех самых пор, как увидел в белом саду пять лет назад — с глазами, горящими зеленоватым огнем, и напоминающими темный огонь волосами, распущенными по плечам. Боже, я никогда не переставал мечтать о тебе!

Его слова погрузили Тэсс в необъятную волну боли и предательства. До самого последнего мгновения она надеялась, что ошибается.

Но надежды покинули ее.

Она откинула голову, с губ ее срывался дикий, безумный смех.

— Нет, Тэсс, — пробормотал он. — Не надо.

Но теперь она была далеко от него, и наступившая темнота была хуже той, которую она узнала за дни и ночи слепоты. Тогда у нее был свет, свет Андре и подаренная им надежда.

— Андре ле Бри, — фыркнула она, — капитан и корсар. Просто еще одна ложь — самая изощренная из всех. Ты такой же, как мой... как человек, называвший себя моим отцом!

— Это не ложь, — пробормотал Рейвенхерст. — Фредерик Дейн Андре Жордан ле Бри Сен-Пьер. Моя мать была ле Бри, из Морбиана. Домик был ее, Тэсс. И я никогда не приводил туда другую женщину. Только тебя. — От желания убедить его голос стал резким.

Плечи Тэсс затряслись от безудержного смеха. Даже сейчас он намеревался убедить ее в своей невиновности, после того как уничтожил ее последнюю надежду, одним безжалостным ударом сведя на нет годы выздоровления. И он сделал то, что угрожал сделать французский корсар, смутно поняла она.

Он проник ей в душу и вырвал из груди сердце.

Ее сердце принадлежало ему — Тэсс с горькой мукой должна была признать это. Дейну или Андре — это не имеет значения. Ее сердце всегда принадлежало ему.

Она встрепенулась, вырываясь из его объятий; ее лицо стало мокрым от слез, заблиставших серебром в лунном свете.

— Тебе было мало предать меня один раз, да? Нет, тебе понадобилось окончательно разрушить мою жизнь. Отвратительный проклятый лжец! Нет, убийца — вот ты кто, ибо ты убил Андре!

— Перестань, Тэсс. Андре существует! Он — часть меня, голос моей юности, радость капитана, стоящего у штурвала. Но ты не сможешь обладать им, не обладая мной. Это закон жизни, Тэсс: добро не всегда можно отделить от зла. Вот этого-то ты и не можешь принять, правда?

Она не ответила; глаза ее были бездонными, потемневшими от боли.

— Это было нечестной игрой! Зачем ты возвратил мне надежду?

Из тени послышался шорох крыльев. Через секунду из сумрака через полосу лунного света малиново-изумрудным пятном проплыл Максимилиан, едва коснувшись головы Рейвенхерста. Виконт от неожиданности, выругавшись, пригнулся.

Тэсс тотчас же вырвалась из его рук и ударила Дейна в пах коленом. Так же как и в первый день на кухне, Рейвенхерст согнулся пополам, судорожно хватая ртом воздух. Невыносимая боль сдавила его чресла, но он все же пытался что-то сказать.

— Черт побери, Тэсс. У-у-у! Подожди...

— Слишком поздно! — дико закричала она; в ее глазах серебрились слезы. — Андре... Дейн — за каким бы именем ты ни прятался теперь, не имеет значения! Ты предал меня в последний раз. Я позабочусь, чтобы у тебя больше не было возможностей.

С напряженным от боли лицом Рейвенхерст смотрел, как она неуверенно повернулась и поплелась к двери.

— Подожди... — хрипло пробормотал он.

Но Тэсс не стала ждать. Она выбежала из комнаты, и шорох ее шагов не смог заглушить безудержных рыданий, срывавшихся с ее губ.

Глава 39

Луна стояла высоко, ее бледный серп покачивался на волнах пенистых облаков, когда Тэсс повернула на Мермейд-стрит. В оцепенении она отметила, что с болот наползает сырой туман. Ни минуты не колеблясь, Тэсс, потрясенная смертью Джека и раскрытием невероятной тайны Андре, взяла лошадь Рейвенхерста. Сердитый топот копыт, казалось, поддразнивал ее.

«Слишком поздно, — как будто выстукивали они. — Слишком поздно. Слишком поздно».

Тэсс слышала за собой в темноте шорох преследовавших ее невидимых существ. О да, этой ночью демоны подкрались совсем близко!

Поэтому ничего удивительного не было в том, что Джем, молодой конюх, перепугался, когда она ворвалась в тихую конюшню подобно Валькирии.

Тэсс уже знала, что ей надо делать — и как можно скорее.

Десять минут спустя она бросила последнюю вещь в старую кожаную сумку, потом торопливо застегнула ее, молясь, чтобы ей не встретился Эшли. Позднее она объяснит ему, но не сегодня, когда ад готов поглотить ее. Нынешней ночью она должна думать только о том, как выжить. Любой ценой.

— Мисс Лейтон?

Проклятие! Тэсс сжалась, не поворачивая головы. Голос был тихим, повелительным и совершенно незнакомым.

— Пожалуйста... не уходите. У меня... у меня есть кое-что для вас.

— Убирайтесь, — с ненавистью сказала Тэсс.

— Это нечто, что я храню пять лет, и все это время оно подтачивает мои силы, — задыхаясь, прошептала женщина.

Отчаяние, прозвучавшее в этом старческом голосе, привлекло внимание Тэсс. Медленно и неохотно она повернулась, сердито взглянув на маленькую седую женщину, стоявшую в дверном проеме.

— Кто вы? Что вам нужно от меня? — устало спросила она.

Лицо графини Крэнфорд вытянулось от напряжения.

— Вы знаете моего племянника. И, думаю, очень хорошо. — Она ощупывала темными глазами лицо Тэсс, проникая в самые потаенные уголки ее изболевшейся души. — Вы могли бы быть той единственной, которая ему нужна. Если только... — Из глубоких складок платья показалась ее рука, сжимавшая конверт, который она протянула Тэсс. — Это ваше. Знаю, как жестоко я поступила, скрыв его от вас.

Тэсс молча уставилась на прямоугольник веленевой бумаги. Итак, это тетка Рейвенхерста, графиня Крэнфорд. Пять лет назад он говорил о ней с грубоватым, заботливым обожанием.

— Возьмите его, пожалуйста! Дейн до сих пор не знает, что я спрятала от вас это письмо. Он послал его накануне Трафальгара через моего старого приятеля из морского министерства. Я знала, что это для него очень важно, раз уж он воспользовался связями семьи — от чего всегда так упорно отказывался. — Ее хрупкие руки задрожали, и на мгновение Тэсс испугалась, что женщина упадет в обморок.

Она быстро подвела графиню к креслу и подала ей стакан воды.

— Выпейте, ваше сиятельство, — сказала она после минутного колебания.

Графиня вскинула проницательные глаза, остановив взгляд на лице Тэсс. Лазурные глаза — совсем как у Дейна. По спине Тэсс пробежала дрожь, а вместе с ней — волна ослепляющей боли.

Тонкие хрупкие пальцы ухватили Тэсс за руку.

— Он ничего не знал, верьте мне. Во всем виновато мое... мое глупое вмешательство. Я думала, что в предстоящей борьбе он будет сильнее, уверенней, если сочтет, что между вами все кончено. Тогда ничто не будет отвлекать его и не сделает таким уязвимым. Вот почему я сказала ему, что доставила письмо лично и вы при мне разорвали его, швырнув обрывки мне в лицо. — Графиня на секунду закрыла глаза. — Да поможет мне Бог, я думала, что поступаю правильно. Как же я жалела об этом с тех пор!

Тэсс побледнела — еще один удар, после многих других.

Глаза пожилой женщины, так напоминавшие глаза Дейна, раскрылись и умоляюще взглянули на нее.

— Это все меняет, понимаете? Он пытался связаться с вами, объяснить все, вместе подумать о будущем, которого он страстно желал, несмотря на происшедшее. Да, дорогая моя, он рассказал мне даже об этом. Думаю, он чуть не сошел с ума той ночью, и, боюсь, я могла лишь посоветовать ему навсегда выкинуть вас из головы. Получается, что я оказалась всего лишь глупой, надоедливой старухой. — Глаза графини подернулись слезами, когда она вкладывала письмо в руку Тэсс. — Прочтите его, дорогая! Прочтите сейчас, ибо он нуждается в вас — больше, чем вы можете себе представить. Он потерял все, что у него было. Возможно, он близок к тому, чтобы потерять самого себя.

Грудь Тэсс судорожно вздымалась. Она сжала пальцами толстый веленевый конверт. Опустив глаза, увидела свое имя, написанное твердым решительным почерком. До боли знакомым почерком Дейна.

С трудом подавив рыдание, Тэсс опустила письмо и отпрянула, испытывая более сильное искушение, чем ей хотелось.

— Это уже не важно, — прошептала она. — Ничего нельзя изменить. Надеяться сейчас... снова чувствовать... — Она с содроганием прикусила губу. — Боже, не хочу больше!

Подхватив сумку, Тэсс отступила к двери; каждый шаг давался ей с трудом, лицо было искажено отчаянием.

— Н-не ходите за мной. Не... не говорите ничего больше! Слишком... поздно, разве вы не видите? Для всех нас.

Слепо идя к двери, Тэсс не заметила стоящую в холле женщину.

«Я чуть не потеряла его», — подумала француженка, наблюдая за вбежавшей в холл красавицей с золотисто-каштановыми волосами. Вслед за тем изумрудные глаза Даниэлы прищурились.

Вот счастливый случай, плывущий прямо ей в руки! Она не упустит его, как эта глупенькая упрямая англичаночка.

Со страдальческим выражением на лице Даниэла вонзила в ладони пальцы с длинными ногтями, нажимая до тех пор, пока на глазах с тяжелыми веками не проступили слезы. Потом она быстро направилась в тихую комнату.

— Простите меня, ваше сиятельство, — настойчиво начала она, прижимая руку к груди. — Я не могу больше ждать. Мне нужно высказаться, или я умру... — С ее розовых губ сорвался стон. — Не ради себя. И даже не ради вашего племянника. Молю о вашем милосердии ради ребенка, нашего ребенка.

Стоя на лестничной площадке, куда она вернулась после того, как оставила записку для Эшли, Тэсс при этих словах француженки оцепенела. Если у нее и оставались какие-то сомнения, то теперь пути назад не было.

В кабинете лорда Леннокса окно еще светилось, когда час спустя Тэсс остановила лошадей у его дома. Она проворно соскочила с двуколки и передала поводья встревоженному Джему.

— Все будет хорошо, Джем, уверяю тебя. Скоро лорд Леннокс привезет меня обратно. — Ее руки дрожали от тревоги и изнеможения, но Тэсс старалась, чтобы голос ее не выдал. — Теперь возвращайся в «Ангел».

— Хорошо, мисс Тэсс. — Молодой конюх нахмурился еще больше. — Если вы уверены, то ладно — хотя мне и подумать-то страшно, что скажет мистер Хобхаус, когда...

— Ну же, Джем! — Это был уже приказ.

Покачав головой, юнец взобрался в двуколку и подстегнул лошадей. Минуту спустя они свернули на длинную, обсаженную деревьями аллею, разгоняя копытами призрачные волны тумана.

В неожиданно наступившей после их отъезда тишине Тэсс испытала дикое желание позвать мальчика назад. Но она знала, что уже слишком поздно менять решение. Крепко сжав губы, Тэсс поднялась по широким мраморным ступеням и резко дернула дверное кольцо.

Через несколько минут появился заспанный слуга, откровенно недовольный поздним вторжением.

— Мне нужно повидать лорда Леннокса, — повелительно объявила Тэсс, хорошо понимая, насколько странным может показаться ее визит в такое время.

Подняв кустистую бровь, слуга оглядел ее с головы до ног — начиная со спутанных волос и пыльного плаща и кончая поношенной кожаной сумкой, брошенной на ступеньки.

— И позвольте спросить, как я должен доложить о вас? Разумеется, если предположить, что его сиятельство дома, чего я не утверждаю.

Тэсс вздернула подбородок, хотя ее сразу стали одолевать новые сомнения. Что, если графа действительно нет дома? Что, если он в гостях?

Это должно свершиться сегодня! Если она не сделает этого сейчас, то больше уже не найдет в себе сил.

Слуга не двигался, отказываясь идти, пока не узнает имя.

— Мисс Лейтон, — холодно произнесла Тэсс. — Вы что, собираетесь продержать меня здесь всю ночь? — строго спросила она.

Темные глаза мигнули. «Почти лукаво», — подумала Тэсс, когда слуга повернулся и проводил ее вовнутрь. Не говоря ни слова, он отвел ее в комнатку без окон рядом с прихожей и оставил там, осторожно прикрыв за собой дверь. Но его шаги, как поняла Тэсс минуту спустя, направились не в ту сторону, где располагался кабинет лорда Леннокса. Побывав здесь както на танцевальной вечеринке, Тэсс знала с расположение комнат на этом этаже.

Мысль о том, что можно отложить разговор, принесла ей нежданное облегчение, и это позволило ей самой открыть дверь и отправиться на поиски лорда Леннокса. Ибо Тэсс чувствовала, что теряет силы.

В отдалении она услышала топот приближающихся по коридору шагов. Ухватившись за холодную металлическую ручку, Тэсс заставила себя радостно улыбнуться и открыла дверь кабинета, приготовившись извиниться.

Она увидела элегантную обстановку комнаты и мужчину, сидевшего с пером в руке за секретером розового дерева с тонкой резьбой; перед ним было разложено несколько листов веленевой бумаги и конвертов. Она увидела, что он как раз запечатывает красной печатью один из конвертов с помощью перстня, который прикладывал к теплому воску.

Лорд Леннокс резко обернулся, в недоумении подняв светлые брови. «Странно, — подумала Тэсс, — что я никогда раньше не замечала, какие светлые у него волосы».

— Прошу прощения, милорд, за столь позднее вторжение.

Его зеленые глаза потеплели.

— Мисс Лейтон? — выдохнул он, отказываясь верить тому, что перед ним не видение, а живой человек.

— Да, это я, — вымолвила Тэсс, как ей казалось, очень весело. Почувствовав внезапную настойчивость его взгляда, она нервно пробежала пальцами по стоящему у двери книжному шкафу. — Вы что-то поменяли в комнате. Возможно, новые занавески?

— Новые стулья. — Граф медленно задвинул конверт в дальний конец секретера и грациозно поднялся. — Новое бюро. Новые обои. Но почему-то, — пробормотал он, пересекая комнату, — я не могу поверить, что вы пришли сюда в этот поздний час поговорить о моей домашней мебели.

Горло Тэсс сжалось, она судорожно сглотнула.

— Собираетесь вы сказать мне, зачем пришли, дорогая моя, или я должен угадать сам? — Он протянул к ней руки и нежно обхватил запястья, заглядывая в лицо.

Тэсс вздрогнула, когда к ее коже прикоснулся холодный металл его перстня.

— Ну что, дорогая моя? — снова тихо спросил он.

Сердце ее бешено забилось.

— Я... я... — Тэсс откашлялась, — хотела повидать вас, милорд. То есть дать вам ответ, — выговорила она наконец.

В глазах Леннокса промелькнуло изумление.

— Боюсь неправильно понять вас, моя дорогая Тэсс. Выходит, вы собираетесь сделать меня счастливейшим из людей?

Его тон показался Тэсс излишне официальным.

Белокурые брови слегка поднялись. Тэсс покраснела, уразумев, что он все еще ждет ее ответа.

— Да. Я выйду за вас, милорд.

Лорд Леннокс поднес к губам ее открытую ладонь, вглядываясь в ее лицо.

— Моя дорогая девочка, — прошептал он, прикасаясь губами к ее прохладной коже. — Вы положительно лишаете меня мужества.

Ее охватил слабый трепет. Подняв глаза, она поймала на себе его упорный взгляд, выражающий потаенные желания.

— Это так волнующе — проскользнуть ко мне при луне! Вы воспламеняете мои самые горячие мечты, дорогая моя, предупреждаю вас. Я очень долго ждал этих слов — дольше, чем вы думаете.

— Именно поэтому я и пришла, чтобы сразу же сказать вам.

— Очень рассудительно с вашей стороны. — Губы графа продолжали ласкать ладонь Тэсс. При каждом интимном прикосновении Тэсс вздрагивала, с болью понимая, что это не Рейвенхерст.

Она закрыла глаза, опасаясь, что он заметит захлестнувшее ее мрачное отчаяние. Но не осмеливалась отодвинуться, чтобы не выдать себя.

Его спокойное дыхание заставило Тэсс открыть глаза. Теперь его лицо было замкнутым, пламя тщательно притушено. Он медленно отпустил ее руку.

— Вы порадовали меня своим ответом, дорогая. И стремительностью, с которой принесли его. Да, вы делаете меня счастливейшим из людей. Право, я думаю, что это повод для возлияний.

Граф повернулся и подошел к маленькому шкафчику, из которого извлек хрустальный графин и две рюмки. Тэсс нервно сжала руки, пытаясь сосредоточиться на чем-нибудь — не важно, на чем, — чтобы не думать о непоправимости только что совершенного ею шага.

Рассеянно взглянув в сторону, она заметила лист бумаги на письменном столе Леннокса. За спиной она услышала звон стекла и звук льющейся жидкости.

15 Juin — эта дата была проставлена на письме. 15 июня. Итак, он писал кому-то по-французски. Тэсс пробежала письмо строчка за строчкой — это были хаотически расположенные цифры, — и ее глаза от удивления широко раскрылись.

«Возможно, какая-то зашифрованная финансовая сделка», — решила Тэсс, переводя взгляд на дальний угол письменного стола Леннокса, где к чернильнице был прислонен конверт. Ее внимание привлекла выпуклая малиновая печать, на которой была изображена птица в полете.

«Очень мило, — подумала Тэсс, — как и все вещи, принадлежащие графу». Возможно, он и ее желает иметь по тем же соображениям, как один из предметов своей коллекции?

Уязвленная этой мыслью, Тэсс слегка нахмурилась, наклоняясь и беря со стола маленькую фигурку из жадеита.

— Снова восхищаетесь моей обстановкой? — Губы Леннокса оказались совсем близко от ее уха, так что она едва не подпрыгнула.

— Просто... просто эта статуэтка, она такая красивая! Впрочем, у вас всегда был превосходный вкус, милорд.

Как во сне, Тэсс увидела, как на стол опускаются две наполненные рюмки. Через мгновение руки Саймона обняли ее за плечи, а губы принялись нащупывать пульсирующую на шее жилку.

— Правда? — пробормотал он.

Сначала его прикосновения были легкими и дразнящими, но скоро стали более настойчивыми.

— И это все, о чем вы думали, дорогая моя?

Тэсс судорожно сглотнула, стараясь не уклоняться. В смятении она окинула взглядом комнату. И только тогда окончательно поняла, что же изображено на печати — хищная птица с распростертыми крыльями.

На этот раз ей не удалось скрыть своего напряжения. Сердце болезненно колотилось о ребра. Нет, она, наверное, ошибается! Не может быть...

Леннокс медленно выпрямился, нежно поглаживая пальцами ее плечи, и неторопливо повернул к себе.

— Думаю, мне пора возвращаться... — выпалила она. — Поскольку я... поскольку мы...

— Что — вы собираетесь так скоро уйти? И не подняв даже бокал за наше будущее счастье? Не хочу и слушать об этом. — Улыбаясь, Леннокс прижал к ее безвольным пальцам ободок рюмки.

Тэсс, не глядя, сделала большой глоток. Глаза Леннокса были теплыми и слегка укоряющими, когда он осушил свой бокал.

— Моя дорогая, нежная Тэсс, — пробормотал он, не сводя глаз с ее лица, пока она пила.

Он осторожно извлек из ее нетвердой руки длинную, прохладную ножку бокала. Тэсс вздрогнула, слегка покачнувшись, на лбу у нее выступили капельки пота.

— Мне нехоро...

Вдруг ей стало очень жарко — так жарко, как было холодно лишь несколько секунд тому назад. Комната, занавески, лицо лорда Леннокса — все закружилось, расплываясь у нее перед глазами.

«Ищи крыло. — Так говорил Джек. — Никому не доверяй».

Она слишком поздно поняла его предупреждение.

Леннокс рассеянно играл перстнем на левом указательном пальце. На золотой поверхности перстня поблескивало выпуклое изображение птицы. Птицы в полете.

Орел...

— Что же мне делать с тобой, милая моя?

Тихо произнесенный вопрос был последним, что услышала Тэсс перед тем, как на нее навалилась темнота.

Глава 40

Ее разбудило громыхание колес по разбитой дороге.

Почему у нее так сухо во рту? Откуда этот металлический привкус? И почему такой влажный, неподвижный воздух? Память вернулась к ней бешеной болезненной вспышкой. Улыбающийся Саймон, огненный вкус коньяка.

Он опоил ее.

Она снова нырнула и накренилась, деревянные колеса скрипели прямо у нее под головой. «Где я сейчас?» — отчаянно думала Тэсс, открывая рот, чтобы закричать.

Но не смогла, поскольку губы болели и были обмотаны какой-то толстой тканью. Она пошевелила руками — оказалось, что они связаны у пояса. Повозку тряхнуло, и голова ее сильно ударилась о деревянную обшивку.

Из уголка глаза Тэсс выкатилась слеза.

Орел — Саймон Леннокс.

Ее охватил ужас, кровь стыла в жилах, как зимний прилив в Ла-Манше. Как она могла так ошибаться относительно этого человека? За все эти месяцы у нее не возникло и тени подозрения на его счет.

Тэсс скривилась от боли, возвращаясь мыслями к его кабинету и парящей птице на перстне. Джек знал об этом и пытался предупредить ее. Саймон Леннокс убил Лиса. И теперь знал, что она видела зашифрованный документ на его письменном столе.

Тэсс неистово извивалась в путах, силясь ослабить тугие пеньковые узлы. Но она скоро поняла, что это безнадежно. Саймон Леннокс был искусен в завязывании узлов, как и во всем, что делал.

Неожиданно повозка опасно накренилась, колеса пронзительно заскрежетали, и она остановилась. Где-то справа от Тэсс послышался скрип сиденья, потом приглушенные шаги.

Сердце ее забилось в груди, когда она услышала, как дверь экипажа распахнулась. На фоне тоскливого сумрака ночи вырисовывалась высокая, скрытая тенями фигура. Тэсс не шевелилась, чуть-чуть приоткрыв глаза и притворившись спящей. По ее лбу и щекам заскользили длинные пальцы, потом задержались на подбородке.

— Проснись, Тэсс.

«Как мог этот тихий голос когда-то казаться привлекательным? — удивлялась Тэсс, продолжая притворяться спящей. — Любой ценой обмануть его бдительность и, быть может, выиграть несколько секунд...»

Пальцы больно ущипнули ее за подбородок.

— Проснись, — грубо повторил Саймон.

Она вздохнула и завертела головой, медленно открывая глаза и как бы стряхивая с себя сон.

— Так-то лучше, — коротко промолвил лорд Леннокс. — Не смогу доставить себе удовольствия понести вас на руках, дорогая моя. Несмотря на то что мы так много значим друг для друга, — добавил он насмешливо. Схватив ее за запястья, он принудил Тэсс сесть. — Пошевеливайся.

Вздрогнув, Тэсс выбралась наружу, оглядываясь по сторонам. Вокруг была кромешная темнота, не было видно ни единого огонька. Куда он привез ее?

Ругаясь вполголоса, Леннокс подталкивал Тэсс перед собой. Под ногами было что-то мягкое — трава? В таком случае это не побережье. Явно хороший знак, поскольку Тэсс не хотелось, чтобы ее увезли во Францию.

Вдруг она похолодела от другой мысли. Он не собирается утруждать себя и везти ее во Францию, он хочет избавиться от нее прямо здесь.

— Это не так далеко, дорогая моя, за тем подъемом. Разве ты не узнаешь это место? Это мой маленький секрет — или по меньшей мере он был таковым до той самой ночи, когда твой папаша разнюхивал здесь что-то. О, он прекрасно сыграл свою роль — хочу отдать ему должное. Сначала он бушевал, изображая гнев, потом предложил мне владеть землей Фарли без всяких ограничений, без ненужных вопросов. Да, я почти что принял его предложение. — Невыразительный голос Леннокса ожесточился. — Но это было бы слишком рискованно. Потом была проблема с его очаровательной, упрямой дочерью. Должен признаться, ты была чем-то вроде бельма у меня на глазу. Для тебя искушение было тоже велико...

Тэсс покачнулась и чуть не упала. Грубо выругавшись, Леннокс схватил ее за плечи и подтолкнул вперед. Ее глаза, постепенно привыкавшие к ночному пейзажу, выхватили из темноты неясные силуэты ближайших деревьев. У ее ног подобно беспокойным, призрачным щупальцам шевелился и свивался низко стелющийся туман.

Бесцветный, невыразительный голос у нее за спиной продолжал:

— Но потом вернулся Лис, и я раскрыл твой маленький маскарад. Очень смело, дорогая моя! Мои аплодисменты. Даже Ранзли не представлял себе, что есть два Лиса. Но у тебя было мало шансов обмануть меня, знающего эти подземелья лучше твоего отца. — Леннокс тихо рассмеялся. — Да, эти туннели позволяли без труда наблюдать, ждать незамеченным — раскрывать любые секреты, которые может нести в себе ночь. Даже создавать собственные призрачные огни.

Тэсс впала в отчаяние. Сквозь толстую повязку, закрывавшую ей рот, послышалось сдавленное рыдание.

— Да, боюсь, это должно быть для тебя неожиданностью. Но, имея глупость ворваться в мой кабинет, ты не оставила мне выбора. Разумеется, в любом случае это был лишь вопрос времени. В конце концов я преодолел бы твое сопротивление и женился бы на тебе со всей требуемой помпой и с соблюдением всех церемоний. Потом однажды, во время поездки в город, ты бы упала в обморок. Твоя кожа побледнела бы. Сначала твои друзья стали бы шептаться о том, что ты в интересном положении, но вместо того, чтобы толстеть, ты худела бы. У тебя начался бы бред, и тебе стали бы представляться... о-о... ужасные вещи. Потом, к моей бесконечной и сокрушительной печали, ты бы навсегда покинула меня. Ужасный удар, разумеется! И очень большие потери драгоценного времени. Нынешний способ гораздо лаконичнее — ты не находишь, любовь моя?

Тэсс вздрогнула, в его голосе не было злобы и вообще никаких эмоций, только холодная рассудительность.

— Видишь ли, это всего лишь вопрос времени — собрать все воедино. Все, что нужно, — это найти ключ к разгадке, и я — покойник. Ты должна понимать это, дорогая моя, учитывая твое собственное опасное перевоплощение. Да, проделано очень умно. Даже моя сестра не ожидала такого от тебя. Хотелось бы мне знать, что стало с той бутылкой коньяка, которую она вручила Рейвенхерсту. В ней была на редкость сильнодействующая смесь трав и тонизирующих средств для воодушевления его эмоций, скажем так. И вот сестра пошла к нему, заранее готовая оправдаться перед ним и пустить в ход шелковистое тело. По вполне понятной причине она была вне себя от ярости, когда он отказался выпить. Я был тоже разочарован, поскольку она могла бы многое узнать от него в таком состоянии, — задумчиво добавил Леннокс.

Монастырь! Тэсс поняла, что они подходят к нему с противоположной стороны — она никогда не ходила этим путем, поскольку он был дальше от дороги и примыкал к фермерскому дому с огромной рычащей собакой.

Поскользнувшись на торчащем из земли корне, она упала на траву.

— Вставай, — ровным голосом приказал Леннокс. Она медлила, и тогда его пальцы впились в мягкую кожу ее рук, чтобы грубо подтолкнуть вверх. — Теперь надо торопиться, мы почти достигли цели. — С его губ сорвался невеселый смех.

Тэсс повернулась, пытаясь лягнуть своего скрытого тенями конвоира. Однако сопротивляться со связанными руками было невозможно. Чертыхаясь, Леннокс подталкивал ее вперед, пока она не наткнулась лицом на грубую кору дерева.

— Тебе придется очень пожалеть, если попытаешься проделать что-нибудь подобное еще раз. До сих пор я был терпелив, но этого больше не будет, если начнешь сопротивляться. — Говоря так, Леннокс прижимал ее голову к шершавой коре; Тэсс чувствовала, как со щеки сдирается кожа.

Его пальцы не ослабили безжалостного натиска.

— Теперь ты понимаешь меня?

Тэсс продолжала лягаться, охваченная ужасом и яростью. Ее прижали коленом к стволу дерева.

— Перестань трепыхаться! — зарычал Леннокс.

В шею ей уперлось холодное дуло пистолета.

Тэсс содрогнулась, когда ее груди прижались к твердому стволу. Он все-таки был намного сильнее ее, особенно теперь, когда она знала, что у него есть пистолет. Ей надо придумать что-нибудь другое. Расслабившись, она перестала бороться.

Саймон медленно разжал пальцы и опустил колено.

— Так-то лучше, дорогая моя, гораздо лучше. Думаю, мы прекрасно поладим, если ты будешь знать свое место в этом мире. И оно не такое уж высокое, как тебе кажется, — добавил он с коротким, лающим смешком. — Вот мы и прибыли на место назначения, как я вижу. А это значит...

Вдруг Тэсс почувствовала, как он накидывает ей на глаза широкую полоску ткани и затягивает ее крепким узлом. Она отчаянно изогнулась, но в то же мгновение ей в ребра уперся пистолет.

— Помни, о чем я говорил, — прошипел Леннокс, — если хочешь увидеть своего любовника живым.

У них из-под ног выскакивали маленькие камешки, когда он подталкивал ее вперед по террасе позади монастыря. Тэсс ощущала вокруг лодыжек холодные хлопья тумана. Неужели Леннокс схватил и Рейвенхерста тоже?

Он подталкивал ее вверх по лестнице, ступенька за ступенькой, а вокруг в зубчатых стенах свистел ветер. Черные щупальца страха сдавили сердце Тэсс, пока она обдумывала возможность побега.

Он считал ее незрячей и полностью дезориентированной в повязке. Это было отчасти верно, но не совсем, ибо долгие дни слепоты развили в Тэсс новые способности. Теперь у нее обострился слух, помогая ей воспринимать пространство с помощью звуков. Справа она слышала слабое эхо от расположенной поблизости стены, слева — неподвижность зияющей пустоты.

На нее налетел влажный порыв ветра, и Тэсс прикинула расстояние между полуразрушенной стеной справа от себя и упавшими каменными руинами где-то по левую руку.

Леннокс быстро подтолкнул ее вперед, пока она не наткнулась спиной на высокую зазубренную стену. Потом, протянув руку, он вынул у нее изо рта кляп.

— Тебе не придется долго ждать, дорогая моя. Он будет здесь в любую... а-а, это, должно быть, Ранзли, если не ошибаюсь. Да, развязную походку этого малого трудно не узнать. Он сделался совершенно невыносимым с тех пор, как я поручил ему это дельце с девчонкой из Эплгейта. Боюсь, он получает удовольствие от такого рода работы.

— Р-Ранзли работал с вами? — Губы Тэсс пересохли и потрескались, но она заставила себя говорить, молясь в душе, чтобы это дало ей столь ценные минуты отсрочки.

— Неприятный малый, — задумчиво произнес лорд Леннокс, — но, право, великолепен в своем деле. К сожалению, Лис был единственным человеком, кого Ранзли боялся. Поэтому задача по его устранению легла на меня. Это, однако, оказалось несложным. Мне просто пришлось подождать благоприятного момента в рощице. Я знал, что Лис рано или поздно вернется повидаться с тобой. Признаюсь, однако, что не ожидал встретить Рейвенхерста. Прелестная Даниэла выполняла некоторые задания, но в них не входил, к сожалению, сбор информации о тебе. Но разумеется, это упущение с моей стороны. Ты не познакомилась с любовницей Рейвенхерста?

Далеко внизу послышался приглушенный топот ног, прерываемый грубыми, произнесенными сквозь зубы ругательствами. По каменным плитам звонко, рассерженно застучали маленькие камешки.

— И давно вы знаете? — спросила Тэсс. — О моем маскараде?

— Почти полгода. Хоукинз хотел прибрать тебя, скажем так, к рукам уже давно, но я заставлял его ждать, поскольку ты была нам полезна.

— Хоукинз? — недоверчиво спросила Тэсс. — Он тоже участвует?

— Посвящение его в мой маленький секрет было вынужденным злом. Еще одно слабое звено в этой цепи, — размышлял Леннокс, как бы забыв о ее присутствии. — Да, я даже думаю... — Он оборвал фразу на полуслове, когда по лестнице загремели тяжелые сапоги. — А вот и они наконец! Проворен, как всегда, мистер Ранзли. Мои поздравления!

— А-а, с этим подонком не было больших хлопот. Только его не оказалось там, где вы велели его искать. Нагнали на дороге в Рай, и он вел себя очень грубо. Но после нескольких дружеских тумаков вспомнил хорошие манеры, — самодовольно добавил неряшливо одетый малый, подталкивая вперед своего пленника. — Вставил ему кляп, как вы велели, Орел.

Томительно долго двое мужчин с настороженностью смотрели друг на друга. Рейвенхерст пробормотал что-то неразборчивое из-под повязки, и Леннокс слегка улыбнулся.

— Дело это было долгим и скучным, Рейвенхерст, но наконец-то мои планы близки к завершению. За последние две недели вы уж слишком назойливо преследовали меня — боюсь, мне этого больше не выдержать. — Зеленые глаза Леннокса вспыхнули, ярко выделяясь на фоне бледного лица.

— Дейн? — неуверенно спросила Тэсс, в отчаянной попытке узнать, что происходит. — Что... что вы сделали с ним?

— Твой виконт только немного растрепан, дорогая моя. Но, полагаю, сейчас можно вынуть кляп. Думаю, будет забавно наблюдать за вами в течение нескольких минут, которые вам остаются. — Тэсс задохнулась от этих произнесенных ровным голосом слов, как будто ее окутала душная пелена.

— Да, в этой сцене есть определенный смысл, не правда ли? — размышлял вслух Леннокс. — Ему заткнули рот; она слепа. Так, как это было с тобой в Бретани, дорогая моя. О да, я знаю все о тех днях. Ибо я тоже был там, занимаясь своими делами. Хотя и не представлял себе, кто на самом деле был бравым капитаном «Либерте». Жаль! — Его голос посуровел. — Теперь эти дела требуют моего неусыпного внимания. Что, к несчастью для вас, означает, что ваше длительное присутствие будет для меня помехой.

Тэсс сжалась, услышав, как Леннокс слегка повернулся. Его голос стал холодным и четким.

— Сбрось их вниз, Ранзли. Девчонку первой. Ссора любовников, как это ни грустно признать. Несчастье, конечно, но такие вещи случаются, особенно с твердолобыми упрямцами вроде них. И кроме того, виконту присуща нервозность. О да, ночные кошмары все еще преследуют дьявола Трафальгара. Это мне тоже известно о Рейвенхерсте. Даниэла успешно справляется со своими обязанностями.

Тэсс услышала приглушенное ругательство, а вслед за ним — скрип гравия и мычание Ранзли от боли, когда противники сцепились. Послышался звук еще одного тяжелого удара, и на этот раз застонал Рейвенхерст.

— Остановитесь, черт возьми! — бушевала Тэсс, кровь которой кипела от отчаянного желания выжить. После выпавших на ее долю страданий она отказывалась дешево продавать свою жизнь. Во всяком случае, не такому подлецу, каким был Орел. — Вы так же обошлись и с моим отцом — сбросили его с крыши? С ним никогда ничего не случалось, когда он ездил верхом, поскольку был отчаянным наездником. Меня это давно смущает. — Тэсс понимала, что должна заставить Леннокса говорить. Может быть, тогда у Дейна хватит времени на то, чтобы оправиться от последнего жестокого удара Ранзли.

Да, разговор был их единственной надеждой.

— Право, дорогая, ты действуешь совсем уж в открытую, — холодно укорил ее Леннокс. — Эти разговоры ничем тебе не помогут. И все же, поскольку это нечто вроде предсмертного желания, полагаю, что должен ответить на твой вопрос. — Он тихо рассмеялся. — Нет, на самом деле я просто подложил под его седло маленькую колючую раковину. Он всегда оказывал предпочтение крупному вороному коню, и животное понеслось вскачь, сбросив твоего отца с утеса. Все произошло в считанные минуты, а мне досталась неприятная обязанность переносить его ближе к Фарли, поскольку обнаружение его тела рядом со входом в мой туннель было крайне нежелательно для меня. Да, — задумчиво прибавил Леннокс, — твой отец умер так же, как и жил — обливаясь потом и проклиная все на свете до последнего мгновения.

Губы Тэсс сжались в тонкую линию, когда она представила себе эту финальную кровавую сцену.

— Но он не умер!

— Глупости, дорогая моя, я видел его собственными глазами. Я нес его вверх по тропинке в гору, помнишь?

Тэсс почудилось в голосе Леннокса некоторое напряжение.

— Но мой отец не умер той ночью. Он умер всего несколько часов назад.

— Что это за ерунда? Предупреждаю тебя, эти выдумки не приведут ни к чему хорошему.

Тэсс наклонила голову, услышав слабый шорох где-то слева. Может, Рейвенхерст наконец пришел в себя?

— Лейтон? — Ей удалось рассмеяться. — Этот человек не был моим отцом.

Она немного подождала в наступившей напряженной тишине, представив себе, как губы Леннокса слегка растягиваются. Да, этот человек не любил беспорядка и сюрпризов.

— Да, мой отец был человеком редких способностей и скрытых талантов. Он научил меня всему, что знал сам. Видите ли, это был Лис, а сейчас из моего кармана прямо на вас нацеливается пистолет, — хладнокровно закончила она.

— Ты лжешь. — Но прежде чем снова заговорить, Леннокс чуть-чуть помедлил. Тэсс ощущала на себе холодную ярость его взгляда. — Да, лжешь — хотя и делаешь это превосходно.

— Тогда, может быть, проведем маленький эксперимент? Сделка, разумеется, нечестная, поскольку мои глаза закрыты повязкой, — злобно добавила Тэсс, — но вы, пожалуй, не были справедливы ни к одной из ваших жертв, правда? Почерк истинного труса.

— С тобой, дорогая моя, жизнь могла бы стать занимательной, — тихо произнес Леннокс. — Я почти жалею, что должен отказаться от такого удовольствия. А что касается экспериментов, то придется обойтись без них. Уже поздно, и не остается времени для глупых шуток. — Его сапоги заскрипели по направлению к Тэсс. — Отдай его мне, — приказал он.

— Ни за что. — Сердце Тэсс бешено билось. Ради всего святого, где Дейн? Почему он не помогает ей? У них осталось совсем мало времени.

Тэсс замерла, услышав слабый шум. Может, это отдаленный топот конских копыт? Возможно, Томас или Хобхаус?

— В таком случае твой друг виконт полетит вниз — и раньше, чем я предполагал.

Проклятие! Тэсс молча выругалась. У негодяя все козыри, и он знает это. Но почему Рейвенхерст все еще молчит? Неужели его рана так серьезна?

Где-то поодаль, в темноте, топот копыт становился все громче, приближался всадник.

У Тэсс пересохло в горле. Выбора не оставалось.

— Очень хорошо. Оставьте его здесь, и я отдам вам пистолет. Можете делать со мной что угодно. К тому времени как он освободится, вы вместе с вашим драгоценным золотым грузом будете далеко отсюда.

Леннокс тихо рассмеялся.

— Весьма разумно, дорогая моя. Всегда восхищался женщинами, делающими хорошую мину при плохой игре даже в безнадежных ситуациях. А теперь отдай мне пистолет и обсудим судьбу Рейвенхерста.

Откинув голову, Тэсс рассмеялась.

— Вы, должно быть, считаете меня полной идиоткой, если просите об этом. Без пистолета я беспомощна.

Леннокс бесшумно приблизился к ней.

— Даже с этим пресловутым пистолетом, которого я, между прочим, еще не видел, ты столь же беспомощна, моя дорогая. Ибо по одному только моему знаку Ранзли перебросит виконта через обвалившуюся стену. — Голос Леннокса стал каким-то напряженным. — Господи, неужели ты действительно любишь его? Так сильно, что все отдашь ради него?

— Полагаю, это не ваше дело, — сухо заметила Тэсс. — Любовь — чувство, вряд ли доступное вашему пониманию. Теперь я это вижу. К моему великому стыду, я поняла это слишком поздно.

Леннокс прищелкнул языком.

— Не укоряй себя за это, моя дорогая Тэсс. Моя пьеска была разыграна очень неплохо и отрепетирована на гораздо более приземленных существах, чем ты. — Звук его шагов неумолимо приближался, под сапогами скрипели мелкие камешки.

— Не подходите, — зашипела Тэсс. — Предупреждаю, я буду стрелять. Я ничего не вижу, но слух у меня очень острый.

— А мне начинает приедаться это представление.

Тэсс почувствовала, как под толстой повязкой, закрывающей ей глаза, кожа намокла от пота.

— Вы собираетесь рисковать жизнью в этой игре?

— Ничего другого не остается.

Где-то на склоне, спускающемся к огромному дому, послышалось лошадиное ржание. Сердце Тэсс переполнилось надеждой.

— Прекрасно, раз уж вы не оставляете мне выбора...

Вдруг Рейвенхерст с приглушенным рычанием оторвался от стены, вырываясь из железных рук Ранзли. Резко ударив его в незащищенный живот, Рейвенхерст освободился и бросился к Ленноксу.

Потом наступила тишина.

Побледнев как полотно, Тэсс силилась распознать малейший шорох. Мгновение спустя послышался скрип пары сапог по усыпанной камнями площадке в центре крыши.

Она смутно слышала песню ветра внизу над холмами, где-то коротко и пронзительно закричала сова. До нее дошло, что стук копыт затих, осталась только зловещая тишина.

Она бешено извивалась в держащих ее путах, силясь дотянуться до повязки на глазах. Но руки ее по-прежнему оставались связанными, узлы были такими же крепкими и неподатливыми. Прижавшись спиной к холодным камням, она мелкими, осторожными шажками пошла вдоль стены, пробираясь к ступеням.

Ей бы только дойти до Томаса...

За ее спиной по гравию скрипели сапоги, медленно кружа. Соперники молчали, полные решимости довести до конца эту борьбу не на жизнь, а на смерть.

Тэсс уже почти подошла к лестнице. Еще один фут, и тогда...

Снизу послышались тяжелые шаги.

— Томас? — прошептала Тэсс.

На плечо ей мягко легла рука, потом слегка сжала его.

— Слава Богу, — выдохнула она, прислоняясь к короткому мощному телу. Не слишком ли широкие для Томаса плечи? Не слишком ли твердые пальцы?

На шею ей повеяло теплым, влажным дыханием.

— Этот Томас хорошо утешал тебя, а? Я сделаю это еще лучше, милашка. Ты уж поверь мне.

Из горла Тэсс вырвался стон, когда короткие пальцы начали ощупывать ее шею. Ее держал Эймос Хоукинз — и Хоукинз был одним из людей Орла!

Глава 41

Повернувшись, Тэсс рванулась вперед, но тут же споткнулась о лежавшую гранитную плиту. В следующее мгновение Хоукинз поднял ее на ноги.

— Пусть себе эти ублюдки дерутся. Мы с тобой займемся более важными делами, а? — Он безжалостно ощупывал ее грудь, бедра и живот.

За спиной Тэсс послышался резкий звук мощного удара, опустившегося на чье-то тело. Леннокс застонал, процедив сквозь зубы ругательство.

Хоукинз рывком вытащил ее руку из кармана, не обнаружив ничего, кроме крепко сжатого кулака.

— Здорово надула его, а, девка? — Он приблизил к ее уху горячий, влажный рот. — Скоро кто-нибудь научит этого мерзавца уму-разуму, а сейчас я намерен заняться тобой. Господи, еще немного — и я взорвусь! — Его грубые и требовательные пальцы лезли ей под юбки, отыскивая тайные впадинки ее тела.

Тэсс неистово изгибалась и лягалась, пока не попала ногой в нечто твердое и выступающее.

Хоукинз взвыл от боли.

— Чертова маленькая сучка! Я научу тебя... — Размахнувшись, он ударил Тэсс ладонью по щеке, и она упала на колени. — Да, а теперь я возьму тебя прямо здесь. Грубо, на всех четырех, пока не попросишь остановиться. Только я не остановлюсь, понятно? Я стану вбиваться в тебя снова и снова, пока не научишься придерживать язычок! Иди сюда, девка. — Его голос возвысился и стал хриплым от похоти и предвкушения низменного удовольствия.

Тэсс подавила крик боли, поджимая по себя ноги и силясь встать. Из бреши в каменной стене у нее за спиной послышались короткие, приглушенные ругательства. Снова раздался звук удара, и на этот раз от боли застонал Рейвенхерст. Спотыкаясь, она осторожно пошла назад вдоль стены, слыша, как Хоукинз подбирается к ней.

— А-а, доберусь я до тебя, сучка! И тогда...

Вдруг позади них раздался прерывистый крик. Чьи-то пальцы в отчаянии хватались за разбросанные камни; ноги молотили по гранитным плитам. Потом послышался резкий вопль и звук подталкиваемого через полуразрушенный парапет и тяжело падающего на землю тела, вслед за которым дождем посыпались гравий и камни.

Тэсс едва сдержала крик. Кто из них?

Хоукинз остановился.

Она услышала шуршание одежды.

— Ах, до чего бодрящая разминка!

«Леннокс!» — подумала Тэсс, и на нее нахлынул мрак. Он опять выиграл.

— Нет! — Она бешено рванулась к тому месту, куда с приглушенным стуком упало тело Рейвенхерста.

Но на краю ее поймал Леннокс.

— Не сейчас, дорогая моя! Мне нужно закончить одно дельце. — Он вытащил из кармана перстень с изображением орла. — Скоро все заговорят о Рейвенхерсте и ужасных вещах, которые он творил с этими несчастными женщинами. Да, кто бы мог подумать, что он так вот воспользуется должностью, чтобы дать волю своей порочности? Да еще будучи контрабандистом. — Граф прищелкнул языком. — Ужасное дело, право. А ты, моя дорогая Тэсс, будешь носить его знак. Потом я надену перстень на его палец, где его без труда обнаружит судья.

Граф сильнее сжал талию Тэсс. Он безжалостно принялся вдавливать выпуклую поверхность кольца в ее правую щеку.

— Первый раз, с мальчишкой, я допустил ошибку. Я совсем позабыл об отметке, которую оставит этот перстень. Ну, как звали малого? Да, Торп, верно. Я увидел, как он разнюхивает что-то у входа в мое подземелье. Когда его тело было обнаружено в бухте Фарли, где я его предусмотрительно оставил, все подозрения пали на тебя, дорогая моя. Разумеется, я позаботился о том, чтобы мальчишка получил послание якобы от тебя, и поэтому его подозрения передались верховому офицеру, нашедшему его незадолго до смерти. Так жаль, дорогая моя, но, видишь ли, у кролика должно быть несколько норок. А у Орла больше одного гнезда. — Леннокс торжествующе рассмеялся. — Потом мне в голову пришла блестящая мысль — почему бы не оставлять свой знак на жертвах? Вернее, на всех жертвах Лиса? То бишь Рейвенхерста. — Леннокс продолжал посмеиваться, в то время как холодный металл впивался в мягкую кожу Тэсс.

— Дай мне сначала попробовать ее, Леннокс, — хрипло упрашивал Хоукинз. — Я жду уже полгода, черт побери. Ты обещал...

— Будешь делать, что я скажу! Мне нужно закончить дело, и есть более важные вещи, чем утоление твоей животной похоти. Спустись вниз и проверь последний ящик. Ранзли пошел узнать, готова ли шхуна отплыть через час.

Хоукинз издал низкое, горловое рычание.

— Не в этот раз, подонок! Сейчас я возьму ее, черт тебя подери!

Неожиданно Тэсс была бешено отброшена в сторону, пролетев по крыше, и сила удара ослабила веревки на ее запястьях.

— Беги, дурочка!

В ночной тишине с новой силой взорвались звуки их борьбы. Над полуразрушенной кровлей эхом отдавались проклятия, прерываемые вскриками и мычанием. С бьющимся сердцем Тэсс съежилась комочком на разбросанных камнях.

Где-то слева от нее продолжалась борьба, но теперь исход ее нисколько не беспокоил Тэсс. Теперь у нее ничего не осталось.

«Луна еще не зашла, детка. Ты помнишь, что я обещал тебе?»

Тэсс в смятении покрутила кистями, ослабив узлы и стаскивая с рук окровавленную веревку. Ей должно было бы быть больно, но сейчас она не чувствовала ничего, кроме ужасной, удушающей пустоты. Онемевшими пальцами она нащупала закрывавшую ей глаза повязку.

Высоко над головой шептались о чем-то воздушные течения. Тэсс слышала слабый шелест крыльев. «Сова выискивает жертву», — отстраненно подумала она. Большие крылья поднимались и опадали, их взмахи теперь слышались громче. Над ее головой раздался пронзительный птичий крик, а вслед за тем — изумленный вопль Леннокса и грубое ругательство Хоукинза.

Тэсс замерла, прислушиваясь к судорожному метанию рук, хлопанью темных крыльев. Через мгновение огромный зазубренный кусок парапета обвалился, поднимая облако серой пыли и погребая двоих ошарашенных мужчин под тонной дымящегося гранита.

«Все кончено», — подумала Тэсс.

Раньше по крайней мере она могла утешаться мыслями об Андре, гоняясь за призрачными грезами, скрывавшимися за далеким горизонтом. Теперь у нее не осталось и этого утешения...

Вяло подняв руку, она стянула с глаз пропыленную повязку. Круживший над ее головой Максимилиан спустился и сел на стену около нее, тихонько посвистывая.

Она видела, что далеко на востоке, над черными шпилями Рая, небо начало светлеть, растекаясь серыми пятнами, которые скоро превратятся в розовые и аквамариновые полосы. Из-за болот выскользнет солнце, а потом поднимется над колокольней и коньками крыш, увлекая за собой новый день в огненном воскрешении света из темноты.

Но пока еще царили свинцовые тени, тучные акры Фарли были скрыты под призрачными клочьями тумана, стелющимися вдоль изгородей и рядов деревьев вплоть до темных камней монастыря.

«Как же мне теперь жить?» — спрашивала себя Тэсс, когда все, о чем она могла думать, — это Дейн? Когда все ее помыслы устремлены к нему, даже после его гибели?

Наверху полуразрушенной стены Максимилиан похлопал крыльями, тихо посвистывая и наслаждаясь игрой ветра в перьях. Тэсс медленно провела пальцем по груди попугая, в конце концов, птица спасла ей жизнь.

— Тихая пристань перед рассветом, детка, — пропел Максимилиан, переступая по камням.

Стараясь сохранять спокойствие, Тэсс закрыла глаза и глубоко вздохнула, чувствуя, что тонет в сокрушительных волнах сожаления. «Дейн, Дейн», — звала ее измученная душа.

На этот раз отчаянный француз не спасет ее на середине Ла-Манша из темной пучины ее печали.

Неожиданно Максимилиан расправил крылья и устремился через неровную брешь в парапете, мелькнув малиновым и изумрудным оперением на фоне свинцового, предрассветного неба. Тэсс снова услышала звук скачущих камешков. С трудом поднявшись, она приблизилась к изрезанной расщелине в камнях, вглядываясь через край вниз, в колышущийся туман.

То, что она там увидела, заставило ее сердце конвульсивно сжаться, а пальцы — вцепиться в острые камни.

Из тумана возник темный силуэт, медленно, с трудом продвигавшийся вдоль выветрившегося каменного фасада монастыря. Приглушенно вскрикнув, Тэсс сильнее наклонилась над краем, отчего со стены посыпался вниз водопад гравия.

— Довольно, — прохрипел человек снизу. — Ты собираешься еще раз убить меня? — Теперь он был намного выше тумана, с усилием поднимаясь по серым расколотым плитам.

Светясь от счастья, Тэсс подалась вперед, протягивая к нему руки.

— Дейн!

Он поднял лицо, и стало видно, как на виске у него бьется жилка. Лоб его был запятнан кровью; она заметила, что глаза у него помутнели от боли.

— Помоги... помоги мне подняться, любовь моя.

Схватив его за руку, Тэсс помогла ему одолеть последние футы и взобраться на крышу.

— Никогда... не теряй надежды, сердце мое. Это единственное, что отличает нас от зверей, — задыхаясь, проговорил лорд Рейвенхерст и в изнеможении повалился рядом с ней.

В следующее мгновение он повернулся на бок и притянул ее к себе, и ее волосы закрыли их темной завесой. Отыскав ее пальцы, он крепко сплел их со своими, как бы для того, чтобы убедиться, что это мгновение — реальность, а все предыдущее было сном.

— Это... это был Саймон, — выдохнула Тэсс. — Всегда был Саймон. Он убил моего... Лейтона, когда тот обнаружил, что подземелье использовалось для переправки золота на скалы. И Джека тоже убил Леннокс. — На их сплетенные пальцы упала соленая слезинка. — Прости меня за то, что я тебя подозревала.

— Тише, чайка, — прошептал Дейн. — Теперь... все кончено.

Пальцы Дейна нежно прикасались к ней, поглаживая и снимая напряжение с ее плеч.

— Тише, сердце мое! Все это позади. Орел никогда больше не взлетит, ибо он сражен нашей отважной голубкой. Кроме того, — добавил он, отводя с ее лица длинную прядь блестящих волос, — ты ведь не думаешь, что от меня можно так легко отделаться, верно? В конце концов, во мне сидят два человека. И оба они вознамерились провести с тобой всю жизнь, — хрипло прибавил он.

Тэсс смотрела на него сквозь пелену слез, и ее неудержимой волной, способной поглотить их обоих, переполняла любовь.

— Андре или Дейн, я хочу тебя, милорд. Даже если в постели нас окажется трое.

Глаза Рейвенхерста подернулись дымкой.

— Я собираюсь очень скоро проверить эту клятву. Но сначала, чаровница, есть маленькое дельце — как ты могла сбежать от меня ночью, даже не попрощавшись? А я остался там — поздравляя себя с укрощением моей прекрасной строптивицы.

— Я не могла остаться, Дейн. Падриг ждал. Французские солдаты были уже на пути к дому. Останься я, все оказались бы в опасности.

— Все правильно, но тогда мне было все равно. И на пути домой к тебе вернулось зрение. — В глазах его был укор. — Да, мне удалось узнать об этом. Как жаль, что меня не было с тобой, чтобы вместе порадоваться!

В глубине глаз Тэсс заплясали зеленые огоньки.

— Ах, но у крепкого корсара есть много других важных дел, помимо ухода за ослабленными женщинами.

— Ослабленными? — Рейвенхерст пробормотал что-то вполголоса по-бретонски. — Будь ты чуть более «ослаблена», детка, ты бы уморила меня до смерти! Шпагой ли, гранитной плитой или гравием, который упорно сбрасывала на мою бедную голову.

Несмотря на героические усилия, Тэсс не смогла сдержать улыбки.

— И впрямь — бедная твоя голова! Прошу прощения за гравий. Но учти, только за него.

Пара подернутых дымкой лазурных глаз с прищуром изучала ее губы, и Тэсс ощущала, как ее омывают горячие волны силы и страстности этого мужчины.

— Знаешь, в Бретани мы умеем обращаться с непокорными женщинами.

— В самом деле, милорд? — Тэсс широко улыбнулась. — Вы приводите меня в ужас. Неужели бретонцы пускают в ход плетки или ножи?

— О-о, нечто более опасное, — загадочно пробормотал Рейвенхерст. — И уверяю тебя, сердце мое, твое наказание будет длительным и весьма мучительным. Час за часом, — прохрипел он, наклоняя к ней лицо и прикасаясь губами к ее шее, высоким скулам, мягкому изгибу верхней губы. — Неделя за неделей. — Он провел бархатистым языком по ее губам. — О, я чувствую, что это будет длиться годами, женщина. И предупреждаю тебя — ты увидишь, что я бесконечно изобретателен в своих методах.

Трепеща, Тэсс поддалась его чувственным желаниям, обольщенная будоражащими кровь образами.

Когда немного погодя над крышами Рая засияли первые розовые проблески зари, освещая этот тихий уголок Англии, два человека не заметили этого, слишком поглощенные зажженной ими зарей, уверенные в том, что их любовь встретит еще тысячу таких рассветов.

Над ними важно выступал Максимилиан с самодовольным и мудрым видом, а потом поднялся над зелеными склонами Фарли. Ему уже мерещились вкусные кусочки фруктов, которые он выпросит у Эдуарда на завтрак.

Эпилог

Две недели спустя они обвенчались в старой церкви на Уотчбелл-стрит под оглушительный перезвон колоколов, разносившийся над болотами и пустошами. Была макушка лета: деревья усыпаны розовыми цветами, трава ярко зеленеет, воздух кристально-чистый, и голубые небеса безоблачны на всем пути до Франции.

Возможно, даже на пути до скалистого, продуваемого ветрами полуострова в Бретани, где бросил якорь бриг с высокими мачтами, а команда принялась чинить ванты и паруса.

Все люди любят громкий скандал и почти в той же степени хорошую свадьбу. Поэтому неудивительно, что в тот день весь Рай собрался у старой церкви в ожидании столь знаменательного события.

Церемония завершилась, и новобрачные вышли на солнечный свет. Шепот смолк и толкотня прекратилась, когда двое повернулись, чтобы взглянуть друг на друга.

Волосы невесты разметались, подобно пламени цвета бургундского, по атласному свадебному платью, украшенному крошечными жемчужинками. Ее нежное лицо светилось любовью. Сияние ее пытливых зеленых, поднятых вверх глаз заставило остановиться на полуслове не одну матрону.

В сером мельканий крыльев летели на юг голуби с распушенными хвостами, вспугнутые громким перезвоном, плывущим над стенами старого города и расстилающимся подобно зеленому морю болотом, подступающим к городку.

Однако мужчина, шедший рядом с Тэсс, не замечал ничего этого; его взгляд и все его существо были прикованы к взволнованной красавице рядом с ним. Внезапно его длинные, мозолистые пальцы напряглись, как будто он испугался, что потеряет ее, как будто опасался, что не выдержит груза этого счастья.

Молодая жена заметила это и улыбнулась, нежно взъерошив ему волосы.

— Навсегда, сердце мое, — чуть слышно прошептала она, улыбнувшись при виде сияния, вспыхнувшего от ее слов в его красивых синих глазах. — Навсегда, клянусь тебе.

— Я настаиваю на выполнении этой клятвы. Даже морское сражение, начнись оно прямо здесь, в Дандженесе, теперь не оторвет меня от тебя. — Его губы слегка сжались. — Так же, как и превосходнейший груз шелка и коньяка не заставит меня хоть раз отпустить тебя на Камбер-Сэндз.

Тэсс скорчила недовольную гримаску:

— Ни одного раза? Ого, как рычит лев, загнав в угол подругу!

— Неудачный пример, любовь моя, ибо убивает львица, а ее ленивый любовник просто-напросто пользуется плодами ее трудов. А ты, моя острая на язычок женушка, весь следующий месяц будешь заниматься только тем, что подавать мне в постель чай и омлет. — Он слегка нахмурил широкий лоб. — Ну и, конечно, выполнять некоторые другие обязанности, которые я запланировал для тебя еще пять лет назад. Да, чаровница, я намерен не оставлять тебе сил для твоих беспутных друзей с болота.

— В таком случае я должна быть очень занята, — бархатным голоском произнесла Тэсс, проводя пальцами по припухлой нижней губе Рейвенхерста. — Интересно, ты позаботишься об этом?

Ответом был протяжный стон, вырвавшийся у ее мужа.

Этот звук заставил Тэсс широко и лучезарно улыбнуться.

За спиной у них послышалось негромкое покашливание.

— Если вы и дальше будете так миловаться на церковных ступенях, то даже моего богатого светского опыта будет недостаточно, чтобы оградить вас от остракизма. — В церковных дверях, сурово глядя на новобрачных, стояла графиня Крэнфорд, элегантно одетая в серый муаровый атлас.

— Вы уже так много сделали для нас, ваше сиятельство. Сможем ли мы когда-нибудь отблагодарить вас?

На мгновение глаза старой женщины затуманились, и она резко покачала головой:

— Как будто я ожидаю благодарности! Нет, мне приятно видеть, как вы приручили моего изменчивого племянника. Теперь вы будете руководить им, дорогая моя, хвала Создателю! — Она на секунду сжала хрупкими пальцами руку Тэсс, пряча слезы.

— Не сомневайтесь, ваше сиятельство! А что до письма, то это будет нашим маленьким секретом. Вы сделали это из любви. Как я могу винить вас за это?

Пальцы графини задрожали, когда Тэсс наклонилась, чтобы поцеловать ее.

— Моя дорогая, дорогая девочка, — прошептала она.

Через мгновение Рейвенхерст оказался рядом с ними.

— Уже строите какие-то новые козни? А ты еще и пяти минут не пробыла замужем, жена. Вижу, что должен держать тебя на коротком поводке.

— Глупый щенок, — строго произнесла графиня, хлопнув его веером. — Вижу, этой бедной девочке придется потратить много сил, перевоспитывая тебя. А теперь я пойду, ибо у вас есть более важные дела, чем стоять здесь и мучить старую немощную женщину.

Из глаз графини выкатилась еще одна слеза, пока она смотрела на то, как пара повернулась и зашагала рука об руку по серым истертым булыжникам, по которым до них проходило немало счастливых людей.

— Храни вас Господь, — прошептала графиня. Расчувствовавшись, она достала из сумочки, свисающей с руки, вышитый батистовый носовой платок.

Старательно отворачивая лицо, она не заметила, как белый квадратик упал на землю. Из церкви потоком полились люди, обмениваясь на ходу тихими замечаниями, обрывки которых были слышны графине.

Она наклонилась, протягивая руку к носовому платку и быстро вытирая глаза другой рукой. И тут перед ней возникли сверкающие черные сапоги. Кто-то вложил платок в ее дрожащие пальцы.

— Простите мне мою дерзость.

Старая служанка медленно распрямилась, прищуренными глазами рассматривая стоящего перед ней высокого светловолосого мужчину, облаченного в сюртук бутылочно-зеленого цвета и черные лосины.

— Ваше сиятельство. — Его проницательные голубые глаза быстро оглядели ее лицо, ничего не упуская.

— Проклятие! — Смущение графини не позволяло определить, является ли предметом порицания носовой платок или мужчина. Вызывающе шмыгнув носом, она засунула носовой платок обратно в сумочку. Потом, откинув голову, стала внимательно рассматривать стоящего перед ней человека. — Тони Морланд, неужели это вы, шалопай?

Мужчина поморщился. Немногие в Англии осмелились бы обратиться к нему подобным образом, но у графини Крэнфорд были свои преимущества.

Лицо служанки осветилось проницательной улыбкой.

— Полагаю, я не видела вас со времени того удручающего вечера у леди Харвуд. Ужасающее сборище! Но племянник не говорил, что вы приезжаете. — Ее тон ясно давал понять, что ему следовало представиться ей немедленно по прибытии.

— К сожалению, я приехал только вчера вечером, — граф кашлянул, — видите ли, неотложные дела.

Старая женщина фыркнула:

— Примчались на прощальную гулянку, а? Хорошее бургундское и дурные женщины, судя по всему. — Она пыталась быть строгой, но это ей не удавалось — на самом деле она напоминала старую и очень хрупкую крестную из сказки.

Морланд улыбнулся, потом повернулся и в задумчивости бросил взгляд на удаляющуюся спину новой виконтессы.

— Надеюсь, Рейвенхерст наконец нашел ту единственную, нужную ему женщину. Что до празднования, так мы распили на двоих бутылочку коньяка и не спеша выкурили по хорошей сигаре. — Он заулыбался шире. — Радуйтесь, что вас там не было, ваше сиятельство. Отвратительная привычка, уверяю вас.

— Что именно: женщины, табак или коньяк? — парировала графиня. Ее брови взметнулись вверх. — К слову о дурных привычках — не вы ли обыграли всех в «фараон» у леди Харвуд?

— По сути дела, это был пикет. И играли мы у лорда Леммингтона.

Графиня беззаботно махнула рукой:

— Это почти одно и то же! В тот вечер вы выиграли кучу денег, мой мальчик.

— Триста шестьдесят один фунт, — пробормотал Морланд.

— Итак, вам везет в карты, верно? И в других вещах тоже, если не ошибаюсь. — Умные синие глаза несколько секунд изучали Морланда. «Почему мальчик так и не женился?» — недоумевала графиня. — Таких, с длинными ногами и копной белокурых кудрей. Вы продолжаете играть?

Лицо Морланда было сама невинность.

— Во что? В женщин или в карты?

— В карты, дерзкий молодой нахал.

— Могу сыграть разок, если, конечно, ставки хорошие.

— Наглый мальчишка! — Неожиданно графиня взяла Морланда за руку. — А вот мне теперь нечем заняться, кроме этого. — Она уже бодро шла по улице, вновь обретя уверенность. — Думаю, этот умница Хобхаус разыщет для нас карты и ящичек для раздачи.

Морланд тайком улыбнулся, глядя на ее седую голову.

— Смею надеяться.

Он не мог помочь старой служанке избавиться от боли и одиночества, которые она тщетно пыталась скрыть. Наблюдая, как смеющиеся невеста с женихом исчезают за углом, Морланд отлично понимал чувства графини.

На его худощавом лице отразилось какое-то мимолетное чувство. Потом, слегка пожав плечами, он обратил на графиню проницательные глаза.

— Очень хорошо, ваше сиятельство! Но я играю до победного, предупреждаю вас.

— Разумеется, мой мальчик. Зачем бы еще играть, как не ради выигрыша?

Графиня, прищурив глаза, изучала точеное красивое лицо собеседника, уже делая в уме какие-то подсчеты. Да, сейчас самое время графу жениться и произвести на свет наследника. Его отец был довольно-таки никчемным человеком, но этот малый не так уж и плох.

«Посмотрим, — размышляла она, — у нас есть старшая из сестер Стэдфилд. Прелестная фигура — ему это понравится. Но нет — это создание необычайно вялое, такой мужчина ни за что не потерпит в жене скуку.

Есть еще, разумеется, несравненное чудо сезона, темноглазая Амелия Эгремон. Весьма привлекательная крошка и может беседовать на любые темы. И все же в этой девушке есть определенная холодность, способная отпугнуть мужчину».

Радостно погрузившись в пучину матримониальных размышлений, графиня Крэнфорд позволила, чтобы высокий спутник взял ее под руку и повел в сторону Мермейд-стрит.

«Да, замечательный день для игры в "фараон"», — решила графиня.

— Мэри спешит, змей отдыхает! — прокричал пронзительный голос, когда Дейн и Тэсс свернули на Уэст-стрит.

В воздухе прошумели яркие зеленые крылья, и в следующее мгновение Максимилиан опустился на плечо Дейна. Наклонив острый клюв, птица уставилась на виконта.

— Иголки-булавки, булавки-иголки, — дружески проскрипел ара. — Лишь стоит жениться — пропал ты без толку.

Откинув назад голову, Рейвенхерст расхохотался:

— Ей-богу, ты прав, Максимилиан!

Глаза Тэсс вспыхнули зелеными искрами.

— Думаю повидаться сейчас с Эдуардом. Он предполагал внести в меню «Ангела» жареных голубей, но я могу предложить что-нибудь более изысканное. Нечто с зелеными крыльями и малиновой грудкой, ужасная ты птица!

Взъерошив перья, Максимилиан затоптался на плече Рейвенхерста.

— Проклятый француз! — заскрипел он, потом взлетел, мелькнув ярким пятном на фоне темных черепичных крыш.

Тэсс радостно засмеялась.

— Невозможное существо, — пробормотала она, покачав головой. — Джек был его хозяином, понимаешь? Попугай был очень привязан к нему. Одно время я боялась, что он никогда не оправится после... после смерти Джека. Странно, но иногда мне кажется, что...

— Нет, не говори ничего, — пробормотал Дейн, — думаю, мне не хочется этого слышать.

Тэсс внимательно всматривалась в его лицо.

— Но если бы Максимилиан не освободился тогда и не прилетел в Фарли...

Дейн сжал пальцами ее талию.

— Не думай об этом, сердце мое. Все кончено. Леннокса больше нет, а его несчастная сестра с позором бежала. Думаю, она, в сущности, знала лишь немногое из того, что творил ее брат. Но это не имеет значения. Да, теперь у нас в жизни будет только солнце и смех — обещаю тебе. И надеюсь, тебе больше не придется спать при свете свечи.

— Тэсс! — К ним через улицу направлялся Эшли.

— Скоро весь город будет бродить за нами по пятам, — пробурчал Рейвенхерст, останавливая Тэсс и пытаясь выглядеть приветливо.

Но виконт понял важность этой встречи, ощутив, как Тэсс неожиданно сжалась. И если только этот щенок обидит ее, он...

— Чертовски удачно, что я встретил вас! Эта ужасная миссис Тредуэлл загнала меня в угол на ступеньках и не хотела отпускать. До этого у нее, похоже, не находилось времени, чтобы... — Эшли, прищурив глаза, изучал лицо Тэсс. — Я полный идиот, Тэсс! После всего, что ты сделала... я... я не знаю, как вымолить у тебя прощение.

Тэсс улыбнулась Эшли с мимолетной грустью в глазах. Ибо она знала, что Джек всегда будет с ней — навсегда останется дерзким седовласым контрабандистом, завоевавшим ее сердце десять лет назад.

— Да, Эшли, — тихо произнесла Тэсс, быстро пожимая руку брату и чувствуя себя безмерно счастливой от того, что их вражде пришел конец.

— А теперь идите, — распорядился элегантный молодой человек. — И что бы вы ни делали, будьте счастливы. Навсегда. — Он встретился глазами с Дейном: — Вы ведь позаботитесь об этом, милорд?

«Если только улучу минутку побыть наедине с ней», — с раздражением подумал виконт. Но предназначенная для Тэсс улыбка была полна тепла и бесконечных обещаний.

— Разумеется, Эшли, — тихо подтвердил он, не отрывая глаз от лица Тэсс. — Непременно.

— Прекрасно, тогда я прощаюсь с вами. А вы пожелайте мне удачи!

Дейн почувствовал, как под его пальцами рука Тэсс расслабилась. Он улыбнулся, услышав ее вздох. Хорошо бы теперь так же легко разрешить его собственные проблемы. Неожиданно его глаза посуровели, и он вполголоса прорычал ругательство.

— В чем дело? — встревоженно спросила Тэсс.

— Эта чертова баба Тредуэлл! Со своим чертовым сыном и чертовым мужем направляется сюда. Если она скажет хоть слово!

Тэсс бросила взгляд налево, и на ее устах заиграла таинственная улыбка.

— Иди за мной, — приказала она, таща за собой мужа в лежащий перед ними узкий проулок.

— Что...

— Тише, не то они нас увидят.

Там, овеваемая теплым летним ветерком, она прижалась спиной к прохладной, затененной стене проулка Нидлз и заключила мужа в объятия.

— Поцелуй меня, Андре ле Бри. Или я отдала сердце непостоянному мужчине?

Рейвенхерст слегка сдвинул красивые брови:

— Что ты затеяла теперь, женщина?

Тэсс рассеянно улыбнулась, потом прижалась губами к его рту.

В следующее мгновение Рейвенхерст позабыл о своем вопросе и обо всем остальном, кроме теплых податливых губ жены.

— Ах, любимая, как мне тебя недоставало! Я сказал тебе, что мы не станем заниматься этим, пока священник не скрепит наши узы, ибо не хотел больше давать тебе шанса снова ускользнуть от меня. Но теперь... — Его сильные руки прикоснулись к спине Тэсс, поглаживая и лаская.

Уже опьяненная желанием, Тэсс откинула голову назад, глядя мечтательным взором на загорелое лицо мужа.

— Но я не хочу ускользать, любовь моя, — взволнованно выдохнула она. — А теперь, когда мы женаты... —

Она изучала его из-под полуопущенных ресниц, облизывая розовым языком мягкие губы.

Рейвенхерст чертыхнулся, чувствуя, как его подобно огненному клинку пронзает желание.

— Мысли обо всех вещах, которые я собираюсь сделать с тобой, добавляют мне лишние дюймы, малышка. И очень болезненные, надо сказать.

Тэсс задвигала бедрами, убеждаясь в невероятном жаре, исходящем от его жезла.

— Перестань, женщина, — предостерегающе пророкотал он.

Засмеявшись, его зеленоглазая жена вырвалась из его рук и устремилась вниз по проулку.

— Боже мой, что... — Сердитый голос Дейна прозвучал громким эхо, когда он нырнул в тень вслед за ней.

Тэсс со стуком освободила кирпич и подняла потайную дверь, ведущую в ее туннель, а потом, подобрав юбки, скользнула в темноту. Ее муж в следующее мгновение оказался рядом; он хмурился.

— Так вот как от меня сбежал мой пострел с перепачканным сажей лицом. Я подозревал нечто подобное. Ты чересчур умна, ведьма. — Глаза Рейвенхерста потемнели, когда Тэсс протянула к нему руки.

— Это был кратчайший путь, любовь моя. А теперь я сделалась ужасно распутной и не хочу терять ни секунды, чтобы совершить все то, о чем мечтала.

Хрипло застонав, Рейвенхерст затворил дверь, потом медленно подошел к жене.

— Ты этого хочешь, чайка? Правда?

— Разумеется, я давно собираюсь открыть старую печную трубу, как научил меня Джек. Понимаешь, моя мать оставила там для меня дневник. Полагаю, мы можем подняться наверх и...

С бешеным проклятием Рейвенхерст притянул ее к своему твердому телу; глаза его горели от вожделения.

— Силы небесные, женщина! Ты способна совратить святого! Ты прекрасно знаешь, о чем я говорю.

— Правда? — Глаза Тэсс неожиданно потемнели от раздумья. — У тебя есть из чего выбирать, Дейн. Я уверена, дюжины хорошо воспитанных женщин горят желанием заполучить тебя. Знаешь, мне бы не хотелось стоять на твоем пути. — Только едва заметная дрожь в голосе выдавала ее потаенные чувства.

— Стоять на моем пути? Стоять на моем пути? — прорычал виконт. — Господи, мне не надо никого другого! Только одна зеленоглазая искусительница с волосами цвета бургундского — вот все, что мне нужно. Я начинаю подозревать, даже больше, чем мне нужно. — Его глаза превратились в темные щелочки. — Неужели опять эта миссис Тредуэлл сует нос не в свое дело? Неужели моя тетушка...

— Нет, ничего похожего, любовь моя. Просто...

Процедив сквозь зубы проклятие, Рейвенхерст привлек жену и заставил замолчать тем же способом, каким мужчины делают это с незапамятных времен. Прижавшись к ее рту горячими требовательными губами, он разомкнул ее губы языком и застонал, почувствовав, как его обволакивает ее нежный жар.

— Пресвятая Дева, как ты восхитительна! Еще, малышка. Дай мне умереть от этого восторга!

Проворными пальцами он начал расстегивать ряд мелких пуговок у нее на спине. В то же самое время Тэсс набросилась на идеально накрахмаленные складочки манишки своего мужа. Атлас яростно шуршал о черное тонкое сукно — они стремились освободиться от одежды и ощутить прикосновение обнаженного тела.

— Любимый мой, — выдохнула Тэсс.

— Такая нежная, — пробормотал Рейвенхерст.

Прямо там, в прохладном туннеле, на скомканном и втоптанном в пыль элегантном сюртуке, Рейвенхерст овладел женой, наполняя ее пылкостью и неистовством своей любви, пока она со стоном не вцепилась пальцами в его спину.

— Да, чайка. Так... так... умираю!

— Силы небесные, Дейн, я...

И там, в затененном туннеле, суровый герой Трафальгара наконец обрел свое пристанище, найдя то счастье, к которому всегда стремился. Позабыв про оружие, предателей и корабли, он шептал потаенные бретонские любовные слова, прижавшись губами к матовой коже Тэсс и понимая, что его мучительные воспоминания уходят, сгорая в сияющем пламени, светящемся в глазах его жены, когда она содрогалась под ним, вовлекая их обоих в кружащийся вихрь страсти.

Несколько часов спустя, когда над горизонтом, разворачивая серебряный парус, заскользила луна, старый Томас завершал последний обход шатких останков разрушенной стены монастыря. Слуга замер, нахмурив кустистые брови. Опять наверху, у белого сада, ему послышался смех. Он обернулся, прищурив глаза. Но ничего не увидел: все было как обычно.

Стянув с головы видавшую виды шляпу, старик с раздражением почесал голову. Какая-то чертовщина!

Это, конечно, лишь ветер, шумящий в дубовой роще. Да, всего-навсего старые камни, звучащие эхом под кусочками падающего гравия. Слегка пожав плечами, Томас пошел вниз с холма к своему домику.

«Странное это место», — подумал он в тысячный раз. По крайней мере молодая госпожа вышла замуж, и этот ее морской капитан не оставит ей времени бродить здесь, в тени деревьев. Да, для него женитьба давно забытое дело, подумал старый слуга, и его морщинистое лицо осветила улыбка. Высматривая свет фонаря в своем окне, Томас не заметил слабого сияния, казалось, поднимавшегося над верхушкой холма.

— Падриг и команда «Либерте» посылают тебе это вместе с сожалениями по поводу того, что не смогли присутствовать на церемонии. Это было бы чересчур опасно даже для таких бродяг, как они.

Луна плыла среди закрывших небо облаков, когда Тэсс и Дейн шли рука об руку через зеленую лужайку под разрушенной стеной монастыря; их лица овевал ласковый летний ветерок.

Приподняв брови, Тэсс взяла кожаную шкатулку из рук Дейна. Внутри, на малиновом бархате, лежал кулон с гравировкой, подвешенный к тяжелой серебряной цепочке.

— «Qui voit Groix voit sa joie», — прочитал Дейн. — «Кто увидит остров Груа, повстречает свое счастье». Даже трюки Даниэлы не отнимут у нас это. — Его глаза сузились. — Тетушка рассказала мне об этом разговоре про ребенка. Просто еще одна ложь в ее богатом арсенале. Ты ведь знаешь об этом, сердце мое?

Тэсс улыбнулась Дейну.

— Графиня говорила мне что-то по этому поводу, хотя ей было безумно трудно это сделать. Думаю, душечка впервые в жизни лишилась дара речи.

Губы Дейна скривились в усмешке.

— Хотелось бы мне быть там, чтобы услышать это.

— Нахальный щенок, — пробурчала Тэсс, в точности копируя тон графини.

— Какую радость приносишь ты мне, любимая, — хрипло произнес муж, осторожно приподнимая сверкающие волосы Тэсс и надевая ей на шею серебряное украшение. — И это тоже твое, — тихо произнес он, вкладывая в мягкую ладонь жены две черепаховые шпильки. — Похоже, ты щедра на подарки, любовь моя, — оставила свои дары двум мужчинам. — Его глаза потемнели. — И оба предложили тебе свое сердце. —

Он сильно сжал ее руку. — Боюсь, что они оба — это я, Тэсс. В море я живу и чувствую себя счастливым, а на суше часто испытываю беспокойство, умирая от тоски. Да, на берегу я превращаюсь в монстра! И скоро морское министерство снова обратится ко мне с каким-нибудь срочным делами, возможно, предложит новое задание. Не слишком ли это будет — просить тебя поехать со мной?

Тэсс провела пальцами по изящному контуру шпильки.

— Я продам Фарли и завтра же последую за тобой на борту «Либерте», любовь моя. — Она не колебалась, хотя ее сердце слегка сжалось при мысли о расставании с этими любимыми старыми развалинами.

Но камни и глина были ей теперь ни к чему — Тэсс это знала.

— Полагаю, твоей команде придется привыкнуть к женщине, приводящей в беспорядок их канаты и паруса.

Дейн изучал ее лицо, все еще не убежденный до конца.

— Будем считать, — добавила Тэсс, и глаза ее лукаво засияли, — что жизнь с Андре ле Бри требует определенных... э-э... вознаграждений. — Она приложила нежный пальчик к темной поросли волос у шеи Дейна. — Очень приятных вознаграждений.

Ее муж застонал, и его глаза подернулись дымкой.

— Ты делаешь меня бесконечно счастливым человеком. И я намерен сделать счастливым каждый день нашей жизни.

Тэсс изогнула губы:

— И правильно поступите, милорд, ибо я знаю лихого французского капитана, который с удовольствием занял бы ваше место.

С ее губ слетел легкий смешок, когда муж подхватил ее сильными руками и стал подниматься вверх по холму в сторону белого сада.

— Дейн?

— Хватит шутить, жена, — пробурчал он. — Я превращу тебя в послушную женщину еще прежде, чем разделаюсь с тобой этой ночью.

И там, рядом со старинной дубовой рощицей, под немигающим серебряным оком луны, он снова сделал ее своей женой. Не так, как велит мужчине церковь, а так, как велит ему природа и земля — всецело и безвозвратно, — пока их дыхание не смешалось и сердца не забились в унисон, пока она не стала плотью от его плоти и кровью от его крови.

— Первый раз — для забвения, — шептал Рейвенхерст женщине, лежащей в его объятиях. — Второй раз — для страсти. И третий, в вихре лунной пыли и болотных огней, — навсегда.

Вокруг них плыл опьяняющий аромат лилий и жасмина и, как ни странно, аромат лаванды, хотя лаванда не росла поблизости. Поглощенные своим счастьем, они не заметили слабого сияния, исходящего от сада.

— Навсегда, красавица моя, — казалось, шептал ветерок. — Пойдем домой, детка, нам многое надо успеть.

На ветру ненадолго затрепетал нежный, мелодичный смех, потом тихо замер.

В свое время в центре этой мирной лужайки вырос куст, и на нем расцвела роза.

Прохладной летней ночью, когда из бухты дует резкий, напористый ветер, кажется, что листья трепещут и вздрагивают, нашептывая что-то.

А порой, когда с болот поднимается туман, подобно призракам старинных возлюбленных, путники могут поклясться, что слышат отдаленный смех и чувствуют аромат лаванды.

Именно в такие ночи, когда деревья светятся странными, мерцающими огнями, играющими на болоте, в густые ветви этого розового дерева прилетает соловей и поет невыразимо сладким и печальным голосом; и путники замедляют шаги и прислушиваются в мечтательном благоговении.

И роза под лапками птицы — в этом можно поклясться — черная.

Литературно-художественное издание

Скай Кристина

Черная роза

Редактор Е.Н. Кондрашова
Художественный редактор Н.И. Лазарева
Компьютерный дизайн: Ю.А. Хаджи
Компьютерная верстка: А.В. Массарский
Технический редактор Н.К. Белова
Младший редактор А.С. Рычкова

Общероссийский классификатор продукции
ОК-005-93, том 2; 953000 — книги, брошюры

Гигиеническое заключение
№ 77.99.02.953.Д.008286.12.02 от 09.12.2002 г

ООО «Издательство АСТ»
667000, Республика Тыва,
г. Кызыл, ул. Кочетова, д. 28
Наши электронные адреса:
WWW.AST.RU
E-mail: astpub@aha.ru

ЗАО НПП «Ермак»
115201, г. Москва, 2-й Котляковский проезд, д. 1, стр.32

Отпечатано с готовых диапозитивов
на ФГУПП ордена Трудового Красного Знамени
«Детская книга» МПТР РФ.
127018, Москва, Сущевский вал, 49.